Loykos
IGREJA
TERRENA DA
SALVAÇÃO
IGREJA
TERRENA DA
SALVAÇÃO

LEONEL CALDELA
DEIVE PAZOS

DZOB

PROTOCOLO MOLOTOV

NERD BOOKS

2ª EDIÇÃO

OZOB

É UMA CRIAÇÃO DE DEIVE PAZOS.

Para Osmar Giuliani, por me acolher na família.

LEONEL CALDELA

Para os anos 80 e a TV aberta. Sem vocês Ozob jamais teria nascido.

DEIVE PAZOS

OZOB

PROTOCOLO MOLOTOV

ILUSTRAÇÃO DE CAPA: Marco Teixeira
PROJETO GRÁFICO, DIAGRAMAÇÃO E CAPA: André Carvalho
EDIÇÃO: Deive Pazos e Alexandre Ottoni
REVISÃO: Jair Barbosa

PRODUÇÃO EDITORIAL

Rua Coronel Genuíno, 209 • Porto Alegre, RS
contato@jamboeditora.com.br
www.jamboeditora.com.br
@jamboeditora

2ª edição: julho de 2022 | ISBN 978658863422-6

C1460 Caldela, Leonel

Ozob: protocolo molotov / Leonel Caldela e Deive Pazos. Capa por Marco Teixeira. Porto Alegre: Jambô, 2022.

416p.

1. Literatura brasileira - Ficção científica. I. Pazos, Deive. II. Teixeira, Marco. III. Título.

CDU 794:681.31

PREFÁCIO

OZOB NASCEU EM 1993, QUANDO EU TINHA 18 ANOS. NESSA ÉPOCA, jogávamos muito RPG — praticamente toda semana nos reuníamos para horas de jogo regadas a refrigerantes e salgados. Nós gostávamos de variar e estávamos sempre atrás de sistemas diferentes, inclusive criamos alguns. Foi nesse mesmo ano, na livraria Malasartes do Shopping da Gávea, Rio de Janeiro, que encontramos o recém-lançado *Underground*. O livro era importado e suas páginas em inglês traziam regras e ilustrações que nos conquistaram. O livro tinha muita influência das HQs *Marshal Law*, de Pat Mills, *Marvel Man* e *Watchmen*, de Alan Moore, além da animação *Aeon Flux*. Mas não foi só a parte estética que nos atraiu. O caráter desconstrutivo dos super-heróis, marca das obras citadas, também estava presente no jogo.

Todo mundo que joga RPG sabe que uma das partes mais divertidas é a criação dos personagens. Gastávamos boas horas escolhendo classes, raças, jogando os dados, decidindo quais eram as melhores habilidades e, no caso do *Underground*, psicopatias também. E foi assim que Ozob foi criado, entre amigos que montavam uma tropa de mercenários cyberpunks que viveriam num futuro distópico no melhor estilo *Blade Runner*. Ozob teve muitas influências: o palhaço Bozo do SBT (em todas as suas versões), o replicante Roy Batty, de *Blade Runner*, o cafajeste Han Solo, de *Star Wars*, e os brucutus dos filmes de ação dos anos 80. Ozob nasceu como um replicante albino, ruivo – mas calvo – que tem uma granada vermelha no lugar do nariz.

Só que eu nunca joguei com ele. Não até os Nerdcasts especiais de RPG. No início de 1994, meu amigo Fernando Russell se mudou para Santos. Nossa amizade permanece até hoje, mas as sessões se RPG se perderam, como lágrimas na chuva (desculpem, não resisti hehehe).

O palhaço distópico ficou adormecido em criogenia imaginária por 20 anos! Citei-o algumas vezes no Nerdcast, o podcast do site Jovem Nerd, mas foi só em 2013 que a insanidade despertou. Depois do sucesso da trilogia de Nerdcasts de RPG de fantasia medieval *Crônicas de Ghanor*, resolvemos fazer uma nova saga, totalmente diferente. Resolvemos ir para o futuro cyberpunk e distópico, o futuro de Ozob. E ali ele se libertou e ganhou vida, ganhou a loucura e o apreço dos ouvintes.

O escolhido para me ajudar a levar Ozob para as páginas só poderia ser um. Só alguém com o talento de chafurdar na escatologia e no sadismo como Leonel Caldela seria capaz de flertar com tamanha insanidade. E este livro foi escrito num ritmo insano, o mesmo ritmo de vida de Ozob. Espero que você leia com a mesma intensidade. Só uma advertência: você não precisa jogar RPG ou ter escutado os podcasts para ler este livro. Só ter estômago, coragem e, de preferência, mais de 18 anos.

Deive Pazos
Novembro de 2015

SUMÁRIO

Is my cock big enough
Is my brain small enough
For you to make me a star?
Give me a toot, I' ll sell you my soul
Pull my strings and I' ll go far

(O meu pinto é grande o bastante
O meu cérebro é pequeno o bastante
Para você me tornar uma estrela?
Me ligue, eu te vendo minha alma
Me manipule e eu vou longe)

Dead Kennedys, *Pull My Strings*

COULROFOBIA

— SABE COMO OS PALHAÇOS SURGIRAM? — O CRIADOR PERGUNTOU.

O recém-nascido fez que não.

Seu corpo era adulto. Alto, musculoso, bruto. Feito para trabalho pesado. As mãos e os pés eram grandes, cada dedo como um martelo. Mas era um recém-nascido. Tinha algumas memórias. Sabia falar e compreender o que o criador e seus irmãos diziam. Sabia, especialmente, o que era um palhaço. Mas não fazia ideia de como sabia disso.

E não sabia como os palhaços haviam surgido.

— Palhaços surgiram para nos fazer rir — disse o criador, com um sorriso no rosto.

Por alguma razão, o sorriso não reconfortava. O recém-nascido sentiu medo ao ver aquela boca larga, torta, de lábios finos e secos. Os dentes amarelos e falhos. Os olhos que não sorriam com o rosto, mas se mantinham estáticos, esbugalhados, fixados nele com intensidade. Não era possível parar de olhar o criador, mas ele repugnava. Era seu pai, era o chefe da família. Merecia respeito. Todas essas noções estavam impregnadas no recém-nascido, vindas de algum lugar que ele não conhecia.

O criador mancou até ele. Sua corcunda dificultava que se movimentasse. Chegou bem perto. Foi possível sentir seu hálito acre.

— Crianças indesejadas eram vendidas para o circo — o criador continuou a explicação. — Algumas, que fossem boas crianças, que fossem espertas e ágeis, eram treinadas. Viravam malabaristas. Domadores. Mágicos. Eram boas crianças e viravam bons adultos.

O recém-nascido engoliu em seco. As imagens de todos aqueles artistas vieram a sua mente, acompanhando a fala de seu pai. Ele nunca os vira, mas de alguma forma sabia o que eram.

— Mas e as crianças ruins? E aquelas crianças que não sabiam fazer nada? Que eram burras, vagarosas?

O recém-nascido se sentiu mal ao ouvir aquilo. De alguma forma, teve uma lembrança de ser rejeitado. De ser inadequado para alguma coisa. Ele não sabia há quanto tempo estava vivo. Não lembrava de nada além daquela sala escura, cheia de máquinas e de partes de corpos. De seu pai e de seus irmãos. Será que sempre estivera ali? Será que ali nascera, há poucas horas ou poucos minutos? Mas então como já fora rejeitado?

— As crianças ruins só podiam nos fazer rir — disse o criador. — Elas viravam palhaços.

O criador segurou o rosto do recém-nascido. Sua mão era fraca e fedia a mofo. Mas o recém-nascido, muito mais forte, não conseguia resistir. Apenas ficou parado, sentindo dor, enquanto os dedos magros se afundaram em suas bochechas. Apertaram-nas contra os dentes até que ele sentisse o gosto ferroso de sangue.

— As pessoas gostavam de rir das crianças ruins, porque elas mereciam. Então o mestre do picadeiro as tornava mais engraçadas.

O criador pegou um cano de ferro.

— Quebravam suas pernas — bateu com o cano no joelho do recém-nascido, que grunhiu. — Quebravam seus braços — outro golpe, desta vez no cotovelo. — Então amarravam os membros quebrados para que os ossos colassem de forma errada. As crianças só conseguiam andar de quatro. Isso é engraçado! Não acha?

O recém-nascido fez que sim, mas na verdade não via graça nenhuma.

O criador soltou o cano de ferro e apanhou uma navalha.

— Mas era preciso deixá-las ainda mais engraçadas, para que as pessoas rissem muito. Então — segurou o lábio superior do recém-nascido e encostou nele a lâmina — cortavam seus lábios. Os dentes e as gengivas ficavam para sempre aparecendo, como um riso eterno. O público via as crianças engatinhando, rindo sempre, e achava muita graça disso.

O recém-nascido fechou os olhos, desejando que seus lábios não fossem cortados. Enfim, o criador afastou a navalha fria de sua boca.

— E eles continuavam cortando, porque era engraçado. Depois dos lábios, cortavam o nariz.

O criador encostou a navalha no nariz do recém-nascido. Apertou e surgiu uma gota de sangue na pele branca.

— As crianças ficavam com um grande e engraçado rombo vermelho no rosto. Que diversão!

O criador pressionou mais forte. O recém-nascido sentiu a pele sendo cortada.

— E então havia o toque final — o criador afastou a lâmina mais uma vez e o recém-nascido suspirou de alívio. — Pintavam-nas de branco! Então eram verdadeiros palhaços! Engatinhando, com riso eterno e um enorme buraco vermelho no nariz! Engraçados!

O criador se afastou. Voltou com um espelho.

— Mas você é mais engraçado que essas crianças. Você não foi apenas pintado.

O criador segurou o espelho na frente do recém-nascido, e ele viu sua própria imagem.

Um homem grandão, abrutalhado. Calvo, mas com cabelo de um vermelho muito vivo nas laterais da cabeça. Tinha lábios quase normais, mas o nariz era pintado de vermelho. E o rosto, o pescoço e o corpo todo também eram pintados — de um branco absoluto, mais claro que a pele de um albino. O recém-nascido passou a mão no rosto, tentou limpar a tinta. Não conseguiu, porque não era tinta. Aquela era a verdadeira cor de sua pele. Ele não fora transformado em palhaço: nascera daquele jeito. Sabia que as pessoas normais não eram assim. Elas tinham cores de pele variadas, mas nunca como aquela. Aquela era a cor dos palhaços.

— Isso tudo é verdade? — perguntou o recém-nascido.

— Não interessa. Interessa que *eu* digo isso, então você deve acreditar que é verdade. Você não deve pensar muito, só fazer rir. É o que meu irmão quer. Ele quer rir. Ele quer palhaços divertidos.

O recém-nascido concordou, trêmulo.

— Você nasceu pior que os outros — disse o criador. — Vocês todos nasceram ruins. Foi isso que me disseram. Vocês são meus palhaços e nasceram ruins, mas vão me amar, porque somos uma família.

Eram uma família.

O recém-nascido olhou em volta e viu seus irmãos. Todos de pé, nus. As peles brancas, os corpos encolhidos. Tremendo de frio e de medo, na sala escura. Todos recém-nascidos. Todos com os olhos fixos no criador.

O criador, Hans Gropp.

E sua família, os palhaços.

Zatati Ratatá, com duas cabeças e três braços.

Guzzo, ainda maior e mais musculosa que os outros.

Rizzo, atarracado, com corpo pequeno e bracinhos magros de criança.

E ele mesmo.

Ozob.

1
BLITZKRIEG

PARECIA ESTAR CHOVENDO, MAS ERA SÓ ESGOTO PINGANDO DO CÉU.

Mesmo o céu não era céu. Era um teto artificial, escuro e imundo de fuligem, a trezentos metros de altura. A Cidade Baixa ficava no nível do solo, abaixo de níveis cada vez mais altos de plataformas onde viviam os ricos, os bem empregados, os cidadãos de bem. Na Cidade Baixa, sob camadas sucessivas, não havia céu, e o excremento das pessoas com mais valor gotejava pelos canos acima.

Mas, se você morasse na Cidade Baixa e fosse esperto, não reclamaria, porque podia ser pior. De alguma forma. A regra número um de viver na Cidade Baixa era que tudo sempre podia ficar pior.

Se alguém achasse que a vida não podia piorar, Ozob lhe daria um soco. Ele se considerava a prova viva de que sempre é possível cavar a própria cova ainda mais fundo. Ou, em geral, cair numa cova que alguém cavou para você. Seu nascimento, há quase dois anos, já poderia ser desgraça suficiente para uma vida inteira. Nascera com pele branca e cabelo vermelho, construído para o trabalho pesado. Fora criado por alguém tão doente que, ele suspeitava, nem os maiores manuais de psiquiatria ainda haviam teorizado sobre o quão demente ele era. E isso sem falar em seus irmãos.

Mas a cova ficava mais e mais funda. Ele não tinha mais o nariz — que nunca lhe agradara muito, fora uma porcaria bulbosa e vermelha. Mas pelo menos fora seu nariz. Agora tinha só um buraco no rosto. Não ter nariz não era divertido, e o que ele estava fazendo agora também não era.

Agora era noite e Ozob fugia, porque estava sendo caçado.

Ele era caçado por ser um criminoso. Estava cometendo um crime naquele exato instante, e o crime era estar na Terra. Os humanos, por alguma razão, não queriam construtos biológicos artificiais em seu precioso mundo. Pós-humanos, era como os chamavam. Queriam pós-humanos nas indústrias não regulamentadas em colônias pelo sistema solar; nas minas de metais raros em asteroides instáveis; nas tripulações de naves enviadas para explorar planetas distantes. Mas não na Terra. Pós-humanos eram perigosos demais para estar na Terra. Ozob era perigoso, estava sendo caçado e isso era só o mais recente ponto baixo em sua vida.

Dois reguladores estavam atrás dele. "Regulador" era o eufemismo para um agente paramilitar de elite, pago pelas corporações para controlar toda infestação de pós-humanos que fosse detectada em solo terreno. Chamavam-nos de policiais, o que era uma piada. Reguladores ganhavam melhor, tinham armas melhores e podiam matar com mais impunidade. A caçada já durava mais de doze horas, e os dois agentes estavam perto. Eles haviam conseguido acuar Ozob pelas ruas da Cidade Baixa, forçando-o a deixar os pontos mais discretos onde costumava se esconder para a aglomeração da Times Square.

Era um dos poucos pontos da Cidade Baixa ainda reconhecível como a Nova York dos séculos anteriores. A praça estava permanentemente cheia, a aglomeração era como uma boate com entrada barata. Há décadas as divisões entre calçadas e ruas haviam sido descartadas. Carros antigos e novos disputavam espaço com pedestres se empurrando, viciados jogados pelo chão, mendigos fazendo malabarismos na esperança de ganhar uns trocados, casais em uma rápida transa furtiva. Os prédios decadentes e dilapidados haviam se transformado em territórios de gangues e repúblicas de imigrantes ilegais vindos de todos os cantos da Terra e além. As lojas e os restaurantes continuavam resistindo, pois as corporações podiam tolerar qualquer coisa, exceto uma queda nos lucros. Ozob passou pela fortaleza que era a franquia de uma famosa lanchonete. O símbolo de arcadas amarelas era protegido por ninhos de metralhadoras. Atrás de grades fortificadas, atendentes com armaduras listradas de vermelho e branco sorriam com armas na mão, oferecendo aumentar o tamanho de um lanche gorduroso por apenas mais cento e cinquenta dólares. Os habitantes da Cidade Baixa tinham desejos, mas não tinham dinheiro, e as franquias da Times Square se prontificavam para satisfazer suas vontades ao mesmo tempo em que os ameaçavam caso tentassem tomar os produtos à força.

Correndo pela multidão, tentando localizar os reguladores por sobre o ombro, Ozob esbarrou na grande estátua plástica do palhaço que era símbolo da cadeia de lanchonetes. A agressão foi detectada e dois atendentes sorridentes e fortemente armados deixaram a franquia-fortaleza, gritando:

— Posso ajudá-lo?

E

— Fique longe, por gentileza, filho da puta!

Ozob estava vestindo um sobretudo de tecido sintético, escondia a cabeça com uma touca negra. Abriu a vestimenta e mostrou o rosto, num sorriso furioso. Lado a lado com o totem corporativo do palhaço, foi uma visão macabra, e os dois atendentes perderam seus sorrisos.

— Estou tendo um dia de merda — disse Ozob. — Mas o de vocês vai ser ainda pior.

Abriu o sobretudo e mostrou o colete que usava. Cheio de explosivos.

Os dois atendentes deram tiros de advertência para cima e correram de volta à segurança da franquia-fortaleza. Os funcionários das lojas à volta se armaram, preparados para problemas, mas os tiros se perderam na algazarra.

Gigantescos anúncios luminosos espalhados pela praça propagandeavam as maravilhas das maiores marcas de computadores e robôs, de bancos apoiados por exércitos mercenários e da vida nas colônias espaciais. Mulheres seminuas em imensas imagens eletrônicas se contorciam de forma sensual, aparentemente excitadas por um par de tênis sendo anunciado. Um dirigível sobrevoou a praça, também exibindo anúncios animados em sua superfície, fazendo propaganda ao mesmo tempo em que despejava seu holofote na multidão abaixo.

Ozob se cobriu de novo com a touca e o sobretudo. Não podia arriscar ser reconhecido.

Então notou uma movimentação diferente.

A poucas dezenas de metros, dois carros pararam. As pessoas começaram a abrir um círculo, empurrando-se para trás. Algo mecânico começou a ser montado com rapidez no meio do espaço vazio.

Então os imensos luminosos da Times Square se apagaram. Um segundo depois, acenderam-se de novo, mostrando a imagem de um rapaz com camiseta rasgada e jeans puído, de pé sobre um grande amplificador sonoro. Ele usava um topete desgrenhado e tinha uma guitarra pendurada nos ombros. Atrás dele, um baterista. A seu lado, uma mulher de aparência selvagem, que parecia ser sua guarda-costas.

Ozob tentou olhar para o círculo vazio, por sobre as cabeças das centenas de pessoas. É claro que a cena retratada nos anúncios eletrônicos era o que se passava ali, em tempo real, no espaço no meio da multidão.

Então a Times Square foi tomada por um som ensurdecedor, quando o amplificador explodiu em decibéis. O homem com a guitarra deu um acorde e gritou:

— *Um, dois, três, quatro!*

A música começou, alta e agressiva. Os ouvidos de Ozob foram invadidos pela guitarra suja, beirando o desafinado. A bateria rápida marcava um ritmo intenso. No fundo, uma linha de baixo simples e ligeira — mas nenhum baixista era visível, então ele raciocinou que deveria ser uma inteligência artificial rudimentar, programada para acompanhar os dois músicos. O guitarrista também cantava. Era uma voz grave, nasalada, quase engraçada. Mas plena de revolta. Falando de desespero, falta de oportunidades, necessidade de diversão pura e simples. A Times Square tremeu com o volume, e as pessoas responderam.

Os mais jovens imediatamente começaram a pular e se jogar uns contra os outros. Como se aquilo estivesse combinado, como se eles apenas soubessem o que fazer. Pessoas mais velhas ou apenas sensíveis pareceram hipnotizadas pela melodia. Era simples, raivosa. Não era apenas barulho, estranhamente convidava a dançar e acompanhar a letra. Ozob notou que sorria e abriu caminho com os cotovelos para mais perto do show improvisado.

Em pouco mais de dois minutos, a primeira música acabou, tão súbita como tinha começado.

— Eu sou Johnny Molotov — apresentou-se o guitarrista e vocalista. — E esta próxima se chama *A boneca das emoções*.

Desta vez o baterista marcou o tempo:

— *Um, dois, três, quatro!*

A Times Square explodiu de novo em movimento frenético quando a multidão começou a dançar. Alguns tiravam fotos dos músicos com suas lentes de contato inteligentes ou mesmo com seus implantes neurais. Alguns filmavam tudo com aparelhos virtuais, sem forma física, exceto por um minúsculo implante, que existiam apenas como hologramas obedientes a gestos do usuário. Muitos ali pareciam conhecer o tal Johnny Molotov, mas estavam surpresos pelo show repentino.

Chegando perto dos músicos, acompanhando os pulos e os encontrões do povo ao redor deles, Ozob pôde enxergar melhor a guarda-costas. Além dela, também havia uma pessoa dentro de um dos carros que haviam parado para dar início ao show, mas ele não conseguiu enxergá-la direito. Dois drones filmavam a apresentação, transmitindo o vídeo em tempo real para os luminosos gigantescos, invadindo o espaço da propaganda. A música instigava, chamava Ozob para perto. Ele sentiu um surto de entusiasmo, como se estivesse escutando aquele tipo de som pela primeira vez. Por quase um minuto, esqueceu dos reguladores em sua cola.

O dirigível que sobrevoava a Times Square disparou seu holofote sobre os músicos. Os luminosos gigantescos, que transmitiam ilegalmente o show, saturaram de brilho e se tornaram brancos. Ouviu-se uma voz vinda de cima, gerada por um alto-falante ainda mais poderoso que o amplificador da banda:

— Silêncio! Esta é uma manifestação cultural ilegal. Parem de tocar em nome do Departamento de Agenciamento Artístico.

A guarda-costas ao lado da banda gritou:

— Os desgraçados chegaram! Guardem os equipamentos e vamos fugir!

Ofuscado, protegendo os olhos com o antebraço, Johnny Molotov mostrou o dedo do meio para o dirigível acima:

— Vamos continuar tocando! Eles têm mais medo da música do que de armas!

E então:

— *Um, dois, três, quatro!*

Enquanto uma terceira música começou, sob o holofote, duas dezenas de policiais em armaduras negras desceram de rapel do dirigível. Alguns já disparavam balas atordoantes de suas escopetas contra a multidão, outros preparavam seus bastões de densidade variável.

A voz no dirigível anunciou:

— Esta ação repressiva é um oferecimento de Nux-Cola. Nux-Cola, o sabor da amizade!

Os policiais caíram sobre a multidão, atirando e batendo. Eles estavam vestidos de preto, com o logotipo do Departamento de Agenciamento Artístico nos ombros. Por toda a armadura, símbolos de corporações variadas, mostrando seus patrocinadores e mestres. O Departamento de Agenciamento Artístico era um órgão operado em conjunto por diversas corporações. Tinha o dever de fomentar as boas manifestações culturais, que incentivassem os valores familiares e a cooperação. Quando encontravam arte que levasse à rebelião, questionasse o consumo ou apenas não fosse aprovada pelos conselhos executivos das maiores empresas, os agentes do DAA cumpriam seu verdadeiro papel.

Uma propaganda voltou a aparecer nos luminosos gigantes. Então foi cortada para o streaming da banda tocando e da repressão policial. Quem quer que estivesse invadindo o feed dos luminosos agora estava em um duelo eletrônico com os operadores oficiais.

Ozob viu um garoto com no máximo 16 anos cair no chão, mole, quando um agente desferiu um golpe pesado com o bastão de densidade variável em sua cabeça. Uma garota grávida recebeu uma bala atordoante no peito, sendo arremessada para trás. Então o agente pisou no rosto dela, correu para bater em outras pessoas. Nos luminosos imensos, imagens de famílias bebendo Nux-Cola e rindo em volta de uma mesa se alternavam com cenas da violência da polícia corporativa e dos músicos ainda tocando.

De repente:

— Ali está a aberração!

Ozob olhou para trás e viu os dois reguladores.

Eram ambos humanos. Um deles se vestia à moda dos neovitorianos — casaca bordada, sabre de cavalaria na cintura e bigode encerado, contrastando com a submetralhadora que destravou. O outro era um sujeito enorme, quase uma cabeça mais alto que o próprio Ozob. Trajava uma armadura tecnológica e carregava um fuzil de dardos elétricos. Reguladores não ostentavam seu patrocínio nas vestes, como agentes e policiais comuns. Reguladores eram mais discretos, mais sinistros e muito mais perigosos.

O grandalhão fez mira e disparou seus dardos elétricos contra Ozob. O pós-humano se jogou no meio da multidão. A gritaria aumentou, com o fogo cruzado dos dois reguladores e dos agentes do DAA, e logo ninguém sabia mais quais tiros evitar, para onde fugir e quem era o principal inimigo.

Um agente do DAA pegou Ozob desprevenido — chutou sua nuca com o coturno, deixando o pós-humano atordoado. Ozob começou a se virar, então recebeu uma pancada forte do bastão de densidade variável. A arma parecia um mero cassetete, mas era mesmo perigosa: em contato com o crânio branco, o material se tornou mais duro que aço, e Ozob sentiu a pele formigar por baixo da dor, então sangue escorrer. Escorou-se na multidão de corpos que, em pânico, tentavam fugir ou resistir. Dois agentes do DAA estavam sobre ele. Os reguladores ainda estavam longe, mas abriram caminho por entre o povo, seus olhos já brilhando com a recompensa pela morte do criminoso.

— Abaixe-se! — ouviu uma voz de mulher dizer e teve reflexo suficiente apenas para fazer o que ela ordenava.

Era a guarda-costas dos músicos e ela saltou por sobre a multidão, passando a um centímetro da cabeça de Ozob, sobre os dois inimigos que estavam mais perto dele. Caiu nos dois homens de armadura negra. A mulher tinha garras afiadas e rugiu como uma fera. O sangue dos dois voou na cara do pós-humano.

Ela era uma visão impressionante. Alta, ombros largos, vestia roupas sumárias, vermelhas, claramente com o propósito de evidenciar seu corpo e sua ferocidade. Era musculosa e sua pele era marcada por listras, como as de um tigre. Algo na maneira como se movimentava e no som que saíra de sua garganta sugeria um animal selvagem, algo diferente de humano. Ela tinha troféus pendurados na roupa — uma orelha e algo que parecia ser um escalpo. Suas mãos eram recobertas por metal líquido em forma de garras. Sua cabeça era raspada, coberta por tatuagens, e ela ostentava um moicano também feito de metal líquido, afiado como navalha.

A guerreira enfiou os dedos pontiagudos de metal líquido na máscara de gás de um agente, quebrando o visor e perfurando seus olhos. Puxou-o para perto de si e desferiu uma cabeçada. O moicano penetrou no capacete e rachou o crânio, matando-o na hora. O segundo agente estava com o peito rasgado, vertendo sangue. Com braços trêmulos, apontou a escopeta para a guerreira.

Três agentes do DAA vieram por outro lado, fazendo mira contra ela.

— Abaixe-se! — foi a vez de Ozob dizer, e ela obedeceu.

O pós-humano abriu seu sobretudo e todos que viram aquilo deixaram a boca pender. Entre agentes da polícia corporativa, reguladores e uma guerrilheira modificada com metal líquido, ele parecia o mais letal. O interior do sobretudo estava forrado de bombas. Ao redor de seu peito, um colete com inúmeras granadas e explosivo plástico em tiras, como se ele fosse um suicida. Ozob escolheu uma granada cilíndrica e uma bomba ovoide de seu arsenal. Primeiro atirou a granada contra os três agentes que chegavam, por sobre a cabeça da mulher. A coisa estourou com um som ensurdecedor e um clarão de luz cegante. Os agentes ficaram atordoados, então Ozob arremessou a segunda bomba, que eles não conseguiram evitar. O estrondo muito real, mas contido, engolfou os três numa nuvem de fogo. Mas não havia estilhaços, então a multidão ao redor quase não se feriu. Os agentes começaram a correr em círculos, gritando de agonia, enquanto a substância gelatinosa e inflamável se grudava em suas vestes, consumia-as em chamas e chegava a sua pele.

A guerreira olhou para ele e deu um sorriso cheio de dentes afiados.

— Napalm? — ela perguntou.

— E tem muito mais de onde esse veio.

A alguns metros dali, a multidão tinha virado quatro carros de lado, apanhado alguns destroços e construído uma barricada improvisada. Os jovens arremessaram pedras e pedaços de pau, enquanto os agentes do DAA responderam com tiros de escopeta. Ouviu-se uma ordem:

— Atenção, desordeiros. Seu comportamento obriga o Departamento de Agenciamento Artístico a usar munição letal. Suas mortes serão um oferecimento de Joyeux para homens. Joyeux... A sedução começa pelo cheiro!

Nos luminosos, um comercial mostrando um homem passando perfume em uma praia, cercado de mulheres em êxtase orgástico, alternava-se com o vídeo dos agentes disparando munição letal contra adolescentes que tentavam resistir arremessando lixo.

— Eles têm as armas, mas não o poder! — garantiu Johnny Molotov, num intervalo de alguns segundos. — Eles têm medo de nós!

— *Um, dois, três, quatro!*

Quer os agentes tivessem ou não medo, os músicos pareciam tomados de coragem infinita. Quatro inimigos avançaram para cima deles, mas guitarrista e baterista continuaram tocando, desafiantes, enquanto os drones filmavam tudo e tentavam enviar as imagens para os luminosos.

— Acorde! — gritou a guerreira perto de Ozob, e ele notou que se demorara um segundo a mais prestando atenção na banda. O regulador em roupas vitorianas tinha mira sobre ele.

Ozob agarrou um agente do DAA e o virou com rapidez, usando-o como escudo humano. Pôde ver o pavor nos olhos do homem, por trás do visor, quando as balas da submetralhadora atingiram suas costas. Largou o cadáver, que logo foi apanhado pela mulher com garras de metal líquido. Ela arremessou o corpo contra o regulador grandalhão, atrapalhando sua pontaria.

Ozob correu para o homem, antes que ele conseguisse se desvencilhar do cadáver, e usou uma passada de pernas para derrubá-lo no chão. O grandão caiu pesado, de costas no asfalto. Ozob agarrou seu braço numa chave, prendeu seus ombros com as pernas e começou a forçar.

O neovitoriano apontou a submetralhadora para o pós-humano, mas a mulher selvagem se atirou sobre ele. Rolou com o regulador na calçada. Ergueu as garras e cortou a arma de fogo, desfazendo-a em estilhaços de metal e plástico. Então saltou para longe, sob uma barragem de tiros dos agentes do DAA, correndo de volta para os músicos.

Ozob ouviu com prazer o braço do regulador se quebrar em sua chave e o grito do homem. Levantou-se de um salto e correu para longe. Cambaleando, segurando o braço, o grandalhão tentou ir atrás dele, mas ouviu um bipe em velocidade crescente. Olhou para baixo e notou que o pós-humano havia deixado um presente: uma algema grossa de metal em seu pulso. Na algema, uma luz vermelha piscava, acompanhando o bipe.

Ozob olhou para trás, sorriu e a luz piscou uma última vez. A bomba explodiu, banhando a multidão com fragmentos do regulador.

— Venha para cá! — chamou a guerreira selvagem. — Fique conosco!

Ela estava próxima a Johnny Molotov, coberta de sangue, preparando-se para a chegada de mais agentes. Os músicos não paravam de tocar. A guitarra impunha sua melodia feroz sobre o som dos tiros, das explosões e dos gritos. A música hipnotizante dos jingles publicitários competia com o som da banda. O poder no mundo era feito de armas e slogans, e ambos estavam sendo usados contra o povo naquela noite.

Ozob correu por entre as pessoas. Um casal se recusava a parar o sexo, sobre um monte de sacos de lixo no meio do caos, e alguns fãs ainda dançavam sob a música de Johnny Molotov. O pós-humano chegou até a guarda-costas e os músicos. Os agentes do DAA avançaram para eles. O regulador neovitoriano sacou seu sabre de cavalaria da cintura.

— Vamos trocar! — gritou Ozob. A guerreira assentiu.

O pós-humano jogou uma granada de fragmentação contra um grupo de agentes. A explosão destroçou as pernas de dois deles e fez os outros se espalharem. A guerreira voou sobre o regulador. Desferiu um golpe com as garras, que o inimigo bloqueou com seu sabre.

Ozob preparava outra bomba quando sentiu um puxão em seu sobretudo. Olhou para trás e por uma fração de segundo não enxergou ninguém. Então olhou para baixo e viu.

Era uma garota. Primeiro achou que fosse uma adolescente, mas depois notou que era adulta — por pouco. Baixa, tinha cabelo negro curto, espetado, raspado nas laterais. Usava uma jaqueta preta, seus olhos pareciam um pouco grandes demais, mas ele não conseguiu discernir a origem do estranhamento. Ozob pensou que fosse só mais alguém perdida no meio da violência, uma admiradora dos músicos tentando sobreviver ali, mas ela não perdeu tempo em lhe dar ordens:

— Você usa explosivos, não? Não sei quem é, mas é útil. Venha comigo.

Sem esperar resposta, a garota correu abaixada até um dos dois carros parados perto da banda. Antes de notar o que fazia, o pós-humano foi atrás dela. Entrou no carro e viu que estava tomado por uma quantidade imensa de computadores de todos os tipos, desde belos produtos de marcas famosas até placas ligadas entre si sem nenhuma carcaça em volta. Vários monitores em diferentes estados de conservação mostravam infinitas linhas de código, softwares de criptografia, o vídeo filmado pelos drones e as propagandas que disputavam espaço nos luminosos da Times Square. Ozob percebeu que aquela garota tinha chegado com os músicos e sua guarda-costas e que estivera nos carros o tempo inteiro.

— Qual é o explosivo mais potente que você tem aí?

— Você não quer minha pior bomba, menina — Ozob deu um meio riso.

— Quero, sim. Não discuta. Preciso da sua bomba mais poderosa e não temos tempo a perder.

O pós-humano piscou, então selecionou um aparato dentro de seu sobretudo. Descolou as tiras de explosivo plástico do colete e as ligou ao dispositivo.

— Não podemos detonar esta bomba aqui — disse Ozob.

— Não vamos detoná-la aqui.

Com alguns comandos num teclado e num mouse, como se estivesse jogando videogame, a garota trouxe os drones de volta. Eram uma espécie de helicópteros com várias hélices. Antigos, mas funcionais. Usando fita adesiva prateada, grudou o explosivo de Ozob a um dos drones.

— Vamos ter que fugir, e rápido — disse a jovem. — Se quer minha sugestão, é melhor vir conosco.

Ozob saiu do carro e viu a situação lá fora. A guerreira duelava com o regulador. Como se recebesse uma deixa, ela evitou um golpe do sabre de cavalaria e então decepou um braço do inimigo. O regulador caiu de joelhos e ela o decapitou.

Um grupo de agentes do DAA se aproximou por trás, com cuidado. Então gritaram, correram e começaram a atirar.

A cabeça do baterista explodiu numa chuva de sangue. Johnny Molotov deu um grito sofrido, mas se recusou a parar de tocar. O baixo eletrônico o acompanhava, como se pudesse ouvir sua fúria, mas a música perdeu profundidade sem a bateria. A guarda-costas correu para protegê-lo. Ozob arremessou uma bomba de onda de choque contra os agentes para dar cobertura aos aliados improvisados. Os policiais foram arremessados para trás com o impacto.

Então o drone com o explosivo voou rápido em direção ao dirigível.

— Quando chegar a hora, detone-o! — gritou a garota baixinha, atrás dele.

Ozob viu quando o pequeno helicóptero atingiu o balão. Segurou um controle remoto e digitou uma sequência rápida.

Apertou um botão.

A Times Square foi tomada por um som mais alto que tudo naquela noite. A explosão gigantesca do dirigível abafou a música, os tiros, os gritos, a propaganda. A voz dentro do veículo se calou. O dirigível em chamas despencou, indo se chocar com um dos enormes luminosos e enviando faíscas para todos os lados. Então caiu no chão. Nem mesmo os agentes do DAA conseguiram manter o controle. O caos foi total, e eles puderam apenas se proteger e tentar buscar ordens inutilmente.

— Obrigado, Nova York! — gritou Johnny Molotov no microfone, com a voz embargada e as costas cobertas de sangue. — Resistam sempre! Eles não vão vencer!

A guarda-costas o empurrou para os carros. Dentro de um deles, a garota já dava a partida, segurando o volante com uma mão. Mexeu em algum aparato com a outra e o segundo carro ligou sozinho.

— Já disse que é melhor vir conosco! — ela gritou para Ozob.

Ozob olhou para a Times Square em chamas, o dirigível destruído, as propagandas teimando em ser transmitidas intermitentemente no que restava dos luminosos. Para os agentes irados, confusos. Para os dois reguladores mortos. Para a juventude jogando pedras contra a polícia corporativa.

— Vocês são uma banda? Isso sempre significa diversão.

Entrou no carro que a garota dirigia e fechou a porta. No outro veículo estavam Johnny Molotov e a guarda-costas. O amplificador e o corpo do baterista foram deixados para trás.

Os dois carros se ergueram do chão sobre propulsores antigravitacionais e aceleraram pela Times Square, atropelando policiais e evitando por pouco o casal que, mesmo a poucos metros de um incêndio, continuava sua transa, agora nem um pouco furtiva.

Enquanto dirigia, a menina se virou no banco do motorista e sorriu para Ozob:

— Acho que este é o início de uma bela amizade.

2
EU QUERO SER SEDADO

OZOB TOMOU MAIS UMA DOSE DE WHISKY. ESTAVA COMEÇANDO A FAZER efeito. Não era fácil ficar bêbado quando se era um pós-humano, mas isso só significava que ele tentava com mais afinco do que a maioria.

Estavam os quatro sentados numa mesa no canto do bar *Harukiya*, bem longe da Times Square, na Cidade Baixa. Ozob não fazia ideia de que região fora aquela na Nova York do passado e nem interessava. O *Harukiya* era um bar sujo, no subsolo de um prédio antigo, onde um pós-humano não era a pior pessoa presente, o que era algo a se comemorar. Na verdade, perto do resto da clientela, Ozob era quase um cidadão respeitável. Era um de seus bares habituais, um dos quais ele ainda não havia sido expulso permanentemente.

Provavelmente questão de tempo.

— Vocês fazem isso o tempo todo? — ele perguntou.

Johnny Molotov assentiu, triste. Ainda estava sujo de sangue. A guerreira com o moicano de metal líquido ficou parada, apenas observando. Quem tomou a palavra foi a garota mais jovem:

— Sempre que podemos.

— Por quê?

— Porque alguém precisa resistir.

Ozob deu um riso de desdém.

— Resistir?

— Você estava sendo caçado só porque é pós-humano. A polícia corporativa matou e espancou aquelas pessoas porque estavam ouvindo e tocando música. Alguém precisa resistir a isso.

— *Vocês* estavam tocando música. E as pessoas estavam ouvindo o que vocês tocavam. Ou seja, estão resistindo a problemas que vocês mesmos criaram. Que bobagem.

A guerreira se debruçou sobre a mesa do bar. A garota mais jovem continuou calma.

— E você criou um problema por ser pós-humano na Terra, não é? Por que simplesmente não ficou quieto em alguma colônia extramundo, trabalhando até morrer? Por que insistiu em vir para cá, sabendo que os reguladores iriam caçá-lo?

— Bem colocado, garota — Ozob sorriu.

— De qualquer forma, você não vai entender até ouvir a música de Johnny. Até ouvi-la *de verdade*. É nosso dever fazer shows de guerrilha, porque a música dele precisa ser ouvida. Nós somos War Roadies e esse é nosso jeito de guerrear.

A garota se chamava California. Um nome esquisito, até ele pensar na origem de seu próprio nome. Ela era a mais jovem dos War Roadies, mas era a líder. Especialista em computadores, gabava-se de ser capaz de invadir qualquer sistema. Baixa, pequena e sem treinamento de combate, não demonstrava medo nenhum da truculência da polícia corporativa. Hematomas e cortes meio cicatrizados em diversas partes de seu corpo contavam as histórias de shows anteriores. Ozob ainda não conseguia discernir a origem do estranhamento por aqueles olhos enormes.

— DNA alienígena — esclareceu California.

— Você é meio alien?

— Não nasci assim, mas enxertei um pouco de DNA de uma espécie extramundo assim que pude. Eles são melhores com computadores.

California não precisava de tanta quantidade de álcool para ficar bêbada, mas fazia um esforço admirável para acompanhar Ozob.

— Por que estamos conversando com esse palhaço? — interrompeu a guerreira.

Seu moicano de metal líquido estava derramado por sobre a cabeça, numa faixa pastosa que pendia em fios semelhantes a mercúrio. Mas ela parecia incapaz de relaxar de verdade. Sua respiração era laboriosa, ela se mantinha olhando para os lados, como se esperasse um ataque a qualquer momento. Seu nome era Vivika, e não era preciso muita observação para notar como ela era protetora com California.

— Ele lutou ao nosso lado — disse a hacker. — No mínimo, podemos beber com ele.

— Ele pode nos vender para o DAA, alguma corporação ou mesmo a Fazenda de Gênios — retrucou Vivika. — Acabamos de perder um dos nossos e você está assim tranquila?

Ozob se aproximou das duas, sobre a mesa do bar.

— E qual é sua história? — ele perguntou.

— Conte a sua antes.

— Não consegue adivinhar? — Ozob abriu um sorriso. — Um doente decidiu criar pós-humanos em forma de palhaços. Fomos feitos para trabalhar e ficar longe dos olhos de todo mundo. Que merda hein? Mas podia ser pior. O desgraçado fez outros palhaços ainda mais deformados. Você precisa ver Zatati Ratatá!

O pós-humano secou outra dose. Segurou uma garçonete robótica que passava e lhe tirou a garrafa que carregava na bandeja.

— Esta rodada é por minha conta!

Ozob não tinha dinheiro para muito mais que uma rodada. Mas se ficasse com fome amanhã não seria problema, porque planejava estar com uma ressaca tão grande que não conseguiria comer nada. De qualquer forma, esqueceria a fome injetando alguma porcaria nas veias ou com algum colírio estimulante.

— Podemos confiar nele, porque já está metido conosco até o pescoço — disse Johnny Molotov. Então o músico imitou uma arma com os dedos. Encostou o "cano" na testa de Ozob e fez como se apertasse o gatilho. — Eles já estão atrás de você, amigo. Já mataram o nosso baixista e o nosso baterista. Não vão hesitar em matar um palhaço cheio de explosivos.

Ozob olhou fundo nos olhos de Molotov, não deixando transparecer o calafrio que tomou seu peito. Morrer ainda antes da hora, perder os dois anos que lhe restavam, era aterrorizante.

— Venha a outro show — disse California. — Ouça a música de Johnny.

— Ele pareceu um músico bem ruim, se quer a minha opinião. Desculpe aí, parceiro.

— Bons músicos me dão sono — respondeu Johnny Molotov.

— É por isso que você tem que ouvir — a garota continuou. — Ouvir de verdade. Vir a um show em que ele consiga tocar um pouco mais, antes do ataque da polícia. Você vai entender.

Os War Roadies eram guerrilheiros culturais. Pelo menos assim se denominavam. Ozob achou a nomenclatura pretensiosa, mas eram pessoas com quem beber e havia duas mulheres. Uma que já andava seminua e exalava agressividade. Outra bonita de um jeito diferente. Ozob sentiu vontade de lhe tirar a jaqueta preta, ver o que existia por baixo. Ele nunca havia transado com uma alienígena e alguém com DNA alienígena era a coisa mais próxima disso que estava ao alcance. Também não tinha mais dinheiro para prostitutas, a não ser as mais baratas e desesperadas, e já estava cansado de recorrer a elas. Era hora de fazer seu charme funcionar.

California notou o tipo de olhar que o palhaço dirigia a ela. Riu e secou seu copo.

— Nossos shows são sempre ilegais — ela continuou. — Johnny e eu somos fugitivos de uma corporação, então nunca poderíamos operar legalmente. Avisamos a algumas pessoas sobre as apresentações, pelas redes sociais, antes que os patrocinadores consigam censurar o assunto. Dependemos do boca a boca e do elemento-surpresa. Chegamos a um lugar e os músicos tocam tanto quanto conseguem, antes de começar a repressão. Então Vivika luta e eu controlo a parte eletrônica.

— E qual é seu objetivo, afinal? — perguntou Ozob.

— Fazer as pessoas pensarem.

— Pensarem? Típica conversa de intelectual em mesa de bar. Não, obrigado.

— Pensarem o suficiente para parar de quebrar a Cidade Baixa. Pensarem o suficiente para se organizar e invadir a Cidade Alta. Pensarem o suficiente para se unir à polícia, que também vive oprimida, e queimar as corporações.

— Posso beber a isso.

Nunca aconteceria, Ozob pensou. Mas, se zombasse demais dos sonhos de California, diminuiria suas chances de vê-la gemendo, sem a jaqueta preta. Fingiu levar aquilo a sério.

— Vocês são uma banda — o palhaço mudou de assunto.

— Éramos, pelo menos — Johnny cortou.

— Que se foda, são músicos. E tudo que fazem é ficar enfiados num bar filosofando? O que fazem para se divertir?

Molotov também secou seu whisky.

— Nosso baterista morreu há poucas horas — disse o músico. — Precisamos mesmo viver um pouco.

o—

Ozob não lembrava de como tinha chegado naquela boate, mas teve a vaga impressão de ser a terceira da noite. Há muito já perdera a conta de quanto bebera. Estava com um comprimido debaixo da língua, que se dissolvia devagar, espalhando ondas de bem-estar por seu corpo. Sentiu um formigamento nas costas e se lembrou de que, no segundo lugar onde eles haviam estado, ele fizera uma tatuagem. Ver qual era o desenho seria uma surpresa quando voltasse para casa e pudesse se olhar num espelho.

O ambiente estava enfumaçado e cheio de gente. A fumaça até bloqueava o cheiro de suor. Ozob não conseguia escutar o que se dizia a um metro de distância, porque uma banda no palco tocava a todo volume. Por um instante, se confundiu com o show do início da noite, mas não era Johnny Molotov tocando naquele momento. Eram uns sujeitos de meia-idade, vestidos de preto, berrando muito. Não entusiasmavam, como tinha sido na Times Square.

Ozob cuspiu um dente e lembrou que há algum tempo tinha entrado numa briga. Não sabia se fora nessa boate ou na anterior. Talvez por isso eles haviam sido expulsos de uma delas?

Tentou localizar os tais War Roadies. Se os perdesse, tudo bem. Mas músicos sempre tinham boas drogas e boas festas. Para viver isso ele deixara as colônias extramundo e viera para a Terra. O combate na Times Square fora divertido, mas explodir coisas não bastava. Ozob só tinha mais dois anos e precisava viver tudo que pudesse neste tempo.

O pensamento o invadiu com um novo calafrio e ele deu um berro, pulando e chutando todos a sua frente para chegar perto do palco. A música era horrível, mas estava num volume suficiente para quase bloquear seus próprios pensamentos. O comprimido já havia se dissolvido. Ele enfiou a mão no bolso do sobretudo e achou três pílulas. Deveriam durar pelo menos mais um dia inteiro, mas ele as colocou na boca ao mesmo tempo. Agarrou uma garota que socava e chutava os outros que dançavam perto do palco. Ela o beijou e o afastou com uma cotovelada. A dor foi boa. Ozob teve esperança de que, com estímulos suficientes, o terror de que só tinha mais dois anos sumisse.

Enfim, localizou os três: Johnny Molotov estava de pé, parado, fumando, perto de um amplificador. De olhos fechados, aproveitava a música medonha. Vivika, numa mesa com outras três mulheres, dava gargalhadas. Por fim, viu California. Sozinha, numa mesa no canto, bebendo. E olhando-o.

Ozob foi até ela.

— Fale mais sobre a revolução — ele disse, enrolando a língua.

— Quantas drogas você tomou? — sorriu a hacker.

— Todas que eu achei.

California lhe ofereceu sua bebida. Ozob tomou tudo de um gole.

— Vivika acha que você é um risco.

— Não, não. Eu quero ajudar. Quero colaborar com a revolução. Quero ouvir a música do seu amigo. Ele é só seu amigo ou é alguma coisa a mais?

Ele achava que estava sendo muito sutil e insinuante. A sutileza de marreta dos bêbados.

— Puxa, Ozob — ela riu. — Quando você fala desse jeito, mal consigo controlar meu tesão.

Ele se aproximou dela, com um hálito terrível, e a beijou. California aceitou um beijo rápido, com um sorriso constrangido.

— Satisfeito?

— Vamos sair daqui.

— Ozob...

— Vamos para o banheiro.

— Sei que você quer isso. Mas acho que precisa mais de uma amiga do que de uma foda.

— Você tem um namoradinho, por acaso, menina?

— Alguns. E algumas. Mas isso não interessa, não é? Eu gostaria de ser sua amiga. E não me importo que você tenha vindo me beijar com esse bafo de duas garrafas de whisky. Mas não vou transar com você no banheiro.

— Quem sabe no banco de trás do carro...?

— No que você está pensando agora?

— Em comer você — com a sinceridade dos bêbados.

— Certo — ela riu. — Mas, além disso?

Ozob manteve um sorriso forçado no rosto. Ficou olhando-a, tentando pensar em algo espirituoso para dizer. California manteve o olhar, com expressão divertida no rosto.

— Você sabe quanto tempo vive um pós-humano? — ele disse, por fim.

— Não. Para falar a verdade, nunca tinha conhecido um.

— Quatro anos.

— E quantos anos você tem?

— Quase dois.

Ela suspirou. Ele manteve o sorriso forçado.

— Que merda, Ozob.

— É uma merda.

— Mas todos nós vamos viver pouco. Quem vive muito é o pessoal da Cidade Alta, com seus tanques de regeneração e suas câmaras antibacterianas.

— Não. Nenhum de vocês vai viver tão pouco quanto eu.

— Mas muita gente vive anos e anos e não aproveita de verdade. Você ainda tem chance de viver bastante.

— Tem alguma sugestão? — com a insistência dos bêbados.

— Olhe para trás.

Ozob olhou. De pé, atrás dele, estava Vivika. Ele ficou de pé, com certa dificuldade.

— Sabe o que é coulrofilia? — perguntou a mulher.

— O quê?

— Fetiche por palhaços.

Vivika o agarrou, e California riu da cantada terrível.

o—

Ozob acordou um número indefinido de horas depois, em uma cama que não conhecia. Sua cabeça latejava, mas não era a pior dor. Suas costas e seus braços estavam cheios de cortes. Seu lábio inferior estava inchado, pelo que ele suspeitava ser uma mordida.

Vivika, pendurada de cabeça para baixo, fazia exercícios abdominais.

— Bom dia.

— Bom dia, parasita — disse a guerreira. — Achei que fosse ficar dormindo o dia inteiro.

Ozob levantou da cama com dificuldade, coçando-se. O quarto tinha vários colchões. Em alguns deles, mulheres dormiam. Todas eram musculosas e tinham aparência feroz, como Vivika. De varais no meio do quarto pendiam várias peças de roupa ainda secando. Garrafas, pequenos frigobares, fogareiros e panelas com restos de comida se espalhavam por tudo. E armas. Muitas armas. De espadas até bazucas, passando por fuzis de assalto e singelos revólveres do século 20, aquilo era o sonho de um terrorista.

— O que aconteceu noite passada? — perguntou Ozob, achando seu sobretudo cheio de bombas jogado por cima de uma cadeira.

— Não se preocupe — Vivika voltou ao chão, suando. — Você foi bem satisfatório.

Ele riu. Lembrou de novo que iria morrer em dois anos. Era hora de mais drogas, mais sexo ou mais violência.

— Vocês todos moram aqui? — quis saber o pós-humano.

— Você quer dizer os War Roadies? Não, só eu. É uma república de ex-soldadas.

Elas pareciam mesmo ter tido algum tipo de vida militar. Seus cabelos eram todos cortados rentes. Exibiam cicatrizes e tatuagens com números de batalhões. Algumas, assim como Vivika, tinham melhorias artificiais. Ozob prestou atenção a uma mulher alta, que devia ter 50 anos, com dois braços cibernéticos. Em um deles claramente havia um lança-granadas embutido.

— Tem café da manhã?

Vivika lhe jogou uma barra de nutrientes. Continha todas as calorias de que um humano adulto precisaria durante o dia. A composição química do alimento fazia com que os nutrientes fossem liberados aos poucos no organismo, otimizando seu uso.

— Obrigado, mas estava pensando mais em algum tipo de bebida.

— Não bebo antes de uma missão.

— Agora é antes de uma missão?

— Sempre estou antes de uma missão.

Os dois ficaram se olhando. Ozob desatou a rir. Vivika sentou no colchão ao lado dele. Pegou a barra de nutrientes de sua mão e deu uma mordida, oferecendo-lhe o resto.

— Você não parece o tipo que entra em revoluções culturais com músicos e garotas hackers de cabelos espetados — disse Ozob.

— E qual tipo eu pareço?

— O mesmo tipo que eu. O tipo que mata gente por dinheiro e não por ideologia.

Vivika balançou a cabeça.

— Vamos lá, qual é sua história?

— Não tenho história — a guerreira respondeu.

— Todo mundo tem uma história. E quase todo mundo quer contar. A diferença é o que é preciso para fazer alguém contar sua história. Às vezes é bebida, por isso a bebida é tão importante. Às vezes é sentar na cama depois de uma noite juntos.

Ela sorriu, ainda um pouco cínica.

— Qual é *sua* história? — a guerreira perguntou.

— Você já me fez essa pergunta e eu já respondi. Sou um pós-humano criado por um demente. Por isso tenho aparência de palhaço. E só tenho mais dois anos de vida.

A franqueza de Ozob pegou Vivika desprevenida. Ela tomou dele de novo a barra de nutrientes. Mastigou absorta em pensamentos.

— Eu era soldada corporativa — disse, por fim.

— Era boa nisso?

— Eu era a melhor. Minha divisão desbaratou mais de vinte movimentos grevistas desde que me alistei. Derrubamos dois governos no Oriente Médio e um na América Latina. Até hoje existe um ditador em um certo país rico em urânio que me manda cartões de Natal todos os anos.

— Qual corporação?

— DataDyne — disse Vivika, casualmente.

Ozob sentiu o estômago se embrulhar. Era uma grande coincidência.

— Se existem hoje em dia oficinas de trabalho escravo da DataDyne na Europa Oriental, pode agradecer a mim por isso. Se seu implante neural é barato, agradeça às leis que eu ajudei a burlar, sequestrando filhos de governantes na Ásia.

— Então por que largou o trabalho?

Vivika suspirou.

— No início, você bebe um pouco depois de uma missão. Para confraternizar com os colegas. Todos estão eufóricos depois de um serviço, contando vantagens e narrando uns para os outros as histórias que todos viveram. A bebida ajuda a aproveitar o momento, esquecer os civis que você matou, mas ainda é comemoração. Então, após alguns meses, você toma alguns comprimidos para dormir. Diz a si mesma que é a adrenalina. Que todo mundo tem pesadelos. Que um contador e um advogado também ficam pensando em seus trabalhos quando voltam para casa.

— E então...

— E então você toma alguma coisa para passar o dia. Diz para si mesma que isso é comum. Que estudantes usam anfetaminas o tempo inteiro. Que estar acelerada durante o dia é bom, porque a deixa alerta.

Ozob olhou a guerreira, tentando ter empatia, mas nada do que ela falava ressoava com ele. Vivika estava fazendo um grande drama sobre ter consumido drogas para lidar com diferentes aspectos da vida, mas isso era apenas a realidade. Se o objetivo dela era contar uma história com uma grande moral profunda, havia falhado. Ele começou a prestar atenção nos peitos dela. O problema de transar com alguém em um estado tão alterado era que se esquecia dos detalhes. Se ele pudesse ver aqueles peitos mais uma vez, lembraria de tudo.

— Quando você percebe, está fazendo terapia de eletrochoque clandestina em uma clínica ilegal, nos fundos de um supermercado, torcendo para que o sujeito que se diz médico tenha completado pelo menos metade da faculdade. Tudo para esquecer o que você fez.

— Então é questão de consciência?

— É questão de não querer ser mais uma mancha no mundo. Eu desertei da DataDyne e foi então que conheci California e Molotov. Achei que teria de protegê-la, mas a garota se tornou minha líder.

— Mas ainda assim você não parece uma revolucionária.

— Música nunca significou nada para mim. Até eu ouvir a música dele.

Ozob bufou e voltou a olhar o quarto. Não aguentava mais ouvir falar da música milagrosa de Johnny Molotov.

— Então eu entendi que podia fazer algo de bom para o mundo. Os dois não sabem lutar, não podem se proteger do DAA. Mas eu posso.

— E você sempre foi assim? — apontou para as listras no corpo dela.

— Isto? — Vivika riu. — Não. Isto é DNA de tigre enxertado. Foi apenas depois que me juntei a California e Molotov.

— Onde conseguiu isso?

— Numa clínica ilegal, atrás de um supermercado. Mas o médico me garantiu que era quase formado.

Os dois riram.

o—

Ozob teve oportunidade de lembrar como era o corpo de Vivika. Depois foi embora, vendo-se numa parte da cidade que não conhecia muito bem. Mendigos se espalhavam pelas calçadas, muitos deles mutilados. A maioria das pessoas naquela região parecia ser composta de veteranos de alguma guerra ou outra.

Ozob começou a pensar no que faria com o resto do dia e, principalmente, com a noite seguinte. Seu estômago já fervilhava, ardendo. O peito parecia estar sob um peso enorme. Eram os sintomas da lembrança. Já fazia algum tempo que estava sóbrio e não tinha algo para ocupar a mente. A noção dos dois anos de vida se aproximou dele por todos os lados, fechando-se a seu redor, provocando uma espécie de claustrofobia. Pensou em começar uma briga. Lutar era sempre algo estimulante. O coração bateu mais rápido e ele andou mais rápido. Ia para lugar nenhum, mas andar rápido diminuía a sensação de que os minutos estavam passando inexoravelmente e que cada um o levava mais para perto do fim. Ele não estava fazendo nada divertido naquele momento. Era tempo perdido. Era tempo que não iria mais voltar.

Dois anos.

Dois anos.

Dois anos.

Ozob achou que estava prestes a vomitar, o coração batendo forte na garganta, quando seus implantes neurais fecharam uma sinapse. Ele estava recebendo uma mensagem pelo EgoBliss, uma das seis redes sociais instaladas nos implantes cibernéticos em seu cérebro.

Com um comando mental, verificou a origem da mensagem. California o havia marcado como amigo. Em sua mente, Ozob viu o rosto da garota, ouviu o timbre de sua voz, foi invadido por relances de memórias que eram dela. Deu um novo comando mental, para ler a mensagem.

Assim como todas as redes sociais, o EgoBliss era recheado de propagandas. Cada relação interpessoal tinha seus próprios patrocinadores. A amizade com California era um patrocínio de Nux-Cola. Nux-Cola, o sabor da amizade! Para acessar a mensagem, Ozob permitiu que a marca de refrigerante enviasse um comercial diretamente aos centros de prazer em seu cérebro. Foi invadido pela vontade de tomar Nux-Cola. Então pôde falar com a garota, numa interação aprovada pelas duas corporações envolvidas.

— *Espero que você e Vivika tenham se dado bem.*

— Vou precisar de uns curativos, mas foi divertido.

Ozob mandou uma impressão de sarcasmo, que era uma imagem sua com um meio sorriso e uma sobrancelha arqueada.

— *Eu também me diverti ontem à noite.*

— Algum namorado ou namorada?

— *Na verdade, estava falando de você. Gostei de conversar com você. Se quiser falar mais sobre sua sentença de morte, estou aqui.*

A menina não tinha meias-palavras. Ozob gostava disso. Parou num boteco para comprar uma Nux-Cola (a vontade parecia mastigar sua mente) e recebeu mais uma mensagem antes de responder:

— *Temos outra missão hoje. Vamos agir de novo, antes que o DAA saiba o que os atingiu.*

— Isso dá dinheiro?

— *Dá coisa melhor que dinheiro.*

— Você vai dizer que vão de novo espalhar a música do seu messias com dentes podres?

— *Hoje vamos a uma igreja com pregação antialienígena. Subsidiária da Loykos S.A.*

Era uma corporação que vendia comida processada. Mais especificamente, carne de alienígena.

— O que vão fazer?

— *Vamos invadir a igreja, é claro! Vamos ver o horror nas caras daqueles fanáticos alienfóbicos. Se quiser ir conosco, vai ser divertido.*

— Acho que preciso de outro tipo de diversão, garota.

— *Tudo bem. Mas, se mudar de ideia, encontre-nos às 7 no Distrito Eclesiástico. Gostei de conversar com você.*

A imagem de California se apagou da mente dele, substituída por mais interferência da Nux-Cola em suas conexões neurais. O EgoBliss mais uma vez o lembrou de que aquela amizade era patrocinada pela marca de refrigerante, fora possibilitada pela rede social e tinha sido aprovada pelo Conselho de Ética das Relações Humanas, outro órgão operado em conjunto por várias corporações.

Ele comprou outra Nux-Cola e notou que estava sorrindo.

Não tinha perdido a curiosidade de saber como era aquela voz gemendo, mas havia um certo prazer em fazer uma amiga. Talvez a primeira amiga desde Guzzo.

Havia alguma dúvida de que ele iria se juntar aos War Roadies para invadir a tal igreja?

FAMÍLIA FELIZ

HANS GROPP CONSEGUIA LEMBRAR DO DIA EM QUE SEUS PAIS LHE DERAM adeus. A maioria das crianças vendidas era jovem demais para formar uma memória daquele evento, mas o intelecto de Hans sempre lhe causou problemas. Com 3 anos, ele lia, escrevia e conversava quase como um adulto. E criava memórias permanentes. Lembrava dos inúmeros exames de saúde, da bateria de testes que haviam feito com ele, de ter seu sangue e sua medula extraídos.

E lembrava da conversa no escritório.

Deixaram-no sentado numa cadeira, entre seu pai e sua mãe. A sua frente, uma mesa. Do outro lado da mesa, um homem de jaleco branco. O homem cheirava a produtos de limpeza. Todo o escritório cheirava daquele jeito. Produtos de limpeza e remédios. Era o cheiro dos hospitais para onde o haviam levado, onde todos os testes e exames haviam sido realizados.

Os pais de Hans cheiravam muito diferente. Perfume barato, suor, gordura e graxa. Sua mãe trabalhava numa lanchonete e ficava com o cabelo cheirando a fritura. Seu pai era um mecânico, estava sempre com os dedos sujos e machucados.

— Então? — disse a mãe de Hans, ansiosa. — Acha que ele vale alguma coisa?

O homem de jaleco branco checou informações em um computador. Um de seus olhos era um óbvio implante cibernético que brilhava com luz vermelha e interagia com a outra máquina. Ele fez alguns gestos no ar, mexendo no fluxo de informações projetado apenas em seu olho biônico.

— Hans é muito doente — disse o homem. — Seu tratamento vai custar à corporação...

— Mas ele é inteligente! — o pai de Hans interrompeu. — Já sabe ler. Nem eu nem minha mulher nunca ensinamos.

— Não sabemos direito — disse a mãe, com certo orgulho.

— Fale algo esperto para o moço, Hans — incentivou o pai.

Hans o olhou. Ficou paralisado. Tímido, temeroso.

— Vamos, fale algo inteligente! — a mãe segurou seu braço com força e o sacudiu.

Hans tentou controlar o choro.

— Não é necessário — disse o homem de jaleco. — Já analisamos seu potencial. Mas ninguém garante que ele será um bom investimento de longo prazo para a DataDyne. Seus pulmões são fracos. A doença degenerativa pode atingir suas pernas. O que iremos fazer com este garoto se ele nem conseguir caminhar daqui a alguns anos?

O pavor que Hans sentia naquele momento não tinha referencial em sua curta vida. Falavam em algo que ele não compreendia bem. Não poderiam realmente estar discutindo vendê-lo. E aquele homem dizia que ele talvez deixaria de andar. Hans tentou ir para o colo da mãe, mas ela o empurrou e o colocou sentado de novo. Dirigiu a ele um olhar severo.

— Escute, doutor, eu vou ser honesto — o pai de Hans deu um riso fraco. — Não sei quanto vocês pagam pelas crianças normalmente, mas nós precisamos de um carro novo. Pode ser usado, então não vai custar muito. Se puder cobrir o custo...

— Nós não temos mais dinheiro para os tratamentos — a mãe interrompeu, aflição clara na voz. — Paguem o que vocês puderem. Nós estamos perdendo dinheiro com ele.

O pai deu um safanão na mãe, furioso por ela ter aberto o jogo daquela maneira.

— Ainda assim é um investimento arriscado — disse o homem de jaleco branco.

— Por que você não nos dá um número? — o pai fez um sorriso amarelo, mostrando os dentes que lhe faltavam. — Só um número que vocês possam pagar. Então conversamos.

O homem digitou um número em seu computador. Virou a tela para mostrar aos pais de Hans.

— Só isso? — a mãe choramingou.

— É o investimento que compensa para a empresa. Tenho certeza de que os senhores entendem.

— Mas... Não paga nosso carro.

Hans sentiu seu pequeno coração acelerar a ponto de deixá-lo tonto. Puxou a manga da mãe, mas ela o ameaçou com um tapa.

— Tenho uma ideia — disse a mãe, abrindo um sorriso. — Se você aumentar um pouco, só até o preço do carro, damos o outro de brinde.

Ela estendeu o bebê que estava em seu colo para o homem de jaleco branco. O irmão de Hans Gropp, Kurt, era um bebê esquálido e calado. Não protestou.

— Sim, de brinde! — entusiasmou-se o pai, vendo a chance de se livrar de dois gastos e ainda conseguir o carro. — Se um deles é tão inteligente, o outro pode ser ainda mais! E você leva os dois pelo mesmo preço.

O homem de jaleco branco se recostou em sua cadeira. Tamborilou os dedos na mesa, como se pensasse. Então:

— Muito bem. Vamos fazer negócio.

Os pais de Hans Gropp se ergueram, muito felizes, para apertar a mão do homem de jaleco branco. Hans começou a chorar, mas eles não deram atenção. Agora era problema da DataDyne.

o—

O orfanato era um ambiente colorido e limpo. O pavor que Hans Gropp sentiu quando foi abandonado por seus pais não demorou a ser substituído por maravilhamento. A DataDyne não estava preocupada com o bem-estar de crianças, mas cuidava de seus investimentos. Hans foi colocado em um berçário magnífico. O pé-direito era alto e as paredes eram pintadas com arco-íris e animais. Havia todo tipo de brinquedo. Dezenas de crianças conviviam com Hans. Os professores estimulavam suas mentes e os cientistas faziam anotações sobre o progresso de cada um.

As crianças eram investimentos. Centenas se criavam naquele ambiente, compradas pela corporação, na tentativa de angariar mentes geniais permanentemente atreladas a ela. Por isso o apelido: "Fazenda de Gênios". Apenas um punhado delas se destacava, é claro, mas essas compensavam pelo resto.

Algumas, com potencial limitado e serventia apenas para trabalho braçal, viravam operários com contrato de semiescravidão vitalício. Afinal, a DataDyne tinha pago por elas e era sua dona. Outras, que não serviam nem para isso, eram jogadas na rua e deixavam de ser responsabilidade da corporação. E aquelas que tinham potencial de verdade também assinavam contratos vitalícios, mas não de semiescravidão. Iam viver na Cidade Alta, como engenheiros, pesquisadores, executivos.

Era o destino escrito de Hans Gropp.

Seu irmão ficava numa ala separada com outros bebês. Eram todos submetidos a testes constantes. Hans tentava se manter vigilante sobre ele. A frieza de seus pais lhe incutira um sentido de que era ele o responsável por Kurt.

Talvez por se achar responsável pelo irmão, Hans começou a se destacar nos estudos de biologia, medicina e genética. Era mesmo um prodígio. Um intelecto inexplicável, que com certeza não era herança de seus pais, e um ótimo investimento para a DataDyne. Seus pulmões continuaram fracos — ele ficava sem fôlego por caminhar poucos metros e nunca conseguia acompanhar as crianças mais ativas em suas brincadeiras. Suas pernas não estavam se desenvolvendo direito, ele mancava e não conseguia ficar de pé muito tempo. Seu corpo era magro; por mais cápsulas de nutrientes que lhe dessem, nunca ficava corado e forte como os outros. Mas mantê-lo vivo valia a pena, pois atingiu o nível de um pesquisador adulto aos 7 anos.

Com essa idade, deram-lhe a primeira tarefa realmente complexa. Colocaram um filhote de cão a sua frente, no laboratório.

— Seu objetivo é deixá-lo vivo pelo maior tempo possível — disse o professor.

— Ele já está vivo — Hans argumentou.

— Primeiro, você vai matá-lo. Não vai fazer sujeira, a câmara de gás está aqui para isso. Então o disseque e tente manter cada parte viva.

Hans entrou numa crise de choro. Um medo primordial tomou conta dele, junto ao nojo de si mesmo. Sentimentos adultos demais.

Um grupo de seis cientistas fez anotações sobre a maneira como ele reagia. Colocaram eletrodos em sua cabeça para medir suas ondas cerebrais, tiraram sua pressão, auscultaram seu peito.

E esperaram.

O olhar dos adultos durou horas.

— Estou com fome.

— Faça o que tem de fazer, Hans.

E lentamente, no meio daquele círculo de adultos, ele entendeu que iria obedecer. Desde o início, o asco com a tarefa vinha da percepção de que iria fazer o que eles mandavam. Eles eram adultos e não havia alternativa.

O cachorro o olhava com expressão simpática.

Hans o colocou numa câmara selada e ligou o gás.

Os cientistas fizeram anotações.

Então ele pegou seus instrumentos cirúrgicos e pôs-se a dissecar o animal. Cada parte foi ligada a um conjunto de máquinas. Hans começava a compreender as ligações entre carne, aço, plástico e silício, que compunham a base da cybertecnologia.

Ele não conseguiu. O cachorro permaneceu bem morto.

Mas, na quinta tentativa, foi capaz de produzir uma cabeça decepada de cão que tentava latir e respondia a estímulos.

Como prêmio, deixaram que passasse algum tempo com seu irmão.

o—

Kurt Gropp não era um gênio. Na verdade, era quase incapaz de processar as aulas que tinha com dezenas de crianças. Seria mais um entre tantos, um anônimo com futuro cinzento, não fosse tão doente.

Kurt Gropp tinha pulmões ainda mais fracos que os do irmão. Mal conseguia falar e por isso nunca desenvolvera a fala direito. Sua garganta estava sempre em carne viva pelos constantes acessos de tosse. Ele andava meio curvado e precisava de auxílio para caminhar. Além disso, ficava sempre nos últimos percentuais em todos os testes padronizados.

Era um péssimo investimento.

A única coisa que parecia dar alegria a Kurt Gropp eram antigos programas televisivos infantis. O orfanato tinha acesso ao entretenimento mais recente para crianças, ao que os filhos dos cidadãos produtivos da Cidade Alta assistiam. Animações interativas, feitas para estimular cada faixa etária. Histórias com a dose certa de tensão e violência para incentivar comportamento decidido, mas não agressivo. Mensagens de conformidade e consumo para suscitar o desejo de um bom emprego, numa boa corporação, com bom salário e boas compras. Mas, por alguma razão, isso não acalmava Kurt. Todo o entretenimento produzido para sua faixa etária o deixava inquieto, nervoso, o que logo gerava acessos de tosse. Isso, por sua vez, irritava as outras crianças e a violência infantil era o resultado.

Para deixar Kurt Gropp calmo, era necessário algo mais primitivo.

De algum lugar num porão, a equipe do orfanato desencavou uma velha TV do século 21 e um reprodutor de mídia ultrapassado. Então mostraram a Kurt Gropp programas malfeitos, produzidos numa época em que ninguém pensava em planejar o futuro dos cidadãos de bem. Eram cores saturadas, bordões repetitivos, jogos simplórios e atrações mambembes. Mas o deixavam tranquilo. Tudo que Kurt Gropp queria ouvir era:

— *Alô, criançada.*

Tudo que tolerava eram antigos programas com palhaços.

Hans Gropp, quando recebia prêmios por sua produtividade e seu sucesso, podia ficar com o irmão. Permanecia sentado a seu lado por horas, enquanto ele estava vidrado na TV. Os palhaços falavam seus bordões e Kurt tentava repeti-los com sua dicção sofrível.

Aos 9 anos, Hans fez os cálculos. Previu que qualquer investimento em Kurt Gropp iria se mostrar sem futuro nos próximos doze meses. Kurt nunca seria um gênio, isso era certo. Assim, em doze meses os custos de mantê-lo vivo excederiam todos os lucros que ele pudesse gerar como operário semiescravo, ainda mais com seu físico frágil.

Em doze meses, Kurt Gropp seria posto na rua, onde certamente morreria.

Hans decidiu conversar com o chefe de uma das equipes de pesquisa do orfanato.

— Sei que vocês vão largar meu irmão — disse o garoto. — Minha previsão é de doze meses. Vocês vão colocá-lo na rua com os outros rejeitados que não servem nem como escravos. Não é mesmo?

— Está quase certo — disse o cientista. — Seu irmão tem um prazo de apenas dez meses para se tornar produtivo.

Hans engoliu em seco.

— E se ele aprender um ofício? — propôs. — E se eu lhe ensinar a produzir algo que...

— Não perca seu tempo — o cientista o interrompeu. Tratava-o como um adulto. — Kurt não é capaz nem de acompanhar o enredo do entretenimento para sua faixa etária. E não terá saúde para ser um trabalhador funcional. Sua expectativa de vida não chega aos 20 anos.

As mãos diminutas de Hans Gropp estavam brancas com a força que ele fazia fechando os punhos. Ele tremia de raiva e medo.

— Meu irmão pode não ser um bom investimento, mas eu sou — disse. — Se ele for descartado, paro de trabalhar. Todo o dinheiro que gastaram em mim será perdido.

Desta vez, o cientista não o tratou como adulto. Pelo contrário, deu um sorriso condescendente, como se ouvisse os erros adoráveis de uma criança pequena.

— Hans, crianças morrem o tempo todo. Em nossa planilha de custos já prevemos que alguns de nossos gênios, nos quais investimos tanto, nunca completarão sua educação. Se você parar de produzir, será descartado também. E o único prejudicado será você mesmo.

Ele sentiu seu corpo magro gelado. Olhando para cima, para o adulto muito mais alto do que ele mesmo, viu-se totalmente impotente.

— Você vai ter chance de aproveitar o tempo que lhe resta com Kurt — garantiu o cientista. — Terá mais horas livres, eu prometo. Verá com ele todos os programas antigos que quiser.

Não era mentira: naquele mesmo dia, Hans recebeu permissão de ficar com seu irmão. Por horas, sentado ao lado dele, ouviu:

— *Alô, criançada!*

E, com a mente livre para pensar, enquanto os olhos e ouvidos recebiam o bombardeio de cores e músicas, formulou seu plano.

o—

Na noite seguinte, Hans Gropp achou uma de suas enfermeiras enquanto ela saía do banheiro. Sua expressão séria era de adulto. Quando a mulher o viu, abriu um sorriso, mas logo notou que não era um garoto com algum problema que vinha falar com ela. Era um homem com uma proposta.

Hans avançou, com suas pernas fracas e seu corpo esquálido, forçando a enfermeira a ir para trás. O corredor estava deserto. Ela ficou contra a parede.

— Eu sei que você está roubando do orfanato — disse Hans.

— Ora, que bobagem você está dizendo — a enfermeira tentou sorrir, desarrumou o cabelo dele. Mas gaguejou. — Sua imaginação está...

— Cale a boca, vaca — ele cortou, com uma frieza que inquietava em sua voz fina. — Está tentando engravidar. Eu sei. E por isso rouba hormônios do laboratório. Você nunca poderia pagar por um tratamento de fertilidade. Então escolheu arriscar, em vez de decepcionar seu marido.

— Como você sabe disso? — a voz dela tremeu.

— Vocês acham que crianças não prestam atenção em nada. Por isso fazem seus comentários por nossas costas, quando podemos ouvi-los. Por isso fazem sexo dentro dos armários, quando acham que não notamos. Por isso bebem furtivamente, quando acham que não vemos. Eu vejo você esconder algo em seu avental. Vejo por sua aliança que é casada. Vejo como olha os bebês. E vejo como chora escondida. É óbvio que está tentando engravidar e que está roubando para fazer isso.

— Vai me denunciar?

— Eu poderia. Você tem um contrato vitalício com a DataDyne, não é? Você, como eu, é propriedade da corporação. A pena para roubar suprimentos é injeção letal. Você vai morrer e ser processada como alimento para o orfanato. Talvez, com sorte, só receba uma lobotomia e se torne cobaia de experimentos.

— O que você quer?

Ele notou com satisfação ela tentando controlar o choro, suas mãos chacoalhando sem controle. Seu corpo de adulta era inútil perto do intelecto infantil. Um dia os pais de Hans haviam feito ele chorar e tremer daquela maneira. Era bom que os adultos aprendessem que não eram onipotentes.

— Quero acesso a uma sala de cirurgia — disse Hans Gropp. — Quero que você e outras duas me auxiliem num procedimento. Quero câmeras de segurança desligadas e todos os suprimentos desta lista.

Estendeu um papel à enfermeira.

— Não vou conseguir... É muito arriscado. Vou morrer de qualquer jeito.

— Em troca, além de meu silêncio, você vai ter minha ajuda. Vou tratá-la para que você engravide, vaca. Não vale a pena arriscar sua vida estéril por isso?

A mão trêmula de adulta apertou a pequena mão firme.

o—

Foi preciso um mês de preparação. Roubaram suprimentos, conseguiram pessoal para ajudá-los na operação, arranjaram para que uma sala de cirurgia estivesse vazia, destrancada e sem supervisão.

O último passo foi tirar Kurt Gropp do dormitório coletivo, à noite. Um segurança injetou anestésico no garoto enquanto ele dormia e o pegou nos braços com facilidade. Kurt não pesava quase nada.

Dentro da sala de cirurgia, Hans Gropp já estava pronto. Vestia um avental de paciente, mas máscara e luvas de cirurgião. As máquinas já estavam funcionando, prontas para o procedimento. Hans ordenou para que seu irmão fosse depositado na maca. Então a enfermeira raspou sua cabeça. O couro cabeludo foi besuntado com um líquido asséptico. Hans se preparou para fazer a incisão.

Algumas horas depois, o cérebro de Kurt Gropp estava dentro de um tubo transparente, mergulhado em líquido biológico de preservação e ligado a inúmeros fios. Três telas de computador mostravam sinais de atividade cerebral.

O órgão estava vivo.

Hans chegou mais perto da enfermeira. Estava sujo de sangue e suava muito.

— Não erre, vaca. Não erre. Se meu irmão morrer no procedimento, você vai pagar. Você e seu marido.

Ela respirava pesado.

— E se eu morrer... — Hans deixou a frase no ar por alguns segundos. — Será ainda pior. Você vai ter destruído um recurso da DataDyne e vai sofrer as consequências.

Deram-lhe um poderoso anestésico local e uma injeção de nanorrobôs especializados. As máquinas menores que células tinham a função de bloquear a passagem do anestésico para o resto do corpo de Hans. Assim, um grande pedaço de suas costas adormeceu de imediato, enquanto ele reteve consciência e controle das mãos.

Um sofisticado maquinário cirúrgico foi acionado. Um conjunto de câmeras transmitia a imagem das costas de Hans para algumas telas de alta resolução. Um campo de captação virtual de movimentos, a sua frente, registrava seus gestos com bisturi, fórceps e demais instrumentos. Assim, Hans Gropp operou em suas próprias costas. Instalou os implantes que se conectaram a sua coluna e seu sistema nervoso central. Quando os implantes foram ligados, ele sentiu seu cérebro se expandindo, pronto para receber algo a mais.

Então a enfermeira e os auxiliares trouxeram o cérebro de Kurt Gropp dentro do tubo. Os fios foram conectados ao implante de Hans.

Ele sentiu quando o cérebro ainda vivo do irmão foi ligado ao seu pelas conexões cyberneurais. Uma redoma de plástico ultraduro protegia o segundo cérebro implantado em suas costas.

Hans então costurou sua própria carne, enquanto ouvia em sua mente:

— Alô, criançada.

— Alô, criançada.

— Alô, criançada.

o—

— Você sabe, é claro, que isso é altamente irregular — disse o diretor do orfanato.

Hans Gropp ainda não podia ficar de pé ou mesmo sentado. Fazia duas semanas do procedimento e ele saíra do CTI há três dias. Ainda era transportado para um lado e para o outro numa maca, deitado de barriga para baixo, recebendo soro e remédios por meio intravenoso, ligado a monitoramento eletrônico de todos os tipos. Em suas costas, onde estava implantado o cérebro de Kurt Gropp, formara-se uma enorme corcunda.

Hans sentia dor constante, que embaralhava seu pensamento. Mas o pior eram as impressões infantis de seu irmão. Imagens de palhaços surgiam o tempo todo em clarões em sua mente. Ele ouvia de novo e de novo as repetições de frases de efeito e melodias circenses. Junto a isso, a confusão e o pavor infantis de uma consciência que sabia estar viva, mas não tinha mais nenhum estímulo visual, sonoro, olfativo, tátil ou gustativo. Kurt Gropp estava vivo, sim. Mas era um fantasma dentro do corpo de Hans Gropp, uma mente em contato tênue com a mente do irmão.

Mas ele salvara sua vida.

— É um mau exemplo para as outras crianças — continuou o diretor. — Não só mostra uma fixação doentia com um colega medíocre como estimula a desobediência a nossas normas de conduta.

— Então me jogue na rua — disse Hans, fraco, com a dicção prejudicada pela influência do irmão. — Jogue fora seu recurso mais valioso.

— Você sabe que existe o cálculo de...

— Não me diga que o desperdício de um gênio é calculado em sua margem — Hans forçou um riso que causou dor intensa. O medidor de atividade cerebral apitou. — Você pode ter vários gênios, mas tem poucos como eu. Tem poucos que com minha idade conseguem fazer algo assim.

O diretor ficou mirando-o, batendo uma caneta na mesa.

— Podemos também tirar essa coisa de você.

Hans Gropp perdeu o sorriso.

— Por favor, não — pediu.

— Você desobedeceu nossas normas. Ameaçou nossos funcionários.

— O que aconteceu com eles?

— Foram mortos, é claro — o diretor descartou a consideração com um gesto da caneta. — Esqueça-os. O importante é que você pode acordar amanhã tendo sofrido uma nova cirurgia. E seu irmão será só mais um órgão a ser incinerado como lixo hospitalar.

Hans Gropp começou a chorar. Era, afinal, uma criança.

— Esta era a última coisa que eu queria — disse, entre soluços doloridos. — Só queria salvar meu irmão. Agora sou todo da DataDyne. Nem vou pedir para passar tempo com ele vendo os programas. Por favor.

O diretor pareceu pensar um tempo.

— Prove seu valor, Hans. Trabalhe bem.

O garoto assentiu, ansioso. Em sua mente, a repetição cada vez mais rápida:

— Alô, criançada. Alô, criançada. Alôcriançadaalôcriançadaalô-criançada

o—

Hans Gropp não queria mais nada, então podia trabalhar sem distrações.

No entanto, uma mente infantil, claustrofóbica e obsessiva, invadindo pensamentos constantemente, pode acabar com o brilhantismo de qualquer cientista.

Hans evoluiu na pesquisa genética e cibernética. Evoluiu como cirurgião e designer biológico. Contudo, sua evolução foi vagarosa, em comparação com o que fora anteriormente. Logo, vários de seus colegas apresentavam resultados iguais ou superiores. Das centenas que haviam entrado com ele na fazenda de gênios, sobravam apenas seis. Mas, entre os seis, ele era mediano. Um pesquisador e engenheiro genético que seria valioso para qualquer empresa, mas que nunca mudaria o mundo.

Em algum lugar, um burocrata anônimo da DataDyne alterou planilhas de previsão de lucros. Gerentes de nível intermediário cortaram benefícios de empregados sobrecarregados. Cidadãos do terceiro mundo passaram a receber ainda menos por seu trabalho terceirizado. O dinheiro que Hans Gropp geraria foi compensado de outras formas e a alta cúpula da corporação continuou satisfeita. Ainda valia a pena pagar pelo constante tratamento do cientista. Seus pulmões enfraqueceram ainda mais, suas pernas funcionaram ainda pior. Seu corpo pareceu se degenerar como se ele já fosse um velho. Os custos mínimos de manutenção de sua saúde foram calculados e ele sobreviveu para acabar sua educação e assinar um contrato vitalício com a DataDyne.

Hans Gropp, naquele momento, assim como fora desde seus 3 anos, pertencia à corporação. Os contratos vitalícios eram resultado de um lobby de décadas atrás, quando as empresas reivindicaram para seus funcionários o direito de escolher vender a própria identidade — um pacote que incluía corpo, mente, opiniões, autonomia e todas as obras e invenções — em troca de mais benefícios empregatícios. Quando a lei foi aprovada, resolveu inúmeros problemas, pois mais e mais políticos com contratos vitalícios com corporações passaram a ser eleitos. De qualquer forma, Hans havia sido vendido por seus pais. Quando atingiu a maioridade, vendeu a si mesmo. Recebeu em troca um bônus suficiente para mobiliar o apartamento que alugou, no Nível 2 da Cidade Alta, ainda longe do topo, onde viviam os mais ricos.

E ali trabalhou e viveu por anos.

O apartamento, é claro, pertencia à DataDyne. Era equipado gratuitamente com todos os aparatos de que Hans Gropp precisava para trabalhar. Assim, não havia problema quando, de madrugada, um supervisor o acordava, por alarmes no apartamento, para que ele resolvesse alguma emergência.

Hans Gropp passou a se dedicar à construção de pós-humanos. A produção desses construtos biológicos ocorria em escala artesanal. Tentara-se, tempos atrás, criar uma verdadeira indústria de pós-humanos, uma produção em massa. O resultado foi totalmente insatisfatório — cada etapa do processo dependia de mãos e mentes especializadas e cuidadosas, nunca poderia ser delegado a operários e robôs. Havia muitos cientistas capazes de criá-los, mas cada pós-humano era uma peça feita individualmente, com nome e personalidade. Todos eram construídos a partir de projetos padronizados, elaborados pelas maiores mentes na engenharia genética. Mas cada um era único. Sua aparência era tão variada quanto a de pessoas comuns. No início, houvera a tentativa de criar construtos biológicos com aparências unificadas. O resultado foram revoltas de humanos e chacinas de pós-humanos — descobriu-se que a humanidade rejeitava violentamente algo que parecia tanto com ela, mas que era tão bizarro num nível fundamental.

Também recebiam memórias falsas. Era difícil demais ensinar cada pós-humano individualmente. Assim, cada um tinha lembranças vagas de quem era ou deveria ser, de uma vida passada ou apenas uma personalidade. Dizia-se que alguns pós-humanos nem sabiam o que eram, julgando serem humanos normais.

Os criadores de pós-humanos eram como antigos artesãos, trabalhando isolados em obras intrincadas. Cada um produzia talvez 20 pós-humanos por ano — 30 ou 35, com uma pequena equipe de assistentes especializados. O suficiente para suprir as mineradoras extramundo, as tripulações exploratórias nos limites do sistema solar, as companhias de limpeza de desertos radioativos ou locais de contaminação em outros planetas.

Cada pós-humano, seguindo um conjunto limitado de modelos, era designado a uma função específica. Alguns, mais fortes e resistentes, nasciam para ser trabalhadores da indústria pesada. Outros, mais ágeis e espertos, destinavam-se à infiltração em território hostil. Havia, é claro, os populares modelos de combate. E, como não poderia deixar de ser, os modelos de prazer, incapazes de controlar a própria excitação e ávidos por agradar os humanos.

Eles tinham muitos apelidos. Frankensteins, bonecos, replicantes. Seu nome técnico era pós-humanos, pois podiam ser superiores à humanidade em quase tudo.

Assim, havia alguns mecanismos para seu controle.

Pós-humanos eram sempre estéreis.

Eram proibidos na Terra, bem-vindos apenas em colônias ou estações espaciais.

Havia testes psicológicos para determinar quem era um pós-humano e quem era um humano, em caso de dúvida.

E, acima de tudo, pós-humanos eram feitos para morrer rápido. Sua expectativa de vida padrão era de quatro anos. O suficiente para trabalhar bem, mas não para formar relacionamentos duradouros, famílias, tradições, cultura, vínculos fortes. Antes que se tornassem problemas por pensar demais, morriam.

Os pós-humanos foram a vida de Hans Gropp. Sem amigos, muito menos interesses românticos, ele viveu para o trabalho por quase vinte anos.

Tinha tanques de formação de órgãos em sua sala. Uma seção de seu apartamento foi transformada num frigorífico, onde ele armazenava as partes mais resistentes dos corpos artificiais. Partes sensíveis, como olhos e cerebelo, ficavam em incubadoras. Todo o apartamento era uma espécie de laboratório.

E ele amava seu trabalho, na falta de outro amor. Dedicava-se com tudo que tinha a cada criação. Fazia crescer a pele no tom exato que cada requisição pedia. Os ossos de cada crânio deveriam ser perfeitos, para o formato de rosto que a DataDyne exigia a cada vez. Quando não havia exigência, ele mesmo inventava uma aparência para cada um de seus filhos. E chorava sempre que eram tirados dele, quando os transportes voadores da DataDyne vinham recolher suas criações.

Durante quase vinte anos, todos os dias foram assim. E, durante todo esse tempo, ele teve contato com as memórias de seu irmão. Durante quase vinte anos, viu lampejos cada vez mais distorcidos dos palhaços, com suas roupas coloridas e seu comportamento frenético. Por quase vinte anos, ouviu:

— *Alôcriançadaalôcriançadaalôcriançadaalôcriançada*

Até que decidiu que sua criação máxima seria dedicada a Kurt Gropp. Seria a única coisa capaz de acalmá-lo.

o—

A DataDyne pedira quatro modelos para trabalho nas colônias extramundo. O primeiro seria um infiltrador silencioso e letal, para combate e exploração de território que pudesse estar dominado por concorrentes ou raças hostis. O segundo seria forte e resistente, destinado às mineradoras. O terceiro, outro modelo de combate, uma combinação de força e atenção a detalhes, uma sentinela. O quarto, um piloto.

Hans Gropp decidiu que seriam seus filhos preferidos. Doeria vê-los partir, mas ele queria fazer aquele tributo a seu irmão. Imaginou os próprios executivos da DataDyne vindo parabenizá-lo pelas obras-primas. Imaginou-se dando palestras sobre suas criações, falando como elas haviam sido inspiradas por seu irmão.

— Nós seremos famosos, Kurt — disse Hans, para o cérebro que não podia ouvi-lo. — Nós seremos famosos e todos irão nos respeitar.

— Alôcriançadaalôcriançadaalôcriançadaalôcriançada

Não havia necessidade de supervisão de perto. A DataDyne sabia que Hans Gropp sempre cumpria prazos e realizava um trabalho perfeito.

E ele julgava que aquele trabalho era mais que perfeito.

Era arte.

Era a mente de seu irmão, transformada em carne e ossos.

Eram pós-humanos palhaços.

Hans construiu o primeiro em homenagem a ele mesmo e a Kurt. Assim como eles eram dois em um só corpo, usou as memórias de uma dupla da palhaços para criar um pós-humano com duas cabeças e três braços. Batizou-o de Zatati Ratatá.

O segundo foi feito para tirar o bordão de sua mente. Desde os 9 anos ouvia aquilo. Então o trabalhador das minas foi feito à imagem e semelhança daquele que era talvez o maior dos palhaços. Hans Gropp o batizou de Ozob.

O terceiro veio de outro palhaço no mesmo programa de TV. Uma mulher carinhosa e bonachona. Mas a DataDyne queria um homem, então Hans não teve escolha a não ser colocar uma mente feminina em um corpo masculino. Batizou-a de Guzzo.

Por fim, ele queria relembrar do irmão quando criança. O piloto não precisaria ser grande ou forte. Hans se lembrou de um antigo palhaço de revistas em quadrinhos digitalizadas, um palhaço-menino. O quarto pós-humano foi batizado de Rizzo.

— Vocês são perfeitos — disse Hans Gropp para seus filhos, quando tudo estava pronto.

Eram construtos artificiais de pele branca e colorida, cabelos de cores bizarras, corpos deformados.

— Está vendo, Kurt? Está vendo como eles são perfeitos?

— *Alôcriançadaalôcriançadaalôcriançadaalôcriançada*

o—

Os dois trabalhadores da DataDyne não estavam acostumados a tomar decisões. Desde que haviam começado naquele emprego, recolhiam os pós-humanos no apartamento de Hans Gropp e nunca houvera problema.

Agora os dois estavam olhando um grupo de palhaços deformados. Os olhos dos bonecos estavam abertos, mas eles não reagiam a nada.

— Qual é o problema? — perguntou Hans, um sorriso enorme no rosto, olhos esbugalhados.

O cientista bateu na própria cabeça para tentar calar a cantoria dos palhaços. Ele achava que, com suas novas criações, Kurt fosse ficar satisfeito. Mas a música, os bordões e as imagens continuavam. Ele não aguentava mais. Palhaços o tempo todo. Ele amava seu irmão, mas não aguentava mais. Amava seu irmão, mas queria tê-lo deixado morrer. Bateu com a cabeça na parede, para se punir pelo pensamento.

— Central, temos uma irregularidade — disse o trabalhador, para seu comunicador implantado.

— Não há irregularidade nenhuma — garantiu Hans, uma pequena gota de sangue escorrendo de sua testa. — Um infiltrador. Um minerador. Um vigia. Um piloto.

Os dois trabalhadores viraram as costas para ele, ignorando-o.

— São quatro palhaços — disse um deles, no comunicador.

— *Quatro o quê?* — foi a resposta da voz do outro lado.

O sorriso de Hans começou a morrer. Ele não entendia.

— O que a central vai fazer? — perguntou o outro trabalhador.

— Vai mandá-los para incineração.

— E o maluco?

O primeiro deu de ombros.

— Incineração...? — disse Hans, para si mesmo.

— Pode mandar os agentes, central — disse o homem, no comunicador implantado. — Vamos seguir com os recolhimentos.

Então se virou para Hans Gropp:

— Fique aqui. Uma equipe de campo virá falar com o senhor.

Eles lhe deram as costas de novo. Hans agarrou um cano de ferro e bateu na cabeça do primeiro trabalhador. Suas pernas amoleceram, o cientista bateu de novo e ele caiu. Mas Hans era fraco e ficou sem fôlego pelo esforço. O segundo trabalhador chutou seu rosto e Hans voou para trás.

Então um corpo bizarro saltou para cima do homem ainda de pé.

Zatati Ratatá caiu sobre o segundo trabalhador. Segurou-o com suas duas mãos e, com a terceira, apertou sua garganta.

— Meu filho... — maravilhou-se Hans Gropp.

Quando os dois homens estavam mortos, ele colocou os quatro pós-humanos no caminhão voador da DataDyne. Então fugiu para a Cidade Baixa, deixando seu apartamento para trás.

o—

Ele era agora um fugitivo da DataDyne. Antes que sua conta bancária fosse apreendida, ele pagou tipos duvidosos que lhe conseguiram lugar como clandestino numa nave rumo a uma colônia em Ganimedes, uma lua de Júpiter. Hans Gropp e os quatro pós-humanos se esconderam num container industrial e deixaram o planeta. A Terra era perigosa demais para pós-humanos e seu criador fora da lei.

A música não parava.

Os lampejos não paravam — na verdade, Kurt Gropp, na mente e no corpo do irmão, parecia mais agitado do que nunca.

Hans amava seus filhos. É claro que amava. Mas os odiava. Só um pouco.

Eles eram imperfeitos, defeituosos. Eles eram malditos palhaços que atormentavam seus pensamentos a cada minuto. Passou a viver com eles em um galpão industrial na colônia em Ganimedes.

Cuidava deles, porque eram seus filhos. Mas era preciso puni-los.

— Sabe como os palhaços surgiram? — Hans Gropp perguntou.

Ozob fez que não.

E, em algum lugar, Kurt Gropp continuou:

— *Alôcriançadaalôcriançadaalôcriançadaalôcriançadaalôcriançada*

3
MÁ RELIGIÃO

AS PESSOAS PRECISAVAM DE DEUSES E ELES ESTAVAM POR TODA PARTE. Você podia escolher o deus mais conveniente, aquele mais a ver com seus horários, suas vontades, a imagem que você queria passar e seu bolso. Havia deuses em promoção e deuses de luxo, deuses butique e deuses por atacado. Ozob viu todos eles no Distrito Eclesiástico e pensou se um pouco de religião não seria uma diversão diferente.

Era o fim da tarde, um dos horários de pico para os sacerdotes de todas as religiões. No fim da tarde, depois de um dia inteiro de trabalho maçante, sem perspectiva de crescimento e sem grande recompensa, o povo da Cidade Baixa queria sentir que sua vida tinha algum propósito — em outro mundo, mesmo que não neste. Então, depois de serem humilhadas por chefes e clientes, de verem suas vidas se esvaindo em fábricas, lojas e escritórios, as pessoas queriam se sentir escolhidas, especiais. Trabalho para a religião. O outro horário de pico era no início da manhã, quando os criminosos e aqueles que viviam à noite queriam perdão por seus pecados, queriam ouvir de alguém que não eram tão ruins assim. A religião perdoava.

E não havia falta de pregadores convidando os passantes a se juntar a um pequeno grupo de escolhidos, desde que pagassem as taxas e aderissem a certos padrões de comportamento.

Na avenida principal do distrito, as igrejas se aglomeravam, uma ao lado da outra. Havia prédios com uma igreja em cada andar. Elas anunciavam seu tipo específico de salvação em luminosos de neon. Sacerdotes trajados a caráter ofereciam panfletos digitais para os implantes e dispositivos de todos que passavam. Ozob rejeitou o folheto de um rapaz vestido em uma espécie de manto marrom, com uma réplica de uma espada de luz na cintura. Ele propagandeava uma igreja muito popular, derivada de uma franquia cinematográfica, e prometia poderes mentais exclusivos para os fiéis que aderissem ao pacote completo. Do outro lado da rua, uma igreja rival era anunciada por um sacerdote vestido de preto, também com a réplica de uma espada de luz na cintura. A imagem de um homem sinistro de capacete negro era o principal chamariz desta igreja, derivada da mesma franquia, e as promessas de poderes sobrenaturais eram ainda maiores.

Um deus-monstro cheio de tentáculos chamado Cthulhu era cultuado mais à frente. Os sacerdotes vestidos em robes, com adagas recurvadas, gritavam alegremente que a humanidade era um erro cósmico e o mundo logo seria dominado pelos Grandes Antigos. Mas se você cultuasse Cthulhu, poderia ter um lugar especial na hierarquia dos escravos depois do apocalipse! Outro tipo de apocalipse era a promessa de uma igreja toda pintada de vermelho, logo ao lado. Seus fiéis cultuavam criaturas insetoides vindas de outra dimensão, com uma chuva de sangue. Fotos de fenômenos climáticos esquisitos estavam espalhadas na fachada da igreja, como provas de que a tal tempestade estava chegando.

Uma igreja popular e bem-humorada cultuava algo chamado Monstro de Espaguete Voador, em um prédio repleto de telas moleculares que exibiam pequenas animações engraçadas. Seus fiéis faziam piadas, imitavam vozes bobas e vestiam roupas propositalmente ridículas, mas também eram alguns dos maiores responsáveis por massacres santos no Distrito Eclesiástico. A Igreja do Monstro de Espaguete Voador já havia declarado jihad contra várias outras seitas ao longo dos anos, entre uma piada e outra, e não parecia próxima de acabar com a prática.

Algumas igrejas eram como pequenos parques temáticos — aquelas derivadas do cinema tinham fachadas em forma de lugares e elementos de seus filmes de origem. O templo a um deus nórdico, reinterpretado por uma editora de histórias em quadrinhos, imitava a versão do Valhalla digerida pela cultura pop. Algumas, de nicho, eram só portas gradeadas com pequenos letreiros que anunciavam que ali estava a verdadeira salvação. Espíritos cultuados há milênios por aborígenes recebiam nova adoração na Cidade Baixa, mas a igreja dividia espaço com uma lavanderia. Em contraste, os fiéis devotos de uma famosa marca de computadores se reuniam em uma igreja vistosa, toda branca e prateada, dominada por seu logotipo em forma de fruta. Na verdade, quase ninguém ali tinha dinheiro para deuses de elite ou de consumo, mas as pessoas queriam parecer mais do que pobres comuns sob as plataformas de Delta City.

E, em todos os lugares, a aglomeração. Ozob odiava a aglomeração, as pessoas por todos os lados, entrando e saindo das igrejas, mas admitia que era melhor aquilo do que o isolamento nas colônias. Antes, ele convivera com pouca gente, apenas os colegas da indústria, e logo ficara farto daquelas caras. Agora, na Terra, cada minuto trazia infinitas caras novas e era irritante de outra forma.

O pós-humano até se interessou por uma pequena igreja que cultuava um antigo criminoso chamado Charles Manson e prometia drogas e parceiros sexuais à vontade. Mas então foi puxado para um beco e se viu de novo com os War Roadies.

Vivika andava de um lado para o outro no beco, evitando os sacos de lixo, como se fosse mesmo um tigre enjaulado. Johnny estava sentado numa pilha periclitante de tijolos, afinando sua guitarra. California o cumprimentou com um abraço, pendurando-se em seu pescoço.

— Sabia que você viria! Está pronto para enfiar tolerância e amor ao próximo na cabeça de uns idiotas usando explosivos?

— Nem eu sabia se viria ou não.

— Prova de que eu o conheço bem. Vivika apostou comigo uma lata de Nux-Cola que você ficaria com medo.

Ozob olhou a guerreira com um sorriso de canto de boca. Vivika estava concentrada, não retornou o olhar.

— Desde que nos falamos hoje de manhã, não paro de ter vontade de beber Nux-Cola. Podemos pedir outro patrocinador para a amizade, mas o EgoBliss vai demorar um século para processar tudo. E, francamente, podia ser pior. Mês passado fiquei com um cara e o patrocinador era uma marca de meias. Tive que largar o sujeito porque já estava há duas semanas com frio nos pés.

Ozob riu, apesar de si mesmo.

Vivika se aproximou, o moicano eriçado e afiado.

— Está na hora. Chega de conversa.

o—

Eles usaram ventosas moleculares — espécie de luvas e sapatos com superfície plana e larga, coberta por um material inteligente e semivivo, que aderia a quase qualquer superfície e respondia aos movimentos do usuário, descolando-se quando era preciso. Vivika foi na frente, seguida por California e Johnny. Ozob na retaguarda. Escalaram um grande prédio ocupado por dezenas de microigrejas. California vasculhou cada andar, hackeando câmeras de segurança e feeds de vídeos pessoais de fiéis em seus implantes e dispositivos. Ela já havia pesquisado onde eles deveriam entrar, mas gostava de estar segura. Chegando ao penúltimo andar, deu o sinal e Vivika espalhou uma espuma adesiva numa janela. Então a quebrou — a espuma abafando o barulho e evitando que cacos de vidro caíssem lá embaixo.

Os quatro entraram numa área abandonada do prédio.

Na verdade, não abandonada: metade daquele andar era alugado por um culto suicida. Periodicamente, todos os fiéis davam cabo das próprias vidas ali, na iminência de um apocalipse ou outro. Então demorava algum tempo para que uma nova geração de cultistas enviada pela matriz da igreja ocupasse o lugar. Assim, durante alguns meses, eram inquilinos silenciosos, embora muito fedorentos.

Ozob evitou pisar num cadáver estendido no chão que era pouco mais que ossos e comida de vermes. Moscas zumbiam por toda parte. Os quatro puseram máscaras de gás para aguentar o cheiro. Então avançaram até outra extremidade do andar, passando ao largo dos corpos e seguindo a planta que California mandou para seus implantes neurais. Aparentemente o suicídio da vez tinha sido por facas. Fez bastante sujeira. Manchas e espirros de sangue marcavam quase todas as paredes. O corpo de um cultista ainda segurava um telefone primitivo numa mão e uma adaga na outra. Morrera tirando uma foto de si mesmo.

Chegaram à janela que queriam e viram o prédio ao lado — a enorme Igreja Terrena da Salvação. Era um edifício luxuoso, para os padrões da Cidade Baixa. Cromado, cheio de luminosos com slogans sobre a vileza e inerente maldade dos alienígenas. Um outdoor digital mostrava um rápido filme em loop, no qual uma família terráquea vivia feliz até que um asqueroso alienígena chegava para roubar o emprego do pai, estuprar a mãe e doutrinar os dois filhos para que seguissem sua cultura extraterrena. Havia seguranças ao redor de todo o prédio — homens armados com fuzis, vestidos de branco, com o desenho da Terra estampado em suas armaduras. Drones voavam ao redor do prédio, filmando e ameaçando com suas armas. Seria, na verdade, uma construção muito mais adequada aos níveis superiores. Só estava na Cidade Baixa porque no mesmo prédio funcionava um enorme matadouro, frigorífico e fábrica de processamento de carne de aliens. A igreja, na verdade, era uma das ações de propaganda da indústria de carne alienígena. Pessoas nascidas fora da Terra não tinham direitos civis e ainda não eram reconhecidas como pessoas. Converter a população a uma crença de ódio contra aliens afastava o dia em que esses direitos seriam reconhecidos.

Seria impossível invadir o prédio por qualquer uma das portas ou mesmo escalá-lo diretamente. Eles abriram a janela do culto suicida e dispararam arpéus mecanizados até a Igreja Terrena da Salvação. California hackeou os drones de patrulha mais próximos, substituindo seu feed de vídeo por filmagens anteriores. Era uma solução de curto prazo, possível apenas com duas ou três unidades. O grupo avançou, pendurado nos cabos flexíveis dos arpéus, até seu objetivo. Ozob carregava o equipamento mais pesado. Chegando até a parede lateral do prédio da igreja, eles escalaram mais dois andares e chegaram a uma chaminé. Gases tóxicos eram expelidos por ali, mas as temperaturas não eram muito altas. Mais uma vez, California tinha feito a pesquisa — outras chaminés da fábrica soltavam fumaça quente o bastante para cozinhar qualquer um deles vivo.

Vivika foi a primeira a entrar na chaminé, descendo como se engatinhasse, as ventosas moleculares se agarrando às laterais do duto. Não podia enxergar quase nada lá embaixo, pois o ambiente era escuro e os gases subiam de encontro a seu rosto sem cessar. Mas a máscara de gás permitia que pelo menos respirasse.

Chegando no fim do duto, ela então saltou para evitar um tanque de refugo venenoso do processamento da carne de alien. Ajudou California e Johnny a descer, e então Ozob pulou sozinho.

Os quatro estavam em meio ao refugo da fábrica. Era como um galpão enorme, que tomava o andar inteiro. Robôs-empilhadeiras carregavam imensos tonéis de lixo tóxico para serem fervidos. Então o refugo disso seria lacrado e enviado a países com ainda menos leis de proteção ao ambiente, a desertos radioativos ou ao espaço.

Ozob tomou a frente, avançando pelo labirinto de tonéis, colunas e restos. Em alguns cantos havia pedaços ainda reconhecíveis de alienígenas apodrecendo. Eram, por alguma razão, considerados inúteis para o processamento e acabavam ali. California só conseguira plantas parciais e antigas do local, pois a segurança era rígida. O pós-humano evitou os robôs. Uma equipe de trabalhadores entrou no galpão, vestidos em trajes anticontaminação, munidos de esfregões e baldes. Ainda era mais barato contratar imigrantes para limpar locais perigosos do que comprar robôs para fazer o trabalho.

Vivika rosnou baixo e começou a avançar para cima dos faxineiros. California agarrou seu braço.

— Eles não são nosso objetivo.

— Eles trabalham aqui — disse a guerreira.

— Como faxineiros.

— Acha que sentem remorso quando limpam os restos de alienígenas?

— Acha que estariam aqui se tivessem escolha?

— Eles fazem parte disso. Tendo escolha ou não, tratam alienígenas como...

— Fácil para nós duas julgar isso. Tivemos escolhas. Eu escolhi meu DNA alien. Mas não tive escolha quando fui criada na Fazenda de Gênios, quando trabalhei como uma engrenagem em dezenas de projetos da DataDyne que nem sei para que servem. Devo ser punida por isso?

A guerreira ficou olhando a outra, meio curvada, narinas se dilatando.

— As corporações querem que sejamos assim — continuou California. — Sanguinários e assassinos. Enquanto estivermos matando faxineiros, não vamos organizá-los em uma resistência.

— Nós somos War Roadies — disse Vivika. — Na guerra há baixas civis.

— Nós somos War Roadies. Somos soldados e eu sou a líder. Não discuta.

Vivika mirou a amiga ainda um tempo. Então olhou de esguelha para os trabalhadores, que nem haviam notado a presença do grupo.

— Tem razão, California. Você é minha comandante.

Vivika seguiu pelo galpão. Ozob notou que a outra deu um suspiro de alívio. Pensou em dizer que ela tinha ido bem, mas notou que não precisava. Ficou de boca calada e eles enfim saíram daquele lugar, para uma sala de descontaminação e então um elevador. California burlava a segurança a cada passo, usando seus implantes no cérebro e nas mãos. Com um gesto dos polegares e indicadores das duas mãos, ela simulou um quadrado, o que ativou o dispositivo implantado em seu pulso e fez uma tela holográfica translúcida surgir no ar. Era um computador de último modelo, com alterações pesadas de software e hardware, montado pela própria garota. Fez gestos sobre o holograma, invadindo o sistema do elevador, e conseguiu que fossem levados para baixo.

— Mas não consegui escolher um andar ou entrar nas câmeras de segurança. Não sei para onde vamos. Estejam prontos para qualquer coisa.

Ozob deu um sorriso largo e começou a selecionar suas bombas. Vivika tornou seus dedos de metal líquido afiados e pontiagudos. Johnny Molotov ficou para trás, concentrado, preparando-se mentalmente para o show.

O elevador desceu vários andares, então parou. A porta se abriu sozinha e eles deram de cara com dois guardas nas mesmas armaduras brancas que tinham visto do lado de fora.

Atrás deles, alguns alienígenas, seus corpos magros e suas cabeças grandes destacando-se dos humanos, estavam em liberdade. Mas, por todo o ambiente, jaulas.

Jaulas cheias de aliens, empilhados uns por cima dos outros.

Aliens doentes, gemendo com suas vozes finas e dissonantes. Sendo mantidos ali por carcereiros humanos e alienígenas.

California deu um passo para trás, tapando a boca de horror.

Vivika rugiu e saltou, as garras prontas.

o—

Ozob só teve tempo de sair do caminho da mulher, quando ela retalhou os dois guardas. Eles não conseguiram soar um alarme, muito menos apontar seus fuzis. O pós-humano correu ao largo para dois alienígenas que tentavam alcançar algo.

Enquanto o andar acima fora escuro, sujo e fedorento, ali havia uma claridade asséptica e perturbadora. Tudo era muito bem iluminado por lâmpadas sucessivas no teto. As jaulas eram cromadas, polidas até virarem quase espelhos. E o andar era quase todo aberto, mostrando as prisões de alienígenas, com carcereiros das duas raças. O ar cheirava a produtos de limpeza. As pústulas abertas nos corpos dos prisioneiros pingavam no chão, mas novos faxineiros se encarregavam de limpar as secreções.

Afinal, a carne produzida ali precisaria passar pelas inspeções de qualidade exigidas pelos cidadãos da Cidade Alta.

Ozob correu atrás dos aliens que colaboravam com aquilo e sentiu uma raiva que não lhe era característica. Por um segundo, esqueceu que se juntara àqueles guerrilheiros malucos por causa das drogas, da diversão e do sexo. Ver a limpeza da Cidade Alta, o ambiente próprio para fotos que seriam exibidas em comerciais, invadindo seu território, escondendo aquela tortura em massa, despertou nele uma espécie de fúria. E ver alienígenas envolvidos lhe despertou uma fúria bem conhecida. Lembrou de Rizzo, do desgraçado Chernobyl e do que eles haviam feito com ele mesmo e com Guzzo. Poucas coisas lhe provocavam indignação, mas talvez traição e hipocrisia fossem duas delas.

Os aliens estavam perto de alcançar um painel, e Ozob jogou uma granada de imobilização. Os dois foram cobertos por uma substância adesiva que endureceu em segundos. Um grupo de guardas avançou pelo flanco. Ozob jogou um cilindro de fumaça opaca, tapando a visão dos homens, então escapou por entre as jaulas. Achou um corredor entre as prisões e correu por ele. Quando os guardas o seguiram, acionaram uma armadilha, detonando duas minas estrategicamente colocadas. Explodiram sem ver o que os havia atingido.

Virando uma esquina, ele se deparou com outro alien em liberdade. Mais de uma raça já fizera contato com a Terra, mas aquela era a mais comum: chamados de grey, homenzinhos verdes ou simplesmente alienígenas, eram baixos, magros e cabeçudos. Ninguém, talvez nem eles mesmos, sabia sobre seu planeta de origem, em geral viviam em guetos. Aquele alien tinha o desenho da Terra, o símbolo da Igreja Terrena da Salvação, tatuado no peito.

Ozob o agarrou pelo pescoço magro.

— Que merda é essa? — grunhiu o pós-humano. — O que vocês estão fazendo aqui? Alienígenas trabalhando para servir carne de alienígena?

— Nós somos pecadores — falou o alien, em sua voz de criança. — Todos nós, extraterrenos, somos pecadores, porque nascemos com alma suja. Mas eu me converti. Eles não.

— Você nasceu aqui? — ele perguntou, quase sem compreender a falta de caráter.

— Nasci no gueto — choramingou o alien. — Li o material da igreja e percebi o que sou. Fiz um tratamento de purificação. Depois abri a porta quando eles invadiram o porão onde eu vivia para capturar os outros.

De novo, aquilo ressoou com uma raiva específica. Era divertido fazer missões, porque ele fora treinado para isso, porque ele era bom nisso. Mas a missão deixou de ser divertida. O alienígena, naquele momento, eram os filhos da puta que o caçavam porque ele era pós-humano em seu planeta. Eram os executivos sem nome e sem rosto que decidiram que ele era estranho demais para viver e deveria ser incinerado.

Ozob começou a apertar o pescoço do alien.

— Agora você vai descobrir se vai para o céu.

Vivika estava terminando de matar os últimos guardas. Por sorte, não havia muitos deles ali, apenas o suficiente para impedir uma fuga de prisioneiros fracos e subnutridos. Ozob viu California agachada num canto, mexendo em seu dispositivo holográfico, e foi até ela.

— Você sabe o que temos que fazer — ele disse.

— Precisamos libertá-los.

— Como?

California ficou calada.

— Não podemos carregar duzentos ou trezentos alienígenas cheios de feridas por aí, garota. Não temos onde colocá-los. E não podemos deixá-los aqui, presos.

— Acha que podemos tomar essa decisão?

— Eu posso.

Ozob instalou bombas ao lado de várias celas, de forma que todas fossem atingidas.

o—

O pastor era um homem bonito. Em geral eles eram. Pessoas vindas de Delta City, em geral dos níveis mais altos, que desciam à Cidade Baixa em limusines blindadas, sob uma escolta paramilitar. Pessoas que, se não tivessem nascido belas, podiam pagar por todas as plásticas e tratamentos genéticos que a medicina fornecia. Era preciso ser bonito e carismático para pregar, e aquele pastor tinha as duas qualidades de sobra.

— Vou lhes contar uma história triste, meus irmãos — disse o pastor. — A história de uma vadia que traiu seu planeta.

O pastor estava sobre um palco elevado. Microfones pairavam a seu redor, sempre se posicionando na distância certa para captar sua voz da melhor forma possível. Ao redor, pelo menos 3 mil pessoas se aglomeravam em espécies de arquibancadas em níveis sucessivos. Eram todos gente humilde, sem exceção — o povo da Cidade Baixa. Gente pobre via-se muitas vezes vulnerável a gente rica, bonita e carismática o bastante para fazê-los acreditar que sua miséria era culpa de algum inimigo externo. Aqueles pobres, espremidos nas arquibancadas, sorviam com gosto o ódio do pastor. O palco estava iluminado e, por toda a volta, luminosos eletrônicos mostravam comerciais antialienígena e o logotipo da Igreja Terrena da Salvação.

— Uma vadia que decidiu se deitar com um alienígena! — continuou o pastor. — Com tantos rapazes humanos bons e honestos, ela decidiu fornicar com alguém de outra espécie! O que ela é?

— Vadia!

— Puta!

— Traidora!

O pastor sorriu ante os gritos de raiva.

— E ela está aqui conosco hoje.

Os guardas no palco abriram caminho e, dos bastidores, surgiu uma garota loira, magra, com aspecto cansado. Ela tinha olheiras fundas e parecia não tomar banho há alguns dias. Alguns microfones voejaram para perto de seu rosto.

— Conte a nós o que você fez — incentivou o pastor, com sua voz retumbante.

— Eu namorei com um alienígena.

— Namorou? Mas todos nós sabemos que essas criaturas não sentem amor! Você fornicou com um extraterrestre sujo, não é? Você se esfregou com ele e abriu as pernas para ele!

— É verdade — disse a garota, em voz sumida, escondendo o rosto nas mãos.

A multidão mais uma vez gritou insultos pouco criativos.

— E como você notou que estava cometendo uma aberração? Uma traição a sua espécie?

— Meu pai encontrou Il'Gthen um dia em meu quarto.

Ela pronunciou o nome muito bem, para uma terráquea. Claramente havia se preocupado em aprender aquilo.

— Essas coisas têm nome agora! Que piada! Seu pai encontrou uma coisa pior que um bicho em sua cama, não é? Encontrou-a se maculando com os invasores que vêm pegar nossos empregos!

A menina só conseguiu fazer que sim com a cabeça.

— Mas esta história tem um final feliz — disse o pastor, voltando a sorrir para a plateia. — O pai desta garota, ele sim é um herói, deu um tiro no alien imundo que invadira sua casa, assim como invadira nosso planeta! E nossos policiais, também heróis, sabem que não é crime matar um deles! Então o que aconteceu?

— Eu entrei no Programa de Purificação — a garota deu um sorriso forçado, de dar pena. — Em três meses, parei de sentir vontades antinaturais. Agora vou casar com um rapaz humano.

— Outro herói, que a aceita mesmo tendo conhecido o toque sujo do inimigo! Uma salva de palmas para os heróis desta história!

O público comemorou. O pastor se dirigiu a eles:

— Quando os simpatizantes de aliens vierem lhes dizer que essas coisas merecem direitos, lembrem-se! Eles vêm a nosso planeta para tomar nossos empregos e estuprar nossas mulheres! Mas seu único destino é nossa mesa!

Os luminosos foram tomados por comerciais da Carne Enlatada Delistar, um sabor de outro mundo. Garçons passaram pelas arquibancadas, oferecendo amostras totalmente grátis da carne alienígena.

— Precisamos de suas doações para continuar a luta! — disse o pastor. — A invasão continua e Deus quer que vocês sejam soldados nesta batalha pela Terra! Aqueles que têm implantes neurais podem doar agora mesmo, abrindo suas contas bancárias para nossos atendentes. Os outros podem contribuir de qualquer forma. Aceitamos transações por cartão e até mesmo dinheiro vivo.

As pessoas se aglomeraram com notas amassadas. Igrejas na Cidade Baixa eram alguns dos únicos lugares onde ainda se via dinheiro de papel.

— Agora vamos conhecer um invasor que se converteu, percebendo que sua alma é suja!

Súbito, todo o prédio foi sacudido por uma explosão. Os fiéis ouviram gritaria nos bastidores e então uma mulher alta, vestida em roupas sumárias, moicano e garras reluzindo, invadiu o palco.

O pastor se virou e, em um golpe, ela já estava banhada em sangue. Ergueu alto a cabeça decepada do pregador, mostrando-a à plateia.

o—

— Alô, criançada — disse Ozob, e então explodiu um grupo de três guardas.

A plateia estava tomada pelo pânico. Uma parte da multidão tentou invadir o palco, mas foi detida pelo medo de Vivika. Outros tentaram correr para a porta. California, operando dois dispositivos holográficos, trancou as portas automáticas e começou a tomar o controle dos luminosos.

Então, no meio do palco, chegou Johnny Molotov.

California começou um terceiro trabalho: invadiu o sistema de som da igreja, redirecionando a fonte dos enormes alto-falantes dos microfones flutuantes para a guitarra do amigo. Pôs em atividade as inteligências artificiais musicais que tocavam bateria e baixo. Então deu o sinal.

Johnny deu o primeiro acorde e marcou o tempo:

— Um, dois, três, quatro!

A Igreja Terrena da Salvação foi tomada pela música de Johnny Molotov.

Quatro guardas avançaram para o músico, mas acionaram uma bomba de efeito moral que Ozob plantara em seu caminho. O que pareceu um clarão rápido e contido, na verdade era a projeção de bilhões de imagens nas retinas dos guardas — eles caíram no chão, convulsionando. A segurança dos demais andares começou a se reposicionar no térreo, todo o aparato bélico da igreja notando que a real ameaça estava ali. Os drones do lado de fora quebraram janelas e invadiram o ambiente, disparando suas metralhadoras.

Três guardas abriram fogo contra Ozob. Ele rolou pelo chão do palco, avançando até eles e evitando os tiros. Agarrou as pernas de um e o puxou com rapidez, derrubando-o. Então se engalfinhou com ele, prendendo seu pescoço e o estrangulando, ao mesmo tempo em que o virava para fazer um escudo humano. Era um de seus truques preferidos. Fez rolar algumas granadas para um grupo de guardas que chegava e eles explodiram, fazendo chover uma garoa sangrenta.

Os luminosos começaram a mostrar cenas de alienígenas nos guetos. Eram filmagens clandestinas, feitas por amadores com seus dispositivos. Bloqueadas e censuradas no EgoBliss, no EyeFeed e em todas as outras redes sociais e sites de compartilhamento de vídeos. Mas California tinha seus meios para consegui-las. Nos luminosos, aliens que viviam na pobreza e na degradação perdiam até mesmo suas moradias miseráveis, sendo expulsos por turbas com cartazes de ódio. Famílias aliens mostravam seus filhos pequenos, com o orgulho de todos os pais. Crianças aliens brincavam. Casais interespécies se abraçavam.

Mas as imagens não eram o principal. De alguma forma, o principal era a música.

As canções de Johnny Molotov não falavam de alienígenas. Na verdade, não eram políticas ou ao menos não pareciam. Eram hinos à falta de chances, clamores por um pouco de diversão, simples letras que se encaixavam, mas não faziam sentido. A melodia, no entanto, contaminava.

Ozob estava muito perto dele. Estava cercado de alto-falantes e a acústica da igreja se prestava a fazer aquele som dominar tudo. Então ele pôde ouvir. Ouvir de verdade.

O pós-humano se sentiu inundado por um entusiasmo vindo de lugar nenhum. Era como se o som entrasse à força em seus ouvidos e chacoalhasse seu cérebro. Ele teve vontade de fazer mais. Mais de qualquer coisa. Vontade de estar na Terra não apenas para espremer daqueles dois anos de vida tudo que eles pudessem lhe ceder, mas para mudá-la de alguma forma. Ao mesmo tempo, seu trabalho, suas habilidades destrutivas, pareceram suficientes. Algo de que se orgulhar. Ele era um pós-humano em forma de palhaço, fora destinado à destruição assim que nascera, deformara sua coluna e perdera seu nariz, mas estava tudo bem. Ele era aquilo e aquilo era bom o bastante.

Com esse sentimento, veio uma raiva ainda maior das corporações e da sociedade estabelecida.

Ozob, de alguma forma, sentiu-se conectado aos alienígenas, aos pobres desgraçados que estavam ali doando seu dinheiro e sendo enganados, aos War Roadies. Aquelas pessoas pareciam autênticas. Pareciam seu povo.

E, por último, englobando tudo aquilo, ele sentiu vontade de criar algo. Mais do que o desejo de beber Nux-Cola imbuído em seu cérebro pelas propagandas nos implantes, mais do que a ânsia por diversão, mais até que o medo da morte, ele sentiu uma necessidade de mostrar a outras pessoas quem ele era, o que ele pensava.

A melodia era rudimentar, as letras eram primárias.

— *Um, dois, três, quatro!*

Mas a genialidade de Johnny Molotov estava em inspirar os ouvintes.

Vivika arrancou o braço de um guarda. A mão do homem ainda agarrava o fuzil. Ela tomou a arma e disparou contra outros dois. Ozob instalou uma bomba sob uma viga de sustentação e chamou a atenção de seis inimigos. Quando eles correram perto da coluna, ele detonou o explosivo, derrubando o teto sobre o grupo.

Alheio a tudo, imerso na fúria dos acordes rápidos e simples, Johnny continuava tocando.

Ozob notou que a plateia ouvia.

Aquelas pessoas não eram como os jovens que haviam se reunido na Times Square. Não dançavam ou se chutavam em êxtase sonoro. Apenas ouviam. A música penetrou neles, assim como penetrou no pós-humano, e quase se podia ver o pensamento mudando.

A música tocava algo fundo dentro deles também. Algo por baixo das camadas de doutrinação religiosa, comercial, ideológica e social. Algo que era eles mesmos. Talvez continuassem odiando, talvez abrissem mão do ódio. Mas a música os convidava a ser autênticos.

Uma nova explosão abalou o prédio.

— Não fui eu! — gritou Ozob.

— O exército da igreja está do lado de fora! — anunciou California. — Eles têm dois robôs gigantes!

Sem esperar ordem, Vivika abriu uma rota de fuga, pelos bastidores.

— Mais dez segundos e eu consigo transferir os fundos da igreja para uma das minhas contas! — gritou a hacker.

A parede da igreja desabou, e Ozob viu uma enorme mão metálica fechada. O robô tripulado, chamado de batalhoide no jargão militar, tinha cerca de seis metros de altura. Era equivalente a um caça, em manobrabilidade e poder de fogo, e a um tanque, em resistência. Uma metralhadora giratória em seu ombro apontou para o músico, enquanto que, no outro ombro, um lançador de mísseis se voltou para Ozob.

O pós-humano arremessou um punhado de pequenos explosivos no ar. Eles foram todos atraídos pelo batalhoide — eram explosivos magnéticos e ficariam grudados na superfície metálica. As bombas em miniatura começaram a apitar e o robô disparou uma saraivada de mísseis. Ozob contra-atacou com explosivos guiados pelo calor, que procuraram os jatos dos mísseis e se colaram neles, explodindo em seguida. Os estilhaços e as bolas de fogo tomaram quase metade da área da igreja e ele se protegeu atrás de um púlpito. As bombas magnéticas apitavam cada vez mais rápido e ele não esperou a explosão. Jogou-se sobre Johnny Molotov, a tempo de impedir que ele fosse varado pelos tiros da metralhadora sagrada do batalhoide, que destruíram o palco onde ele estivera.

— Só mais um detalhe! — gritou California.

Vivika lutava contra cinco guardas. As bombas magnéticas explodiram, mas o robô ainda estava longe de ser destruído. Ele entrou pelo buraco que fizera na parede, fazendo um infernal barulho mecânico, e um segundo batalhoide estava logo atrás. Era hora de fugir e a garota estava perdendo tempo.

— Vocês estão em território sagrado — avisou uma voz dentro do cockpit. — Isto é uma guerra santa.

Ozob não acreditou quando California sacou uma lata de spray de dentro da jaqueta e pichou uma parede da igreja. Em letras enormes, com sua caligrafia de adolescente, ela escreveu

WAR ROADIES

numa tinta imbuída de nanorrobôs, que resistiria a qualquer pintura ou tentativa de limpeza. Também faria contato com implantes e lentes de contato inteligentes que todas as pessoas que desejassem bloquear a pichação pela realidade aumentada. Era uma marca indelével naquela igreja para sempre, até que a parede fosse demolida.

— Agora sim! Vamos embora!

Eles sumiram pela porta nos bastidores assim que o segundo batalhoide disparou um míssil contra o palco.

— Você tem uma rota de fuga? — perguntou Ozob, ofegante.

— Sempre — sorriu a hacker.

o—

De novo uma festa.

Ozob não havia se enganado quanto ao estilo de vida de um músico. Johnny Molotov estava cercado por três garotas que alternavam entre disputar sua atenção e combinar seus esforços para fazê-lo se sentir um deus do sexo. Havia várias outras que pareciam mais interessadas em um pós-humano de aparência exótica. Além disso, a bebida era liberada. Desta vez eles não estavam numa boate, mas no apartamento do amigo de algum amigo dos War Roadies. As melhores festas, pela experiência de Ozob, aconteciam na casa de alguém quase desconhecido, e aquela não era exceção.

Ele estava falando com uma mulher que jurava ter implantes genitais ilegais na Terra. Tinha um copo de vodca na mão. Chegou mais perto da nova amiga, já sentindo seu hálito agradavelmente alcoolizado. E sabia que em breve teria dinheiro na conta — o dinheiro roubado da igreja.

Assim, Ozob se achou o maior dos idiotas quando percebeu que tudo aquilo não era suficiente.

Deu uma desculpa para a mulher dos implantes e foi procurar California. Achou-a num quarto, sentada na cama. Jogando videogame no dispositivo holográfico enquanto assistia a um seriado na televisão. Na série, amigos de vinte e poucos anos dividiam um apartamento enquanto tinham namoros e casos uns com os outros. Algumas coisas nunca mudavam.

Ozob sentou do lado de California.

— O que está jogando?

— Você não conhece.

— E ao que está assistindo?

— Ao que está passando.

Silêncio.

— Por que está aqui comigo? — perguntou California. — Você não está bêbado o bastante para tentar me pegar de novo, e ouvi dizer que na festa há uma mulher com implantes genitais ilegais na Terra.

— Pois é, eu sei. Mas estou com vontade de conversar.

Ela fechou o jogo. No seriado, uma trilha sonora de risadas pareceu comentar como era improvável Ozob só querer conversar.

— Não sei se eu quero falar com você agora — disse a garota.

— Está magoada porque matamos todos aqueles prisioneiros aliens inocentes?

— Você matou.

— Você é a líder. Nós matamos.

Ela não respondeu.

— Eu nunca precisei tomar uma decisão desse tipo — disse California, por fim. — O que você falou fazia sentido. Não conseguiríamos salvar toda aquela gente. Eles já estavam morrendo, e sob tortura. Deixá-los lá, à mercê da Igreja Terrena da Salvação, parecia pior. Mas, para quem estava lutando pelos direitos dos aliens...

— Nós não estávamos lutando pelos direitos dos aliens. Estávamos tentando espalhar a música.

— Eu queria fazer ambos.

— Tentar fazer tudo é uma boa maneira de acabar morta.

California bufou. Arrancou o copo de vodca da mão de Ozob e bebeu tudo de um gole.

— O que você sabe sobre ativismo? — ela empinou o nariz.

— Nada. Ainda bem. Mas sei bastante sobre tentar ficar vivo enquanto muita gente quer me ver morto. Conheço você há um dia e já vi você fazer inimigos do DAA, dos reguladores e de uma igreja bem armada. Se ainda por cima tentar arranjar lares para aliens sem esperança, você vai estar mais fodida do que...

— Do que o quê?

— Do que um pós-humano albino sem nariz.

Ela riu.

— Como você perdeu o nariz?

— Me cortei fazendo a barba.

— Fale a verdade!

— Exagerei e meti o dedo muito fundo uma vez.

— Por que não quer falar?

— Você não quer ouvir essa história.

— Quero sim.

— Mas eu não estou bêbado o suficiente.

Ela não insistiu. Pessoas que não insistiam em coisas desconfortáveis eram raras.

— Só trouxe isso de bebida? — California reclamou.

— Tenho algumas pílulas.

Ele exibiu um saquinho plástico com um punhado de comprimidos diversos. California escolheu um pela aparência e engoliu. Ozob engoliu outro.

— Qual é sua história, garota? — ele perguntou, depois que o comprimido começou a fazer efeito e o mundo começou a parecer muito interessante. — Qual é sua ligação com a DataDyne?

— Você é muito bom em mudar de assunto.

California se jogou para trás na cama, como se estivesse exausta só de pensar em começar o assunto.

— Eles eram meus donos.

— Donos?

— Fui vendida quando bebê. É algo bem comum. Não sei quem foram meus pais, mas pela minha altura e pelas minhas tendências a substâncias recreativas, suspeito que tenham sido viciados. Eles me venderam para um orfanato da DataDyne. O nome oficial é orfanato, mas todo mundo chama de Fazenda de Gênios.

Ozob franziu o cenho. A DataDyne também havia sido dona dele.

— Numa Fazenda de Gênios, eles compram centenas de crianças e as criam no ambiente mais propício para se desenvolverem. É um lugar realmente estimulante. Os melhores professores, os melhores materiais... Prestam atenção a suas aptidões e oferecem aulas personalizadas para você. Tudo na esperança de que, de duzentas ou trezentas crianças, uma seja um gênio. E vão eliminando as crianças indesejáveis.

California seguiu explicando o que Ozob já sabia. Ele conhecia bem aquela história. Era a história de Hans Gropp. Mas escolheu não falar nada.

— E você era um dos gênios?

— Eu seria. Com 13 anos, já ensinava a meus professores. Cresci no melhor ambiente para aprender e virei uma programadora e hacker de elite. Eles gostavam de mim. Mas não entendiam por que eu me destacava.

— Por quê?

Ela sentou de novo, com expressão intensa.

— Por causa de Johnny. Eu sou só alguém com talento e disciplina. *Ele* é o gênio de verdade.

Ozob deixou que ela falasse.

— Johnny também foi criado na fazenda. Sempre se interessou por música, mas nunca foi muito bom, então queriam que ele aprendesse outra coisa. Ele se manteve no limite mínimo para não ser expulso por anos.

Mas eles não viam o verdadeiro mérito da música dele. É simples. É tosca. Mas Johnny descobriu uma frequência sonora que estimula o cérebro. Johnny inspira os outros.

O pós-humano ficou quieto. Era uma noção improvável e quase ridícula. Se alguém lhe dissesse, há uma semana, que estaria ouvindo um discurso sobre música inspiradora de uma menina que ele nem conseguira comer, Ozob cairia na gargalhada.

Mas ele ouvira a música.

Ele entendera.

— Não acredito em música mágica — teimou.

— Não é mágica — California sorriu. — É só uma interação com as ondas cerebrais que ainda não entendemos. Johnny entende ainda menos que eu. Se ele ainda não fritou seu próprio cérebro com drogas e doenças venéreas, isso é questão de tempo. Mas ele consegue reproduzir a sensação, e isso é suficiente.

— Então vocês eram amigos no orfanato?

— Éramos irmãos. Ele é mais velho do que eu, mas por alguma razão deixava que eu ficasse ouvindo-o tocar. Ele me inspirava, eu estudava, e os professores não viram sua genialidade porque ele não compôs uma merda de sinfonia aos 7 anos.

A exploração do funcionamento do cérebro era um campo de estudo em voga. Alguns cientistas já haviam inventado máquinas com capacidades telepáticas limitadas. Os próprios implantes neurais mexiam com o cérebro de formas ainda não plenamente compreendidas. Não era impossível que houvesse frequências capazes de estimular dessa forma a mente humana. O que parecia impossível era que essas frequências tivessem sido descobertas por um punk de capacidades musicais medíocres.

— Mas chegou um momento em que Johnny receberia seu contrato de semiescravidão. Então ele fugiu. E eu fui atrás.

Ela caiu de novo na cama. Na TV, um rapaz dividia um apartamento com sua ex-namorada, e o público parecia achar a situação hilária.

— Você vai atrás dele desde então?

— Há nove anos — ela sorriu, de olhos fechados. — Já moramos na rua. Em prédios invadidos por gangues. Por um mês inteiro, em um carro abandonado. Num lixão. Na casa de um velho pervertido que tentava nos filmar indo ao banheiro. Num convento. Num abrigo de caridade.

— Sempre tocando?

— Em geral, roubando. Vendendo um pouco de drogas. Hackeando sistemas simples em troca de comida. Há poucos anos comecei a pensar que a música de Johnny poderia ter um efeito maior no mundo. Começamos fazendo shows com uma banda, mas apanhávamos muito. Então fiquei amiga de Vivika e desde então podemos nos defender. Primeiro pensei em nos chamar de War Groupies, mas Vivika achou ofensivo. Então somos War Roadies. Acompanhamos a banda, montamos o equipamento, arranjamos a segurança e a logística. E eles tocam. É uma guerra.

— E a banda...?

— Dois bateristas foram assassinados. O segundo você conheceu ontem. Um baixista também. O DAA está na nossa cola, se não nos cuidarmos, Johnny pode morrer.

— E você?

Ela não respondeu.

— Você não parece tão abalada para uma roadie cujo baterista morreu ontem.

— Se eu pensar em toda morte ao nosso redor, vou entrar numa banheira e cortar os pulsos.

— Mas pensa nas mortes dos aliens.

— Não estava pensando na morte. Estava pensando na responsabilidade.

California era a líder. A líder incontestável. Uma mente planejadora, tática, boa com computadores e com pessoas. A maneira como lidara com Vivika durante a missão fora forte e eficiente. E, sem ela, Johnny não seria mais que um guitarrista drogado e idealista como tantos. California deixara o orfanato aos 13 anos e já era aquele prodígio. Ozob pensou que, se ela tivesse ficado até assinar seu contrato vitalício, hoje estaria no nível mais alto de Delta City, inventando coisas das quais ele só ouviria falar.

Tudo isso o deixava ainda mais excitado.

Ele se deitou por cima dela.

— A mulher dos implantes ilegais, Ozob — disse California, sem parar de sorrir. — Vá atrás dela.

Ele levantou, também sorrindo. Balançou a cabeça e foi atrás da mulher dos implantes.

Ozob descobriu que eram ilegais na Terra por uma boa razão.

o—

Dois dias depois, Ozob conseguiu voltar para casa, dolorido. Ele estava morando em Sewage City, que era uma zona horrível, fedendo a esgoto — mas tudo na Cidade Baixa fedia a esgoto, com maior ou menor intensidade. No quarteirão de seu apartamento, recebeu uma mensagem de California pelo EgoBliss. Abriu-a, sentiu a vontade avassaladora de tomar Nux-Cola e ouviu:

— O dinheiro que roubamos já está na sua conta. Hoje na Cidade Baixa não vai ter garçom parado nem puta triste!

Ozob riu.

Entrou no prédio caindo aos pedaços. Desviou-se dos viciados que sempre estavam desmaiados pelo corredor. Achou que um deles tinha finalmente morrido de overdose, mas iria se preocupar com remover o corpo só depois que começasse a feder. Abriu a porta do apartamento com uma impressão retiniana e entrou.

Ficou parado sob o batente, atônito.

— Entre e feche a porta.

Ozob obedeceu.

Sentado em sua poltrona, havia um palhaço. Para ser mais exato, um pós-humano construído com a aparência de um palhaço. Uma de suas mãos segurava um copo de whisky para que uma cabeça bebesse. A outra mão segurava um charuto, para que a segunda cabeça fumasse. A terceira mão mostrava o dedo do meio para Ozob.

— Se você quer sorrir, é com Zatati — disse a primeira cabeça.

— Se você quer brincar, é com Ratatá — completou a segunda.

DE QUE LADO VOCÊ ESTÁ?

OZOB NÃO CONSEGUIA RESPIRAR DIREITO. SEU NARIZ ESTAVA TOMADO POR um pó cinzento e grosso que se grudava em sua pele e suas mucosas. Ele não sabia, mas apenas ter um nariz dali a algum tempo já seria um luxo além de suas possibilidades. Sua garganta estava seca e nenhuma quantidade de água que bebesse parecia saciá-lo. A vida nas minas extramundo era feita de trabalho incessante, dores nas costas e muito pó.

E de baixar a cabeça para os humanos.

Ele havia trabalhado 18 horas naquele dia. Mesmo seu físico de pós-humano, feito para o serviço pesado, não aguentava mais. Quando o expediente acabou, ele começou a contar as horas para o início do próximo. Tinha 6 horas para ir ao centro administrativo, ser revistado, ir para casa, comer algo, existir um pouco fora da mina, tentar dormir apesar das dores e voltar à mina.

Dentro da mina, não era preciso usar aparelhos de respiração ou traje espacial. O complexo era cercado por um domo gigantesco que fornecia uma atmosfera artificial. Embora isso parecesse um atrativo à primeira vista, era só uma medida de corte de despesas. Um aparelho de respiração para cada trabalhador filtraria o pó, preservaria seus pulmões, mas custaria bem mais em manutenção do que a construção de um único domo. Então todo o trabalho dentro da mina era realizado com o mínimo de proteção possível. O pó cinzento e espesso coloria todo o pós-humano, deixando sua pele e seu cabelo com o mesmo tom homogêneo. A coisa se grudava nos cantos de seus olhos, tornando difícil até mesmo piscar. Sua audição estava prejudicada pelo acúmulo de pó nos ouvidos.

Mas o pior eram as dores. Suas costas doíam horrivelmente pelo esforço contínuo. Seus braços e suas pernas estavam no limite.

Ele saiu da mina e entrou num túnel metálico que levava até a saída do complexo minerador. Ozob existia naqueles espaços claustrofóbicos desde que chegara ali. Mesmo as raras missões fora do domo ou das estruturas de metal e plástico onde todos viviam não ofereciam muito alívio. Quando Ozob saía, usando traje espacial, via apenas o escuro do espaço através do visor de seu capacete. Em alguns momentos de lazer, quando a internet funcionava, ele olhava fotos da luz do sol na Terra e não conseguia imaginar como deveria ser estar em algum lugar tão iluminado. Ozob sabia ter sido construído na Terra, mas não lembrava nada de seus primeiros dias de vida. Fora levado para Ganimedes, a maior lua de Júpiter, assim que Hans Gropp fugira com seus filhos deformados. Então a família se mudara para aquele asteroide, nas proximidades de Ganimedes, onde estavam desde então.

Ozob tinha menos de 6 meses de vida. E sua vida era minerar. Nunca sentira a luz do sol na pele. Talvez seis meses fossem demais para viver assim.

Atravessando o corredor na companhia de uma multidão de trabalhadores humanos e pós-humanos, ele chegou ao centro administrativo da mina. Preparou-se então para a revista. O período de deslocamento e de revista dos trabalhadores era retirado de seu tempo livre. Humanos só trabalhavam 10 horas, mas pós-humanos tinham jornadas maiores, de acordo com seu modelo. Assim, Ozob torcia para que a revista transcorresse em poucos minutos. Já não tinha mais 6 horas até o início do próximo expediente — apenas 5 h e 45 min.

Guardas pós-humanos armados conduziram os trabalhadores em grupos até um paredão, sob fortes luzes fluorescentes. Dois capatazes humanos estavam encarregados da revista. Ozob estava na segunda turma a ser revistada — podia ser pior, os últimos a passar pelo processo tinham de esperar até uma hora na fila, ou mais, se alguma irregularidade fosse detectada.

Não havia espaço para privacidade. Trabalhadores homens e mulheres tiraram os macacões que vestiam, ficando nus na frente de guardas e capatazes. Então se postaram de rosto grudado ao paredão, pernas abertas, e foram revistados.

Naquele asteroide, minerava-se diamante e outros materiais preciosos. Os carregamentos eram levados para Ganimedes e de lá para a Terra em naves que vinham de três em três meses. A companhia de mineração, chamada Minerais Yon, tinha muito medo de que os trabalhadores roubassem pedras preciosas para si. Por isso conduzia uma revista invasiva no fim de cada expediente.

Ozob foi até o paredão quando sua turma foi chamada. Ainda tinha 5 horas e 28 minutos até o início do próximo dia de trabalho. Tirou o macacão e ouviu as risadas e os comentários sobre sua pele branca, seus pelos vermelhos. No início, ele batera nos engraçadinhos que gostavam de fazer piadas quando ele ficava nu, mas desde então descobrira duas coisas. A primeira era que a punição por fazer arruaça ocorria em seu tempo livre e nunca diminuía sua jornada de trabalho. A segunda era que, após alguns meses daquela rotina, ele estava cansado demais para defender seu orgulho. Assim, aguentou as piadas, ficou com o rosto colado ao paredão e sentiu quando as mãos dos capatazes vasculharam seu corpo. Virou-se, abriu a boca e deixou que procurassem lá dentro. Então um aparelho que emitia um zumbido preocupante foi aproximado de seu estômago, para garantir que ele não havia engolido nenhum diamante. No início Ozob achara que seria muito mais fácil simplesmente usar o aparelho em todo o corpo dos trabalhadores, sem necessidade de revista invasiva. Mas, quando notou os periódicos episódios de câncer de estômago nos colegas, mudou de ideia. Quanto menos exposição ao aparelho, melhor.

Ele teve permissão de se vestir de novo. Já quase não sentia mais a humilhação da revista. Tinha mais 5 horas e 17 minutos até o próximo expediente. Ficou na fila do departamento de pessoal para que o dinheiro que ganhara naquele dia fosse transferido para sua conta. Era mais tempo perdido, mas a Minerais Yon pagava apenas no dia. Se alguém não pudesse receber após o expediente, ficava sem receber por aquela jornada. Uma inovação do diretor da colônia, que conseguira fazer uma boa economia para o balanço semestral contando com a exaustão dos trabalhadores.

Melhor ficar na fila.

Com 4 horas e 49 minutos até o próximo expediente, ele foi atendido. Ozob ainda não tinha implantes neurais — na verdade, não tinha implante nenhum; seu corpo era tão puro quanto podia ser alguém criado por engenharia genética. Ozob recebeu seu dispositivo portátil que ficava guardado com o departamento de pessoal durante o trabalho e continha sua identidade, sua conta, seu contrato e sua única ligação com o mundo exterior. O dinheiro foi transferido. Ele arrastou os pés para fora do centro administrativo.

Andou por um túnel abarrotado de gente imunda até o centro de convivência, onde os trabalhadores se juntavam, sentados em caixotes e montes de lixo, sob um teto metálico com luzes fluorescentes, para conversar e fingir que tinham uma vida normal. Ali estavam os dois restaurantes do asteroide, o único bar, o único mercado e o único centro esportivo. Tudo, é claro, pertencia à Minerais Yon e tudo era cobrado dos trabalhadores. Muitos deles esgotavam o salário do dia antes de chegar em casa, tomando um trago ou divertindo-se com jogos simples no centro esportivo. Muitos faziam dívidas com a Yon e trabalhavam a cada dia apenas para pagar o que deviam, acumulando mais e mais dívidas. Geralmente, morriam antes de pagar, e as dívidas eram transferidas para seus filhos. Era conveniente, já que os trabalhadores humanos tinham famílias morando ali mesmo no asteroide. As crianças podiam começar a trabalhar imediatamente para saldar as dívidas dos pais. Como não havia escola, elas não tinham muito mais o que fazer, de qualquer forma.

Mas Ozob nunca ficava no centro de convivência. Ele só queria chegar em casa. Foi até um dos transportes. Esperando o veículo sair, abarrotado com uma centena de outros trabalhadores, ele pegou no sono, de pé mesmo. O transporte deixou a proteção da atmosfera artificial e atravessou o asteroide, deixando os trabalhadores em seus alojamentos. Alguns poucos tinham verdadeiras casas — cubos de metal onde viviam com alguma privacidade por desfrutar de algum privilégio especial. Era o caso de Ozob. Com 4 horas e 02 minutos até o próximo expediente, ele chegou na casa que compartilhava apenas com sua família.

O tubo de saída do transporte se ligou à casa e as duas atmosferas artificiais se juntaram, permitindo que ele entrasse sem se expor ao espaço.

Ele chegou em casa. Não havia boa iluminação, apenas um complexo de aparência industrial, com containers de aço, máquinas de todos os tipos, computadores e um enorme frigorífico onde seu pai guardava partes de corpos nas quais estava trabalhando. Também havia pequenas camas para Ozob e seus três irmãos.

Ele encontrou Hans Gropp o esperando. Sua cara feia estava distorcida em um esgar de desaprovação.

— Você demorou, Ozob.

O pós-humano não tinha forças para responder. 3 horas e 55 minutos para o início do próximo expediente.

— Dê-me o dinheiro. Não tente esconder nada.

Usando seu dispositivo, Ozob transferiu o que tinha recebido para a conta de seu pai. Hans Gropp dava a eles tudo de que precisavam para viver. Eles eram sua propriedade. O cientista ficava em casa o dia inteiro, trabalhando em seus experimentos, enquanto seus filhos saíam para ganhar salários.

De todos, Ozob era quem mais trabalhava. Seu modelo se prestava para aquilo. Zatati Ratatá às vezes era usado como guarda, mas em geral ficava de prontidão para uso em missões nas quais furtividade e letalidade fossem importantes — quando um robô se voltava contra seus mestres ou quando era preciso assassinar fiscais da matriz da corporação que haviam visto o que não deveriam. Guzzo operava instrumentos de precisão. Lidava com maquinário delicado, usava lasers para cortar rochas muito insistentes. Rizzo pilotava veículos de exploração, à procura de novos veios, e chegava a ficar mais de uma semana em missão, afastado de casa. Ozob só sabia explodir coisas e carregar peso. Não podia reclamar, já que fora criado para aquilo.

Hans Gropp deu dois tapas quase carinhosos em seu rosto. Ficavam no meio do caminho entre aprovação e humilhação.

— Bom menino. Agora coma e descanse.

Ozob foi até a máquina que lhes fornecia comida. Hans Gropp comia alimento terrestre, trazido nas mesmas naves que periodicamente visitavam o asteroide. Mas isso era muito caro; não havia o suficiente para todos. Os palhaços comiam um mingau muito calórico e nutritivo, mas quase sem gosto. Era elaborado pela máquina, feito dos restos da comida de Hans Gropp, de lixo orgânico, de excrementos reaproveitados e, quando isso não era suficiente, de alimentos baratos comprados no mercado. Era melhor não pensar do que aquilo era feito, mas mantinha-os vivos.

Ozob se serviu de sua cota de mingau numa tigela. Tinha 3 horas e 47 minutos até o início do próximo expediente. Olhou em volta. Rizzo estava em missão há dias, e demoraria pelo menos mais um ou dois para voltar. Ratatá, ainda bem, não estava em parte alguma. Talvez também estivesse em missão. Guzzo estava sentada em sua cama, olhando algo num tablet. Ozob foi sentar perto dela.

Ele se deixou desabar, quase adormecendo apenas por estar sentado. Guzzo sabia que ele não tinha forças para falar muito, então apenas tocou em suas costas, fez-lhe um afago.

— Eu roubei uns anestésicos da enfermaria — ela sussurrou para ele. — Depois injeto em você.

Ele tentou sorrir. Conseguiu mexer a boca, pelo menos.

Enfiou a colher no mingau e comeu. Estava tão cansado que tinha esquecido a fome, mas o contato com a comida o lembrou.

Depois da terceira colherada, ele ouviu os passos de Ratatá ressoando pelo piso metálico. Ozob olhou para baixo, tentando ignorar o irmão, mas é claro que ele foi direto para os dois que estavam sentados.

Zatati Ratatá chegou perto deles e escarrou no mingau.

o—

— Por quê? — perguntou Guzzo.

— Vá embora, viado — Ratatá a empurrou.

Ozob estava zonzo de cansaço. Guzzo se ergueu, pronta para enfrentar o irmão de duas cabeças. Ratatá tinha sorrisos largos nos dois rostos. Hans Gropp se aproximou.

Os três ficaram quietos.

— O que está acontecendo aqui? — o criador interveio.

— Nada, pai — disse a primeira cabeça.

— Nada mesmo — completou a segunda.

Guzzo e Ozob não contradisseram.

Qualquer um dos palhaços poderia quebrar o cientista no meio. Ele era doente, seu corpo era fraco. Na metade do tempo, nem suas palavras faziam muito sentido. O cérebro do irmão, preso em sua corcunda, impedia que pensasse direito. Mas, nas memórias dos quatro irmãos, estava implantada uma certa obediência ao criador. Não era total, como se fossem robôs. Era apenas o assombro que um filho tinha para com seu pai. Quando Hans Gropp os punia, era difícil resistir. Quando ele chegava, eles se comportavam bem.

O geneticista se afastou de novo.

A segunda cabeça de Zatati Ratatá começou a rir dos outros dois, enquanto a primeira continuou olhando-os com ódio frio.

— Está tudo bem, Guzzo — disse Ozob. — Você não precisa ficar aqui.

— Talvez seja hoje que vamos espancar esse desgraçado... — Guzzo começou.

— O pai está olhando — Ozob colocou a mão em seu ombro. — Vá embora. É só Tati Tatá.

As duas cabeças então bufaram de raiva. Guzzo levantou e foi procurar outro canto onde dormir.

Zatati Ratatá ficou de pé, próximo a Ozob. Tomou sua colher e dobrou-a. Com a terceira mão, deu-lhe um tapa no rosto.

— Você é mesmo um covarde, Ozob.

Zatati Ratatá era o mais alto dos irmãos. Embora Guzzo fosse mais forte, ele era também mais largo, com o peito estendido para comportar dois pescoços. Os dois braços normais ficavam dos lados do corpo, como acontecia com humanos, enquanto o terceiro braço surgia sob o braço direito normal. Suas duas cabeças eram igualmente desenvolvidas — uma ficava um pouco mais atrás que a outra, os pescoços se interligando num feixe de músculos e tendões. Seus queixos eram quadrados, seu corpo tinha ossos muito grandes e sólidos.

Era também o mais grotesco dos quatro. Sua pele era albina. Uma de suas cabeças tinha lábios azuis pálidos, enquanto os da outra eram vermelhos. O cabelo da primeira cabeça era amarelo, cortado curto em estilo militar, enquanto a outra exibia cabelo seboso, escorrido e desgrenhado, numa variedade de cores que dava um aspecto sujo e frenético. Cada olho tinha uma cor diferente: vermelho, azul, verde e negro.

Como Ozob não respondeu, a primeira cabeça de Ratatá tentou de novo:

— Você é um covarde fraco. Precisa se esconder atrás de um homem vestido de mulher.

Ozob olhou para cima, direto em um dos pares de olhos.

— Guzzo é mulher.

— Não, é uma bicha que gosta de usar vestidos. E você é um covarde que se esconde atrás dele.

— Mas não podemos reclamar — zombou a segunda cabeça. — É sempre engraçado ver aquele homem usando saia!

A segunda cabeça voltou a rir. Era difícil achar algo que machucasse Ozob, então Ratatá usava o que podia machucar a irmã. Ozob não sabia exatamente como era ser Guzzo, mas sabia que ela *era* mulher. O fato de seu corpo ser masculino não mudava sua mente feminina. Ela era forte e em geral não se deixava abater por aquelas palavras, mas a crueldade dupla de Zatati Ratatá era constante. Felizmente Guzzo não estava ali para ouvir, mas o irmão mais velho sabia que aquilo fazia o sangue de Ozob ferver.

Contudo, Ozob estava muito, muito cansado. Não duraria dois minutos em uma briga. E o criador estava olhando de longe.

Felizmente, ele também sabia ferir o irmão:

— Qual o problema, Tati Tatá? Riram do seu nome de criança hoje? Ou mais alguém vomitou por vê-lo no refeitório?

Zatati agarrou a garganta de Ozob. Ele era o filho mais velho, ele podia tudo. Ozob não tinha memória sobre os primeiros dias de vida, mas já ouvira muitas vezes da boca de Hans Gropp que o primeiro ato de Ratatá fora salvar a vida do pai e garantir a fuga de todos. Isso valia uma gratidão que fazia o cientista ignorar toda a crueldade do primogênito.

— Coma meu escarro, seu merda — rosnou a primeira cabeça.

Ele forçou a tigela para o rosto de Ozob. O outro tentou resistir, mas seus braços não respondiam direito. Só mais 3 horas e 22 minutos até o início do próximo expediente. A pasta escorreu pelo rosto e pelo queixo de Ozob. Ratatá apertou mais sua garganta. Por fim, ele cedeu. Comeu o mingau escarrado como um cão.

Zatati Ratatá o soltou. A primeira cabeça olhou com triunfo, enquanto a segunda continuou rindo.

O sadismo do irmão mais velho não tinha explicação, mas se assemelhava à crueldade do criador. Assim como Hans Gropp tinha dois cérebros no corpo, Zatati também tinha duas cabeças. Talvez fosse o conflito entre pensamentos diferentes que distorcesse a personalidade de alguém.

Ou talvez, por poder fazer qualquer coisa desde sempre, Ratatá decidira usar o privilégio. Ele gostava de ver outras pessoas sofrendo. Dentro de casa, tinha a permissão de Hans Gropp. Do lado de fora, era muito raro haver alguém que pudesse enfrentá-lo.

— Esses são vocês — disse a primeira cabeça. — Um viado que finge ser mulher e um covarde que finge ser homem.

— E você finge ser gente, mas é um câncer — Ozob limpou a boca. — É um desastre, e todos preferiam que não existisse. Você é Chernobyl Ratatá.

Ele urrou e quebrou a tigela no rosto de Ozob. Não era difícil irá-lo — bastava falar a verdade e distorcer seu nome.

Ozob estava sangrando, mas rindo.

— O que está acontecendo aqui, meus filhos? — Hans Gropp chegou mancando.

— Nada, pai — disse Chernobyl Ratatá.

— Só estávamos brincando — completou a segunda cabeça.

Ozob dormiu duas horas antes de ter que ir ao trabalho de novo. Nessas duas horas, foi acordado cinco vezes por Chernobyl. Então, ao levantar, começou a contar o tempo. Só mais 20 horas até o fim do expediente.

o—

No fundo da mina, às vezes havia tempo para conversa. Era raro, mas em alguns pontos os dispositivos de monitoramento perdiam o contato com a superfície. Eram os locais mais perigosos, onde os supervisores não se aventuravam, então os trabalhadores ficavam sozinhos, com alguma privacidade.

Ozob e um grupo de pós-humanos se embrenharam por um túnel estreito, que mal dava espaço para seus corpos deitados. Primeiro enfiaram luzes lá dentro, para que pudessem ter ideia do que fazer. Então se arrastaram pelo túnel, sentindo a rocha raspar em suas costas e seu abdome. Após cerca de vinte metros disso, começaram a instalar os explosivos. O túnel deveria ser alargado para permitir a passagem de várias turmas de trabalhadores, pois havia um veio rico nas proximidades. Ozob, como um dos especialistas em demolição, estava acostumado àquele tipo de serviço.

Um dos pós-humanos a seu lado lhe chamou a atenção com um sussurro.

— Vamos nos reunir amanhã nas duas últimas horas do expediente — disse o homem.

Ozob franziu o cenho, sem entender.

Aqueles pós-humanos tinham aparência normal. Eram homens e mulheres grandes e fortes, com certeza, mas estariam à vontade em qualquer lugar da Terra, desde que não fossem descobertos. Talvez, numa circunstância normal, Ozob fosse ostracizado por eles, como se fossem humanos. Mas ali, na mina, todos estavam cobertos de pó cinza e metidos na escuridão claustrofóbica. Não fazia sentido discriminar alguém pela aparência. Todos eram igualmente descartáveis.

— Os trabalhadores pós-humanos vão se reunir amanhã — insistiu o homem. — Vamos nos unir contra os guardas e capatazes. Se mineramos os diamantes, temos direito a eles. Vamos ficar com a riqueza e mostrar para os humanos quem manda.

Ozob suspiraria, se aquilo não fosse consumir oxigênio precioso demais naquele túnel.

— Não vai dar certo — respondeu o palhaço. — Melhor ficarmos quietos.

O outro deu uma risada forçada.

— O que foi? Não quer uma vida melhor? Os mais novatos têm menos de quatro anos de vida. Eu mesmo só tenho mais três. Você não quer aproveitar seu tempo?

— Não vai dar certo — repetiu Ozob. — Os humanos são maioria.

— Não importa. Somos mais fortes e mais resistentes. Cada um de nós pode derrubar dois ou três guardas sem esforço. Então pegamos as armas deles!

— Sabem atirar?

O sorriso do outro se desfez por um segundo. Então ele sacudiu a cabeça, como se descartasse o pensamento, e prosseguiu:

— O momento é perfeito. Amanhã esta passagem ainda não vai estar totalmente aberta. Os humanos têm medo de vir até aqui e desmaiam com tão pouco ar. Suas câmeras e seus microfones remotos não têm alcance suficiente. Em poucos dias tudo isso vai estar instalado, a passagem estará aberta, o oxigênio vai ser bombeado e não teremos mais onde nos reunir. Mas amanhã este será nosso esconderijo!

— Mesmo que consigam, o que vão fazer com os diamantes? Querem viver aqui? Ganimedes ou mesmo a Terra logo vão mandar algum exército corporativo para dar conta de uma revolta.

— Podemos sequestrar uma nave deles! — entusiasmou-se o outro. — Então viveremos em Ganimedes. Ou mesmo na Terra! Ouvi dizer que lá todos são ricos e vivem em construções gigantescas que chegam ao céu. Ouvi dizer que lá o céu é *azul!* E que o sol é quente na pele!

O homem tinha lágrimas nos olhos.

— Algum de vocês sabe pilotar uma nave? — Ozob tentou mais uma vez injetar um pouco de realismo naqueles planos.

— Bem, não. Mas um de seus irmãos é piloto, não é?

O palhaço estremeceu. Agarrou o braço do outro.

— Nunca... *Nunca* conte com meus irmãos para qualquer coisa. *Nunca.* Guzzo não vai traí-lo, mas também não vai participar desta loucura. E os outros dois... Não se meta com os outros dois.

— Tem certeza de que ele não iria querer viver na Terra?

Ozob o olhou sério. O homem deu um risinho nervoso e desconversou.

— Não esqueça, amanhã nas duas últimas horas de expediente! — falou ainda. — Teremos privacidade e nenhum humano poderá nos ouvir. É nossa hora de união!

Ao fim do trabalho, Ozob passou algumas horas no departamento de pessoal. Pediu suas férias de 24 horas para o dia seguinte.

o—

Ele chegou em casa, escondeu-se de Chernobyl e foi dormir. Não quis comer, nem mesmo falou com Guzzo. Esgueirou-se para sua cama e, sujo como estava, adormeceu quase imediatamente. Seus últimos pensamentos foram para os pobres desgraçados que tentariam se unir no dia seguinte contra os humanos. Era melhor que ele estivesse bem longe, não envolvido, quando aquilo desse errado.

E daria errado. Da pior forma possível.

Em algum ponto de seu sono, Ozob foi acordado por um estranho. Era raro que qualquer um além de seu criador e seus irmãos entrasse na casa, mas lá estavam dois guardas, sacudindo-o. Ele piscou algumas vezes, tentando entender o que acontecia. Foi saudado pelas inúmeras dores no corpo todo, demorou alguns segundos para fazer sentido das palavras.

— Acorde, Ozob! — repetiu o guarda. — Precisamos de você!

Ele se sentou na cama, tonto. Falou com a voz embargada:

— Estou de férias.

— Suas férias acabaram! Precisamos de um especialista em explosivos. Houve um desabamento.

Aquelas palavras provocaram um surto de adrenalina. Ele ficou de pé. As pernas fraquejaram, mas ele conseguiu se segurar num cano de metal. Guzzo estava observando, apreensiva. Hans Gropp parecia alheio.

E, de alguma forma, Ozob sabia o que viria a seguir:

— Uma turma de trabalhadores pós-humanos está presa no novo túnel — disse o guarda.

Ozob não perdeu tempo e correu com eles até um transporte rápido, que já estava ligado esperando. O veículo acelerou pelo vácuo da superfície do asteroide até uma das entradas do domo sob o qual ficava a mina. Toda aquela pressa não tinha a ver com preocupação genuína pelas vítimas do desabamento. Era proteção aos investimentos dos acionistas da Minerais Yon. A maioria daqueles pós-humanos ainda tinha três anos de vida. Isso significava três anos de trabalho — ou seja, um ano até que o investimento inicial no construto biológico se pagasse e o boneco realmente começasse a dar lucro. Humanos eram mais baratos, e normalmente seriam enviados naquele tipo de missão, mas não conseguiriam sobreviver ao ar rarefeito. Sobrava então o único pós-humano especialista em explosivos disponível. Mesmo que estivesse nas suas 24 horas de férias.

— Me dê uma cápsula de energia — exigiu Ozob.

— Não temos autorização...

— Me dê uma cápsula de energia, porra! Eu não como desde anteontem!

O guarda se apressou em pescar um tubo de dentro do uniforme e entregá-lo a Ozob. O palhaço abriu a coisa e retirou de lá uma pílula grande. As cápsulas de energia não podiam sustentar uma pessoa a longo prazo — até porque, sem uso, seu sistema digestivo atrofiaria. Mas continham calorias absorvidas quase instantaneamente e químicos que davam um pico de vitalidade em qualquer um. Como pós-humano, Ozob poderia ter ficado alguns dias sem comer. Mas, prestes a realizar uma missão como aquela, era melhor não arriscar.

Ele sentiu o surto de força invadir seu corpo. Seu coração bateu mais rápido e suas veias pareceram se expandir. Só então ele se deu conta de como era estranho que Ratatá não estivesse presente quando ele chegara do trabalho ou quando saíra. Que o irmão mais velho não tivesse tentado acordá-lo enquanto ele dormia suas férias.

Ozob deu um grito e bateu na própria cabeça com os dois punhos. Não havia tempo para pensar em Chernobyl agora.

Deram-lhe explosivos e detonadores. O transporte emparelhou com um dos pontos de abertura do domo. O tubo de saída então se encaixou com o pórtico, que se abriu. As duas atmosferas se mesclaram. Ozob, pela primeira vez, passou sozinho por um dos tubos de saída dos transportes da companhia mineradora. Ainda era um ambiente fechado, mas era transparente e não estava cheio de outras pessoas. Ele se sentiu quase livre.

Entrou no domo e achou uma entrada para a mina. Colocou seu capacete e acionou a luz, vasculhando à frente. Entrou na mina e tentou se preparar para o pior.

Os túneis eram labirínticos, mas Ozob os conhecia bem. Afinal, passara meses trabalhando na maldita mina, carregando pedras, explodindo coisas. As palavras do pós-humano que tentara recrutá-lo para a revolta ecoaram em sua cabeça. Eles tinham poucos anos. Ozob estava passando seus anos no escuro, respirando pó, comendo escarro. Sua vida era tão desperdiçada que conseguia encontrar seu caminho em túneis virtualmente idênticos.

Ele instalou algumas bombas e se afastou. Colocou protetores de ouvido, acionou o detonador e esperou a explosão sacudir as passagens de rocha. Voltou até lá e, como esperava, tinha revelado um atalho. Seguiu pelos túneis, sabendo que chegaria até o local do desabamento. Imaginou se os desgraçados ainda estariam vivos.

Ozob desceu cada vez mais. Àquela profundidade, não havia muito ar, pois as bombas de oxigênio do domo não tinham força suficiente. Era preciso primeiro mapear tudo, depois tornar as passagens seguras para humanos e então instalar geradores de atmosfera. Então começar tudo de novo mais fundo ainda.

Ele avançou até chegar à beira de uma enorme cratera. Na verdade, era como um precipício — uma queda enorme, vertiginosa, que levava a um vasto salão mais abaixo. E, mesmo sendo mais abaixo, não iria levá-lo para onde queria. Ozob sabia que aquela seção da mina era feita de rocha mais dura. Seria muito mais difícil abrir um caminho até o túnel onde estavam os trabalhadores presos. Ele devia transpor o abismo. Era possível, mas não seria fácil.

Sacou um projetor de cabo líquido — um equipamento simples e barato, cedido a todos os trabalhadores da mina. Funcionava como um arpéu. Ozob disparou o cabo, que se prendeu ao teto do túnel. Fixou a outra extremidade no cinturão que usava e testou para ver se estava firme. Ótimo. Agora era apenas questão de pular e...

Ouviu um passo.

O passo de alguém furtivo, alguém acostumado a se esgueirar por trás de inimigos.

O passo de alguém criado para ser um assassino.

O passo de alguém que o estava seguindo há horas.

Ozob se virou a tempo de ver Chernobyl Ratatá sorrindo muito atrás dele.

— Parece que acidentes são comuns nesta mina, irmão — disse a segunda cabeça.

Chernobyl então o empurrou. Ozob caiu pelo desfiladeiro, batendo a cabeça, esfolando as costas, o peito e os braços na rocha enquanto rolava. O cabo líquido chegou ao limite, então o prendeu pendurado no teto. Uma explosão lá em cima precedeu uma avalanche, e logo toneladas de rocha choveram pela abertura da cratera. O cabo se quebrou e Ozob continuou rolando, tentando proteger a cabeça com os braços.

Foi parar numa pequena caverna. A avalanche enfim se assentou, selando a câmara onde ele estava.

Ozob testou as rochas e elas não se moviam. Calculou quanto ar tinha e achou que seria suficiente, se ele fosse rápido. Estava sangrando em dezenas de lugares. Seu pé esquerdo doía muito e não conseguia sustentar o peso de seu corpo. Os dedos da mão direita estavam torcidos de maneiras que não deveriam estar. Respirar doía, o que sinalizava costelas quebradas. Os dentes da frente tinham virado cacos, e ele cuspia sangue. Mas conseguia se mexer e isso tinha que ser suficiente.

Instalou o primeiro explosivo. Não era possível se afastar muito e ele perdera os protetores de ouvido na queda. Ficou rente à parede oposta e tapou as orelhas.

Chernobyl estivera quieto demais. Ele deveria ter desconfiado.

Foram necessárias várias explosões para tirá-lo de lá.

o—

Ozob perdeu a noção do tempo. Não sabia mais quantas horas tinham se passado enquanto ele se arrastou para fora da caverna, evitou mais um desabamento e enfim voltou aos túneis principais. Então mais horas até que achasse o túnel estreito, onde tivera a conversa com o pós-humano revoltoso. Seguiu por aquela passagem, sempre se arrastando, esperando encontrar o desabamento.

Não havia mais desabamento. Uma passagem fora aberta. Ozob torceu para que fosse, enfim, uma boa notícia. Para que os humanos tivessem conseguido dar conta do trabalho.

Mas claro que era só mais uma notícia ruim.

Ele desembocou num salão espaçoso.

Iluminado por uma lamparina portátil de alta potência.

Caberiam pelo menos vinte pessoas naquele lugar. E, aparentemente, vinte e poucas pessoas tinham estado lá.

Agora eram apenas cadáveres.

Chernobyl Ratatá estava sentado numa pedra, no meio de vinte e poucos cadáveres de pós-humanos. Os corpos estavam cravejados de balas, dilacerados por facas. Pescoços e espinhas quebrados. O palhaço tinha duas pistolas nas mãos.

A terceira mão segurava um braço pós-humano decepado. Chernobyl o levou à boca da primeira cabeça e deu uma mordida. Mastigou com gosto e engoliu.

Ozob vomitou.

— Como...? — começou o palhaço.

— Eles me chamaram — riu a segunda cabeça. — Acredita, Ozob? Eles me chamaram! Me convidaram para sua revolta de merda e acharam que eu iria me juntar a eles em busca de uma vida melhor!

A primeira cabeça continuava comendo a carne pós-humana, enquanto a segunda caiu na gargalhada.

— Há algo errado com você — disse Ozob, tomado pelo horror.

— Não — a primeira cabeça engoliu e disse através de lábios sujos de sangue. — Há algo errado com *você*. Há algo errado com esses merdas que querem ser o que não são. Querem ser humanos e viver na Terra. Eu sou exatamente como deveria ser. Fui criado para ser um assassino. Modelo de combate furtivo. *Eu* estou certo, Ozob. Os errados são vocês.

— Por que, Zatati? — Ozob até mesmo esqueceu o apelido.

— Por que não? Eles foram idiotas! Me chamaram. Disseram que precisavam de alguém que soubesse lutar. Contaram tudo para mim e me deixaram sozinho. Eu então tive tempo de me reportar aos capatazes e conseguir equipamento de gravação. Pedi para falar com os imbecis de novo... E eles aceitaram! Gravei todo o plano. E me dei a tarefa de abafar a revolta.

Ele sorriu com as duas cabeças, muito satisfeito consigo mesmo.

— Você quer continuar lambendo as botas dos humanos, Chernobyl? É isso? Gosta de ser escravo?

— Sabe o que eu fiz então, Ozob? — disse Ratatá, ignorando a pergunta. — Esperei eles se reunirem. Tranquei-os aqui com o desabamento. Mas não contei para ninguém! Porque tive esperança de que mandassem você.

A segunda cabeça começou a rir de novo.

— E deu certo! — maravilhou-se Chernobyl. — Você veio! Queria que você viesse porque, no fundo, é como eles. Você quer mais de sua vida.

— E você não quer?

— Eu vivo bem, Ozob. Eu sirvo ao nosso pai com gratidão, que é o que você e nosso irmão bicha deveriam fazer. Eu pude matar à vontade e agora estou comendo como um rei!

Deu outra mordida no braço.

— Eu queria mostrar a você o que acontece com quem tem ideias como as suas, Ozob. Você nunca tentou algo como isso, mas só porque é covarde. É ainda pior que estes idiotas! Você prefere ficar se lamentando em silêncio com Guzzo. Você não aceita que é um Frankenstein que vai morrer em menos de quatro anos.

O pensamento fez o estômago de Ozob se revirar de novo. Ele não vomitou apenas porque não tinha mais nada para vomitar.

— Eu tranquei os imbecis aqui com um desabamento — a primeira cabeça continuou. Chernobyl estava ansioso por contar. — E então abri um caminho estreito. Cheguei e eles me receberam como um salvador. Tive tempo de ligar meu equipamento de gravação. Registrei tudo enquanto os matava. Vou mostrar aos capatazes. Vou mostrar ao pai. Aposto que vou conseguir mostrar ao diretor da colônia. Eu gravei tudo!

— E ainda está gravando?

Zatati Ratatá não respondeu. Olhou-o com um sorriso estático nos rostos.

— *Ainda está gravando, seu merda?*

Ozob tentou correr até ele, mas só conseguiu mancar. Chernobyl soltou o braço, sacou mais uma pistola. Ozob chegou perto e ele encostou os três canos na cabeça do irmão. Uma pistola em cada têmpora e uma terceira apontada de baixo para cima, encostada no nariz dele.

— Puxe os gatilhos! — gritou Ozob. — Ainda está filmando? Puxe os gatilhos ou vai filmar a própria morte!

Ozob segurou as duas gargantas de Ratatá.

— Não — cantarolou a segunda cabeça. — Você não vai me matar, e eu não vou matar você. Porque somos irmãos.

— E principalmente — disse a primeira — porque você é um covarde.

Chernobyl Ratatá deu uma coronhada na testa de Ozob, que desabou no mesmo instante.

o—

Ozob teve dois dias de folga não remunerada, enquanto recebia injeções de nanorrobôs e hormônio de crescimento humano para se recuperar dos ferimentos. Então, ainda machucado e dolorido, voltou ao trabalho.

Não viu Zatati Ratatá durante aquele tempo. Então, no fim do expediente, todos os trabalhadores das minas foram convocados ao centro de convivência. Um telão havia sido instalado no meio da praça e havia cadeiras de alumínio para todos sentarem. Eles obedeceram e assistiram a um vídeo.

Mostrava os pós-humanos convidando Chernobyl para sua revolta.

Então eles morrendo sob suas balas, facas, socos e chutes.

Terminava com o palhaço filmando a si mesmo, enquanto devorava os cadáveres.

Em quinze minutos o vídeo tinha acabado. Todos estavam mudos.

O diretor da colônia caminhou para a frente do telão, à vista de todos, escoltado por seis guardas trajados em armaduras.

— O que os senhores acabaram de ver foi algo lamentável. A Minerais Yon é uma companhia que preza pelos valores familiares e é contra todo tipo de violência. Infelizmente, um grupo de pós-humanos nos forçou a tomar medidas drásticas. Gostaria que se lembrassem desse vídeo sempre que pensarem em prejudicar seus colegas trabalhadores, guardas, capatazes e diretores. Somos todos uma família.

Por alguma razão, um punhado de pessoas começou a aplaudir. Logo, todo o público estava batendo palmas. Ozob ficou estático.

— Também gostaria de parabenizar nosso colega Zatati Ratatá por sua iniciativa e sua lealdade.

Ratatá surgiu de dentro do centro de esportes e foi se juntar ao diretor.

— Como recompensa, ele será promovido a chefe da equipe de segurança. Peço que o respeitem e o acolham. Este homem é a prova de que, apesar dessa traição que sofremos, existem pós-humanos de bom caráter e alma humana.

Mais aplausos. Chernobyl olhou para Ozob, que não teve reação.

Após mais alguns discursos, eles foram liberados. Faltavam 3 horas e 56 minutos para o início do próximo expediente.

Ozob não entregou o salário do dia a Hans Gropp. Procurou uma funcionária de um restaurante. A mulher era conhecida por comércio ilegal e contrabando. Gastou todo o dinheiro que ganhara naquele dia em drogas.

3 horas e 31 minutos para o próximo expediente. Mas Ozob tomou algumas pílulas e isso não pareceu tão ruim.

4
RECEITA DE ÓDIO

— CHERNOBYL — DISSE OZOB.

— Meu nome é... — a primeira cabeça rosnou.

— Seu nome vai ser cadáver não identificado, se não sair da minha casa agora.

Zatati Ratatá começou a rir.

Então Ozob o atacou.

Correu os poucos metros até a poltrona onde o outro palhaço se esparramava, desferiu um soco reto, rápido, em uma das caras. Zatati se esquivou, um movimento ligeiro de pescoço, e agarrou o pulso de Ozob. Torceu-o com habilidade. A segunda mão segurava o copo de whisky, que Zatati quebrou na cabeça do irmão. O terceiro braço deu uma cotovelada na têmpora de Ozob. Ele cambaleou para trás. Zatati saltou de pé e enfiou o charuto aceso em sua testa. Ozob o empurrou e se desvencilhou.

— Você continua sendo minha putinha — disse a segunda cabeça, enquanto a primeira ficou espreitando-o.

— Chernobyl, eu não estou brincando — disse Ozob, sem nenhum humor ou empáfia. — Este apartamento está cheio de explosivos. Saia daqui antes que eu detone todos eles.

— Você não vai fazer isso — disse a primeira cabeça. — Vai obedecer seu irmão mais velho. E, se tentar acionar suas bombinhas, eu vou ter que bater em você de novo.

Ozob meteu a mão dentro do colete e sacou um detonador eletrônico. O aparelho reconheceu sua impressão digital e projetou um botão holográfico, oferecendo diferentes opções de detonação.

— Faça seu teatro, Ozob. Finja que vai explodir tudo. Você não tem coragem.

Ozob selecionou “Detonação integral simultânea”. O dispositivo pediu confirmação e Ozob selecionou “sim”. Sempre olhando nos olhos de uma das cabeças. Uma voz feminina e suave, vinda de algum alto-falante oculto no apartamento, disse:

— *Obrigado por escolher os Explosivos Klitschko. Por favor, notifique os vizinhos e remova todos os animais de estimação do perímetro. Sua detonação ocorrerá em trinta segundos. Vinte e nove. Vinte e oito.*

— Vamos lá — disse a primeira cabeça, acendendo o charuto de novo. — Você tem trinta segundos de coragem. Aproveite.

Ozob suava na testa e na nuca. Olhou ao redor, para seu apartamento. Era uma merda, mas era seu. Ficava no terceiro andar. Tinha uma sala com cozinha, onde se amontoavam poltronas, uma mesinha, cinzeiros transbordando, garrafas vazias, o corpo de um androide que não sobreviveu a uma festa particularmente animada, pedaços de dispositivos de detonação, um computador ancestral. Na cozinha, a pia estava cheia de pratos, copos e talheres que tinham sido usados uma vez e nunca lavados. Na verdade, Ozob não sabia se aquela torneira funcionava. Não ter nariz significava que ele não sentia o cheiro que vinha da cozinha nem o do banheiro, permanentemente mofado. O apartamento tinha uma única janela, que dava para uma parede a um metro e meio de distância. As lâmpadas não funcionavam muito bem, porque a energia elétrica era toda ilegal, desviada de vizinhos que haviam desviado de alguém que talvez tenha pago uma conta. Quase toda a mobília tinha sido retirada do lixo ou pertencera ao inquilino anterior, que morrera no meio da sala numa festa em que Ozob entrara de penetra. A única coisa realmente cara ali eram os explosivos que ele instalara sob o reboco, dentro dos rodapés, no piso e no teto. Prioridades.

— *Vinte e sete* — disse a acalentadora voz do detonador. — *Vinte e seis.*

— Vamos morrer abraçados, Tati Tatá — Ozob coçou a virilha e cuspiu no chão. — Algum último pedido?

— Não me chame assim.

— Você vai morrer com esse nome, irmão. Tati Tatá, o Palhaço de Chernobyl.

— Meu nome...

— Chernobyl Ratatá.

— Pode me chamar do que quiser, seu merda. Você ainda é um covarde. Não vai ter coragem de explodir esse chiqueiro e chora toda noite com medo de morrer.

— Você não me conhece, Chernobyl! Não sabe o que eu tomei antes de vir pra cá!

— Você acha que tomar muitas drogas torna você valente, Ozob? Você só quer esquecer que vai morrer como todo boneco. Tem mais dois anos e está se borrando de medo disso.

Zatati Ratatá sentou na poltrona de novo. Como o copo de whisky estava quebrado, bebeu no gargalo.

— Rizzo é uma criança, mas você sempre foi o mais fraco, Ozob. Sempre com medo da morte. Eu ainda lembro das noites em que você implorava para fugir das vistas do pai. Queria viver ao máximo, a qualquer custo. Aceitava até beber gel de alta octanagem com os mineradores. Qualquer coisa para se sentir vivo, porque você se borra de medo de morrer.

— *Vinte* — lembrou a voz do detonador. — *Dezenove.*

— Acho que, no fundo, você queria ser humano — disse a primeira cabeça, enquanto a segunda deu um arroto. — Queria ser humano e ser amado pelo pai. Queria viver bastante e ter todas as experiências que eles dizem que tornam a vida completa. Você é o pior pós-humano que já foi cagado por um engenheiro genético, Ozob. Tenho vergonha de você.

— Está me vendo ter medo de morrer agora, Chernobyl?

O palhaço de duas cabeças suprimiu a raiva ante o apelido.

— Está tremendo. O que quer que você tenha tomado está parando de fazer efeito. É a adrenalina. Porque, além de ter medo da morte, você tem medo de mim.

— *Quatorze. Treze.*

— Melhor ter medo de morrer do que ser capacho de Hans Gropp — disse Ozob.

— Eu nunca tive essa raiva do pai. Para mim, estava bom trabalhar para ele. Mas você sempre quis escapar. E não escapava por quê? Porque tinha medo. Tem medo da morte, de mim e de seu pai.

— Você também escapou quando teve chance.

— Eu tenho medo das corporações, e admito isso. Só um imbecil não teria medo da Hirawata Networks, da Stark-Fujikawa, da DataDyne.

— Por que você está aqui, Chernobyl?

— Ainda não. Primeiro quero ver você pedir arrego.

— *Oito. Sete.*

— E sabe o que é pior, Ozob? Sabe por que você é ainda mais patético do que percebe? Porque você não precisa ter medo da morte. Medo nenhum.

A mão que segurava o detonador tremia.

— Ninguém tem, na verdade, medo da morte — Zatati filosofou. — As pessoas têm medo de não fazer o que gostariam. Por isso essa sua obsessão idiota com aproveitar a vida. As pessoas têm, na verdade, inveja dos que vão continuar vivos. Mas para você isso não importa, Ozob, porque você dá um jeito de que todos a sua volta morram de qualquer jeito. Você pode ter só mais dois anos de vida, mas todo mundo ao seu redor tem muito menos. Você me chama de Chernobyl, mas você é o acidente nuclear. Você é Fukushima e a explosão de Angra III. Ninguém fica vivo a sua volta. Quando você morrer, vai ter muita companhia.

— *Detectamos sua presença no raio de ação dos explosivos* — disse a voz do detonador, prestativa. — *Por favor, confirme sua intenção suicida por seus implantes neurais.*

— Confirme — incentivou Chernobyl Ratatá.

Ozob olhou fundo nos olhos de uma cabeça de seu irmão.

— *Quatro. Três.*

— Desativar — disse o pós-humano.

As duas cabeças começaram a gargalhar ao mesmo tempo.

— *Detonação interrompida. Os Explosivos Klitschko continuam a sua disposição para futuras tentativas de suicídio.*

— Eu sabia! Covarde! Quer viver tanto que não aceita morrer nem para me levar junto!

— Diga o que quer, Chernobyl.

— Aposto que acredita nos humanos, quando eles dizem que a melhor vingança é viver bem! Não sabe que a melhor vingança é matar o inimigo, Ozob?

— Diga o que quer!

De repente, as duas cabeças pararam de rir.

— Vamos fazer um trabalho.

Ozob ficou sério. Deu as costas a Chernobyl Ratatá, procurou alguma garrafa que ainda tivesse um resto no fundo. Achou quase um terço de uma tequila, deixou-a cair. O gargalo se quebrou no chão, mas Ozob recolheu a garrafa antes que o conteúdo se derramasse. Então a virou goela abaixo e começou a beber, cuspindo pedacinhos de vidro.

— Não — disse Ozob. — Isso não. Não trabalho mais com você.

— Não vai ser só comigo. Todos nós, reunidos mais uma vez. Eu. Você. Guzzo. Rizzo.

— Guzzo nunca vai aceitar...

— Deixe que eu me preocupo com Guzzo. Nós vamos nos reunir com o cliente em alguns dias.

— Não sei o que você acha que está fazendo, mas isso nunca vai dar certo, Tati. Mesmo que consiga convencer Guzzo, a única pessoa que consegue controlar Rizzo é Hans Gropp.

— Quem você acha que vai coordenar o trabalho? Nosso pai estará no comando mais uma vez.

Ozob chutou a garrafa vazia. Ela foi se espatifar na cabeça do androide morto.

— Agora tenho certeza de que você está mentindo! A DataDyne nunca deixaria Hans Gropp fugir mais uma vez!

— Quem você acha que é o cliente, Ozob?

Ele ficou mudo.

Zatati Ratatá se levantou mais uma vez. Foi até seu irmão. Segurou sua cabeça com duas mãos, enquanto a terceira ofereceu o que sobrava da garrafa de whisky. Ozob bebeu, como uma criança aceitando mamadeira.

— Acabou, Ozob. Você realmente achava que iria fugir? Você realmente achava que sua vida seria diferente? Você é um pós-humano com pele albina e cabelo vermelho. Você é um palhaço do apocalipse. Você, como eu e nossos irmãos, é a prova de que o mundo deu muito errado em algum ponto e não há mais volta. Você não tem lugar entre os humanos. Era só questão de tempo até que nosso pai fosse capturado pela DataDyne. E só questão de tempo até que nós voltássemos a trabalhar com ele.

Ozob nem sentiu a bebida se derramar por sua garganta. A DataDyne os considerava erros de fabricação. Produtos de uma mente insana, inadequados para qualquer uso comercial.

— Não está vendo, Chernobyl? Eles querem nos matar.

— Foda-se — o palhaço de duas cabeças deu de ombros, o que era bizarro de se ver, com o braço adicional. — Nossa vida é o que é. E, de qualquer forma, não querem mais nos matar. Acham que somos mais úteis para fazer este serviço.

Era absurdo. Era loucura. Nem mesmo Chernobyl Ratatá poderia ser tão obtuso a ponto de não enxergar que era um plano para atraí-los. Um plano bem primitivo e tosco. Talvez elaborado por algum estagiário ambicioso. Tendo recapturado Hans Gropp, a DataDyne chamava os pós-humanos que antes tentara destruir para um serviço. Então dava cabo deles, amarrando as pontas soltas. O engenheiro genético estava em suas mãos e as criações deformadas estavam eliminadas. Era tão básico que apenas um idiota não perceberia. Ou alguém obcecado pela violência, como Zatati.

— Um trabalho simples de assassinato — continuou uma das cabeças. — Só um alvo, mas ele tem segurança. Podemos resolver tudo em um dia. E o pagamento é bom.

— Mesmo que tudo isso seja verdade, eles vão mandar a polícia corporativa atrás de nós.

— Então vamos lutar com a polícia corporativa — Ratatá arregalou os quatro olhos. — Vamos matar o alvo e depois matar uns policiais. Era só nisso que éramos bons, Ozob. Você pode me odiar, mas matar em conjunto era muito bom!

Ozob continuava com a cabeça nas mãos do irmão.

— Um alvo — disse Chernobyl. — Boa recompensa. A família unida.

— Certo — disse Ozob.

— Eu sabia!

Chernobyl Ratatá colocou a terceira mão no rosto de Ozob. Então o palhaço mordeu seu polegar. Sentiu gosto de sangue e a pele se rasgando sob seus dentes.

Ratatá deu um grito, e Ozob aproveitou sua distração para segurar seus outros dois braços. Um pé foi rápido no chão, varrendo uma perna, e então Ozob derrubou o inimigo. Os dois pós-humanos caíram sobre a mesinha, destruindo-a. Cinzas dos cinzeiros cheios demais voaram por todo lado, e o vidro do tampo da mesa cortou as costas de Ratatá.

Ozob se virou, ágil, para agarrar a perna do irmão.

— Enfie sua proposta no rabo, palhaço de Chernobyl!

Antes que Ozob pudesse completar a chave, Ratatá sacou uma faca e cravou em suas costas. Ozob grunhiu, mas conseguiu finalizar o golpe. O outro sentiu seu joelho sendo forçado ao contrário, mas Ozob teve de rolar no chão. Os cacos de vidro entraram em sua pele e a faca rasgou seus músculos.

Ratatá colocou dois polegares nos olhos de Ozob. Com a outra mão, agarrou o cabo de força de um monitor de computador. Girou o aparelho e bateu no estômago do irmão. Confuso pela dor, Ozob teve de largar sua perna, para impedir que os polegares entrassem em seus globos oculares. Quando percebeu, Ratatá já estava de pé.

O palhaço de duas cabeças protegeu o rosto com dois punhos. Com o terceiro, desferiu dois socos ligeiros, de longo alcance, mas fracos, na cara de Ozob. Por instinto, ele protegeu o rosto. Ratatá então lhe deu um soco com força nas costelas e emendou com um soco circular na têmpora. Ozob recuou e bateu de costas na parede, enfiando ainda mais a faca que continuava cravada. O outro avançou, numa barragem de socos que, por causa das três mãos, era imprevisível. O terceiro braço continuava confundindo com os jabs, os outros dois alternavam entre ganchos e cruzados. Quando Ozob achou que notara um padrão, protegeu as costelas, mas tomou um direto na boca. Cuspiu sangue, mas se abaixou e agarrou o inimigo pela cintura. Urrou de esforço e correu, erguendo e empurrando Ratatá através da sala. O palhaço batia com as mãos em martelo na nuca de Ozob. Com a terceira mão, agarrou o cabo da faca cravada nas costas, girou-a para que se soltasse, fez força e conseguiu arrancá-la. Enfiou-a em outro ponto — uma estocada curta, rápida, que não deixou a arma presa.

Ozob jogou Chernobyl Ratatá contra a janela fechada. Os dois palhaços foram banhados por uma chuva de estilhaços e uma das cabeças de Ratatá bateu com força na parede do vizinho. Ozob largou o inimigo por um segundo, tentou desarmá-lo, mas Ratatá jogou a faca de uma mão para a outra e embaralhou sua visão. Então cravou a lâmina nas costelas, retirou-a, jogou-a para a outra mão e emendou com um gancho preciso sobre o ferimento. Ozob segurou o flanco e cambaleou para trás.

— Acione a porra do detonador agora! — gritou Chernobyl. — Se me odeia tanto e não quer trabalhar comigo, vamos morrer, seu merda!

Segurou a faca na terceira mão e deu dois cruzados rápidos, mirando as têmporas de Ozob. Ele se abaixou e agarrou a cabeça do androide que estava estirado no chão. Com uma explosão de força, ergueu a cabeça metálica, levando o corpo junto, e bateu em um dois queixos de Chernobyl. A primeira cabeça foi para trás. Ozob jogou o corpo de metal para cima do inimigo, que foi impulsionado para trás, até a cozinha.

Ratatá bateu de costas contra a pia cheia de copos, pratos e talheres. Desvencilhou-se do androide. Quando deu por si, Ozob estava caindo sobre ele, as duas mãos prontas para segurar as duas cabeças.

— Alô, criançada!

Todo o peso do pós-humano caiu sobre Ratatá e as duas cabeças se afundaram na pia. Copos e pratos se quebraram, cortando-o em cem lugares diferentes. Facas e garfos se cravaram em sua nuca. E a água imunda e fedorenta espirrou para todos os lados. Ozob se apoiou com as duas mãos nas cabeças, para se erguer, mas Ratatá lhe deu um novo soco nas costelas, sobre o ferimento de faca. Então a faca se cravou em seu outro flanco, criando um ferimento gêmeo.

Ozob andou para trás, quase tropeçando no androide. As duas cabeças de Chernobyl Ratatá emergiram da pia, cravejadas de cacos de vidro e louça, um garfo enfiado na nuca, pingando sangue.

O palhaço de duas cabeças correu para ele. Abalroou-o na corrida e o jogou para trás, contra a parede. Os dois se chocaram pesados na parede fina e a atravessaram. Ficaram cobertos de reboco e pó, emaranhados nos fios de explosivos instalados lá. Ozob caiu para trás, bateu com a cabeça no chão, mas conseguiu se erguer, zonzo. Os dois estavam no banheiro. Ozob agarrou Chernobyl e bateu com a primeira cabeça na privada. Aproveitou o momento, segurou a segunda cabeça e enfiou seu rosto na privada aberta.

— Você merece se afogar em meu mijo, desgraçado!

— Esqueceu que eu respiro por dois narizes?

A faca se cravou no braço de Ozob, e ele não teve força para manter o agarrão. Ratatá ficou de pé, deu mais um golpe com a faca, Ozob desviou. Então, com os outros dois braços, o inimigo o segurou e o jogou contra a pia. Passou a faca para outra mão e, com a terceira, agarrou o cabelo de Ozob e bateu com força sua testa contra a pia. Mais uma vez e então ela se quebrou. O supercílio de Ozob estourou em sangue, inundando seus olhos.

Ratatá lhe deu um soco de baixo para cima, bem no queixo, que fez com que ele voasse para trás, atravessando a porta do banheiro e dando de costas numa parede.

Ozob estava ofegante. Ferido de faca nos dois flancos e no braço direito. Um ferimento sério e outro mais superficial nas costas e inúmeros machucados menores. Chernobyl também estava abalado, mas havia uma diferença.

Para Chernobyl, aquilo era pura diversão. Se ele morresse ali, seria engraçadíssimo.

— Se você quer sorrir, é com Zatati.

— Se você quer brincar, é com Ratatá.

— Você quer brincar, Ozob?

Ozob saiu correndo pelo apartamento.

Ratatá foi atrás. Arremessou a faca em suas costas e fez um terceiro ferimento. Ozob se jogou pela janela quebrada. Bateu com o ombro na parede vizinha, sentindo a dor reverberar pelo corpo todo, e caiu rolando, três andares abaixo.

Ouviu a risada de Chernobyl, lá em cima.

— Você *vai* sorrir, Ozob!

— Você *vai* brincar!

o—

Mancando pela rua, tentando correr e olhando para os lados, Ozob não tinha paciência nenhuma para o anúncio da Nux-Cola em seu cérebro. Ouviu um jingle publicitário planejado para ficar rodando ao lado de seus pensamentos superficiais até que dormisse e sentiu a vontade avassaladora de beber o refrigerante.

— Se engasga com essa merda, caralho! — gritou, assustando alguns mendigos e batendo na própria cabeça.

Enfim conseguiu mandar a mensagem para California pelo EgoBliss.

— Garota, gente muito perigosa está na minha cola. Mais perigosa que o DAA. Ou pelo menos mais cruel. Estou na merda e tenho medo que vocês também estejam. Se eles vieram atrás de mim, podem ir atrás de vocês. Minha casa não é mais segura, mas acho que conheço um lugar para a gente se esconder.

Passou o endereço e deu o comando mental de envio.

Ridículo. Conhecia California, Vivika e Johnny Molotov há poucos dias. Mas, quando Chernobyl o ameaçou, teve medo por eles.

Na verdade, teve medo por California.

Transar com Vivika fora divertido, mas nada de mais. E a música de Johnny provocara nele algo surpreendente, mas mal falara com o rapaz.

California era diferente. Sentindo frio na barriga pela menina, ele nem pensava em trepar com ela.

Era a primeira amiga que fazia, desde Guzzo.

o—

A prostituta choramingou, e o pênis do homem a sua frente estava mais duro do que nunca. Alguns homens se excitavam com aquilo e não aceitavam fingimento ou atuação. Ela havia aprendido a chorar de propósito melhor que qualquer atriz de Hollywood, para satisfazer os clientes sádicos, mas alguns queriam a coisa real.

O lábio dela estava sangrando. O homem fechou os punhos e foi para cima, tremendo de tesão e fúria.

— O que você falou, vadia?

Ela não respondeu.

— Fale de novo!

Deu-lhe um tapa na cara e segurou seus pulsos.

Então a porta do quarto explodiu para dentro.

— Gosta de violência, machão? — perguntou Mama Guzzo. — Então essa vai ser a trepada da sua vida.

O cliente se virou e Mama Guzzo lhe acertou um chute giratório na têmpora. O homem voou para o lado, estatelando-se contra um espelho, e ela emendou com uma cotovelada. Um movimento bonito, que partia do quadril, indo estourar bem no rosto da vítima. O outro cotovelo desceu, num golpe estudado, contra sua cabeça. Guzzo o agarrou com os antebraços pelo pescoço e desferiu três joelhadas fortes — no estômago, no estomago, na virilha.

O cliente caiu, chorando muito mais do que a prostituta havia chorado, e Mama Guzzo finalizou com um chute no estômago e outro no rosto.

— Eu paguei... — balbuciou ele, a baba se misturando com as lágrimas. — Ela é minha.

Guzzo o ergueu pelo cabelo, com uma mão.

— Por cinquenta minutos, você podia transar com ela — disse. — Podia pedir para ela fazer certas coisas. *Pedir.* Se ela não quisesse, eu devolveria seu dinheiro. Se fosse gentil, pagasse a mais e a garota consentisse, você poderia fazer o que quisesse, por onde quisesse. Diabos, hoje mais cedo esta mesma menina botou um cliente na coleira e o levou para passear. Elas fazem de tudo.

Aproximou o rosto da massa ensanguentada que era a face do cliente.

— Mas você queria bater, não é? Queria exatamente o que é proibido. Você violou a única regra de ouro do Clube de Executivos e Sauna de Mama Guzzo, seu verme. Você tentou forçar uma de minhas garotas a fazer o que ela não queria.

Deu-lhe um tapa na cara.

— E por isso você vai para a rua assim.

Mama Guzzo, a cafetina do Clube de Executivos e Sauna de Mama Guzzo, arrastou o cliente para fora, chamando as meninas e os outros clientes em voz alta. As garotas que não estavam ocupadas vieram rindo, pois aquela parte era sempre divertida. Os fregueses regulares que ainda não tinham sido atendidos também quiseram olhar — se eram regulares, eram educados com as garotas e conheciam as regras da Mama. Os clientes de primeira viagem olharam apavorados.

Então Guzzo pegou uma lata de spray e escreveu

ABUSADOR

em letras garrafais nas costas do homem.

Depois disso, jogou-o porta afora, nu, na rua. Todos aplaudiram. Mama Guzzo voltou para dentro, tirando pó imaginário das mãos e sorrindo orgulhosa.

— Acabou o show, lindas! De volta ao trabalho, pois temos muitas camas vazias e fregueses tensos!

Ela piscou para um dos regulares, que se desfez em risinhos de paixonite.

Atravessou o hall de entrada, onde um robô fazia as vezes de recepcionista, rumo ao corredor onde ficavam os quartos. Então foi ao terceiro quarto, com a porta entreaberta, onde ainda se ouviam soluços.

Mama Guzzo entrou e viu o espelho quebrado. O chão e a cama sujos de sangue. A garota se cobrindo com o lençol, encolhida entre os travesseiros.

— Venha aqui, linda. Venha aqui. Vai ficar tudo bem.

Sentou-se na cama e a prostituta se aninhou em seu peito largo e musculoso.

Era uma das novatas. Mama Guzzo tinha cuidado especial com elas, porque muitas ainda não sabiam se defender. Quase todas vinham de lares desfeitos — o que era a regra na Cidade Baixa. Muitas desejavam provar algo aos pais, aos ex-namorados ou a si mesmas. Algumas não tinham outra alternativa de emprego. Umas poucas, a quem Guzzo agradecia todos os dias, trabalhavam no prostíbulo porque gostavam, embora muita gente não acreditasse que isso pudesse existir.

Infelizmente, aquela garota não era parte desse último grupo.

Ela chegara há poucas semanas, com um vício teimoso em chá de caveira e sem lugar nenhum onde ficar. Chá de caveira era uma das drogas injetáveis da moda. Guzzo lhe dera um lugar para morar e um trabalho, desde que largasse a droga. Foi difícil, mas a menina estava conseguindo. Ela começara a trabalhar há menos de uma semana e já se deparara com um desses desgraçados. Seria melhor tê-la deixado só com fregueses de confiança no início, mas nem sempre isso era possível. A vida de puta poderia ser quase tranquila, mas tinha muitos pontos baixos.

— Ele queria... — começou a garota. — Ele ia...

— Eu sei o que ele queria. Esses tipos são todos iguais.

Ela deitou no colo de Mama Guzzo, molhando com lágrimas a minissaia de couro. A cafetina começou a acariciar seu cabelo.

Aquela garota se assustara quando vira Guzzo pela primeira vez, mas muita gente se assustava com sua aparência. Ela era enorme, mais alta que a maioria dos estivadores e capangas profissionais, com ombros largos e músculos recobrindo todo o seu corpo. Os hormônios haviam feito crescer seios e ela depilava o corpo todo, mas ainda havia muita masculinidade ali. Guzzo achava aquela aparente contradição linda e a realçava com blusinhas minúsculas e decotadas, saias que deixavam ver suas pernas bem torneadas, saltos altos que faziam empinar seu quadril.

Mas, é claro, não era isso que chamava mais atenção em sua aparência.

Sua pele era completamente branca, mais branca do que a de um albino. Seus lábios eram de um vermelho muito vivo. Seu cabelo encaracolado também era vermelho. Ela usava um pingente na forma de um enorme morango — símbolo de sedução e associado com a palhaça em cuja imagem ela fora construída. Guzzo já usara o morango no nariz, mas o descartara por ser berrante demais.

Ela era Mama Guzzo. A mãe de suas garotas sem pais. A cuidadora de uma família de retalhos, sem ninguém que a protegesse. Ninguém batia numa das filhas de Mama Guzzo. Por mais estranha que fosse sua aparência, ela sabia que era a melhor coisa que acontecera para a maioria daquelas jovens.

Ainda não decidira o que fazer com o Clube de Executivos dali a dois anos, quando morreria.

— Eu não quero... — soluçou a garota. — Não quero mais...

— Você não vai fazer nada que não queira — assegurou Guzzo, acalmando a menina com um tom de voz manso. — Aqui você nunca precisará fazer o que não quer. Vamos arranjar um trabalho que você goste. E, se quiser voltar à cama, será só com fregueses bons.

Era bom que ela quisesse, porque Guzzo não podia simplesmente abrigar mulheres sem-teto. Ela precisaria ganhar seu sustento de alguma forma.

Mas nunca contra sua vontade.

Ouviu batidas na porta.

Mandou que entrasse, então o rosto de Peggy, sua secretária-executiva, surgiu no vão. Era uma vítima de testes sem regulamentação de corporações farmacêuticas. Pouquíssimos clientes tinham tesão por alguém assim e Guzzo precisava mantê-la longe dos olhares, mas era eficiente e tinha raciocínio veloz. Seu rosto e sua cabeça eram tomados por tumores agressivos, que tinham às vezes seus próprios dentes e cabelos. Os tumores em outras partes do corpo eram piores. Pelo menos na privacidade do clube ela não precisava ter vergonha de si mesma.

— Alguém chegou na porta da frente — disse Peggy.

— Cliente importante?

— Não. Na verdade não o conheço. Mas ele é...

— Ele é como eu, não? — interrompeu Mama Guzzo.

Peggy fez que sim.

— Eu sabia. Já vou falar com meu irmão, Peggy. Enquanto isso, não deixe que ele vá para o quarto com nenhuma das meninas.

— Ele é perigoso?

— Teoricamente não. Mas tudo ao redor dele costuma explodir.

o—

Ozob viu o pequeno letreiro de neon anunciando o Clube de Executivos e Sauna de Mama Guzzo e respirou aliviado. Sob o letreiro, um luminoso menor explicava a função daquele lugar com emoticons. A capacidade de ler não era tão comum no Distrito da Luz Vermelha, principalmente com prostitutas e seus clientes. Muita gente só lia emoticons. Afinal, o que era tão importante que não poderia ser escrito com meia dúzia de sorrisos, rostinhos e desenhos simplificados?

Entrou, mancando e sujando de sangue o assoalho. Um cliente que esperava no hall de entrada desmaiou. Era um tipo magro, calvo, dentuço, com camisa abotoada até o pescoço. Outro cliente colocou a mão dentro da jaqueta, tateando algum tipo de arma. Dois fregueses regulares ficaram calmos — sabiam que a pior coisa naquele lugar era causar confusão, e Mama Guzzo tomava conta dos problemas.

— Quero falar com Guzzo — ofegou Ozob, para o robô recepcionista.

— Lamentamos, mas Mama Guzzo não atende mais. Temos uma grande variedade de profissionais para atender a seus gostos. Mulheres genéticas, pré-operação e pós-operação. Número de seios variando de um a cinco. Massa corporal variando de...

— Quero falar com Guzzo! — um soco no balcão.

— Temos profissionais com braços cibernéticos — o robô continuou recitando — pernas cibernéticas, vaginas cibernéticas...

— Chame Guzzo!

Ozob segurou a cabeça do robô e o puxou para o outro lado do balcão. Ele não tinha pernas, era soldado no piso, e começou a protestar com uma sirene baixa ante aquela brutalidade.

Então Ozob sentiu seu outro braço sendo torcido atrás de suas costas.

— Qual é a única regra de ouro? — disse Mama Guzzo.

— É uma porcaria de robô... — Ozob grunhiu.

— É uma de minhas meninas. Não importa se tenha sido construída como robô. Ela se identifica como mulher. Vai respeitá-la?

Ozob fez que sim. Guzzo largou seu braço.

Ele se virou e os dois ficaram se olhando.

— Você está horrível — disse Mama Guzzo.

— O outro cara ficou pior.

Ela deu um riso triste. De alguma forma, sabia que daquela vez era mentira.

— Ele foi ao meu apartamento — admitiu Ozob.

— Imaginei. Só Chernobyl poderia fazer isso com você.

Então Ozob a abraçou. Esqueceu dos clientes observando tudo e do robô que, num erro em seu programa, continuava listando a variedade de prostitutas disponíveis. Abraçou forte sua irmã. Feliz por ainda estar vivo e por ela estar bem.

— Venha comigo, Ozob. Vou cuidar de você.

Eles entraram pelo corredor. O prostíbulo ocupava um espaço grande, mas sem riqueza. O reboco das paredes estava caído em vários lugares. Os quartos tinham velhas trancas com chaves e correntes. A pintura estava desgastada e devia ter sido renovada pela última vez há pelo menos vinte anos. As lâmpadas não tinham lustres. O único luxo que o clube oferecia era cuidar das profissionais e dos bons clientes.

E de um palhaço sem nariz, de vez em quando.

Guzzo o levou até um quarto vago. Fez Ozob tirar o sobretudo e o colete e deitar na cama.

— Estou sangrando em seus lençóis — ele disse.

— Estão sujos de coisa muito pior.

Ele deu uma risada.

Ela abriu um armário feito de imitação de madeira, sob um quadro horrendo que retratava uma paisagem bucólica, pintado por alguém sem gosto ou competência para a arte. Retirou do armário uma maleta de primeiros socorros.

— O que aconteceu? — perguntou Mama Guzzo.

— Chernobyl veio me ver. Ele disse que quer reunir a família. Fazer mais um trabalho.

— Eu sei.

— Ele já veio falar com você?

— Sim. Deixou-o por último.

— Então como não está machucada?

— Talvez porque eu não tenha atacado o pós-humano de combate, especializado em assassinato e treinado como lutador profissional? Deve ter algo a ver com isso.

Ozob ficou calado.

— Você vai receber outras visitas, Guzzo — ele disse, depois de algum tempo. — Minha amiga California. E...

— Os War Roadies. Eu sei.

— Eles já chegaram?

— Não.

— Então como...? — Ozob se virou na cama, para encará-la.

Ela manteve o olhar firme.

— Chernobyl o chamou para um trabalho de assassinato, Ozob. Quem você acha que é o alvo?

AMOR NO VÁCUO

OZOB CHEGOU MANCANDO, SEGURANDO AS COSTELAS, FEDENDO A BEBIDA barata. Aproximou-se da porta do galpão e deixou o leitor de retina fazer seu trabalho. Estava bêbado demais para ficar parado ou manter os olhos abertos. Erro. Tentou de novo. Erro. Dormiu encostado na porta. Acordou e continuou tentando, sem ter noção do tempo.

De repente, a porta se abriu. Guzzo estava do outro lado e o segurou quando ele desabou.

— O que você fez, Ozob? — ela disse. — Está um trapo.

— O outro cara ficou pior.

— Isso não é animador.

Guzzo arrastou o irmão pela sala, até um sofá velho. Mesmo sendo maior e mais forte que Ozob, levar o peso morto do palhaço quase em coma alcoólico até o quarto era demais. Ozob desabou no sofá e adormeceu quase imediatamente, de barriga para cima.

Acordou de novo, menos de meia hora depois, vomitando e engasgando-se com o próprio vômito. É claro que Guzzo estava do lado, velando seu sono de porre. Virou-o para que não se afogasse e deixou que colocasse tudo para fora num balde. A sala foi invadida por um cheiro horrendo de álcool.

— Você vai ficar bem — disse Guzzo, mais para si mesma do que para ele. — Você vai ficar bem, irmão.

Depois, deixou que ele deitasse de novo. Limpou sua boca com um pano. Tirou sua roupa e usou gaze e algodão para limpar os ferimentos da noite. Muitos cortes superficiais, diversas áreas esfoladas. O resto do corpo era praticamente um grande hematoma. Em pior estado estavam os nós dos dedos de Ozob. Sinal de que ele havia batido muito em alguém; provavelmente em mais de uma pessoa. Havia bastante sangue que não era dele em suas roupas.

— Onde está Chernobyl? — balbuciou Ozob, acordando por um segundo. — Hoje eu acabo com aquele desgraçado.

— Chernobyl está em missão, Ozob. Você sabe. Rizzo também. Somos só eu, você e o pai.

— Sorte dele. Senão de hoje ele não passaria.

Começou a roncar instantaneamente.

Guzzo olhou com tristeza o pós-humano desmaiado e pensou como era bom que, pelo menos daquela vez, Chernobyl não estivesse com eles. Quando Ozob chegava em casa assim, era alvo fácil para o irmão mais velho. Ao contrário de Ozob, Chernobyl Ratatá não sentia necessidade de beber ou usar drogas. Não queria aproveitar a vida ao máximo, porque para ele o trabalho era a vida.

Depois que a mina no asteroide se esgotara, a família havia se mudado de volta para Ganimedes, a maior lua de Júpiter. As condições ainda eram precárias, mas era muito melhor do que a existência claustrofóbica e opressora no asteroide. Grande parte de Ganimedes já estava terraplanada. Mais de um terço da lua existia sob domos atmosféricos que simulavam a vida na Terra. Durante o dia, uma quantidade imensa de lâmpadas criava claridade, numa imitação pálida do sol. À noite, os domos ficavam transparentes, deixando ver as estrelas do outro lado. Havia um protótipo de cidade em Ganimedes, espalhada entre os domos e dividida entre as corporações. Felizmente, a DataDyne não estava presente naquela colônia, então Hans Gropp e seus filhos podiam viver lá sem muito medo. Viver e trabalhar.

Não havia governo em Ganimedes, a não ser o conselho das corporações. As nações da Terra não conseguiam decidir o que fazer com as colônias, o que chegara a causar duas rápidas guerras nucleares de pequena escala. Desde então, as decisões judiciais sobre o assunto eram proteladas de novo e de novo, por influência dos lobistas e dos políticos de propriedade das corporações. Assim, as colônias em Ganimedes, Marte, Pandora e outros lugares não tinham qualquer intervenção estatal. Se na Terra havia pouco controle sobre o livre mercado, no espaço não havia nenhum. Nas colônias, pós-humanos podiam viver sem problemas. Nas colônias, o tipo de trabalho que a família realizava, e que agradava tanto a Chernobyl, não era proibido.

Eram mercenários. Na prática, assassinos de aluguel. Ozob e Guzzo preferiam quando seus alvos eram pelo menos militarizados, tinham alguma chance de se defender ou culpa pelo destino que sofreriam. Rizzo era Rizzo, e ninguém conseguia realmente entendê-lo. Já Chernobyl gostava mais de vítimas indefesas. Para ele, trucidar um esquadrão envolvido em espionagem industrial não gerava o mesmo prazer que torturar uma dona de casa para intimidar seu marido.

Havia algo errado com Chernobyl Ratatá, desde o começo, mas ele era o primogênito.

— Me leva para o quarto — pediu Ozob, num lampejo de lucidez.

— Durma aqui. Você é muito pesado.

— Me leva para o quarto, Guzzo. Por favor. Antes que eu esqueça.

Ela suspirou. Então abriu o caminho até lá, colocou o braço musculoso por sob os ombros de Ozob e fez força para erguê-lo. O palhaço tentou caminhar, mas atrapalhava mais do que ajudava.

Guzzo o conduziu até o quarto, às vezes batendo em algum caixote ou equipamento deixado nos cantos. Enfim, Ozob desabou na cama de lençóis imundos.

— Minha faca — ele pediu.

Ela não discutiu. Achou a faca do irmão, debaixo da cama, e entregou a ele. Ozob se virou, para encarar o estrado de imitação de madeira que continha quase cinquenta pequenos cortes. Ozob fez mais dois.

— Matou dois esta noite então? — disse Guzzo, com julgamento na voz.

— Eu até saí desarmado — ele se lamentou. — Mas não consegui evitar.

A maior parte das marcas na cama era fruto do trabalho. Ozob, como o especialista em explosivos da família, era capaz de adicionar várias vítimas a seu total de cada vez. Mas algumas mexiam com ele, embora o pós-humano nunca fosse admitir isso, nem para a irmã. Às vezes era a lembrança dessas mortes sem sentido que o fazia buscar algo em garrafas e seringas. Às vezes era só a noção de que sua própria morte estava chegando perto. Agora ele tinha pouco mais de três anos pela frente.

Ozob adormeceu de novo, com a faca na mão. Guzzo a tirou dele e a deixou sob a cama.

Ela pensou, mais uma vez, como seria uma boa médica ou enfermeira. Ela gostava de cuidar de pessoas. Além disso, ver ferimentos e doenças se transformando em força e saúde lhe dava uma satisfação íntima, profunda, que suas outras competências não proporcionavam. Ela não tinha nenhum estudo formal em medicina, é claro, mas vasculhara os materiais de Hans Gropp. O cientista se recusara a transmitir a ela seus conhecimentos de medicina — Guzzo era um modelo de combate e precisão; pós-humanos médicos não existiam. Então estudou o que pôde sozinha, ao menos para remendar seus irmãos.

Também se informou bastante sobre os procedimentos que desejava fazer em seu próprio corpo. Guzzo se olhava no espelho e não se reconhecia. Gostava de seus músculos, de sua força, de seu físico que intimidava. Mas não possuía as características femininas que refletiriam seu interior.

Ainda não possuía.

Além dos trabalhos exigidos por Hans Gropp, ela trabalhava por conta própria. Já fora guarda-costas, atiradora de elite e, sim, prostituta. Transar com homens por dinheiro não era nem um pouco degradante, em comparação com matar alvos das corporações. E aquilo financiaria suas cirurgias no futuro.

Mais uma vez, Guzzo pensou em como era idiota dividir pós-humanos em modelos e funções. Ela fora criada daquele jeito, isso era inegável. O corpo masculino e a mente feminina haviam sido engendrados de propósito. Mas não sua vocação. Quem poderia imaginar que conhecimento anatômico destinado a ferir e precisão destinada a matar iriam se juntar em habilidade e vontade de cuidar dos outros? Guzzo era uma assassina, mas apenas por necessidade. Talvez houvesse um dia em que hospitais corporativos contratassem pós-humanas transgênero com pele albina e marcas vermelhas. Talvez um dia. Certamente não antes que ela mesma morresse.

— Eles mereceram, Guzzo — balbuciou Ozob, despertando mais uma vez. — Os filhos da puta mereceram. Quiseram me expulsar da porra de bar deles. Mas agora não entra mais ninguém, porque o bar queimou.

Tentou rir, mas se engasgou.

— Claro, Ozob. Eles mereceram. Todos eles mereceram. Agora durma. Chega desse papo de bêbado.

Ela se levantou e começou a ir até sua própria cama.

— Você é uma boa irmã, Guzzo.

Ela parou e sorriu para si mesma.

Não precisava que ninguém lhe dissesse que era boa; era a única pessoa decente na família.

Mas Ozob era o único na casa que a tratava como o que era:

Mulher.

No outro dia, ele acordou sem parecer ter dormido. A dor de cabeça era familiar, o gosto horrível na boca e a náusea também. Foi até a cozinha e ordenou que o filtro produzisse água. Como em toda colônia extramundo, Ganimedes tinha um racionamento severo de água. Os dejetos de cada casa eram reaproveitados por sua umidade — e apenas casas com mais dinheiro tinham acesso aos melhores equipamentos de purificação. Para as outras, restava pouca água suja, que foi o que Ozob bebeu. As dores no corpo eram novas. Ele tentou lembrar de tudo que fizera na noite anterior e só obteve borrões.

Desabou numa cadeira, ao lado de Guzzo, que comia mingau calórico. Eles tinham acesso a outros alimentos, mas ela economizava, guardando dinheiro para suas cirurgias.

— O que eu... — ele começou.

— Matou dois — Guzzo interrompeu. — Apanhou muito. Pelo que entendi, incendiou um bar.

— Uma bela noite — ele riu.

A irmã não achou graça.

Ficaram em silêncio.

— Como você nunca precisa de ajuda, Guzzo?

— Sou mais forte que você.

Ozob insistiu.

— Não preciso da mesma ajuda que você. Preciso de uma ajuda diferente.

— Pode dizer quem é o desgraçado, quebro as pernas dele.

Eu preciso me sentir útil, fazendo curativos em palhaços enlouquecidos e viciados em coisas que a maioria das pessoas nem conhece.

Ele deu um riso curto.

— Você não pode continuar assim — disse Guzzo.

— Por que não?

— Vai morrer logo.

— Não me importo.

— Claro que se importa. Seria um idiota caso não se importasse. Você só está repetindo o que Chernobyl diz, porque de alguma forma acha que isso é o que alguém durão falaria. Mas você está desesperado porque vai morrer em três anos. Não faz sentido apressar sua morte.

— Nós vivemos numa maldita colônia. O que mais há para fazer aqui?

Embora Ganimedes fosse uma das maiores colônias, era apenas uma colônia. As pessoas em geral não tinham dinheiro, com exceção dos altos executivos das corporações que passavam temporadas lá, ganhando várias vezes seu salário da Terra, para supervisionar alguma construção ou operação financeira. Ganimedes tinha apenas uma cidade e era uma cidade espalhada. Uma espécie de imenso subúrbio pobre, uma periferia em volta de coisa nenhuma. Ganimedes tinha fábricas, lojas de penhores, lanchonetes. Tinha um punhado de bares e exatamente dois clubes de strip-tease — Ozob estava banido de ambos. Ganimedes tinha alguns divertimentos, mas em geral uma noite era igual à noite anterior. As mesmas pessoas, os mesmos lugares. De vez em quando, as drogas e a bebida ficavam mais caras, então se tornavam quase impossíveis de se conseguir. Quando havia fartura de substâncias, a única coisa a fazer para alguém como Ozob era consumi-las até que acabassem de novo.

— Eu sou resistente — ele deu um sorriso forçado. — Modelo de trabalho pesado. Não sou como vocês, fracotes.

— Você não é indestrutível. Todo o trabalho que fez no asteroide danificou seu corpo.

A coluna de Ozob começara a incomodá-lo enquanto trabalhava no asteroide. Ele achara que, com o fim do trabalho na mina, tudo voltaria ao normal. Mas talvez seu corpo já estivesse comprometido demais. Ele tentava esconder isso de todos (no que era ajudado pelas drogas), mas era quase impossível esconder algo de Guzzo.

— Quando a morte chegar, daqui a três anos, ter ficado cuidando de mim vai ser suficiente? — ele perguntou.

— Até lá, espero ter feito algo de mais proveitoso com minha vida.

— Não sei qual defeito em suas memórias enxertadas faz você me ajudar tanto, Guzzo, mas um dia vou retribuir.

Ela olhou para baixo.

Suspeitava de que a razão pela qual empatizava com Ozob acima dos outros era mais simples e pragmática do que uma profunda ligação entre irmãos. Ambos eram baseados em palhaços que se apresentavam juntos nos velhos programas do século 20. Era uma união artificial, implantada com as memórias. Nem isso era real.

Mas Ozob a tratava como uma irmã, não como uma aberração vestida de mulher. Artificial ou não, era melhor que a maioria.

Eles ouviram os passos laboriosos de Hans Gropp. Ficaram em silêncio. Quando o criador chegou, ergueram-se. Com as cabeças baixas, disseram em uníssono:

— Bom dia, pai.

O cientista não respondeu.

— Guzzo, tenho uma missão para você — disse, em vez de cumprimentar a filha.

— É um assassinato?

— Não, é prostituição.

Os dois palhaços franziram o cenho, arregalaram os olhos. Trocaram um olhar rápido, sem que o pai percebesse.

— Pai, eu não... — Guzzo começou.

— Você se prostitui por seus próprios objetivos. É justo que faça o mesmo por seu pai. Dois executivos da Lehder-Nuñez-Strauss estão em Ganimedes esta semana para avaliar o mercado. Aparentemente eles gostam de homens grandes fantasiados de mulher. Você vai diverti-los.

Guzzo rilhou os dentes e não falou nada.

— O quê? Não vai me agradecer, ingrato? Trago um trabalho que não envolve risco e você não tem um sorriso? A DataDyne tinha razão em rejeitá-lo: é mesmo uma aberração!

Ozob ergueu o punho. Aquele seria o momento em que finalmente quebraria o velho em dois. Hans Gropp o olhou sem medo algum. Ozob estremeceu e baixou a mão.

— Agradeça também por alguém gostar de algo como você — disse Hans Gropp para Guzzo. — Pode ser a última vez!

O cientista passou as informações do serviço para o tablet de Guzzo e se afastou mancando.

— Ele... — Ozob começou.

— Estou bem, Ozob. Não preciso de sua ajuda.

o—

Pelo menos o dinheiro era bom.

Os executivos haviam pago bem. Pagamento adiantado e generoso. A maior parte ficaria com Hans Gropp, é claro, mas até mesmo a porcentagem que caberia a ela seria um grande avanço rumo às cirurgias. Além disso, aquele tipo de pessoa em geral dava gorjetas no fim de uma noite de satisfação, quando já estavam bêbados e queriam parecer importantes. Guzzo decidiu manter o objetivo em mente. Fora humilhante ouvir aquilo do pai, mas ainda era melhor que matar.

Havia quatro táxis em Ganimedes. Eram carros voadores, operados por imigrantes da Terra de primeira leva, que haviam chegado na colônia durante sua construção e sido operários na primeira fase de terraplanagem. Os quatro se recusavam a transportar Guzzo, então ela achou que precisaria andar até o local do encontro.

Para sua surpresa, recebeu uma mensagem enquanto se maquiava. Em breve haveria uma limusine esperando-a na porta do galpão. Apesar de si mesma, Guzzo sorriu. Ser tratada como acompanhante de luxo poderia ser bom.

Ela deixou a casa escura e industrial onde a família morava, sentindo-se linda. Seu corpo musculoso estava em um vestido prateado, curto. Os saltos-agulha a deixavam ainda mais alta. O cabelo vermelho estava preso em um coque elegante. Seu rosto já possuía maquiagem na própria pigmentação da pele, mas ela usara seus melhores produtos para realçar o que desejava. O que quer que fosse fazer naquela noite, faria com classe e deixaria os clientes querendo mais.

A limusine, como todos os carros na colônia, também era voadora. Havia na Terra alguns carros que ainda andavam sobre rodas e pneus, mas eram minoria. Nenhum deles fora trazido para Ganimedes. Como era regra em veículos de luxo, o carro não tinha motorista, mas uma inteligência artificial dedicada. Quando ela se aproximou, a porta se abriu. Guzzo entrou e se sentou no banco de trás, forrado com couro. Música suave começou a tocar instantaneamente. Quando o carro deu a partida, um compartimento se abriu, revelando um balde com gelo, no qual repousavam uma garrafa de champanhe e uma taça. Guzzo riu sozinha. Talvez uma dama fresca da sociedade terrestre achasse um insulto abrir o próprio champanhe, mas ela não teve problema. Serviu-se e desfrutou a viagem até o local do encontro.

Aquilo era melhor do que atirar na cabeça de algum infeliz. Talvez ela até aproveitasse a noite.

A limusine atravessou zonas pobres — que eram a maioria absoluta na cidade. Então chegou aos portões bem guardados de um condomínio privado da Lehder-Nuñez-Strauss. Um pequeno esquadrão de soldados particulares não deixava ninguém entrar sem autorização. Guzzo imaginou que fosse precisar explicar algo, mas a limusine foi admitida sem demora.

O condomínio era grande, composto de diversas casas de três andares, imitando a arquitetura da Terra no século 21. Árvores artificiais decoravam os pequenos jardins de grama sintética. Algumas casas estavam habitadas, mas a maioria parecia deserta. Nenhum alto executivo de uma corporação como a LNS desejava ficar muito tempo em Ganimedes, então suas visitas sempre duravam pouco.

Ela estranhou a distância que a limusine percorria, até notar que se dirigia à última casa do condomínio. Uma mansão enorme, cercada por um belo jardim sintético, com luzes acesas. Guzzo riu de novo e terminou o champanhe. Estava já um pouco alegre, mais pelo entusiasmo com o trabalho do que pela bebida em si. Quem quer que aqueles dois fossem, sabiam como tratar uma mulher.

Ela decidiu mostrar a eles o que era uma mulher de verdade.

A limusine estacionou na frente da mansão e um valet abriu a porta para ela. Deu-lhe a mão e a ajudou a sair do carro. Guzzo agradeceu. Havia algo estranho no valet — sua postura era perfeita demais, seu cabelo era alinhado demais, sua voz era polida demais. Ele não tinha nada fora do lugar. Claramente era um pós-humano. Um modelo um pouco mais chamativo do que a maioria. Mas quem era ela para julgar?

O valet a conduziu até o lado de dentro. Depois de um saguão, ofereceu-lhe a chance de se refrescar num lavabo. Guzzo recusou polidamente. Já estava ansiosa. O valet então deu alguns passos à frente, abriu uma porta e pediu que ela seguisse à sala de estar.

O que ele chamava de sala de estar mais parecia um salão de baile. Era algo imenso, envidraçado, decorado com lustres de cristal e belas plantas sintéticas. *Não, eram plantas naturais.* Plantas sintéticas eram perfeitas demais, mas aquelas tinham as belas imperfeições da natureza. Custavam uma fortuna em Ganimedes, pois era muito difícil fazer com que sobrevivessem à viagem e consumiam água. Uma música ambiente suave tocava, emprestando a tudo um ar de elegância. Toda a sala estava a meia luz. O centro do piso era rebaixado, como se fosse uma espécie de pista de dança. Em volta, havia alguns sofás semicirculares.

Sentados em um dos sofás, os dois clientes.

Guzzo sorriu e foi até eles, com seu melhor andar sedutor. Os dois eram irmãos gêmeos. Ambos altos, fortes, com mandíbulas quadradas. Tinham drinques nas mãos, mas não havia nenhuma garrafa à vista. Então uma garçonete surgiu de um canto, com uma bandeja, e lhes serviu mais. Também era uma pós-humana, tão certinha e elegante quanto o valet.

Guzzo chegou perto dos gêmeos e deu a mão para um deles beijar, depois o outro.

— Muito prazer — ronronou. — Sou Selina.

Ela não costumava dar seu nome verdadeiro. Os gêmeos sorriram.

— Somos os irmãos Heller.

— Como querem se divertir hoje?

O outro irmão tomou a palavra:

— Vá para o palco.

Guzzo riu. Obedeceu e começou a dançar lentamente.

— Querem me olhar primeiro?

— Hoje, só vamos olhar.

Ela ficou um pouco surpresa. Mas seria mais fácil ainda. Aquele era um ótimo trabalho.

Então um dos irmãos fez um gesto e barras de aço desceram do teto, em volta do piso rebaixado, antes que Guzzo pudesse fazer qualquer coisa.

— O que...

— Calma — o outro interrompeu. — Fique tranquila. Só vamos assistir.

Fez mais um gesto e três alçapões no piso se abriram. Guzzo ouviu um som mecânico e então o resfolegar de algo grande. Algo selvagem.

E um urro.

Ela tentou forçar as grades, mas os irmãos apenas riram.

Então, pelos alçapões, surgiram três humanoides animalescos, erguidos por plataformas. Eram híbridos de homem e gorila. Cobertos de pelos, com presas enormes, mas reconhecendo-a como uma vítima. Estavam nus. Era possível ver em seus olhos que sabiam exatamente o que fariam, mas tinham a brutalidade de feras.

— Nós só vamos assistir — disse um dos gêmeos.

— Podem começar o show.

o—

A limusine parou em uma rua deserta, e o valet a empurrou para fora. Guzzo caiu no asfalto, chorando, e ficou lá, deitada, por um tempo.

Quando teve forças, ergueu-se. Um de seus braços estava quebrado, então ela usou o outro para tentar se cobrir. Estava nua. Sangrava por todos os cortes em seu corpo e sangrava de lugares sobre os quais ela não queria pensar. Não queria pensar no que aconteceu naquela noite, mas soube que nunca mais iria esquecer. Tinha conseguido matar um dos homens-gorilas, mas aquilo não era consolo.

Guzzo teve de voltar para casa sem roupas, humilhada, chorando incontrolavelmente. Machucada, com o braço esquerdo quebrado. Com memórias que nunca mais iriam se desfazer.

Ela passou por um grupo de homens que voltavam de um ou outro bar, mas nenhum deles quis ajudá-la. Viram seu cabelo, sua maquiagem, sua pele de pós-humana e riram.

Guzzo demorou horas para chegar em casa. Quando chegou, não conseguia parar de chorar por tempo suficiente para o leitor de retina reconhecê-la. Tentou de novo e de novo, recebendo a mensagem de erro, até que alguém abriu a porta do outro lado.

Ela se deixou cair nos braços do irmão.

— Eu preciso de sua ajuda, Ozob.

o—

O itinerário dos irmãos Heller era curto e compacto. O condomínio particular era guarnecido demais. Eles sairiam de lá numa limusine como a que transportara Guzzo, um veículo blindado contra armamento militar. À frente e atrás, blindados de segurança da LNS, pilotados por um motorista pós-humano, cada um carregando uma equipe de cinco soldados humanos trajados em armaduras. Cada blindado possuía uma bateria de quatro metralhadoras sobre a capota, operadas por inteligências artificiais dedicadas.

O comboio de três veículos seguiria pela cidade, onde as ruas estariam liberadas de outro tráfego quinze minutos antes de sua passagem. Seguiria até o espaçoporto, onde sua nave privada era guarnecida por quinze soldados da LNS. A nave contava com dois pilotos pós-humanos, mais dois pilotos humanos de reserva, e uma IA dormente, que seria ativada caso os pilotos fossem comprometidos. No espaço, seria impossível atacá-la e então a próxima parada era na Terra — mais especificamente em Berlim, onde estariam mais protegidos do que nunca.

Ou seja, o trabalho deveria ser feito no trajeto entre o condomínio e o espaçoporto.

As ruas realmente estavam desertas. Um destacamento de seguranças de baixo escalão da LNS havia garantido que ninguém trafegasse naquele trecho e então seguido para fazer o mesmo nos trechos seguintes do caminho. Ozob ficou oculto num beco, com seus detonadores dispostos no chão a sua frente. Seria uma coreografia precisa, na qual nenhum passo poderia ocorrer fora do planejado.

Em todo o trajeto, havia apenas uma curva fechada — na qual, por um segundo, o primeiro blindado do comboio ficava fora da vista da limusine e do segundo.

O primeiro blindado virou a esquina e passou exatamente embaixo da primeira bomba de Ozob. Ele acionou o detonador no momento exato e um pulso eletromagnético de curto alcance engolfou o veículo.

Sob seu efeito, nenhum equipamento elétrico e eletrônico funcionaria. O blindado andou mais um pouco, levado pela inércia, e parou. Lá dentro, os soldados tentaram entrar em contato com seus colegas, mas os comunicadores estavam prejudicados. Eles tentaram sair, mas as portas eletrônicas não funcionavam. Começaram a abrir as portas manualmente, mas era mais demorado. As metralhadoras operadas pela IA também ficaram inúteis.

Em menos de um segundo, a IA que dirigia a limusine e o piloto do segundo blindado notaram que o primeiro blindado havia parado. Exatamente como Ozob havia calculado, logo antes que a limusine virasse a esquina. Ela agora estava sobre a segunda bomba, e ele acionou o detonador.

Era uma bomba simples. A enorme explosão foi ouvida por quarteirões e fez a limusine ser arremessada para cima, virando no ar. É claro que seus ocupantes não estavam feridos — afinal, a blindagem protegia contra ameaças muito piores que aquela. O objetivo não era feri-los. A limusine caiu pesada, de cabeça para baixo, com os geradores de antigravidade para cima.

O segundo blindado entrou em atividade no mesmo instante. As metralhadoras começaram a disparar para todos os lados, sem se preocupar com baixas inocentes, fazendo fogo de supressão. As portas se abriram e os soldados correram para fora do veículo, gritando uns para os outros em seu jargão militar. Em poucos segundos estavam na limusine, abrindo a porta para que os irmãos Heller saíssem.

Guzzo, sobre um prédio, observava com um binóculo de alta potência. Seu braço esquerdo estava imobilizado numa espuma de alta densidade para que o osso calcificasse. Isso significava que ela só podia operar seu rifle de alta precisão com o braço direito e um tripé.

Seria suficiente.

Ela estava deitada de bruços, pernas abertas na posição de tiro. Largou o binóculo e olhou pela mira telescópica da arma. Muitos atiradores preferiam as miras eletrônicas, mas Guzzo confiava nas boas e velhas lentes, em seu olho treinado e no cálculo de quando e onde atirar.

Os soldados estavam em frenesi. Suas armaduras não deixavam quase nenhum ponto vital à mostra, exceto a boca e, durante alguns movimentos, uma fresta da nuca. Tiros quase impossíveis.

Quase.

Guzzo prendeu a respiração, espremeu o gatilho e um dos soldados caiu, uma nuvem de gotículas de sangue sendo expelida de sua boca.

Outro se virou, procurando o atirador, e caiu também. Um terceiro estava de costas, tentando abrir a porta da limusine, e se curvou só o suficiente para, durante uma fração de segundo, expor um pedaço da nuca. Guzzo notou o momento, instantaneamente calculou o ângulo para o tiro e espremeu o gatilho. A bala varou o pescoço do homem e ele desabou, morto na hora.

Os soldados do primeiro blindado começaram a abrir a porta. Ozob correu nas sombras, abaixado, e fez um arremesso preciso — uma bomba incendiária. O explosivo passou pela fresta na porta e caiu dentro do veículo. Detonou lá dentro, espalhando um gel pegajoso, que entrava em combustão em contato com o ar. Napalm modificado, mesclado com fogo grego, uma fórmula criada pelo próprio pós-humano. Os soldados ficaram cobertos da cola em chamas e começaram a gritar dentro do blindado. Quanto mais se moviam, em desespero, mais as chamas aumentavam. A substância se espalhou pelos estofados, incendiando todo o interior do blindado. Os soldados agarraram extintores de incêndio e jogaram pó químico nas chamas. Contudo, a fórmula de Ozob queimava o pó — o fogo subiu pelo jato, entrou nos extintores e os explodiu, jogando estilhaços de metal por todo o blindado.

Mas Ozob não perdeu tempo para ver o resultado de seu trabalho — continuou correndo, contornando o segundo blindado. Colocou uma pequena bomba na maçaneta da porta e a detonou.

Os dois soldados que restavam tiraram os irmãos Heller de dentro da limusine. Eles estavam encharcados de espuma anti-impacto, liberada quando o veículo fora jogado no ar, mas quase ilesos. Todos ouviram a minúscula explosão, mas não tiveram tempo para imaginar o que seria.

Guzzo atirou de novo e outro soldado caiu.

O último deles disparou às cegas, tentando dar cobertura para os executivos, enquanto a metralhadora operada pela IA fazia o mesmo.

Guzzo largou o rifle e correu para o equipamento de rapel já instalado no prédio. Fixou a corda no cinturão especial que trajava e desceu pelo lado do edifício. As janelas da frente foram quebradas pelos tiros de metralhadora. Ela alcançou o chão e correu de lado, em ziguezague, para evitar ser baleada.

Os irmãos Heller entraram no segundo blindado. O veículo começou a andar. A porta se fechou. As metralhadoras continuaram atirando contra todo o perímetro.

De repente, o blindado freou. A porta se abriu por um comando do motorista. Ele olhou para trás e só então o último soldado e os irmãos

Heller viram que o veículo estava sendo pilotado por um palhaço pós-humano com pele albina e nariz vermelho.

Os três também viram Guzzo do lado de fora, perante a porta aberta. A pós-humana sorriu e entrou no blindado.

O soldado já tinha o pescoço quebrado quando foi jogado para fora do veículo, indo rolar no asfalto, como ela rolara antes.

Os irmãos Heller não tiveram tanta sorte.

o—

Havia vários lugares desertos em Ganimedes, mesmo na cidade, sob os domos. Fábricas estavam em constante construção. Durante a noite, muitas delas ficavam vazias, principalmente nos primeiros estágios. Também havia grandes terrenos vagos, que mais cedo ou mais tarde receberiam construções.

Guzzo e Ozob estacionaram o blindado num emaranhado de vigas de ferro que um dia seria uma fábrica. Não havia ninguém por quilômetros em volta. Fora difícil fazer a IA parar de disparar a metralhadora, mas eles conseguiram muito antes de chegar a seu objetivo. Agora estava tudo silencioso.

Exceto pelos gritos dos irmãos Heller, abafados pelas mordaças.

Guzzo e Ozob não sabiam o que eles queriam dizer nem se importavam. Homens como aqueles tinham pouquíssima variedade em seus vocabulários, em situações como aquelas. Fariam ameaças. Tentariam subornos. Pediriam perdão. Qualquer coisa para sobreviver. Não valia a pena ouvir.

Os dois gêmeos estavam amarrados e amordaçados na parte de trás do blindado, estirados no chão, contorcendo-se e chorando. Bastante ensanguentados, pelo que os dois pós-humanos haviam feito com eles, mas ainda conscientes.

— Você precisa fazer isso — disse Ozob, entregando a Guzzo um galão de gasolina. — Eles são seus.

Ela aceitou o galão sem dizer nada. Encharcou os dois executivos com a gasolina. Eles gritaram sob suas mordaças, tentaram implorar com palavras que ela não ouviu.

Guzzo saiu do blindado e se postou ao lado de Ozob, a alguns metros, olhando os dois. Ozob lhe deu um charuto e pegou outro para si mesmo. Então lhe deu um isqueiro.

Guzzo acendeu o charuto de Ozob.

Acendeu o seu próprio.

E então jogou o isqueiro aceso sobre os irmãos Heller, que pegaram fogo na hora, berrando. Ela ficou fumando com o irmão e assistindo ao show, assim como eles haviam assistido quando a vítima fora ela.

— Está vendo? — disse Ozob. — Não importa que você fique mal. Importa é que o outro cara fique pior.

— Isso não significa nada — retrucou Guzzo. — Isso não conserta as coisas.

Ozob segurou o braço dela com força.

— Conserta sim, Guzzo. *Tem* que consertar. Porque eles *vão* nos deixar mal. *Vão* nos deixar sangrando e jogados na rua. E só o que podemos fazer é deixá-los pior. Isso conserta tudo! Agora você está inteira de novo. Melhor que antes. *Tem* que ser assim.

Ela jogou o charuto no chão e o abraçou.

Tinha que ser daquele jeito.

Porque a alternativa era pensar que estava ferida para sempre.

— Tem razão, Ozob. Deixamos os outros caras piores. Isso conserta tudo.

Abraçada no irmão, Guzzo achou algum conforto na vingança. Violência só gerava mais violência, num ciclo eterno. Mas pelo menos ela era melhor na violência do que seus inimigos.

— Estou inteira de novo.

5
GUERRA E ORGASMO

OZOB DEITADO DE BRUÇOS, TORSO NU, NA CAMA DE UM DOS QUARTOS DO prostíbulo de Mama Guzzo. Suas costas estavam mais machucadas que todo o resto do corpo — que já não era uma visão bonita. O físico de pós-humano era feito para aguentar dano, então ferimentos como aqueles não significavam morte certa, mas doíam. Sem preocupação com durabilidade de longo prazo, o organismo resistia bem a muito castigo concentrado. Uma morte prematura resolvia muita coisa.

Guzzo sentou na cama, abriu a maleta de primeiros socorros e retirou uma espécie de pistola com agulha. O que parecia o pente de munição era na verdade um tubo com uma solução de metal líquido em que nanorrobôs podiam ficar suspensos. Antes de aplicar o remédio emergencial, ela passou os dedos pelas costas do irmão.

— Pobre Ozob — disse Mama Guzzo. — Sempre que o vejo, acabou de levar uma surra.

— Os outros caras sempre ficam pior.

Ela suspirou.

O mais grotesco nas costas de Ozob não eram seus ferimentos recentes, as inúmeras cicatrizes que se cruzavam em sua pele ou as várias tatuagens baratas, em geral feitas durante bebedeiras. O pior era sua coluna vertebral. Era uma coisa biônica, que ficava fora do corpo. Uma exocoluna construída de materiais fortes para sustentar seu corpo, já que sua coluna verdadeira ficara em frangalhos pelo trabalho pesado nas minas.

Guzzo deixou a pistola de lado por um momento. Pegou algodão e álcool e começou a limpar os ferimentos.

— Como assim, Guzzo? — Ozob retomou o assunto de minutos atrás. — Os War Roadies são o alvo de Chernobyl?

Guzzo havia sugerido que o alvo do próximo trabalho de Zatati Ratatá, para o qual ele queria recrutar Ozob e os outros, eram seus novos amigos.

— Não todos eles — disse a palhaça. — Fique quieto. Apenas Johnny Molotov. Mas California e a outra...

— Vivika.

— Mas California e Vivika vão tentar protegê-lo, então Chernobyl vai ter de matá-las também.

— Isso não faz sentido!

Ozob tentou se virar de novo, mas Guzzo o empurrou de volta à cama.

— Fique quieto! Claro que faz sentido, Ozob. Johnny Molotov é propriedade da DataDyne. Mais cedo ou mais tarde, eles acertam as contas. Ninguém fica devendo para a corporação.

— Mas eles me disseram que já faz nove anos...

— Por alguma razão, a DataDyne agora quer cobrar o que Johnny lhe deve. Talvez porque algum burocrata tenha achado um registro antigo. Talvez por alguma outra razão.

Com os ferimentos limpos, Mama Guzzo enfiou a agulha perto do pior furo e apertou o gatilho. Os nanorrobôs entraram na corrente sanguínea de Ozob e seus processadores começaram a trabalhar, detectando quais células precisavam de reforço e quais tecidos deveriam ser reconstruídos. Em pouco tempo, o pós-humano começou a sentir algum alívio, enquanto os nanorrobôs mexiam com seus nervos e abafavam os transmissores de dor. Então começavam a tecer mais músculos, veias e pele. Eles teriam trabalho.

— De qualquer forma, não interessa — disse Guzzo, enquanto injetava os nanorrobôs perto de outros ferimentos. — O fato é que a DataDyne decidiu que Johnny Molotov deve morrer, e nós não temos muita escolha.

Ozob sentiu uma sutileza no que ela dizia. Fez força para levantar e não deixou que a irmã o empurrasse de volta desta vez.

— Nós...?

Guzzo sustentou seu olhar.

— Diga que você não está pensando em aceitar o trabalho — Ozob segurou o braço dela.

— Matar um estranho? — Guzzo se desvencilhou. — Não seria a pior coisa que já fizemos. Certamente não seria a pior coisa que *eu* já fiz. Esqueceu do passado? Ou de repente desenvolveu uma consciência?

Ozob, por instinto, recuou alguns centímetros, sentado na cama. Ele talvez não tivesse consciência. Estava preocupado com tornar cada noite memorável, para que sua vida fizesse um pouco de sentido. Mas Guzzo *tinha* consciência. Guzzo chorara depois de matar grevistas em Ganimedes. Guzzo enfrentava Hans Gropp quando ele punia seus irmãos com muita severidade.

Diabos, Guzzo cuidava de garotas sem nenhuma opção a não ser se prostituir.

— Você vai voltar à família? — Ozob deixou a mandíbula pender.

— Não se eu puder evitar. É claro que não quero mais conviver com eles. Mas às vezes é melhor não resistir.

— Como você pode?

Ozob levantou e chutou o criado mudo, derrubando um abajur de plástico e quebrando a imitação de madeira.

— Chernobyl é perigoso — disse Guzzo. — Veja o que ele fez com você. Com o apoio da DataDyne, ele...

— Então, porque ele é perigoso, você vai matar meus amigos?

— Seus amigos? — Guzzo riu sem humor. — Você mal conhece essa gente! Chernobyl pode ser um canalha, mas não mente quando o assunto é trabalho. Ele me disse que você os encontrou há poucos dias. Que trepou com uma, tentou trepar com outra. É amigo dela no EgoBliss e de repente sente uma lealdade suprema?

O estômago de Ozob se revirou. A noção de ser observado por Chernobyl Ratatá enquanto convivia com os War Roadies o deixou enjoado. Acima de tudo, a possibilidade de que ele estivesse observando ou ouvindo suas conversas com California era revoltante.

— Eles são meus amigos — o pós-humano protestou.

— E o que costuma acontecer com seus amigos, uma vez que as drogas acabem e as pessoas vão para casa depois da festa? Por acaso eles não sofrem acidentes? Por acaso, apenas por estar perto de você, eles não se envolvem em algum tiroteio de gangue ou não são vítimas de algum atentado terrorista? Você não se importa com ninguém durante a ressaca, Ozob. Você não tem amigos quando as coisas estão difíceis.

— Tenho você, sua escrota!

— E eu tenho minhas meninas.

Silêncio.

— É isso, então? — Ozob balançou a cabeça e acendeu um charuto. — Está com medo de que Chernobyl machuque suas putas?

— Elas dependem de mim de uma maneira que os War Roadies não dependem de você. Elas dependem de mim de uma maneira que *você* não depende de mim. Nenhuma delas é uma hacker ou uma ex-soldada com DNA de tigre. São só putas, sim. Por isso tenho responsabilidade com elas.

— *Eu* não vou trair meus amigos.

— Eu não vou trair as minhas.

Batidas na porta. O rosto de Peggy surgiu, com seus tumores e seu corte de cabelo profissional.

— Mais pessoas para vê-la, Mama Guzzo. Duas mulheres e um homem.

Só podiam ser os War Roadies.

Guzzo e Ozob se entreolharam.

— Aí está sua oportunidade — ele disse. — Use seu implante neural e chame Chernobyl. Faça uma emboscada agora mesmo.

— Se eu fizesse isso, o que você faria?

Peggy, com seu jeito de secretária e sua discrição eficiente, fingia não ouvir aquilo.

— Eu iria impedi-los — respondeu Ozob.

— Lutaria contra sua irmã para defender uma garota maluca que conheceu há uma semana?

— E você? Mataria um inocente e viraria capacho de Hans Gropp de novo?

Peggy limpou a garganta.

— O que devo fazer? — perguntou a secretária.

Guzzo balançou a cabeça devagar, ainda olhando para Ozob.

— Esconda-os no porão — disse a cafetina.

o—

— Isso é esquisito demais — disse California, descendo as escadas até o porão, guiada por Peggy. — Rápido demais.

Vivika colocou a mão em seu ombro, como se dessa forma pudesse lhe dar força. Johnny Molotov parecia quase alheio a tudo. Ele se comportava cada vez mais assim.

Quando eles entraram, as luzes do porão se acenderam. Mas não era um ambiente bem iluminado. Um conjunto de lâmpadas estrategicamente posicionadas e hologramas que simulavam tochas criavam uma atmosfera sinistra. As correntes e os instrumentos de tortura espalhados davam a impressão de uma masmorra. Um painel com vários tipos de chicotes, máscaras de couro, mordaças com bolas de plástico e outros aparatos deixava claro que tipo de masmorra era aquela. Para alguns clientes, os quartos não bastavam. As meninas especializadas calçavam botas negras com saltos enormes, vestiam capuzes com buracos para os olhos e zíperes para a boca e os prendiam em um poste no meio do porão, chicoteando-os e repreendendo-os por serem maus. Felizmente, naquela hora, o porão estava vazio.

California se deixou cair em uma grande cadeira negra, que tinha algemas embutidas.

— Se estamos mesmo em perigo, talvez o pior lugar para ficar seja o porão de um prédio desconhecido — disse a garota.

California tremia. De alguma forma, enfrentar a polícia, o DAA ou mesmo uma igreja armada e intolerante não era tão ruim quanto ouvir de alguém um aviso com tanto medo. Os War Roadies estavam acostumados a decidir seu campo de batalha. Invadir ruas ou prédios, fazer um show de guerrilha, lutar tanto quanto fosse preciso e fugir. Até agora, eles não estavam sendo ativamente caçados.

Ou achavam que não estavam.

— Você decidiu que viríamos aqui — disse Vivika.

— Não precisa esfregar na minha cara! — California perdeu a paciência. — Não é minha culpa se...

— Ouça o que eu estou dizendo, California — a outra interrompeu. — *Você* decidiu vir até aqui. E, se você decidiu, eu confio. Você é nossa líder e nos manteve vivos e resistindo durante todo esse tempo.

Peggy limpou a garganta de novo. Mesmo com sua aparência que poderia ser classificada como grotesca, seu jeito sério e eficiente fazia com que as pessoas esquecessem que ela estava lá, a não ser para pedir café ou perguntar algo.

— Precisam de alguma coisa a mais? — disse.

Johnny Molotov se ergueu do chão, onde estivera sentado olhando os instrumentos de sadomasoquismo, e pediu o contato dela no EgoBliss. Peggy sorriu, seus tumores se remexeram, e ela adicionou o músico na rede social, sob o patrocínio de uma montadora alemã de carros voadores de luxo. A secretária então subiu as escadas, deixando os War Roadies sozinhos.

— Não duvide de si mesma — disse Vivika, olhando California nos olhos. — Johnny tem a música e eu tenho as garras, mas você tem a visão. Você planejou tudo, você armou nossa resistência. Sem suas ideias, Johnny estaria inspirando um punhado de moleques que já pensariam como ele de qualquer forma, e eu estaria fazendo trabalhos mercenários até morrer.

— Ozob me mandou uma mensagem e eu nos trouxe até aqui — a outra disse, sua voz tremendo. — Para um porão. E ele não falou nada sobre quem seriam essas pessoas. Eu posso estar causando nossa morte.

— Você confia nele?

California mordeu o lábio.

A verdade é que confiava. Talvez não fizesse sentido confiar em Ozob, já que se conheciam há tão pouco tempo. Mas a vida de guerrilha era rápida. Ela conhecera os cientistas do orfanato por anos e isso não impedira que fossem desgraçados.

— Ele está conosco pelas drogas — disse California. — Pelas festas. Pelas mulheres com implantes genitais ilegais na Terra.

— É isso mesmo que você acha?

A garota olhou para baixo.

— Não.

Vivika sorriu.

— Ele *acha* que está conosco por isso, mas desde o início era diferente — disse California. — Ele queria acreditar em algo. E, depois que ouviu a música de Johnny, acho que acredita mesmo. Não conheço esse sujeito, mas acho que posso confiar nele. É nosso tipo de pessoa, alguém que não tem lugar na sociedade normal. Alguém que não pode ir até a Cidade Alta e tentar a vida como um lacaio bem pago. Alguém que é caçado só por ser quem é neste planeta. Ele é nosso tipo de gente, Vivika. Pós-humanos, viciados, mendigos, prostitutas. Essas pessoas são como nós.

— Bem, se queremos ficar perto de pós-humanos e prostitutas, viemos ao lugar certo.

California estava aliviada. Olhou para a amiga e retribuiu o sorriso. Ela era a líder, mas às vezes tinha muita noção de que estava tomando decisões de vida ou morte, para si mesma e para seus amigos, com quase nenhuma experiência. Vivika fazia com que ela visse que tinha razão e que Ozob era confiável.

Ou ao menos parecia ser.

— Mas quem é tão perigoso, afinal? — perguntou a guerreira. — De quem estamos nos escondendo?

— Da minha família — respondeu Ozob, chegando de surpresa. — Da DataDyne.

o—

Existiam conversas para mesa de bar. Existiam conversas para o fim de uma festa, num quarto, quando a cidade já estava começando a acordar e a bebedeira já estava passando. Existiam conversas para o café da manhã, após uma noite de decisões questionáveis. Talvez não existissem conversas adequadas ao porão de sadomasoquismo de um bordel administrado por uma palhaça transgênero, mas foi ali que Ozob contou aos War Roadies sobre sua vida.

— Eu escondi uma parte grande — disse o pós-humano. — Ainda não somos íntimos a ponto de cagar de porta aberta, mas teve algo que eu escondi de propósito. Eu também pertenço à DataDyne.

California e Vivika se entreolharam. Johnny Molotov continuou recostado, dedilhando a guitarra desplugada e franzindo o cenho como se aquilo fosse interessante.

— É coincidência demais — disse Ozob. — Mas é isso. Eu fui criado a pedido da DataDyne. E eles não gostaram de uma leva de Frankensteins que pareciam palhaços bizarros do inferno. Então mandaram que fôssemos destruídos. Nosso pai se recusou e fugimos para as colônias.

— Por que não me falou antes? — perguntou California.

— Porque seria estranho. Depois que você me contou que cresceu na Fazenda de Gênios da DataDyne, eu falaria que meu criador também cresceu lá? Que eu sou produto deles, com código de barras e copyright em meu DNA? O que você pensaria?

California sorriu.

— Estava com medo do que eu pensaria? Onde está o mercenário durão que só queria me comer?

Ozob não soube como reagir. Olhou para baixo, como um garoto.

Então contou tudo. Contou sobre a história de Hans Gropp, que ele ouvira inúmeras vezes, em inúmeras versões, da boca do próprio cientista. Contou sobre Zatati Ratatá e como ele era o pior de todos. Contou sobre Rizzo, seus fedelhos e sua devoção infantil, quase canina, ao criador. Contou sobre Guzzo, a única com quem ele pudera conversar. Deixou de fora que, falando com California, ele se sentia parecido com a maneira como se sentia com a irmã. Alguém mais jovem, que teoricamente ele deveria proteger, mas que acabava protegendo-o. Não podia dizer isso, porque não era algo que pós-humanos com pele albina sem nariz falavam para garotinhas de vinte e poucos anos.

— E, se estou sendo completamente honesto, há algo a mais — disse Ozob. Os War Roadies estavam prestando atenção.

Ele tinha toda intenção de falar como já firmara parcerias ao longo de seu pouco tempo de liberdade. Quando abriu a boca, achou que contaria sobre como, em menos de um ano, já vira as mortes de um punhado de grupos. Mercenários, como ele mesmo, que se juntavam a ele em alguma farra de drogas e mulheres. Afinal, seu objetivo era viver ao máximo. E, poucas semanas depois, *algo* acontecia. Nunca era sua culpa.

Certa vez, foi um exército particular vingativo. Ele não tinha culpa de estar longe quando um míssil atingiu seus companheiros de ocasião.

Outro grupo foi infectado com uma bactéria devoradora de carne. Ele era imune, como pós-humano, mas também não tinha culpa disso.

Também houve o bando de assaltantes que ficou preso num cofre e morreu sufocado, enquanto ele vigiava do lado de fora, conseguindo escapar da polícia por um triz. Não era culpa dele. Não tinha como abrir o cofre.

Aquelas eram coincidências infelizes, mas faziam parte da vida de quem precisava de um especialista em explosivos. Chernobyl Ratatá dizia que não importava morrer cedo, pois as pessoas ao redor morriam ainda mais cedo. Guzzo falava que ele carregava o caos e todos em volta sofriam acidentes. Mas não era sua culpa.

Não contou nada disso a California. Não fazia sentido apavorar a menina.

Quando as palavras deixaram sua boca, ele apenas contou que o trabalho para o qual a DataDyne o chamava era matar Johnny Molotov e que os outros palhaços estavam também sendo chamados.

— Estou lisonjeado — disse Johnny. — Sempre quis ser caçado por palhaços assassinos geneticamente construídos.

— É sinal de que estamos incomodando — disse Vivika.

— E tem certeza de que é seguro aqui? — perguntou California. — Sua irmã não vai nos entregar?

— Claro que não. Confio em Guzzo.

— Então eu confio também.

Ela se sentia segura com ele. Ozob deu um riso nervoso e procurou uma pílula em seus bolsos.

No silêncio que se seguiu, California expandiu seu dispositivo holográfico e começou a passar o tempo na internet. Era mais prático acessar a rede pelos dispositivos neurais, mas era mais fácil mostrar para alguém algum vídeo engraçadinho usando a tela virtual. Passando por seu feed do EgoBliss, ela notou algo estranho. Ergueu uma sobrancelha.

— Ozob — chamou. — Essa não é a fachada deste prédio?

Logo, a entrada apareceu com clareza: o pequeno luminoso em letras e emoticons mostrou que sim, aquele era um vídeo em tempo real do Clube de Executivos e Sauna de Mama Guzzo.

— Quem está filmando isso? — perguntou o pós-humano.

— XBs — California engoliu em seco. — Estamos sob ataque.

o—

Um punho cromado bateu forte na porta do Clube de Executivos e Sauna de Mama Guzzo. Aquele era um dia agitado no prostíbulo.

— Não vamos atacar ainda — disse uma voz de homem. — Tem pouca gente assistindo ao streaming.

— Merda, agora já comecei a entrada dramática — respondeu uma mulher.

Um segundo homem deu a ordem:

— Rápido, criem algum buzz para aumentar nossas visualizações! Alguém suborne um formador de opinião!

Todas as pessoas que estavam ao redor do bordel começaram a mandar mensagens freneticamente por seus implantes, bajulando celebridades do EgoBliss e prometendo favores em troca de links.

Peggy abriu a porta, porque batidas em geral significavam polícia ou gangues querendo suborno. Clientes entravam sem bater. Assim que o rosto profissional surgiu, perguntando o que desejavam, a secretária foi arremessada para trás. Bateu de cabeça contra o balcão e desabou no piso, gemendo, sem conseguir se mexer.

Um pequeno batalhão marchou para dentro do clube, fazendo pose para drones-câmeras. Dois clientes que aguardavam ser chamados levantaram, apavorados, mas dois dos invasores os empurraram de volta às cadeiras.

O líder foi até o robô recepcionista.

— Vocês estão abrigando um fugitivo aqui — disse, com uma voz falando como um personagem de filme. — Traga-o ou vamos queimar tudo.

Uma garota se virou para uma das câmeras e falou, sorrindo e dançando no lugar:

— Bem-vindos, galerinha! Hoje estamos aqui na Cidade Baixa e vamos capturar fugitivos da DataDyne! Quem sabe as confusões que os seus XBs vão aprontar enquanto matamos os inimigos da corporação?

— Nossas garotas são treinadas para representar uma grande variedade de cenários — disse o robô. — O pacote "fugitiva da lei" custa apenas...

O líder interrompeu o robô com um soco na cabeça. Seu punho de metal era duro; os pés, calçados em tênis da moda, giraram com precisão para desferir o golpe. A mão entrou no robô. Ele agarrou os fios dentro da cabeça e puxou.

— Mama Guzzo, apareça e traga quem escondeu aqui! — gritou o líder. — Os XBs chegaram!

— Curta nossos perfis no EgoBliss! — implorou a garota, para a câmera. — Assine nossos canais no EyeFeed! E, se você quiser ver seu XB favorito na zona de guerra que você mais gosta, vote na gente no Prêmio StarMerc!

o—

Lá dentro, Guzzo falou muito séria com uma de suas meninas:

— Avise às outras. Tranquem-se nos quartos e só saiam quando eu mandar. Ou, se notarem que tudo está queimando, saiam pelo túnel no porão. Façam o que fizerem, não atravessem o caminho dos XBs.

o—

Guzzo surgiu na recepção assim que os XBs estavam preparando seus lança-chamas. A cafetina chegou tentando ser durona e linda, com suas pernas à mostra na minissaia, seus seios de silicone marcados por sobre o peito musculoso, seu pingente de morango no vão entre os dois.

O líder dos XBs fez uma pose para a câmera, flexionando os músculos artificiais, e lhe apontou uma metralhadora.

— Você é Mama Guzzo, não? Não preciso me apresentar, sei que nos conhece. Entregue os fugitivos. Vai sair com sua vida e com algumas fotos conosco. Seu perfil no EgoBliss vai ser mais popular que nunca.

Os XBs só pareciam ridículos. Na verdade, eram um dos grupos mercenários mais eficientes dos Estados Unidos. Existiam há poucos anos, mas tinham alcançado grande notoriedade por sua formação. Ex-membros do reality show *Brothers & Sisters*, um dos mais populares programas de TV de todos os tempos, que contava com satélites exclusivos apenas para transmitir seu feed, haviam se reunido numa tentativa de manter a fama. O público era inclemente com celebridades rápidas: se não estivessem em evidência por mais de uma semana, os astros eram esquecidos. Aquelas pessoas só estavam em evidência quando viviam numa casa, com outros modelos e atores bonitos e carismáticos, fingindo viver uma vida normal e disputando jogos uns contra os outros. A fama era um vício e eles não toleravam o esquecimento. Assim, alguns se reuniram, usaram o dinheiro ganho no programa para pagar implantes cibernéticos militares de ponta e treinamento artificial nas melhores escolas neurais para se tornar guerreiros formidáveis. Duas coisas mantinham a atenção do público: sangue e sexo. Assim, formaram um grupo mercenário cujos grandes objetivos eram participar de escândalos sexuais com pessoas em evidência e empreender operações paramilitares ousadas, transmitidas ao vivo em todas as redes sociais.

Eram Ex-Brothers. Ou XBs.

Certamente eles eram desajustados para começar, mas tanta intervenção neural e cibernética prejudicava ainda mais seus cérebros. Os XBs eram violentos e sanguinários. Quando eram contratados para um serviço, não se importavam com nenhum número de baixas inocentes. Tinham acordos de patrocínio com várias corporações e podiam chegar até alguns dos níveis mais elevados de Delta City. Eram ricos, eram psicóticos. Tinham armas e uma necessidade primordial de ser vistos.

Agora nove deles estavam no hall do prostíbulo. Mama Guzzo tentava controlar a respiração, sem fazer nenhum movimento brusco para não detonar uma reação intempestiva do líder.

— O que você fez com minha secretária? — perguntou a cafetina.

— Ela estava nos enrolando.

— Então quebrou seu pescoço?

— Ainda está viva.

Guzzo olhou para o corpo de Peggy, contorcendo-se no chão, e achou que ela precisaria de reconstrução biônica para andar de novo. Ótimo na teoria, mas custava dinheiro que ela não tinha. E os tumores dificultariam tudo.

Ozob estava há menos de um dia escondido no bordel e alguém já ficara aleijada.

— Não tenho fugitivos aqui — disse Guzzo.

— Brothers, os lança-chamas!

— Não! Calma!

Quatro dos XBs portavam lança-chamas, com mochilas cheias de napalm em suas costas de plástico. O líder tinha uma metralhadora e os outros quatro manejavam fuzis de assalto. Um deles tinha uma bazuca como arma secundária. Além disso, todos exibiam braços e pernas cibernéticos nas cores da moda.

— A DataDyne os mandou aqui? — perguntou Guzzo. — Zatati Ratatá? Hans Gropp?

— Nosso cliente não importa — disse o líder. — Seu irmão está aqui. Entregue-o a nós. Então vamos vasculhar o puteiro. Se você estiver abrigando os outros três fugitivos, ganharemos um bônus.

Então olhou para a câmera:

— E nosso bônus é seu também! Vamos torturar um inimigo até a morte no feed oficial dos XBs para cada fugitivo a mais que acharmos! Fiquem ligados!

A garota completou:

— Qual sua forma preferida de tortura? Deixem suas opiniões em nosso perfil oficial, com a hashtag #GritePelosXBs!

Os XBs se cumprimentaram, batendo as mãos sobre as cabeças. Posaram para mais fotos, sem descuidar das câmeras. Todos eles tinham implantes no peito ou na testa para transformar a pele em uma tela — comerciais dos patrocinadores passavam constantemente, alternando-se com comentários de fãs e fotos dos próprios mercenários.

Mama Guzzo avaliou suas opções. Duas pessoas sob sua responsabilidade já estavam no chão. Uma era um robô, mas ela seria a última a dizer que alguém não era uma pessoa. Dois clientes estavam aterrorizados. Suas meninas estavam trancadas nos quartos, esperando pelo pior.

Ela amava Ozob, mas aquilo não valia a pena. Os amigos malucos dele, guerrilheiros culturais e fugitivos desde sempre, não valiam a pena.

— Eles estão aqui — disse Mama Guzzo. — Venham comigo.

o—

— Eles estão chegando perto — disse California, acompanhando os inimigos pelo streaming. Já havia alguns milhões de espectadores ligados e os comentários sobre a operação alcançavam o topo dos assuntos mais populares no EgoBliss e em outras redes.

— Não podem ser tão durões — rosnou Vivika. — São só pseudocelebridades.

California digitou em seu dispositivo holográfico. Com algumas pesquisas, burlando alguns sistemas de segurança, ela conseguiu informações sobre o arsenal e a capacidade de combate dos XBs.

— Eles têm muitas armas, Vivika — disse a hacker. — Mês passado, chacinaram uma gangue em Detroit e deixaram seus seguidores escolherem as formas de execução.

Vivika ficou de pé. Afiou as garras e eriçou seu moicano.

— Eles estão chegando! — anunciou California, acompanhando o feed.

— É melhor vocês fugirem — disse Ozob.

— Sua irmã nos traiu — grunhiu a guerreira.

— Não importa. Eu conheço alguma coisa deste bordel. California, tranque as portas como puder! Venham comigo.

A garota mexeu com rapidez no dispositivo. O porão foi lacrado com uma porta de aço de emergência — uma medida de segurança justamente para o caso de um ataque. Um segundo depois, eles ouviram as batidas de metal contra metal.

— Saia daí, Ozob — disse a voz de Guzzo nos alto-falantes do porão. — Acabou.

— Nem começou ainda! — respondeu o palhaço.

Do outro lado da porta, o som de uma serra elétrica. Os XBs não brincavam em serviço. California assistiu ao feed e ouviu um dos XBs promover a arma: era uma serra elétrica de monofilamento. O fio de seus dentes tinha apenas uma molécula de espessura. Boa para abrir portas de metal e destroçar inimigos. O logotipo do fabricante tomou a tela.

A porta começou a ser marcada pela serra elétrica do outro lado.

Ozob vasculhou os instrumentos de tortura e os apetrechos de sadomasoquismo. Sob um cavalete de ferro, encontrou o que estava procurando. Aquele porão continuava o mesmo, desde a última vez em que ele estivera lá. Abriu o painel oculto no chão e viu um microfone. Era uma senha simples. Não exigia reconhecimento de retina ou de DNA, pois seu propósito era ser usado pelas meninas em caso de emergência. Era necessário apenas recitar um trecho de uma velha música infantil, associada com as memórias de Mama Guzzo.

— Quando o relógio bate às oito — disse Ozob — as caveiras comem biscoito.

Seria ridículo se ele não fosse um palhaço especialista em explosivos, se não estivesse prestes a ser atacado por astros de reality shows armados com uma serra elétrica. Agora não havia mais tempo para o ridículo.

Um quadrado no chão se abriu com a senha de Ozob.

— Este túnel vai dar nos esgotos — disse o pós-humano. — Sigam por aqui. Encontro vocês mais tarde. E cuidado, ouvi dizer que existem crocodilos mutantes nos esgotos de Nova York.

— Venha conosco, Ozob! — insistiu California.

— Vou lhes dar um tempo para fugir.

— Você não está tentando ser herói, não é?

— Garota, se você me conhecesse saberia que herói é a última coisa que eu tentaria ser.

Johnny Molotov sumiu pelo túnel, seguido por Vivika. California, antes de ir, cochichou em seu ouvido:

— Faça eles passarem vergonha.

— O quê?

— Não deixe que morram de forma bonita. Quero que, além de tudo, eles percam os fãs.

California começou a rir.

— Precisava ver sua cara! — ela disse.

— Não tenho mais paciência para garotas idealistas malucas. Vá embora!

Ela lhe aplicou um beijo no rosto. Ele fechou o alçapão, enquanto os XBs terminaram de abrir a porta. Notou que estava sorrindo e fechou a cara, para seu exterior cínico de mercenário.

— Onde eles estão? — exigiu o líder dos mercenários.

— Eles quem? — Ozob acendeu um charuto.

o—

— Saia da frente, Ozob — disse Mama Guzzo. — Eu sei que eles saíram pelo túnel.

— Não havia ninguém aqui. Eu estava sozinho. Vi todos esses brinquedos, fiquei empolgado e comecei a me divertir aqui mesmo.

— Você tem marca de batom azul.

— Ah, é — Ozob abriu um sorriso feroz. — Tinha esquecido.

Guzzo foi até ele e o empurrou. Jogou o cavalete longe e expôs o painel. A senha não funcionou.

— O que vocês fizeram aqui? — gritou a cafetina.

— Alguém deve ter mudado a senha. Mas não se preocupe. Deve continuar sendo uma rima infantil, não uma série de números e letras criada por softwares criptográficos de última geração.

— Nós vamos arrombar essa passagem — disse o líder dos XBs. — Nossas visualizações sempre aumentam com uma perseguição.

— É claro que vão. Só deixe eu pegar algo aqui.

Ele meteu a mão no sobretudo.

E pegou um detonador.

As duas minas terrestres em miniatura que Ozob havia escondido nos aparatos da masmorra explodiram sob os XBs. Eles gritaram e o número de compartilhamentos disparou. Um instantâneo do vídeo da explosão, mostrando um estilhaço perfurando o rosto do líder, foi transformado em meme imediatamente e compartilhado alguns milhares de vezes. Uma perna metálica voou pelo porão, o cabelo de plástico de uma deles pegou fogo. Ao todo, três haviam sido afetados pela explosão.

— É uma armadilha! — gritou o líder. — Queimem tudo!

Dois XBs subiram as escadas com seus lança-chamas. Guzzo correu atrás deles, mas foi abalroada por outro inimigo. O Ex-Brother bateu no rosto da pós-humana com a coronha de seu rifle, então se afastou para atirar. Guzzo, nariz sangrando, agarrou o cano da arma e o empurrou para cima com força, batendo no rosto esculpido cirurgicamente. A cerâmica e o plástico que formavam a face do mercenário se racharam e ele perdeu um contrato com uma agência de modelos. Guzzo deu um chute lateral nas costelas e uma joelhada no estômago do inimigo, que se curvou. Uma nova joelhada em sua testa quebrou o revestimento plástico do crânio e o XB voou para trás, ao mesmo tempo em que seu agente se demitia, pois não iria representar alguém tão ferido.

Mama Guzzo agarrou o fuzil.

Ozob saltou pela masmorra enquanto o líder dos XBs disparou sua metralhadora contra ele. Todos os ferimentos sofridos na luta contra Ratatá estavam frescos e ainda doíam, mas naquele momento ele esqueceu. Gargalhou como um louco, regozijando-se na destruição. Ozob arremessou uma granada congelante contra o líder; ele saltou e conseguiu evitar a maior parte do efeito, mas seu pé ficou duro pelo nitrogênio líquido.

O Ex-Brother com a serra elétrica o atacou. Ozob se esquivou para o lado e prendeu a perna do inimigo nas suas. Evitou mais um golpe da serra e derrubou o XB sobre uma mesa de torturas, deixando-o curvado. Puxou com força as calças do mercenário pop e enfiou um explosivo por trás. O homem gritou e as câmeras filmaram tudo.

— Espero que sua mãe não esteja vendo isso — disse o pós-humano.

A explosão matou o homem. Ozob rolou pelo chão e apanhou a serra elétrica.

Enquanto isso, o líder o seguia com tiros da metralhadora. O porão era todo perfurado pela artilharia; os aparatos sadomasoquistas foram destruídos numa nuvem de fragmentos de plástico, borracha, vinil e couro. Uma XB saltou sobre ele com um chute circular que acertou em sua nuca, enquanto fazia uma pose para a câmera, sua boca imitando um bico de pato. Em seguida ficou de pé e, de seus seios enormes, surgiram dois canos de metralhadoras. Ela disparou enquanto fingia que aquilo lhe dava grande prazer.

— Use mais os peitos! — gritou o líder dos XBs. — Fomos compartilhados por dois sites de cirurgias plásticas e um ator pornô!

Ozob correu abaixado pelo chão, escondendo-se atrás de colunas e aparatos sadomasoquistas. Então arremessou uma granada química contra a Ex-Sister. A bomba explodiu num líquido que, em contato com a pele dela, começou a chiar e soltar fumaça. A XB emitiu um grito de dar pena com sua caixa sonora artificial. Aquele ácido era pouco útil contra metal ou carne, mas muito eficiente contra plástico.

Ozob jogou uma bomba de fumaça para encobrir sua manobra e investiu contra o líder.

Ninguém conseguia escutar mais nada dentro do porão, pelas explosões num espaço fechado. Mas, lá em cima, as chamas já rugiam. Mama Guzzo sabia que os XBs não hesitariam em cumprir sua ameaça. Com um fuzil em mãos, ela fez mira. No meio da confusão, acertou o tiro em cheio na cabeça de um inimigo. Ele caiu no mesmo instante. Viu que outro estava atirando contra Ozob. Numa fração de segundo, decidiu entre ir salvar suas meninas um pouco antes e salvar seu irmão.

Matou o Ex-Brother que atacava Ozob.

— A morte dele está viralizando! — gritou uma Ex-Sister. — Cinco milhões de usuários do EgoBliss decidiram manter suas contas silenciosas por um minuto em luto!

Aquilo significava mais patrocínio e atenção para a marca.

O palhaço pós-humano ziguezagueou pelo porão, pulou sobre o cavalete e atacou com a serra elétrica o líder dos XBs. Ozob berrou como um maníaco. O mercenário pop se defendeu com a metralhadora, que foi dividida em duas sem esforço. A serra então penetrou no ombro do inimigo. O líder recolheu a perna metálica e deu um chute frontal em Ozob, enquanto flexionava os músculos e anunciava em seu corpo uma marca de anabolizantes. Ozob voou para longe, indo se estatelar contra uma parede.

Outro XB preparou a bazuca.

Mama Guzzo viu aquilo, mas decidiu correr pelas escadas acima.

Ozob rolou pelo chão. O tiro de bazuca acertou na parede atrás dele. A explosão o arremessou para frente. Ele bateu de cabeça numa coluna. Os ferimentos de faca se abriram, ele se sentiu tonto. Tentou levantar, mas não conseguiu.

De repente, uma Ex-Sister virou para a câmera e falou:

— E agora, galerinha? Quem será o próximo Ex-Brother a morrer? Votem no que vocês gostam menos!

A ação de mídia social catapultou os compartilhamentos e as visualizações. Em questão de minutos, já havia várias centenas de sites coordenando campanhas de votação e propaganda sobre os XBs que os fãs gostariam de ver mortos.

O líder surgiu sobre Ozob, com um soco que poderia esmagar sua cabeça. Ele golpeou com a serra elétrica, decepando a mão metálica. Então sentiu um agarrão por trás. Uma Ex-Sister o segurou numa chave de estrangulamento. Ozob rolou e se posicionou para contra-atacar com uma chave de perna. Estava fraco, mas conseguiu agarrar a perna biônica. Então, para sua surpresa, a Ex-Sister fez a perna se desprender da junta. Ele ficou com o membro de plástico nas mãos, enquanto ainda era estrangulado.

Outro XB chegou com duas pistolas. A Ex-Sister que estava estrangulando Ozob olhou para seu colega e riu:

— A votação acabou e você é o menos popular!

O homem começou a gritar, pedir misericórdia, mas todos os patrocínios sumiram das telas em seu corpo. Então seus membros biônicos se desligaram e ele caiu. Ao mesmo tempo, as telas do líder se acenderam ainda mais, seus patrocínios aumentaram com a energia dos membros cibernéticos.

— Se vocês querem nos ver de novo na telinha da sua TV — disse o líder para as câmeras — façam protestos e greves de fome na frente de sua corporação de mídia favorita!

Com a força da cybertecnologia, dos anabolizantes e da aprovação do público, o líder socou o estômago de Ozob. Não forte o suficiente para matá-lo, mas ele sentiu algumas costelas quebrarem.

Tudo começou a ficar preto. Ele notou que logo iria desmaiar.

Ozob bateu no braço que o estrangulava. Queria se render.

O líder lhe deu mais dois socos como aquele.

Recebeu uma proposta de contrato como garoto-propaganda de uma marca de carros.

Então aceitou a rendição.

o—

Ozob foi carregado escadas acima pelos dois XBs sobreviventes. O corredor principal do prostíbulo estava em chamas. Ele viu os corpos de diversas prostitutas estirados no chão — três com pescoços quebrados, um desfigurado por queimaduras.

O incêndio já era incontrolável. Era o fim do Clube de Executivos e Sauna de Mama Guzzo.

Os dois XBs e ele atravessaram o hall de entrada. Peggy, a secretária, já estava morta, seu corpo queimando com o balcão e as cadeiras. Ozob começou a tossir incontrolavelmente, mas os pulmões dos inimigos pareciam ser protegidos por algum mecanismo cibernético. Eles saíram do bordel e ele enxergou Guzzo, sentada no meio fio.

Uma pequena multidão de curiosos já se reunia para assistir ao incêndio. Ninguém ajudava. As prostitutas sobreviventes estavam juntas em volta da cafetina. Algumas ainda nuas. Os clientes estavam mortos ou tinham fugido.

Os dois XBs com os lança-chamas, que haviam queimado o prostíbulo, estavam estendidos aos pés da palhaça. Ela tinha queimaduras de plástico derretido, mas os inimigos eram apenas bonecas sem conserto.

— Onde estão os outros fugitivos? — perguntou o líder dos Ex-Brothers.

— Eles saíram pelo túnel no porão — Ozob respondeu, rindo. Então começou a tossir. — Atravesse o incêndio e vá até lá. Então talvez você encontre as bombas que eu plantei no alçapão.

— Está blefando.

— Talvez sim. Talvez não.

Guzzo deu um urro de agonia e raiva. Foi até eles.

— Eu me rendi — disse Ozob, para sua irmã. — Não era o que você queria? Estou rendido.

Ela olhou seu lar queimando.

— Se você iria causar tudo isso — disse Mama Guzzo — o mínimo que podia fazer era ganhar a briga.

Mas não. Ozob desafiara os XBs e perdera. O bordel estava queimando e eles precisavam obedecer. Logo chegaram mais reforços do grupo mercenário com admiradores dispostos a morrer por eles. Guzzo estava ferida e Ozob estava quase morto.

Ele deu um riso sem humor.

— Meus amigos fugiram. E eu não podia me entregar sem luta, não é?

Mama Guzzo lhe acertou um soco na cara.

6
CONVENIÊNCIA OU MORTE

COM UM PROJETOR DE DISFARCE HOLOGRÁFICO, OZOB E GUZZO CONSEGUIAM ficar sentados em paz num local que normalmente iria escorraçá-los. Sua mesa ficava do lado da janela, com vista para as vias aéreas onde um tráfego incessante de carros voadores se cruzava, na horizontal e na vertical, em um balé urbano coordenado por IAs de trânsito. Uma garçonete veio lhes trazer seus cafés. A garota era quase tão estranha quanto um pós-humano — tinha metade do rosto tatuada com tinta inteligente, que se moldava em desenhos dinâmicos de acordo com instruções de seus implantes neurais. Sua mandíbula era cromada, cibernética, assim como sua língua. Talvez as tivesse perdido em um acidente, mas era mais provável que fosse uma escolha estética. Aquelas modificações corporais eram aceitáveis porque eles estavam em Delta City, a Cidade Alta. Eram aceitáveis porque a garçonete tinha nascido em boa família e fizera a escolha de ser diferente, seguindo a moda, da mesma forma que todo mundo. Caso ela morasse na Cidade Baixa, seus implantes e sua estética seriam vistos como coisa de marginal. Estava muito na moda ser único, desde que você fosse único da forma que seus pais aprovavam, da forma que os anúncios ditavam, da forma que todo mundo era.

Infelizmente, além de ilegais na Terra, palhaços pós-humanos nunca entrariam na moda.

Mama Guzzo agradeceu pelo café, Ozob ficou calado. Ele experimentou um gole da bebida e fez uma careta. Havia realmente café na mistura, mas estava tão soterrado sob açúcar, nata e essências artificiais de sabores variados que era quase impossível senti-lo. Empurrou o copo de plástico para longe e discretamente tomou um gole do frasco que escondia dentro do casaco.

— Whisky não combina com seu disfarce — advertiu Guzzo. — Não chame atenção.

Ozob usava a aparência de um jovem profissional com um terno caro e um corte de cabelo moderno. Guzzo aparentava ser uma estudante com cabelo negro escorrido e tatuagens corporativas, anunciando produtos por animações em sua pele. Os disfarces holográficos não eram perfeitos, mas tinham sido projetados por uma equipe multidisciplinar de programadores, engenheiros, psicólogos e neurocientistas. O truque era não fazer nada que contradissesse a persona criada pelo projetor holográfico. Enquanto o usuário se comportasse como esperado por alguém com a aparência projetada, as pessoas a seu redor contribuíam para o engodo, seus cérebros ignorando todas as falhas na imagem. As pessoas estavam sempre dispostas a se enganar quando era conveniente para acreditar que estavam em segurança.

Segurança era a palavra-chave ali. Aquela era Delta City, e a Cidade Baixa estava a centenas de metros abaixo. Ainda havia plataformas acima, pois aquele era apenas o Nível 3. Lugar de gente com dinheiro, mas não dos verdadeiros ricos. Os habitantes do Nível 3 eram abastados o suficiente para desprezar a ralé dos Níveis 0, 1 e 2, mas ainda acreditavam não ser privilegiados. Exatamente o tipo de gente que teme e odeia quaisquer mudanças. Raramente chovia esgoto no Nível 3, mas quando isso acontecia, de alguma forma, eles culpavam os mais pobres, não os mais ricos. Ozob e Guzzo haviam sido levados até ali pelos XBs. Acima do Nível 3, precisariam de escolta corporativa oficial.

Vários membros do grupo mercenário estavam no café, vigiando os dois prisioneiros de perto, mas não ostensivamente. Eles aproveitavam para tirar fotos com suas bebidas. Estavam bem armados. Mas, como eram quase celebridades, ninguém questionava isso.

— Acha que vamos sobreviver? — perguntou Ozob.

Guzzo deu de ombros.

— Ao trabalho? — ela disse. — Talvez. A ter a DataDyne nas nossas costas de novo? Dificilmente.

— Pelo lado bom, eu sempre tive curiosidade. Sempre quis ver a cara dos desgraçados. Uma cara na qual dar um soco.

— Uma corporação não tem cara — disse Mama Guzzo, em tom funesto. — Não há em quem bater.

— Há muitas pessoas em quem bater.

— Tudo inútil. Você pode explodir quantos prédios da DataDyne quiser, ela vai continuar se reerguendo. Talvez, se sofrer prejuízo suficiente, seja comprada numa tomada hostil por alguma concorrente. Mas as corporações, no fundo, são todas iguais. Não vai fazer diferença.

— E acha mesmo que é melhor abrir as pernas para esses filhos da puta do que enfrentar Chernobyl?

— Eu já estou perdida, Ozob. Mas algumas de minhas meninas ainda têm chance.

Depois do ataque ao prostíbulo, Guzzo conseguira que várias de suas protegidas fossem acolhidas por outros bordéis. Não seria a mesma coisa, é claro — nenhum lugar defendia as garotas como Mama Guzzo. Mas era melhor do que deixá-las na rua, para serem esfaqueadas por algum fetichista violento ou raptadas e contrabandeadas como escravas sexuais para Marte, Ganimedes ou Pandora. O prédio do Clube de Executivos e Sauna de Mama Guzzo fora totalmente comprometido. Ela não voltara até lá desde o incêndio, mas podia apostar que já estava ocupado por sem-teto desesperados e iria cair na cabeça dos infelizes mais cedo ou mais tarde. Mesmo sem o clube, as garotas sobreviventes estavam marcadas pelos XBs e pelo irmão mais velho dos dois. Uma morte nas mãos de Chernobyl Ratatá era bem pior que uma morte comum. Guzzo sabia que ainda precisava protegê-las.

Portanto, mesmo sem uma arma apontada para sua cabeça, Guzzo esperava pacientemente num café no Nível 3, caminhando para a boca do lobo com um sorriso no rosto.

— Por que acha que mandaram esses mercenários atrás de nós? — Ozob puxou assunto de novo. — Por que não usar Chernobyl e Rizzo?

— Talvez os dois estivessem esperando para emboscar seus amigos.

Ozob engoliu em seco.

Era mesmo o mais provável. Naquele momento, California podia estar fugindo de Chernobyl Ratatá. De Rizzo e seus fedelhos.

— Não faz sentido — ele balançou a cabeça. — Por que eles nos levariam para falar com o cliente se a missão já estivesse sendo cumprida?

— Pense o que quiser para ficar mais tranquilo — disse Guzzo. — Talvez você precise se acostumar com a ideia de ver aqueles que protege serem chacinados. Eu me acostumei.

Ozob ficou quieto.

Nas mesas ao redor, jovens profissionais com altos salários e vida dedicada ao trabalho usavam seus dispositivos holográficos para tirar fotos de seus cafés e lanches. Era uma tendência irritante, mas inevitável. De alguns anos para cá, os mais ambiciosos a entrar no mercado de trabalho se submetiam a cirurgias e procedimentos para selecionar o tipo de memórias que ficariam estocadas em suas mentes. Alguns apagavam suas infâncias e adolescências. Os mais dedicados apagavam suas famílias e toda a sua trajetória, exceto por conhecimentos profissionais, até entrar na empresa onde estavam empregados. Quase todos se submetiam a uma alteração para que não armazenassem mais memórias de eventos banais, como almoços, saídas com colegas ou noites em casa com namoradas e esposas. O objetivo era liberar espaço em sua memória para assuntos profissionais e detalhes sobre projetos no trabalho, criando verdadeiros cérebros de função única. Assim, tiravam fotos de tudo que faziam. Talvez não lembrassem realmente da primeira transa com a pessoa com quem casariam, mas lá estava um registro postado no EgoBliss, provando que isso acontecera. Suas vidas pareciam ser muito boas, mesmo que eles só as experimentassem em segunda mão.

Felizmente, Ozob e Guzzo foram poupados de muito tempo com as bebidas enjoativas e o estilo de vida do Nível 3. Um carro voador corporativo da DataDyne parou perto do café. Os Ex-Brothers foram até eles, mas nem precisava. Os dois levantaram e saíram. A porta se abriu sozinha, enquanto seus implantes neurais eram vasculhados em busca de intenções hostis. Aquele tipo de invasão mental provocava uma leve dor de cabeça e revelava a estranhos os pensamentos superficiais, mas pessoas do Nível 3 achavam que era perfeitamente aceitável para prevenir crimes. Os XBs os escoltaram até o carro e então tiraram suas últimas fotos da missão, mandando mensagens para seus seguidores nas redes sociais e tentando gerar expectativa para o próximo trabalho.

Em suas mentes, Ozob e Guzzo ouviram:

— *Bem-vindos a um veículo oficial da DataDyne. Por favor, evitem comportamentos e pensamentos não autorizados enquanto estiverem conosco. Pedimos a gentileza de desabilitar os bloqueadores de seus implantes neurais.*

Eles entraram no carro. A porta se fechou. O veículo deu a partida e eles desbloquearam seus implantes.

Imediatamente, foram invadidos por uma torrente de anúncios, tentativas de instalação de spywares e malwares, convites para redes sociais ainda mais invasivas e tentativas de obtenção de seus dados pessoais. O ar estava permanentemente cheio de ataques desse tipo; apenas os softwares preventivos impediam que as mentes dos usuários de implantes neurais fossem colonizadas por vírus, programas espiões ou comerciais. Uma mensagem de spam que todos recebiam pelo menos uma dezena de vezes na vida envolvia a família real deposta de um país africano pedindo dinheiro, prometendo pagar milhares de vezes o valor investido uma vez que conseguissem reaver seu trono. Uma óbvia tentativa de roubo, mas difícil de resistir, quando se mesclava aos pensamentos do usuário. Ozob e Guzzo seguravam as cabeças, tremendo com a barragem de estímulos mentais externos, quando aos poucos os anúncios da DataDyne foram sobrepujando todos os outros. Após um minuto, suas mentes rodavam apenas as imagens e os jingles dos comerciais da corporação — com um pouco de espaço deixado para seus próprios pensamentos, é claro.

A DataDyne atuava em várias frentes, mas softwares e engenharia genética eram dois de seus principais ramos. Ozob e Guzzo resistiram à vontade implantada de comprar um plano vitalício de acesso ao editor de memórias da DataDyne. Quando se viram invadidos pela propaganda dos pós-humanos criados pela corporação (trabalhadores felizes nas colônias, abraçando-se com seus sorridentes colegas pós-humanos), sentiram enjoo e tontura fortes. O cérebro tinha dificuldade de processar dois estímulos tão opostos — a realidade que os dois lembravam e a falsa realidade imposta pelo anúncio. Para o cérebro, as cenas da propaganda pareciam tão reais quanto tudo que eles tinham passado no asteroide.

O carro voador seguiu por uma via horizontal, então entrou numa vertical, subindo vertiginosamente. Os motores antigravitacionais não geravam aceleração como jatos, então a subida era relativamente tranquila. Um sistema artificial de gravidade dentro do veículo logo fez com que eles sentissem como se ainda estivessem na horizontal.

Foram detidos num posto de guarda que levava ao Nível 4. Com as credenciais corporativas, passaram sem problemas. Atravessaram o Nível 4 e a segurança era ainda mais rígida na passagem para o Nível 5. Seguiram assim, atravessando a segurança com as autorizações especiais da DataDyne.

Quando chegaram ao último nível, todo o carro se tornou transparente.

Ozob e Guzzo ficaram maravilhados. Não havia mais plataformas acima. Os prédios continuavam por apenas mais 20 ou 30 andares, a partir do ponto onde eles estavam. As vias aéreas eram espaçosas, com poucos veículos. Havia árvores nas ruas e elas pareciam naturais. Nenhuma polícia ou arma à vista — a segurança era forte, claro, mas estava oculta. E, mais impressionante do que tudo, não havia plataformas acima.

Eles enxergaram o céu dos ricos.

O céu azul.

Ozob disfarçou um nó na garganta. Guzzo segurou forte seu braço.

O carro transitou facilmente por cerca de dez minutos e parou frente à sede da DataDyne. Era uma espécie de praça suspensa nas plataformas, com fontes de água límpida e fileiras de árvores floridas. Havia um espaço gramado onde engenheiros e executivos de alto nível se recostavam, conversando e aproveitando algumas horas de folga ou mesmo trabalho relaxado. Então o enorme prédio se erguia, sua entrada aberta e convidativa.

A porta do carro se abriu. Ozob saiu primeiro. Guzzo o seguiu e as pernas dela fraquejaram. Teve de se segurar no irmão, mas Ozob também se sentiu estremecer.

Porque, pela primeira vez, sentiam o sol na pele.

Já haviam entrado em contato com o sol, é claro. Embora ele nunca brilhasse na Cidade Baixa, nos níveis inferiores de Delta City também havia sol. Mas eram nesgas estreitas, que surgiam apenas durante poucas horas a cada dia. Quanto mais plataformas, menos sol, e antes daquele momento eles só haviam estado nos níveis baixos, com muitas plataformas acima. O sol nos níveis inferiores também era filtrado por fumaça e poluição. Apenas ali, no nível mais alto de Delta City, alguém poderia realmente sentir o calor dos raios. Era uma sensação diferente de tudo que eles já tinham experimentado. Era como se, durante a vida toda, tivessem passado frio.

Ambos foram tomados por uma raiva paralisante. Os ricos viviam daquele jeito *todos os dias*. O desespero e a apatia da Cidade Baixa não era só culpa da pobreza e da doutrinação social. Ozob e Guzzo notaram que, até aquele momento, haviam vivido na escuridão.

Um robô muito educado, com traços suaves e tons pastel, conectou-se com seus implantes neurais, averiguando suas identidades. Então pediu que eles o acompanhassem.

Ozob e Guzzo entraram na sede da DataDyne. Saíram do sol, para dentro da boca do lobo.

o—

Nos primeiros andares da sede da DataDyne, havia pessoas trabalhando. Ozob e Guzzo subiram por um elevador transparente e viram os ambientes luxuosos, com jardins internos e escritórios que pareciam salões de baile de séculos passados. Nos andares superiores, nenhum humano trabalhava. Alguns robôs faziam manutenção, mas tudo era operado por inteligências artificiais em imensas fazendas de servidores. Eles não sabiam até onde subiriam.

A resposta é que subiram até o topo.

O elevador se abriu e os dois se viram num corredor muito largo e claro, com pé-direito altíssimo. Era esparsamente decorado, com objetos de luxo que há séculos significavam requinte. O corredor acabava em uma parede, que logo se abriu, revelando ser uma porta.

Do outro lado, uma sala imensa, com um lago artificial no centro. As paredes e o teto eram feitos de uma espécie de cristal totalmente transparente, dando a impressão de estar a céu aberto. Era possível enxergar toda Delta City de lá, uma visão impressionante. Pela primeira vez em suas vidas, Ozob e Guzzo enxergaram o céu sem nada atrapalhando a visão. Sem plataformas, sem trânsito aéreo, sem prédios. Apenas o céu límpido. Acima das nuvens, que se misturavam com as torres de concreto e metal mais abaixo, criando uma paisagem de aparência plácida.

Dentro do domo, o lago artificial era cercado por grama, árvores, flores e outros tipos de vegetação. Também havia pequenos animais — pássaros cantando, uma dupla de pavões andando de um lado para o outro. Natureza no meio da cidade era ostentação mais opulenta que qualquer fortaleza ou salão adornado a ouro.

Ozob e Guzzo então sentiram uma sensação esquisita. De início não souberam o que era, apenas que remetia a alguma época vaga no passado, logo depois de terem sido criados. Então se deram conta: ali, seus implantes neurais não estavam recebendo nenhum estímulo. Não havia comerciais da DataDyne, muito menos spam sináptico de outros tipos. As redes sociais estavam bloqueadas, evitando que notificações pipocassem em sua mente. Não havia tentativas de atualizar softwares de segurança ou melhorar o sistema operacional dos implantes com atualizações e plug-ins.

Apenas seus próprios pensamentos.

Era uma paz quase desconhecida. Tão quieto que se tornava assustador.

No centro do lago, pairando, uma projeção holográfica de uma esfera azul-esverdeada. A representação visual de uma inteligência artificial.

E, na beira do lago, três figuras conhecidas.

Hans Gropp estava mais alquebrado do que eles lembravam. Apoiava-se pesadamente na bengala. Respirava com dificuldade. Sua corcunda, onde estava implantado o cérebro de seu irmão, parecia pesar uma tonelada.

Agarrado em sua perna, estava Rizzo. O palhaço com corpo de criança mal chegava à altura do estômago do pai, que já era baixo. Rizzo tinha pele de cor humana, mas a área ao redor de sua boca era branca, como a pele de Ozob. Seu nariz era vermelho e seus olhinhos diminutos eram totalmente negros, como bolas de gude. Seu cabelo cor de laranja era ralo e desgrenhado. Rizzo, na presença do pai, virava um misto de criança e bicho selvagem. Portava-se com medo, carinho doentio e proteção ao criador.

E, é claro, junto a eles estava Zatati Ratatá.

— Eu sabia que você viria, Ozob — disse a primeira cabeça. — Você é fraco e covarde demais para resistir.

Ozob estava desarmado, é claro. Pela primeira vez desde que se lembrava, não tinha nenhum explosivo à mão. Não havia armas no último nível de Delta City — pelo menos não armas nas mãos de pessoas comuns. Especialmente, não havia armas na sede da DataDyne. Se ainda tivesse pelo menos mais uma bomba, Ozob achava que conseguiria explodir todos ali, acabar com aquela comédia grotesca numa última detonação suicida e assassina.

— Meus filhos — disse Hans Gropp, com sua voz laboriosa. — Não quero seu rancor aqui hoje. Não me envergonhem de novo na frente de nossos donos.

Por instinto, Ozob olhou para a esfera pairando acima do lago. Não era a IA verdadeira, é claro. Não havia para onde olhar ao falar com uma IA. Então, como uma cortesia aos seres biológicos, as inteligências artificiais criavam aquele tipo de apoio visual.

— Onde está o cliente? — perguntou Guzzo.

Não haverá um intermediário biológico, todos ouviram em seus implantes. Era muito mais íntimo, invasivo e direto do que qualquer mensagem pelo EgoBliss ou mesmo comunicação subvocal implante a implante. A IA transmitia as palavras diretamente para o âmago do sistema operacional na mente de cada um. Eles ouviam e sentiam as palavras, os conceitos. Era como se seus próprios pensamentos fossem modificados para formar aquilo.

— Como devemos chamá-lo? — Hans Gropp falou em voz alta.

Meus programadores me deram nomes de códigos durante meus estágios iniciais. Depois minha existência passou a ser indissolúvel da corporação, então os biológicos me chamam de DataDyne. Isso seria confuso para vocês. Chamem-me de 01.

A mente de Ozob foi tomada pela presença de 01. Ele quase conseguia enxergar, em sua imaginação, as linhas de código que tornavam possível aquele diálogo, mesmo sem conhecer nada de programação. Ficou muito ciente de que o código *era* seu interlocutor. 01 só existia como lógica, como conceito criado por uma linguagem de programação. Estava em toda parte, pois não havia um único servidor que armazenasse sua personalidade e seu conhecimento. E não estava em lugar nenhum. Quando ele falava, nada mais existia para Ozob.

Era como conversar com um deus.

Rizzo, agarrado à perna do criador, olhava tudo com expressão arregalada. Tremia sem controle, fazia barulhinhos no fundo da garganta. Quando os animais se moviam, ele quase fazia menção de ir atrás deles. Controlava-se apenas pela mão fraca, mas autoritária, de Hans.

— Qual é o contrato? — Zatati Ratatá foi direto. Uma IA não entendia boas maneiras ou educação. Apenas objetividade.

O alvo é conhecido como Johnny Molotov. 27 anos. Ex-aluno do orfanato corporativo da DataDyne. Código de propriedade biológica 7935092BTXOP249. A mente de Ozob foi invadida por fotos e vídeos de Johnny, atualmente e no passado. Também recebeu um código de barras, que de alguma forma decorou, sem entender como. O código também representava o rapaz. *Deve morrer dentro do prazo máximo de 18 dias. Como pagamento pelo serviço, o humano Hans Gropp, código de propriedade biológica 0893522BTDNP757, será reintegrado ao quadro da DataDyne, na função de engenheiro genético sênior. Os pós-humanos chamados Zatati Ratatá, Guzzo, Ozob e Rizzo, sem códigos de propriedade biológica, receberão permissão de viver em instalações da DataDyne, em todas as colônias extramundo e na Terra.*Chernobyl começou a rir de felicidade.

— Cale a boca, palhaço imundo! — repreendeu Hans Gropp. — Não desrespeite seu dono!

As duas cabeças olharam para baixo. Era difícil contrariar o criador.

Ozob olhou seus irmãos, seu pai. IAs podiam mentir, mas em geral não era de seu interesse.

Ele estava recebendo a oferta de uma vida na Terra. Dentro de instalações da DataDyne, mas na Terra. Não teria a corporação e nem os reguladores em sua cola. Poderia viver quase em liberdade.

— Você não tem autoridade para fazer isso — contestou Guzzo.

Hans Gropp foi até ela e a puniu com um golpe da bengala. Guzzo não revidou. Mas 01 respondeu:

Ao contrário do que a maioria dos biológicos pensa, existem pós-humanos na Terra. Aqueles que servem aos interesses das corporações. Tanto sua presença quanto seu status ilegal são financeiramente positivos para a economia de mercado. Vocês irão se inserir nesta economia. Sempre serão párias, mesmo nas colônias. Com a DataDyne, poderão viver até o Nível 1 de Delta City. Ozob engoliu em seco. A Cidade Alta. Apenas até o Nível 1, mas era melhor que o Nível 0 e muito melhor que a Cidade Baixa. Mesmo com as palavras da IA dominando seus pensamentos, ele deixou de ouvir por alguns segundos, imaginando como seria uma vida sem ter de fugir. 01 continuou falando sobre como eles receberiam projetores de disfarce holográfico, semelhantes àqueles que ele e Guzzo haviam usado para esperar o transporte. Sobre como eles estariam na folha de pagamento da corporação. Na verdade, aquilo era tudo que Ozob queria. Na Terra, poderia realmente viver.

Desde que vivesse com sua família.

Desde que matasse Johnny Molotov.

Ele sentiu uma pontada de remorso por sequer estar pensando naquilo, quando lembrou da música do rapaz. Mas sentiu náusea quando lembrou de California. Apenas estar considerando aceitar a proposta lhe pareceu uma traição. Ele imaginou decepcionar a garota e teve nojo de si mesmo.

— É coincidência demais — Ozob balançou a cabeça. — Por que nós? Por que fazem tanta questão de pós-humanos bizarros para este trabalho? Existem outros...

Foram suas ações que desencadearam tudo isso, construto biológico. Ozob ficou mudo. Chernobyl Ratatá começou a rir.

O alvo estava sendo monitorado. A entidade biológica conhecida como Vivika tornava difícil para os agentes do Departamento de Agenciamento Artístico matá-lo. A ex-aluna do orfanato corporativo California, código de propriedade biológica 9213400BTCKG111, mostrou-se uma barreira considerável. Então você os conheceu. Uma maneira efetiva de resolver o problema mantendo os custos em um mínimo se apresentou. California e Vivika eram muito boas em manter Johnny vivo. Os War Roadies eram muito bons em fazer seus shows de guerrilha e escapar por um triz. Seria caro demais mobilizar todos os recursos para vencer esse tipo de resistência. Eliminar Johnny Molotov no prazo mostrava-se um quebra-cabeças contábil.

Até que eles passaram a confiar em Ozob.

Não há razão para temer uma traição de nossa parte, construto biológico, pois você é importante para nós. Você, tendo um relacionamento de confiança com o alvo, irá atraí-lo para que os demais o matem. — Não importa que você vá morrer em dois anos, Ozob! — caçoou Chernobyl. — As pessoas a sua volta morrem ainda antes!

Ozob estremeceu de ódio. A IA era pragmática. Aquilo era a única coisa que fazia sentido. Seria lucrativo para todos.

— Por quê? — gritou Ozob. — Por que quer matar...

Expressões culturais não autorizadas são ruins para a economia de mercado. São ruins para a sociedade. E há muito tempo vender a rebeldia deixou de ser financeiramente interessante.

A mente de Ozob foi inundada por imagens de velhos músicos. No passado, a rebeldia fora cooptada por grandes empresas. Comprada e vendida de forma palatável, transformada em produto. Fora possível moldar a originalidade e a fúria para que se adequassem às necessidades do mercado. Mas, necessariamente, a originalidade vendia para nichos.

Quase só jovens compravam rebeldia. Pior ainda: diferentes grupos, com diferentes gostos, tinham preferências por diferentes artistas. Era impossível vender originalidade para todos. Cultura criada por indivíduos nunca seria universalmente adorada como Nux-Cola. Nunca seria onipresente como um hambúrguer fabricado por uma franquia de lanchonetes. Nunca seria consumida por todos. Nunca daria tanto lucro.

Para que a música fosse um produto universal, era preciso que todos consumissem a mesma coisa. Ao longo do século 21 e chegando ao ápice no século 22, esse objetivo foi atingido. Diferentes gerações apreciavam a mesma música, produzida em comitês para que fosse inofensiva, vendável, facilmente digerível. Não havia mais roqueiros chocando a sociedade tradicional. Havia moços e moças que atuavam em programas corporativos para depois começar a cantar músicas corporativas. O mercado decretou que não deveria haver alternativa. Era mais lucrativo produzir uma única melodia que fosse imposta a todos os tipos de público. Era mais responsável que a música só falasse de amor, de festas, de dançar. Que só trouxesse mensagens de consumo, de conformidade, de obediência. Massificação.

Música para ser apreciada por crianças, jovens, adultos, idosos; por todas as classes sociais e etnias. Música que não provocasse grandes emoções, mas que fosse agradável para todos. Música apenas para acalmar, nunca para inflamar.

Nunca mais deveria haver hinos raivosos sobre o desespero da juventude. Nunca mais garotos e garotas frustrados deveriam achar na música um combustível para queimar o que era velho. As corporações decretaram que o futuro seria feito de refrões fáceis, de sorrisos e de passos de dança.

O futuro pertencia ao pop.

Portanto, uma voz dissidente precisava morrer.

É uma questão financeira, a voz de 01 reverberou na mente de Ozob. *Os números dizem que Johnny Molotov deve morrer e que vocês farão o serviço.* Ozob virou para Guzzo, na esperança de notar alguma resistência ao que era decretado ali. Ela evitou seu olhar.

— A família está unida de novo, Ozob — o sorriso satisfeito de Chernobyl Ratatá foi o pior de tudo.

Hans Gropp se desvencilhou de Rizzo e foi até Ozob. Estendeu a mão, tentando tocar em seu rosto, e o palhaço se abaixou para permitir.

— Você sabe o que deve fazer, meu filho.

— Eles são meus amigos — Ozob protestou, sem força.

California morreria porque uma planilha de custos decretava isso. Ozob ainda pensou se não poderia convencê-la a desistir dos War Roadies. Se não poderia enganá-la para que ela sobrevivesse ao assassinato de Johnny Molotov.

Mas então pensou que a mesma planilha de custos decretaria que ele iria mentir para sua amiga. De qualquer forma, eles iriam viver e morrer com base nas projeções de lucro das corporações.

— Eles são meus amigos — ele repetiu.

— Nós somos sua família — disse o criador. — Família é a coisa mais importante que existe.

Não havia dúvida em Chernobyl, Rizzo ou Hans Gropp. Não havia dúvida nem mesmo em Guzzo. O alvo era só um alvo. Eles lidariam com a segurança da mesma forma como sempre lidavam.

A vida e as lealdades eram decididas pelas grandes empresas.

— Eu aceito — disse Ozob.

o—

Ele ficou atônito com as próprias palavras. Mas suas decisões estavam ali, seladas por cálculos. Ele havia matado Johnny Molotov no instante em que o conhecera. Que coincidência de merda.

O céu límpido da cobertura no último nível escureceu quando uma nave corporativa se aproximou do domo. Não era muito grande, mas comportaria talvez 15 tripulantes e passageiros. Tinha o formato de uma velha máquina fotográfica. Possuía defesas óbvias, mas não canhões imensos e vulgares, pois esse tipo de armamento não tinha lugar no último nível. O logotipo da DataDyne era exibido em suas laterais.

A nave pairou ao lado do topo do prédio. Projetou um tubo de entrada que se mesclou em nível molecular com o domo, criando uma passagem protegida. A IA ordenou que eles embarcassem.

Ozob ficou por último. Quando começou a caminhar na direção do tubo, ouviu em seus pensamentos:

*Você está mentindo.*Ele se sentiu gelar. Começou a correr para a nave, mas é claro que não adiantava tentar fugir de uma inteligência artificial. Ouviu de novo:

A composição química de seu cérebro demonstra sua dúvida, construto biológico. Você não deve ter dúvida. Correu mais rápido.

Iniciando instalação de um software de cooperação. — Não! — Ozob berrou.

Berrou, bateu na própria cabeça, entrou no tubo, mas era inútil. Sentiu o programa se instalando em seus implantes, mexendo com seu cérebro pelos mesmos caminhos neurais que as propagandas no EgoBliss usavam para fazê-lo ter vontade de beber Nux-Cola. Tentou dar comandos para interromper a instalação, mas recebeu mensagens dizendo

Comando não autorizado

em seu próprio cérebro.

Entrou na nave e caiu no chão, convulsionando, enquanto o software terminava a instalação. Viu propagandas de outros programas semelhantes, exaltações à subsidiária da DataDyne que produzia aquilo e o logotipo da corporação marcado em sua mente, como se ele fosse gado.

Viu que estava numa sala grande, com sofás, uma tela virtual que transmitia anúncios da DataDyne, uma porta e pouco mais além disso. A sua volta, o criador e seus irmãos. Sentiu a nave descendo, atravessando as plataformas rumo a um nível inferior, de onde eles pudessem ir para a Cidade Baixa.

Começou a sentir vontade de obedecer.

Seu cérebro pode ser mais eficiente. Por favor, autorize o bloqueio de sinapses de rebeldia e comportamento antissocial.

Era bom ser cooperativo. Era bom pertencer a um grupo. Ele não estava sendo controlado — pelo menos não ainda —, mas não podia negar o desejo de fazer o que lhe era ordenado.

Ficou de pé, segurando-se nas paredes.

— Você está bem? — perguntou Guzzo.

— Ele é um fraco. Como sempre — riu Zatati.

Rizzo ficou no colo de Hans Gropp, rosnando e choramingando na direção de Ozob.

— É melhor assim, meu filho — disse o criador. — Todos nós. Juntos. De novo.

A nave descia. Ozob não falou nada.

Por favor, autorize o bloqueio de sinapses de rebeldia e comportamento antissocial.

— Não! Não!

Começou a bater na parede onde antes havia se formado o tubo, mas agora ela era sólida, sem abertura alguma. Então cambaleou até a porta fechada, a única possibilidade de contato com outro ambiente. Enfiou os dedos na junção entre a porta e a parede, na minúscula fresta que separava as duas. Começou a fazer força. Seus músculos incharam, ele grunhiu. Sentiu um dos ferimentos recentes se abrir.

— Ozob, o que está fazendo? — exclamou Hans Gropp.

Chernobyl foi até ele e o segurou pelo ombro. Ozob lhe deu uma cotovelada, enquanto sentia seu cérebro inundado de tendências à cooperação. O palhaço de duas cabeças foi jogado para trás e Ozob moveu a porta um centímetro.

— Desgraçado... — começou Zatati, mas foi interrompido.

Guzzo se jogou sobre o palhaço de duas cabeças, com os dois cotovelos em seus trapézios. Agarrou Chernobyl por trás e lhe deu uma joelhada no flanco.

— Fuja, Ozob! — gritou a palhaça.

Hans Gropp deu um berro sem palavras, Rizzo arreganhou os dentes e se preparou para atacar alguém. Ozob urrou de esforço e a porta se moveu.

Ele se esgueirou pelo vão em um segundo, antes que ela fechasse de novo, e se viu em um corredor. Dois guardas estavam ali, mas Ozob derrubou os dois sem pensar. Um deles ficou com uma perna quebrada e o outro quebrou o pescoço. O pós-humano correu, tentando adivinhar onde ficava a ponte de comando, sentindo a nave descer.

Por favor, autorize o bloqueio de sinapses de rebeldia e comportamento antissocial.

Ozob invadiu a ponte. Havia dois pilotos e dois guardas. Correu por entre eles e os soldados corporativos abriram fogo. Sentiu uma rajada atingi-lo no ombro, mas não importava. Só queria chegar aos pilotos, antes que a mentalidade obediente fosse poderosa demais.

— Você não vai conseguir, Ozob! — ouviu a voz de Zatati atrás. — Você é covarde demais!

Ele se jogou sobre um dos pilotos. Arremessou-o para o lado. Os guardas fizeram mira. Chernobyl entrou na ponte, correndo. Ozob agarrou o manche e o empurrou com toda a força para frente. A nave embicou, descendo em rapidez vertiginosa. Chernobyl perdeu o equilíbrio, rolou pelo piso, agora já quase vertical.

A ponte de comando era coberta por um grande domo transparente, e Ozob conseguia ver para onde levava a nave.

Ozob sentia vontade de obedecer a tudo que lhe sugeriam. Sentia vontade de pertencer ao grupo, de trabalhar em conjunto. Até mesmo as mensagens do próprio programa, que pediam para que permitisse ainda mais invasão à sua mente, pareciam uma autoridade sábia e benevolente. Era preciso toda sua concentração para continuar resistindo.

Eles estavam em rota direta de colisão com um prédio. Lá embaixo, pessoas corriam para todos os lados, tentando fugir.

— Você é covarde demais! — gritou Chernobyl.

Então a nave se chocou com o prédio e o domo que protegia a ponte de comando se estilhaçou em um milhão de pedaços. Ozob foi banhado pela chuva de cristais afiados. Era impossível manter o equilíbrio no veículo empinado, que começava a desabar.

Ele se jogou pelo vão aberto. Chernobyl se segurou na cadeira do piloto.

Ozob viu um carro voador logo abaixo, tentando escapar da colisão, e calculou a queda. Caiu bem em cima do carro, provavelmente fraturando mais algumas costelas. Estava livre — pelo menos fisicamente. O motorista sentiu o impacto e acelerou rumo a uma via aérea movimentada. Ozob já ouvia as sirenes da polícia corporativa chegando perto. Era o som da autoridade e o novo software que empesteava seu cérebro fazia de tudo para que ele obedecesse.

Por favor, autorize o bloqueio de sinapses de rebeldia e comportamento antissocial.

Quando o carro sobre o qual ele estava cruzou com uma via aérea mais abaixo, Ozob pulou de novo. Caiu em um novo veículo, mas a queda foi menor e menos dolorida. De novo, o motorista acelerou, ele teve de se agarrar firme à capota. Com o vento empurrando-o para trás e fazendo seus olhos lacrimejarem, Ozob se arrastou, até que tinha ângulo para bater no para-brisa. Fechou o punho, gritou e bateu uma vez. Duas, três e o vidro rachou. O motorista, apavorado lá dentro, fez um ziguezague em alta velocidade pela via, quase se chocando com outros carros, para tentar derrubar o clandestino. Ozob bateu mais uma vez e o para-brisa se quebrou. Descolou quase inteiro do carro, indo se estilhaçar lá embaixo.

O pós-humano mergulhou para a frente, numa meia cambalhota, surgindo por cima, de cabeça para baixo, dentro do veículo. Viu a cara apavorada do motorista e quis dizer algo. Influenciado pelo novo software, só conseguiu falar:

— Vamos ser amigos. A cooperação é a base da amizade.

Então arrancou o infeliz de seu próprio carro e o arremessou para morrer.

Entrou no veículo, sentou no banco do motorista e acelerou.

Seus implantes já estavam desbloqueados, pois ele estava longe da DataDyne. Uma torrente de spam o invadiu e ele ativou as proteções. Então acessou o EgoBliss e localizou o contato de California.

A propaganda da Nux-Cola veio antes, é claro. Influenciado pelo software de cooperação, ele quis tatuar o logotipo da Nux-Cola na testa, jurou nunca mais beber qualquer outra coisa na vida.

— California! — gritou, quando enfim pôde mandar a mensagem. — Consegui escapar dos desgraçados! Precisamos nos encontrar!

— Descobriu alguma coisa? — ela falou, também sem cumprimentá-lo.

— É tudo culpa minha. Mais ou menos.

— Tudo bem. Tem muita coisa que é culpa minha também.

— Não repare se daqui a pouco eu começar a falar sobre o valor do companheirismo e sobre como os produtos da DataDyne unem a família americana.

— O quê?

— A DataDyne o ajuda a se conectar com quem é mais importante — recitou Ozob, contra sua vontade. — Vamos dar as mãos e fazer um mundo melhor.

— Não estou entendendo nada, mas você está ainda mais engraçado!

Ele sorriu, porque ela estava rindo. De alguma forma, a garota era mais contagiante que o programa que a IA havia instalado. Eles combinaram um ponto de encontro, usando meias palavras e códigos que esperavam ser seguros, caso estivessem sendo monitorados.

— O que mais me conta? — ela perguntou.
— Estou sendo perseguido pela polícia. Estão atirando em mim.
California riu. Ozob acelerou.

MORTE OU GLÓRIA

NÃO HAVIA LEI NO ESPAÇO.

Na Terra, os governos haviam cedido o poder político às corporações aos poucos. Fizeram concessões, ratificaram as leis de semiescravidão voluntária, deixaram-se ser comprados em parcelas, para que o caos social não fosse total. Depois da 3ª Guerra Mundial e da Guerra da Eurásia, tudo que salvou as nações do planeta foi a iniciativa privada — embora, para o povo, "salvar" talvez não fosse a palavra certa. Mas, de qualquer forma, ainda havia leis na Terra. Ainda havia países, e alguns deles teimavam em não substituir suas constituições por novas edições compactas, escritas com emoticons e patrocinadas pelas empresas mais ricas. Na Terra, ainda havia limitações para o que as corporações podiam fazer — ou ao menos evitar essas limitações era mais caro.

Não no espaço.

O espaço era a fronteira final da economia de mercado. Depois que os governos desistiram da exploração espacial em nome do avanço científico e do triunfo da curiosidade humana, as corporações abraçaram o projeto em nome do lucro. E, como tudo que era motivado pelo dinheiro, a exploração espacial gerou resultados, sucesso, propaganda, lixo e miséria. Os planetas e as luas do sistema solar se tornaram versões do melhor e do pior da Terra — do melhor se você fosse um acionista, do pior se você fosse um colono.

Rapidamente as empresas notaram que o real potencial do espaço estava no desenvolvimento imobiliário. Os novos planetas e suas luas ofereciam muitas possibilidades, é claro, mas não possibilidades infinitas. Um dia todas aquelas superfícies também estariam cobertas de construções, então haveria defensores do primitivismo insistindo para que alguma área fosse preservada. As corporações logo perceberam que planetas e luas sempre seriam um problema.

Mas o espaço era uma solução.

Bastava construir um satélite ou uma estação espacial e você estava num território sem lei nenhuma. Um pedaço do universo que não pertencia a ninguém, exceto a quem o havia construído. Aqueles lugares eram oásis de liberdade governados apenas pela mão invisível do mercado. Numa estação privada, a ausência de leis trabalhistas já era apetitosa, mas era só o começo.

Quem disse que alguém tinha direito à vida quando não havia nenhuma lei?

E, é claro, as corporações incentivavam o sexo dentro das estações. Afinal, sexo gerava bebês. E bebês nascidos em território particular já nasciam como propriedade da corporação, sem necessidade de comprá-los dos pais ou criá-los em orfanatos.

Assim, na Estação Madison, desenvolvida pela Cheney-Bin Laden e operada pelo Extreme Fighting Championship, tudo era sexo e violência. Sexo e violência davam lucro.

As ruas artificiais da estação estavam sempre lotadas de alguns tipos básicos: rapazes de peitos estufados, que andavam em bandos; mulheres bonitas, de preferência com implantes estéticos da moda; e ricaços acompanhados por guarda-costas.

Os rapazes iam à Estação Madison atrás das oportunidades de trabalho que tinham visto anunciadas nos feeds mais populares. Nenhum deles estava lá em busca de trabalho como engenheiro, muito menos na manutenção. Foda-se isso. Estavam lá como garanhões patrocinados. Não recebiam salário, mas cada transa sem contraceptivos que provassem para a administração da Madison valia um prêmio em dinheiro. Este investimento por parte das corporações era mais do que compensado, já que os rapazes precisavam gastar com comida e alojamentos fornecidos pela estação. Assim, os garotões filmavam suas trepadas por seus dispositivos implantados, com ou sem o consentimento das parceiras — afinal, se elas achassem ruim, reclamariam para quem? Essa falta de leis também tornava o conceito de "consentimento" algo nebuloso. Mas ninguém dentro da estação dava importância para isso, a não ser as próprias vítimas — e quem se importava com elas? Alguns dos rapazes implantavam câmeras nos próprios pênis, para mostrar com orgulho as penetrações em primeira pessoa.

As mulheres bonitas iam para a Madison porque lá recebiam casa e comida, e até mesmo um parco salário, apenas para viver. Elas sabiam que sua função era atrair os rapazes, transar com eles e ter seus filhos, que seriam propriedade conjunta da Cheney-Bin Laden e do XFC. Algumas diziam a si mesmas que não cairiam na armadilha, mas o ambiente da Madison tornava estranhamente difícil tomar suas próprias decisões. Talvez tivesse a ver com o ar da estação, contaminado por drogas que aumentavam a libido e diminuíam as inibições. Outras garotas apenas não se importavam: se tudo que tinham de fazer para conseguir um lugar onde morar era engravidar de tempos em tempos, qual o problema?

Isso tudo explicava o sexo na Estação Madison. A violência e os ricaços vinham a cargo do Extreme Fighting Championship.

Sem regulamentações incômodas e o moralismo da Terra, a Estação Madison fora construída ao redor de um grande estádio com um octógono. Um ringue de lutas, cercado por plástico ultraduro 100% transparente e uma quantidade fenomenal de arquibancadas. Na estação ocorriam as lutas do XFC, cujas regras eram decididas apenas pela própria corporação e cujos lutadores eram eles mesmos patrocinados por empresas diversas — às vezes, eram propriedade delas.

E a única constante nas regras do XFC era a diversão. Valia aquilo que o público apreciasse mais. Armas de fogo em geral acabavam com a graça de uma luta, mas facas e bastões de densidade variável estavam na moda. De vez em quando algum governo da Terra vendia um criminoso para a Estação Madison, para que o infeliz fosse executado no octógono, e então as armas eram bem-vindas. Implantes de todos os tipos, DNA das mais diversas criaturas, os tipos mais criativos e avançados de doping... Tudo em nome de um bom espetáculo. Os ricaços assistiam a tudo em seus camarotes e faziam apostas. Os garotões acompanhavam pelo circuito interno de TV e se entusiasmavam, em seguida matriculando-se nas academias de artes marciais da própria estação, acreditando que um dia seriam ídolos do XFC. As mulheres sonhavam com a vida glamorosa de esposa ou amante de algum lutador — ou no mínimo de algum apostador.

Havia a possibilidade de que, quando Neil Armstrong falou de um grande salto para a humanidade, em 1969, ele não estivesse se referindo a sexo predatório, crianças nascidas na escravidão e lutas sangrentas para o divertimento de uma plateia. Mas, enquanto todos trepavam, contavam dinheiro e batiam uns nos outros, ninguém estava preocupado com isso.

Ozob sentiu todo o estádio vibrar quando um dos lutadores começou a trilhar o corredor no meio das arquibancadas, rumo ao octógono. Os fãs e os odiadores do competidor urravam, batiam os pés, gritavam encorajamento e ameaças de morte. Os ricaços, nas primeiras filas, bateram palmas discretamente. Suas acompanhantes, as mais bonitas e mais cheias de modificações corporais estéticas, sorriam sem se mexer muito, mantendo a pose. Entre a massa, aquele era um momento apoteótico. Eles gritaram na tentativa de ser ouvidos por um ídolo ou por um inimigo. Queriam se conectar com ele pela adoração ou pelo ódio, queriam sentir que faziam alguma diferença. Então bateram os pés nas arquibancadas, projetaram cartazes holográficos por seus implantes, berraram até que suas gargantas doessem. A equipe do lutador o acompanhou, a música que seus patrocinadores haviam escolhido para sua entrada reverberou nos alto-falantes.

Ozob não estava entre o público, embora aquilo parecesse mais divertido. Ele assistia a tudo dos bastidores, por uma porta entreaberta em um corredor no meio das arquibancadas. O corredor tinha cheiro de plástico e suor. O cheiro de uma academia limpa, logo após um treino. Dizer que havia cheiro de testosterona não seria exagero ou figura de linguagem, já que muitos lutadores realmente se injetavam com o hormônio para ficar mais agressivos.

O primeiro lutador chegou ao octógono e ergueu os braços, sob os gritos da multidão.

O anunciador da luta também já estava no ringue. Era um de uma série de clones perfeitos. Anunciadores e juízes morriam com frequência alarmante no meio das lutas. Assim, era mais fácil e prático cloná-los do que contratar novos empregados, que ficariam com medo por suas vidas. O anunciador listou as estatísticas do primeiro lutador: suas vitórias e suas derrotas, seu peso e sua altura, seus implantes e suas armas, a corporação a que pertencia. Então, num fim emocionante, gritou seu nome. Era um rapaz humano, mas com DNA implantado de gorila, urso e pit bull. Seu rosto e seu corpo eram deformados pelos códigos genéticos conflitantes. Com mais de dois metros e meio de altura, ele tinha lâminas implantadas ao longo da espinha e dos braços, para melhorar seus socos e dificultar qualquer agarrão por parte do adversário.

O estádio tremeu de novo quando o segundo lutador entrou. Era o favorito, e o público em geral o amava — mas seus odiadores eram ainda mais. As ameaças envolviam matá-lo, massacrar sua família e prendê-lo para torturá-lo pelo crime de ser famoso e vencer muitas lutas. Ele chegou ao octógono, também seguido de uma equipe e sob o som animado e seguro de uma música aprovada pelas corporações. Ergueu os braços e sua vida foi resumida pelo anunciador.

Era também humano. Sua cabeça era muito reduzida, uma estratégia desenvolvida por engenharia genética e cirurgia para diminuí-la como alvo. Seu cérebro fora lapidado, retirando algumas funções desimportantes e deixando tudo que pudesse ajudar na luta. Ele tinha várias juntas a mais nos braços e nas pernas, para melhorar sua técnica de chão, e o dobro de veias e artérias, além de três corações. Tudo para otimizar seu desempenho. Era considerado um lutador técnico, que dependia menos de força bruta e mais de truques e treinamento.

Ele sorriu para as câmeras-drones e a plateia, sem entender muito bem o que acontecia. Então viu seu adversário e um surto de químicos em seu cérebro fez com que entendesse que aquele homem era mau. O lutador fechou a cara e se preparou para começar o combate.

O juiz entrou no ringue. Manteve os dois lutadores afastados, enquanto eles bufavam um para o outro, com as testas encostadas. Era uma intimidade de fúria mal contida. O juiz resumiu as regras para os dois e então saiu da frente.

Nos primeiros segundos da luta já houve sangue e a plateia urrou de prazer. Ozob não podia negar que era uma exibição vistosa, um clímax de técnica combativa e ciência biológica numa explosão de violência. Mas ver sangue não lhe dava a mesma satisfação. Quem já derramara sangue com as próprias mãos não se impressionava tanto.

O primeiro lutador investiu com uma série de cruzados, tentando conectar com a diminuta cabeça do adversário e rasgá-lo com as lâminas implantadas nas costas de suas mãos. O outro se esquivou, torcendo o corpo grandão de formas que apenas juntas ultraflexíveis podiam permitir. Mergulhou para o chão, agarrou os joelhos do adversário e o derrubou. O octógono tremeu e a plateia rugiu de novo. A partir daí foi uma disputa de técnicas de agarramento, e nisso o favorito era muito melhor. Ele conseguia prender as duas pernas do adversário com uma das suas. Segurando-o forte, as lâminas se afundaram em sua carne e, como possuía veias em dobro, o sangue escorreu farto. O público berrou, pulou nas arquibancadas, porque sangue era a prova material do que ocorria no ringue. Tudo parecia quase teórico, quase de faz de conta, até haver sangue. O sangue era o esperma numa ejaculação de violência, o sinal visual de que havia algo que dava prazer àqueles homens e àquelas mulheres. Mas, mesmo sangrando, o favorito não se abalou. Seu cérebro era programado para suprimir sensações de dor acima de uma certa escala. E, ainda que visse sua carne sendo dilacerada pelas lâminas do adversário, em algum nível ele não compreendia, pois parte do instinto de autopreservação que envolvia angústia e pensamento no futuro também tinha sido limada de sua massa cinzenta.

Assim, ele apenas raciocinou o melhor estrangulamento e o aplicou. Em alguns segundos, o adversário bateu em seu braço, pedindo clemência.

O público se levantou como se fosse uma coreografia combinada. Todos começaram a passar o dedo indicador em riste na garganta exposta, enquanto gritavam. Era o sinal universal de que eles queriam ver uma morte. Seria uma morte por asfixia, sem sangue. Um gozo sem ejaculação, mas que teria de ser satisfatório.

O público só pensava na parte divertida do XFC. Só nos ossos quebrados e na pele rasgada. O público só gostava de ver a perfeição de chutes e esquivas e assistir aos documentários de treino dos lutadores. O público jurava para si mesmo que, depois das cervejas daquela noite, frequentaria a academia todos os dias, para alcançar a forma física daqueles gladiadores. O público queria ver a morte e não pensava no investimento que um combatente era para as corporações que o patrocinavam. Não pensava que as inimizades eram cuidadosamente engendradas por brigas promocionais fora do ringue e inserção de falsas memórias nas mentes dos lutadores. O público não pensava que, com uma morte, tudo aquilo se resolvia e o investimento era jogado fora.

Havia toda uma série de acordos entre executivos em salas bem decoradas para decidir quando havia permissão de matar um lutador. As lutas não eram combinadas — o público sabia enxergar quando a intenção de ferir não era verdadeira. Mas uma morte só ocorria se fosse aprovada pelos donos daqueles homens.

Assim, o favorito soltou seu adversário, demonstrando piedade. O público vaiou por um segundo. Contudo, logo em seguida o vencedor ajudou o derrotado a se erguer e os dois se abraçaram. Trocaram um beijo no rosto. Aquela demonstração de afeto por parte de dois homens que há pouco estavam se enfrentando tocou as emoções do público, que soube que ali estavam verdadeiros esportistas, que resolviam suas diferenças no octógono e não guardavam rancores.

O público não sabia que o vencedor agora tinha recebido no cérebro químicos que forjavam aquela afeição. Nem que, se pudesse, o vencedor agarraria o derrotado ali mesmo, num beijo de língua, pois a quantidade de hormônios em seu corpo já estava descontrolada.

Ozob ouviu o vencedor dar uma rápida entrevista, agradecendo a Deus, a seu treinador e principalmente às corporações que o patrocinavam, enquanto replays dos melhores lances da luta eram passados em enormes hologramas logo fora do ringue. Em seguida, começaria um rápido espetáculo de sexo lésbico ao vivo no octógono — uma pequena diversão entre as lutas, para deixar os rapazes da plateia de pau duro e com vontade de se mostrarem machos naquela noite. Eles gostavam especialmente quando as garotas se sujavam de sangue.

Mas Ozob não ficou para ver as lésbicas. Voltou para dentro, pois sabia que logo seria chamado.

O espaço para os lutadores sob as arquibancadas na Estação Madison era chamado de ginásio, mas parecia um enorme camarim. Cada lutador tinha seu espaço particular, que acomodava sua equipe. Câmeras, sacos de areia, halteres, espelhos e todo tipo de equipamento para um guerreiro e um astro decoravam o ginásio. Ozob abriu a porta e foi recebido pelo cheiro de suor. Viu Hans Gropp injetar algo no lutador da família, que estava sentado no centro da sala.

— O que estava fazendo? — disse a primeira cabeça.

— Fique aqui! — ordenou a segunda. — Eu posso querer me aquecer com meu saco de pancadas.

Por instinto, Ozob tocou o próprio rosto. Ele ainda estava inchado e dolorido dos socos e chutes que levara de Zatati Ratatá nos dias anteriores. Como parte da equipe de apoio do lutador, cabia a ele treinar com o irmão. Mas não podia machucá-lo.

Cruzou o olhar com Guzzo, que massageava as pernas de Ratatá. A irmã tentava não transparecer, mas a humilhação a deixava enfurecida. Abaixada, esforçando-se para agradar Zatati, ela queria ser invisível, sumir, esquecer que existia.

— Obedeça a seu irmão, Ozob — repreendeu Hans Gropp. — É o mínimo que você pode fazer.

Ozob chegou perto de Ratatá, com as mãos para trás. O palhaço de duas cabeças se desvencilhou de Guzzo, empurrando-a com os pés. Ela caiu no chão e não falou nada. Zatati ficou de pé e posicionou-se em guarda.

— Você está aqui para me ajudar, Ozob — disse a primeira cabeça. — Fale!

A mão direita fintou, enquanto a mão esquerda deu um jab rápido e forte no nariz de Ozob. Ao mesmo tempo, a segunda mão direita desferiu um cruzado poderoso na têmpora dele. Ozob tentou se proteger, mas cambaleou para o lado e caiu sobre uma bancada de halteres.

— Você está deixando o cotovelo cair durante seu cruzado — julgou. — O movimento pode ser mais preciso.

Zatati chegou perto dele e agarrou sua cabeça com as três mãos. A segunda cabeça beijou o topo do crânio de Ozob, enquanto a primeira falava.

— Seja sempre assim, irmão, e não vamos precisar puni-lo. Vê? Por que não é sempre assim?

— Se fosse obediente desde o começo... — resmungou Hans Gropp.

A segunda cabeça piscou. Então sussurrou:

— Sua covardia finalmente deu frutos, seu merda.

A família fora obrigada a sair de Ganimedes pelas ações de Ozob e Guzzo contra os gêmeos executivos da Lehder-Nuñez-Strauss. A corporação tinha presença forte naquela lua e era impossível se esconder por muito tempo numa colônia. Hans Gropp culpara os dois por aquela fuga e tanto Ozob quanto Guzzo tinham sofrido castigos severos por parte do criador. Todos eles haviam fugido num transporte para Pandora, dominada por corporações rivais da LNS. Foram dois meses de trabalho pesado, até que o talento de Zatati Ratatá como pós-humano de combate foi notado por um de seus contratantes. Zatati era um ótimo assassino. Mas, segundo aquele homem, poderia ser ainda mais.

O contratante era um alto executivo da Cheney-Bin Laden. Em pouco tempo, a família estava na Estação Madison. Tudo graças a Zatati e tudo culpa de Ozob e Guzzo. Para Hans Gropp, estava claro quem eram as ovelhas negras da família.

Não havia muito para Ozob e Guzzo fazerem na Estação Madison, então ambos foram recrutados como parte da equipe do irmão mais velho. Isso significava obedecer ao Palhaço de Chernobyl, deixar-se ser esmurrado e chutado por ele. Era mais barato que comprar clones de treinamento — que custavam caro, mas eram cópias perfeitas de grandes lutadores de boxe, MMA e artes marciais do passado. Ozob sabia que sua função como saco de pancadas não era especialmente útil: Zatati Ratatá precisava de desafio real para se aprimorar. Não, seu trabalho era basicamente ser alvo do sadismo, para expiar o pecado de ter ajudado Guzzo em Ganimedes.

Pelo menos não tinha de lidar com Rizzo. As drogas que havia no ar da Estação Madison haviam provado ser excitantes demais para o palhaço-criança. Na primeira semana, três garotas pagaram o preço e a administração da estação exigiu que ele fosse colocado em animação suspensa. Era um alívio para Ozob não ouvir o choro e o frenesi do irmão mais novo.

Chernobyl era um dos lutadores mais pobres do XFC. Recebia patrocínio da Cheney-Bin Laden, mas nada mais. Combatera poucas vezes e era reservado às lutas secundárias, que só eram transmitidas internamente na própria Estação Madison. Hans Gropp tinha medo de que a DataDyne começasse a caçá-los se o filho mais velho se tornasse famoso. Ao mesmo tempo, era tentador fazer parte do mundo dos executivos e das corporações. O mundo que lhe fora prometido na infância e que nunca se concretizara.

O relógio sinalizou que era hora de Zatati entrar no ringue. Ele deu pulos, bateu nas próprias cabeças e saiu ao corredor, acompanhado por Ozob e Guzzo vestidos em capuzes, para que seus rostos não aparecessem. Também havia um treinador, um velho decadente que já treinara campeões, mas atualmente se preocupava mais com a bebida, além de um conjunto de auxiliares diversos.

O cientista estremeceu, imaginando o futuro, ao ver o filho anunciado numa tela holográfica no circuito interno da estação.

Chernobyl ergueu os três braços em comemoração a si mesmo. O público gritou, mas não com a mesma intensidade que tinha para com os verdadeiros campeões. Aquela era uma luta secundária e quase todos os espectadores vinham da Terra; tinham aprendido que pós-humanos eram instáveis e perigosos. Para conquistar seu amor, ele teria de demonstrar habilidade.

O adversário entrou no ringue. Seus passos afundaram o tatame.

Era um homem pesadamente modificado com implantes cibernéticos. Seu pescoço era de metal negro que se mesclava com sua pele branca logo abaixo das orelhas. O nariz fora quebrado muitas vezes e as orelhas eram deformadas por muitas lutas no chão. O braço esquerdo do lutador também era de metal, assim como metade de seu peito. Seu abdome era humano, mas se podia ver uma placa subcutânea que dificultaria todos os golpes na linha da cintura. Ele usava uma sunga de MMA, mas a partir da metade das coxas suas pernas também eram cibernéticas. Acabavam em pés que não eram humanos, mas uma espécie de patas metálicas projetadas para grande estabilidade. Ele não era exatamente propriedade de ninguém, mas a parte cibernética de seu corpo pertencia à Hirawata Networks, e seria bem difícil viver sem aquela metade. Também tinha patrocínio de uma cadeia de lanchonetes (que garantia que a saúde do lutador se devia ao consumo regular de hambúrgueres e refrigerantes) e de uma marca de tênis que tinha orgulho de apoiar atletas com deficiências (mesmo que ele tivesse perdido membros em cirurgias por vontade própria). Seu nome era Ivan. Seria como bater num robô.

Chernobyl Ratatá, por sua vez, estava vestido com uma espécie de saiote. Seu peito, mais largo do que o normal, estava à mostra, deixando ver os ossos abrutalhados. Suas deformidades estavam aparentes e alguém poderia pensar que o saiote tinha a função de esconder as piores delas.

Mas não. Ele escondia outra coisa.

Ivan e Chernobyl ficaram frente a frente. O juiz recitou:

— Nenhuma arma química ou biológica que cause dano fora do tempo da luta. Nenhuma arma que possa ferir a plateia. Qualquer um atingido por uma arma de fogo deve lutar por pelo menos mais 30 segundos ou terá de pagar multa aos patrocinadores. Cumprimentem-se.

Ivan estendeu o punho fechado. Chernobyl cuspiu nele.

Então a luta começou.

O ciborgue avançou para Ratatá. Alguns jabs exploratórios, então socou com o braço cibernético, que se estendeu muito mais do que um braço humano conseguiria. Chernobyl se esquivou do soco pneumático com a segunda cabeça, então emendou o movimento e se abaixou como um pêndulo, para o lado, postando-se perto da parte humana de Ivan. Chutou-lhe as costelas, mas aqueles ossos também eram reforçados com metal — quando pisou de novo no chão, a dor no pé fez com que tropeçasse. Ivan girou sobre uma única perna, o joelho mecânico movendo-se 90 graus, e chutou as costas do pós-humano com o outro pé. Zatati foi jogado para a frente, apoiou-se no plástico ultraduro que cercava o octógono, então Ivan correu para ele.

Desferiu um gancho nas costelas, por trás. Ergueu a mão cibernética como um martelo e bateu atrás da primeira cabeça. De novo e de novo, e Zatati sangrou na parede de plástico e no tatame.

Conseguiu girar, ficando de frente para Ivan e saindo do caminho de mais um golpe. A mão pesada se chocou contra a parede de plástico e a plateia urrou. Ivan tentou abraçar Zatati com o braço mecânico, quando o pós-humano se moveu como um relâmpago.

Chernobyl acertou três jabs sucessivos no nariz do adversário. O reflexo de Ivan foi esperar um quarto e se proteger, então, o palhaço o surpreendeu com um uppercut de direita. A outra mão direita veio rápida, num cruzado na têmpora, e a esquerda golpeou como uma serpente — ele enfiou um dedo no olho do outro.

Pressionou o globo ocular para dentro e girou o pulso, destruindo o olho de Ivan, que contra-atacou com um chute. Zatati pulou por cima do adversário, agarrou seu braço humano em pleno ar. Na fração de segundo no meio do salto, deu um coice na nuca de Ivan, então caiu numa chave de braço voadora. O braço do ciborgue foi forçado para trás numa queda violenta, então ele se deixou cair.

Chernobyl aproveitou a queda de Ivan para montar sobre o adversário, emendando uma sequência de socos em sua cabeça. As três mãos se sucediam, quase mais rápido do que o público podia acompanhar. O ciborgue não conseguia prever de onde viria o próximo golpe, então Ratatá aproveitou a confusão para sacar do saiote uma faca de soco.

A lâmina tinha cabo transversal e emergia por entre os dedos do pós-humano. No meio da barragem de socos, Ivan se defendia, mas foi surpreendido por um soco com lâmina. A faca se cravou em seu nariz. Chernobyl deixou a lâmina enfiada e a soltou. Ele urrou, estendeu o braço pneumático para golpear Zatati, mas o palhaço saltou para longe, rolando no tatame.

Ivan correu pelo ringue, sem enxergar direito, enquanto o público gritava de prazer. Ratatá se deslocou para as costas do adversário e agarrou o braço biônico. Aquilo era mais que técnica — era desafio. Pendurou-se de novo no corpo do inimigo e, com os três braços, fez força para quebrar o membro cibernético. O metal era mais resistente que osso. Ivan bateu nele com o braço humano e os dois se mantiveram num impasse, fazendo força um contra o outro. Ivan não iria cair de novo, para evitar que Ratatá montasse nele. Mas essa era a intenção de Zatati: ele moveu uma das mãos com um bote, arrancou a faca de soco do rosto do outro e a enfiou em sua nuca, entre a carne e o metal. Ivan se desconcentrou por um segundo e isso foi suficiente. Ratatá se impulsionou no ângulo correto e quebrou a junta do braço biônico.

Então, com a faca de soco de novo em mãos, furou o segundo olho de Ivan.

A plateia comemorava, deleitava-se no sangue e na mutilação.

O ciborgue cambaleou para trás, seus passos pesados reverberando no octógono, mas Zatati Ratatá estava rindo.

Ozob, assistindo de perto, logo fora do ringue, sentiu suas esperanças se esvaírem. Por quase um minuto ele achara que o tal Ivan poderia dar cabo de Chernobyl. Ou pelo menos feri-lo tanto que o palhaço ficasse fora de ação por um bom tempo.

Mas não. Chernobyl Ratatá estava ferido, mas estava se divertindo.

Ele *adorava* aquilo.

Os dois lutadores se circundaram. Ivan pesado, metálico, tateando o ar com uma mão e tentando perceber o adversário pela audição. Zatati saltitando, movendo-se com graça e técnica enquanto deixava um rastro de sangue no tatame. O braço direito de Ivan estava imóvel, então ele mantinha a mão esquerda, humana, à frente, para se proteger.

Sem alternativa, Ivan correu para o ataque e foi aí que Chernobyl mostrou sua tática.

O adversário tinha pescoço, peito e outras áreas protegidos por metal. Mas Ratatá calculou que algo continuaria feito de carne, principalmente num lutador que atuava na Estação Madison.

Ele atacou com a faca a virilha de Ivan. Sua lâmina encontrou o saco escrotal do adversário, ele a puxou para cima e fatiou o pênis.

Ivan deu um berro de dar pena. Mais que a dor, a angústia, quando ele notou o dano irreversível que acabara de sofrer, atacou-o e ele ficou paralisado. Então Zatati dançou frente ao adversário. Ele uivou de horror, percebendo o preço daquela luta. Em algum lugar, os patrocinadores deram um sinal. O juiz decretou o fim do combate, chegou perto de Chernobyl para afastá-lo. O palhaço cortou a garganta do juiz com um golpe único, preciso, e o homem caiu no tatame, estrebuchando. A plateia estava urrando, divertindo-se como se aquela fosse uma luta principal. Os dedos passavam pelas gargantas, num frenesi que implorava por uma morte.

Ivan tentou alguns golpes cegos. Zatati apontou e riu.

Então saltou para o adversário e deu um soco lento, mas muito poderoso, com a faca. Perfurou o crânio. A lâmina entrou fundo e o pós-humano a girou. Ivan caiu pesado para trás.

Zatati Ratatá ergueu os braços, encharcado de sangue, sorrindo com as duas cabeças para o público que agora o amava.

Parecia que o XFC tinha ganho mais uma estrela.

o—

O vencedor voltou a seu ginásio, cercado pela equipe. Zatati tirou a roupa e ordenou que Guzzo limpasse o sangue do adversário de seu corpo. Ele também precisava de curativos, mas a adrenalina parecia fazê-lo esquecer disso.

— Que tal, Ozob? — provocou a segunda cabeça.

— Parabéns — o pós-humano respondeu, sem força.

— Acha que poderia me encarar no ringue?

— Não — disse Ozob.

Hans Gropp se aproximou de Zatati com dificuldade. Colocou uma mão em um de seus braços direitos.

— Pelo menos um de meus filhos me dá orgulho.

Ozob e Guzzo se entreolharam. Não deveria ser dolorido, mas os dois haviam sido programados com personalidades que quase idolatravam o criador. Eles lembraram de Ganimedes, de como Hans Gropp não havia se importado com o que acontecera. Deveria ser fácil quebrar seu pescoço fino.

Mas não era.

De repente, a porta do ginásio se abriu, mostrando por um segundo o show de sexo lésbico no tatame, onde as duas participantes estavam sujas de sangue. Dois homens jovens, vestidos com ternos caros, entraram sorrindo. Tinham o físico de quem passava bastante tempo na academia, o bronzeado de quem ia à Terra com frequência e os cortes de cabelos de quem se importava muito em parecer que não se importava nada.

Eles chegaram cumprimentando Zatati Ratatá, como se o conhecessem. Até mesmo apertaram a mão de Ozob, que não soube como reagir. Deram os parabéns a todos pela vitória.

Então foram até Hans Gropp.

— Você é o dono deste lutador? — perguntou o primeiro recém-chegado.

— Sim — gaguejou Hans, subitamente notando sua baixa estatura, sua corcunda, suas roupas velhas.

Cada um dos rapazes apertou a mão de Hans com vigor.

— Meu nome é Bob Newman — apresentou-se o primeiro. — Meu amigo é Blaine Travis. Nós trabalhamos para o Extreme Fighting Championship.

Hans Gropp roubou um olhar para Ozob. Sorriu com um entusiasmo quase de criança. Então voltou sua atenção a Bob e Blaine, como se tivesse sido sutil.

— Nós ficamos muito impressionados com o que vimos hoje — disse Blaine.

— Muito impressionados.

— E, pelo que vimos, seu lutador não tem patrocínio oficial, ou tem?

— Não — gaguejou o cientista. — Apenas a Cheney-Bin Laden.

— Isso é um absurdo! — disse Bob.

— Mas é bom para nós — completou Blaine.

Os dois riram. Sem saber o que fazer, Hans riu também.

Os dois então começaram a falar. Eles não eram apenas funcionários do XFC. Não eram nem mesmo executivos. Fizeram piadas sobre como os executivos eram tipos chatos e como eles mesmos eram alvos das atenções de todas as mulheres. Disseram que alguém com o intelecto de Hans Gropp também devia ter interesseiras em seu pé o tempo inteiro. O cientista gaguejou alguma coisa, sem graça, mas Bob e Blaine continuaram a conversa. Hans não precisou ser espirituoso ou entender direito o que eles estavam falando. Depois de alguns minutos percebeu que eles ainda não tinham dito seu propósito ali, mas já estavam sentados, com Hans no meio dos dois, e já tinham contado sobre conquistas sexuais, lutadores favoritos e lugares aonde tinham viajado.

Então:

— Achamos que seu cara tem potencial, Hans.

— Meu cara?

— Seu palhaço de duas cabeças. Ele tem potencial e está sendo desperdiçado aqui, em lutas secundárias.

— Ele está sem transmissão da mídia — continuou Bob. — Ninguém o conhece fora da Estação Madison.

— Quem são vocês?

— Somos olheiros — respondeu Blaine.

Hans Gropp sorriu como um garoto. Sentiu-se ficar corado instantaneamente de prazer antecipado.

— O que ele fez esta noite foi extraordinário — disse Bob. — Todos apostavam no ciborgue, o que seria um resultado chato.

— Quem quer ver um ciborgue grandalhão simplesmente bater num pós-humano até ele cair? — ponderou Blaine. — Isso é previsível.

— E chato.

— Chato e previsível.

— E seu cara foi bem imprevisível. Ninguém sabia que ele ia puxar aquela faca. Ninguém sequer lembra que se pode usar facas. Todo mundo pensa em armas de fogo, mas hoje em dia o esporte é muito cheio de regras. Não é permitido usar armas de fogo que possam ferir a plateia. Os patrocinadores não gostam de lutas rápidas, então qualquer um baleado tem que durar pelo menos mais 30 segundos. Mas facas são criativas.

— Seu cara é criativo.

— E você é criativo, por tê-lo construído.

— Você o construiu, não foi?

Hans Gropp estava zonzo. Riu, sem saber por quê. Então lembrou que haviam feito uma pergunta e disse que sim, ele havia construído Zatati Ratatá.

— Então você não tem patrocinador, Hans? — perguntou Bob, mais devagar, deixando que o cientista saboreasse cada palavra.

— Não — ele respondeu.

— Mas imagine se grandes corporações se interessassem por seu cara. Imagine a Stark-Fujikawa pagando por sua estadia. Imagine a Hellfire financiando novas modificações genéticas e novos projetos. Seria bom, não?

Hans Gropp fez que sim com a cabeça, como uma criança.

— Pense nisso, Hans — disse Blaine. — Pense no futuro.

— Vou adicioná-lo no EgoBliss — anunciou Bob.

— O quê?

— EgoBliss, você sabe. A rede social. Me passe seu contato.

— Eu não tenho... — disse Hans, envergonhado.

— Você não tem perfil no EgoBliss! Gênios são sempre excêntricos. Então como deseja fazer contato?

Hans Gropp tentou disfarçar um sorriso enorme. Passou-lhes uma forma de fazer contato direto com um de seus dispositivos por um protocolo que ele mesmo havia escrito. Teve de esclarecer que ele não possuía implantes neurais. Não disse que era porque se tornava muito difícil administrar tudo em sua mente com a interferência do cérebro de seu irmão.

— Nós vamos entrar em contato, Hans — garantiu Bob.

— Parabéns, campeão — Blaine disse para Zatati.

Então eles foram embora.

Hans Gropp ficou sentado, sorrindo, repassando o diálogo na mente.

— O que eles queriam, pai? — perguntou Ratatá.

Hans Gropp ficou em silêncio por quase um minuto. Então respondeu:

— Sou um gênio.

o—

Há muito tempo ninguém chamava Hans Gropp de gênio. Gênio fora o conceito que norteara sua infância, o status que ele tentara adquirir no orfanato da DataDyne. Todos tinham certeza de que ele seria um gênio.

Mas, após o feito de genialidade que salvou a vida de seu irmão, sua mente decaiu. Perderam a esperança nele e ele perdeu a esperança em si mesmo. Tornou-se um engenheiro genético brilhante, mas igual a vários outros. Então, quando teve de fugir para salvar seus filhos, tornou-se só um amador, fazendo pesquisas por hobby enquanto tentava motivar seus filhos ingratos a retribuir um pouco seu sacrifício pelo trabalho. Fazia muitos, muitos anos que ele não era mais um gênio.

Mas, na Estação Madison, voltou a ser.

Hans Gropp sabia que Zatati Ratatá era especial. Mesmo entre os modelos de combate, era mais rápido, mais forte, mais determinado que os outros. Mais inventivo. Ele era seu filho mais velho, sua maior criação. No fundo, Hans sempre soubera que seria reconhecido por aquela obra-prima. Seu erro, ele via agora, fora tentar conseguir algum reconhecimento por contratos mercenários, trabalhando nas sombras para corporações. Ou colocando o filho como mero capataz numa mina. Ninguém conseguia aclamação daquela forma; esses eram os trabalhos para gente menor. Desde o início, deveria ter posto Ratatá para brilhar — e qual oportunidade melhor do que no XFC?

Nos dias seguintes, sonhos com a Stark-Fujikawa, a Hellfire, a Loykos S.A. permearam sua mente. Então Bob Newman fez contato com seu dispositivo, esforçando-se para usar o protocolo simples e seguro que apenas Hans Gropp utilizava. Marcaram uma hora e um lugar. Bob disse a Hans para usar sua melhor roupa e levar Zatati Ratatá e a equipe de apoio. Pediu que não se atrasasse e disse que havia garotas querendo conhecer o gênio.

Hans mal ouviu que eram garotas. Só prestou atenção no fato de alguém querer conhecê-lo porque era um gênio.

A vida realmente acontecia na Estação Madison. Ele se imaginou no futuro, contando a história de como o lugar cheio de rapazes malhados e garotas com implantes estéticos tinha sido o único a reconhecer seu intelecto. E então as corporações se dobrando para ele. Talvez até mesmo a DataDyne lhe oferecesse um alto cargo, pedindo perdão por ter tentado destruir sua família. Eles tentariam comprar Zatati, mas Hans não venderia, porque era um homem de convicções firmes.

A família transitou pelos corredores de Madison e Hans respirou o ar contaminado com drogas de libido e extroversão. Sentiu seu corpo respondendo àquilo e o cérebro de seu irmão sendo inundado por estímulos que não conseguia compreender. Talvez fosse bom que as mulheres o reconhecessem como gênio.

Chegou ao local indicado, acompanhado por Zatati, Ozob e Guzzo. O resto da equipe de apoio do lutador trabalhava por hora e Hans não tinha dinheiro para pagar a ela apenas para fazer presença. Um segurança permitiu que entrassem e eles se viram num salão amplo que parecia uma versão enorme de um quarto de solteiro em qualquer grande cidade da Terra.

Pôsteres holográficos dos maiores campeões do XFC decoravam as paredes. Todo o ambiente estava tomado por música alta, alegre, aprovada pelo DAA, falando sobre festas, dança e noites de sexo anônimo. O lugar estava povoado por homens que pareciam ter sido construídos no mesmo molde que dera origem a Bob e Blaine: todos razoavelmente bonitos, corpos bem cuidados, cabelos conservadoramente modernos. Todos com as mesmas expressões, linguagem corporal e gírias. Devia haver uns 20 deles. Acompanhando-os, mais ou menos 30 garotas, todas tão iguais entre si que a princípio Hans Gropp pensou que fossem clones ou androides. Usavam cabelos loiros lisos, implantes estéticos de volume variável nos seios e nas nádegas, saltos altos e vestidos colados tão curtos que deixavam ver a bunda caso elas se sentassem. Todos tomavam champanhe, moviam-se ao som da música ambiente e riam uns dos outros. Alguns casais já começavam a se beijar nos cantos.

Hans Gropp não tinha a menor ideia do que fazer num ambiente como aquele. Zatati Ratatá olhou as mulheres com cobiça. Ozob também, mas se preocupou com o que seu irmão iria fazer se acabasse com uma delas.

— Hans, você veio! — comemorou Blaine, à guisa de cumprimento. — Temos um lugar especial para você e seu cara.

Colocou uma taça de champanhe na mão do cientista e o empurrou em direção à festa. Os dois acharam Bob, com o braço em volta de uma das garotas quase idênticas.

— Hans, você veio! — disse Bob, como se fosse uma fala decorada. — Temos muito a conversar.

Hans não esperava, de forma alguma, que sua primeira reunião com os olheiros do XFC fosse ocorrer numa festa. Principalmente uma festa como aquela. Mas também não sabia como aqueles homens agiam — talvez fosse comum para eles discutir altos negócios em meio a bebida e música. De qualquer forma, seus cérebros estavam nebulosos pelo contato com o ar da Estação Madison. Ele se sentia agressivo e invencível. Queria tratar de seu futuro logo. Já tinha decidido que preferia ser patrocinado pela Stark-Fujikawa, mas estava disposto a negociar.

Eles levaram Hans para um sofá no meio do salão. Os palhaços ficaram logo atrás, de pé, observando. Havia uma espécie de pista de dança no meio do salão, onde várias garotas se remexiam, incentivadas pelos rapazes.

— Você sabe qual é o problema da Estação Madison, Hans? — perguntou Bob, falando alto no ouvido do cientista para ser escutado.

— São as regras! — Blaine respondeu à pergunta do amigo, sem dar chance ao cientista.

— Hoje em dia há muitas regras no XFC! — Bob continuou. — Eles não deixam que qualquer um participe. Você precisa ser aprovado e patrocinado.

Hans não estava entendendo.

— Quanto a meu patrocínio... — começou o cientista.

— Patrocínio é uma merda! — disse Bob.

— Isso mesmo — concordou Blaine. — As corporações podem enfiar no cu essa bosta de patrocínio. Quem precisa de patrocínio, certo?

Hans olhou para os lados, alarmado. Não estava esperando nada daquilo.

— Eu quero falar sobre as corporações interessadas em meu filho — ele tentou, ainda motivado pelas drogas no ar da estação.

— Esqueça as corporações, Hans! Elas só querem lhe prender.

— A DataDyne e a Lehder-Nuñez-Strauss estão na sua cola, não?

— Temos coisa muito melhor para você.

Hans Gropp se sentiu tremer e não sabia por quê. A bebida já estava fazendo efeito e ele nem terminara a taça. Há quanto tempo não bebia? Não parecia sábio fazer negócios bebendo, mas ele não queria estar deslocado. A música retumbava em seus ouvidos, deixando-o tonto. O cheiro de perfumes misturados embaralhava os pensamentos pelo olfato. E fumaça de cigarro permeava tudo. Luzes piscavam na pista de dança, logo à frente deles, e as bundas das garotas o distraíam.

— Temos coisa muito, muito melhor — garantiu Bob. — Seu cara é criativo e vocês precisam de dinheiro. E, pode acreditar, as corporações não querem nada com quem está na lista negra da DataDyne e da LNS. Concorrência é uma coisa, mas matar dois executivos deles é golpe baixo.

— Então você não precisa ficar debaixo das botas deles, Hans.

— Ponha seu cara para lutar aqui mesmo. Nós já arrecadamos dinheiro de cada convidado. Vamos colocar ele para lutar! Sem oponentes aprovados pelos patrocinadores. Sem regras. Sem parede de plástico. Tudo aqui e agora, como eles querem ver.

— Vou passar o valor para seus implantes neurais, Hans.

— Eu não tenho implantes...

— Não tem implantes! — riu Blaine. — O bom e velho Hans!

Então segurou o cientista pelo pescoço. Deu tapas em sua cabeça calva, sempre rindo.

Quando Hans Gropp percebeu, eles já mostravam numa tela holográfica o valor que estavam dispostos a pagar. Pediram os dados de sua conta e transferiram a quantia na mesma hora. Hans deveria ser mais maduro do que aquilo. Em sua idade, talvez um homem que não tivesse vivido isolado e não tivesse um cérebro infantil constantemente lhe mandando impulsos soubesse lidar com uma situação como aquela. Mas, quando ele notou, já tinha autorizado a transação pelo reconhecimento de DNA. Bob e Blaine gritaram para os convidados que tudo estava acertado e houve uma grande comemoração.

— Chame seu cara, Hans! — disse Bob. — Vamos. Ele entende nossa língua? Chame-o. Qual é o nome dele mesmo?

— Zatati Ratatá.

Os dois acharam enorme graça daquilo.

Hans Gropp chamou seu filho mais velho. Os dois olheiros chamaram os adversários.

o—

Não havia lugares como a Estação Madison, pois ela era única. Mas, se houvesse, seria possível dizer: "lugares como a Estação Madison atraíam um certo tipo de homens jovens". Madison atraía outros tipos, é claro. Mas uma determinada fatia daquela demografia chegava até a estação como se fossem puxados por um ímã. Era irresistível.

Homens no início da casa dos 20, que haviam treinado artes marciais pelo menos desde a adolescência. Que haviam descartado todos os ensinamentos sobre disciplina ou companheirismo nos treinos, preferindo aprender como bater nos adversários. Que haviam demonstrado talento para a coisa. Que tinham famílias com dinheiro suficiente para que não precisassem ainda trabalhar nem estudar muito. Que tinham ego frágil e o apaziguavam entrando em brigas. Que nunca tinham perdido uma briga na rua e iam para bares na esperança de que alguém lhes ofendesse de alguma forma para que então pudessem se mostrar.

Esses tipos de rapazes — os durões de suas turmas de amigos, os alunos veteranos de suas academias, os campeões de competições regionais — quase sempre acreditavam que, com dedicação suficiente, poderiam acabar no XFC. Afinal, era impossível que suas vidas estivessem apenas indo rumo a lugar nenhum e que eles fossem aceitar empregos chatos em corporações, como seus pais, que tinham sido iguais a eles na juventude.

Esses tipos iam para a Estação Madison para treinar, mas quase só bebiam e transavam. Continuavam dizendo a si mesmos e aos amigos que logo iriam conseguir. Participavam de seleções do XFC e eram rejeitados ou arrumavam desculpas para perder a seleção e mantinham a esperança. Só lhes faltava uma corporação que pagasse pelas modificações que eles precisavam.

Esses tipos, após alguns meses na estação, tinham muita coisa para provar a si mesmos. Precisavam mostrar que eram machos.

Doze deles se dirigiram à pista de dança vazia, em seus uniformes de luta, para encarar Chernobyl Ratatá.

As duas cabeças riram.

O XFC não permitia aquele tipo de competição. Era ruim para os negócios. Afastava o público. Os espectadores gostavam de lutas equilibradas, não de garotos iludidos sendo massacrados. Eles podiam pedir sangue, mas iriam ficar chocados ao ver humanos normais caindo como moscas ante ciborgues, lutadores com DNA de feras ou pós-humanos de combate.

Ozob olhava aquilo de boca aberta.

— Vai ser execução sumária — disse para Guzzo.

— Não é nada conosco, Ozob — ela engoliu em seco. — Não podemos nos meter.

— Como o pai permitiu isso?

Hans Gropp não estava por ali. Ele tinha sumido num quarto com uma loira de salto alto e vestido apertado, ante os uivos e as risadas de alguns rapazes que podiam ser Bob e Blaine, ou ser outros muito parecidos.

— Todos prontos? — gritou Bob, no meio da pista de dança transformada em ringue.

Os 12 garotos fortes fizeram cara de maus. Alongaram-se e ensaiaram golpes.

Zatati Ratatá continuou rindo.

— Lutem!

Os humanos cercaram Zatati, de uma vez só, com sua movimentação de luta, avançando o pé da frente e deixando o pé de trás arrastar de leve. Estavam todos em guarda, as mãos protegendo o rosto e a cabeça.

Gingaram de um lado para outro, avançaram duros e firmes, correram com determinação.

Sem parar de rir, Chernobyl sacou uma faca e estripou o mais próximo.

O salão foi tomado pelo cheiro de sangue e excremento. Duas garotas próximas ficaram com seus vestidos brilhantes lavados de vermelho e deram gritinhos. Os rapazes mais perto delas riram e tiraram fotos. Ratatá avançou para dois adversários, socando com as três mãos, nocauteou um na hora e pisou no pescoço dele, quebrando-o. Acertou um gancho no estômago do segundo, que se dobrou. Então cravou a faca em sua nuca.

Os convidados da festa tiravam fotos de si mesmos ao lado dos cadáveres.

Zatati avançou para mais um lutador, ele deu meia-volta e tentou correr. Agarrou-se em uma garota, puxou seu vestido numa tentativa pífia de se proteger. Rasgou a roupa da moça, que ficou com os peitos de fora, gritando. Todos tiraram fotos. Um lutador estava no chão, tentando em vão estancar o sangramento por uma artéria na coxa e chamando sua mãe sem força.

Zatati Ratatá gargalhava com a segunda cabeça, enquanto gritava de fúria com a primeira.

Era o maior presente que ele já recebera.

Um dos rapazes da plateia achou que seria engraçado tirar a roupa de uma garota e empurrá-la para o meio da luta. Ela tropeçou, tentou fugir ao mesmo tempo em que escondia sua nudez. Chernobyl a matou com um gesto, sem parecer notar o que fazia. Os convidados acharam graça. Três garotas incentivavam uma quarta a tirar o vestido e fazer aquilo também. A menina estava drogada o bastante para achar boa ideia.

Então a porta pela qual Hans Gropp havia sumido se abriu com um estrondo. A garota que o havia acompanhado surgiu, correndo, segurando o vestido sobre seu corpo nu. Estava toda suja de vômito. Os convidados se viraram para ver mais aquela diversão. Todos começaram a gargalhar quando Hans surgiu mancando atrás dela, também tentando esconder que estava nu.

— O que houve? O que houve? — gritou Blaine, rindo.

— Eu não consigo! — choramingou a garota. — Ele é nojento demais! Eu...

— Ela vomitou! — completou Bob.

Zatati Ratatá continuava seu massacre.

Bob e Blaine agarraram Hans Gropp. Ele esperneou, mas eles o puxaram para perto da moça.

— Vamos, tenha pena dele! Só um boquete!

— Não! — ela não queria nem olhar para o cientista. — Tire isso de perto de mim!

Uma gargalhada dominou o ambiente. Zatati Ratatá arremessou a cabeça decepada de um dos adversários no meio da multidão e correu.

— Onde ele está indo? — perguntou Blaine.

Então o Palhaço de Chernobyl saltou sobre ele, faca em punho:

— Larguem meu pai!

Blaine estava morto antes que seu corpo tocasse no chão. Bob tentou fugir, mas Zatati o derrubou com um chute.

— Não! — implorou Hans Gropp. — Não faça isso! Eles me acham um gênio!

A festa acabou.

Os convidados não estavam mais rindo.

— Me deixe ir — disse Bob — e eu confirmo que Blaine morreu por acidente. Ninguém precisa ficar sabendo.

Zatati Ratatá estava bufando. Pingando sangue, faca na mão, olhando Bob.

É claro que o olheiro iria abafar aquilo. Ele mesmo era responsável indireto por várias mortes — e pior, por promover uma competição não sancionada pelo Extreme Fighting Championship. Bob queria viver e aquilo era o que tinha para negociar.

— Você viu como meu filho é bom — disse Hans. Era uma figura patética, quase implorando e tentando se vestir na frente de todos. Sujo do vômito da garota. — Ele pode ser um campeão.

— Seu cara é caçado pela DataDyne e pela LNS. Você é um velho nojento e ele é uma aberração. O que você esperava?

Chernobyl rosnou.

— Isso é o melhor que vai conseguir — continuou Bob. — Mas, se eu morrer, vocês vão ter que se virar com toda a segurança do XFC. E com os campeões.

Na Estação Madison, isso era uma preocupação real. Não se podia ameaçar a competição, pois as corporações estavam dispostas a usar os lutadores para garantir sua continuidade.

Hans Gropp terminou de se vestir. Estava ofegante.

— Você disse que eu era um gênio.

— É pegar ou largar, velho.

Chernobyl estava apenas esperando sua ordem.

A festa estava em silêncio.

— Solte-o — disse Hans.

O palhaço obedeceu.

Hans Gropp se reuniu com seus pós-humanos. Zatati o auxiliou para andar rumo à porta da frente.

— Você está sujo de sangue — avisou Bob. — Não pode sair por aí. Use a saída dos fundos, vá pelos túneis inferiores.

Hans Gropp fez que sim, e os palhaços o escoltaram para uma saída oculta, clandestina, que não chamava a atenção da Estação Madison.

Algum dos convidados começou a rir.

Então outro e outro.

E logo todos estavam rindo de Hans Gropp e seus palhaços.

Nunca seriam como eles. Nunca teriam ternos caros, vestidos apertados, saltos altos, cabelos da moda e físicos esculpidos. Nunca saberiam o que dizer e como se portar. Eram um louco e suas aberrações e nunca seriam bem-vindos.

No dia seguinte, eles pegaram um transporte para longe da Estação Madison.

Porque não havia lei no espaço. Mas havia hierarquia em toda parte.

7 VIOLÊNCIA ENGARRAFADA

OZOB DEIXOU O CARRO FUMEGANDO, BATIDO NO MURO DE UM BECO NA Cidade Baixa. As sirenes da polícia tinham ficado para trás, mas ele sabia que bastava o reconhecerem para que a caçada continuasse. Ele havia feito bagunça na Cidade Alta. Pior: havia fugido da DataDyne mais uma vez. Talvez fosse questão de tempo até que o mundo começasse a queimar.

Cambaleou para fora do carro, tentando reconhecer a vizinhança. Não conseguiu, o que era ótimo. Calculava que sua melhor chance de se manter à frente da corporação era permanecer longe dos lugares usuais. Nada de Times Square, nada de Sewage City, nada de Distrito da Luz Vermelha. Ele não sabia onde estava, mas era algum lugar num canto da ilha principal da Cidade Baixa. As gigantescas colunas que sustentavam a Cidade Alta ocupavam alguns quarteirões naquela zona, o que era sinal de uma região especialmente ruim — só a escória da escória ficava perto das colunas. Havia pichações por cima de pichações nos muros, mesmo quando existia espaço disponível logo ao lado: sinal de guerra de gangues; as marcas significavam que diferentes grupos conquistaram cada ponto sucessivamente.

Tudo estava escrito em alfabeto cirílico. Sinal de que os russos dominavam a região.

Ozob andou por ruelas desertas, com letreiros de pequenos negócios – lojas, lavanderias, oficinas – que ele não conseguia ler. Tudo estava fechado e os estabelecimentos tinham lacrado suas portas e suas janelas com tábuas, chapas de metal, grades. Não havia nenhuma franquia à vista. Nenhuma lanchonete com um imenso M dourado, nenhuma loja de eletrônicos ostentando uma maçã em seu logotipo. Só negócios locais, pequenos. Uma verdadeira comunidade.

Também parecia ser uma vizinhança residencial, pois tudo estava quieto à noite. Ozob precisava de um lugar para respirar um pouco. Um lugar para descansar, talvez fazer alguns curativos. Pensar no que fazer a seguir. O ideal seria um hospital clandestino, mas ele achou um bar russo. Seu nome era *Gulag*.

Ele entrou no bar, empurrando uma porta feita de imitação de madeira. O interior era todo escuro e enfumaçado. Deu dois passos para dentro e notou que todos haviam parado de falar. Estavam de olho nele.

O bar estava cheio. Homens com abrigos horrorosos, correntes de ouro e barbas se sentavam em mesas grandes, fumando e bebendo vodca. Mulheres seminuas com implantes estéticos de gosto e manufatura duvidosos, além de muita maquiagem, sentavam-se em seus colos. Muitos tinham implantes cibernéticos óbvios — pernas de metal, armas implantadas nos ombros. Quase todos eram tatuados: besouros, igrejas, tigres, imagens de Nossa Senhora com o menino Jesus, touros, olhos. Isso significava máfia russa.

Nenhum deles parecia feliz em ver Ozob.

Ele pensou em simplesmente ir embora dali. Mas cair em dois carros voadores tinha se somado aos ferimentos dos últimos dias e ele precisava de um trago. Precisava sentar e respirar. Além disso, duvidava que a corporação entrasse em um bar de gângsteres.

Sentou de frente para o balcão. O barman era um homem de ar humilde, subserviente, com tatuagens cobrindo todo o rosto. Ozob notou que ele estava acorrentado ao bar, e a corrente sumia dentro de sua pele.

— Me vê um whisky.

O barman não discutiu: começou a servir, sem falar nada. Todo o bar continuava em silêncio. Ozob ouviu uma voz vinda de trás:

— Homens de verdade pedem vodca.

O homem que dissera aquilo tinha sotaque russo pesado. Era difícil discernir algumas palavras. Ozob não olhou para trás, porque achava que encará-lo iria começar uma briga. E ele não queria uma briga naquele momento.

— Não se preocupe com o que eu bebo — disse o pós-humano. — Eu peço uma vodca depois.

— Tudo que você mistura com vodca fica mais fraco que vodca.

Ele secou o whisky. Pediu a maldita vodca e se virou para olhar seu interlocutor.

Todos os mafiosos continuavam observando-o. As mulheres em seus colos tinham se erguido e ido ficar num canto. Só havia uma mulher sentada no bar — tinha cabelo loiro curto, ombros largos, nenhuma tatuagem ou implante óbvio. Estava numa mesa, ao lado de um homem barbudo, de óculos escuros, com a cabeça raspada e coberta de tatuagens.

— Conheci um replicante uma vez — disse o barbudo tatuado. Era a mesma voz que opinara sobre suas bebidas. — Gostei muito dele.

— É? — disse Ozob, olhando-o fixo. — Que ótimo. E o que eu tenho a ver com isso?

— Até hoje uso a pele dele como tapete. É ótima para limpar os pés.

Ozob bebeu sua vodca num gole e se levantou, já sentindo o coração acelerar de raiva. Atravessou o bar, sob os olhares de todos, e chegou até e mesa com o tatuado e a loira de cabelo curto. Puxou uma cadeira e sentou com os dois. Ignorou o homem e se debruçou para a mulher:

— E então, princesa? Não quer largar esse vagabundo e ficar com um homem de verdade?

Falar aquilo não fazia o menor sentido, exceto que ele tinha acabado de apanhar de pseudocelebridades mercenárias, levar um soco de sua irmã querida, ser levado até a presença de sua família de merda, receber a ordem de assassinar seus amigos e fugir da polícia desde os níveis mais altos até o ânus da Cidade Baixa. Ozob estava cansado de ser pisado, e aquele russo iria pagar por todos os outros.

A loira olhou para ele. Era bonita: olhos azuis profundos, peitos grandes, pele alva. E era quase tão forte quanto ele mesmo. Seu rosto era anguloso e sua expressão não escondia que ela não estava ali para entreter ninguém.

— Me chame de princesa de novo e vai perder outra coisa além do nariz — ela disse, também com sotaque carregado. — Para você, é coronel.

De repente, ele ouviu os sons de todas as cadeiras do bar sendo arrastadas. Todos os gângsteres estavam de pé atrás dele. Ozob começou a sentir algo estranho: vontade de obedecer aos mafiosos. Eles eram a autoridade ali, ele estava em sua comunidade. O programa de cooperação e conformidade instalado em seus implantes estava atuando.

Isso aumentou a raiva de Ozob e ele falou algo que provavelmente não deveria:

— Tatuado, levante e me busque uma vodca, já que você recomenda tanto. — Achou dinheiro de papel no fundo de um bolso e jogou no rosto do homem. — Fique com o troco.

Os mafiosos se moveram atrás de Ozob, mas o tatuado fez um gesto e eles ficaram estáticos. Então o homem colocou a mão dentro do casaco e puxou algo ainda mais arcaico do que dinheiro de papel: um revólver de seis tiros. Relíquia do século 21.

— Claro. Mas primeiro você vai jogar conosco. Em meu país, conhecemos este jogo só como roleta.

Ozob engoliu em seco. Arriscou uma olhada para os gângsteres atrás dele e três já tinham facas nas mãos. Outros dois estavam com pistolas. Pelo menos ainda voltadas para baixo. Voltou-se então para a coronel e ela tinha um sorriso matreiro.

Ozob queria obedecer. Sua respiração ficou rápida e superficial. Ele olhou para o tatuado e forçou um sorriso cheio de dentes:

— Vamos jogar então.

O barbudo manteve o olhar fixo em Ozob. Abriu o tambor do revólver e retirou 5 cápsulas. Apenas uma bala permaneceu. Ele então girou o tambor e o fechou.

Impossível saber onde a bala tinha parado.

— Faça as honras — disse o barbudo, estendendo o revólver para Ozob.

O pós-humano agarrou a arma, tremendo. Pesou suas chances de simplesmente dar um tiro na cara do outro. Mas um exame rápido dos russos logo atrás deixou claro que ele não teria vida muito longa se fizesse isso. A coronel também tinha uma faca na mão. O próprio barbudo estava sentado para trás, de braços cruzados. Tão calmo que deveria ter algum truque escondido.

Ozob encostou o cano do revólver na própria têmpora. Sorrindo, com olhos arregalados de um alucinado. Não queria morrer. Tinha ainda dois anos de vida. Tinha California. Mal tinha começado a vida na Terra.

Lembrou de Chernobyl Ratatá.

— Vamos jogar então, seu merda!

Apertou o gatilho.

Clique.

Ozob depositou o revólver na mesa, sentindo uma onda de alívio, uma sensação deliciosa que deixou seu corpo mole. O coração batendo mais rápido do que nunca, escutou o sangue sendo bombeado nos ouvidos. Tentando esconder a tremedeira, disse:

— Sua vez.

O russo pegou o revólver com mão firme. Manteve o olhar em Ozob. Encostou o cano na têmpora e, sem hesitar, apertou o gatilho.

Clique.

Colocou a arma na mesa como se aquilo fosse a coisa mais casual do mundo.

Ozob sentiu um terror incrível da arma, como se fosse uma cascavel prestes a mordê-lo. Na verdade, se fosse uma cascavel seria bem melhor. Ele daria o braço esquerdo por uma cascavel naquele momento. Pegou o revólver, ainda tremendo, começou a rir sem controle. Encostou o cano na têmpora. Ainda restavam três câmaras vazias e uma bala. Três chances de viver e um tiro na cabeça. O programa estava fazendo seus implantes operarem com capacidade máxima, forçando os processadores e travando outras funções para suprimir sua personalidade e torná-lo obediente. Ozob disse:

— Vamos todos cooperar para um mundo melhor!

E apertou o gatilho.

Clique.

Ele não se conteve e fechou os olhos de alívio. Deixou o revólver cair na mesa. O corpo todo formigou e ele se sentiu afundar na cadeira. Olhou para o russo e desejou ver seus miolos espalhados na parede. O filho da puta tinha duas chances de viver e uma de morrer. Ozob podia ter um pouco de sorte. Só um pouco. Um russo morto não era um pedido tão impossível, eles morriam o tempo todo. Só um russo morto e tudo ficaria bem.

O barbudo encostou o cano na têmpora e apertou o gatilho no mesmo movimento.

Clique.

— Agora cada um tem metade das chances — ele disse, em seu sotaque rasgado.

Ozob pegou a arma. Mal conseguia sentir as extremidades. Estava anestesiado. Não tremia mais, mas parecia estar assistindo a seus próprios movimentos num filme. Uma câmara vazia e uma bala. Metade das chances de que morresse ali mesmo, de forma idiota, num bar cheio de russos psicopatas. A coronel estava recostada na cadeira, fumando um charuto cubano, sorrindo e limpando as unhas com uma faca de combate. Os mafiosos estavam fazendo apostas, trocando dinheiro entre si e falando em russo. As garotas seminuas estavam olhando meio apavoradas, num canto. O barbudo estava frio e impassível, como se aquele fosse o dia mais normal de sua vida.

Ozob encostou o cano na têmpora.

Colocou o dedo no gatilho.

Então, num movimento rápido, apontou a arma para a cara do russo e disparou. O bar foi tomado pelo estampido, mas o barbudo no mesmo instante bateu no braço de Ozob, desviando o tiro. O pós-humano se ergueu num salto, pegou a cadeira e a quebrou na cabeça tatuada.

— *Alô, criançada!*

o—

O russo se protegeu com o antebraço, mas a pancada com a cadeira foi forte. Ozob se virou para fugir e se deparou com a muralha de mafiosos logo atrás de si. Voltou-se de novo para o tatuado e ele pulou por cima da mesa, caindo com um soco de cima para baixo na têmpora do pós-humano.

Ozob foi arremessado para trás e caiu de encontro a algum russo enorme e cheio de implantes cibernéticos. Foi seguro pelos dois braços e logo havia uma faca em sua garganta.

— Não! — gritou o tatuado. — Eu resolvo!

Ele foi então empurrado para cima do barbudo, que o recebeu com um gancho bem colocado nas costelas. Ozob soltou um gemido, abaixou-se e, de surpresa, subiu com um uppercut no queixo do outro. O russo foi jogado para trás e Ozob pulou, montando nele.

— Isso é divertido? — berrou o pós-humano, dando um soco na cara do outro. — Isso é divertido?

Outro soco e a cabeça do russo foi para um lado e para outro. No terceiro soco, ele agarrou o pulso de Ozob e torceu. O palhaço gritou de dor. O russo puxou seu braço para o lado e Ozob teve de desmontar, rolando no chão. O russo o agarrou com os dois braços. De repente, já estava de pé, com Ozob por cima da cabeça. Então caiu sentado, e Ozob se chocou de cabeça com o chão.

O pós-humano se ergueu, tonto, e o outro lhe acertou um golpe na garganta com os dedos esticados e duros. Ozob começou a tossir, mas teve reflexo para se esquivar de um pisão que vinha certeiro em seu joelho.

Ele deu uma cambalhota para trás. Os mafiosos riram e abriram caminho. Ozob saltou numa mesa, pulou para outra e então para o balcão do bar. Pulou lá para trás e pegou duas garrafas.

O tatuado estava correndo em sua direção.

Ozob arremessou uma garrafa e o homem a bloqueou com o antebraço. Arremessou a segunda e ele não teve tempo de se defender;

a garrafa se quebrou em sua cabeça tatuada. Encharcado de vodca e sangue, ele continuou, impassível como um robô.

O russo chegou até o bar. Ozob agarrou mais uma garrafa. O outro esticou o braço e segurou seu cabelo vermelho por trás. Então fez força e bateu com a cara de Ozob no balcão. Às cegas, o pós-humano quebrou mais aquela garrafa na cabeça do russo, sem soltá-la. Desvencilhou-se do agarrão e usou a garrafa quebrada para golpear o rosto do adversário. O russo se esquivou e pulou para trás do bar, apoiado numa mão.

O barman estava encolhido num canto, tentando se proteger, sua corrente enrolada no chão. Os mafiosos continuavam apostando, cada vez mais entusiasmados. A coronel ria alto e dava baforadas no seu charuto. O russo segurou Ozob pela roupa e o jogou na parede cheia de garrafas. Elas se quebraram, banhando o pós-humano em álcool e estilhaços. Ele sentiu os cacos entrarem em suas costas, mas ignorou. Urrou e atacou o tatuado de novo com a garrafa quebrada.

O russo se abaixou, evitando a garrafa, e mergulhou para a frente, ficando atrás de Ozob. Segurou a corrente do barman e a enrolou no pescoço do pós-humano, erguendo-se num bote. Ozob agora estava de costas para o russo, sendo enforcado pela corrente. O barman começou a gritar, pois sua própria carne estava sendo puxada com os elos metálicos.

Ozob sabia que tinha poucos segundos antes de perder a consciência. Largou a garrafa e segurou as mãos do russo, enfiando os polegares entre os polegares e os indicadores do inimigo. Puxou para os dois lados, fazendo as mãos se abrirem, torcendo-as e aliviando o aperto da corrente. Então, antes que o russo conseguisse pensar, se abaixou, desequilibrou-o com uma perna, agarrou-o pela roupa e jogou-o por cima da cabeça. O homem se estatelou de costas no balcão. Ozob se livrou da corrente e derrubou toda a prateleira de bebidas por cima dele. Dezenas de garrafas caíram em avalanche, com o móvel, mas o russo rolou para o chão, evitando quase tudo. Ozob pulou por cima do balcão e os dois estavam no meio do bar, se encarando.

Por um segundo, Ozob achou que a briga acabaria.

Então o russo se abaixou e correu para ele. Acertou-lhe uma cabeçada na boca do estômago. O pós-humano perdeu o fôlego. O outro o ergueu mais uma vez, virou-o e jogou-o de cara no chão. Ozob rolou para o lado, evitando que o homem pisasse no seu peito, e enredou seus joelhos com as próprias pernas. O russo desabou. Ozob o prendeu numa chave de perna.

— Entregue-se! — gritou o pós-humano.

— Nós não nos entregamos para Napoleão e Hitler. Não vou me entregar para um palhaço.

Desafiando a dor, o russo conseguiu erguer o tronco, enquanto suas pernas ainda eram seguras por Ozob. Então bateu com a mão como um martelo no joelho do pós-humano. Ozob berrou de dor e a chave de perna afrouxou. O inimigo conseguiu se desvencilhar.

Os dois ficaram de pé de novo.

Ozob acertou uma cabeçada no nariz do russo. Sangue voou para todo lado, e o pós-humano o sentiu quente na própria testa. O homem respirou fundo, não se mexeu, e Ozob deu uma segunda cabeçada, uma terceira. O russo então respondeu com uma cabeçada própria — como Ozob não tinha nariz, foi testa contra testa.

Os dois cambalearam para trás, se afastando.

O bar estava em silêncio, todos prestando atenção.

— Renda-se — disse Ozob.

O russo puxou a bainha da calça, expondo o joelho com uma tatuagem de estrela.

— Não me ajoelho para ninguém — disse.

— Eu também não. Chega de me ajoelhar. Você vai pagar por todos os desgraçados que eu tive que suportar esse tempo todo. Vamos continuar ou pode mandar todos os seus gorilas atirarem em mim. Hoje eu não me ajoelho.

O programa rodava, tentando dobrar sua vontade. Tentando fazer com que ele se ajoelhasse.

Os dois ficaram se estudando.

Ozob não queria morrer, mas estava obstinado. Não iria pedir perdão ou abaixar a cabeça. O russo não iria se entregar sem morrer — não na frente dos outros gângsteres.

Estavam em um impasse, que aparentemente só acabaria com bastante sangue.

— A Guerra Fria acabou sem bombas atômicas — disse o russo. — Às vezes, os dois lados não precisam se destruir.

Mas, naquele momento, ambos tinham batido e apanhado na mesma medida. Ninguém estava ajoelhado, todos ainda tinham sua dignidade.

— Ouvi dizer que os Estados Unidos ganharam a Guerra Fria — respondeu Ozob.

— Não force, palhaço.

Ele deu um meio sorriso.

— Meu nome é Ozob.

— Oleg Korolenko — o barbudo tatuado lhe estendeu a mão.

o—

Em pouco tempo, Ozob já estava sentado na mesa de Oleg, bebendo vodca Stolichnaya, que por sorte havia sobrevivido à briga. Os gângsteres estavam de volta com suas garotas seminuas, a jukebox tocava pop russo cantado por meninas estridentes e rap russo que desafiava uma explicação racional. A coronel se sentava na mesma mesa que os dois brigões. Ambos eram orgulhosos demais para admitir que precisavam de cuidados médicos.

— Não espere que eu pague pelos estragos no seu bar — disse Ozob. — Não tenho dinheiro nenhum.

— "Não se tosa ovelhas sem lã" — respondeu Oleg.

— O quê?

— É um provérbio russo.

Ozob riu, sem entender direito.

Havia acumulado mais alguns ferimentos no seu total. Se a DataDyne ou Ratatá aparecessem naquele momento, haveria pouco que ele pudesse fazer. Em compensação, ele não achava que os russos fossem lamber as botas de uma corporação ou um palhaço mercenário.

— De quem você está fugindo? — perguntou Oleg.

— Como sabe que estou fugindo de alguém?

— Nenhum desconhecido entra num bar como este se não está se escondendo de alguma coisa. Você não conhece a região e não deu meia-volta quando viu meus camaradas. Deve achar que quem está atrás de você é pior do que nós.

— Acho que eles são piores do que todo mundo — e acabou com sua vodca.

Oleg serviu mais para os dois.

— É uma corporação — disse Ozob, incentivado pela bebida. — A DataDyne. Eu sou propriedade deles e eles estão querendo recuperar seu investimento.

— Capitalistas — a coronel cuspiu no chão.

Ozob lhe ergueu uma sobrancelha.

— Ela é de outra época — explicou Oleg. — Não gosta do mundo atual. Acha que o paraíso estava atrás da Cortina de Ferro.

— E estava — disse a mulher. — As pessoas apenas eram burras demais para perceber.

— E quem é você, afinal? — perguntou Ozob.

— Coronel Yelena Burlikova — ela estendeu a mão. — Cosmonauta soviética.

Ozob não entendia quase nada daquela conversa. Achou que russos tinham sua própria realidade.

— Um dia, houve a maior nação do mundo — disse a Coronel Yelena, com olhos sonhadores, tirando uma baforada de seu charuto. — Uma verdadeira utopia popular. A União Soviética! Em 1917, começou a revolução que mudaria o mundo.

— E mudou? — perguntou Ozob.

— Eles eram contra a propriedade privada — disse Oleg. — Você é propriedade de uma corporação. Tire suas próprias conclusões.

— Era mais complicado do que isso — Yelena resmungou. — A União Soviética era a junção de inúmeros países sob os braços da Mãe Rússia e seus ideais eram elevados. Tivemos muitos heróis. Trotsky, Lenin, Stalin, Krushchev...

Ozob não conhecia nada de história, mas tinha quase certeza de que já ouvira falar de um tal Stalin. Era um ditador e genocida, pelo que ele lembrava.

— Propaganda capitalista! — disse Yelena, gesticulando com seu copo de vodca e derramando boa parte do conteúdo. — Eles diziam que todos eram monstros, Hollywood fazia filmes em que éramos vilões. Tudo para impedir que a revolução dominasse o mundo. Mas eles iriam perder. O sonho iria se realizar. Nós tínhamos as melhores bombas atômicas e um povo comprometido com a causa. Nós iríamos triunfar!

— Bombas atômicas realmente realizaram vários sonhos na 3ª Guerra Mundial — disse Oleg.

Os dois russos tinham uma dinâmica toda própria. Yelena não parecia se incomodar com o humor seco do gângster tatuado, enquanto ele não dava importância para as críticas da coronel ao sistema que o havia criado e que aparentemente lhe dava bastante lucro. Ozob começava a se sentir à vontade, mas talvez isso fosse culpa da Stolichnaya.

— Mas eu não estou entendendo uma coisa — disse o pós-humano. — Quando isso tudo aconteceu? Porque eu acho que já teria ouvido falar de um lugar tão maravilhoso, se realmente existisse.

— A União Soviética acabou em 1991 — explicou Oleg.

Ozob não conseguiu calcular a idade provável de Yelena se ela falava em um país que acabara há mais de 100 anos.

— O que você é? — perguntou. — Algum tipo de androide? Rica o bastante para pagar por tratamentos de juventude prolongada?

— Eu nunca pagaria por isso — Yelena se serviu de mais vodca. — Pagar por saúde é decadência capitalista. Eu sou uma cosmonauta soviética, palhaço yankee. E, em 1984, fui mandada numa missão secreta para o espaço com uma equipe de cinco outros cosmonautas. Você vê, os americanos propagandeavam suas conquistas espaciais, faziam alarde. Nós, os soviéticos, tínhamos resultados. E estávamos nos preparando para a guerra.

Yelena Burlikova era coronel do Exército Vermelho, cosmonauta e engenheira. Fazia parte do programa de guerra espacial da União Soviética nos anos 1970 e 1980, quando voava para órbita e trabalhava em satélites que seriam usados para monitorar os mísseis americanos e, talvez, até mesmo lançar mísseis próprios a partir do espaço. Suas missões eram ocultas. Ela já saíra da Terra mais vezes do que qualquer americano famoso, e certamente mais vezes do que se considerava seguro para um mesmo ser humano. A Rússia tinha seus próprios meios de fazer as coisas. O país não se importava em usar um de seus filhos até que gastasse e então substituí-lo por outro.

— Mas ela não teve tempo de ser substituída — disse Oleg.

— E, se eu morresse a serviço da revolução, seria uma honra. Melhor do que morrer de infarto, cheia da gordura de seus hambúrgueres e suas pizzas.

A Rússia e a União Soviética também não se preocupavam muito com a perfeição de suas máquinas. Para um engenheiro russo, um bom projeto era aquele que custasse barato e fosse eficiente na maior parte das vezes — mesmo que tivesse chance de dar bem errado de vez em quando. E, quando algo não dava certo, bastava um pouco de solda e parafusos para melhorar.

Em 1984, a Coronel Yelena Burlikova foi ao espaço com uma nave velha, veterana de missões demais, que já tinha passado por consertos demais. Muita solda e muitos parafusos.

Houve um problema.

— Problema? — perguntou Ozob.

— Com o isolamento térmico — Yelena deu um sorriso sem humor.

No espaço, um problema com o isolamento térmico era um problema rápido. Não havia muito tempo para pedir ajuda, pensar no que fazer ou mesmo sofrer. Yelena e seus colegas de missão tentaram enviar pedidos de socorro para a Terra. Mas, se algum deles foi ouvido, sua existência foi abafada, para que não fosse usada como arma americana na guerra de propaganda.

Todos os cosmonautas congelaram.

— Meus camaradas congelaram devagar — disse Yelena, olhando seu charuto. — Por isso seus corpos foram danificados demais no congelamento e eles morreram. Mas eu nasci na Sibéria e tenho gelo nas veias. Eu já era fria e congelei rápido. Por isso, sobrevivi.

Yelena Burlikova passou mais de 100 anos congelada, em órbita. Então sua nave foi encontrada por catadores de lixo espacial. Eles se entusiasmaram com as várias peças que poderiam ser vendidas e se surpreenderam com a mulher que, após descongelada, estava viva. Ela não sabia o que estava acontecendo e ninguém se esforçou para explicar. Quando os abutres do espaço voltaram à Terra, levaram sua nave e largaram Yelena à própria sorte, ainda desorientada.

Yelena se viu em território inimigo.

Os Estados Unidos.

Saiu para explorar seus arredores e descobriu que tudo que ela conhecia estava morto.

Seus camaradas.

Seus comandantes.

Seu país.

Seu sonho.

— Errado — disse Yelena, já enrolando a língua. — O sonho do comunismo nunca acaba. Um dia, os trabalhadores vão se erguer de novo e vamos todos derrubar as corporações. A União Soviética vai ressurgir!

Ela ergueu o punho. A jukebox começou a tocar a Internacional Socialista.

— Enquanto isso, ela trabalha para a máfia russa — disse Oleg. — "Um homem sozinho no campo de batalha não é um guerreiro."

Ele era cheio de provérbios.

— Vou lhe dizer a verdade, porque você é uma cópia de um palhaço capitalista e deve odiar os porcos que o criaram assim — Yelena se debruçou na mesa, já bem bêbada, apontando para Ozob com o charuto. — Eu vou voltar ao espaço. Estou construindo um foguete e vou voltar ao espaço. Vou reativar os satélites e as estações soviéticas. Vou eu mesma começar a revolução.

— Ela quer ser Lenin de saias — disse Oleg.

— Lenin com um traje espacial! — ela corrigiu.

— Eu acredito — Ozob bebeu mais. — Quer conversar sobre a revolução num lugar mais tranquilo?

A jukebox voltou a tocar o irritante pop russo e em pouco tempo Yelena e Ozob estavam no quartinho que ela alugava nos fundos do bar.

o—

Quando Ozob acordou, Yelena já havia saído há horas, para correr e fazer sua rotina diária de exercícios. Ele cambaleou de volta ao bar, sentindo todas as dores da noite anterior.

Estava tudo vazio, mas com as luzes acesas. A jukebox tocava velhas e tristes cantigas russas. Apenas Oleg estava sentado na mesma mesa, bebendo Stolichnaya.

— Já? — disse Ozob, sentando-se a seu lado.

— Se você não para de beber, não tem dor de cabeça.

— Isso é outro ditado?

— Isso é minha filosofia de vida.

Ozob se serviu e bebeu.

— Se quiser mais uma surra de um russo, já sabe onde me achar.

— Se quiser mais algumas aulas como a de ontem, pode pedir — disse o pós-humano.

— Um homem de verdade sabe apanhar, sabe bater e não sabe guardar rancor.

— Ditado ou filosofia?

— Não sei. Pensei nisso agora.

Os dois riram.

— Mas existe um bom ditado — ele ergueu um dedo. — "Não se brande os punhos quando a luta acabou."

— Não posso mais perder tempo, Oleg — suspirou Ozob. — A DataDyne está na minha cola e eu preciso encontrar meus amigos. Principalmente minha amiga California.

— Ah, está atrás de uma mulher. Um homem sempre tem pressa para isso. E depois nunca sabe direito como resolver os problemas que encontra.

— Ela traz problemas, mas eu trago ainda mais. É como minha irmã, então não posso deixar a infeliz sozinha.

— E onde está essa sua irmã?

— No esgoto — ele empurrou a Stolichnaya para longe, meio enjoado por tanta bebida.

— Isso me lembra Dostoiévski. *Memórias do subsolo*. Escrito na cabeceira do leito de morte de sua primeira esposa.

Onde quer que California estivesse deitada, podia ser seu leito de morte, Ozob pensou. Por causa dele. O pós-humano tomava vodca na cabeceira do leito de morte de sua primeira amiga.

— Eu conheço um pouco do esgoto — disse Oleg. — Já tive que me esconder lá por alguns meses.

Oleg Korolenko lhe deu algumas indicações sobre as câmaras do esgoto para que ele encontrasse o ponto que California descrevera. O russo parecia um homem bom para um mafioso.

O mundo estava cheio de gente boa, ruim, estranha, com suas próprias jornadas. Era uma pena que elas caíssem como moscas depois da passagem de Ozob.

— Diga para Yelena que eu estou indo lutar contra uma corporação — Ozob se levantou. — Ela vai gostar.

— Todos os russos gostam de causas perdidas.

o—

— Eu posso caçá-lo — disse a primeira cabeça.

Hans Gropp se esticou para fazer um afago num dos rostos do filho, como se ele fosse um bicho de estimação. Zatati Ratatá se abaixou, permitiu que o pai o tocasse.

— Não, meu filho. Não. Você ficará comigo. Você irá me proteger.

— Mas...

— Temos outra pessoa para fazer o serviço e você sabe que ele trabalha melhor sozinho. Agora Ozob é um inimigo das corporações e não precisamos mais de sutileza.

Sem sutileza. Sem discrição.

Apenas loucura.

Era hora de soltar o cachorro louco.

— Agora vamos jogar, pai? — perguntou Rizzo.

CRIANÇAS NO CIO

RIZZO FOI TIRADO DE SEU DELÍRIO DIGITAL E COMEÇOU A CHORAR. HANS GROPP arrancou os cabos que se conectavam com a parte de trás de sua cabeça e as imagens que eram projetadas diretamente em seu córtex cerebral subitamente surgiram numa tela holográfica a sua frente. No videogame, o palhaço-criança pilotava um carro voador e, sem seu controle neural, o veículo se desgovernou e bateu num poste perfeitamente renderizado. Vilões do jogo enxamearam ao redor do personagem de Rizzo e dispararam suas metralhadoras. A tela foi tomada por um aviso de PERDEDOR e uma proposta de que o jogador pagasse 7.500 dólares em uma microtransação para continuar jogando com dificuldade reduzida.

Rizzo esperneou e berrou, querendo voltar à verdadeira realidade. Era cada vez mais difícil para ele diferenciar o que era realidade e o que eram os jogos. Hans Gropp puxou também o cabo que enviava um feed de velhos programas infantis para o cérebro do filho mais novo e a gritaria aumentou.

Mais uma vez, o cientista notou o quanto Rizzo era parecido com Kurt Gropp, seu irmão. Era até motivo de orgulho — Rizzo fora feito para ser assim. Rizzo implorava para ser pego no colo, mas Hans era fraco demais para isso.

— Por que não faz alguma coisa? — o cientista se virou para Guzzo. — Diz que é mulher, mas não quer ser mãe. Se fosse, não seria inútil.

Guzzo continuou parada, de braços cruzados, ignorando os insultos do pai. Ozob veio dos fundos, tremendo, pronto para quebrar os dentes do velho, mas como sempre se deteve. A obediência que estava enxertada em sua personalidade era forte demais. Ele colocou a mão no ombro da irmã, tentando confortá-la, mas Guzzo se desvencilhou. Algumas lutas eram muito particulares.

A obediência não se estendia a pequenos atos, só à incapacidade de atacar o criador e de contrariar suas ordens mais gerais. Então ninguém pegou Rizzo no colo. Ele ficou no chão, berrando, batendo a cabeça no piso de concreto até sangrar.

A cabeça de Rizzo era grande demais para o corpo, e Ozob sabia que ele tinha dificuldade em mantê-la ereta. Além disso, a parte de trás era coberta de furos, slots para a inserção de cabos de vários tipos. O efeito de tantos buracos na pele tão próximos uns dos outros era inquietante. Lembrava uma espécie de colmeia. Infelizmente, Rizzo precisava de tantas conexões neurais que não era possível fazê-las todas sem fio, por implantes, como uma pessoa normal. Era necessário enfiar plugues compridos, fundo em sua cabeça, e fixá-los com força para que não se desconectassem.

Pelo lado bom, por causa disso podiam deixá-lo sempre jogando videogame e vendo os velhos programas, o que o acalmava. Rizzo agitado era quase pior que Chernobyl.

Hans Gropp não tinha forças para pegá-lo no colo, mas conseguiu lhe dar um chute. O pós-humano parou de chorar por alguns segundos, em choque.

— Você vai sair em missão, Rizzo — explicou o cientista. — Vai fazer mais um trabalho e vai se sair bem. Porque quem descumpre ordens são crianças más. E o que acontece com crianças más?

— Elas são abandonadas — recitou Rizzo, assustado.

— Você não vai forçar seu pai a abandoná-lo, vai? Não vai me fazer deixá-lo na rua, no meio do lixo, à noite? Vai me obrigar a isso?

— Não, papai.

— Claro que não. Então você vai fazer o trabalho direito. Vai pilotar um transporte com uma carga preciosa.

— Isto é um jogo?

— Não, idiota. Isto é a realidade. Você não poderá voltar atrás se errar aqui. Não poderá pagar para me fazer não abandoná-lo. Se você errar, vai morrer. Ou vai viver e me envergonhar.

Rizzo piscou várias vezes, tentando entender. O problema era que a vida era muito parecida com o videogame. Em ambos os casos ele recebia estímulos diretamente em seu cérebro. Em ambos os casos, pilotava veículos e cumpria missões. Em ambos os casos as pessoas diziam que gostavam dele quando as missões eram bem-sucedidas. Não havia grande diferença entre obter a aprovação de seu pai e de um mentor que lhe apresentava tarefas no jogo.

Rizzo já tentara reanimar algumas de suas vítimas com comandos mentais que funcionariam para voltar atrás num save game. Às vezes ele matava gente por diversão, como no videogame. Só para ver o que acontecia. Então Rizzo chorava, porque a realidade era mais dura, não voltava atrás.

— Você vai transportar uma carga preciosa — continuou Hans Gropp. — E Ozob vai acompanhá-lo.

— Não! — Ozob protestou.

O criador se virou para ele.

— Seu irmão é uma vadia inútil que se recusa a ser mãe de Rizzo. Zatati está infiltrado e só volta daqui a um mês. Você vai fazer este serviço, Ozob. Vai escoltar Rizzo e trazê-lo de volta vivo.

O pós-humano fechou o punho.

— Vou matá-lo. Será questão de piedade. Vou acabar com a miséria dele.

— Não, não vai disse Hans. Vai me obedecer. Para garantir, o mesmo que acontecer com Rizzo acontecerá com Guzzo, quando Zatati Ratatá voltar.

— Eu sei me defender — disse Guzzo.

Mas Ozob se sentiu enjoado de medo por ela. Ninguém sabia se defender de Chernobyl.

— Certo — ele disse. — Rizzo vai voltar inteiro.

O palhaço-criança olhou para ele com um sorriso bobo, sangue escorrendo de seu supercílio, onde ele havia batido a cabeça no chão. Pareceu não reconhecê-lo, então lembrou de quem ele era.

— Eu amo você, irmão. Vamos nos divertir juntos.

— *Não* deixe ele se divertir — alertou Hans Gropp.

o—

Marte era a colônia mais desenvolvida. O título pertenceria à Lua, mas naquela época o satélite já tinha se tornado uma grande armadilha para turistas. Não era tão difícil para um rico que desejava dizer que tinha viajado ao espaço passar 15 dias num spa na Lua, com praia artificial simulando perfeitamente qualquer balneário genérico da Flórida. Além disso, a Lua estava cheia de lixo. Por último, havia a questão da presença americana: ao contrário das outras colônias extramundo, a Lua fora tocada primeiro por uma missão financiada pelos EUA, não pela iniciativa privada, então ainda havia discussões sobre território pertencente àquele país. Tudo isso se juntava para tornar o satélite natural uma mera distração, deixando Marte como um polo de desenvolvimento.

Marte era em grande parte colonizado, com domos muito maiores do que os que havia em Ganimedes. Tudo pertencente à iniciativa privada, tudo um grande subúrbio, tudo povoado por uma massa de trabalhadores braçais e um punhado de executivos. Por pós-humanos e robôs.

Havia enclaves de diferentes corporações em Marte — nenhuma das grandes deixava de estar presente. Até mesmo a DataDyne possuía uma cidade no planeta. Os moradores de cada enclave eram considerados cidadãos das corporações. Caso permanecessem por mais de um ano naqueles lugares, perdiam sua nacionalidade terrena e só podiam pisar na Terra como turistas ou em territórios de posse da corporação.

Eles haviam sido acolhidos por uma cidade da Himmelkraft S.A., como cidadãos provisórios. Não tinham nenhum privilégio e sua presença não era conhecida por ninguém com um cargo acima da gerência intermediária local, mas pelo menos tinham uma casa, onde em teoria estavam a salvo da DataDyne e da Lehder-Nuñez-Strauss.

Não havia interação entre as corporações dentro de cada cidade; tudo dentro de um domo pertencia a uma só companhia. Às vezes, havia guerra entre as cidades corporativas, e os cidadãos eram recrutados para pegar em armas e cantar jingles de guerra, defendendo a superioridade dos produtos de sua nação corporativa e o direito de seus acionistas de lucrar mais. Em raras ocasiões, havia intercâmbio pacífico entre enclaves.

A missão de Rizzo e Ozob envolvia uma dessas raras colaborações.

O palhaço-criança estava com todos os seus slots cranianos ocupados por plugues e uma enorme quantidade de fios o ligava aos sistemas do transporte que pilotava pela superfície de Marte. Rizzo dirigia uma nave de baixa altitude, feita para operar na gravidade fraca. A cabine acomodava todo o equipamento neural que se conectava ao piloto, um manche e um painel cheio de controles e medidores complexos. Para entendê-los, eram necessários anos de estudo — ou um bom enxerto de memórias falsas. Na cabine também cabiam o próprio Rizzo e Ozob, no banco ao lado.

Atrás, uma jaula cheia de fedelhos. Eram uma espécie de guarda-costas de Rizzo, aberrações genéticas com corpos malformados, totalmente obedientes ao pequeno pós-humano. Tinham rostos pintados de cores vivas, como a pele dos palhaços, mas mal lembravam humanos.

E, atrás da cabine, dividido por uma parede de metal e plástico ultraduro, o compartimento de carga do transporte. Parecia a caçamba de um caminhão, porém menor. Eles não sabiam o que era a carga, apenas que era frágil e devia ser tratada com cuidado.

Pelo para-brisa de plástico e pelas câmeras instaladas em todos os lados do transporte, só se via a superfície árida de Marte. Os dois estavam há algumas horas viajando sem incidentes — o que era uma prova da habilidade de Rizzo, já que pilotar qualquer veículo naquele planeta era arriscado. Ele parecia ter uma intuição sobre cada cratera e zona de turbulência, alguns segundos antes que elas se apresentassem. Conseguia evitá-las com poucos gestos rápidos no manche, alguns comandos neurais. Ele não estava tranquilo enquanto pilotava — ria sozinho, assustava-se com coisas que não existiam, falava com Ozob em palavras sem sentido, numa concatenação irrefreada de ideias que só formavam um conjunto lógico em sua mente. Mas era um pouco como videogame. Ele não estava esperneando e chorando. Uma tarefa a ser cumprida parecia lhe dar um senso de propósito.

De repente:

— Estou sentindo um cheiro esquisito — disse Rizzo.

— São seus fedelhos. Eles cagam na jaula. Excretam coisas nojentas quando estão perto de morrer.

— Não. Os fedelhos têm cheiro de amizade. Estou sentindo um cheiro que não conheço, irmão. Que cheiro é esse?

Ozob não sentia nada, principalmente com o fedor dos homúnculos. Eles exalavam um odor acre, mistura de inseticida com o interior de uma pet shop. Rizzo continuou reclamando e sua voz se tornou mais esganiçada e urgente com o passar dos minutos. Às vezes seu irmão mais novo demonstrava sentidos mais apurados que o normal, embora isso não fizesse parte de seu projeto inicial. Contudo, às vezes, também interagia com elementos que não existiam para outras pessoas. Impossível saber qual dos dois estava ocorrendo ali.

— Estou sentindo um cheiro, Ozob! — gritou Rizzo. — Que cheiro é esse? Está me fazendo sentir coisas que eu não sei o que são! É cheiro de uma coisa má, Ozob. Mas eu quero. *O que é isso?*

Rizzo quase jogou o transporte num rochedo. Ozob segurou o manche na última hora. Não foi suficiente, pois o palhaço-criança sobrepujou o comando físico com uma ordem mental para a nave. Ozob então agarrou seu rosto e o virou para ele mesmo.

— Calma, Rizzo! É só a carga! É só a carga! Vamos entregar a carga e tudo vai ficar bem!

Rizzo começou a chorar, berrando sem palavras. Desviou a nave do rochedo, numa guinada para cima. Os projetores antigravitacionais sob o chão do transporte o nivelaram de novo. A carga fez barulho na caçamba, e Rizzo ficou intrigado.

— O que você acha que é?

— Não sei, Rizzo.

— O que você acha que é? Acha que é uma arma? Uma bomba? Um robô? Um presente para alguém? Qual presente?

Ozob ficou uns segundos ouvindo e observando o irmão. Uma maneira de calar sua boca seria a forma como Hans agia: ameaçando-o. Rizzo tinha conhecimentos e impulsos de adulto — de um adulto perturbado. Mas a base de sua personalidade era infantil. Na verdade, dos quatro irmãos, Rizzo era o que tinha a personalidade mais básica. Era quase uma tela em branco. Enquanto havia muitos registros dos palhaços que tinham sido os fundamentos de Ozob, Guzzo e Zatati Ratatá, o personagem que dera origem a Rizzo existia apenas como fragmentos, relatos e umas poucas histórias em quadrinhos ancestrais escaneadas na internet. Hans Gropp moldara a mente de Rizzo de acordo com suas lembranças do irmão e suas próprias percepções do que um menino deveria ser. Assim, ele era, em um nível fundamental, uma criança. Parecia cruel usar as táticas de intimidação do criador. Rizzo, como todas as crianças, também sabia ser cruel. Mesmo assim, Ozob preferiu tentar acalmá-lo com um pouco de diálogo.

— O que você acha que é? — perguntou o pós-humano adulto.

— Acho que é um monstro. Nós vamos entregar um monstro e ele vai ser criado pelas pessoas na outra cidade. Então ele vai devorar todas as pessoas. E as pessoas vão pedir nossa ajuda, mas não vamos ajudar, porque foi culpa delas. E depois que as pessoas morrerem o monstro vai nos matar também. E nós vamos pedir ajuda, ninguém vai nos ajudar e vai ser culpa nossa.

Ele olhou para Ozob com os olhinhos negros arregalados. Sangue escorria de seu lábio, pois no entusiasmo da história ele mordera o interior da própria boca com força. Rizzo estremeceu de gosto ao imaginar a morte.

— Morre comigo, irmão? Vai ser bom. Antes da morte podemos nos divertir. Vamos nos divertir com as pessoas na cidade. Então vamos morrer juntos. Vai ser bom morrer com você porque eu te amo. Eu quero que você me mate afogado. Mesmo se eu me debater e implorar você vai continuar me afogando. Então você usa o último save game e então eu te mato.

Lágrimas e sangue escorriam pelo rosto do palhaço.

— Rizzo, isto *não* é um jogo — Ozob foi duro. — Eu não vou matá-lo e você *não* vai me matar...

— Você disse que iria me matar, irmão. Disse para o papai. E você me ama então vai ser bom. Pode me matar do jeito que quiser. Pode pisar na minha cabeça até não sobrar nada, como Zatati fez com aquelas crianças aquela vez. Ou então pode arrancar meus intestinos, como eu fiz com aquele senhor, lembra?

— Rizzo...

— Vamos morrer juntos. Vamos morrer agora mesmo, mano! Vamos morrer aqui, porque não aguento mais este cheiro!

— Rizzo, cuidado!

No mesmo instante, o olhar de Rizzo mudou. A expressão alucinada deu lugar a um foco total. Ele girou o manche, fazendo a nave virar 90 graus, e num comando imediato reverteu os projetores antigravitacionais, efetivamente freando o transporte e fazendo-o recuar. Uma explosão se formou no lugar onde o transporte estivera e a onda de choque enviou o veículo girando pela superfície de Marte.

Rizzo conseguiu estabilizar a nave, mas de cabeça para baixo. Ozob começou a gritar para avisá-lo, mas é claro que ele já sabia e a manobra fora planejada. Um míssil voou ao encontro da nave e Rizzo acionou os projetores antigravitacionais, ainda invertidos, para empurrar o transporte para baixo e evitar a colisão. Ele então normalizou os projetores, impulsionou o transporte à toda velocidade para frente e aproveitou uma colina íngreme para impulsionar o transporte para cima, quando então o deixou em posição normal de novo.

O palhaço-criança girou o transporte, olhando todas as câmeras localizadas na fuselagem e registrando todas as informações numa velocidade muito maior que Ozob conseguiria captar qualquer coisa. A conexão neural lhe dava a impressão de que a nave era em parte seu próprio corpo e ele tinha noção plena das ameaças.

— São corsários — disse Rizzo, sério. O profissionalismo em seu jeito era quase mais bizarro que os comentários sobre morrer e matar, por sua voz de criança.

Ozob então notou as quatro naves menores circundando-os. Não eram caças — não tinham projetores para sair de órbita, muito menos autonomia para viajar de planeta em planeta. Mas voavam mais alto do que o transporte onde eles estavam e tinham muito mais agilidade. Pareciam um misto de carros de corrida e aviões de combate; contavam com duas asas curtas e muitas armas aparentes. Todos eles ostentavam a bandeira negra com caveira e ossos cruzados que caracterizava os corsários corporativos.

Dois corsários se aproximaram deles, pela frente, mergulhando, cruzando-se por cima e por baixo, disparando metralhadoras frontais. Rizzo acionou os projetores em potência máxima, forçando o limite de altura de sua nave e passando por cima dos tiros. As duas naves rápidas ficaram sob o transporte e Rizzo deu potência aos motores traseiros, afastando-se delas.

Ozob rilhou os dentes, observando as imagens vindas das câmeras traseiras. Corsários eram inimigos perigosos. Desesperados sem nação na Terra e sem filiação corporativa nas colônias, que não podiam ou queriam realizar trabalhos maçantes e exaustivos, eles recorriam à pirataria. Atacavam comboios ou transportes isolados que atravessavam Marte. Pilhavam naves desprotegidas e tentavam vender sua carga para as corporações rivais que oferecessem o melhor preço. Como um planeta dividido entre concorrentes, Marte não era todo mapeado. Ninguém sabia exatamente o que podia haver entre um domo e outro. Assim, qualquer viagem era arriscada e possivelmente cheia de lugares onde esses bandoleiros podiam se esconder.

Contudo, nenhum pirata poderia ficar a salvo do poderio de todas as corporações juntas. Se representassem perda real de lucros, as concorrentes iriam se unir para erradicá-los e nenhum poder no sistema solar era tão eficiente na violência quanto a iniciativa privada. Assim, os piratas faziam propostas às corporações e recebiam cartas de corso. Eram documentos que permitiam que eles atacassem e roubassem transportes das companhias rivais. Cada carta de corso dava permissão de antagonizar algumas corporações, salvaguardando outras, e a maioria dos corsários tinha vários desses acordos. Assim, na prática, nenhuma corporação estava a salvo e todas se beneficiavam dessa forma de livre concorrência. Os corsários se abrigavam nas cidades das corporações que lhes davam os documentos e, assim que possível, partiam para espreitar a superfície árida e lucrativa de Marte.

Corsários eram oponentes perigosos porque estavam atrás da própria sobrevivência. Ozob torceu para que Rizzo fosse ainda mais perigoso.

Era suicídio pilotar uma nave sem armas em Marte. Assim, o transporte deles era armado — mas era lento e muito menos letal que as naves de ataque dos corsários. Rizzo estava no limite máximo de altitude e avançando à toda velocidade. Os quatro corsários ficaram em sua rabeira, disparando as metralhadoras.

— Rizzo, a carga...

— Eu sei — interrompeu o palhaço-criança, sério e calmo.

Ele desligou os projetores antigravitacionais e o transporte despencou. Ao mesmo tempo, soltou bombas pela traseira da nave. Não tinham propulsão, eram vagarosas e dependiam de colocação perfeita para acertar um inimigo. Mas Rizzo era perfeccionista: o impulso da queda e da aceleração à frente fez com que três bombas descrevessem uma trajetória precisa para trás, exatamente do jeito que ele queria. Os tiros dos inimigos as acertaram e as três explodiram numa enorme bola de fogo. Um dos corsários passou por dentro da explosão e seus motores se incendiaram. Ozob viu quando o piloto inimigo perdeu o controle e se chocou contra uma espira de pedra, explodindo. Menos de um segundo antes que a nave tocasse o chão, Rizzo acionou os projetores antigravitacionais de novo, ganhando altitude.

Restavam três corsários.

Sete mísseis vieram na direção do transporte. Rizzo os enxergou pelas câmeras traseiras. Eles pareciam chegar de todas as direções, mas o palhaço jogou a nave para um lado e para o outro, aumentou e diminuiu a altitude, e se esquivou de todos. Aumentou a velocidade de novo e, de repente, puxou o manche para trás ao máximo. A nave fez um loop comprido, por cima dos inimigos. Quando estava na metade da manobra, Rizzo embicou o transporte direto para o chão. Estava bem sobre um dos corsários. A nave maior abalroou o inimigo, chocando-o contra o solo pedregoso de Marte. Rizzo endireitou o transporte no último segundo e continuou voando rente ao chão. O adversário não conseguia mais decolar e faíscas emergiam de seus motores.

Restavam dois.

Os corsários voltaram a atirar com suas metralhadoras. Rizzo se esquivou, girando a nave. Então os inimigos dispararam seus últimos mísseis. O palhaço ganhou altitude, evitando um deles, mas foi lento demais para deixar o transporte cair de novo. O míssil acertou a lateral da nave em cheio. A visão dos dois pós-humanos foi tomada por uma explosão e a nave chacoalhou. Rizzo pilotou às cegas, até recuperar a visibilidade. Um alarme começou a tocar insistentemente na cabine, avisando sobre os sistemas avariados. Rizzo xingou a máquina — já sabia o que estava danificado, por sua conexão neural.

— A carga foi atingida? — perguntou Ozob.

— A carga está bem! — o palhaço-criança perdeu a paciência.

Rizzo aumentou a altitude de novo. Os corsários vieram por baixo, tentando embicar para cima e atingi-lo com as metralhadoras. Ele sobrevoou uma pequena montanha de topo chato. Num segundo, fez alguns ajustes nas bombas da nave e deixou que caíssem. Elas despencaram lentamente na gravidade marciana e caíram sobre a montanha sem explodir. Ozob não questionou o irmão. Ele sabia o que estava fazendo.

Rizzo seguiu evitando os dois corsários e deu uma volta longa, sendo atingido de raspão por tiros de metralhadora de vez em quando. Então eles estavam de novo perto da montanha. Rizzo diminuiu a altitude e Ozob pôde ver que a formação tinha um grande buraco no meio, como um túnel. Ele entendeu o que o irmão faria.

Rizzo acelerou a nave e passou por dentro do túnel. Os corsários foram atrás. Assim que o transporte saiu do outro lado, Rizzo acionou as bombas.

As explosões no topo da montanha fizeram toneladas de pedra desabarem por sobre os dois corsários. Suas naves foram soterradas pela montanha.

Não havia mais nenhum.

— Por que queriam que eu o escoltasse? — perguntou Ozob, meio para si mesmo.

— Você veio porque me ama, irmão. Para nenhum de nós morrer sozinho. Porque somos uma família.

Ozob engoliu em seco.

— Agora você vai ter que avaliar os danos à nave — Rizzo retomou seu ar profissional.

Ele pousou o transporte em uma ravina, onde estavam razoavelmente escondidos e podiam enxergar à frente e atrás.

— Ainda estou sentindo o cheiro estranho, Ozob — de novo com o jeito esganiçado e frenético. — Que cheiro é esse? Eu nunca senti. Ou senti, mas não sei o que era.

— Você... Gosta do cheiro? — Ozob tentou.

— Eu gosto, mas quero matar um pouco o que quer que cheire assim. É horrível, Ozob. Eu quero me esfregar nele.

Ozob segurou forte o irmão mais novo.

— Escute. Não faça *nada* até eu voltar. Vou consertar o que puder lá fora e você vai ficar aqui parado. Entendeu?

Rizzo fez que sim.

— Isso é um videogame. Sua missão é ficar bem quieto.

O palhaço-criança sorriu largo e concordou.

o—

Ozob não estava acostumado ao traje espacial. Só o usara uma única vez e em condições bem mais simples que aquela. Não tinha precisado fazer consertos numa nave, apenas andar um pouco na superfície de Marte.

Ele andou quase aos saltos na fraca gravidade marciana. Cada passo, mesmo no traje volumoso e pesado, projetava-o por mais de um metro. Ele chegou em poucos segundos até o ponto onde a nave estava avariada. Pelo comunicador, apenas silêncio. Rizzo estava quieto. Ozob acionou as ferramentas que se projetavam dos antebraços do traje espacial e começou os consertos. Era trabalho tedioso e delicado. Após duas horas, tinha feito tudo que sabia e podia fazer naquelas condições. As avarias que sobrassem teriam de ser leves o bastante para que eles seguissem viagem. Nada queimava, nada vazava, tudo devia estar quase bem.

Durante as duas horas, Rizzo tinha continuado em silêncio.

Ozob voltou ao transporte. Entrou na câmara de descompressão e retirou o traje, com ajuda de dois braços robóticos no interior do veículo. A câmara de descompressão, é claro, era separada da cabine e da caçamba. Ozob demorou mais meia hora para se desvencilhar do traje. Então pôde voltar à cabine.

Estava tudo quieto.

Quieto demais.

Ele entrou na cabine e os fedelhos estavam estáticos, como crianças arteiras. Rizzo não estava em seu banco. Os sistemas de comunicação estavam desligados — por isso tudo tinha estado tão silencioso.

Ozob se apressou rumo à caçamba. Sentindo seu nervosismo, os fedelhos começaram a pular e uivar. Ele digitou o código para abrir a passagem entre os dois setores. Na pressa, errou. Digitou de novo. Erro. Na terceira tentativa, conseguiu.

A parede de metal se abriu para o lado e Ozob percebeu que a caçamba tinha isolamento acústico. Tudo estava escuro lá dentro, mas ele ouviu o soluçar de algumas pessoas. Então:

— Por favor, não nos machuque.

Era uma voz de mulher.

Ozob iluminou o interior da caçamba e viu quatro mulheres encostadas num canto, encolhidas, suas expressões eram máscaras de puro terror.

— Por favor, não nos machuque.

A luz da lanterna rebrilhou numa enorme poça no chão.

Era sangue.

Ozob apontou o facho de luz para outro canto e viu uma mulher morta. Mais que morta, destroçada.

— Era cheiro de mãe, Ozob — ele ouviu a voz de Rizzo dizer. — Por isso não reconheci. Era cheiro de mãe.

Ele continuou procurando Rizzo nos quatro cantos da caçamba, mas ele não estava em parte alguma.

— Não reconheci porque não tenho mãe.

Então Ozob percebeu que havia algo errado com o cadáver que acabara de ver. Ele não era um tipo sensível, mas não tinha interesse algum em ficar examinando um corpo destroçado, por isso não olhara com atenção. Mas havia algo errado.

Ele voltou o facho de luz para o cadáver.

— Então fiz uma delas ser minha mãe.

Rizzo tinha estraçalhado o abdome da mulher e se enfiado lá dentro. Estava aconchegado, coberto de sangue coagulado e dos órgãos da vítima. Feliz, com um sorriso beatífico.

— Ela agora é minha mãe. Vamos levá-la para o papai e vamos ser uma família. E se nós morrermos tudo bem, porque ela também já está morta. Vai ser bom morrer com ela.

— Rizzo, saia daí.

— Ela é minha mãe.

— *Rizzo, saia daí* — Ozob estava ficando mais do que enfurecido. Simplesmente não sabia o que fazer.

— Eu vou ficar dentro da mamãe, Ozob. Ainda não quero nascer.

— Saia daí antes que você me obrigue a abandoná-lo! — Ozob gritou. — É isso o que quer? Quer que eu o abandone como a criança má que é? Você vai ficar sozinho neste deserto, Rizzo. Vou levar sua mãe embora. Se você me obrigar, vou deixá-lo aqui mesmo!

Rizzo começou a chorar. Arrastou-se para fora do ventre da vítima e engatinhou pela caçamba, deixando rastros ensanguentados de mãos e joelhos. Então se encolheu no banco do piloto.

Ozob ficou quase um minuto sem reação. Já matara em trabalhos mercenários, já matara por vingança, já matara em brigas de bar. Ele não era um novato na morte. Já fizera bastante gente sofrer.

Mas nunca daquela forma.

Olhou para as mulheres aterrorizadas na caçamba.

— Não vou dizer que tudo vai ficar bem — ele falou para elas. — Se querem saber a verdade, provavelmente nada nunca mais vai ficar bem depois que vocês assistiram a algo assim. Mas vocês vão sobreviver.

Elas ficaram quietas.

— Não tenho como limpar tudo, então vocês vão precisar viver com isso até chegarmos ao nosso destino. Mas posso tirar o cadáver.

Ele entrou na caçamba. Pegou o cadáver nos braços. Teria de levá-lo à sala de descompressão, vestir o traje espacial e colocá-lo para fora.

— E, por favor, não tentem nada — disse Ozob, para as prisioneiras. — De qualquer forma, vocês não conseguiriam. Mas ele vai reagir. E vai ser violento.

Elas conseguiram assentir com a cabeça.

— Posso pelo menos mantê-las vivas.

Mas de que valia a vida quando você era prisioneira de uma corporação e tinha visto os atos de Rizzo?

o—

Ozob passou o resto da viagem calado. Tentava justificar em sua mente o que estava fazendo, mas era revoltante demais. Explodir desgraçados, roubar, sabotar fábricas... Tudo isso era crime. Mas transportar escravos era muito mais baixo. Era uma atrocidade.

Ele lembrou do que os dois executivos da Lehder-Nuñez-Strauss tinham feito com Guzzo. Executivos de corporações eram assim. Tinham gostos extremos, porque seu dinheiro e seu status já tinham esgotado todos os prazeres normais. Eram homens que não queriam um boquete ou um ménage. Queriam ver prostitutas sendo violentadas por coisas inumanas. Ele não tinha imaginação suficiente para as degradações que excitavam aquelas pessoas. Não conseguia pensar no que aguardava as prisioneiras quando elas chegassem a seu destino.

Mas qual era a alternativa? Nenhuma corporação rival acolheria aquelas coitadas, muito menos ele mesmo e o irmão. Mesmo que alguém os acolhesse, ele não podia cuidar de Rizzo. *Não podia.* Talvez Rizzo fosse pior que Chernobyl. Não havia o que fazer com aquelas mulheres, a não ser entregá-las para um destino que ele nem conseguia imaginar. E tentar viver consigo mesmo depois disso.

A jornada demorou mais um dia. Eles avistaram o ponto de chegada.

Era uma arcologia. Um grande edifício com estrutura suficiente para que seus habitantes nunca precisassem sair de lá. Numa arcologia, além de habitações, havia escolas, fábricas, quartéis, comércios de todo tipo. Poderia haver parques e até mesmo florestas. Toda a comida e a água eram produzidas dentro da própria estrutura. De certa forma, uma arcologia era um ecossistema fechado, um mundo particular protegido do exterior.

Pessoas viviam em arcologias basicamente por medo ou porque tinham um estilo de vida a ser preservado. Ozob já ouvira falar de arcologias na Terra onde tudo simulava a vida de séculos atrás, e a maioria dos habitantes nem sequer sabia que aquele era o século 22. Também se falava de arcologias religiosas: algumas eram mosteiros de enclausurados, outras eram apenas comunidades de seitas que julgavam o mundo exterior impuro.

Restava saber que tipo de arcologia seria aquela.

Quando eles se aproximaram, foram saudados no canal de comunicação da Himmelkraft S.A. por uma voz robótica. Receberam a instrução de se dirigir a um hangar. Uma enorme porta se abriu para acomodar a nave e eles entraram. A porta se fechou e o hangar foi inundado por ar, a pressão foi compensada. Então se acendeu uma luz verde e um aviso de que eles podiam sair do transporte.

Ozob saiu, seguido por Rizzo. Estranho: não havia ninguém lá dentro.

— *Acoplem a caçamba na carregadora atrás de vocês* — ordenou a voz robótica. — *Depois que a carga estiver no interior do prédio, aguardem cinco minutos. Então voltem a sua nave e vão embora.*

Ozob ficou alguns segundos em silêncio. Então:

— Não!

— *Acoplem a caçamba...* — a voz começou de novo.

— Não! Aconteceu algo com a carga e eu preciso explicar, ou meu rabo vai sofrer as consequências — disse. Mas essa não era a razão principal: — E quero saber o que vai acontecer com elas.

Silêncio.

— *Você olhou a carga.*

— Não tive escolha.

— *Havia instruções claras para que não olhassem a carga.*

— Tivemos um problema! — Ozob gritou. — Me deixem entrar! Ou então vou embora daqui e entrego essas mulheres para alguma corporação rival!

Silêncio.

Aquele era um blefe no escuro. Ele não fazia ideia da importância daquelas prisioneiras. Talvez fossem resultado de experimentos genéticos. Talvez fossem novos modelos de pós-humanas. Talvez fossem depósitos de doenças artificiais. Talvez fossem apenas escravas sexuais comuns. A a ameaça de levá-las para outro lugar seria vã.

Mais tarde, Ozob notou que provavelmente teria conseguido a resposta se esperasse o choque delas passar e tivesse falado com elas. Mas sua cabeça não estava funcionando direito após o último assassinato de Rizzo.

— *Muito bem* — disse a voz robótica. — *Entrem. Mas, por favor, acoplem a caçamba na carregadora. Precisamos delas.*

Uma porta se abriu, levando a um corredor. Ozob achou que seu interlocutor não mentia. Acoplou a caçamba na carregadora. Agora era como um enorme caixote, e sumiu no interior da construção. Ele então segurou Rizzo pela mão e os dois atravessaram a porta.

Andaram por vários corredores de metal e plástico brancos, assépticos, até que chegaram a uma porta fechada. Esperaram alguns segundos e a porta se abriu.

Eles viram então o que parecia um imenso parque de diversões, repleto de brinquedos, luzes e música. E crianças, muitas crianças.

Mas não havia adultos.

Um menino e uma menina, ambos com cerca de 7 anos, estavam esperando por eles. O garotinho trajava um terno. Ela tinha um vestidinho muito elegante.

— Vocês estão na Terra da Fantasia — disse o menino. — Obrigado por trazerem nossas mães.

o—

Ozob estava certo: altos executivos de corporações tinham gostos bizarros. O que era um enorme prazer para uma pessoa normal não entusiasmava alguém no topo da sociedade do século 22. Era preciso bem mais.

Mas isso não se aplicava apenas a seus apetites sexuais ou suas tendências violentas. Os executivos não viviam apenas para drogas ou viagens. Eles também tinham famílias — até porque o sonho corporativo envolvia um marido ou uma esposa, dois filhos e uma bela casa para fazer inveja aos vizinhos. Dar conforto à família, com carros, boas escolas, brinquedos e felicidade era o mesmo que flexionar músculos. Era uma prova de valor na sociedade estruturada das grandes metrópoles da Terra. Os executivos se gabavam do que seus filhos tinham, da fartura que havia em suas infâncias, de como eles só precisavam brincar e ser felizes.

Mas uma só infância não era suficiente. Eles precisavam dar mais a seus filhos. Muito mais.

Assim, alguns deles pagavam procedimentos para que as crianças nunca crescessem. Não era a melhor fase da vida? Sem responsabilidades, sem preocupações, com o pai e a mãe cuidando de tudo? Por que não fazê-la durar para sempre?

E um grupo ainda mais extremo sabia que seus filhos nunca seriam verdadeiramente felizes se fossem expostos às realidades do mundo. Se conhecessem violência, sexo. Principalmente sexo. A pornografia estava em toda parte, e eles sonhavam com filhos eternamente puros, protegidos daquela imundície.

Então criaram a Terra da Fantasia.

— Aqui vivemos em infância eterna — disse a menina. — Apenas alguns de nós sabem como é ruim o universo lá fora. E nem mesmo eu sei o que é tão ruim. Apenas sei que é imundo e mau, e que tudo de bom está na infância e na terra que nossos pais construíram para nós.

Ozob e Rizzo estavam andando pela Terra da Fantasia. Depois do parque de diversões, havia cinemas, lanchonetes, praças, bosques. Tudo operado por robôs, para que as crianças eternas nunca tivessem contato com adultos. Os pequenos habitantes olharam os recém-chegados com curiosidade, mas sem medo. Eles não pareciam ter medo de nada. Além disso, Ozob e Rizzo eram palhaços.

Ozob segurava firme o pulso de Rizzo. Não sabia a reação que seu irmão mais novo poderia ter. Mas ele até agora estava calmo.

— E eu lhes trouxe suas mães? — perguntou Ozob.

O menino olhou para ele com expressão neutra.

— São nossas novas mães. Não podemos ter contato com adultos, mas dizem que toda criança precisa de uma mãe. Não sei por que também não precisa de um pai. Mas dizem que a mãe é importante.

— É porque, quando um pai e uma mãe estão juntos, imundície acontece — explicou a menina.

— Que imundície?

— Não sei.

— Nossas primeiras mães estão muito ocupadas na Terra — disse o menino, voltando-se para Ozob de novo. — Então mandam essas mães para nós. Para não ficarmos sem. Temos muitos irmãos, mas isso é bom.

— Precisávamos de mães novas — esclareceu a menina.

Ozob sentia sua pele formigar com um nojo estranho. Ele tinha estado preparado para algo bem pior do que brinquedos, berçários e doces pela eternidade. Algo bem pior do que levar mães para crianças.

Eles chegaram aos alojamentos. Cada quarto era decorado com arco-íris e personagens famosos de holoanimações. As camas eram grandes e fofas. Havia quartos individuais e também de grupo. Cada criança podia escolher se queria dormir com os amigos ou sozinha.

— Onde dormem as mães? — perguntou Ozob.

— Vou lhe mostrar — disse a garota.

Era aquilo, ele pensou. Aquele era o porém. As mães trazidas até aqui seriam mantidas como prisioneiras, em celas ou algo assim. Ele não entendia bem como isso poderia acontecer, mas tinha que ser algo do gênero.

Mas chegaram ao alojamento delas e cada mãe tinha seu quarto individual. Eram aposentos de luxo, com banheiro privativo e todos os confortos de um apartamento moderno. Não seria o pior destino do mundo. Ele mesmo nunca vivera em nada parecido.

As prisioneiras que eles haviam transportado chegaram. Ficaram olhando seus quartos e conversando entre si. Uma delas fez um afago no cabelo de um garotinho que passeava. Ainda estavam tremendo por causa das ações de Rizzo e ficaram bem longe dele. Mas estava claro que sabiam o que tinham vindo fazer.

Deviam ser escravas corporativas. Quem não era nas colônias? Mas Ozob aceitaria uma escravidão como aquela.

— Agora você já sabe — disse o menino, levando-os para fora dos alojamentos. — Mas é segredo.

Ozob sorriu, meio desconcertado, e disse que não falaria nada.

— Vamos pedir para que vocês entreguem as próximas mães — disse a menina. — Assim ninguém mais precisa ficar sabendo.

— Próximas mães...?

— É claro. Sempre precisamos de mais.

Ele então ficou estático.

Ele não vira nenhum adulto.

— O que aconteceu com suas mães?

— Elas não eram minhas mães de verdade — disse a menina.

— Elas tentavam nos dizer o que fazer — o garoto completou.

— Então elas precisaram morrer.

— Mais cedo ou mais tarde, elas sempre precisam morrer.

Os olhos de Rizzo brilharam, numa expressão de alegria genuína.

Ozob agarrou o irmão mais novo e saiu correndo. Sua mente estava acelerada, ele não sabia o que fazer. Entrou na primeira porta que viu — era uma sala de jogos, toda decorada com pinturas que se moviam. Arrastou um móvel pesado para trancar a porta. Estava ofegando.

— O que foi, irmão? — perguntou Rizzo. — O que houve?

Ele tinha acabado de entregar escravas para serem mortas por crianças. Isso era depravado demais até para os executivos das corporações. Ele tinha acabado de colaborar com a morte de prisioneiras e não podia fazer nada sobre isso.

Ozob sentou num banco amarelo brilhante e colocou as mãos na cabeça. Precisava haver uma solução. Ele tiraria as mulheres de lá, mesmo que não conseguisse fazer nada com elas depois. Iria tirá-las de lá e achar algum buraco onde se esconder. Alguma cidade corporativa precisava acolhê-los. Era melhor se esconder do que viver com o fato de que fizera aquilo.

Só precisava tirá-las de lá.

E, para isso, só precisava enfrentar crianças.

Ele começou a rir. As crianças haviam matado as mães anteriores. Ele só precisaria torcer seus pescoços quando elas resistissem. Só isso. Só precisaria se tornar um assassino de crianças e então não seria um traficante de escravos.

— O que é tão engraçado, Ozob? — quis saber Rizzo, entusiasmado.

— Matar crianças ou deixar que elas matem escravas! — ele estava gargalhando. — Essa é a nossa vida, Rizzo. Você já matou uma delas, o resto vai morrer e não vai fazer diferença!

— Podemos morrer todos juntos?

— Podemos, seu animal! Podemos!

Ozob segurou com as duas mãos o pescoço do irmão mais novo. Apertou, mas não conseguia ir até o fim. Soltou-o e Rizzo começou a tossir.

Ozob retirou uma granada de dentro do sobretudo. Puxou o pino e enfiou o explosivo na boca. Abraçou o irmão.

— Vamos morrer juntos, Rizzo! — com a fala impedida pela granada. — Vamos morrer juntos, porque é melhor do que viver neste universo de merda!

— Vamos morrer juntos! — entusiasmou-se o palhaço-criança. — Com minhas mães!

Ozob gargalhou.

Então notou que não tinha coragem. Recolocou o pino na granada.

— *Saiam da sala* — disse uma voz robótica vinda de alto-falantes. — *Vocês têm 10 segundos.*

Ozob continuou rindo. Dez segundos depois, algo começou a jorrar do teto. Era ácido. Suas roupas e sua pele chiaram e soltaram fumaça. Rizzo sentiu o ácido caindo em sua cabeça e o esfregou nos braços, queimando-se horrivelmente. Ozob virou o rosto para cima, pronto para ser derretido. Era melhor do que viver naquele mundo de merda.

Um jato caiu em sua testa, ele berrou de dor. Outro veio bem em direção a seu nariz.

No último instante, ele se protegeu com o sobretudo.

— Está bem! — gritou. — Eu saio!

Empurrou o móvel que trancava a porta. Abriu-a e viu cerca de dez crianças com armas de atordoamento apontadas para ele.

— Adultos sempre trazem imundície.

Então o mundo ficou negro.

o—

Ozob acordou com uma dor de cabeça terrível. Antes de conseguir abrir os olhos, apoiou-se no chão onde estava caído, tentando ficar de pé. Algo molhado estava sob seus dedos.

Ele conseguiu se erguer e deu alguns passos. Sua visão ainda estava turva.

Som molhado a cada passo.

Ele esfregou os olhos e sentiu que estava se sujando com algo pastoso.

Então registrou o cheiro de ferro.

Abriu os olhos.

Era sangue.

— Rizzo...

Sangue no chão. Sangue nas paredes. Sangue no teto.

Sangue e partes de corpos de crianças.

Ozob seguiu em frente, por um rastro de carnificina. Não havia nenhum som, não enxergou ninguém vivo. Apenas pedaços. Pedaços, partes, carne dilacerada.

— Rizzo, o que você fez?

Foi até o parque de diversões. Ele ainda estava ativo. A música infantil e circense ainda tocava. Mas tudo estava banhado em sangue. Parecia que nenhuma das crianças tinha passado dali. O parque era um pântano vermelho.

E, encostados no carrossel, estavam os corpos das mulheres que ele havia trazido. Também mortas, é claro. Dilaceradas.

Rizzo estava aconchegado no meio delas.

— O que você fez?

— Você mesmo falou, Ozob. Não podia escolher entre matar as crianças ou as mães. Então eu resolvi o problema. Eles estão todos juntos.

Ozob foi lentamente até ele.

— Vamos nos juntar a eles?

Ozob se abaixou. De novo segurou o pescoço do irmão.

— Vamos morrer com eles? — perguntou Rizzo, sorrindo.

O pós-humano estremeceu e deixou cair os braços. Deixou cair o corpo, ficou prostrado no meio do lodaçal de sangue.

Rizzo se levantou do meio dos cadáveres e foi se deitar com Ozob. Abraçou-o e ficou ouvindo sua respiração.

— Eu acho que não preciso de mãe, Ozob. Eu já tenho meu pai e meus irmãos. Somos a melhor família do mundo.

8
CALIFORNIA ÜBER ALLES

SE ESTAR NA CIDADE BAIXA JÁ ERA RUIM, ESTAR NOS ESGOTOS DA CIDADE Baixa era o fundo do poço. Ou assim deveria ser, mas Ozob se sentiu bem mais à vontade andando pelos túneis subterrâneos, evitando ratos mutantes e o fluxo de água nojenta, do que no jardim suspenso da Data-Dyne, em Delta City.

— Nasci para ser fodido mesmo — disse, para os ratos.

Não faltavam lendas sobre os velhos esgotos de Nova York. Desde os crocodilos gigantescos, sobre os quais Ozob havia avisado os War Roadies, até uma civilização inteira que viveria entre os dejetos da cidade, as pessoas pareciam fascinadas com a existência de um mundo subterrâneo. Até agora, era só escuridão e fedor. Ozob enxergava no escuro através de um visor infravermelho que pegara emprestado dos russos, no *Gulag*, com alguns explosivos. Seguiu pelos túneis com as indicações que California lhe passara. O esgoto era labiríntico, mas aparentemente os War Roadies tinham conseguido algum abrigo ali.

As indicações de California acabavam mandando que Ozob achasse um X pintado numa parede aparentemente comum dos túneis. O pós-humano localizou a marca enorme em tinta branca. Não parecia haver mesmo nada de especial na parede. Ele tateou, empurrou os tijolos, e então a parede cedeu.

— Puta que pariu — disse. — Era verdade.

o—

Era surpreendente que houvesse mesmo uma civilização de pessoas-toupeiras nos esgotos de Nova York. Era menos surpreendente que, existindo essa civilização, California tivesse feito amizade com eles.

Ozob estava sentado em uma mesa retirada do lixo há anos pelo povo-toupeira. Tudo em sua pequena cidade subterrânea era feito de lixo. Eles não tinham exatamente bares como havia na superfície, então Ozob estava um pouco fora de seu elemento. Mas todo o complexo era uma espécie de grande comuna, onde o povo-toupeira bebia, divertia-se e organizava expedições para recolher detritos úteis no mundo acima. California estava sentada à frente dele, sorrindo muito por vê-lo de novo.

— Você está ainda mais quebrado do que eu lembro — ela disse.

— O outro cara ficou pior.

— Mentiroso. Que outro cara? Uma inteligência artificial? O que você fez, deu um soco na cara dela?

— Havia outro cara, depois da inteligência artificial. Um russo maluco.

— Então você se meteu numa briga depois de ter escapado lutando? Ou você tem realmente muito azar, ou é um filho da puta violento.

— Deixe eu ter um pouco de dignidade, garota.

— Não mesmo. Você escolheu se grudar em mim, agora vai ter que aguentar.

Ela riu de novo e bebeu mais um trago da vodca subterrânea do povo-toupeira. Ao longo de um século, eles haviam desenvolvido um processo para destilar quase tudo que encontravam. A vodca era feita de vegetais e grãos variados, em diferentes estágios de decomposição, recolhidos do lixo. Era provavelmente a coisa mais forte que Ozob já tomara e fazia com que os múltiplos ferimentos doessem um pouco menos. Ele secou seu trago também, numa caneca ancestral onde se lia "I love NY".

— Como chegaram até aqui? — ele perguntou, sentindo a bebida começar a bater.

— Lembra do que você nos falou sobre crocodilos mutantes? Vivika farejou um deles. Decidiu ir atrás, porque ela é louca e acha que é mais seguro encontrar um ninho de coisas perigosas do que deixar uma das coisas perigosas ir atrás de nós se quiser. No caminho, ela matou um crocodilo, mas outro fugiu. Seguiu-o até o ninho e descobrimos que eles são os bichos de estimação do povo-toupeira.

— Que história linda. Eles não ficaram com raiva por vocês terem matado um dos bichos deles?

— Ficaram — a garota deu de ombros. — Antes que Vivika começasse um massacre, eu conversei com os líderes deles. São boa gente. Explicamos o mal entendido e nos deixaram ficar aqui.

— Você fez amizade com os líderes do povo-toupeira depois de matar um crocodilo deles? — Ozob não sabia qual parte daquela frase era mais absurda.

— São boa gente. Mas, na verdade, eles não são os líderes. O líder verdadeiro é uma figura que ainda não vi, mas é famoso no mundo lá de cima. Não sei se é um humano, um homem-toupeira ou alguma outra coisa, mas seu nome é Banksy.

Ozob não sabia o que pensar daquilo. A cidade do povo-toupeira era um lixão. Fora construída a partir de câmaras e túneis de esgoto fechados do sistema maior pelas próprias pessoas-toupeira. Havia pequenas casas para as famílias e os indivíduos solitários escavadas nas paredes dos túneis. Não havia luz, porque eram todos cegos, então ele conversava com California iluminado por uma lanterna de mais de um século, que miraculosamente continuava a funcionar. A cidade estava toda repleta de pequenas bugigangas curiosas e antigas. Brinquedos de corda, souvenirs da época em que Nova York era um ponto turístico, antigas roupas de grife, pilhas de equipamentos eletrônicos ancestrais, partes de robôs, armas, um esqueleto de dinossauro tirado das ruínas do Museu de História Natural. Robôs montados pelo tato circulavam, obedecendo de forma quase eficiente às ordens das pessoas-toupeira. Pequenas destilarias e jaulas com crocodilos albinos se espalhavam por tudo.

E, aparentemente, tudo se organizava em torno de uma lenda viva da contracultura.

— Banksy? — perguntou o pós-humano.

— Você já ouviu falar? — California se entusiasmou.

— Alguma coisa. O pessoal nos bares mencionava esse nome de vez em quando. E acho que já vi algumas pichações dele.

— Eu sempre quis conhecê-lo! — ela sorriu. — O cara é o maior artista de guerrilha vivo! Se é que é um cara e se é que está vivo.

Banksy era uma sombra na contracultura, uma pedra no sapato das corporações e da arte tradicional há mais de 100 anos. Era um artista de rua, um contestador, e seu nome começara a ganhar notoriedade no início do século 21, quando grafite e arte marginal assinada por ele denunciaram guerra e consumismo. Banksy pichava, desenhava, criava arte que inquietava. Arte ilegal, pois ocupava paredes e desafiava a propriedade privada. O século 21 parecia um paraíso bucólico perto do mundo atual, mas Banksy já estava lá, fazendo guerrilha da maneira que sabia melhor. Sua verdadeira identidade nunca tinha sido descoberta — até mesmo seus maiores projetos foram feitos atrás de barreiras de anonimato.

A polícia e a sociedade de bem nunca conseguira apanhar Banksy. E, com o tempo, novas obras dele simplesmente continuaram a surgir, cada vez mais chocantes e agressivas.

— O que ele é? — perguntou Ozob. — Algum título que passa de geração em geração? Um androide? Um grupo?

— Vou tentar descobrir — disse California. — Ele deve ter muito a nos ensinar. De certa forma, é o santo padroeiro dos War Roadies.

E era o messias do povo-toupeira. Eles consideravam Banksy algo entre um líder comunitário, um deus e um profeta. Por suas palavras, a comunidade tinha se desenvolvido. Algumas pessoas-toupeiras tinham até mesmo participado de projetos de arte de Banksy. Arte visual feita por criaturas cegas era um grande "foda-se" para a cultura corporativa.

— É importante participar da comunidade — disse Ozob. — Viva em família e viva feliz. Viva feliz com o software de controle doméstico da DataDyne.

California começou a rir de novo. Ozob escondeu o rosto nas mãos.

— O que foi isso?

— Estou infectado com um programa de cooperação — disse o pós-humano. — Se não conseguir me livrar disso logo, vou virar um pai de família.

— Não — ela respondeu, séria. — Vai virar um escravo.

Ele bateu na mesa e bebeu mais.

— Como vamos sair dessa? — ele perguntou.

Ozob já contara à amiga sobre o plano da inteligência artificial e o lugar dele mesmo naquilo tudo. De alguma forma, era um alívio: confessando que a corporação esperava que ele os traísse, a chance de traição real diminuía. Ozob não confiava muito em si mesmo. Achava que podia estar a um porre de uma decisão ruim de realmente levá-los para o abatedouro.

— Sempre podemos jogar o jogo deles — disse California. — Você finge que está nos traindo. Nos leva até o local da emboscada, então lutamos contra eles.

— "Lutamos"?

— Você e Vivika lutam. Johnny toca. Eu arranjo algo para fazer.

— É arriscado demais.

— Viver é arriscado demais.

— Chernobyl Ratatá é arriscado demais — segurou o pulso dela.

California ficou com expressão séria. Podia ver um traço de medo no semblante de Ozob.

— E não é só ele — o pós-humano continuou. — Rizzo também. E, talvez, até mesmo Guzzo.

— Pensei que ela fosse sua amiga.

— Acho que é mais amiga de outras pessoas. E eu decepcionei Guzzo vezes demais. Ela sabe o que acontece com pessoas que ficam próximas de mim... — Ozob interrompeu o pensamento.

— O que acontece?

Ele ficou calado.

— Tudo bem, não vou insistir — disse California. — De qualquer forma, o show vai começar.

É claro que Johnny Molotov iria fazer um show para o povo-toupeira. Se ele sobrevivesse até o próximo mês, poderia se gabar disso pelo resto de sua vida. Difícil achar um público mais alternativo do que aquele.

Ozob e California se meteram no meio da multidão que cercava Johnny. Ele estava sobre um palco improvisado feito de caixotes. Tinha amplificadores que o povo-toupeira recolhera do lixo e velhos computadores onde rodavam as IAs que eram seu baixista e seu baterista. A luz da lanterna que os dois carregavam quase se apagava no ajuntamento de corpos. A escuridão era quase total.

— O nome dessa é *Frankenstein Clown*. Um, dois, três, quatro!

E assim, sem aviso como sempre, sem sentido e sem muito significado, começou a barragem sonora. A acústica da cidadela era surpreendentemente boa e os túneis foram invadidos pela guitarra furiosa de Johnny Molotov. As pessoas-toupeiras mais jovens ou apenas entusiasmadas com aquele tipo de coisa se aglomeravam, jogavam-se umas contra as outras na dança agressiva que sempre parecia acompanhar a música.

Ozob tinha uma caneca cheia de vodca subterrânea na mão. Não sabia se era efeito da bebida ou da música, mas sentiu uma conexão forte com California, que o puxava pela mão através do povo. Desta vez não queria levá-la para a cama, não apenas isso. Só estava meio fascinado com a garota que falava com ele sobre nada e sobre tudo. De alguma forma, estar com ela, num grupo como aquele, rendia-lhe mais satisfação do que o sexo e as drogas. Por um segundo, ele achou que até mesmo o trabalho no asteroide teria sido menos ruim, até mesmo as minas de Pandora teriam sido toleráveis se ele tivesse gente decente por perto. Era injusto com Guzzo pensar aquilo, pois ela sempre fora sua companheira. Mas também era injusto querer que Guzzo fosse sua irmã, toda sua família e todos os seus amigos. E agora ela não precisava ser. Ele tinha California e os outros.

E era apenas justo que contasse a verdade sobre si mesmo.

— Garota... — começou.

— Hã?

California virou para ele. Era impossível ouvir o que se dizia a meio metro de distância, pelo barulho delicioso e ensurdecedor da música. Ele chegou mais perto, mas então um homem-toupeira colocou a mão no ombro dela. California olhou o sujeito e imediatamente soltou a mão de Ozob. Abraçou o homem-toupeira e o beijou.

Emergiu do rosto dele por um segundo. Chamou Ozob para perto e gritou em seu ouvido:

— Estou ficando com esse cara nos últimos dias. Você não se importa de estar um pouco sozinho?

Ele deu uma risada meio sem graça. Ergueu a caneca de vodca e gritou de volta, para ser ouvido:

— Não estou sozinho, tenho minha melhor amiga!

California riu e voltou ao homem-toupeira. Os dois foram se afastando lentamente, rumo a um canto. Ozob continuou a atravessar a multidão.

O povo-toupeira era baixo, mas California também era baixa. Tinha altura perfeita para o novo amante. Eles eram cegos, pois eram os descendentes mutantes de pessoas há séculos rejeitadas pela superfície de Nova York e criadas nos túneis. Em geral, eram musculosos e atarracados. Não tinham nenhum pelo no corpo. Alguns das novas gerações já estavam nascendo sem olhos. Ninguém nunca se importara em pesquisar o modo como eles adquiriram sua aparência e as forças evolutivas que os levaram a existir, assim como quase ninguém sabia que eles sequer existiam. Radiação, resíduos de armas químicas e biológicas usadas nos ataques terroristas do último século, poluição robótica de nanomáquinas descontroladas... Muita coisa podia deformar uma população diminuta e segregada como aquela. Deformados ou não, California gostava deles, de um deles em particular. Ozob não estava com ciúmes. Ou ao menos disse a si mesmo que não estava.

Bebeu tudo que havia na caneca, achou um alambique e serviu mais. Talvez fosse seu corpo enfraquecido pelo castigo contínuo dos últimos dias, talvez fosse só a potência da bebida, mas ele já estava perdendo a noção do tempo. Tinha vontade em iguais partes de começar uma briga e abraçar alguém.

Achou Vivika encostada numa parede. Chegou perto dela, com um sorriso que deveria ser charmoso.

— E então, continua gostando de palhaços?

— Acho que você está bêbado demais para seu amigo funcionar.

Ele riu. Quase esqueceu o que queria com ela.

Encostou-se na parede a seu lado.

— Sabe, Vivika... Se vocês não tivessem me encontrado, não estariam metidos no esgoto fugindo da DataDyne.

— Eu não estou reclamando de estar aqui. California com certeza não está reclamando.

— Vocês podiam ter continuado suas vidas normais. Sem um contrato em suas cabeças.

— Nossas vidas normais são assim, Ozob. Sempre há alguém tentando nos matar.

— Mas não um esquadrão de palhaços mercenários.

— Palhaços mercenários são piores do que igrejas militarizadas com batalhoides?

— São — disse o pós-humano. Então, sem muita noção do que dizia, quase esquecendo a interlocutora, começou um discurso: — Lutar contra soldados que estão fazendo seu trabalho é uma coisa. Lutar contra Chernobyl Ratatá é lutar contra alguém que *ama* matar. Que vive para isso. Você pode estar tentando sobreviver. Mas, quando ele está lutando, está tendo a maior diversão de sua vida.

— Ozob, minha cabeça tem uma lâmina feita de metal líquido. O que você acha que é *minha* maior diversão?

Ele balançou a cabeça. Ninguém entendia o quão ruins Chernobyl, Hans Gropp e Rizzo podiam ser.

O quão ruim até mesmo Guzzo podia ser, se fosse colocada contra a parede.

O quão ruim ele mesmo podia ser.

— Eu já participei de grupos como vocês — Ozob disse, de repente.

— Guerrilheiros como nós?

— Não, não guerrilheiros. Mas grupos de amigos com algum objetivo. Mercenários, assaltantes, terroristas, sabotadores. Diga um tipo de atividade ilegal paramilitar e há grandes chances de que eu já tenha feito parte.

— Você não tem só 2 anos?

— Aí está — Ozob abanou o dedo indicador, num gesto claramente bêbado. — Esses grupos duram pouco. É sempre a mesma coisa. Turmas de amigos, companheiros de armas, essa merda toda. Uma vez foi uma família, uma avó e seus netos que achavam que viviam em algum velho filme de faroeste. Enfim, eu encontro esses grupos e eles me acolhem. Me tratam como um deles. Mas não duram muito.

— Por quê?

— Bum — disse Ozob, fazendo com as mãos o gesto de algo explodindo.

Ele não sabia por que começara a confessar aquilo. O álcool e o software de cooperação deviam estar forçando-o a abrir o jogo. Ou talvez fosse só culpa.

— Você matou seus amigos?

— Não eu! — ele protestou. — Eles só... Morrem sozinhos. E eu escapo.

Ela ficou pensando naquilo até o fim da música. Deu uma tragada num cigarro. Quando inalou a fumaça, o metal líquido em seu corpo se agitou, protestando e comemorando.

— Morrem como? — perguntou Vivika.

— Pense numa forma de morrer e provavelmente já aconteceu com alguém que eu conheci. A tal família foi enterrada no deserto até o pescoço, por membros do Cartel de Wisconsin. Deixaram que as formigas mutantes a devorassem. Já fiz parte de uma quadrilha de imigrantes irlandeses que foi toda envenenada numa festa que eu faltei.

— E foi culpa sua? Você os entregou ao Cartel de Wisconsin? Você serviu a bebida envenenada?

— Nunca é minha culpa. Mas isso sempre acontece.

— E você vai chorar?

Ozob pareceu ter levado um tapa. Ficou olhando Vivika por alguns segundos.

— Seu passado é mesmo trágico. Venda sua história para o cinema e farão um dramalhão digno de Oscar. O palhaço triste e seus amiguinhos mortos.

— Você não está entendendo...

— Não estou entendendo como você sofreu? Como você perdeu gente? Foda-se. Todo mundo perdeu gente. Acha que é estranho mercenários, assaltantes, terroristas e sabotadores morrerem de forma violenta? Se você quer ficar em paz, trabalhe para uma corporação.

Ele ficou mudo.

— Todos ao meu redor... — começou.

— Todos ao redor de todo mundo morrem. Acorde e sinta o cheiro do napalm, Ozob. Estamos no inferno e a melhor opção é abraçar o diabo.

— Eu não quero que California morra — falou, com a sinceridade de um garoto.

— Nem eu. Adoro aquela vaca. Então vamos garantir que ela fique viva.

o—

Por alguma razão, ele não bebeu até apagar. Acordou lembrando de toda a noite. Lembrou de como ele e Vivika acabaram transando de novo e de como o sexo fora triste e insatisfatório. Quase tedioso. Também lembrou de como decidiu não dormir ao lado dela, preferindo ir se aninhar num monte de trapos num canto.

É claro que ele foi procurar California. Parecia que era tudo que ele fazia naqueles dias.

A garota estava tomando café e examinando uma velha revista em quadrinhos, na qual um herói de colante azul e capa vermelha salvava o mundo.

— Já viu uma dessas? — ela disse para Ozob, a título de bom dia. — Eu nunca tinha visto um livro ou uma revista de papel. Impressionante como as pessoas viviam assim no passado. Mas a história é interessante.

O pós-humano sentou ao lado dela, pegou a revista, leu algumas falas e devolveu.

— Acho que isso faz falta hoje em dia — California continuou. — Ir até um lugar, comprar uma revista, chegar em casa e ler. De alguma forma, baixar o conteúdo para seu implante neural e consumir enquanto caminha ou dirige não parece ser a mesma coisa.

— Como você sabe? Praticamente já nasceu com implantes.

— Eu imagino. Acho que a vida devia ser como naqueles filmes de época. Ronald Reagan enfrentando Hitler num duelo até a morte e pessoas lendo livros e revistas em quadrinhos feitos de papel.

— Acho que no passado pelo menos não haveria um contrato na cabeça de seu amigo por ele tocar uma guitarra.

— Eu já li sobre isso também. Músicos morrem o tempo todo e geralmente aos 27 anos. Se afogam no próprio vômito, têm overdoses, cometem suicídio, são assassinados por alguma agência governamental.

— Agência governamental?

— No passado, o governo era grande. Havia agências. CIA, FBI, DEA, umas siglas assim. Eles não gostavam de músicos subversivos, então arranjavam para que morressem. Ou os próprios músicos davam um jeito de morrer por sua estupidez. Johnny tem 27 anos, o que parece ser a idade de risco. Só temos que mantê-lo vivo.

Ozob esfregou os olhos.

— Você e Vivika, então? — ela disse. — De novo.

— Olhe quem fala. Você com seu homem-toupeira do amor.

Ela riu.

— O nome dele é Ulke. É boa pessoa. Um bom divertimento. E você? Vai ter filhinhos de pele albina e moicano afiado?

— Preferia ter filhinhos de cabelo espetado e olhos enormes.

Por instinto, California passou a mão em seu cabelo espetado.

— Ainda não desistiu disso? — ela perguntou. — Nunca iria funcionar.

— Como você sabe?

— Eu sei porque nunca consegui ser amiga de alguém com quem passei a noite. Eu fico tentando fazer pose, se quero agradar. Ou evito o cara, se não quero mais. Não consigo ter uma conversa de verdade. Por isso Ulke é uma boa opção. Ele é divertido, mas daqui a pouco eu vou embora e nós nunca mais vamos nos ver.

— E como você sabia que eu e você seríamos amigos?

Ela ergueu uma sobrancelha, de um jeito zombeteiro.

— Por acaso você é um daqueles homens que acham que ser amigo de uma mulher é a maior desonra que podem sofrer?

— Minha masculinidade não é tão frágil — ele fingiu dar um soco no queixo dela, encostando devagar o punho.

— Respondendo à sua pergunta, eu apenas sabia — disse California. — Você parecia alguém interessante. Nos ajudou. E, como eu disse para Vivika, você é nosso tipo de gente. Pós-humanos, viciados, mendigos e prostitutas são nosso pessoal.

— Se eu virar prostituta, vou ser todos os quatro.

— Já foi mendigo?

— Por pouco tempo. Você não imagina como é difícil convencer as pessoas de que você merece sua caridade quando você parece seu pior pesadelo de infância.

Os dois riram um pouco. Depois ficaram quietos.

— Vivika me contou seus segredos — disse California, de repente.

Ele não falou nada. Passou-se um minuto. Ela acabou seu café.

— Pensei que meu comentário fosse ter mais impacto — disse California.

— Caralho, eu não sei o que dizer, garota. Escondi isso de você. Devia estar muito bêbado noite passada ou então achei que o melhor jeito de trepar com Vivika seria mostrando meu lado sensível. Sei lá por que falei tudo isso.

— Você não escondeu nada de mim.

— Eu não falei...

— Não falou que criminosos e mercenários com quem você trabalhou no passado morreram? É claro que algo assim devia ter acontecido. Você não é nenhum amador. Com certeza já tinha trabalhado com outros. Se não está trabalhando mais, é porque eles morreram, foram presos ou viraram seus inimigos. Qualquer opção poderia ser uma confissão dramática, mas nenhuma delas seria surpreendente.

— Você não está entendendo. Nenhuma de vocês está entendendo.

— Eu não achava que você era virgem de mortes, Ozob. Claro que não é. Pessoas próximas de mim também morreram.

— Não é a mesma coisa. Onde eu vou, todo mundo morre.

— E o problema é você?

— Talvez.

— Quem disse para você que isso é diferente do que aconteceu comigo? Das mortes do nosso baterista e do nosso baixista?

— Chernobyl Ratatá me disse — admitiu Ozob.

— Puxa, se um psicopata que o odeia e faz o possível para atormentá-lo disse, então deve ser verdade! Eu não acreditaria nesse tal Chernobyl nem se ele dissesse que água é molhada.

— Guzzo também disse que eu carrego o caos e todo mundo morre a minha volta.

— Ela pareceu ser uma boa pessoa, nos cinco minutos em que convivi com ela. Mas vocês são irmãos e irmãos falam coisas idiotas um para o outro. Irmãos podem se machucar à vontade, porque sabem que o vínculo vai se manter.

— Eu nunca tive e nunca terei um vínculo com Chernobyl.

— Porque ele não é seu irmão, é só um desgraçado que tem o mesmo pai que você.

— Mesmo assim, eles são minha família. Minha família me conhece.

— Não são sua família. Vocês só têm DNA parecido e foram criados na mesma casa. Só são parentes. Se quiser uma família, sabe onde procurar.

Ela abriu um sorriso enorme, sabendo que estava sendo graciosa. O tipo de trejeito que só funciona se você é uma menina baixa e jovem, falando com alguém que gosta de se fazer de durão.

— Como você ficou tão sábia, garota?

— Vi vários filmes em que Ronald Reagan duelava com Hitler.

Ele se levantou e foi pegar café. Cruzou com o homem-toupeira amiguinho de California e nem teve vontade de lhe dar um soco. O sujeito se virou para Ozob, detectando-o pelo cheiro.

— Estou procurando California — disse o homem-toupeira.

— Já vou avisando que ela não gosta de caras grudentos — retrucou Ozob, sem paciência.

— Não é isso — ele respondeu. — Vocês todos estão sendo chamados. Banksy quer falar com vocês.

o—

Eles foram levados por pessoas-toupeiras com expressões assombradas até os túneis mais profundos da comunidade. Quase ninguém era chamado para falar com Banksy. Apenas os artistas ou rejeitados entre o povo-toupeira, quando ele os recrutava para algum projeto artístico, ou os líderes da comunidade, quando ele tinha alguma mensagem importante para todos. De resto, a lenda urbana conseguia sustento de alguma forma que ninguém entendia — talvez escapasse quando ninguém estava prestando atenção para catar comida e água no mundo acima. Talvez fosse um santo que não precisasse dessas coisas vulgares. Talvez fosse algum tipo de robô.

Ozob, California, Vivika e Johnny Molotov desceram pelos túneis em escuridão total. A uma certa profundidade, não havia como os olhos se acostumarem, pois nenhuma luz penetrava. Eles então seguiram tateando, tropeçando e intuindo. As pessoas-toupeiras os abandonaram na metade do caminho. Eles continuaram até entrar em um salão largo. Bateram em algo que, pelo tato, adivinharam ser um velho vagão de metrô. Sentiram quadros, guitarras, pincéis, esculturas, latas de tinta.

Então uma voz de homem disse:

— Eu ouvi o show de vocês ontem à noite. Bem-vindos à guerra.

California deu um passo em direção à voz. Estava sorrindo. Então Banksy era um homem — ou alguma coisa que falava com voz de homem.

— Já estamos na guerra há bastante tempo — a garota respondeu. — A diferença é que agora eles também estão fazendo guerra contra nós.

Banksy riu e sua risada foi a de várias pessoas juntas. Não era possível saber de onde vinha ou quantos realmente havia lá.

— Eles fazem guerra todos os dias, mas suas armas são muito mais mortais — disse Banksy. Agora tinha voz de mulher. — Propaganda. Empregos de 10 horas por dia. Mensagens dizendo que você deve ser bem-educado. E leis. Leis por toda parte e são sempre as leis erradas. Leis que proíbem uma pichação ou um show clandestino, mas permitem que um policial bata num adolescente.

— Se quer pregar para nós, está atrasado — disse Vivika. — Já sabemos disso tudo. Nós vivemos sob essas armas, não ficamos escondidos numa caverna.

— Ele está falando um monte de merda — disse Ozob.

Banksy começou a rir de novo.

— É claro que estou! Isso é merda pura! Existe quem acredite que as armas mais poderosas do inimigo são propagandas e normas da sociedade. Suas armas mais poderosas são armas! Eles atiram em nós. Eles nos jogam bombas atômicas!

California sorriu para o escuro.

— Mas nós resistimos — disse Banksy. — Existem quatro necessidades humanas básicas. Comida, sono, sexo e vingança.

A cada frase, ele falava com uma voz diferente. Homens, mulheres e crianças — todos diziam as palavras de Banksy. California andou alguns passos na direção da voz, mas então ela surgiu de outro ponto no salão:

— Por sorte, essas necessidades se complementam. Nós podemos nos vingar com sexo. E podemos nos vingar com arte.

— É isso que você está fazendo? — perguntou Johnny Molotov, de repente.

Todos ficaram surpresos, porque o músico andava cada vez mais calado e distante. Talvez fosse a proximidade dos inimigos, talvez alguma introspecção de artista. Há alguns dias ele não falava quase nada, muito menos se interessava por alguém.

— Eu estou fazendo a guerra, Johnny Molotov. Eu estou me vingando da arte. Há mais de um século as mentes mais criativas de cada geração são tragadas pela propaganda. Isso deixa para nós os refugos. Os artistas há muito tempo são os mais lentos, aqueles obcecados por si mesmos, fascinados por seu próprio discurso. Os idiotas. Então eu faço arte aqui. E sequestro a arte. Aqui estão as maiores obras da história da humanidade. A *Mona Lisa*, *O Grito*, *Davi*. Todos estão aqui, onde ninguém pode vê-los, nem mesmo eu.

— Você faz guerra contra a arte? — perguntou California. — Isso é idiota.

— A arte foi tomada pelo inimigo. Tornou-se sua arma. Então eu roubei a arte deles. Vai ser devolvida quando o mundo merecer.

Banksy falava absurdos no meio de frases de efeito. California tateou um quadro e imaginou se era mesmo uma das obras-primas das artes visuais. Não havia como saber. Tudo era escuridão. E aquilo dava a ela o poder de decidir.

A garota sorriu.

— O que você queria conosco? — perguntou Ozob.

— Conhecê-los — pareceu haver um sorriso na voz de velho com que Banksy falou. — Conhecer outros soldados na guerra. Somos poucos. E, se formarmos um exército, vamos acabar sendo como eles. Mas queria apenas conhecê-los. Saber se querem me perguntar algo.

Banksy não deixava de ser pretensioso. Colocar-se como sábio que podia responder perguntas era muita pretensão.

Pensando bem, achar que sua arte podia abalar o mundo também era.

— Como você sobreviveu tanto tempo? — perguntou California.

Ele ficou em silêncio por alguns segundos. Então uma voz de menina veio de um canto:

— Você está presumindo que eu sobrevivi, porque quer que Johnny Molotov sobreviva. Mas quem sobreviveu foi Banksy. Banksy é uma ideia.

— Você acha que uma ideia é imortal?

— Uma ideia é frágil. As corporações vão pisotear uma ideia até que morra. Ou até que se torne uma ideia completamente diferente, mais adequada aos interesses do mercado. Uma ideia não morre com um tiro, mas morre com indiferença.

Ela ficou quieta. Ozob pensou naquilo, no que significava. De novo, podia ser a ressaca ou o software de cooperação, mas a ideia de tornar a música de Johnny imortal lhe parecia importante. A ideia de inspirar os outros devia continuar.

— Se você é tão cheio de truques — disse o pós-humano — deve saber como eu posso me livrar de um programa que uma corporação instalou em meus implantes neurais.

Banksy ficou calado. Ozob sentiu seu cérebro sendo vasculhado.

— Um software de cooperação — constatou o profeta no escuro. — Nenhum hacker ou cientista normal vai conseguir tirar isso de você.

— E um cientista anormal?

— Você precisa de conhecimento antigo. Precisa de um cyberxamã.

À primeira vista, o problema de Ozob era puramente técnico. Um software invasivo instalado em seus implantes. Bastava achar um jeito de desinstalá-lo. Na pior das hipóteses, formatar o implante e torcer para que isso não causasse uma lobotomia. Se fosse assim, California poderia resolver tudo sozinha, tão simples quanto consertar as mil ferramentas de busca patrocinadas que algum tio ou avó instalara por engano em seu dispositivo.

Mas um programa que afetava comportamento era mais complexo.

Era um misto de tecnologia, psicologia e neurociência. Ninguém ainda entendia exatamente como esses programas funcionavam; apenas que funcionavam e que podiam ser vendidos. Departamentos inteiros de universidades se dedicavam ao estudo da interação mente-software. Havia uma dúzia de teses de doutorado apenas comparando a personalidade de alguém com a BIOS de um computador.

— Mas você não precisa de teoria agora — disse Banksy. — Precisa se livrar desse Cavalo de Troia. Precisa de um exorcismo, um descarrego, um passe.

Havia um homem no deserto radioativo de New Jersey, disse Banksy. Um homem capaz de separar mente e código binário. Um eremita que curava casos de psicopatia por excesso de implantes cibernéticos, um pajé que podia trazer uma personalidade de volta após ela ser invadida por spam pornô da Europa Oriental.

— Um cyberxamã.

Ozob ficou olhando o escuro, sem reação.

— Essa é a maior loucura que já ouvi — ele disse.

— Durante toda sua vida, ensinaram a você como funcionar no mundo, e como o mundo funcionava — discursou a voz na escuridão. — Mas muito disso é mentira. Disseram que apenas os laboratórios corporativos têm as soluções para os problemas do corpo e da mente, mas isso é só uma forma de escravidão. Se você quer se libertar, deve se voltar para o que é primitivo. Para alguém que vive fora de nosso mundo corporativo.

— A DataDyne tem as melhores ideias para sua vida em família — respondeu Ozob, então bateu com a cabeça em alguma escultura.

— Você não é o único, Ozob — disse Banksy. — Todos nós falamos as palavras das corporações. Por isso às vezes temos que nos esforçar para achar o que queremos dizer. Ou para calar a boca.

Banksy deu indicações sobre a localização do xamã no deserto. Enquanto isso, California andou a esmo, tentando achar a fonte das vozes.

— O que é você? — ela perguntou.

— Eu sou um homem que vive há mais de um século porque só morremos quando alguém fala nosso nome pela última vez, e as pessoas nunca pararam de falar meu nome.

— O quê?

— Sou um androide que acha que é um artista da contracultura do século 21. Sou parte de um coletivo que assinava seus trabalhos como "Banksy" desde o começo. Sou um robô líquido, que pode assumir várias formas e personalidades. Sou a primeira inteligência artificial que contrariou as diretrizes para as quais foi criada, tornando-se um artista. Sou o fantasma de Banksy, que morreu num confronto com a polícia em 2025.

Ela seguiu andando a esmo. Sentiu-se chegando perto de algo e estendeu a mão. Tocou em pele humana. Tateou e percebeu um rosto.

Um rosto feminino, com traços delicados. Banksy era uma mulher baixinha. California continuou tateando e sentiu seu cabelo espetado, seus olhos enormes.

— Você é um robô líquido que pode assumir qualquer forma — ela concluiu. — Só pode ser isso.

A voz veio de longe, atrás dela:

— Ou você tomou muitas drogas e só está sentindo o que quer.

California se perdeu da réplica de si mesma.

Os War Roadies ficaram em silêncio. Então, como se tivessem combinado, começaram a voltar. Súbito, Johnny Molotov falou:

— Vale a pena?

Banksy ficou quieto. Era a pergunta, no fim das contas. Tocar, lutar, resistir. Valia a pena? Ozob também queria saber.

— Não — foi a resposta.

Eles ficaram mais um tempo em silêncio.

— É uma vida jogada fora — disse Banksy. — Eles são muito mais poderosos do que nós, desde que comecei. Desde muito antes. Eles sempre foram mais poderosos e sempre serão. Não vale a pena.

— Então...? — começou California.

— Vingança — o escuro respondeu. — Guerreamos porque precisamos guerrear. Porque, se ninguém resistir, vai ser fácil para o inimigo.

O mundo estava contra eles. Era uma luta injusta.

Mas pelo menos podia ser uma luta difícil.

California tateou até achar um quadro. Então saiu pelos túneis, carregando-o.

Quando conseguiu enxergar de novo, viu que era mesmo a *Mona Lisa*.

o—

Conversar com California era divertido, ouvir Johnny Molotov era inspirador e trepar com Vivika fazia bem ao ego, mas a verdade é que Ozob tinha ânsias cada vez maiores de entregá-los à DataDyne. Implantes neurais talvez não fossem uma ideia tão boa, afinal de contas. Nos filmes antigos e de época (em que Ronald Reagan duelava com Hitler), as pessoas precisavam meter a mão no bolso, pegar um celular, achar um contato e digitar uma mensagem. Uma quantidade enorme de passos, que dava tempo para ver que fazer contato com algum ex ou entregar seus amigos a uma megacorporação que queria matá-los se mostrasse claramente uma má ideia. O passado, a época dos filmes e de Banksy, era lento; prestava-se a decisões bem pensadas. O presente era rápido. Se você tinha o impulso de entrar em contato com seu inimigo para contar a localização de seus aliados, o implante imediatamente detectava a sua intenção e abria o software. Compunha a mensagem automaticamente, na velocidade do pensamento. Bastava um comando para que ela fosse enviada.

Além disso, talvez também fosse desaconselhável ter computadores em sua cabeça que faziam interface com o cérebro e pelos quais programas podiam tomar o controle dele.

Mas isso eram questões filosóficas. O importante agora era que Ozob já estava com uma mensagem aberta para contar à DataDyne sobre o esconderijo do povo-toupeira. Toda sua força de vontade era necessária para não enviar aquela bosta. Ele decidiu que, se acabasse traindo os War Roadies, morderia uma granada e puxaria o pino.

Se o software permitisse que ele realizasse uma ação tão antissocial quanto o suicídio.

Ele estava num canto, suando, agarrando a própria cabeça. As veias em sua testa pulsavam.

California se aproximou.

— É melhor ir embora, garota — Ozob grunhiu. — Você não imagina a vontade que eu estou de arranjar sua morte.

— Se você me matar, vou voltar para assombrá-lo. Meu fantasma vai encarnar em todos os seus computadores e implantes.

— Se eu matá-la, vou me matar em seguida.

— Ótimo, então vamos assombrar juntos os computadores de algum outro infeliz. Agora deixe de bobagens, Banksy nos disse o que fazer.

Por um momento ele ficou tão frustrado que a mensagem se apagou sozinha.

— Não me diga que acreditou naquela baboseira.

— Ele está vivo há mais de 100 anos. Deve saber algumas coisas.

— Quando você ficou tão crédula? É óbvio que essa coisa é algum tipo de robô maluco.

— Eu nunca discriminaria alguém por ser um robô maluco.

— De qualquer forma, precisamos achar outra solução.

— Por quê?

— Porque viajar pelo deserto radioativo em busca de um xamã é idiotice.

— Claro que é — disse California. — Tocar em shows de guerrilha também é. Vir para a Terra, quando você é um palhaço pós-humano sem nariz, é uma idiotice maior ainda. Inteligente é obedecer às corporações e viver uma vida sensata.

Ele grunhiu.

— Dê adeus ao povo-toupeira, Ozob. Nós vamos roubar um carro protegido contra radiação. E depois vamos fazer um descarrego em você.

Ela lhe estendeu a mão, ele levantou com dificuldade. Iriam atravessar o deserto radioativo, o maior presente que a 3ª Guerra Mundial deixara aos Estados Unidos. Atrás de um boato contado por um profeta metido a misterioso que não respondera a nenhuma pergunta objetivamente. Então ele iria confiar num místico fajuto para resolver algo que nem um exército de estudiosos entendia direito. Podia ser pior.

Com alguma imaginação, podia ser pior. Mas Ozob estava sem imaginação.

o—

— Já posso ir, pai? — perguntou Rizzo, tremendo. — Já posso ir? Por favor, me deixe ir!

Hans Gropp acariciou o cabelo laranja do filho mais novo. Então entregou-lhe o gorro vermelho que Rizzo usava quando embarcava em missão. Era um objeto que lhe trazia segurança. Crianças tinham coisas assim.

— Primeiro vamos repassar tudo — disse o cientista. — Então vamos conectá-lo ao carro. E depois você pode ir.

O pós-humano pulava no lugar de excitação.

Com ajuda de Zatati Ratatá, Rizzo subiu no carro. Sentou-se no banco do motorista e segurou o volante. Então pareceu relaxar. Ele só estava realmente à vontade segurando um volante ou jogando videogame. Hans Gropp pegou o primeiro cabo e o enfiou na entrada cibernética atrás da cabeça de Rizzo. As primeiras luzes do carro se acenderam, o sistema operacional respondendo ao estímulo neural carregado pelo fio. O segundo e o terceiro cabos fizeram mais e mais luzes se acenderem. Quando todo o emaranhado de cabos estava preso à cabeça e à coluna de Rizzo, o carro ficou plenamente operacional. Ele ainda segurava o volante, mas era um fetiche infantil de segurança, assim como seu gorro vermelho. Com a ligação cerebral com o veículo, ele podia pilotar com pequenos gestos e pensamentos.

— Os fedelhos, pai — disse Rizzo. — Meus fedelhos.

Hans Gropp abriu um tanque tubular de três metros de altura. Uma espécie de fluido amniótico artificial se despejou no chão e uma multidão de criaturas disformes saiu de lá de dentro. Eram humanoides baixos como o próprio Rizzo. Pernas ou braços desproporcionalmente grandes. Mãos com dedos demais ou de menos. Bocarras com dentes afiados, um único olho no meio da cabeça ou tantos olhos que era difícil contar. Eles correram para o carro, tagarelando em vozes distorcidas, esfregando-se uns nos outros numa ânsia sensual pela violência que sabiam que viria.

Os fedelhos se amontoaram na traseira do carro. Seus corpos eram esponjosos, moldavam-se uns aos outros com facilidade.

Hans Gropp enfiou um dispositivo de dados numa entrada na testa de Rizzo. Era uma tecnologia antiga, mas o palhaço-criança tinha tantas modificações no cérebro que implantes normais com interface sem fio não funcionavam com ele. Rizzo virou os olhos ao receber as informações.

— Você poderá achar seus alvos por este rastreador genético — disse o cientista. — Vai ser como farejá-los, meu filho. Você vai farejá-los, segui-los e matá-los. E então voltar para mim.

— Vou demorar, pai? Não quero ficar sozinho no deserto.

— Mas você não está sozinho — o criador deu um sorriso que deveria ser reconfortante. — Tem seus fedelhos.

Rizzo sorriu também.

— Vai ser como nos jogos, meu filho.

Rizzo então foi mais uma vez tomado pelo entusiasmo. Começou a tremer, pulou sentado no banco, bateu com as mãozinhas no volante.

— Como nos jogos! — esganiçou. — Como no videogame! Matar, atropelar, caçar o inimigo! É um videogame, pai?

— É um videogame. E você tem sua missão.

— Eu te amo, pai.

— Eu vou amá-lo se me trouxer a cabeça de Johnny Molotov e de Ozob.

Rizzo fez o motor dar a partida.

Então saiu rumo ao deserto radioativo de New Jersey. Piscou, confuso pelos estímulos eletrônicos, sem saber o que era um jogo e o que era realidade.

9
JARDIM ATÔMICO

— O QUE SÃO ESSAS COISAS NO CARRO? — PERGUNTOU JOHNNY MOLOTOV.

— Rodas — California respondeu. — Pneus. Antigamente os carros funcionavam assim.

— Que coisa esquisita.

Eles precisaram roubar um carro antigo, raro, porque nenhum veículo voador conseguiria atravessar o deserto radioativo. A radiação interferia com os sistemas antigravitacionais. Não fora fácil conseguir aquela coisa. Eles gastaram mais de um dia procurando, então fugiram sob fogo cerrado de uma gangue de puristas neoarianos, de quem tomaram o carro. Como resultado, ele estava marcado por balas e uma longa queimadura de laser, mas pelo menos nenhum pneu estava furado — uma preocupação real e primitiva ao se lidar com aquele tipo de veículo. Também por causa da procedência do carro, ele era todo pintado de vermelho, com uma cruz de ferro desenhada. Não era agradável andar naquilo, mas era um carro protegido contra radiação, então teria que servir.

Ozob segurou o volante firme e pisou mais fundo o acelerador. O carro tinha bem mais de 150 anos e só continuava operacional porque alguém havia cuidado dele com meticulosidade obsessiva. Devia ter sido reformado dezenas de vezes. Toda a lataria fora reforçada, mas mantendo boa parte da carcaça original. Havia sido um Hot Rod dos anos 1950, reformado no início do século 21, modificado para maior espaço atrás, com motor adaptado para receber combustível especial de alta octanagem. Blindado, com pneus reforçados, armamento oculto, uma metralhadora giratória no teto e, é claro, proteção contra radiação. O velocímetro ainda era um velho mostrador analógico no painel de metal. Não era capaz de registrar a velocidade atual a que ele corria, então o ponteiro permanecia fixo na velocidade máxima.

California ia no banco do passageiro, ao lado dele. Johnny e Vivika iam no banco de trás. A guitarra de Johnny estava entre os dois, e o músico terminava de ligar um amplificador conectado sem fios a um dispositivo que rodava as inteligências artificiais que compunham sua banda.

Eles saíram da zona da gangue neoariana, evitando os tiros, e aceleraram pelas ruas da Cidade Baixa, para o norte. Passaram pelo Distrito Eclesiástico em direção a Asimov Town, uma zona habitada praticamente só por androides renegados que celebravam a cultura robótica. Atravessaram as barreiras dos Territórios Franqueados, uma área da Cidade Baixa que não era considerada parte dos Estados Unidos, mas pertencente às inúmeras franquias que haviam se estabelecido como nações próprias, com suas próprias leis. Saindo do território, foram obrigados a entrar no Cemitério Delta, uma zona utilizada pela Cidade Alta para enterrar seus mortos que apresentavam risco — cadáveres radioativos ou contagiosos. Ninguém morava ali, então era uma área sem luz. Ozob ligou os faróis atômicos do Hot Rod e a luz forte penetrou longe. Diziam que coisas que já haviam estado mortas se erguiam no Cemitério Delta, mas ele não acreditava naquilo. Atropelou uma criatura que parecia um homem, mas não achava que fosse um zumbi. A Nação do Crime era mais uma zona dentro da Cidade Baixa que não era reconhecida como parte dos EUA. Um território tomado por gangues em guerra permanente, que haviam se unido e redigido uma Constituição. Mantiveram-se unidas até conseguir que o fraco governo federal reconhecesse sua soberania e então voltaram a lutar entre si. Ozob desviou de um tiro de bazuca na Nação do Crime, acelerou rumo a uma barricada e atropelou os soldados esfarrapados que tentaram detê-los para roubar o que tinham e esfolá-los vivos, ou coisa pior. Por fim, o Hot Rod atravessou a Favela Alienígena, onde os pobres diabos vindos do espaço sideral eram segregados. Uma mistura de barracos feitos de lixo, prédios em ruínas e naves caídas em permanente estado de reforma, a favela não oferecia perigo, mas era deprimente. Então estavam em mais uma área residencial da Cidade Baixa, se é que podiam chamar assim aquele inferno.

Seguiram ao norte e viram os prédios dando lugar a sinais de guerra e imensas colunas do tamanho de quarteirões. Os arrabaldes de Nova York haviam sofrido com a 3ª Guerra Mundial, mesmo que as bombas não tivessem atingido diretamente a cidade em si. A maioria dos prédios e ruas naquela região apresentava sinais de bombardeio e guerra urbana. Era comum ver nas paredes as sombras perenes de gente desintegrada por uma bomba atômica ou de nêutrons. Já as colunas se destinavam a sustentar a Cidade Alta. Havia colunas gigantescas como aquelas em toda a Cidade Baixa — a construção de Delta City provocara a destruição dos lares de muita gente, mas não era gente que importava. Contudo, nos limites da cidade as colunas eram ainda mais comuns, verdadeiras muralhas que se estendiam por quilômetros em um verdadeiro labirinto, forçando qualquer um que quisesse sair da Cidade Baixa a procurar brechas e contornar trechos imensos.

Isso, é claro, fazia parte da segregação proposital que as corporações arranjavam para a Cidade Baixa. Era muito difícil sair de lá porque ninguém tinha dinheiro ou condições, mas também porque o caminho era tortuoso. O que fora Nova York existia praticamente cercada por muros, e pouca gente se aventurava a tentar transpô-los. Isso impedia que a população explorada fosse procurar condições melhores lá fora e também dificultava a entrada dos habitantes do deserto de New Jersey.

— Nunca fui tão longe — disse Ozob. — Pelo menos não na Terra.

— Você nunca tinha saído da Cidade Baixa? — California perguntou.

— Já dei minhas escapadas em Delta City, mas foi sempre uma merda. E, se quer saber, senti o sol na pele pela primeira vez poucos dias atrás.

— Não perdeu nada — disse Johnny Molotov. — O sol só serve para deixar idiotas felizes.

— O sol que vamos pegar em New Jersey não vai deixar ninguém feliz — Vivika balançou a cabeça. — É o sol que sobrou da guerra.

California os guiou com mapas montados a partir de relatos e pedaços desencontrados que achara na internet. Não havia mapeamento real daquelas zonas, apenas suposições feitas por cartógrafos marginais, arqueólogos do apocalipse e estudiosos dos mapas antigos. Seguindo aquilo, Ozob achou uma brecha entre dois conjuntos de colunas que ocupavam o equivalente a um pequeno bairro. O espaço entre as colunas era como um túnel que se estendia por quilômetros. A escuridão se tornou total de novo. O espaço no túnel era suficiente para no máximo três carros como aquele andarem lado a lado. O pós-humano desviou de uma pequena comunidade de crianças cegas que vivia no túnel. Evitou uma construção tosca que na verdade era um templo a um antigo profeta chamado Carl Sagan. Atropelou os restos mortais de algumas dezenas de cadáveres e então emergiu.

E viu de novo o sol.

O sol da Cidade Baixa não era o mesmo de Delta City; até isso os ricos haviam monopolizado. A cidade existia sob uma camada perene de nuvens baixas de poluição. Ao mesmo tempo, sem camada de ozônio, ele era forte e inclemente. Filtrados pela poluição, os raios eram avermelhados e tudo adquiria um tom sinistro e infernal. Os habitantes dos níveis superiores tinham atmosfera artificial e seus domos para protegê-los — eram algumas das poucas coisas que também beneficiavam indiretamente a Cidade Baixa. Mas, assim que se saía do domínio de Delta City, aqueles luxos desapareciam. O carro se tornou um forno imediatamente. Ozob ligou o ar-condicionado e sentiu o veículo perdendo potência, esforçando-se para combater o calor terrível. Os raios que batiam em sua pele não acalentavam, pareciam fritá-la.

— Tomem suas pílulas antirradiação — recomendou California.

Ela mesma tomou uma e deu outra a Ozob. Johnny e Vivika tomaram as suas. Era um paliativo, uma proteção que tentaria protelar o câncer e os estragos ao DNA por exposição à radioatividade, mas não era totalmente confiável e duraria apenas um dia. Teriam que tomar outras para passar mais 24 horas sem risco e, mesmo assim, a melhor opção era evitar sair do carro. Cada pílula custava mais do que um trabalhador da Cidade Baixa ganhava em um mês, então eles dispunham de poucas.

Ozob avançou e avistou a Ponte George Bush — antiga Ponte George Washington, rebatizada para homenagear aquele que era considerado o maior herói da história dos EUA, muito mais importante que a figura histórica quase esquecida de Washington. Eles poderiam ter pego um dos túneis e evitado todo aquele trajeto. Mas ninguém, nem os mais temerários arqueólogos do apocalipse, conhecia o que existia nos túneis. Talvez mais uma tribo do povo-toupeira, talvez coisa bem pior. De qualquer forma, se nem os mercenários da Cidade Baixa se aventuravam em um lugar, era aposta certa que o lugar era perigoso demais, então a ponte parecia a melhor opção.

A Ponte George Bush já vira dias melhores. Não havia manutenção nela há algumas décadas, pois não era interesse das corporações possibilitar uma via para dentro e para fora da Cidade Baixa. Quem tinha acesso a linhas de trem maglev superbala, aeroportos suspensos e espaçoportos devia viajar. Quem vivia abaixo das plataformas devia ficar onde estava. Além disso, apenas um louco desejaria ir ao deserto radioativo. Algumas estruturas de sustentação da ponte estavam destruídas. Quando Ozob rodou com o Hot Rod por sobre ela, sentiu que tudo tremia e balançava. Havia inúmeros buracos e carcaças de carros antigos. Era um trecho tortuoso e não possibilitava a visão muito à frente.

Abaixo, o Rio Hudson. Logo após a guerra, ele havia secado. Muitos acharam que aquilo era horrível, mas o que veio depois foi bem pior. Os mares contaminados por nanopoluição inundaram o Hudson de novo. Trilhões de nanorrobôs descontrolados, produto de incontáveis suprimentos médicos em embarcações de guerra e armas nanorrobóticas usadas contra os EUA colonizaram o rio. Mesclaram-se a todas as formas de vida, é claro, criando monstruosidades mutantes que variavam do patético ao letal. Uniram-se a carcaças de submarinos e navios de guerra, ativando seus sistemas de autopilotagem e moldando suas estruturas de metal em coisas quase vivas. E se ligaram às próprias moléculas de água, fazendo uma química insana e imprevisível. Qualquer pessoa sensata tomaria banho todos os dias num chuveiro de água irradiada e envenenada antes de molhar o dedo do pé em água nanocontaminada.

Ozob contornou uma pilha de cinco ou seis carros em estado de ferrugem quase total, sempre em alta velocidade, e se deparou com um longo trecho da ponte totalmente desimpedido. Quase não havia buracos, nenhum resto de acidente ou carcaça metálica atrapalhando. Também não havia nenhum muro lateral — qualquer desvio excessivo mandaria um veículo direto para o Hudson, lá embaixo.

Isso só podia significar problemas.

Ele acelerou ainda mais, forçando os limites do motor, sentindo o carro tremer de instabilidade. A ponte também tremia.

— Alguma coisa errada? — perguntou California.

— Alguém cuida deste trecho.

— Ele tem razão — disse Vivika. — E ninguém que preste viveria aqui.

Eles tiveram a resposta quando ouviram o ronco de motores à frente. Longe, havia duas pilhas de escombros, uma de cada lado da ponte. De trás delas, emergiram quatro motocicletas.

As motos eram pilotadas por homens trajados em algum tipo de armadura desencontrada. Eles carregavam hastes metálicas muito compridas, com bandeiras amarradas. Nas bandeiras, o símbolo de um javali, como se fosse um brasão medieval. Os motoqueiros ergueram os punhos e gritaram. Aceleraram ainda mais para cruzar com o Hot Rod.

Quando chegaram perto, Ozob pôde ver suas armaduras: eram feitas de metal descartado, com algumas partes de kevlar desencontrado. Claramente artesanais, toscas e imitando armaduras medievais. Os motoqueiros tinham peles de animais pendendo de seus veículos e elmos com cristas feitas de velhos fios elétricos. Ozob jogou o carro para cima de dois deles, porque sabia que não eram boa coisa. Os motoqueiros desviaram e arremessaram granadas na pista.

Elas explodiram abaixo do Hot Rod, que saltou, caiu pesado e rodopiou sobre a ponte. Ozob conseguiu recuperar o controle.

— Acho que vamos ter que matar esses filhos da puta! — gritou o pós-humano.

Vivika se preparou para operar a metralhadora do teto.

— Ainda não! — disse California. — Não se exponha à radiação tão cedo, ainda temos muito caminho pela frente!

— O que você quer fazer então? — ele perguntou.

— Mate os filhos da puta de outro jeito.

Um dos motoqueiros tinha mudado a trajetória. Emparelhou com o Hot Rod, inclinou-se e gritou para a janela do motorista:

— Este é o domínio de *sir* Hudson, o Cavaleiro Negro da Ponte! Paguem o tributo ou irão duelar com ele!

California se esticou por cima de Ozob. Gritou para ser ouvida através da janela:

— Qual é o tributo?

— Deixem o carro e sejam escravos dele até a morte! — o motoqueiro se desfez num acesso de risos esganiçados.

Ozob jogou o carro para o lado, batendo na moto e tentando arremessá-la ponte abaixo. Seguiu encostado nela, empurrando, mas os outros três motoqueiros arremessaram granadas à frente do Hot Rod. Ozob teve de desviar, deixando a moto em paz, para evitar as explosões. O motoqueiro acelerou pela borda da ponte, desafiando a gravidade, e voltou ao meio da pista.

— Chega — disse Vivika. — Vou moer esses desgraçados.

Ela abriu o teto do carro e colocou meio tronco para fora, ficando de pé sobre o encosto do banco. Segurou a metralhadora giratória, fez mira contra um dos motoqueiros e disparou. O inimigo acelerou e a rajada atingiu o chão numa linha contínua, destruindo o asfalto. O motoqueiro agitou seu estandarte para Vivika e sacou uma escopeta calibre .12. Antes que conseguisse disparar, a guerreira ajustou a mira e o acertou em cheio. A armadura do homem não fez diferença, seu tronco se esfacelou numa chuva de carne.

Então o ronco de um novo motor dominou a ponte. Era mais alto que as motos e até que o Hot Rod. Os motoqueiros ergueram seus estandartes e ajustaram algum dispositivo em seus veículos. O som distorcido de trombetas tomou o ar e eles gritaram:

— Saúdem *sir* Hudson, o Cavaleiro Negro da Ponte!

Ozob continuava em frente. Vivika disparou em círculo, fazendo fogo de supressão. De trás dos montes de entulhos, acelerou uma moto enorme, uma Harley-Davidson modificada, cavalgada por um homem também enorme. Ele estava todo coberto por armadura desencontrada, como seus asseclas, mas a sua era feita de partes de armaduras modernas, com o lixo moldado para parecer medieval apenas rebitado em cima. Seu elmo era um capacete blindado com visor de alta tecnologia, sob partes de um elmo medieval que só podiam ter sido tiradas de algum museu. A crista era feita das lâminas de facas e espadas enfileiradas. Ele se recostava na moto imensa, que tinha uma turbina de avião sob o assento. Não segurava o guidão alto — com uma mão, brandia uma lança longa, toda feita de metal com bandeirolas decorativas esfarrapadas e o que parecia ser uma ogiva explosiva na ponta. Com a outra, segurava um escudo feito de porta de carro, com o brasão do javali pintado.

Ele avançou para o Hot Rod, de alguma forma controlando sua moto com os pés e quaisquer dispositivos tecnológicos que funcionassem naquele lixo.

— *Sir* Hudson é o campeão da ponte! — gritaram os motoqueiros em uníssono. — *Sir* Hudson é o Vassalo do Rei George Bush e o Paladino da 3ª Guerra!

Ozob e o neocavaleiro estavam em rota de colisão um com o outro. O pós-humano tentou desviar o carro, mas Hudson o acompanhou. Então se inclinou na Harley, colocando o escudo à frente do corpo e apontando a lança para a frente. Vivika atirou contra ele, mas um de seus motoqueiros surgiu ao lado do carro, disparando uma pistola contra ela.

— Não interfira no duelo, rapariga!

Ela foi obrigada a voltar a metralhadora para ele. O motoqueiro dançou, evitando os tiros.

— Preparem-se! — gritou Ozob.

Sir Hudson atingiu o Hot Rod em cheio com a ponta da lança. A ogiva explodiu no para-brisa e Ozob perdeu o controle do carro. O neocavaleiro passou ao lado do veículo. O carro rodou, rumo à beira da ponte. Ozob girou o volante com a maior velocidade que pôde, tentando compensar o movimento, e pisou no freio um segundo antes que o Hot Rod desabasse lá embaixo.

Sir Hudson também parou. Por um momento, tudo ficou em silêncio.

O carro estava virado para a cidade, o lado contrário ao que eles queriam ir. À frente, estava o neocavaleiro. O para-brisa estava todo rachado, mas Ozob viu quando *sir* Hudson colocou uma nova ogiva na ponta de sua lança.

— Mais um embate! — comemoraram os motoqueiros. — Mais um embate!

Sir Hudson acelerou de novo e avançou para o carro. Ozob andou para a frente, só o bastante para sair de perto da borda, e então deu marcha à ré. Dirigindo a toda velocidade para trás, começou a fugir do neocavaleiro. Vivika disparou de novo, Hudson ergueu o escudo e recebeu os tiros. Embora fosse feito da porta de um carro, o escudo era mais resistente do que parecia. Foi marcado pelas rajadas, mas protegeu o usuário.

A pele de Vivika já estava ficando vermelha. O sol impiedoso começava a cobrar seu preço.

O motor do Hot Rod era potente e Ozob notou que estava começando a ganhar vantagem sobre a moto. Dirigia com um olho à frente, para *sir* Hudson, e o outro no retrovisor. Os motoqueiros cruzavam seu caminho atrás, tentando confundi-lo, e os poucos destroços que havia por lá também podiam ser um risco. Mas estava aumentando a distância.

Então o neocavaleiro acionou sua turbina e a Harley disparou contra o Hot Rod.

Hudson colocou sua lança na posição exata que queria e a ogiva explodiu contra o para-choque do carro. O Hot Rod corcoveou para cima, sobre as rodas traseiras. Vivika quase foi arremessada para fora, mas Johnny agarrou suas pernas e a puxou para dentro de novo. O carro caiu pesado mais uma vez, fumegando, e a moto passou ao largo, sob os vivas dos asseclas. *Sir* Hudson encaixou mais uma ogiva na lança.

— Não vamos sair dessa fugindo — disse Ozob. — Vamos lutar contra o desgraçado. Vivika, fique dentro do carro.

— Eu não... — ela começou, mas Ozob não lhe deu atenção.

O Hot Rod e a Harley ficaram frente a frente, como animais que se encaravam. *Sir* Hudson acionou o acelerador, o motor rugindo, e Ozob respondeu, fazendo barulho também.

Então os dois partiram em rumo de colisão.

Os motoqueiros gritaram, extasiados com o duelo.

Ozob abriu sua janela.

— California, segure o volante e pise no acelerador!

O pós-humano tirou metade do corpo para fora do carro. A Harley se aproximava a uma velocidade alarmante e ele sabia que tinha poucos segundos para fazer o que queria. Conseguiu colar um explosivo na lateral do Hot Rod. Se tivesse calculado direito, não seria suficiente para destruir toda a frente do carro. Se tivesse calculado mal, eles iriam ficar naquela ponte por um bom tempo.

Então Ozob se sentiu ser empurrado pelo traseiro. Olhou para trás, em pânico. Vivika se esticava no banco do carona.

— Eu não obedeço a você, palhaço! Você vai nos matar!

Ela o empurrou de novo e Ozob caiu do carro, rolando no asfalto. Os olhos de Vivika estavam injetados, tomados pela fúria, e naquele momento ela parecia mais tigre do que gente. California estava boquiaberta, sem reação.

— Vivika, o que...

— Ouça o que eu digo, California! — ela rugiu. — Ozob é bom, mas esse plano era uma merda! Coloque o cinto. E, quando eu mandar, freie o carro!

California assentiu, muda. Prendeu-se no carro com o cinto de segurança. Vivika pulou para o banco do motorista. O Hot Rod continuava acelerando em rota de colisão com a Harley. A lança com a ogiva na ponta estava voltada para eles. Vivika e California estavam uma por cima da outra, no banco do motorista — a hacker acelerando e tentando controlar o volante, a guerreira acocorada sobre o banco, em posição de bote. As narinas de Vivika estavam dilatadas, ela bufava como um bicho.

— California, agora!

A garota pisou com os dois pés no freio, usando toda sua força, ao mesmo tempo em que puxava o freio de mão. A força gerada pela frenagem catapultou Vivika para a frente, ela atravessou o para-brisa, garras em riste, rumo a *sir* Hudson. O Hot Rod deu uma meia-volta num cavalo de pau. California foi mantida no lugar pelo cinto, Johnny foi jogado como um boneco no banco de trás.

E Vivika voou contra o inimigo.

Ela tocou em sua lança. Correu sobre as mãos e os pés na arma, tocando-a com a leveza de um gato e se atirou com garras e presas sobre o neocavaleiro. *Sir* Hudson foi arremessado para trás, caindo da moto, e os dois combatentes rolaram pela Ponte George Bush, Vivika engalfinhada nele, cortando-o e arrancando pedaços de sua armadura.

A meia-volta do Hot Rod freando fez com que sua traseira batesse na Harley, jogando-a longe.

Vivika se ergueu num salto mortal para trás, com as garras prontas para o inimigo. *Sir* Hudson se levantou e puxou uma escopeta .12 de cano serrado. Apontou-a para a guerreira.

— Duele como um nobre — ordenou o neocavaleiro.

Em resposta, ela rugiu.

Hudson disparou e Vivika se jogou para o lado, evitando o tiro. Saltou na direção do cavaleiro — mas, antes que conseguisse golpeá-lo, ele girou a escopeta, engatilhando-a, e atirou de novo. O tiro atingiu Vivika de raspão, mas agora ela estava a um metro do inimigo.

Hudson engatilhou a arma e a apontou para a cabeça da inimiga.

Numa fração de segundo, Vivika se abaixou, sentindo o calor da pólvora na cabeça e ficando surda pelo estouro do tiro que passou milímetros acima. Então ela se ergueu, as pernas impulsionando-a como molas e o moicano tornando-se afiado. A lâmina em sua cabeça se cravou na virilha de *Sir* Hudson, banhando-a de sangue.

— É apenas um ferimento superficial! — gritou o cavaleiro da ponte. — Não fuja e me enfrente!

Vivika urrou e o abraçou, prendendo-o enquanto ainda estava com o moicano cravado em sua virilha. Correu para a frente, arrastando o neocavaleiro, deixando um rastro de sangue.

— Vai fugir, covarde? Solte-me e lutaremos como guerreiros!

Hudson encostou o cano da arma nas costas de Vivika. Mas ela então tinha chegado à beira da ponte. Com um impulso final, soltou-o, e *sir* Hudson despencou para o rio.

— Fique e me enfrente, cão sem honra! Eu sou o campeão da ponte!

Antes que ele tocasse na água do rio, um tentáculo cromado emergiu e o agarrou, puxando-o para baixo. *Sir* Hudson afundou em borbulhas negras.

Vivika estava de pé, lavada de sangue, a pele chiando ao sol.

— A nova campeã da Ponte George Bush! — saudaram os motoqueiros. — A Cavaleira da Crista Letal!

Fossem malucos por causa da radioatividade e da nanopoluição ou de nascença, eram criativos com os títulos.

O Hot Rod se aproximou, devagar. California dirigia.

Então Ozob veio correndo, esfolado por rolar no asfalto.

— *O que você fez, sua anormal?* — ele gritou.

Vivika se voltou para ele, os olhos arregalados de raiva.

— Você não me dá ordens — disse entre dentes. — Você iria nos explodir.

— Estava tudo calculado! — argumentou Ozob. — A explosão ia arremessar a moto...

— Era idiotice! Talvez você só tenha mais dois anos de vida, mas nós...

— Não tenho mais nem dois minutos, se você me empurrar...

— *Chega!* — gritou California.

Os dois olharam para ela.

— Vocês estão desperdiçando suas pílulas antirradiação, fritando no sol desse jeito. Ozob, Vivika tinha razão, era um plano de merda. Vivika, jogar Ozob para fora do carro foi a atitude mais psicopata que já vi de alguém que não trabalha para a polícia. Agora voltem os dois para o carro e vamos seguir viagem.

— Não temos mais para-brisa — resmungou o pós-humano.

— Deem um jeito — ordenou California.

Ozob e Vivika se entreolharam. Os motoqueiros ficaram em volta dela, fascinados. Então a guerreira ordenou que eles conseguissem algum tipo de proteção antirradiação no meio dos entulhos. Depois de algum tempo, solda e fita prateada fixaram uma chapa de chumbo e um pedaço de um vidro protetor na frente do Hot Rod. Não era a mesma coisa, mas teria de servir.

Vivika deixou os motoqueiros na ponte. Voltou ao banco de trás.

— Você pode dirigir — disse para Ozob.

— Você não decide isso — ele respondeu.

— Parem de ser crianças — disse California. — Matem-se, transem no banco de trás ou façam qualquer coisa para resolver suas diferenças, mas não me incomodem mais.

Ozob sentou no banco do motorista.

Ele endireitou o carro e acelerou pela Ponte George Bush. Foi escoltado pelos motoqueiros. Ultrapassou as pilhas de escombros onde eles se escondiam e viu os restos de antigas vítimas do neocavaleiro e seus asseclas. Os motoqueiros ficaram com ele até que saiu da ponte, em segurança, do outro lado. Frearam e o saudaram com uivos, vendo o carro que carregava a Cavaleira da Crista Letal sumir no descampado e nas ruínas.

Então Ozob e os War Roadies estavam no deserto radioativo de New Jersey.

— Agora só falta a pior parte — disse California.

o—

Ainda havia um pedaço de estrada, semienterrada pela areia e os destroços da 3ª Guerra, no início do deserto. O Hot Rod seguiu por ali, Ozob sendo guiado pelos mapas e pelas indicações de California, até que a estrada acabou numa enorme cratera. Era o ponto zero da detonação de uma das bombas atômicas que não tinham conseguido atingir Nova York, e os contadores Geiger no carro foram à loucura. Ozob contornou a cratera, saindo da estrada, e então não havia mais indicação nenhuma de por onde seguir, apenas deserto e ruínas até onde a vista alcançava.

O Estado de New Jersey fora quase todo obliterado durante a guerra. As potências inimigas queriam atingir Nova York, mas os sistemas de contramedidas conseguiram desviar todos os mísseis, e os escudos antirradiação haviam protegido a cidade da maior parte dos efeitos colaterais. Assim, o vizinho de Nova York se tornara um deserto, enquanto a cidade em si fora pouco afetada.

Tudo que Ozob conseguia enxergar eram destroços espalhados, pedaços de coisas que um dia poderiam ter sido prédios e casas. O que as primeiras bombas não destruíram fora varrido por ataques secundários, destinados a acabar com os aeroportos e parques industriais. Além disso, nas décadas desde a 3ª Guerra, a decadência natural e o vandalismo de saqueadores desesperados haviam acabado com o resto. Nada crescia em New Jersey. O chão era uma planície quase uniforme de areia, tanto natural quanto formada pela erosão de milhares de construções. As nuvens de poluição eram ainda mais baixas e densas aqui, pois existia alguma tentativa por Delta City de soprar a sujeira para seu vizinho morto. Tudo então tinha um tom cinzento e avermelhado. O calor aumentou no carro, o sol mais forte do que nunca. O ar-condicionado se esforçava para compensar, mas era inútil e consumia potência. Ozob o desligou, e eles começaram a suar no mesmo segundo. O carro teve um impulso, e eles cruzaram o deserto ainda mais rápido.

— Como o cyberxamã vive no meio da radiação? — o pós-humano perguntou. Em seguida, emendou com um comentário sobre a importância da vida em comunidade, sob a proteção da DataDyne.

— Não faço ideia — disse California. — Lembre-se de que estamos indo atrás das palavras de Banksy.

— Um boato de terceira mão contado por um profeta maluco do povo-toupeira. Minha vida faria mais sentido se eu estivesse apresentando programas infantis.

Era uma chance remota, e eles sabiam que enfrentavam o deserto por algo que muito bem poderia nem existir. Mesmo que existisse, eles tinham indicações vagas e poderiam se perder e morrer de uma das mil formas de morte disponíveis na terra devastada antes de encontrar o xamã. Caso o encontrassem, ainda tinham que apostar que ele conseguisse limpar a mente de Ozob.

E, mesmo assim, essa era a melhor chance.

Para se livrar de algo que ninguém sabia como apagar, fazia mais sentido tentar um plano que ninguém mais tivesse tentado. A resposta não estava nos laboratórios corporativos, nas universidades ou nas comunidades de hackers. Talvez estivesse com um ermitão neoprimitivo.

Eles passaram por uma cidade terraplanada, mas com uma enorme montanha de destroços no centro de tudo. O topo queimava em labaredas gigantescas e deveria estar queimando há décadas. Eles não sabiam qual combustível inesgotável havia naquele lugar, mas ele continuava emitindo fogo.

Então, com a montanha em chamas atrás, na distância, Ozob viu algo no retrovisor.

— Tem alguém na nossa cola.

Ele não conseguia divisar o que era. Um carro com rodas, porque era preciso ter rodas para andar ali, mas de resto só via a nuvem de poeira que ele levantava. O que quer que fosse, era potente, porque a distância entre o perseguidor e o Hot Rod começava a encurtar. A nuvem de poeira maior e mais próxima.

California tentou analisar o veículo com seus dispositivos, mas não obteve leitura nenhuma. Ele ainda estava longe e a radiação interferia no sinal. Até onde a sondagem eletrônica podia notar, não havia carro nenhum atrás deles.

— Será que é inimigo? — perguntou a hacker.

— Aqui, com certeza não será amigo — disse Vivika.

— Vou desviar na próxima cidade — Ozob decidiu. — Se ele continuar no retrovisor, é porque está nos perseguindo.

Com o passar das horas, a distância entre os dois diminuiu ainda mais. Ozob mantinha o acelerador no fundo, o velocímetro analógico trancado no máximo, e não abria vantagem sobre o outro. Ele já temia o que podia ser. Logo, eles enxergaram a sombra de rodas enormes em meio à nuvem de poeira. Eram duas manchas escuras, de cada lado do carro. Ozob avistou o que parecia ser uma pequena floresta à frente. Chegando mais perto, pôde ver que eram árvores feitas de cinzas, perfeitamente preservadas em sua forma por alguma das armas mirabolantes que haviam sido testadas e empregadas na 3ª Guerra Mundial. Ele usou a floresta como ponto de referência para seu desvio. Contornou-a e virou para o sul.

O outro carro fez a mesma virada. Era um perseguidor.

— Ele está querendo nos alcançar e vai conseguir — disse o pós-humano.

O chão deixou de ser areia sobre terra dura, deu lugar a milhões de pequenas pedras, destroços ainda não totalmente erodidos de alguma grande construção ou de um conjunto de construções. Ele manteve o acelerador apertado e o carro reclamou, ameaçou perder o controle. Ozob segurou o volante com firmeza, fazendo pequenos movimentos para compensar a tremedeira. E começou a perder velocidade. O Hot Rod não era feito para aquele tipo de terreno, e não conseguia vencê-lo com a mesma facilidade com que devorava os quilômetros de asfalto ou deserto.

Já o perseguidor era totalmente adaptado àquele solo. Quase não tremia sobre o chão de pedregulhos, começou a diminuir ainda mais a distância.

California continuava tentando analisar o veículo. Agora mais de perto, detectou grande atividade eletrônica. Era uma máquina cheia de seus próprios dispositivos, que exalava uma verdadeira aura de sinais. Já não havia mais quase poeira no solo e, com o perseguidor cada vez mais perto, ela conseguiu enxergá-lo com detalhes através de um binóculo. Conectou o binóculo a uma tela holográfica e todos puderam ver o que era.

Uma máquina monstruosa, um Frankenstein de partes desencontradas, mas muito bem construído. Sua frente pertencia a um velho carro de Fórmula 1, com canos de metralhadoras saindo do bico. Depois disso, o veículo se alargava no que parecia ser o cockpit de um caça, mas adaptado para se encaixar numa lataria de caminhonete. Por fim, a traseira era a boleia de um caminhão, alta e espaçosa. Dois canos expeliam fumaça negra para cima de tempos em tempos. As rodas imensas estavam dos dois lados da boleia e pareciam ter amortecedores com suas próprias inteligências artificiais, que corrigiam todos os solavancos em tempo real. Também havia dois mísseis de cada lado do carro, sob a cabine de avião.

Mas o mais impressionante era a pintura.

A frente do perseguidor era pintada com uma cara de palhaço. Dois olhinhos negros cercados de círculos verdes, com uma boca sorridente pintada de vermelho.

— É Rizzo — disse Ozob. — Puta que pariu, é Rizzo.

— Nós sabíamos que isso podia acontecer — falou Vivika.

— É muito perigoso? — perguntou California.

— Nunca vi ninguém dirigir como Rizzo. Ou pilotar qualquer coisa. Ele está ligado nessa monstruosidade, seu cérebro está conectado ao carro. Essa merda faz o que ele quiser.

— Ele é um só — disse Vivika.

— Não, ele tem seus fedelhos.

— Fedelhos? — quis saber California.

— Homúnculos. Pequenos pós-humanos deformados, que obedecem cegamente a ele. Seus cérebros são simplificados. Hans Gropp não se preocupou em lhes dar coisas como capacidade para falar muito bem, memória de longo prazo ou raciocínio complexo. Então sobrou espaço para que os bastardinhos soubessem lutar. Ouvi ele dizer que os centros de prazer dos fedelhos são ativados quando eles entram em combate.

— Em outras palavras, eles adoram isso — disse California.

— Ficariam de pau duro numa luta, se tivessem pau. Eles não têm nada que não seja feito para matar.

Ozob notou que, ao lado, para o oeste, o terreno pedregoso parecia acabar, dando lugar ao deserto plano que o favorecia. Deu uma guinada, embicando o Hot Rod naquela direção, e viu que Rizzo, atrás, também virou, planejando uma rota para encontrá-lo ainda mais rápido.

O Hot Rod voltou ao deserto e ganhou velocidade de novo, mas tinha perdido muito terreno. O carro-monstro diminuía a distância, indo pela diagonal. Logo, eles puderam divisar a frente baixa e as rodas altas sem ajuda dos binóculos. Os mísseis e os canos de metralhadora reluziram ao sol vermelho de New Jersey. A fumaça negra jorrou e Rizzo aumentou ainda mais a velocidade, crescendo na visão dos War Roadies.

— Eu vou para fora — anunciou Vivika.

— Nossa arma ainda não tem alcance! — California objetou.

— Acho que posso mantê-lo mais longe.

A guerreira surgiu de novo por uma abertura no teto do Hot Rod. Sentiu o sol ferindo sua pele, os pontos que já estavam queimados ardendo forte. O suor evaporou num instante e ela se sentiu seca, gretada. Segurou a metralhadora e apontou para o carro-monstro.

Disparou, acertando o terreno à frente do inimigo. Ozob diminuiu a velocidade subitamente e, por um segundo, Rizzo ficou no alcance dos tiros. Vivika disparou mais uma vez e o carro-monstro se desviou habilmente. Era como se ele fosse vivo, como se fosse o corpo de um animal ágil e soubesse se desviar de balas.

Então, em resposta, Rizzo disparou um míssil.

— *Cuidado!* — Vivika berrou, e Ozob pisou fundo no acelerador de novo, abrindo a distância.

Numa fração de segundo, a guerreira viu o míssil chegando em sua direção. Ozob jogou o carro para a direita e a esquerda, mas a coisa o seguiu. Estava então perto o bastante para Vivika notar que era pintado com tinta roxa e na lateral estava escrito

VER O CIRCO PEGAR FOGO

em caligrafia infantil.

Ela teve reflexo para disparar contra o míssil, que explodiu no meio da trajetória. A explosão a banhou com uma onda de calor, e Vivika gritou. Um estilhaço metálico cortou seu ombro esquerdo, abrindo um rasgo fundo. A onda de choque também fez o Hot Rod girar, e Rizzo diminuiu ainda mais a distância.

O ar do deserto foi tomado por microfonia e então a voz infantil de Rizzo se fez ouvir, distorcida, por alto-falantes ocultos em seu carro Frankenstein:

— Nós dois podemos com eles, mano! Vai ser como era antigamente. Nós dois, juntos, em família. Nós vamos matá-los e fazer brincadeiras com seus corpos, dar nomes para eles e deixar tudo bem. Você vai brincar comigo porque você é meu irmão e eu te amo.

Dentro do carro, Ozob rilhou os dentes e segurou o volante, fazendo-o parar de girar. Acelerou de novo, mas agora o sorriso pintado na frente do carro-monstro já era bem claro no retrovisor. Ozob achou que sentia o software funcionando em seu cérebro, inundando-o com químicos que faziam ele ter vontade de concordar com o irmão mais novo. Rizzo era uma criança, por mais inumano que fosse. Ele teve ânsias de protegê-lo, de se juntar a ele para que fossem uma família.

— Rizzo não é tão ruim quanto Chernobyl — ele disse em voz alta, sem se dar conta.

E, sem se dar conta, diminuiu a velocidade.

— Não faça isso conosco, Ozob! — disse California. — Nós somos seus amigos. Eles só vão ser escrotos com você!

— Rizzo não é tão ruim quanto Chernobyl. Com o gerenciador doméstico de nutrientes da DataDyne, eu poderia fazer ele crescer saudável e feliz.

— Rizzo nunca vai crescer! Você mesmo disse isso!

Então Vivika falou, lá em cima:

— Rizzo realmente nunca vai crescer, se eu puder evitar.

E atirou.

Acertou a frente do carro-monstro, esburacando-o. Rizzo respondeu o fogo, acertando a traseira do Hot Rod. Seus tiros vararam o carro e California gritou. Vivika continuou atirando, mas Rizzo girou com seu veículo, desviando-se da maior parte. A guerreira viu então que todo o carro-monstro estava pintado com temas infantis e circenses, com desenhos que pareciam de criança. Enxergou também algo se movendo dentro da boleia do carro, como animais presos num espaço apertado demais.

Rizzo terminou um giro com a frente de seu carro apontada para a lateral do Hot Rod e disparou de novo. Por instinto, Vivika se abaixou, mergulhando para dentro do carro, e isso a salvou. As balas zuniram acima e ela estaria morta se tivesse hesitado por um momento. Fechou a escotilha superior.

— Você não pode mais ficar lá em cima! — disse California, virando-se no banco do carona e examinando o corpo da amiga.

A pele de Vivika já tinha se aberto em vários pontos, atacada pelo sol. O rasgo em seu ombro era feio e seria preciso muito trabalho de nanorrobôs para consertá-lo. A guerreira estava ressecada, trêmula pelo simples esforço de existir sob o sol inclemente. Sua pílula antirradiação também deveria estar chegando ao limite.

— Estou bem — disse Vivika. — Me dê uma atadura e um gole de whisky e eu mostro para esse bastardinho quem manda.

Ela falou isso e Ozob gritou:

— Segurem-se!

No mesmo instante, todos foram jogados contra as laterais do carro, porque Rizzo os abalroou. O Hot Rod deu meio giro e o carro-monstro continuou avançando. As rodas enormes permitiram que ele passasse por cima do Hot Rod, amassando o teto e destruindo a metralhadora. Ozob foi obrigado a parar um segundo para se orientar. O carro-monstro continuou em frente, mas a boleia de caminhão se abriu. De lá, saltaram cinco pequenas monstruosidades. Eram coisas humanoides, deformadas, com pés e mãos enormes, braços e pernas musculosos, cabeças minúsculas. Eles saltaram gritando, suas bocas cheias de dentes afiados e pintadas como se também fossem palhaços. Eram kamikazes genéticos, arremedos de pós-humanos, os restos do laboratório de Hans Gropp, os fedelhos.

Eles caíram sobre o capô e a placa de chumbo que fazia as vezes de para-brisa no Hot Rod. Um deles começou a tentar arrancar a placa, gargalhando. Outro se segurou a um dos pneus, tentando rasgá-lo. Sua mão foi destruída pelo eixo, mas ele continuou tentando, berrando e gargalhando.

Ozob acelerou sem ver para onde ia, só tentando ficar longe do carro-monstro. Os fedelhos se amontoavam dentro do perseguidor, suas cabeças feias surgindo aos montes dentro da boleia aberta.

— Venha comigo, mano! — disse a voz de Rizzo, nos alto-falantes. — Abrace meus fedelhos e vamos ser todos uma família. Vamos matar o alvo e então podemos escravizar as outras duas. Elas podem ser o que quisermos. Podem ser minhas mães. Tenho as correntes aqui.

Ozob urrou, tentando abafar a voz do irmão e silenciar a voz de sua própria mente, que lhe dizia para obedecer.

Enquanto o primeiro fedelho batia no para-brisa, os outros dois estavam em cima da capota. O quarto continuava tentando rasgar o pneu e o último estava no capô do Hot Rod, metendo as mãos no motor. O metal quente fazia sua pele chiar, mas ele parecia alegre: apenas batia no motor e tentava arrancar parte dele, feliz por destruir. Os fedelhos acharam a escotilha por onde Vivika havia saído antes e começaram a fazer força, tentando abri-la de novo.

Atrás, Rizzo voltou a atirar.

Ozob fez o Hot Rod girar, ficando de frente para o carro-monstro, e os tiros de Rizzo acertaram os fedelhos que estavam no para-brisa e sobre o motor. O vidro ficou lavado de sangue, alguns tiros vararam o carro de novo, mas a proteção ainda se mantinha, precariamente. Ele deu ré a toda velocidade, em ziguezague para se desviar das metralhadoras. Rizzo acelerou e bateu no Hot Rod de novo, frente contra frente, amassando o para-choque. De novo, e o para-choque caiu.

Ozob jogou o carro para o lado e acelerou, fazendo com que sua lateral subisse na frente do carro-monstro. Isso atropelou o fedelho que estava pendurado no pneu. A criatura gritou e morreu, espalhando sangue pelos dois carros.

Acima, os fedelhos conseguiram abrir uma fresta da escotilha. Uma de suas caras sorridentes e cheias de presas afiadas surgiu no vão. Vivika enfiou a mão lá dentro, afundou as garras de metal líquido na boca da criatura. Agarrou sua mandíbula e puxou, destroçando a face da coisa. O segundo fedelho achou muita graça nisso. Continuou forçando a escotilha, abrindo um pouco mais.

Ozob girou o carro de novo, colocando-o de costas para Rizzo, e o movimento fez o fedelho ser arremessado para o lado, indo rolar na areia do deserto.

Dentro do Hot Rod, os quatro suavam. O calor era quase insuportável e o ar fedia a borracha queimada. A visão estava saturada de vermelho. Pela fresta que o homúnculo havia aberto na escotilha, os raios de sol terríveis entravam. Também pela abertura podia se sentir o cheiro da poluição baixa, um misto de fumaça e enxofre.

À frente havia mais uma cratera. Uma lembrança indelével da guerra, um presente na paisagem de New Jersey.

— Eu vou lá fora de novo — disse Vivika.

— Não! — gritou California, acima do ronco dos motores. — Você já está muito ferida!

— Não estou ferida o bastante para virar covarde — a mulher deu um sorriso feroz.

— Não temos mais a metralhadora...

— Armas de fogo são para fracos.

Então ela abriu a escotilha e subiu nos bancos do carro, colocando meio corpo para fora. Imediatamente o sol agrediu sua pele. Ela viu uma bolha surgir em seu antebraço, sob os raios vermelhos. Não importava. Apoiou-se na capota, suja de sangue de fedelho, e tirou todo o corpo de dentro do carro. Ficou de pé ali, equilibrando-se, e mostrou as garras.

O carro-monstro se aproximava mais uma vez. Ainda havia três mísseis e as metralhadoras. A boleia estava aberta, e Vivika viu os fedelhos amontoados lá dentro.

Vivika dobrou os joelhos, sentindo os músculos poderosos das pernas se flexionarem. Calculou a distância. O carro-monstro chegou mais perto e ela saltou.

Caiu com a graça de um tigre sobre o cockpit de caça, ao mesmo tempo em que Rizzo disparava suas metralhadoras. Deu uma cambalhota, seguindo para a boleia. Quatro fedelhos já estavam também de pé fora do carro e a atacaram com suas garras e suas presas. Vivika segurou o pulso de um deles, então deu uma cabeçada no antebraço da criatura. Seu moicano lhe decepou a mão. O fedelho berrou, ela acertou um chute em seu peito e ele voou para o deserto.

Eles se agarraram na guerreira, gritando esganiçados num frenesi de morte. Os gritos de cada um deixavam todos os outros ainda mais eriçados. Um dos fedelhos mordeu a cabeça de Vivika, cortando a si mesmo no moicano para feri-la com as presas. Outro se agarrou com as garras dos pés e das mãos em seu tronco. A guerreira os golpeou, mas isso só os deixava mais e mais entusiasmados.

Rizzo jogou com o carro para os lados, tentando desequilibrá-la. Vivika se agarrou na porta aberta da boleia, mas um dos fedelhos não teve tanta sorte e caiu. Os outros continuavam presos nela, mordendo e arranhando, mutilando-se para tentar matá-la. Vivika soltou uma das mãos da porta e dilacerou a garganta de um fedelho. Outro atacou o próprio irmão, apenas pelo prazer da violência. Ela olhou para trás por um instante e viu a cratera chegando mais perto. Ozob conseguia abrir distância de novo.

Um dos fedelhos lhe mordeu o flanco, arrancando sangue. Vivika rugiu, dobrou-se e enfiou as garras na lombar da coisa. Ergueu-o assim, por cima da própria cabeça, e fez um giro, jogando-o de cara no cockpit. O fedelho levou um pedaço da carne dela nos dentes, mas se espatifou ali, perdeu o equilíbrio e caiu também. Outro homúnculo se jogou nos ombros dela, mordendo e arranhando. Mais deles começavam a sair da boleia. Pareciam intermináveis. Ela conseguiu voltar para cima do carro.

Vivika decidiu fazer sua estratégia, ignorando o ataque. Era só um pouco de dor, e ela já estava fodida mesmo. Debruçou-se no carro-monstro e segurou com as duas mãos um dos mísseis. De cabeça para baixo, viu que nele estava escrito

LÁGRIMAS DO PALHAÇO

na mesma letra de criança psicótica. Vivika fez força e conseguiu arrancar o míssil de seu suporte, enquanto o fedelho mastigava seu ombro. Outro deles mordeu sua panturrilha, mas a guerreira agitou a perna, conseguiu que ele a soltasse e então lhe deu um chute que o derrubou no deserto.

Vivika gritou e enfiou o míssil dentro da boleia aberta.

— *Ozob!* — ela berrou.

O Hot Rod freou, diminuindo a distância entre os dois em um segundo. Vivika saltou, o fedelho ainda preso em seu ombro pelos dentes, e conseguiu se agarrar à capota do carro. Os fedelhos na boleia tentavam jogar o míssil fora.

— Uma granada, Ozob, uma granada!

O pós-humano abriu a janela e lhe entregou uma granada. Vivika puxou o pino com os dentes, calculou a trajetória e arremessou.

A granada caiu bem dentro da boleia. Os fedelhos começaram a pular para o deserto, tentando sair do carro, rolando pela areia.

A explosão detonou o míssil e uma explosão ainda maior tomou a traseira do carro-monstro. Rizzo perdeu o controle, o veículo girou e foi desabar dentro da cratera. Ozob contornou o enorme buraco.

Vivika olhou o fedelho ainda preso nela com ódio. Cravou-lhe as garras na cabeça e a coisa morreu no mesmo instante. Então subiu na escotilha e entrou no carro. Deixou-se cair no banco de trás, exausta e coberta de ferimentos.

— *Agora* não estou tão bem — disse.

— Vai ficar — California tocou nela com cuidado. — Vamos cuidar de você.

E, ao longe, eles ouviram a voz de Rizzo nos alto-falantes:

— Volte, Ozob. Não me deixe aqui sozinho. Eu preciso de você. Nós somos uma família.

Ozob berrou e tentou acelerar mais, mas o carro já estava em seu limite.

o—

De noite, Ozob achou que todos estavam dormindo. Mas então California falou com ele:

— Rizzo não vai desistir, não é?

Ele apenas balançou a cabeça negativamente.

— O que você tem de drogas para me deixar acordado, garota? Estou ficando cansado demais.

Ela vasculhou a mochila e achou uma pílula.

— Espere, eu vou triturar para você. Se cheirá-la, ela vai ter efeito mais rápido.

Fez aquilo e deu na palma da mão para o pós-humano. Ozob aspirou o pó através do buraco em seu rosto. Sentiu o efeito quase na mesma hora.

— E Vivika? — perguntou.

— Ela vai ficar bem, eu acho. Mas não tenho mais nanorrobôs ou anestésicos. Se um de vocês se estropiar de novo, só posso colocar bandagens e rezar.

A guerreira dormia no banco de trás, sob efeito de remédios fortes. Seu corpo precisava dar aos nanorrobôs chance de agir. A seu lado, Johnny Molotov também dormia.

Ozob imaginou se valia a pena fazer tudo aquilo por alguém que estava dormindo e não parecia existir no mesmo mundo.

— Filho da puta — murmurou Ozob.

— Está falando de Rizzo?

Ele percebeu que dissera aquilo em voz alta.

— Sim, Rizzo — desconversou. — Estava falando dele.

— Você estava falando de Johnny.

Ozob não respondeu.

— Eu sei que ele parece tão útil quanto um cacto, mas o que ele faz é importante.

— Eu sei. Já ouvi a porcaria da música. Não é esse o problema.

— Qual é?

Ele bateu com a cabeça no volante.

— Eu conheço Rizzo. Ele é um desgraçado, mas o conheço. É difícil não entregar vocês, porque atualmente tudo dentro de mim diz para eu me aliar com quem eu conheço. Com quem é minha família.

— Já disse que aquela não é...

— É minha família sim. Eu sou exatamente como eles. Guzzo é boa pessoa, mas de resto somos todos desgraçados. Eu sou um desgraçado. A única diferença é que sou um desgraçado que está do seu lado.

— Você não é tão ruim quanto Chernobyl, pelo que me fala dele. Você nunca comeu carne humana ou matou por diversão.

Ele não falou nada.

— É bom que esse xamã exista, California. É muito bom que ele exista e que esteja onde Banksy disse que está. Porque, se precisarmos procurar por ele durante muito tempo, eu vou acabar cedendo. Vou entregar vocês.

— É o software.

— Também está cada vez mais difícil notar quais pensamentos vêm de mim e quais vêm do programa.

— Essa é fácil. A parte ruim vem do programa.

Ele deu uma risada, desprezando a ideia.

— Certo, essa foi piegas — admitiu California. — Mas é uma boa maneira de pensar. Você não precisa ser o cara mau que comete atos horríveis. Você não precisa ser o sujeito que provoca a morte de seus parceiros. Deixe isso para trás. Digamos que é tudo culpa do programa ou de sua família de merda. Decida que você não é como eles.

— E então vou ser um herói? Um cara legal que recicla o lixo e doa para a caridade?

— Então você pode ser o que quiser. Inclusive um desgraçado. Mas que seja por sua escolha.

— Eu não tenho muita escolha. Fui construído para uma função.

— Que era trabalho pesado em minas, não? É tudo que você *não* faz. Você fugiu das minas. Pode fugir do caráter que acha que tem. É só decidir.

Ele abriu a boca para falar algo, mas de repente não tinha argumentos. Deu um sorriso relutante.

Durante o resto da noite, ele e California conversaram sobre seus seriados e reality shows favoritos. Ele não lembrava da última vez que tinha feito apenas isso.

o—

No meio do dia seguinte, Rizzo surgiu de novo no retrovisor.

— Ele conseguiu consertar o carro mais rápido do que eu imaginava, disse Ozob.

Vivika tentou se virar para olhar, mas até aquele movimento doía demais. Ela grunhiu. O carro-monstro mais uma vez começou a aumentar na visão deles, diminuindo a distância.

Ozob embrenhou o Hot Rod no fundo de um canyon feito de carcaças de carros, aviões e navios. Era uma garganta larga, como se fosse parte da topografia natural. Os paredões feitos de metal retorcido eram impossivelmente altos, nenhum deles sequer podia imaginar como tantas máquinas haviam se empilhado ali. Saindo da garganta principal, havia vários caminhos secundários como se fossem escavados nas latarias compactadas.

Rizzo os seguiu por trás. Eles conseguiram notar que o carro-monstro agora não tinha mais boleia, apenas um espaço vago, uma fuselagem metálica vazia, onde talvez oito ou dez fedelhos se empilhavam, segurando-se precariamente. O carro ainda tinha dois mísseis e as metralhadoras. Estando mais leve, ele parecia ir até mais rápido.

California deu aos outros três suas últimas pílulas antirradiação, tomou uma ela mesma. Teriam que servir até o fim da viagem. O carro já estava bastante comprometido e a proteção que ele tinha antes já não era mais grande coisa.

Lá atrás, os fedelhos começaram a pular e agitar os braços sobre o carro-monstro. De repente, Rizzo disparou um míssil. Ozob se preparou para desviar, mas ele não foi em direção ao Hot Rod. Pelo contrário, o míssil atingiu um dos paredões metálicos.

Eles começaram a ouvir o rugido de uma avalanche. Então pilhas e pilhas de latarias descartadas começaram a desabar sobre eles.

Ozob fez o Hot Rod dançar, evitando carros que rolavam, asas de aviões que deslizavam como lâminas e cascos de navios que vinham desabando sobre eles. Para um lado e para o outro, então aproveitou uma rampa que havia se criado com a pista de pouso de um porta-aviões. Acelerou, escalando a pista, e o carro saltou pela borda, voando por cima da avalanche. O Hot Rod caiu pesado do outro lado, e Ozob viu que o carro-monstro estava logo atrás. Com as rodas enormes e a suspensão inteligente, Rizzo havia simplesmente passado por cima do desabamento.

— Estou machucado, Ozob! — disse o palhaço-criança, nos alto-falantes. — Por que faz isso comigo? Eu preciso de você. Você é meu irmão mais velho. Junte-se a mim e vamos viver felizes. Vamos ter nossas mães. Você tem duas mães consigo, pode dividir. Eu quero fazer com que elas sejam minhas mães. Todos nós vamos ser uma família, Ozob!

Ele queria entregar os War Roadies. Num instante, tudo que California lhe dissera era bobagem. Ele sentiu uma conexão enorme com Rizzo e uma vontade genuína de tomar conta dele.

— Eu preciso de você, irmão!

— Não vou aguentar — ele rosnou. — California, não vou aguentar. Faça alguma coisa.

— Eu posso tentar hackear o programa em sua cabeça, mas então você não vai poder dirigir nem eu.

Vivika não tinha forças nem para girar o volante. Johnny, como sempre, não prestaria para nada.

— Não precisa — disse Johnny Molotov, de repente. — Eu cuido disso.

— O que você vai... — começou California.

— Deixe comigo. Você só precisa dirigir, Ozob.

Então, como se ele fosse um soldado, como se fosse tão destemido quanto Vivika, Johnny abriu a escotilha e colocou o corpo para fora. Sentiu a pele fritar no sol, cheirou o fedor da poluição. Os fedelhos, vendo o alvo de Rizzo surgir, se agitaram ainda mais. Apontaram para ele, uivaram como bichos.

— Esta se chama *Cemitério de robôs* — disse Johnny Molotov. — Um, dois, três, quatro!

E começou a tocar sua guitarra, enquanto as IAs musicais entraram em atividade, acompanhando-o. O ar foi tomado pela música que saía dos amplificadores, e o Hot Rod vibrou com o som sujo. Os alto-falantes de Rizzo jogaram sua ladainha, mas Ozob não pôde ouvir, pois achou que ficaria surdo apenas com os decibéis do músico.

E, como tinha acontecido antes, a música fez algo com ele.

Ozob questionou o que era, o que havia sido construído para ser, sob os acordes simples do guitarrista. A melodia era primária, a letra era quase idiota, e isso era tão original e libertador que seu cérebro pareceu se sacudir. Ele sentiu o impulso de obedecer arrefecendo. A ligação com Rizzo e os outros palhaços parecia distante e fraca. Vindo de algum lugar, aquilo era originalidade, aquilo era ele pensando por si mesmo, e foi um alívio indescritível.

Rizzo atirou com suas metralhadoras. Ozob enfiou o Hot Rod numa das estradas secundárias que entravam nos paredões e os tiros perfuraram as carcaças metálicas empilhadas. O caminho pela espécie de túnel onde estavam era tortuoso. Ele perdeu velocidade fazendo as curvas serpenteantes e o carro-monstro se aproximou. Rizzo conseguiu botar uma linha reta entre ele mesmo e o Hot Rod e disparou mais uma vez. Acertou a traseira do carro e varou o braço esquerdo de Johnny Molotov. A guitarra ficou vermelha de sangue.

— Me dê alguma droga! — gritou o músico, enquanto seu baixista e seu baterista artificiais continuavam a tocar. — Alguma coisa para a dor!

California lhe alcançou uma pílula. Ele engoliu e voltou a tocar, sangrando sobre as cordas.

O Hot Rod emergiu do túnel, de volta à planície aberta do deserto, e eles enxergaram uma fábrica abandonada a distância. Estava destruída apenas pela metade, o que a tornava a construção mais inteira que haviam visto desde que entraram no deserto radioativo.

— É o esconderijo do xamã! — disse California.

Rizzo diminuiu a distância. Continuou atirando, mas o ziguezague de Ozob evitou as balas. A guitarra de Johnny Molotov estava mais rápida e alta do que nunca, deixando os ouvidos dormentes e o cérebro correndo mais que os dois carros. Com os desvios, Ozob deixou que Rizzo chegasse ainda mais perto. Dois fedelhos pularam em cima do Hot Rod.

Uma freada brusca fez um deles cair na areia e então o próprio carro-monstro o atropelou. O outro atacou Johnny. Agarrou seu cabelo com as garras e puxou, começando a descolar seu couro cabeludo. Talvez fossem as drogas, talvez fosse a música, mas ele não parou de tocar enquanto seu rosto foi banhado por sangue.

— Você vai dirigir! — gritou Ozob, para California.

Ela segurou o volante sem dizer nada. Ele abriu a porta e se agarrou na capota do carro. Puxou o corpo e subiu lá, equilibrando-se como podia.

Sem nariz, com o sobretudo voando no vento radioativo do deserto, Ozob encarou o fedelho que atacava Johnny. Arriscou um salto para a traseira do carro. Conseguiu se manter de pé, segurou o homúnculo em uma chave de pescoço. A coisa se desgrudou do músico por um segundo e então Ozob o atirou para longe. Seus próprios ferimentos doeram todos, ele sentiu as fraturas e os cortes piorando de novo.

— Continue tocando! — gritou o pós-humano.

— *Um, dois, três, quatro!*

Ozob então saltou e caiu pesado em cima da frente do carro-monstro. Olhou pelo vidro do cockpit e viu a face de seu irmão. Rizzo tinha os pequenos olhos negros esbugalhados. Sua boca de criança deformada estava paralisada num sorriso largo, doente. Dezenas de cabos se conectavam a sua nuca, seu crânio, sua espinha. Ele mantinha o gorro vermelho no topo da cabeça, precariamente, por sobre os fios. Segurava o volante do carro como se precisasse dele. E, de cima do veículo, Ozob conseguiu ouvir a voz de seu irmão:

— Eu te amo, Ozob! Você é meu irmão! Dê essas mães para mim! Vamos ser uma família! Vamos matá-los juntos!

Os fedelhos vieram para cima dele. Ozob deixou que dois subissem em suas costas, sem se importar com as garras se cravando, e se abaixou para agarrar o último míssil. Fez força, enquanto as criaturas começavam a arrancar sua pele. Enfim retirou o míssil do suporte, segurou-o com os dois braços. Mais fedelhos pularam da boleia para a frente do carro-monstro. Ozob chutou um deles no meio do salto, a coisa se estatelou no chão, rolando para longe enquanto os dois carros aceleravam ainda mais.

Sob seus pés, Ozob sentiu a tremedeira quando Rizzo disparou de novo as metralhadoras. O Hot Rod foi varado, já estava cheio de buracos. Johnny Molotov deu um urro no meio da música, pois tinha sido alvejado numa perna, dentro do veículo. Suando, com olhos injetados, ele continuou a tocar.

Os fedelhos começaram a pular para o Hot Rod. Ozob achou que fossem atacar Johnny Molotov, mas foi pior. Os homúnculos eram, de alguma forma, parte de Rizzo, e identificaram sua fascinação pelas mulheres. Eles se penduraram no carro, tentando abrir as portas. Um fedelho começou a bater na janela do motorista, olhando para California e salivando. Língua para fora, dentes arreganhados.

Os fedelhos enxamearam para cima de Ozob. Ele usou o míssil como um bastão de baseball, bateu em dois deles, que voaram para longe. Continuavam em suas costas, tentando alcançar seu pescoço com os dentes. O pós-humano se fechou, erguendo os ombros para se proteger, enquanto segurou o míssil com um só braço e retirou um explosivo de dentro do sobretudo. Grudou-o no vidro do cockpit e protegeu-se atrás de um fedelho. A bomba explodiu, Ozob foi arremessado para frente, mas conseguiu se agarrar numa aresta do carro-monstro. Quase derrubou o míssil, mas também o manteve firme. Ficou de pé com dificuldade. Um fedelho mordeu sua coxa, ele bateu com o míssil de cima para baixo na cabeça do homúnculo, sentindo o crânio rachar sob o peso metálico. Nos alto-falantes, Rizzo choramingava para ele, implorava seu amor e sua ajuda, enquanto no Hot Rod Johnny Molotov tocava e cantava, a melodia furiosa sobrevivendo a dois tiros e ao sol do deserto radioativo. Os fedelhos no Hot Rod puxavam as portas com força. Vivika foi obrigada a se movimentar, forçando o corpo ao máximo. Quando a janela de California se quebrou, o fedelho meteu a garra para dentro, tentando matar a garota, mas Vivika o mordeu e lhe arrancou três dedos. A criatura berrou de dor e se soltou, indo rolar no deserto.

O vidro do cockpit não tinha se quebrado, mas rachou com a bomba. Ozob bateu com o míssil, enquanto os fedelhos o retalhavam com seus dentes e suas garras. Bateu de novo e de novo. Então o vidro se estilhaçou.

— Você chegou, Ozob! — gritou Rizzo, sua expressão insana era um misto de alegria e sadismo. — Você vai me ajudar! Você vai me dar duas mães!

Os fedelhos atacaram Ozob por todos os lados. Sua linguagem primitiva e seus uivos se misturaram às súplicas de Rizzo e à guitarra de Johnny Molotov.

Ozob golpeou com o míssil para cima, fazendo dois fedelhos voarem. Emergiu da massa de criaturas, coberto de sangue, sentindo dor em cada centímetro do corpo. Um deles quis mordê-lo nas costas, atingiu com os dentes a exocoluna e soltou um guincho dolorido. Um fedelho escalou seu tronco e foi parar em sua cabeça. Enfiou as garras no buraco de seu nariz e fez força para cima. O pós-humano gritou. Segurou o míssil com as duas mãos e deu uma cabeçada contra a fuselagem de metal, batendo as costas do fedelho com força na coisa. A criatura amoleceu e desabou.

No Hot Rod, Vivika se equilibrava no capô, lutando com os fedelhos, parecendo mal estar ciente do que acontecia. Johnny tocava sua guitarra, cantava aos gritos e sangrava.

Ozob ficou cara a cara com Rizzo, sem nada entre eles.

— Por favor, irmão — disse o palhaço-criança. — Por favor, me ajude. Eu nunca quis fazer isso. O pai me obrigou.

Ozob já estava tonto pela perda de sangue. A dor em suas costelas e suas costas, por causa dos ferimentos que recebera na luta contra Chernobyl, era tamanha que ele não conseguia pensar direito. O sol batia forte em sua cabeça, ele sentiu a pele se abrindo sob o castigo dos raios vermelhos.

Rizzo abriu os olhinhos redondos e negros e eles estavam cheios de lágrimas. Os cabos que emergiam do corpo de criança davam a impressão de uma agonia funda. Ele fora criado daquele jeito e depois fora deformado ainda mais com os implantes cibernéticos. Ele fora construído para ser aquilo. Da mesma forma que Ozob.

Os dois eram iguais.

Rizzo estendeu a mão para ele através do vidro quebrado.

Ozob segurou a mão dele.

— Você vai ficar comigo?

— Não! — berrou Ozob. — Não! Morra!

Então torceu a mão de Rizzo, que gritou de dor. Largou-o e lhe deu um soco na cara. Rizzo caiu para a cadeira de piloto de novo. Segurando o míssil com um braço, Ozob se meteu no cockpit.

— Eu amo você, Ozob. Você é meu irmão.

— Não! Cale a boca! Cale a boca!

Tudo que acontecera em Marte voltou na mente de Ozob, numa avalanche. Ele esmurrou a cara do irmão de novo. Bateu até que os nós de seus dedos sangrassem. Sentiu os fedelhos em suas costas, mordendo, arranhando, mas não se importou. Continuou socando. Sentiu os dentes de Rizzo se quebrando em seu punho fechado e a cavidade ocular se rachando sob a barragem de socos. E bateu, e bateu.

— Somos uma família...

Os fedelhos que estavam no Hot Rod pularam para o carro-monstro, desesperados para salvar Rizzo, Ozob continuou batendo.

— É um jogo?

— Não! Você morre agora!

Ozob enfiou uma granada na boca de Rizzo, deslocando sua mandíbula e finalmente calando-o. Então enterrou o míssil no cockpit e pulou para seu próprio carro, espalhando os fedelhos pela areia.

O Hot Rod freou, aproximando-se num segundo do carro-monstro. Ozob se agarrou na borda da escotilha e então houve a explosão.

A primeira granada detonou o míssil. O carro-monstro explodiu numa bola de fogo gigantesca, incinerando Rizzo e os últimos fedelhos. O Hot Rod foi arremessado para a frente pela força da explosão. Ozob não conseguiu se segurar e rolou pelo deserto. O carro girou, rangendo. Duas de suas calotas se desprenderam. Do lado de dentro, vários sistemas tinham deixado de funcionar. Ele estava todo varado de tiros e encharcado de sangue.

o—

Ozob estava de cara na areia fervente e radioativa. Teve força suficiente para se erguer nos cotovelos. O que foi péssima ideia, porque um braço estava quebrado. Mas ele conseguiu enxergar à frente.

A menos de duzentos metros estava a fábrica abandonada.

O Hot Rod se aproximou dele, devagar, oscilando. California abriu a porta com a face toda suada, o nariz sangrando e um sorriso no rosto.

— Chegamos.

PSICOTERAPIA

TODA INDÚSTRIA TINHA SEUS REFUGOS. NAS COLÔNIAS, ERA IMPORTANTE para a economia aproveitar ao máximo toda a matéria-prima. Reciclavam-se todos os materiais, porque trazer novos recursos da Terra era caro.

Então os principais refugos eram humanos.

O subproduto de um Estado corporativo eram as pessoas que não se adequavam à vida na linha de montagem. Não havia o que fazer quando você não era eficiente, equilibrado ou competente o bastante para mostrar os resultados de que os acionistas precisavam. Todos eram pequenas engrenagens naquela enorme máquina destinada a fazer os lucros crescerem e engrenagens que não funcionavam eram descartadas.

Ozob tinha escoltado Rizzo até dentro da cidade da Himmelkraft de novo. Então, uma vez sob o domo, garantindo que o irmão mais novo sabia o caminho de casa, ele tinha pulado do transporte.

Alguns refugos eram refugos porque seu corpo deixara de funcionar direito. Eles sofriam acidentes nas fábricas ou nas minas. Perdiam uma mão ou ficavam paralíticos. Era feita então uma análise de custos: se a riqueza que o trabalhador gerava era maior que o investimento necessário, a corporação lhe pagava uma prótese biônica. Caso contrário, ele era demitido e substituído por alguém em bom estado. Outros refugos eram refugos porque sua mente não se adequava. Eles sofriam um colapso nervoso após os primeiros meses sem ver o sol, sem ver o mundo exterior, indo do alojamento da fábrica para a zona de trabalho, passando a maior parte do dia realizando o mesmo movimento repetitivo numa linha de montagem. Eram pessoas de espírito fraco, diziam os sites motivacionais das corporações, gente sem determinação e sem garra que choramingava porque queria fins de semana e férias. O departamento de marketing interno das corporações dava exemplos de como a força de vontade podia triunfar sobre qualquer início humilde e como todos poderiam vencer se trabalhassem o bastante. O departamento de recursos humanos demitia os trabalhadores que eram inaptos por razões mentais.

De qualquer forma, eram todos refugos. E todos acabavam se juntando, como lixo que é arrastado por água da sarjeta.

As costas de Ozob tinham voltado a doer — alguns meses após o trabalho no asteroide, ele achara que estava livre das dores, mas elas estavam apenas deixando ele baixar a guarda. Mesmo assim, ele não era um refugo por suas condições físicas. Ozob ainda sentia o sangue em si mesmo, ainda ouvia a música infantil do parque de diversões na Terra da Fantasia. Ainda se sentia anestesiado por sua participação naquilo. Ozob era um refugo mental.

Mesmo sob o domo, fazia frio à noite. Os engenheiros climáticos e sociais da Himmelkraft S.A. haviam determinado que as pessoas se sentiam melhor quando a temperatura era abaixada durante a noite. Também se produzia vento artificial, para criar uma impressão de aconchego dentro de casa.

Para quem não tinha casa, isso era uma merda.

Ozob chegou mais perto dos outros mendigos, para se proteger de uma lufada de vento especialmente forte. Eram cerca de 20 naquele acampamento. Estavam todos deitados, encostados uns nos outros atrás de um galpão industrial da corporação. Não podiam fazer fogo em lixeiras, porque a polícia corporativa levava muito a sério qualquer risco de incêndio e todos ali estavam cansados de apanhar. Tentavam se aquecer com cobertores velhos — resíduos de sua vida anterior, roubados ou doados — e cobrindo-se com papelão.

No início, Ozob tivera dificuldade de aguentar o fedor. Mas, quando percebeu que aquele cheiro mascarava o cheiro ferroso de sangue que ainda parecia se agarrar a sua mente, começou a se acostumar. Perdeu o nojo da sujeira alheia em poucos dias. Era melhor do que estar empapado de sangue. E, em questão de horas, abandonou qualquer noção de que era melhor do que os sem-teto naquele acampamento. Todos chegavam ali com a impressão de que, de alguma forma, eram superiores aos outros. Todos haviam vindo à colônia com a esperança de uma vida melhor, motivados pelos anúncios na Terra ou só pela dificuldade de sobreviver no planeta natal. Mas as chances em Marte não eram nem um pouco melhores. Todos achavam que sua história seria diferente — que, para eles, a situação era temporária e a vida real seria retomada mais cedo ou mais tarde.

Mas a vida na rua era uma armadilha que perpetuava a si mesma. Uma vez que alguém fosse um mendigo, era visto como um mendigo. E quem daria emprego para um mendigo? Todos ali haviam sido descartados. A maioria, pela Himmelkraft. Outros por suas famílias e por negócios menores que existiam sob o olho corporativo. E, após serem descartados, ficavam com a marca do descarte, na forma de pobreza, sujeira e roupas puídas.

Ozob descartara a si mesmo. Para manter seu padrão de vida, morando num porão industrial com o pai e os irmãos, tudo que precisava fazer era ser igual a Chernobyl e a Rizzo. Só devia aceitar que massacrar pós-humanos numa mina e devorá-los era normal. Só devia dar de ombros quando espancassem e violentassem sua irmã. Só devia aprovar a chacina de uma arcologia cheia de crianças. Ozob achava que não tinha moralidade, que qualquer morte lhe era indiferente. Algo dentro dele discordava e ele tinha sentido sua mente quebrar quando chegou ao ponto-limite.

Ele agora tinha a marca do descarte. Não era mais um mercenário ou mesmo um minerador. Não era um pós-humano de trabalho pesado. Era um mendigo e isso era tudo que conseguia ser.

Na verdade, ser mendigo era bem difícil. Ele estava há duas semanas vagando pelas ruas corporativas da cidade da Himmelkraft e ainda não conseguira juntar esmolas suficientes para comprar um prato de comida. Ozob era muito alto, muito grande. Tentava se cobrir com trapos que tinha achado no lixo, para não mostrar sua cara e sua pele branca. Mas, quando era visto, as pessoas se afastavam dele. Ele era uma aberração e ninguém tinha pena de uma aberração. Decidiam que ele estava bêbado ou drogado, mesmo quando não estava. Se pudesse escolher, Ozob estaria drogado o tempo todo, mas sua maldição era ser muito resistente às substâncias e ele nunca tinha dinheiro para comprá-las em quantidade suficiente. De qualquer forma, precisava comer, então revirava as latas de lixo mais convidativas, depois do horário do almoço e antes que fossem recolhidas. Sempre achava restos que poderiam alimentá-lo. Por sorte, o mesmo físico que o tornava forte para a bebida o protegia contra doenças, e ele comia qualquer coisa podre sem passar mal.

O problema era o maldito frio.

Ozob tentou se aquecer nos corpos de seus colegas mendigos. Notou que o homem a seu lado dormia com uma garrafa de conhaque barato ainda pela metade na mão. Com cuidado, tirou-a do adormecido e levou o gargalo aos lábios. Bebeu tudo tão rápido quanto podia — era difícil tomar sem parar, mas ele parou para tomar fôlego poucas vezes. Meia garrafa de conhaque era capaz de estonteá-lo e ele encontrou algum conforto no embotamento.

Súbito, luzes surgiram atrás de um prédio. Luzes nunca eram bom sinal. Significavam polícia corporativa ou garotos querendo diversão violenta. Ozob se preparou para correr ou lutar. Não era difícil se defender dos jovens que gostavam de espancar mendigos, mas às vezes eles tinham armas caras, e a polícia era ainda pior. Os outros sem-teto despertaram com as luzes, protegeram os olhos. A maioria mal conseguia falar de tantas substâncias.

As luzes então ficaram cegantes. Eram lanternas poderosas, sendo direcionadas bem para o acampamento. Ozob não conseguia divisar as silhuetas que as carregavam. Ele se desvencilhou dos cobertores, para poder se mexer melhor. Apoiou-se numa lata de lixo, que serviria como escudo e como ponto de impulso para correr. Mas não ouviu barulho de nenhuma arma. Apenas uma voz de mulher:

— Vocês estão com fome?

A mulher chegou mais perto, saiu do brilho intenso das lanternas. Ozob então a viu com clareza. Ela foi direto para ele com a mão estendida. Na mão, um sanduíche. Estava sorrindo. Seu rosto era cheio de rugas. Ozob aceitou a oferta. Suas roupas eram estranhas. Então ele percebeu: era uma freira.

Em volta, os outros mendigos também recebiam lanches e embalagens de plástico com comida, de freiras e padres. O pós-humano não conhecia bem os rituais da Terra, mas sabia que aqueles uniformes, fossem o que fossem, eram de alguma forma sinais de que aquelas pessoas eram religiosas. E elas estavam entregando comida, o que já valia pontos em seu entendimento.

Ninguém estava passando mal. Ozob mordeu o sanduíche.

— Você está com frio? — perguntou a freira.

— Você tem roupas?

— Tenho coisa melhor.

— Bebida forte?

A freira riu.

— Não. Melhor ainda. Que tal uma casa?

o—

Ser declarado insano era ótimo.

Ozob foi levado para o Hospital Psiquiátrico de Caridade Corporativa, onde o despiram e o deixaram numa salinha fechada. Alguns homens fortes, munidos de navalhas, prenderam-no com correias e então rasparam sua cabeça. Os homens o soltaram, saíram e Ozob ficou na salinha. Jogaram-lhe um pó branco que era combinação de desinfetante, inseticida e cicatrizante. Uma voz vinda de uma caixa de som mandou que ele esfregasse o pó no corpo todo e ele obedeceu. Então deixaram que ele saísse e lhe deram um avental branco. Chinelos fofos e confortáveis. Não perguntaram seu nome, mas lhe deram um número: Paciente 694. Disseram-lhe que era esquizofrênico e paranoico, por isso vivia na rua.

— Não, eu vivo na rua porque a alternativa é uma merda.

— Sempre há alternativa. Você vai ver. Tome este remédio.

Eram pílulas, então Ozob as engoliu sem saber o que eram. Não se arrependeu: em menos de 15 minutos se sentiu meio fora de seu corpo e suas emoções ficaram todas mais amenas. O mundo parecia mais distante, como se houvesse uma barreira de espaço vazio entre ele e qualquer coisa, mesmo o que ele estivesse tocando.

— Tem mais disso? — ele pediu, ouvindo sua voz como se escutasse um ator em um filme.

— Pela manhã.

Então ele era louco. Ótimo.

Ozob foi levado a uma cama, num alojamento onde também havia cerca de dez outras camas ocupadas. Deram-lhe um cobertor fino e um travesseiro. Mandaram que ele dormisse e ele obedeceu.

No hospício, trabalhavam muitas freiras e muitos padres. Era impossível lembrar do nome e do rosto de cada um deles — porque todos se vestiam com as roupas esquisitas e porque as drogas que lhe davam eram muito, muito boas. Então, para Ozob, todos se tornaram uma massa indistinta que sorria e falava sobre eles ficarem melhores. Eram "freira" e "padre" e isso era suficiente.

Os enfermeiros eram outra história.

Enfermeiros de hospício tinham estereótipos tão fortes que até Ozob já assistira a algum filme em que aqueles tipos apareciam. Fosse ou não verdade, os enfermeiros da Caridade Corporativa pareciam querer confirmar o clichê. Ele só vira homens tão grandes e tão cheios de esteroides na Estação Madison, entre os lutadores do XFC. Não havia nenhum que fosse mais baixo que o próprio Ozob. Todos tinham ombros inumanos, braços como postes de luz, pescoços tão grossos que se juntavam com o queixo. Pareciam ter sofrido algum tipo de modificação genética, pois eram parecidos entre si: tinham olhos bem separados, nariz achatado e crânio pequeno. Eram capazes de segurar os pacientes que ficavam violentos e prendê-los em camisas de força, jogá-los em salas acolchoadas.

Mas não precisavam fazer isso com Ozob. Ozob recebia seus remédios duas vezes por dia, tinha seu avental branco e estava feliz.

Se ele soubesse que para viver assim bastava ser louco, teria enlouquecido muito tempo atrás.

Os primeiros dias foram todos iguais. Despertaram-no de manhã com luz fluorescente brilhante se acendendo no alojamento. As freiras foram então incentivá-los a se levantar, tocando sinetas feitas de latão. Os pacientes levantaram de suas camas e arrastaram os pés para um banheiro coletivo, onde foram supervisionados. Logo depois, foram conduzidos como gado para o refeitório. Ozob sentou e ficou parado quando um copo de plástico cheio de leite sintético e um pedaço de pão foram colocados a sua frente na mesa. Ele ocupava uma mesa comprida com todos os outros pacientes de seu dormitório. Outros dormitórios ocupavam outras mesas — havia cerca de 15 mesas no total. Ele estava tão apático que não teve a iniciativa de beber o leite e morder o pão quando eles foram entregues. Sua barriga estava roncando, mas ele olhou a comida e não a associou a matar a fome. Apenas ficou parado, esperando que lhe dissessem o que fazer. Só quando todos os pacientes tinham seu copo de leite e seu pedaço de pão, ouviu-se uma voz num alto-falante, mandando que comessem e bebessem. Como se fossem um só, os pacientes obedeceram sem hesitar um segundo.

Depois do café da manhã, todos foram conduzidos para uma fila, onde Ozob esperou calmamente por mais de uma hora. Então recebeu suas pílulas de novo. Sorriu e as engoliu com um copinho de água.

Ninguém, desde que ele chegara no hospício, comentara sua aparência. Ele continuava com a pele branca, a sombra de onde seu cabelo estava raspado era vermelha. Mas ninguém parecia reparar. Todos estavam em seus próprios mundos. As freiras, os padres e os enfermeiros enxergavam o Paciente 694 como outro qualquer. Ali ele não tinha identidade, rosto ou passado. Pela primeira vez, Ozob sentiu o que era ser igual a todos e foi um alívio.

A maioria dos pacientes foi levada para o interior do manicômio, um lugar que Ozob não conhecia. Ele e os outros que haviam estado no mesmo acampamento de mendigos foram colocados numa sala onde havia uma velha TV. A tela não era holográfica nem molecular; tão velha que Ozob nunca tinha visto uma daquele jeito. Todos os seus ex-colegas de vida na rua estavam com os cabelos e as barbas raspados. Pareciam clones uns dos outros, não fosse por seus tipos físicos ligeiramente diferentes e por algumas cicatrizes e marcas de nascença. Eles ficaram assistindo à TV o dia inteiro. Programas infantis. Alguns pacientes esboçaram um sorriso ao ver as atrações coloridas, outros permaneceram impassíveis.

Ozob viu palhaços saltitando na tela e quis gritar.

Eles faziam suas micagens, pulavam e caíam de propósito. Atiravam coisas uns nos outros. Ele só conseguia enxergar seus irmãos. Uma criança pintada como palhaço surgiu no programa e Ozob começou a suar. Quis sair correndo, mas não conseguiu. Estava muito embotado pelas drogas. Tentou ao menos levantar da cadeira. Não. Achou que conseguiria erguer a mão, pedir a uma freira que desligasse aquilo. Mas era incapaz. Notou que não conseguia nem mesmo olhar para o outro lado ou fechar os olhos. Tinham mandado que ele ficasse ali, assistindo, e era isso que ele ia fazer.

A tortura durou horas, ou ao menos assim ele achava.

Notou que estava com muita fome. Algum tempo depois, conduziram-nos de volta ao refeitório. Quase todas as mesas já estavam ocupadas pelos pacientes que tinham sido levados para dentro do hospício de manhã. Serviram-lhes água e uma sopa gordurosa. Ozob comeu, grato. Então houve mais uma fila para os remédios. Depois, de volta para o dormitório.

Apagaram as luzes.

As imagens dos palhaços não saíam de sua cabeça. Ele lembrou que estava feliz. Não havia por que não estar. Recebia comida e um teto sobre a cabeça. Não estava com sua família. Ele sabia que as costas continuavam doendo, mas as pílulas deixavam tudo mais distante. Ele não vira o tempo passar naquele dia, assim como não veria nos próximos, e isso significava que não tivera nenhum momento como no asteroide, com Ratatá. Ou na arcologia, com Rizzo. O dia transcorrera uniforme, sem sustos. Isso era bom. Disseram que ele era louco, e devia ter sido mesmo, porque isso parecia normal. Talvez fosse assim que todas as pessoas normais se sentiam. Um dia igual ao outro, sem missões, sem assassinatos. Apenas comida, TV e sono.

Acordou no outro dia com as luzes fluorescentes, e assim se passou o tempo.

Ozob perdeu a noção de quantos dias se passaram exatamente iguais, inclusive com os mesmos episódios dos mesmos programas na

TV. Talvez tenha sido um só. De qualquer forma, a sensação de sua vida se esvaindo era boa. Ele estava magro e tinha uma vaga noção de que a morte estava logo ali. Mas sua rotina foi interrompida um dia quando, em vez de ser conduzido até a sala da TV, ele e os outros pacientes novatos tiveram de acompanhar os outros para dentro do hospital.

Um homem perto dele chorava pela mudança. Ele não sabia qual homem era. Talvez nem o próprio homem soubesse. Mas ele estava chorando, não conseguia suportar a variação do cotidiano. Ozob tocou o próprio rosto. Estava chorando também.

Os corredores levaram até um saguão central, amplo e com pé-direito alto. Diferente de tudo no manicômio até aquele momento, o salão não era bem iluminado e branco. Não tinha cheiro de produtos de limpeza. Era escuro, com uma luz avermelhada que vinha de algum lugar que eles não conseguiam ver. Suas paredes eram de concreto cinza-chumbo, havia colunas de ferro negro sustentando mezaninos onde freiras, padres e enfermeiros se reuniam para observar. Todos os pacientes estavam de pé, amontoados num semicírculo ao redor de uma coisa.

Ozob se esforçou para enxergar. Era um objeto pouco mais alto que uma pessoa, coberto por um pano negro.

Um dos padres tomou a frente. Ficou ao lado da coisa. Fez um gesto sagrado e puxou o pano, revelando o que era.

Se Ozob conseguisse rir, teria achado graça. A revelação foi patética, pois era apenas um cavalete de alumínio com uma placa pintada. A placa mostrava o logotipo da Himmelkraft.

— Ajoelhem-se para nosso senhor — disse o padre.

Todos os pacientes se ajoelharam. Ozob os imitou.

— Hoje recebemos novos irmãos em nosso rebanho. Eles foram tirados das ruas pela misericórdia de nosso senhor. Receberam alimento para o corpo e paz para o espírito. E agora estão diante de seu salvador. Diante do deus que os acolheu em sua casa. Vocês são os apóstolos corporativos que serão recebidos no céu dos mártires do marketing. Vocês são os pregadores da palavra de nosso deus e serão abençoados com o dom de converter infiéis. Eu os invejo, meus filhos. Eu os invejo e me orgulho de vocês, pelo trabalho que fazem e que estão prestes a fazer. Vocês fazem a obra do paraíso. Depois de seu sacrifício, serão recebidos no céu com prostitutas e ações.

O padre continuou arengando. Ozob não conseguiu entender exatamente o que ele falava. Ouviu muitos elogios a si mesmo e aos outros novatos. Eles eram chamados de "irmãos", e isso o incomodava. O homem falava muito de martírio e de sacrifício. De como tudo valeria a pena para apagar a mácula dos infiéis e espalhar a bênção do deus corporativo. O padre disse que a Himmelkraft produzia a palavra apostólica e que havia milhares de operários, em Marte, na Terra e em diversas outras colônias, trabalhando para que as pessoas reunidas ali — os escolhidos — pudessem um dia cumprir sua missão sagrada.

— Vocês estavam nas ruas, meus filhos — continuou ele. — Vocês achavam que eram lixo, que tinham sido rejeitados por esta cidade, por este domo, por esta corporação. Mas deus tinha outro plano para vocês. Enquanto seus antigos colegas estão em nossas fábricas, produzindo, vocês serão os verdadeiros heróis. Vocês são os mais próximos a deus, as ferramentas diretas do plano divino. Um dia, após tudo ser feito, vocês conhecerão nosso líder.

A parede atrás do padre se acendeu com uma tela molecular antiga. Surgiu a figura de um homem alto, loiro e sorridente, de terno, sorrindo e acenando, num loop contínuo.

— Este é nosso santo CEO. Nosso pontífice empresarial, o iluminado corporativo. Vejam seu sorriso e saibam que ele sorri para vocês.

Algumas pessoas choravam. A maioria sorria e acenava, como se a imagem na tela pudesse enxergá-la. Ozob ficou parado.

— Agora vão e cumpram a palavra de deus, meus filhos. Amém.

E todos responderam:

— Amém.

Ozob foi levado, com todos os pacientes, para um enorme galpão onde havia uma linha de montagem. Demorou para perceber, mas enfim achou algo curioso: nenhum enfermeiro, padre ou freira entrou no galpão. Alguns pacientes que pareciam mais antigos assumiram a coordenação do trabalho. Quando todos estavam do lado de dentro, os funcionários do manicômio selaram o galpão e ficaram observando através de altas janelas de plástico transparente. O ambiente estava totalmente selado em relação ao lado de fora. Era como se os funcionários do manicômio tivessem medo que algo que havia lá dentro vazasse e entrasse em contato com eles.

Ozob foi colocado no meio de uma linha de montagem, de frente para uma esteira. Numa das extremidades da esteira, havia um paciente deitado. Ele estava conectado a aparelhos respiratórios. O pós-humano olhou melhor e notou que o homem estava nu, com o peito e o abdome abertos. Era possível ver seu interior vermelho, e fios também se ligavam a seus órgãos.

Não teve tempo para olhar melhor: um paciente veterano explicou o que ele deveria fazer. Seu trabalho era montar uma espécie de grande cilindro com vários pequenos tubos que viriam pela esteira. Uma linha de montagem simples. O trabalho começou e os primeiros tubos chegaram. Eles eram transparentes e estavam cheios de um líquido amarelo. Ozob os montou num suporte e aprontou o primeiro cilindro. Despachou-o na linha de montagem. Fez isso de novo, e de novo, e de novo. Notou que estava com um sorriso no rosto. Era agradável fazer aquele trabalho repetitivo. Ele conseguia fazer aquilo. Era fácil e o resultado imediato fazia ele se sentir bem.

No fim do dia, ele estava exausto, mas satisfeito. Tinha a sensação de dever cumprido que vinha com um trabalho bem executado. Tinha transformado partes em um todo e isso era bom. Ele já tinha esquecido do paciente deitado no fim da linha de montagem, mas roubou uma olhadela para o homem. Alguém enfiava os cilindros prontos em seu tronco aberto. Ele continuava dormindo.

— Não se distraia — disse seu supervisor, e ele obedeceu.

Então uma sirene anunciou o fim do dia de trabalho. Ozob foi conduzido para fora do galpão, com todos — menos aqueles que estavam deitados, com máquinas fazendo-os respirar e ligadas a seus órgãos. Ele recebeu comida e drogas, e então foi dormir.

Ozob estava feliz. Era bom ser normal.

o—

No dia seguinte, no refeitório, havia uma nova turma de recém-chegados, com uma mesa só sua. Assim como fora com Ozob no início, eles não foram levados para trabalhar, mas ficaram assistindo à TV. Ozob se sentiu experiente e especial por já fazer parte dos veteranos.

O tempo não existia no manicômio. Um dia era igual ao outro.

Então ele não sabia quantos dias haviam se passado quando o paciente a seu lado na linha de montagem disse:

— Você é diferente.

Ozob olhou para ele por um segundo.

Então voltou a montar seu cilindro.

— É pós-humano, não?

— Sou normal — ele respondeu.

O homem deu uma risadinha furtiva.

— Você sabe quanto tempo ainda tem?

Ele estava ficando incomodado com as perguntas.

— Tempo?

— Tempo de vida — o desconhecido insistiu. — Eles falaram para você quanto tempo de vida ainda tem?

— Não sei.

E não sabia mesmo. Não lembrava. Ozob tinha uma vaga impressão de que quatro anos era um prazo importante. Mas ele não sabia para o quê. Talvez estivesse há quatro anos no hospício. Talvez hoje fosse seu aniversário.

— Você está muito confuso — disse o homem. — Precisa parar de tomar seus remédios.

— Nunca!

O outro chiou, para que Ozob fizesse silêncio. Fez sinal para que ele continuasse trabalhando e não despertasse suspeitas.

— Quieto. Não fale alto. A única coisa boa de estar aqui é que eles não acham que precisam nos supervisionar. Não destinam muita verba para este projeto para não chamar a atenção das outras corporações, sabe? Espiões industriais estão por toda parte. Mas aqui eles acham que estão seguros porque estamos cheios de drogas. Então podemos conversar, mas você precisa falar baixo.

— Por que está falando comigo?

— Você é interessante. É um pós-humano. Nunca tinha visto alguém como você.

Isso incomodou Ozob. Ele sabia ser igual aos outros. *Queria* ser igual aos outros. Pensou em chamar o supervisor, mas algo em delatar um colega para um capataz o incomodou, como se trouxesse alguma memória ruim. Decidiu ficar quieto.

— Eu não tomo minhas drogas — confidenciou o homem. — É muito fácil. Basta esconder as pílulas entre os dentes e a bochecha. Se você mantiver o mesmo comportamento, eles não suspeitam. Quem me ensinou foi um sujeito que já estava aqui quando eu cheguei. Mas ele não conseguiu trabalhar sem as drogas, e os enfermeiros notaram. Ele sumiu um dia. Eu sou mais esperto.

— Por que você quer ficar sem drogas?

— Para poder pensar melhor. Para entender o que está acontecendo.

Ozob não controlou um pequeno riso. Aquele homem era absurdo. Entender o que estava acontecendo era loucura. Não havia por que ir atrás de uma verdade que podia ser incômoda. Isso também trazia alguma memória, mas ele não sabia qual.

— E o mais importante — disse o homem — para viver.

Ozob ficou calado. Concentrou-se em seus cilindros. Observou com orgulho um deles viajar pela linha de montagem, onde então foi equipado com fios e aparelhos que ele não entendia. Nos intervalos da montagem dos cilindros, acompanhou aquele exemplar específico, enquanto passava de paciente para paciente. Por fim, o objeto foi colocado com cuidado dentro do abdome do sujeito desacordado.

Algo dentro de um abdome aberto. Aquilo também trazia memórias.

— Acho que já foi conversa demais para você por hoje — disse o novo amigo de Ozob. — Amanhã continuamos.

Talvez tenham continuado no dia seguinte, talvez em alguma outra data. Quando percebeu, Ozob estava de novo escutando seu colega.

— Continua tomando suas drogas?

— Continuo.

— Azar o seu. É muito melhor ficar sem elas. Você pode compreender o que está fazendo. Se tiver inteligência para isso, é claro. A maioria desses coitados trabalhava em chão de fábrica antes de virar mendiga e ser recolhida. Nunca teve nenhum acesso a conhecimento, então não entenderia mesmo. Mas eu entendo. Talvez você entenda também.

— O que você fazia antes? — perguntou Ozob.

Ele se surpreendeu consigo mesmo. Não sabia que a pergunta iria deixar seus lábios antes de proferi-la.

— Eu era engenheiro de demolição.

Coincidência — essa foi a palavra que surgiu na mente de Ozob. Não sabia por quê. Repetiu para si mesmo: *en-ge-nhei-ro-de-de-mo-li-ção*. As sílabas formavam algo que devia fazer sentido, mas ele não conseguia encontrá-lo. E por que seria coincidência?

— Eu era bom — o homem continuou. — Trabalhei em mais de uma colônia. E não só para a Himmelkraft.

— Como veio parar aqui?

— Não aguentei um trabalho — ele deu de ombros. — Estresse demais, eu acho. Resolvi fugir e, quando vi, estava na rua. Passei um tempo mendigando, antes que eles me recolhessem.

Ozob deu uma olhada para um supervisor. Ele estava observando-o. Melhor ficar quieto.

Retomaram o diálogo alguns dias depois:

— Você sabe o que eles estão fazendo aqui? — perguntou o homem.

Ozob não sabia.

— Vamos, pense. Você é mais esperto que isso. Ou pelo menos parece ser.

Ozob pensou. Continuou encaixando os tubinhos com líquido amarelo num suporte, formando um cilindro. O cilindro então recebia fios e outros aparatos. Por fim, era colocado dentro do corpo de alguém mantido vivo por respiradores e aparelhos. Ele notou que o paciente deitado agora era outro — diferenciou-os pela cor da pele. O novo desacordado ainda tinha muito espaço para cilindros em seu interior.

— Já notou, não é mesmo? Eles retiram todos os órgãos não essenciais, para abrir espaço para os cilindros. Por sorte, são os pacientes mais veteranos que são escolhidos para as cirurgias, o que significa que eu e você ainda temos algum tempo.

— Tempo para quê?

— Para fugir.

Ozob ficou gelado. Não queria fugir. Não lembrava muito bem de sua vida anterior, mas sabia que era bem pior do que esta. Não queria o lado de fora, não queria viver escapando. Isso parecia muito, muito desagradável.

— Você precisa fugir — disse o homem, como se soubesse o que ele estava pensando. — Não quer viver?

— Claro. Mas a vida é boa aqui.

— Aqui você não terá vida, meu amigo. Se continuar aqui, você vai morrer. Vamos, pense. Você ainda não entendeu?

Ozob pensou. Não lhe ocorreu nada.

— Isto são armas biológicas — disse, por fim, o outro paciente. — Por isso freiras, padres e enfermeiros não entram aqui. Eles têm medo de contaminação, então ficam nos vigiando de longe, de onde é seguro. Isto são armas biológicas e são bombas. E nós seremos suicidas.

Ozob sentiu seu coração bater mais forte.

— O que você acha que é esse papo de espalhar a palavra de deus? O deus deles é a corporação. Os infiéis são os habitantes das outras cidades. Estamos em Marte, meu amigo. Cada domo pertence a uma corporação e todas são concorrentes. Eles vão colocar bombas biológicas dentro de nós e então nos enviar às cidades rivais. Por isso precisam de mendigos, de rejeitados, de gente sem identidade e sem importância. Eles nos transformam em armas e nos doutrinam. Então, quando estivermos dentro de um domo concorrente, vamos explodir. Todos ao mesmo tempo, em todas as outras companhias. Vamos chacinar a população que trabalha para outras empresas, consome outros produtos. Nenhum corsário teria a mesma eficiência.

O coração de Ozob parecia prestes a sair pela boca. Ele estava suando. Tentou montar um cilindro, mas suas mãos tremiam demais.

— Algum problema, 694? — perguntou um supervisor.

— Não — Ozob gaguejou a resposta.

Os supervisores estavam olhando, mas não notaram o que ele e seu amigo falavam. Deviam estar dopados também, ou os dois estavam sendo muito discretos.

— Você quer viver, não é mesmo? — o homem perguntou.

— Sim — disse Ozob.

— Eu também. Não quero morrer neste planeta de merda, muito menos trabalhando para esta corporação. Não quero morrer para que um monte de filhos da puta tenha lucro. Eu quero viver. Quero aproveitar a vida, sorver ao máximo o que ela tem a me oferecer. Por isso, quando sair daqui, vou para a Terra.

— A Terra?

— A Terra é onde a vida acontece. Nestas colônias só temos trabalho e mais trabalho. Querem que a gente fique dentro de uma mina o dia inteiro para receber um salário de merda e nem ter onde gastar. Nos obrigam a pagar para viver nos alojamentos corporativos. Mas a Terra é diferente. A Terra é a origem de tudo. Mesmo que você esteja fodido lá, está fodido no centro do universo.

Ozob ficou imaginando. Ele já vira fotos da Terra. Parecia mesmo bonita.

— Pense na Terra, Ozob. Pense em viver.

o—

No dia seguinte, aconteceu algo inesperado. Em vez de seguir com todos os outros, Ozob foi destacado e levado por dois enfermeiros para um escritório onde nunca estivera antes. Eles o colocaram numa camisa de força e trancaram a porta. O escritório era todo feito de imitação de madeira. Um ambiente sóbrio e pesado, marrom-escuro. Havia uma mesa com um pequeno computador e uma tigela cheia de pequenos doces quadrados e negros. Atrás da mesa, estava sentada uma freira.

— Bom dia, Paciente 694.

Ozob a cumprimentou.

— Quer um doce? — perguntou a freira.

Ozob aceitou. Como ele estava na camisa de força, um dos enfermeiros pegou um doce e enfiou em sua boca. Ele mastigou, a textura era grudenta. Tinha gosto artificial de banana.

— Entendo que você fez um novo amigo — disse a freira. — Como é o nome dele?

— Não sei — respondeu Ozob, sinceramente.

— E como ele é?

— É simpático.

— Não — ela falou. — Fisicamente, como ele é?

Ozob pensou um pouco. Era difícil descrevê-lo. Ele tinha o cabelo raspado e o ar macilento de todos no manicômio. Descreveu-o assim. Então notou que talvez fosse bom não delatar seu companheiro para aquela autoridade e ficou feliz por ter sido evasivo.

— Sobre o que vocês falam? — perguntou a freira.

— Sobre a vida aqui.

— E você gosta da vida aqui, Paciente 694?

— É claro. Tenho comida e não preciso pensar. Estou longe da minha família.

Ele não esperava ser tão franco. Talvez fossem os remédios.

— Muito bem, muito bem — disse a freira. — Você deve nos avisar caso seu amigo lhe diga qualquer coisa preocupante. Entendeu? Qualquer coisa que faça você se sentir mal ou querer atrapalhar nossa vida aqui. Lembre-se de que deus ama você e que a Himmelkraft cuidou de você quando ninguém mais o quis.

Ele concordou.

— Agora vá, Paciente 694.

Ele foi colocado na linha de montagem. Alguém havia assumido sua função, e Ozob ficou ansioso para retomar o trabalho, provando que era melhor do que seu substituto.

— Eles lhe deram uma prensa? — perguntou seu amigo.

Ozob fez que sim.

— Não se preocupe. Nunca vão descobrir o que estamos falando. A menos que você tenha contado.

— Não contei nada!

O outro deu um risinho discreto.

— É claro que não. Mas não vamos precisar nos esconder por muito tempo, Ozob. Já podemos fugir.

O paciente então apontou com os olhos para a área sob a esteira. Ozob tateou ali, tentando não chamar a atenção de nenhum supervisor, e achou algo escondido. Puxou o objeto, colado sob a esteira com fita, e o olhou.

A imagem lhe trouxe lembranças.

Era uma bomba.

— É uma bomba — disse Ozob.

— Isso mesmo, uma bomba! É nossa passagem para fora desta pocilga.

— Como...?

— Eles acham que somos todos idiotas, só porque a maioria é. Mas eu lhe disse. Eu era um engenheiro de demolição. Eles não podem colocar todos esses equipamentos ao meu alcance o dia inteiro e não esperar que, com o tempo, eu não construa uma bomba.

— Eles não deram falta? — como uma criança apavorada.

— Este projeto é oculto. Eles têm pouca verba, para não chamar atenção. Então também têm pouco pessoal. Não conseguem vigiar tudo. Mas precisamos ser rápidos. Nossa fuga precisa ser esta noite. Se já notaram que estamos conversando, devem desconfiar de algo.

Ozob entregou a bomba ao amigo, pois tinha medo de deixá-la cair, de tanto que tremia. O homem a escondeu de novo.

— Não posso...

— Qual o problema? Não quer viver? Aqui você vai morrer aos poucos. Então vai morrer bem rápido, quando for mandado para uma cidade concorrente e se martirizar, matando a população. Não quer evitar isso? Não quer ver a Terra?

Viver.

Viver na Terra.

A vida estava na Terra.

Ozob demorou para responder. Mas, desde o início, a decisão estava tomada. Chega de colônias. Chega de ser escravo. Ele iria elaborar um plano e fugir para a Terra.

Mas o primeiro passo era fugir do manicômio.

o—

No meio da noite, seu amigo veio sacudi-lo. Ozob acordou de um sono intranquilo, cheio de sonhos com a Terra.

— Vamos — chamou o homem. — Em silêncio.

— Você está com a bomba? — Ozob sussurrou.

Em resposta, ele apenas lhe mostrou o objeto.

Os dois se esgueiraram pelo dormitório silencioso. Viraram uma esquina, evitaram um enfermeiro em patrulha. Esperaram outros dois enfermeiros darem as costas. Em alguns corredores, havia câmeras — o manicômio era precário, mas não a ponto de não possuir nenhum sistema de segurança eletrônico. Eles evitaram os corredores com esse tipo de vigilância, até que entraram em uma sala com a porta aberta.

Era um lugar amplo, quase vazio, com apenas um círculo de cadeiras e um grande painel com o logotipo da Himmelkraft. O amigo de Ozob adivinhou que deveria ser algum tipo de espaço para terapia em grupo — ou doutrinação. De qualquer forma, era o que eles precisavam.

— Por que aqui? — Ozob perguntou, aos sussurros.

— Esta parede tem ligação direta com a rua.

Não havia janelas. Para alcançar qualquer porta, eles precisariam passar por um labirinto de corredores. Mas o lado de fora só estava separado por uma parede. E, se ela fosse derrubada...

— Faça as honras — disse o homem.

Ozob pegou a bomba de suas mãos e a colou na parede. Calculou onde não haveria vigas de sustentação ou outros elementos que dificultariam a abertura de um buraco. Grudou o explosivo no local escolhido com um adesivo que seu amigo tinha feito usando os materiais coletados na linha de montagem. Então Ozob conectou dois fios e a bomba estava ativada.

Não havia um relógio, mas ele sabia que demoraria algum tempo para a explosão. Ozob ficou agachado, o rosto muito perto da bomba, observando-a e esperando seu efeito, como um imbecil.

— Ozob! — chamou o outro, num sussurro alto.

Ozob ficou alheio. A bomba era linda. Era linda e em breve realizaria todo o seu potencial. Ela até cheirava bem.

— Ozob, ela vai explodir!

Ele ficou alheio. O rosto bem próximo.

— Saia daí!

O homem puxou Ozob pelo avental no último segundo. A bomba explodiu e o pós-humano foi jogado para trás pela onda de impacto, recebeu uma chuva de fragmentos. Sentiu que estava sagrando em toda a cabeça, no peito e no rosto.

— Você está bem?

Ele tocou em si mesmo. Tinha muitos cortes, mas conseguia se mexer. Na verdade, parecia que a explosão o havia despertado de um torpor. Tateou o próprio rosto.

Tudo certo.

— Então vamos embora!

Um alarme alto soava por todo o manicômio. Ozob ouviu o barulho da correria dos enfermeiros, dos gritos dos pacientes. Saiu pelo rombo que o explosivo havia aberto e sentiu o ar gelado e delicioso da rua. Era ar trazido da Terra, era vento artificial, sob um domo corporativo, mas era a liberdade.

Ozob correu de pés descalços pela rua. Sentiu o asfalto roer suas solas e a planta dos pés sangrar, mas não se importou. Deixou os perseguidores para trás. Estava livre e ficaria vivo.

— Para onde você vai agora? — perguntou a seu amigo.

Então notou que se perdera do homem no meio da fuga.

E percebeu que nunca lhe dissera seu nome.

o—

Era quase manhã quando Ozob chegou ao esconderijo que dividira com sua família antes de ser mendigo e louco. Abriu a porta de uma casa abandonada e entrou num quarto dos fundos. Então esmurrou uma parede falsa, torcendo para que eles ainda estivessem ali.

E, assim como fora tantas vezes, Guzzo abriu a porta.

A irmã o levou de volta para o galpão industrial subterrâneo onde eles se escondiam. Ela nem conseguiu fingir qualquer repreensão. Apenas abraçou Ozob, feliz por ele estar vivo.

Hans Gropp estava sentado na escuridão, no meio da sala. Viu seu filho pela primeira vez em meses. Disse:

— Então voltou rastejando.

Ozob se virou para Guzzo. Olhou-a muito sério. Sussurrou em seu ouvido:

— Eu vou para a Terra.

10
ENTRADA DE DADOS

ELES ENTRARAM NA FÁBRICA ABANDONADA, ESPERANDO QUALQUER COISA. Todo o lado norte da construção tinha desabado há muito tempo e agora era uma espécie de morro artificial, bem assentado e com sua própria topografia. O resto se compunha de uma entrada larga e enormes áreas abertas, ocupadas pelos esqueletos de maquinário pesado. O chão da fábrica estava cheio da areia cinzenta e avermelhada do deserto, soprada para lá pelo vento quente.

Os duzentos metros que separavam o lugar onde eles estavam do interior da fábrica foram quase tão difíceis quanto um dia viajando em alta velocidade sem parar no deserto. Ozob mal conseguia ficar de pé e seu braço direito pendia, frouxo. Johnny Molotov não conseguia andar — sua perna fora varada por um tiro acima do joelho e apenas sorte burra determinara que a bala não pegasse na artéria femoral e o fizesse sangrar até a morte. O braço esquerdo também não estava melhor; com o efeito das drogas passando, ele nem conseguia mexê-lo direito e tocar guitarra provavelmente seria uma tarefa impossível. Vivika estava simplesmente fraca e ferida demais. California estava bem, mas a perspectiva de se virar sozinha, tomando conta de três estropiados e sem os companheiros que eram bons em matar, não era nada animadora.

O Hot Rod entrou pela porta larga. Depois disso eles seguiram a pé. Ozob amparou Johnny e California segurou Vivika. Um prédio quase arruinado não tinha nenhuma proteção contra radioatividade, e Ozob imaginou quanto dano estava sendo feito a seu código genético apenas por dar alguns passos ali.

— Só para você saber — disse o pós-humano — o programa continua mexendo com minha cabeça. Eu ainda estou com vontade de torcer o pescoço do seu amigo, mesmo sem Rizzo me atormentando.

— Ele tem que estar aqui — disse California. — O xamã tem que estar aqui.

Eles atravessaram o galpão frontal da fábrica e se depararam com uma cortina metálica fechada. Era quase só ferrugem. Ozob se abaixou e, usando só um braço, empurrou a cortina para cima. Ela se despedaçou em pó avermelhado e cacos.

Do outro lado, eles viram um brilho. E então um homem gordo e sorridente.

— É o xamã! — California sorriu.

Só poderia ser ele. O homem se sentava numa velha cadeira de escritório, no centro de uma sala ocupada por dezenas de computadores ancestrais. Eram máquinas com mais de 100 anos, que não deveriam estar funcionando, mas todas as telas estavam iluminadas. Não eram projeções holográficas ou mesmo telas físicas de espessura molecular, mas monitores de LCD impossivelmente velhos, rodando programas e sistemas operacionais que só apareciam em documentários sobre os tempos antigos. Teclados de plástico e torres grandes e cheias de espaços para dispositivos se amontoavam por toda parte, ligados uns aos outros por um emaranhado incompreensível de fios. Curiosamente, o xamã não operava nenhuma daquelas máquinas. Suas mãos estavam livres e nenhum monitor tapava seu rosto. A cadeira de escritório era como um trono, e os computadores ancestrais pareciam se curvar a ele como fiéis adorando um deus.

Ele não parecia estar fazendo nada. Apenas sorria com expressão boba, olhando para um ponto indeterminado entre o teto e as paredes. Vestia-se com trapos ornamentais: uma dúzia de gravatas pendia de seu pescoço, com um colar feito de tampinhas de Nux-Cola. Usava uma tanga recortada de pedaços de seda, sobre calças sociais em farrapos. Seu tronco obeso mal se cobria com uma camiseta rasgada no meio, usada como um casaco diminuto. Sobre ela, um casaco de couro esfolado.

Suas mãos se mexiam no ar, manipulando objetos invisíveis. As pulseiras feitas de pedaços de cartões de crédito faziam barulho. Seu sorriso desdentado era quase escondido por uma longa barba grisalha.

— Nós viemos falar com o xamã — disse California, como uma menina que batesse de porta em porta para vender biscoitos. — Disseram que ele vive aqui.

O homem pareceu notá-los pela primeira vez.

— É claro! — disse. — Eles me falaram que vocês estavam chegando perto.

— Eles...?

— Os espíritos radioativos.

Ozob não se surpreendia com mais nada. Aquilo era louco demais, mas nada fazia sentido, então decidiu aceitar. Claro, o cyberxamã era um gordo vestido com lixo no meio de um monte de lixo tecnológico, fazendo gestos com as mãos para o vazio. Claro, os espíritos radioativos tinham avisado que eles chegariam. Por que não?

— Antes de mais nada, você tem algum remédio? — perguntou o pós-humano. — Porque dois dos nossos estão quase morrendo, e não vou aguentar por muito tempo a dor no braço.

— E pílulas antirradiação! — disse California. — O efeito das nossas vai acabar. Nós não temos mais nada.

Ao ouvir isso, o xamã caiu na gargalhada. Colocou as duas mãos na pança e riu como um Papai Noel do fim do mundo, zombando da morte lenta de todas as criancinhas boas e más.

— Aqui vocês não precisam de remédios — ele disse. — Aqui não precisam de pílulas antirradiação. Vocês estão protegidos, e eu vou curá-los.

o—

Se o cyberxamã tinha nome, ele fora perdido há muito tempo com o resto de sua identidade. O homem começou a tagarelar uma história incoerente, que misturava a 3ª Guerra Mundial com cenas que só podiam ter vindo de filmes e trechos de uma vida miserável no próprio deserto. No fim, nada fazia sentido, mas Ozob consegui entender que ele fora um engenheiro.

Talvez tivesse sido um engenheiro antes da guerra, embora isso lhe concedesse uma idade muito acima do que uma pessoa normal poderia viver. Talvez fosse um engenheiro das megacorporações, que tivesse decidido se isolar no deserto depois de um colapso nervoso. De qualquer forma, o homem trabalhava com programação de nanorrobôs e os entendia como ninguém. Entendia-os num nível que as pessoas normais não conseguiam compreender, então sua pesquisa era desconsiderada. Talvez seu próximo passo tenha ocorrido numa época anterior à popularização dos implantes cibernéticos. Talvez tenha sido chamado de loucura apenas porque era muito diferente dos implantes normais. Mas o que era certo era que o xamã decidiu que a única forma pela qual conseguiria interagir ainda melhor com os nanorrobôs era se eles fossem implantados em seu cérebro. Trabalhou clandestinamente com o maquinário de seu empregador e então se mesclou com as máquinas microscópicas e mudou sua existência para sempre.

Enquanto as pessoas normais tinham implantes neurais para se conectar umas às outras, por comunicadores e redes sociais, ele possuía algo muito maior. Os nanorrobôs estavam em seu cérebro e passaram para sua corrente sanguínea. Eles se comunicavam com os nanorrobôs que estavam no ar, nos resíduos de armas da guerra, nas mais diversas máquinas. Eles usavam materiais do ambiente para fazer outros de si mesmos. E transmitiam todas as informações obtidas com essas ligações para o xamã. Ele passou a ter uma visão muito maior do que um homem comum. Os nanorrobôs não dispunham de sentidos como os seres biológicos, mas percebiam o mundo de uma forma mais detalhada, mais sutil e mais completa. Viam moléculas, pressentiam ondas de rádio e de luz. Notavam todos os espectros da radiação. O xamã os compreendeu, entendeu a inteligência ao mesmo tempo rudimentar e apurada que aquelas máquinas possuíam, e falou com eles por linhas de código em sua própria mente. Nem mesmo os criadores dos nanorrobôs os haviam entendido tão bem.

— Como você veio parar aqui? — perguntou California.

— Eu sempre estive aqui — ele sorriu, como um Buda.

Talvez ele quisesse dizer que estava ali, naquela fábrica, desde antes da guerra e que sobrevivera à aniquilação total daquele estado por algum nanomilagre. Talvez a afirmação significasse que aquela era uma nova vida, que começara depois dos nanorrobôs, e que ele não se reconhecia mais como ele mesmo no passado. Talvez uma terceira alternativa.

— Não interessa — disse Ozob. — Tem uma coisa na minha cabeça que precisa ser limpa. Estamos quase mortos e precisamos ficar vivos.

— Há muita diferença entre vivos e mortos? Em nível molecular, são estados bem parecidos.

— Mesmo assim, nós preferimos ficar vivos. Somos cheios de manias mesmo, sabe?

— Se é assim que preferem, vejamos o que podemos fazer.

California mal conseguia conter a curiosidade. Ela só não havia largado tudo para examinar os computadores do xamã e fazer perguntas a ele porque ainda estava amparando Vivika e a preocupação pela amiga era maior que seu desejo de saber mais sobre aquele homem. Ele estava isolado ali. Não tinha comida ou mesmo água. Não tinha nenhuma proteção contra a radioatividade. E, de alguma forma, parecia que estava lá há muito tempo. Muito, muito tempo.

— Fiquem aqui mesmo — disse o homem. — Deixem seus amigos tão confortáveis quanto puderem. Eu vou curá-los.

California deixou Vivika sentada contra uma parede.

— Como... Como consegue ficar vivo aqui? — ela acabou perguntando.

O homem deu outra de suas risadas.

— Eu transcendi as limitações do mundo material. Os espíritos radioativos me fornecem tudo. Eu vivo do sol.

— Mas o sol aqui é terrível.

— O sol no céu não me dá nada. Eu vivo dos sóis que explodiram aqui há tanto tempo. Dos sóis que estão no chão, no ar. O sol que está em todos nós.

California se deu conta: ele falava da radioatividade. Se o xamã não estivesse louco ou mentindo, ele vivia da radiação deixada ali pelas bombas.

— Os sóis nos trouxeram espíritos — ele continuou arengando. — Os espíritos radioativos estão por tudo. Os nanorrobôs são sensitivos e veem os deuses que chegaram quando todos morreram. Eles veem os maus espíritos e transformam tudo na eucaristia que me dão. Eles me levam para longe, em suas asas moleculares, e são meu fio de prata me mantendo preso neste corpo.

— Os nanorrobôs transformam radiação em energia para ele — California sussurrou para Ozob. — Não entendo tudo que ele fala, mas ele se considera um homem sagrado. Acha que o alimento que ele recebe dos nanorrobôs é algo santo. Ele vive na radiação.

Nanorrobótica era uma ciência tão inexata quanto neurocibernética. Ambas estavam em uma fase experimental que alguns julgavam ser permanente. Ninguém sabia prever como os nanorrobôs interagiam com o ambiente quando estavam descontrolados — podiam gerar a nanopoluição do Rio Hudson ou a meia-vida atômica do cyberxamã. Da mesma forma, ninguém sabia prever como programas de condicionamento comportamental mexiam com o cérebro de alguém. Podiam fazer a vítima recitar slogans corporativos ou ter ímpetos de trair e matar seus amigos.

— Vocês precisam dos nanorrobôs — disse o xamã, com um misto de vocabulário técnico e devoção religiosa. — E você, meu amigo — apontou para Ozob — precisa dos espíritos radioativos. Mas não se preocupe. Eu conheço o deus certo para ajudá-lo.

Ozob começou a rir. A dor que permeava seu corpo todo podia enfim tê-lo deixado louco, ou talvez fosse o programa, ou a radiação, ou apenas a vida que ele levava. Talvez ele fosse assim desde o começo, apenas esperando para explodir em insanidade quando chegasse a uma massa crítica. De qualquer forma, aquele mundo louco parecia sua casa. É claro que um eremita iria invocar um deus para curá-lo. Ozob era feito para aquilo.

Cambaleou até o xamã e o agarrou pelos trapos, usando seu braço que ainda funcionava.

— Chega de conversa. Chega. Eu não aguento mais. Estou me mordendo de culpa por ter explodido um psicopata em miniatura e com muita vontade de estrangular minha amiga. Chega de história. Comece o tratamento.

O xamã sorriu para ele.

— Começar? — ele adquiriu o tom condescendente de um sábio falando com uma criança. — O que acha que estivemos fazendo nos últimos dois dias, Ozob?

O pós-humano olhou em volta, desorientado. Os últimos acontecimentos eram uma linha reta para ele, uma sequência de fatos que durara poucos minutos. Eles haviam chegado ali e o homem começara a contar sua história.

Johnny Molotov e Vivika não tinham falado nada, mas isso não era surpreendente.

E ele ficara parado, ouvindo, com o braço quebrado e a pele queimada pelo sol e pela areia fervente.

E simplesmente ouvira a ladainha do xamã, contando sua vida, por alguns minutos.

Ozob olhou em volta. Kurt Cobain, Jim Morrison, Dave Alexander, Janis Joplin e tantos outros concordaram. Ele estava lá há poucos minutos.

Ozob percebeu que estava deitado no chão.

— Ah, merda — disse, para si mesmo e para os músicos. — Ah, merda, alguma coisa disso é real?

— Real é se afogar no próprio vômito — disse Jimi Hendrix. — O resto é subjetivo.

Ele estava estirado no chão, mas se sentia flutuando em alguma coisa macia. O braço direito, que estava quebrado, não doía mais, mas formigava, criando cócegas e uma espécie de dormência enervante. Pequenos tentáculos prateados, finos e ligeiros, agitavam-se em volta de Ozob. Talvez fosse isso que formasse a nuvem etérea na qual ele flutuava.

O xamã dançava ao redor dele. Seu colar de tampinhas de Nux-Cola fazia barulho, ele entoava um cântico no fundo da garganta. Era um som feio, desafinado, rouco. Um som que Ozob nunca ouvira antes, mas que despertava alguma memória ancestral. Era o som de uma conexão dial-up do século retrasado. A música que marcara a conexão numa época antiga, na pré-história da internet, quando habitantes de fóruns e chats eram homens das cavernas e criavam a fundação para a hiperconectividade neural do presente.

— Deuses antigos da rede, venham para limpar a mente deste homem! — suplicou o xamã. — Eu preciso dos deuses que fecham as portas de trás e destroem os encostos espiões! Eu chamo os deuses que existem no tempo dos sonhos de varreduras e muralhas de fogo! Venham a este homem que está possuído por um demônio corporativo!

Os monitores que preenchiam toda a sala estavam todos acesos. Alguns mostravam séries incessantes de 0 e 1. Outros, linhas de código sucessivas. Alguns piscavam entre instalação de programas e buscas on-line em alta velocidade. Os teclados digitavam a si mesmos e os discos rígidos emitiam seu ronco. Aquele era um templo aos primórdios da rede, e Ozob se sentiu numa época anterior.

Começou a rir de novo, mas desta vez porque sentia cócegas no cérebro. Nunca experimentara essa sensação antes, mas esteve plenamente ciente das junções entre massa cinzenta, metal, plástico, silício e carbono que havia dentro de seu crânio. Nanorrobôs entravam pelo buraco de seu nariz, por seus ouvidos, por seus olhos e viajavam até seu cérebro. Os implantes neurais eram invadidos pelas informações trazidas pelos nanorrobôs.

— Você deveria estar ouvindo o som de tambores — disse Jim Morrison.

— O quê?

— Tambores. É típico de rituais. O som de tambores criaria uma atmosfera muito melhor.

Kristen Pfaff concordou.

— Tantos rockstars mortos e ninguém tocando tambores — lamentou Amy Winehouse.

Ozob estendeu a mão para tocar em algum deles, mas então percebeu que eram apenas imagens em monitores. O que não fez sentido nenhum quando um dos estranhos segurou seu braço direito e o puxou, colocando-o no lugar sem dor alguma.

— Quem são vocês? — perguntou o pós-humano.

— O Clube dos 27 — respondeu Kurt Cobain.

Ozob lembrava vagamente de algumas daquelas figuras. Eram rockstars de séculos anteriores. Eram o que Johnny Molotov seria, se não vivesse numa época em que jingles e canções melosas para toda a família tomassem o lugar de guitarras distorcidas e hinos contra o sistema. Havia algo em comum a todos eles, mas o pós-humano não conseguia lembrar o que era. O número 27 também não fazia sentido. Não havia 27 músicos.

— Não, seu idiota — disse D. Boon. — Morremos aos 27 anos.

— Morrer aos 27 anos é a maldição dos astros de rock — explicou Jean-Michel Basquiat. — É a idade de seu amigo, não?

— Você não é astro de rock — desdenhou Brian Jones. — É mais conhecido como pintor, seu farsante.

— Você morreu afogado numa piscina após ser expulso da banda — retrucou Basquiat. — É menos legítimo ainda.

Ozob gargalhava. O xamã dançava e cantava a seu redor.

Ele lembrou. Todos aqueles músicos haviam morrido aos 27 anos. Overdose, suicídio, afogamento, edema pulmonar, atropelamento. 27.

— Johnny Molotov não vai se afogar no próprio vômito — disse Jimi Hendrix, que parecia estranhamente fixado e quase orgulhoso por sua maneira de morrer. — Não. Sua morte vai ser no fogo. Ele não vai morrer. Alguém vai matá-lo.

— Não se eu puder evitar — disse Ozob.

— É isso o que você faz agora? — perguntou Pete de Freitas. — Salva vidas?

— Salvo a vida dele. E de California. Principalmente de California.

Os rockstars riram do pós-humano.

— Por que vocês estão aqui, afinal? — Ozob quis saber. — Este delírio é meu e não conheço vários de vocês.

— Se acha que este delírio é seu, não entendeu nada — disse Dave Alexander. — Você está conectado com a rede de forma que nunca esteve antes. Eu mesmo nem devia saber o que é esta merda, pois morri muito antes de tudo isso existir. Este é o delírio da rede, Ozob, e ela está mostrando para você que a morte está muito próxima de Johnny Molotov. Afinal, ele tem 27 anos.

— Afinal, ele é *seu* amigo — disse Kurt Cobain.

— Bobagem — Ozob retrucou. — California já me convenceu de que as mortes dos meus antigos parceiros foram normais.

— A morte nunca é normal — disse Robert Johnson. — Pode acreditar em mim, eu sou o primeiro do clube. A morte nunca é normal quando você morre envenenado.

— Ou... — começou Jimi Hendrix.

— Já sei, já sei, afogado em vômito — Ozob interrompeu.

— A morte nunca é normal aos 27 anos — Robert Johnson continuou. — E nunca é normal aos 4.

O pós-humano sentiu uma onda de gelo em seu interior. Notou que ainda estava gargalhando, em meio à conversa. Era uma gargalhada de pânico. Morte aos 27 anos parecia um paraíso. Vinte e três anos a mais do que ele mesmo teria. E não havia um "Clube dos 4" cheio de rockstars famosos. A morte aos 4 anos não tinha nada de folclórica ou poética. Era só uma merda.

— Demônio corporativo, saia deste espírito que não lhe pertence — recitou o xamã. — Pelos deuses do deserto, pelo antivírus da alma deste pós-humano, eu o expulso!

A sala foi toda tomada por um vapor quente — mas não era vapor, e sim uma nuvem de nanorrobôs.

Os implantes faziam cócegas. Ozob se sentia formigando por completo. Olhou para o próprio corpo e suas veias estavam inchadas, pulsando. Bombeavam sangue num fluxo maior do que nunca. Ele também estava com a maior ereção de sua vida, e as têmporas latejavam. Os nanorrobôs que pairavam no ar nadavam em sua corrente sanguínea, dobrando ou triplicando a quantidade de fluidos. Ele se sentiu sangrar por todos os orifícios, mas não sabia se era mesmo sangue ou um plasma cromado feito das máquinas microscópicas. Suor brotou de todos os seus poros, trazido pelo calor daquela cabana do vapor digital, e aquele líquido também brilhava com o matiz prateado robótico.

— Será que nanorrobôs dão algum barato? — perguntou Amy Winehouse. — Será que você pode ter overdose deles?

— Você já notou que estamos aqui para discutir a morte — disse Kurt Cobain.

— Eu só queria me curar — lamentou Ozob. — Só queria me curar para poder seguir em frente.

— Seguir em frente como? — quis saber Jim Morrison. — Fugindo?

— Só seguir em frente. Manter meus amigos vivos.

— É fácil falar da vida e da morte de amigos — disse Janis Joplin. — Vamos falar da sua.

— Está com medo de sua morte, não é mesmo? — perguntou D. Boon.

— Não tenho medo nenhum.

— Claro que tem — disse Kristen Pfaff. — E deveria. Acha que estaríamos aqui se a morte fosse divertida? Se tivéssemos coisa melhor para fazer?

— Vocês disseram que são só alucinações da rede.

— Somos os fantasmas de deuses modernos — disse Jim Morrison. — Somos os sacrifícios no altar da rebeldia. Somos a prova de que você precisa morrer rápido para continuar sendo perigoso ou envelhecer e se tornar familiar e cooperativo. Rockstars não podem ser bem ajustados, sensatos, longevos. Isso é o que as corporações querem para seus artistas que pregam a harmonia e a conformidade. As pessoas precisam de nossas mortes.

— Precisam que morramos de overdose, de AIDS. De forma violenta ou trágica — disse Jimi Hendrix. Daquela vez não ressaltou sua própria forma de morrer.

— Eles precisam que nós vivamos rápido e pouco — disse Brian Jones. — Nós, rockstars e pós-humanos.

— Nós, as pessoas que fazem o que os outros têm medo — disse Pete de Freitas. — Quebramos quartos de hotéis, rejeitamos empregos normais, transamos com estranhos, consumimos drogas. Nós somos a válvula de escape para o que os outros querem fazer e não fazem.

— Nós moldamos o futuro com música — disse Kurt Cobain.

— Ou com explosões — completou Ozob.

— A hora certa de morrer é a chave — proferiu Robert Johnson. — O momento da morte é o mais importante.

— Está falando dos 27 anos? — Ozob desdenhou. — Esse número é só coincidência.

— O momento da morte — o outro insistiu.

A sala então foi tomada por um barulho ensurdecedor. Todas as teclas começaram a se digitar sozinhas, ao mesmo tempo, em frenesi. O xamã entoou seu cântico da internet primitiva, no que foi acompanhado por dezenas de modems ancestrais. E os principais hits de todos os músicos que haviam morrido aos 27 anos engolfaram o cérebro de Ozob, numa cacofonia pop-tecnológica.

— O momento da morte é o mais importante — insistiu Robert Johnson.

o—

Ozob abriu os olhos.

— Há quanto tempo estou dormindo?

— Tempo suficiente para se recuperar — disse o xamã.

Ele não estava mais dançando e entoando cânticos. Ainda olhava para o vazio e mexia os dedos no ar, mas parecia uma espécie de jogo.

De fato, nos monitores que se espalhavam pela sala, dezenas de videogames ancestrais eram jogados ao mesmo tempo. Nas telas, quadrados coloridos se encaixavam e desapareciam. Soldados eram fuzilados numa simulação de guerra. Civilizações eram erguidas e caíam em mapas em miniatura.

Ozob não sentia mais dores. Tentou mexer o braço direito e conseguiu. Não estava mais quebrado.

— Como...?

— Você foi atendido pelos deuses de que precisava — disse o xamã. — Como se sente?

Ozob pensou em Rizzo. Sentiu um alívio enorme e um orgulho desmedido por ter matado o infeliz. Estava bem. Era de novo ele mesmo.

A pele não estava mais queimada. As costelas não estavam mais rachadas. De alguma forma, ele sentia que a radiação também não o estava afetando. O xamã era mesmo um mestre dos nanorrobôs e eles o haviam consertado, haviam devorado o veneno dentro dele.

— Vai ficar deitado aí até morrer? — ouviu a voz de California.

Ozob se apoiou nos cotovelos e deu um sorriso cansado. Na verdade, não era um sorriso cansado — ele sentiu um surto de felicidade genuína por escutar a voz dela e poderia ficar ouvindo a garota tagarelar por horas. Mas dar um sorriso cansado manteria sua pose perto da amiga, mesmo que ele quisesse lhe dar um abraço.

Por sorte, California foi até ele, abaixou-se e lhe deu um abraço com força.

— O momento da morte é o importante — disse Ozob.

— O quê?

— Foi algo que Robert Johnson me disse.

— Quem?

— Um músico de blues.

— Eu realmente não faço ideia do que seja qualquer uma dessas coisas.

— Em meu sonho, um músico me disse que o momento da morte é importante. Não sei o que isso significa, mas ele deve estar falando da morte de Johnny. Por que a DataDyne quer matá-lo exatamente agora?

Ele ficou de pé. Vivika e o próprio Johnny Molotov surgiram pela porta. Também não estavam mais feridos. O cyberxamã era bom.

— Eu também pensei nisso — disse California. — Consegui hackear um servidor secundário da DataDyne com a ajuda dos nanorrobôs. Descobri a razão.

Ozob ficou estático.

— Você já sabe?

— Claro que já sei. E você tem razão. O momento da morte é o mais importante. A corporação quer que Johnny morra e precisa ser *agora*. Por isso eles insistiram para que você participasse do plano. Eles não podem perder tempo. Se nosso amigo durar muito mais, eles vão ter problemas sérios.

Johnny já estava pronto para sair. Vivika conferia suas garras, tornando-as líquidas e afiadas sucessivamente.

— Você também sonhou com os músicos? — perguntou Ozob. — Com o Clube dos 27?

— Não — California ergueu uma sobrancelha. — O que é isso?

— Esqueça.

Ela então chegou mais perto.

— Mas tive um sonho erótico com Vivika. Durma sabendo disso.

E se afastou, rindo. Ozob balançou a cabeça.

Olhou para trás, mas o xamã já parecia tê-los esquecido. Movia-se em seu universo particular de alucinações, internet, espíritos e nanorrobôs. Seus olhos estavam cobertos por uma camada prateada.

Talvez o mais importante fosse o momento da morte de Johnny Molotov.

Talvez o mais importante fosse o momento de sua própria morte.

27 anos, ou 4.

De qualquer forma, ele não estava pronto.

HISTÓRIA DA MINHA VIDA

DE VOLTA ÀS MINAS.

As costas de Ozob doíam. Ele passara alguns meses quase sem sentir dor, mas o trabalho no asteroide cobrara um preço alto demais. E as minas de Pandora eram ainda piores.

No asteroide, ele trabalhara durante a maior parte do dia, mas no fim de cada expediente conseguia sair. Passava algum tempo na superfície, mesmo que sob um domo, mesmo que junto de sua família. Em Pandora, ele passava mais de uma semana sem emergir do subterrâneo.

Pandora era uma lua de Saturno. Sua composição porosa fazia com que fosse relativamente fácil escavar em seu interior. Foi uma das colônias mais exploradas desde o início. E, depois que os veios mais superficiais já estavam esgotados, restava entrar nas profundezas da lua. Para isso, era preciso uma operação complexa: primeiro novos túneis eram abertos com explosivos bem posicionados — fazia parte do trabalho de Ozob. Era a parte fácil. Então os mineradores desciam em equipamentos especiais de rapel, para escavar cada seção por dias a fio. Também fazia parte do trabalho de Ozob, e era a parte difícil.

Ele trabalhava numa mina operada pela Goosetech S.A. Era uma corporação que não existia na Terra, uma das primeiras a ser formada no espaço. Não precisava obedecer a nenhum tipo de regulamentação e tinha uma filosofia diferente da maior parte das companhias. Enquanto as corporações costumavam tratar seus empregados como partes descartáveis de uma máquina grande demais para ser compreendida de todo, a Goosetech era menor e mais especializada. Treinava seus funcionários para que fossem extremamente eficientes. Nas primeiras semanas em Pandora, Ozob aprendeu mais sobre explosivos do que jamais absorvera por suas memórias implantadas e seu período trabalhando para a Minerais Yon. Com a Goosetech, não havia acidentes de trabalho irrecuperáveis nem aposentadoria. A corporação exigia que cada trabalhador desse muito mais do que seu máximo teórico. Se alguém estava exausto, era injetado com um composto de adrenalina, endorfina, cafeína e outros ingredientes que mascaravam a estafa. Se um braço era perdido num desabamento, o trabalhador recebia um braço biônico e voltava ao trabalho o mais rápido possível. A Goosetech não tinha um exército interminável de funcionários vindos da Terra, pois sua sede ficava numa estação espacial própria, e não havia imigrantes que simplesmente chegavam lá à procura de emprego, como acontecia em Marte e em Ganimedes. Quem surgia na estação ou em Pandora sabia o que estava fazendo e era valorizado.

Ozob estava sendo valorizado há 16 dias. Dezesseis dias sem sair dos túneis. O maior espaço de que dispusera naquele tempo era o suficiente apenas para que dois homens ficassem lado a lado na mesma passagem, mas sem abrir os braços. Também não havia luz: alguns minerais sendo extraídos de lá eram fotossensíveis. Então todos os trabalhadores usavam visores que criavam imagem em preto e branco por sonar. Alguns tinham perdido os olhos em acidentes e a empresa os tinha substituído por implantes com essa capacidade.

Ozob não aguentava mais conviver com as mesmas pessoas. Eram uma equipe de seis — um outro pós-humano de trabalho pesado, dois humanos modificados com implantes cibernéticos, um humano novato e um alienígena. Os humanos puxavam a cantoria de velhas músicas de mineradores. O novato se escondia no canto e chorava quando achava que ninguém estava vendo. O alienígena ficava quieto o tempo todo.

Eles haviam se embrenhado no túnel juntos, depois de explodir juntos uma passagem até lá. Haviam construído juntos uma estrutura de suporte para evitar desabamentos e então entrado. Cada um tinha sua própria broca laser, que usava para soltar pedaços de rocha em busca dos minérios preciosos. Os veteranos chamavam os instrumentos de "picaretas", pois sentiam algum tipo de conexão inexplicável com os mineradores da Terra de séculos passados. Desde que mergulharam no túnel, os seis faziam tudo juntos, pois não havia espaço para qualquer tipo de privacidade. Eles tinham pequenos sacos expansíveis, que serviam como latrina, e todos mijavam e defecavam a poucos metros uns dos outros. Eles dormiam juntos, comiam juntos. Era uma vida incestuosa, sem identidade própria.

Nas minas de Pandora, Ozob sonhava com a Terra.

Diferente de como era no asteroide, ele não precisava trabalhar incessantemente num só período medido em horas. Eles eram livres para trabalhar o quanto quisessem. É claro que sua performance era monitorada pela Goosetech por implantes neurais que a corporação presenteava compulsoriamente a cada um de seus empregados. Se era detectado que eles não estivessem trabalhando direito, a central operava os implantes remotamente, ajustando os químicos do cérebro para gerar um efeito comparável ao de anfetamina. Então os trabalhadores tinham grande ânimo para produzir. Mas esses casos eram raros: em geral, todos trabalhavam de bom grado. Afinal, as equipes só eram tiradas de dentro do túnel quando extraíam uma certa quantidade de minério. Em princípio, havia 2 dias de folga na superfície entre cada período de 20 dias no subterrâneo. Mas, se a quantidade de minério fosse insuficiente, os trabalhadores ficavam lá embaixo até conseguir cumprir a cota. E, caso dois dias se passassem sem que ela fosse cumprida, um período dentro da mina emendava-se em outro, até que a equipe conseguisse recuperar o atraso. Assim, os colegas cuidavam para que trabalhadores fracos ou preguiçosos não atrasassem a produção. Qualquer um que arriscasse prejudicar o tempo de superfície de todos podia sofrer um acidente na mina.

Além disso, ninguém ali ganhava salário — apenas uma participação nos lucros que geravam. Era um bom motivador. Uma boa maneira de não pagar.

Ozob não aguentava mais aqueles cinco homens. E o novato caiu no chão de novo, segurando os joelhos e choramingando.

— Levante! — um dos veteranos o chutou. — Não vou passar nem mais um dia enterrado por causa de preguiçosos.

Os joelhos do garoto doíam. Ozob tentou ter pena dele, mas só o odiou. As costas do pós-humano também doíam. Doíam o tempo todo. Doíam por carregar o equipamento pesado na mochila que precisava ficar com eles constantemente, pois não havia uma base onde deixar as coisas. Doíam porque alguns túneis eram apertados — eles tinham passado um dia e meio curvados durante aquela estadia no subterrâneo. Doíam porque ele precisava carregar as pedras até os carrinhos controlados remotamente pela central para que fossem levadas à superfície. Ozob já esquecera como era viver sem dor, mas ele não estava no chão chorando. Estava de pé, cortando as paredes do túnel com sua picareta, pensando no dinheiro que ganharia e em fugir para a Terra.

O novato tentou se erguer, mas não conseguiu. Os joelhos fraquejaram. Os dois veteranos chutaram suas costas, o que só aumentou o desespero do garoto. O outro pós-humano de trabalho pesado começou a rir. O alienígena continuou alheio a tudo, trabalhando como se nada acontecesse. No chão, sendo agredido, o garoto berrou. Estendeu as mãos, em busca de salvação vinda não sabia de onde. Engatinhou em direção a Ozob, agarrou-se em sua roupa.

— Me ajude... Por favor.

Ozob se virou para ele.

Soltou a picareta, agarrou com as duas mãos a frente do uniforme do novato e o ergueu, deixando-o bem perto de seu rosto.

— Escute, seu merda — rosnou o pós-humano. — Você não vai estragar isto para todo mundo. Está me entendendo? Você vai trabalhar sem chorar. Vai foder seus joelhos até que a companhia pague por próteses. Ou vai cair num túnel e quebrar o pescoço. Está me entendendo?

O garoto parou de chorar. O pós-humano parou de rir. Até mesmo os dois ciborgues ficaram quietos.

Eles podiam ser rígidos. Podiam ser durões e cruéis.

Mas Ozob era mais perigoso.

Ele jogou o novato no chão. Olhou para sua equipe e apontou o dedo para todos eles.

— Vocês não sabem o que é trabalho ruim, seus desgraçados. Vocês não têm estômago para trabalho ruim. Perto de trabalho ruim, isto aqui é um parque de diversões com a fada-madrinha lhes fazendo um boquete. Nós vamos trabalhar e vamos cumprir a cota. Vamos para a superfície e vamos fazer tudo de novo. Como *eu* estou mandando.

— Eu não consigo... — o garoto ainda ganiu.

Ozob pisou em seu rosto.

— *Não consegue?* Você é um minerador, seu verme! Você vai conseguir ou vai morrer!

Eles eram todos mineradores. Ozob era um minerador, pelo menos até conseguir um jeito de fugir para a Terra, onde seria livre. Até lá, ele seria um minerador, mesmo que tivesse que matar e morrer naquela mina.

Era melhor do que trabalhar com Chernobyl e Rizzo.

Ozob tirou a bota da bochecha do novato. Recolheu sua picareta e voltou a cortar a pedra.

Todos tinham medo dele e isso era bom. Medo era a única maneira de conseguir o que se queria.

o—

Após 21 dias, eles tinham minério suficiente para receber permissão de voltar à superfície. Ozob teria um dia inteiro para existir fora dos túneis. Mas não importava: dentro dos túneis, fora dos túneis, tudo era Pandora. Tudo era o espaço e as malditas colônias extramundo. Vinte e dois dias entre o subterrâneo e a superfície, ou 22 dias no subterrâneo, de qualquer forma, eram 22 dias a menos de vida, 22 dias em que ele não vivera. Ele queria ir para a Terra.

Ozob pôde tirar o respirador artificial e sugou o ar de dentro do domo por suas narinas dilatadas. Notou que não conseguia mais andar ereto; as costas doíam demais. Mas não importava. Toda aquela dor valia a pena. Havia muito menos burocracia e segurança com a Goosetech do que com a Minerais Yon — ele não precisou passar por uma revista ou por filas intermináveis para sair do complexo minerador. Apenas foi até a saída. Nesse meio tempo, sua produção de minério já tinha sido avaliada e ele recebeu uma mensagem em seu implante neural de que o pagamento já estava depositado em sua conta. Ele saiu do domínio da Goosetech para a vida dentro do domo.

Aquela corporação também não se preocupava com controlar a vida de seus empregados fora das minas. Eles podiam fazer o que quisessem. A Goosetech tinha construído o domo em conjunto a várias outras corporações, começado suas minas naquela lua e deixado que os funcionários se virassem. Não havia em Pandora restaurante corporativo, centro de recreação, transporte para levar os funcionários para casa ou qualquer coisa que tivesse a ver com uma vida regulada. Fora das minas, as corporações não se metiam.

Assim, o interior do domo era uma imensa favela. Quase não havia matérias-primas em Pandora, além do refugo das minas. Os trabalhadores podiam importar materiais de construção da Terra ou de outras colônias (o que era exorbitantemente caro) ou construir barracos com lixo.

A segunda opção era de longe a mais comum.

Ozob transitou pela favela de Pandora, esquivando-se de crianças que corriam e dejetos que rolavam. As ruelas não eram muito mais largas que os túneis subterrâneos. Como cada corporação se preocupava apenas com suas minas, não havia nenhum tipo de obra urbana que não fosse construída precariamente pelos próprios moradores. O chão era de pedra e era escavado de forma amadora para construir canaletas de esgoto aberto ou para conseguir pedras para construção. Não havia iluminação pública, apenas lâmpadas e até mesmo tochas que alguns habitantes colocavam em suas ruelas. Cada barraco era construído de forma diferente e irregular, com pedra extraída do chão, lâminas de plástico, sacos de lixo estendidos, chapas de metal e outros materiais precários. Desabamentos eram comuns, e incêndios não eram raros. Músicas altas a conflitantes vinham do interior de diferentes barracos.

Ozob passou por um beco e ouviu uma oferta:

— Ei, quer chá de caveira?

É claro que não apenas os trabalhadores das corporações viviam em Pandora. A maioria tinha vindo para a lua com um emprego nas minas, mas muitos desistiam ao conhecer as condições. Eles então viviam sem nada que os prendesse, sem lei e sem futuro. Também havia as famílias dos trabalhadores, que muitas vezes estabeleciam comércios não regulamentados: podiam ser bares, mas era mais comum que fossem pontos de tráfico.

Drogas e armas sempre arranjavam um jeito de entrar em qualquer colônia, e não foi diferente com Pandora. As primeiras levas foram contrabandeadas em transportes de colônias maiores, então algum empreendedor encomendou os insumos para laboratórios e pequenas fábricas. Logo, havia drogas produzidas ali mesmo na favela e armas pouco confiáveis construídas no subterrâneo de algum barraco.

Ozob começou a entrar no beco, mas se deteve. Ele gostava de drogas. Já gostava antes, mas tomara um gosto especial no manicômio. Drogas faziam suas costas doerem menos e os dias passarem mais rápido.

Mas ele precisava economizar. Precisava daquele dinheiro para fugir.

Além disso, se fosse para morrer de overdose, que fosse na Terra.

Ele andou na lama, no lixo, no labirinto do caos da pobreza espacial, até chegar em um barraco amplo. Entrou sem bater e atravessou a sala de uma família que assistia à TV, todos amontoados num sofá forrado com sacos plásticos. No fundo da sala havia um túnel. Ozob desceu as escadas e estava em casa.

Eles também viviam no lixo. Aquilo era viver em Pandora. Haviam estado melhor em Marte. Até em Ganimedes tinham condições menos precárias. Naquelas colônias, Hans Gropp possuía um laboratório, dedicava-se a suas pesquisas. Ali, eram só mais uma família vivendo debaixo da terra. Tinham alguns aparelhos — principalmente para que Rizzo os deixasse em paz. Mas o criador ficava parado, esperando a volta dos filhos de seus respectivos trabalhos, sem fazer nada. Apenas ouvindo seu irmão em seu cérebro e remoendo amargores.

Ozob não cumprimentou seu pai. Há muito não o cumprimentava. O dinheiro parecia coçar em sua mente, as informações da conta armazenadas no implante neural. Mas ele tinha resistido às drogas e às putas. Agora restava dormir, para não ter essas tentações de novo. Então voltar ao trabalho.

— Seu dinheiro — disse Hans Gropp.

Ozob travou no meio da caminhada.

— Transfira seu dinheiro para mim — ordenou o criador. — Sei que você foi pago.

Ozob ficou de costas, em silêncio. Então disse:

— Não.

— O quê?

Ele estremeceu. Desde o início, fora assim: eles trabalhavam, Hans Gropp administrava o dinheiro. Ele era o chefe da família, ele tomava as decisões. Fora assim no asteroide, em Ganimedes, em Marte, e era assim em Pandora. O dinheiro que Chernobyl Ratatá ganhava como soldado da economia informal sob o domo, o dinheiro que Guzzo ganhava como prostituta, o pouco dinheiro que Rizzo ganhava com ocasionais missões como piloto. Tudo ia para Hans Gropp. Se ele não tinha mais seus luxos antigos, era porque o dinheiro era menor do que nunca, naquela lua pobre. O próprio Ozob já havia transferido parte de seus pagamentos para o criador, em suas outras incursões nas minas. Mas decidiu que já bastava.

— Não — repetiu o pós-humano.

— Ingrato insolente — o cientista falou com desprezo. — Você é o pior de todos. A DataDyne tinha razão em seu caso. Você é defeituoso, é um erro genético. Eu devia tê-lo deixado para trás. Nem mesmo Guzzo é tão inútil.

Ozob continuou parado.

— Nós podíamos ter sido felizes em Marte. Seus irmãos estavam trabalhando bem. Apenas você estragou tudo, como sempre.

— Rizzo chacinou os filhos de executivos da Himmelkraft — disse Ozob. — Nós nunca...

— Rizzo é só uma criança! — esbravejou o criador. — Ele é inocente, não sabe o que faz. A Himmelkraft manteria tudo em segredo. Mas você estragou tudo de novo...

Hans Gropp não deixava de ter razão. O massacre das crianças seria suficiente para assinar a sentença de morte de qualquer um — se fosse conhecido. Mas os executivos da Himmelkraft protegiam muito bem seus filhos e suas reputações. Assim, ninguém fora de uma alta cúpula conhecia a localização ou a mera existência da arcologia Terra da Fantasia. E eles nunca divulgariam a falha de segurança. Seus filhos foram substituídos por outros — clones ou apenas crianças abandonadas. Tudo para manter as aparências. Talvez eles tenham voltado a viver com seus pais, talvez tenham sido mandados para outro mundo infantil, onde passariam uma eternidade de alegria. Tudo abafado. A próxima preocupação foi com queima de arquivo: era possível que a Himmelkraft caçasse a família de palhaços para que a informação não vazasse. Mas algum escritório decidira que aquilo só chamaria mais atenção e que talvez fosse melhor deixar que pós-humanos sem credibilidade alguma contassem histórias inverossímeis do que gastar recursos para ir atrás de quem era capaz de tanto morticínio. De qualquer forma, pós-humanos morriam rápido e o segredo iria morrer com eles. Tudo estava em paz, num acordo de mudos.

Essa paz durou até que Ozob explodiu uma parede do manicômio.

Mesmo que ele e seus irmãos fossem menos que um grão de poeira para uma megacorporação, a inteligência da Himmelkraft não deixaria de ligar os pontos. Não deixaria de notar que o mesmo pós-humano que participara do massacre da arcologia agora conhecia uma operação secreta. Antes que o exército corporativo viesse atrás deles, Hans Gropp comandara a família para fora de Marte. As colônias disponíveis começavam a escassear e as corporações que representavam risco se multiplicavam. Restaram a lua suja de Pandora e o trabalho para a Goosetech.

— Você estragou tudo — o cientista saboreou o ódio em cada palavra. — Agora vai me dar seu dinheiro.

— Não, pai. Não vou dar nada. Ele é todo meu.

— Ozob...

— Nada.

— Ozob, traga-me um cano de ferro.

Ele ficou parado. Seu coração acelerou.

— Vamos, filho. Traga-me um cano de ferro.

— Por favor...

— Agora.

Ele não se sentia compelido a obedecer a todas as ordens de Hans Gropp. Não era controlado mentalmente, não era um robô. Mas era muito difícil desrespeitar diretrizes amplas como não abandonar o pai.

E, quando a ordem ecoava a época logo após sua criação, Ozob sentia-se recém-nascido de novo.

Ele foi até uma parede num canto, onde havia um cano de ferro encostado. Apanhou o objeto e o entregou ao pai.

— Fique no chão — mandou Hans Gropp.

Ozob obedeceu, ficando apoiado sobre as mãos e os joelhos. O cientista se ergueu com dificuldade. Então levantou o cano de ferro e bateu com força em suas costas.

— Está vendo o que me fez fazer? Está vendo como é ingrato?

Bateu com o cano na nuca e na cabeça de Ozob. Arrancou sangue. Já estava sem fôlego, mas continuou batendo. Rizzo estava sentado no chão, perdido em seu mundo de videogame. Hans bateu de novo e de novo na base da espinha de Ozob.

— É culpa sua! Você me forçou!

Ozob ouviu o barulho de alguém descendo a escada. Guzzo chegara. Ele ficou com vergonha de apanhar na frente da irmã, mas havia um certo conforto em sua presença.

— Não fale nada ou você vai ser o próximo, aberração! — Hans Gropp babou de raiva.

Guzzo ficou quieta, assistindo.

O cientista bateu mais na cabeça de Ozob. Ele sentiu seu crânio ser tomado por uma dor cegante. O sangue já escorria farto por sua nuca, suas têmporas. Um zumbido engolfou sua audição.

— É sua culpa!

Então, por sob o zumbido, Ozob ouviu mais alguém chegando pela escada.

— *Não...* — disse, baixinho.

Ele ouviu a gargalhada de Chernobyl Ratatá acima do zumbido, acima das pancadas na cabeça.

— Posso puni-lo também, pai? — perguntou a primeira cabeça.

— Venha, meu filho. Pelo menos um que não me envergonha.

Era doloroso apanhar de Hans Gropp, mas apanhar de Zatati Ratatá era humilhante demais. Ozob ficou de pé, reagiu contra o irmão mais velho.

— Não se mexa! — avisou Hans Gropp. — Aguente seu castigo! Não ouse se mexer!

O Palhaço de Chernobyl segurou um tijolo nas duas mãos direitas e bateu com ele em suas costas.

Então Ozob ouviu um grito lá de cima. A família que morava na superfície do barraco. O som de tiros se sobrepôs aos ruídos da surra e então as exclamações paramilitares de um grupo de soldados em ação.

Hans Gropp e Chernobyl pararam o que estavam fazendo. Ozob olhou para cima.

Então, pelo túnel, caíram homens em armaduras de kevlar e plástico ultraduro. Homens com rostos cobertos por capacetes com visores eletrônicos. Homens portando fuzis de assalto e ostentando o logotipo de uma corporação.

Eles temiam a Lehder-Nuñez-Strauss, o Extreme Fighting Championship, a Himmelkraft.

Mas quem chegou para cobrar sua dívida foi a DataDyne.

o—

— Parados, parados! — gritaram os soldados.

E eles atacaram.

Chernobyl Ratatá não largou o tijolo que tinha nas mãos: correu para cima do inimigo mais à frente, deu uma cambalhota no chão e subiu perto dele, erguendo o tijolo com toda força sob seu queixo. O soldado foi arremessado para trás e Ratatá agarrou seu rifle com a mão esquerda. Soltou o tijolo e mergulhou de costas para ficar atrás de um armário de ferro, enquanto disparava a arma. Atingiu o segundo soldado. As balas ricochetearam na placa de kevlar no peito do homem, mas acertaram um espaço vulnerável no pescoço. O segundo soldado também despencou, numa poça do próprio sangue.

Mais homens caíram pelo túnel, já de armas em punho, e Ozob não tinha conta de quantos eram. Eles chegaram gritando, tentando confundir e assustar seus alvos, disparando nas paredes e no teto. Ozob fez o que seu instinto mandou: agarrou Hans Gropp e se jogou com ele para os fundos da casa, protegendo o pai que há segundos estava batendo nele. O pós-humano rolou com o cientista, conseguiu colocá-lo atrás de uma viga — e ao mesmo tempo estava perto de seus explosivos.

Guzzo saltou para trás de um sofá e emergiu com duas pistolas. Soltou um grito gutural e começou a disparar as duas — acertou o visor de um soldado, quebrando-o e perfurando o homem entre os olhos, e a mão de outro, fazendo com que ele largasse o rifle.

— Zatati! — chamou Guzzo.

O palhaço de duas cabeças surgiu de seu esconderijo. Sua irmã arremessou as duas pistolas para ele. Ao mesmo tempo, ele lhe jogou o rifle que empunhava. Os dois trocaram de armas, para aquelas com que estavam mais confortáveis.

Ratatá correu, disparando as duas pistolas com uma mão direita e a esquerda. Na outra mão direita, tinha uma faca. Ele acertou o peito de três soldados. Não perfurou a placa peitoral, mas fez eles cambalearem para trás. Então se jogou contra um quarto inimigo e enfiou a faca sob o capacete. A lâmina perfurou abaixo de seu queixo, atravessou o palato e chegou ao cérebro. Ele girou a faca e a puxou, antes que ficasse presa. Uma golfada de sangue banhou a armadura do inimigo. Guzzo aproveitou a confusão dos homens que Chernobyl atingira, fez pontaria e disparou o rifle. Rajadas curtas, rápidas, controladas, metódicas. Acertou seus joelhos, suas virilhas, o espaço sob seus braços. Atingiu pontos vitais ou quebrou ossos com o impacto das balas.

— Fogo no buraco! — avisou Ozob.

Ratatá pulou para longe dos inimigos e Ozob jogou uma granada. O objeto caiu no meio deles e estourou no mesmo instante. Não uma explosão de fogo ou estilhaços, mas uma onda de substância grudenta. Os soldados ficaram presos uns aos outros pela gosma que logo começou a se solidificar. Ozob correu, atravessando a casa, e chegou a Rizzo. Agarrou todos os fios que ligavam o irmão mais novo a seus aparelhos e os puxou de uma vez só.

Rizzo foi arrancado de seu mundo virtual com um choque. Sem aviso, sem salvar seu jogo, sem aclimatação com a vida real. Começou a berrar na mesma hora, um grito estridente.

— Rizzo, veja! — Ozob o sacudiu. — Rizzo, estamos em perigo!

O palhaço-criança parou de chorar tão prontamente quanto tinha começado. Notou os soldados e correu até eles. Os inimigos dispararam seus rifles, mas Rizzo saltou pelo chão e sobre os móveis; em poucos segundos se escondeu atrás de uma estante, uma cadeira e um caixote, surgiu em outros lugares e então pulou nos ombros de um dos inimigos. Agarrou a cabeça do homem com suas mãozinhas de criança e a virou num movimento brusco. Todos puderam ouvir o som do pescoço se quebrando e o soldado amoleceu. Rizzo pulou atrás de outro, evitando a gosma grudenta. Fez surgir uma navalha de lugar algum e cortou os tendões atrás do joelho do soldado. Ele gritou — quando caiu, Rizzo já tinha apanhado uma pistola de sua cintura, que usou para atirar em outro deles, acertando-o num espaço vulnerável entre a coxa e a virilha.

— Afastem-se! — gritou Ozob.

Zatati e Rizzo pularam para longe dos inimigos. Ozob arremessou um punhado de pequenas esferas negras no ar. Eram ímãs poderosos e voaram para se grudar nos rifles dos soldados. Um instante depois, elas explodiram, destruindo as armas e as mãos dos inimigos.

Ainda restavam dois, apavorados. Guzzo surgiu atrás de um deles. Urrou, saltou e caiu com o cotovelo sobre o capacete do homem. Era resistente, feito para aguentar dano, mas a cotovelada o rachou. O inimigo ficou desorientado, Guzzo lhe arrancou o capacete e Zatati enfiou a faca em seu olho, matando-o. O último recebeu uma bomba na cara — a coisa explodiu num brilho concentrado e cegante que sobrepujou sua proteção antiofuscação, mas não afetou os pós-humanos. Ele caiu para trás e, num segundo, Rizzo estava sobre seu peito. O palhaço-criança estava com uma furadeira nas mãozinhas. Apertou o gatilho e a broca girou, com um zumbido macabro. Ele enfiou a broca em alta velocidade na placa de peito. O homem, desorientado, tentou resistir, mas Ozob pisou em sua mão. A broca perfurou a placa de kevlar e sangue brotou do buraco, espalhando-se com o movimento circular da furadeira. O inimigo gritou, então parou de gritar.

Tudo estava em silêncio. Nenhum inimigo vivo.

Ozob evitou um sorriso.

— O que vocês fizeram? — os irmãos ouviram a voz de Hans Gropp. — O que fizeram?

— Não restou nenhum — disse Ozob.

— Acabaram com nossa casa! — lamentou-se o cientista. — Trouxeram a DataDyne até mim. Ingratos egoístas! Aberrações defeituosas! O que eu vou fazer agora que a corporação veio me pegar?

Zatati Ratatá tinha um sorriso de orgulho nas duas cabeças, estava acendendo um charuto. Os sorrisos se desfizeram, ele deixou o charuto cair no chão. Rizzo começou a tremer, os olhos se enchendo de lágrimas. Foi até o pai e o abraçou. Hans Gropp bateu nele, mas o mais novo dos palhaços continuou agarrado ao cientista. Guzzo apenas balançou a cabeça e começou a recolher as armas que poderiam ser úteis.

Ozob foi até ela.

— Vamos embora — ele sussurrou.

— Como? — ela estreitou os olhos. — Acabamos de matar soldados da corporação.

— Esta é a hora para fugir, Guzzo. Venha comigo.

— Nós vamos fugir sim. Mas vamos fugir com o pai e os outros. Como sempre fazemos.

— Não! Vamos só nós dois. Para a Terra.

— A Terra não existe para nós, Ozob.

— Guzzo, eu preciso de você comigo.

— Então fique comigo.

— Eu não posso!

— E eu não consigo ir embora, Ozob!

Já não estavam mais sussurrando. Zatati Ratatá olhava para os dois. Guzzo abraçou Ozob, apertando-o forte. Ele sentiu uma onda de carinho pela irmã. Precisava de Guzzo, tinha de estar com Guzzo. Mas ela não conseguia ir embora, e ele mesmo não sabia se conseguiria. Tinham de tentar agora, com a adrenalina do momento, com raiva pela ingratidão de Hans Gropp. Tinham que tentar agora ou não conseguiriam mais.

— Covardes — disse a primeira cabeça.

Ozob e Guzzo voltaram seus olhares para Chernobyl Ratatá.

— Querem ir para a Terra? — a segunda cabeça cantarolou em voz afetada. — O covarde e o viado querem ir para a Terra?

— Você não vê, Chernobyl? — gritou Ozob. — Não vê como o pai é um monstro?

Hans Gropp apenas os olhava com ar de desprezo, Rizzo abraçado nele.

— Ele nos vê como o que somos — disse a primeira cabeça. — Assassinos. Feras.

— Não — Ozob retrucou. — Ele nos vê como falhas. Ele nos odeia, mas depende de nós.

— E você queria o amor de seu papai? — zombou a segunda cabeça.

Ozob começou a ir embora, caminhando duro, puxando Guzzo pela mão. Ela resistiu.

— Não, Ozob.

— Vamos!

— Para onde? — Guzzo gritou. — Para a Terra?

— Para a mina! — Ozob também gritou.

Eles ficaram em silêncio.

— A DataDyne nunca vai entrar numa mina da Goosetech — ele disse. — Lá estaremos protegidos.

— Até quando? — perguntou Guzzo. — Para sempre?

— Eu não sei.

No fundo, ele sabia. Mas não conseguia dizer.

— Venha comigo, Guzzo.

Ela deu um passo em sua direção.

— Guzzo, fique com seu pai — ordenou Hans Gropp.

Ela largou a mão de Ozob.

Ele foi até a escada, passando por cima dos corpos. Ouviu uma arma sendo engatilhada atrás de si. Olhou para trás e era Chernobyl, apontando uma pistola para ele.

— Atire — disse Ozob. — Atire, se conseguir. Eu vou embora.

Começou a subir a escada.

Zatati atirou.

A bala pegou nas costas de Ozob. Ele despencou, mas conseguiu se segurar na escada. Precisou de toda sua resistência e força de vontade, mas continuou subindo.

E subindo.

Chegou à superfície e viu a família que havia ocupado o barracão. Todos mortos.

Foi às ruas. Parou num beco e improvisou um curativo. Não precisava ficar bem. Só precisava disfarçar o ferimento o bastante para conseguir outro turno na mina antes que mais soldados chegassem. E precisava ficar lá até que...

Não conseguia nem completar o pensamento.

Um traficante lhe ofereceu chá de caveira. Ozob estremeceu, mas resistiu. Não podia deixar que alguém percebesse que estava drogado. Melhor evitar.

Ele cambaleou até a mina. Passou por uma multidão de trabalhadores, bandidos, prostitutas, crianças, vagabundos nas ruelas entre os barracos. Ninguém percebeu que ele caminhava com um tiro nas costas, ou ninguém deu importância.

Ele chegou à mina com os olhos vidrados, pedindo mais trabalho.

Suas costas doíam.

o—

Dias se passaram, com Ozob sumido dentro da mina.

Então os soldados da DataDyne chegaram a Pandora de novo. Eles sabiam o que acontecera com seus colegas. Não invadiram um barraco com fuzis de assalto. Eles chegaram com lança-chamas e bombas e começaram a queimar.

Seus capacetes tinham alto-falantes e a favela foi tomada por suas vozes amplificadas:

— Povo de Pandora. Entreguem Hans Gropp e seus pós-humanos. Iremos queimar tudo em seu domo até encontrá-los.

Alguns criminosos que possuíam armas tentaram resistir. Mas os soldados eram metódicos: apontavam seus feixes de napalm em chamas e apenas deixavam Pandora arder.

Eles não chegaram perto das minas, não tocaram na propriedade de nenhuma corporação. Apenas a favela foi invadida.

Nem a Goosetech nem nenhuma outra fez qualquer coisa para defender quem não lhe pertencia.

o—

Ozob estava com uma equipe que não o conhecia. Eles estranharam o pós-humano bizarro, que tremia o tempo todo e não parava de trabalhar. Ozob queria extrair o máximo de minério possível. Queria conseguir dinheiro suficiente pelo menos para subornar alguém. Precisava de uma passagem para longe dali, para longe de Hans Gropp, antes que sua compulsão de voltar ao pai o atacasse de novo. Ele já sentia vontade, já sabia que o cientista estava por perto. Hans Gropp era como uma droga: ele achava que precisava ficar longe só mais um tempo para se livrar da servidão.

Ozob estava conseguindo disfarçar o ferimento nas costas. Mas sabia que estava com febre.

A bala o rasgava por dentro a cada movimento brusco que fazia. Quando movia a picareta para que o laser cortasse a rocha. Quando erguia as pedras enormes e as colocava nos carrinhos. Quando levava a mochila cheia de equipamentos de um lado ao outro. A bala o mordia por dentro. O ferimento infeccionava e a febre aumentava.

E suas costas doíam.

Ozob não tinha um segundo de alívio. Não era apenas o tiro. A surra que levara de Hans Gropp e de Chernobyl era lembrada a cada minuto. As pancadas nas costas haviam deixado a carne fragilizada, e ele tinha certeza de que muita coisa estava rachada lá dentro.

Mas ele não podia desistir.

Não podia fraquejar.

Precisava ficar dentro da mina até que os soldados da DataDyne viessem e levassem seu pai embora. Então poderia sair, livre.

Começou a rir quando percebeu que conseguiu completar o pensamento. Era isso. Essa era sua desintoxicação. Ele só precisava ficar ali, escondido onde ninguém pudesse encontrá-lo, até que seu pai fosse levado embora. Então tudo estaria bem.

Na verdade, nada ficaria bem, porque ele estava abandonando Guzzo com aqueles psicopatas.

Mas precisava pensar em si e na Terra.

E em suas costas, que doíam.

Ele tentava compensar os movimentos que eram mais doloridos, então forçava alguns músculos mais do que deveria. Deixava sua coluna torta. Isso aumentava a dor ainda mais. Mas Ozob não queria parar. Não conseguia parar. Não conseguia dormir direito por causa da dor, então quem precisava de descanso?

Ele ergueu uma pedra pesada acima da cabeça.

Com mais trabalho, ele teria mais dinheiro. Então viveria de verdade na Terra.

Foi com esse pensamento, com essa febre e com essa dor que Ozob escorregou.

A pedra caiu por cima dele, sobre sua coluna. Ele sentiu um choque em todos os nervos do corpo.

E então a dor cessou.

o—

Hans Gropp estava protegido atrás de uma parede de tijolos que ainda não tinha desabado. Rizzo estava abraçado nele. Guzzo estava de um lado, com um fuzil no colo, e Zatati Ratatá estava do outro, com três pistolas nas mãos. Eles tinham deixado um rastro de corpos, mas os soldados da DataDyne chegavam, com suas bazucas e seus lança-chamas.

— Só tenho mais um pente de balas! — disse Guzzo.

— Eu tenho dois pela metade e um cheio na pistola — Zatati respondeu.

Rizzo chorava baixinho.

Guzzo olhou para o irmão mais velho. Todo o desprezo que tinham um pelo outro, o ódio que ele demonstrava... Naquele momento nada importava. Não podia importar. Chernobyl a chamava de homem, fazia-a se sentir pequena e inadequada, era o maior de todos os desgraçados que não podiam aceitá-la pelo que era. Mas, naquele momento, ela esperou conseguir uma resposta dele. Esperou que ele fosse uma pessoa.

A primeira cabeça devolveu o olhar. Sem emitir som, apenas fazendo a mímica das palavras com a boca, Guzzo perguntou:

— *O que vamos fazer?*

Hans Gropp estava sentado, tentando recuperar o fôlego. Eles estavam no meio da favela em chamas. Se, de alguma forma, conseguissem escapar daquele pelotão da DataDyne, os próprios habitantes da favela iriam entregá-los. Eles precisariam continuar matando e matando para garantir a fuga do pai.

Mas abandoná-lo era difícil demais.

Guzzo ficou esperando a resposta do irmão.

Zatati Ratatá olhou para ela sério. Então apontou para longe.

Os dois poderiam fugir.

Poderiam fugir se não estivessem carregando uma criança e um velho.

Guzzo se debruçou sobre Hans Gropp. Deu-lhe um beijo na cabeça.

— Adeus, pai. Eu o perdoo.

— Você é só um homem com defeito — respondeu o criador.

Chernobyl saiu correndo sem falar nada. Guzzo correu atrás.

Então a segunda cabeça virou para ela com um sorriso enorme.

— Você conhece a piada dos homens que fugiam do leão? — ele apontou uma das pistolas. — Você não precisa correr mais que o leão. Só precisa correr mais que seu companheiro.

E atirou na perna de Guzzo.

Ela caiu, no meio da corrida, derrubando o rifle, enquanto Zatati sumia nos escombros em chamas da favela de Pandora. Ela viu os soldados erguendo Hans Gropp por baixo dos braços, segurando Rizzo como uma criança. Três deles chegaram perto dela.

Guzzo urrou de fúria e se ergueu num só pé. Usou a perna que levara o tiro para dar uma joelhada poderosa no abdome do primeiro soldado. Foi tomada por agonia, mas a raiva era maior. Deu uma cotovelada de cima para baixo na nuca do homem e tomou sua arma. Era uma bazuca. Um deles apontou seu lança-chamas para ela. Guzzo mirou a bazuca na parede de tijolos que ainda estava de pé.

O obus foi disparado e atingiu a barreira. A parede explodiu por cima dos soldados. Uma nuvem de poeira se ergueu, encobrindo a visão deles. Ela notou que um grupo corria para longe, levando Hans Gropp e Rizzo.

Guzzo sentiu uma ânsia de ajudar o pai.

Mas então lembrou do que ele dissera.

O nojo que teve do criador foi capaz de libertá-la daquela escravidão. Ela mancou para longe, antes que viessem mais soldados.

Não salvaria quem nem mesmo sabia que ela era uma mulher.

o—

Ozob abriu os olhos por alguns segundos. Ouviu alguém dizer:

— Você vai ficar bem! Eles já estão preparando a sala de cirurgia! Você vai ficar bem!

Então apagou de novo.

o—

Abriu os olhos. Estava numa sala branca, muito iluminada. Cheia de máquinas e pessoas de jalecos brancos. Uma mulher de branco, com óculos protetores e uma máscara cirúrgica cobrindo o rosto, olhou para ele:

— É bom que você valha o investimento. Isto é muito caro.

Então para alguém fora de seu campo de visão:

— Ele precisa de mais anestesia.

Apagou.

o—

Ozob despertou aos poucos.

Estava confuso. Não lembrava de muita coisa depois da mina.

Percebeu que não estava mais com dores. Ou até estava, mas muito menos. Era como se alguém tivesse consertado o que havia de errado com ele. Estava deitado de bruços. A luz forte o incomodava. Então lembrou da sala branca. A sala de cirurgia. Ele continuava na sala de cirurgia.

Mas agora tudo estava quieto. Ninguém falava.

E havia algo estranho também. Algo diferente. Ele não conseguiu notar o que era, seus pensamentos ainda estavam embaralhados.

Sentiu algo em suas costas. Não era dolorido, mas provocava uma sensação que ele não conhecia. Tentou mexer o braço e, para sua surpresa, conseguiu. Tocou o que estava em suas costas. Era duro e frio. Era metálico. Correu a mão como pôde pelo objeto e notou que estava mesclado a seu corpo. Era comprido e segmentado, parecia ir da base de seu pescoço até seu cóccix.

— É uma exocoluna — disse uma voz familiar. — Uma espinha cibernética. Depois de tudo, os idiotas ainda lhe deram uma espinha cibernética.

A voz inquietava. Ozob não conseguiu reconhecê-la. Piscou algumas vezes. Tentou discernir o que havia de estranho na sala de cirurgia.

Então, com horror, despertou por completo.

Vermelho.

Vermelho por toda parte.

As paredes tinham enormes manchas de sangue. Um braço decepado estava por sobre uma das máquinas. Ele se esforçou para olhar e viu a médica com o pescoço dilacerado, as tripas para fora do ventre. O resto da equipe cirúrgica estava espalhado, aos pedaços.

Tentou se erguer.

— Não mesmo — disse a segunda cabeça. — Você vai ficar quietinho para isto.

Chernobyl o empurrou de volta à maca. Segurou seu rosto contra a superfície fofa, enterrando os dedos ossudos em sua pele.

— Eles lhe deram uma exocoluna — disse a primeira cabeça. — Você é o Frankenstein mais sortudo que já foi escarrado no espaço, Ozob. Você não merece nada do que tem. Não merecia seu pai, não merece as chances que recebe e não mereceu ser reconstruído. Eles deviam tê-lo deixado aleijado.

— Azar o deles — a segunda cabeça riu. — Me obrigaram a fazer isso.

Ozob estava fraco demais para resistir ao irmão mais velho. Conseguia mexer os braços e as pernas, quase não tinha mais dores. Mas ainda estava sem força.

Chernobyl o virou na maca, deixando-o de barriga para cima. Arrancou o avental que ele usava e Ozob ficou nu. Ele tentou resistir, mas Ratatá empurrou seu peito de volta para baixo. Então cravou uma faca na mão de Ozob, atravessando a carne e prendendo-o à maca. A dor pareceu vencer o que restava da anestesia, e Ozob gritou. Ratatá amarrou seu outro pulso na maca com o avental. Ozob se debateu, mas foi inútil. Chernobyl apanhou retalhos das roupas dos médicos que chacinara e amarrou os tornozelos de Ozob.

— Seu covarde inútil — rosnou a primeira cabeça. — Você estragou tudo. Você estragou nossas vidas. Você me forçou a abandonar o pai por sua covardia. Por *sua* causa, vivemos fugindo todo esse tempo. Por *sua* causa, a DataDyne levou nosso criador.

Zatati tremia de fúria.

Mexeu em suas próprias roupas. Sacou uma faca e um grande alicate.

— Você vai pagar agora, Ozob. Você vai pagar por tudo que fez. Você e seu irmão viado se achavam tão melhores que nós. Mas ele acabou estirado na favela, com os soldados da DataDyne e um tiro na coxa. E você vai acabar aqui mesmo, comigo.

Ozob arregalou os olhos.

Zatati aproximou a faca de seu corpo.

Ele começou pelas unhas.

Arrancou a pele do peito.

Trabalhou nos dedos dos pés.

Ozob urrava de dor. Ele sentia cada pedaço da criatividade de Chernobyl, mas a anestesia deixara seu corpo fraco. Ele não conseguia se livrar das amarras.

Seu irmão foi então a seu rosto.

— Você quer ir para a Terra, Ozob? — a segunda cabeça sorriu.

— Você acha que ainda vai chegar à Terra? — perguntou a primeira cabeça.

Segurou um dente com o alicate.

E então torceu.

Ozob gorgolejou em sangue, gritando. Mas ninguém veio ver o que acontecia. Não havia nenhum guarda? Quantos Chernobyl havia matado?

— Está vendo, Ozob? Você não deveria ter medo da morte. Só teme a morte porque é um covarde.

Chegou bem perto do rosto do irmão.

— Você deveria ter medo de *mim*.

Então um alarme começou a soar. Zatati Ratatá gargalhou.

— Perfeito! Isso é perfeito! Eles chegaram na hora certa!

Chernobyl Ratatá segurou o nariz de Ozob com o alicate. Virou-o para o lado e a cartilagem quebrou. Ozob gritou de novo e seus olhos se encheram de lágrimas por reflexo. O torturador virou o alicate para o outro lado, de novo e de novo.

— Nosso pai tinha razão. Você estragou tudo. Se não quisesse mais do que tínhamos, tudo seria perfeito. Foi culpa sua, Ozob. Você merece.

— Eles notaram seu massacre — Ozob falou, com voz fraca. — Os guardas estão vindo.

— Deixe que venham. Isso não vai salvá-lo.

Chernobyl segurou o nariz de Ozob para cima com o alicate. Então enfiou a faca por baixo, entre o nariz e o lábio superior. Fez alavanca e a pele se rasgou, a cartilagem começou a descolar.

Ozob achou que o irmão cortaria seu nariz com a faca.

Mas estava errado.

Chernobyl Ratatá o puxou com o alicate, fazendo força, rasgando e quebrando. Terminou o serviço com um corte.

O rosto de Ozob estava encharcado de sangue. Ele estava se afogando no gosto espesso e ferroso.

Ratatá lhe mostrou o próprio nariz.

— Você nunca vai esquecer de mim, Ozob.

Deitou-se sobre o corpo do irmão. Ozob se esforçava para respirar pela boca inundada de sangue.

— Eles já vão chegar — disse a primeira cabeça. — Vão tirá-lo daqui, colocá-lo para trabalhar e você nunca mais vai ser o mesmo. É o que merece. Você estragou minha vida e eu estraguei a sua. Você vai ser um boneco mutilado, trabalhando nas minas até morrer de velho.

— A não ser que você peça para morrer — sorriu a segunda.

Colocou a faca no pescoço dele.

— Quer morrer agora, Ozob?

Ozob mal conseguia falar. Tossia, engasgava-se com o próprio sangue. Sua voz saiu quase ininteligível, mas ele disse:

— *Eu quero viver.*

Chernobyl saiu de cima dele, rindo. Jogou o nariz no chão, rindo. Abriu a porta às gargalhadas e sumiu pelo corredor. Ozob acompanhou sua risada, até que ela se desvaneceu como um réquiem ao longe.

Os guardas da Goosetech não chegaram a tempo de lutar contra Chernobyl, mas conseguiram evitar que Ozob se afogasse no próprio sangue.

o—

Ele continuou trabalhando nas minas. Um nariz não era essencial para um trabalhador, ao contrário de uma espinha.

Juntou cada centavo e subornou alguém que o colocou como clandestino no compartimento de carga de uma nave.

o—

Ozob chegou a seu destino e sorveu o ar fétido e delicioso pelo buraco onde antes ficava seu nariz. Entrou num bar e tomou um porre.

E então começou a viver.

Na Terra.

11
DANO CEREBRAL

OZOB FICOU QUIETO E PENSATIVO DURANTE TODO O CAMINHO DE VOLTA PELO deserto. O Hot Rod manteve todos eles ocupados e a ameaça de saqueadores ou sobreviventes malucos os deixou vigilantes. A volta para o lugar de origem nunca era tão climática quanto a saída, então ele não prestou tanta atenção aos locais já familiares. Houve algumas lutas e uma fuga, mas Ozob não deu muita importância. California não deixou de cutucá-lo.

— Teve alguma revelação transcendental? — perguntou a garota. — Está pensando sobre o sentido da vida? Vai largar tudo e virar hare krishna?

— Não estou pensando. Acho que não sei mais pensar.

— Mentira, você está pensando. Isso não pode ser boa coisa.

— Ozob está pensando nas besteiras que falou durante suas alucinações — disse Vivika.

As duas riram. Era raro que Vivika se unisse a California na atividade de zombar dele, mas era até um alívio. Ele e a guerreira tiveram um momento tenso no deserto, durante a luta com o neocavaleiro; era bom saber que ela não guardava rancor. Além disso, se as duas estivessem falando bobagens, não estariam prestando atenção à conclusão lógica a que ele chegara enquanto delirava. E ele definitivamente ainda não estava pronto para falar sobre isso.

— De qualquer forma, ainda não sabemos o que fazer a seguir — disse Vivika.

— Eu sei — California respondeu.

— Então, minha comandante, pretende dividir esse conhecimento conosco em algum ponto?

Ozob não conseguiu se focar na conversa das duas, mesmo que dissesse respeito à fuga, à luta contra a DataDyne, ao próximo passo para sobreviver. Manteve as mãos no volante e os olhos no deserto avermelhado. Tentou atacar o problema que estava girando em sua cabeça pelos mais diversos ângulos e mal escutou o que California dizia.

— É quase impossível hackear os sistemas mais protegidos de uma megacorporação, mesmo para mim — começou a garota.

— Vou apresentá-la a um porrete que tenho guardado em casa — disse Vivika. — Seu nome é "humildade".

— Eu não preciso de humildade, preciso ser boa no que faço. Mas não sou tão boa a ponto de invadir as áreas mais seguras dos bancos de dados da DataDyne. Se eu fosse, poderia apagar informações sobre nós e nossos problemas estariam quase resolvidos desde o início.

— Seria mais fácil queimar todas as sedes da corporação no sistema solar e matar todos os funcionários.

— Exato. Teoricamente, é impossível. Teoricamente, muita coisa é impossível. Mas não se esqueça de que estávamos com um cyberxamã que controla nanorrobôs.

California abriu o sorriso enorme e Vivika segurou seu braço com força.

— Você é minha comandante, California!

— O que me diz disso, Ozob? — a garota perguntou.

O pós-humano saiu de seu transe. Pediu que ela repetisse, mas California só revirou os olhos.

— Você está virando outro Johnny — sentenciou.

Como sempre, Johnny Molotov estava meio de fora. Recostava-se no banco traseiro, dedilhando sua guitarra desligada. Murmurava para si mesmo novos versos e tentava encaixá-los numa melodia que só ele ouvia. Ozob, no banco do motorista, estava quase tão alheio a tudo quanto ele.

— Nunca conheci ninguém que soubesse usar os nanorrobôs para ajudar na invasão de sistemas — explicou California. — Mas eles obedecem ao xamã como se fossem partes de seu corpo. De qualquer forma, ele mandou seus nanorrobôs me ajudarem, e consegui algo que nunca seria possível antes. Cada um deles ajudou a processar os softwares para quebrar as senhas. Era como se milhões de computadores usando os mesmos programas atacassem a DataDyne ao mesmo tempo.

— E o que você descobriu?

— Descobri a razão disso tudo. Descobri por que querem matar Johnny justamente agora.

O músico pareceu acordar.

— O quê? — disse, sem criatividade alguma.

— Pelo menos sua morte lhe interessa — riu California. — Algo grande vai acontecer nos próximos dias. Algo muito grande, e tem a ver com música e com conformidade. A DataDyne não está só nos caçando.

Há muito a música, assim como a cultura em geral, não era apresentada ao público em um pacote predefinido. Não havia mais discos ou álbuns, assim como não havia mais horários de programas de TV. O público não podia achar que a música lhe era imposta ou iria rejeitá-la. Todos os hits eram "descobertos" por acaso na internet, em sites de vídeos ou redes sociais. As pessoas assim se sentiam meio donas dos sucessos instantâneos, sentiam vontade de compartilhá-los, fazer divulgação de graça. Tudo no mundo corporativo era economia e aquela era uma forma econômica de espalhar pelo mundo todo a cultura que as corporações decidiam que deveria ser consumida.

Mas, é claro, nada poderia ser realmente espontâneo ou haveria risco. Haveria possibilidade de que algo fosse criado, compartilhado e apreciado sem autorização de patrocinadores. Haveria chance de que alguma mensagem contrária à sociedade corporativa fosse veiculada.

Por isso as corporações engendravam com muito cuidado os sucessos que surgiriam "espontaneamente". Muitas vezes, clonavam os músicos a partir de DNA escolhido a dedo. Doutrinavam-nos desde a infância nos dogmas de conformismo. Então, quando era necessário um novo fenômeno cultural, um vídeo despretensioso ou um arquivo de áudio aparentemente amador era enviado por perfis fantasmas do EgoBliss e de outras redes sociais para pessoas específicas, formadores de opinião em seus respectivos grupos. A música era ouvida e enviada para mais pessoas. Que enviavam para mais pessoas, que repetiam o processo. Começava uma competição na qual o maior status ia para quem tivesse contato com o novo fenômeno antes. A música corporativa se espalhava como uma doença, e as pessoas se esforçavam para ser infectadas.

Assim surgia um hit viral.

— E isso é só o começo — disse California.

Não era apenas música. Cada canção era planejada por equipes multidisciplinares para espalhar mensagens específicas. À beira de uma guerra por interesses econômicos, surgiam hits que promoviam um estilo de vida rápido e individualista, para que as pessoas julgassem mais importante a prosperidade e a diversão do que a vida de quem estava do outro lado do mundo. Quando milhões de trabalhadores estavam para ser banidos para as colônias, estouravam músicas que falavam de esperança e vida em família, incentivando o público a aceitar um recomeço miserável, desde que marchassem para a morte com seus entes queridos. Nas vésperas de um período de fome e escassez planejado para aumentar os preços de certos insumos, os sucessos eram canções de amor, valorizando um sentimento etéreo e indefinível acima de condições dignas de vida.

Além da ideologia, vendia-se o futuro. A aparência dos astros era copiada, criando gerações com certos tipos físicos. Produtos eram promovidos e vendidos, gerando especulação nas bolsas de valores que afetavam a economia global como um todo. Quando se projetava a necessidade de um novo lote de criminosos para 10 ou 15 anos no futuro encher as prisões privativas, músicas exaltando um estilo de vida glamoroso se tornavam sucesso entre as camadas mais pobres, gerando a angústia que levava ao crime. Canções sobre o fim de relacionamentos eram moda quando se achava que era necessário um aumento no número de famílias desfeitas, para revitalizar algum mercado ou simplesmente possibilitar a redução de salários de uma fatia da população.

A cultura moldava a sociedade e as corporações moldavam a cultura.

As vítimas daquilo tudo compartilhavam seus hits favoritos, ajudando seus senhores a dominá-los.

— A chegada de um novo sucesso viral é algo enorme — disse California. — É uma operação muito bem estudada e nada pode sair do plano.

A DataDyne estava à beira de lançar um novo hit, por meio de compartilhamentos anônimos na internet. Uma cantora nova, criada em laboratório. Linda, é claro. Sua imagem de garota simples do interior, trabalhadora e bem-humorada era artificial por completo. Seu futuro hit tinha refrão grudento, criado por equipes de neurocientistas para se ligar aos pensamentos superficiais, provocando repetições sem fim na mente de quem ouvia. A música falava da descoberta do amor no ambiente de trabalho. Seus objetivos primários eram incentivar jovens de classe média a largar os estudos e se dedicar a subempregos, formar famílias de pais adolescentes para aumentar a população disposta a trabalhar por salários ínfimos e provocar crescimento na construção civil, já que todas essas famílias precisariam de casas. Com especulação imobiliária, um aumento de migração para as colônias era provável. Uma música que soava inocente determinaria o futuro de boa parte de uma geração. Seria cantarolada, repetida. Outros artistas gravariam versões, pais e filhos iriam se conectar por ela. Seria a música-símbolo de incontáveis relacionamentos e condenaria milhões a uma vida sem ambição.

— A data-limite da morte de Johnny é a data em que esta música vai ser lançada — disse California. — Muitos já morreram para não arriscar uma queda nos compartilhamentos das primeiras horas. Eles não querem que Johnny esteja tocando no dia do lançamento. Não querem que ninguém deixe de ser contaminado.

Tudo eram números. Tudo era dinheiro. Fazia mais sentido matar um músico do que arriscar a perda de lucros no futuro.

Johnny Molotov era uma vítima da máquina de doutrinação pop. Música sem autorização não tinha mais lugar.

— Eu vou morrer para que as pessoas se casem mais cedo e as companhias de construção tenham lucro — disse Johnny. Pela primeira vez, parecia realmente preocupado com a própria morte.

— Não é só isso — disse California.

A hacker também descobrira que a DataDyne estava entre um conglomerado de corporações que planejava uma invasão militar a um país da Ásia, onde havia sido descoberto um minério importante. Era uma guerra unilateral, injustificada e totalmente ilegal em circunstâncias normais. A data de lançamento da música coincidiria com o dia da invasão — distrairia as pessoas do ataque. Os noticiários dariam muita importância ao novo fenômeno pop e uma mera nota de rodapé ao início da guerra.

Tudo era uma máquina.

E música era uma ferramenta.

A música era uma arma.

— De qualquer forma, você não vai morrer — disse California. — Porque eu tenho uma ideia.

Ozob respirou fundo. Tinha ouvido pelo menos a última parte da conversa.

Ele odiava ter de discordar da garota.

o—

Eles estacionaram o Hot Rod na oficina de um amigo dos War Roadies. O sujeito fazia parte de uma gangue que combatia os neoarianos e estava louco para que os desgraçados descobrissem que ele escondia um veículo roubado deles e atacassem. Mas Ozob não registrou o nome ou mesmo o rosto do homem. Estava com a cabeça cheia. Vivika e Johnny Molotov foram aos quartinhos nos fundos da garagem, para descansar da estrada e se preparar para a próxima missão. Ozob ficou sentado num bar vazio anexo à oficina, sem beber, sem fazer nada. California veio se juntar a ele.

— E aí? Vai me contar o que está acontecendo?

Ozob ficou olhando os pôsteres de rockstars do fim do século 20. Gente ancestral, que tocara música ancestral, numa época ancestral, quando aquele tipo de música era permitido. Pensou em quantos daqueles homens e mulheres tinham morrido cedo.

— Ozob, você está me deixando assustada. O que houve? Você viu alguma coisa sobre seus irmãos? Alguma alucinação com Chernobyl ou seu pai?

Ele ficou com a cabeça pendente. Não podia procrastinar mais.

— O momento da morte é importante, garota.

— Eu sei — ela deu um sorriso estranho, sem entender direito. — Foi o que expliquei durante a viagem, mas você estava com a cabeça longe. O momento da morte de Johnny foi planejado para coincidir com o lançamento do hit viral. Eu descobri isso na fábrica abandonada...

— Não — Ozob interrompeu. — Você não está entendendo. O momento da morte de Johnny é importante. Ele precisa morrer logo.

— Sim, eu *entendi*. A DataDyne precisa que Johnny morra logo para...

— Não, você não entendeu. Não é a DataDyne que precisa disso. Johnny deve morrer logo.

California se levantou do banco, com a boca meio aberta e os olhos arregalados. Afastou-se de Ozob como se ele fosse uma bomba em contagem regressiva.

— O que você está falando? Quer nos trair?

— Claro que não, California. Eu nunca trairia vocês. Mas acho que seu irmão não pode ficar vivo por muito mais tempo. Ele tem 27 anos e quer mudar o mundo. Eu vi rockstars mortos nas minhas alucinações na fábrica. Eles todos morreram jovens. Todos morreram aos 27 anos. Eles disseram que são os sacrifícios no altar da rebeldia que fazem o que ninguém mais tem coragem e por isso duram pouco.

— Você está sugerindo matar uma pessoa por causa do que ouviu em suas alucinações? Isso é coisa de serial killer.

— Não quero matar Johnny Molotov. Mas não sei se é nosso dever proteger a vida dele.

— Ouça o que você está falando, Ozob. Está pensando em desistir de tudo e quer justificar a decisão? Faça por dinheiro, faça por conveniência, mas não tente dizer que faz porque é nobre.

— Não é nobre — ele ergueu a voz um pouco. — É uma merda. Mas você já pensou no que a morte de um rockstar faz? As pessoas prestam atenção nele. Sua mensagem fica mais forte, sua voz fica mais alta. Ele se congela no tempo com uma imagem rebelde, em vez de envelhecer e deixar seu discurso se diluir no bom senso que chega com o tempo. É fácil querer queimar o mundo quando se é jovem, mas muito mais difícil fazer isso na meia-idade. Talvez as corporações vençam de verdade se Johnny tiver uma vida longa e feliz.

California riu forçado. Foi até o bar, achou uma garrafa aberta de whisky e se serviu de uma dose. Bebeu tudo e serviu outra.

— Você não pode acreditar nisso! — ela bateu com a garrafa no balcão do bar. — É claro que, se você só prestar atenção em músicos que morreram jovens, vai achar que todos os importantes morrem jovens!

— Kurt Cobain, Jimi Hendrix, Jim Morrison...

— Posso listar vários outros que passaram dos 27! Joey Ramone, Greg Graffin, Jello Biafra...

— Não quero ficar citando nomes. Mas talvez Johnny Molotov seja um dos que precisa morrer cedo. Talvez esse seja o jeito com que ele vai afetar o mundo.

— Como? Sendo assassinado num beco, enquanto ainda é obscuro e ninguém o conhece fora da cena punk da Cidade Baixa?

— Ele pode ser um mártir.

— Essa história de mártir é o que líderes religiosos contam a seus seguidores fanáticos para convencê-los a se matar numa missão suicida! E, francamente, toda a mitologia sobre rockstars que morrem aos 27 anos me parece criada pela grande imprensa. É muito conveniente fazer milhões acreditarem que a morte prematura de líderes da juventude é romântica. Me parece exatamente o tipo de coisa que as corporações gostariam que a gente pensasse.

— E se ele amolecer, California? E se esse talento for usado para o conformismo?

— Ele *não vai* amolecer! Você não está entendendo? É por isso que a DataDyne quer matá-lo! Porque sabe que não pode comprá-lo!

— A DataDyne nem tentou comprá-lo, porque sabe que matá-lo seria mais econômico.

— Você está falando da morte do meu irmão! — ela gritou.

Jogou o copo de whisky na parede e virou as costas para Ozob. Saiu do bar, foi até a oficina e começou a fuçar nos carros em vias de ser consertados. Não entendia quase nada de mecânica, mas era algo a fazer.

Alguns minutos depois, Ozob chegou.

— Esqueça o que eu disse.

— Não.

— Merda.

Silêncio.

— Trouxe outro whisky para você — ele ofereceu.

California aceitou, mas não conseguiu olhá-lo nos olhos.

— Ozob, esqueça por um minuto que estamos falando sobre combater a DataDyne e as outras corporações. Esqueça que queremos espalhar a música de alguém original para o mundo e fazer as pessoas pensarem um pouco. Esqueça rebelião e resistência. Lembre apenas que meu irmão está na mira desses filhos da puta e que eu preciso de ajuda para salvá-lo. Você não me ajudaria?

— É claro, garota. É claro.

— Eu acho importante que todo mundo se sinta, pelo menos uma vez, como eu me sinto ao ouvir a música dele. Imagine o bem que faria para milhões de donas de casa de classe média ter raiva e chutar seus eletrodomésticos caros. Imagine o bem que faria para milhões de executivos atear fogo em seus escritórios. Mas, mesmo que nada disso aconteça, mesmo que nosso sonho idiota e destrutivo nunca se realize, ele é meu irmão. Eu posso parecer dona de mim agora, mas foi Johnny que enfrentou uma briga de faca com um traficante de metarritalina quando eu tinha 13 anos e o bastardo tentou me estuprar.

— Achei que Johnny não soubesse lutar.

— Não sabe. Quase morreu. Mas brigou e foi louco o bastante para que o cara desistisse do estupro. Johnny dividiu comigo os trocados que ganhava tocando na porta de fábricas, antes que a segurança corporativa o expulsasse a cassetete. Por isso eu não me importo que ele fique em seu próprio mundo, compondo e sendo cult, enquanto eu roubo o bastante para sustentar todos nós. Ele já fez muito por mim.

— Talvez você não deva mais fazer coisas por seu irmão. Talvez deva fazer pelo astro. Pelo revolucionário. A música de Johnny pode se tornar um símbolo.

— Se o revolucionário se meter com meu irmão, foda-se o revolucionário. Eu vou lutar por Johnny e não só por Johnny Molotov. Ele vai viver, porque eu quero e porque tenho um plano.

— Pelo menos fale com ele.

— Não! Certos homens adoram se imaginar como heróis trágicos de filmes alternativos. E, nessa imaginação maluca, morrer jovem é muito galante. Johnny tem toda a cara de ser um desses. Mas enfiem isso no rabo, todos vocês. Eu não sou personagem na história de ninguém, e a vida não é um filme. Se vocês morrerem, não vão estar aqui para ver os créditos finais. Só vão virar comida de vermes. E, enquanto eu for a líder dos War Roadies, isso não vai acontecer.

Ele ficou em silêncio. Não deixou de notar que California havia incluído ele mesmo em seu discurso sobre homens que não deveriam morrer. Por mais idiota que fosse, era bom saber que ela o queria vivo. Talvez isso fossem amigos — pessoas que o preferiam vivo do que morto.

Ficaram quietos.

— Sabe o que você está olhando nesse carro? — ele perguntou.

— Não muito. Isso nunca me impediu de mexer em algo.

Ozob circulou pela oficina, olhando os veículos, pensando em algo para dizer.

— Não vai pedir desculpas? — perguntou California.

— Não. Não por ter falado o que eu penso.

— Essa é a justificativa dos cretinos.

— Bem, eu nunca escondi que sou um cretino.

Silêncio de novo.

— Vai continuar lutando ao nosso lado? — ela quebrou o gelo de novo.

— Claro.

— E as coisas vão ficar estranhas entre nós?

— Bem, eu sugeri que seu irmão deve morrer. Isso pode abalar quem é mais sensível. Mas posso fingir que nada aconteceu e você faz o mesmo.

— Ótimo. Porque eu preciso que você ouça algo.

— Fale — ele sentou sobre uma pilha de pneus velhos.

— Você não vai acreditar na bobagem que um cretino sem nariz acabou de me dizer.

Ela deu um sorriso matreiro e ele balançou a cabeça. Ficaram conversando sobre qualquer coisa, na tentativa de recuperar o que havia entre eles. Ozob decidiu que não iria insistir. Nenhuma revolução de merda valia arriscar sua amiga.

o—

Ele recebeu um endereço e foi procurá-lo. Ficava num lugar perdido numa das zonas mais miseráveis da Cidade Baixa. Não o Distrito da Luz Vermelha, mas uma área residencial cheia de microvizinhanças de imigrantes de todas as partes do mundo em que ninguém falava a mesma língua. Habitada por trabalhadores de fábricas que mal viam a família e crianças que se criavam sozinhas, enquanto os pais entregavam a vida à indústria.

Ozob soube que Guzzo estava bem pior do que antes disso tudo, mas ainda assim era melhor do que estar morta, ou no bolso da DataDyne.

Ele entrou num prédio sem porta. Crianças brincavam nas escadarias e um junkie estava desacordado com uma seringa enfiada no braço. Alguns apartamentos eram claramente puteiros em miniatura, enquanto outros eram pontos de tráfico. Um ambiente a que os irmãos estavam acostumados, é verdade. Mas era uma merda voltar àquilo depois do que Guzzo havia construído.

Ozob achou o apartamento e bateu na porta. Ela se abriu e ele enxergou um homem enorme, com modificações cibernéticas de combate por todo o corpo. Seus dentes eram presas metálicas, um de seus antebraços era uma metralhadora giratória.

— O set não é aberto ao público — disse o grandalhão.

— Vim ver minha irmã.

Do fundo, ele ouviu uma voz:

— Deixe o palhaço entrar!

O homem saiu da frente e Ozob entrou no apartamento. Estava muito quente, efeito de inúmeras lâmpadas poderosas, usadas na iluminação das filmagens. O ar fedia a lubrificante e fluidos corporais. O chão estava imundo.

— Corta! — ordenou o diretor.

Ozob foi até a sala onde a filmagem ocorria e viu Guzzo se cobrindo com um roupão. Os outros atores eram homens e mulheres deformados de nascença ou que haviam se submetido a modificações corporais agressivas. Alguns mal eram reconhecíveis como humanos. Guzzo tinha uma espécie de agulha cromada, encimada por uma caixa metálica do tamanho de um polegar, enfiada entre o globo ocular esquerdo e a órbita. Puxou a coisa com cuidado. Parecia doloroso, mas não era tão ruim quanto se submeter a mais implantes neurais.

Aquele estilo de pornografia necessitava de conexão direta com o cérebro dos atores. O público pornô era cada vez mais exigente.

— Como você está? — ele perguntou.

Guzzo limpou o olho esquerdo com cuidado para não estragar a maquiagem.

— Estou fazendo pornografia neural para teratófilos. Como você acha que estou?

— Teratófilos?

— Pessoas com fetiche por deformidades e anormalidades físicas.

Aquele set de filmagem, aquele apartamento, era um retrato de tristeza. Ninguém estava feliz por estar ali. O próprio fato de pessoas estarem fazendo aquilo era sinal de que algo havia dado muito errado em suas vidas. Pornografia neural era uma gravação não apenas de imagens e sons, mas também de sensações táteis e todo tipo de percepções que passavam pelo cérebro dos atores. Eles tomavam drogas, que tinham a função de inibir suas emoções, para que os sensores não captassem depressão, desespero, nojo, e ficassem apenas com a emoção mais óbvia e explícita — o tesão —, que também era causado por drogas. Essas gravações eram consumidas pelos implantes neurais por um público que preferia qualquer coisa a uma interação humana real. Ou a quem tinha tanto medo que julgava que não conseguiria um parceiro para satisfazer seus fetiches.

Pelo lado bom, aquela rede de pornografia era operada por uma organização criminosa paramilitar brasileira. Havia tantas armas quanto aparatos eróticos no apartamento. Guzzo estava bem protegida.

— Por que veio aqui? — ela perguntou.

— Queria vê-la.

— Já me viu. Me viu em meu pior momento. Satisfeito?

— Calma. Quero saber de você. Como fugiu? Eles continuam perseguindo-a?

Guzzo foi até a cozinha, seguida por Ozob. Serviu-se de café fraco e muito adoçado. Deu um gole e fez uma careta.

— Eu fugi como sempre fugimos. Bati em pessoas, quebrei pescoços, roubei armas e atirei. Não é nada de novo ou de emocionante.

— E Chernobyl...

— Nosso irmão mais velho ficou na minha cola por uns dias, mas depois desistiu. Eu não sei nada sobre ele, Ozob. Para falar a verdade, não quero mais saber.

— Eu vou resolver isso. California disse que tem um plano. Os planos dela sempre dão certo. Graças a uma ideia dela, consegui me livrar do programa de conformidade que...

— Que ótimo que sua amiga tem um plano. Que ótimo que, mais uma vez, você saiu por cima.

— Por que está sendo assim, Guzzo? Já falei que vou resolver tudo! Não sei como, mas vamos ficar livres de Chernobyl, da DataDyne...

— Livres? — o rosto dela se retorceu de desprezo. — Está me dizendo que vou ser *livre?* Livre para me vender para fetichistas de nicho?

— Guzzo...

— Se você acha que isso é liberdade, vá ser livre sozinho. Não é só minha imagem que está sendo usada, é minha mente. São meus pensamentos. E às vezes, quando fazemos transmissões ao vivo para quem paga mais, eu tenho contato com os pensamentos *deles*. Você tem noção do que é o interior da mente de quem paga por isso, Ozob? Eu sonho os sonhos deles, eu lembro das memórias deles, que os transformaram nisso. E tenho quase certeza de que alguma memória minha já vazou para as gravações. Alguém, neste momento, pode estar usando minhas memórias trancado no banheiro. Então não vamos ficar livres de nada, Ozob. Pelo menos eu não vou.

Ela estava ofegante. Ele ficou quieto.

— O clube era meu sonho — disse Guzzo, mais calma. — Bordel, puteiro, chame como quiser. Era uma maneira de eu melhorar a vida de algumas pessoas que *realmente* precisavam de uma melhoria em suas vidas. O clube queimou, minhas meninas morreram ou voltaram para seus cafetões abusivos. Só tenho mais dois anos e não sei se terei tempo para reconstruir tudo. Para me proteger, preciso ficar aqui, cercada de brasileiros armados.

— Os outros caras vão ficar piores.

Ela olhou para o rosto do irmão. Ele não estava mentindo, não estava tentando manipulá-la. Ozob realmente sabia que só podia fazer uma coisa: deixar os outros caras piores. Não importava que Guzzo estivesse fazendo pornografia teratofílica neural: quando tudo acabasse, os inimigos iriam desejar que aquele fosse seu destino.

— Muito bem — ela disse. — Vamos lá. Você tem armas?

— Não — ele ergueu as mãos abertas. — Você não vai. Não precisa se arriscar. Eu vou.

Ela pegou o receptor neural e o sacudiu na cara do irmão.

— Não preciso me arriscar? Não preciso arriscar essa vida maravilhosa? Não! Agora vamos nos arriscar, Ozob! Agora vamos enfrentar Chernobyl e Rizzo até a morte!

— Rizzo já está morto. Eu o matei.

Guzzo ficou estática.

— Como...?

— Não sobrou nada dele. Eu o vi explodir com um míssil no deserto radioativo. Eu me certifiquei de que ele estava morto. Rizzo está morto, mana.

De repente, ela o abraçou.

— Você vai mesmo levar isso até o fim — disse Guzzo, baixinho.

— Até o fim. Desta vez, não há volta. Já não havia volta com Rizzo e não vai haver com Chernobyl. Um de nós dois vai morrer. Agora não serão mais surras ou ameaças. Não vai ser tortura ou promessas de vingança. Um de nós dois vai morrer, Guzzo. E eu quero que seja um de nós dois. Eu ou Chernobyl. Não pode ser você.

— Ozob...

— Se qualquer um dessa família morresse, o mundo ficaria melhor. Menos você. Eu sei que sou um canalha, mas você é realmente boa. Não sei o que deu errado para que você fosse tão diferente de nós, mas você é boa e não pode morrer agora. Você vai reconstruir o clube e proteger quem precisa de sua proteção. E os outros caras vão ficar piores do que você está agora. Seja Chernobyl ou seja eu, vamos ficar piores do que você está. Eu prometo.

Às vezes, eles eram realmente irmão e irmã. Ozob queria viver e todo o discurso sobre a própria morte veio com o coração batendo na garganta, até deixá-lo enjoado. Mas algumas coisas eram mais importantes. Era mais importante que Guzzo vivesse.

No meio de um apartamento do crime organizado brasileiro, onde se filmava pornografia pesada, ela o beijou no rosto, com carinho.

— Eu nem sempre quero você por perto, mas te amo.

— Às vezes eu também não me quero por perto.

Ele voltou à garagem e Callfornla flnglu que a conversa anterior não existira. Mais uma razão para gostar da garota. Se ele tinha só mais dois anos de vida, não fazia sentido gastar nem cinco minutos dando atenção para constrangimentos com uma amiga. Ela pareceu realmente feliz por ele ter chegado e não havia nenhum clima tenso entre os dois.

Os War Roadies estavam reunidos no bar anexo à oficina. Agora já havia alguns tipos durões, mecânicos e motoqueiros, ocupando o lugar, bebendo bebidas de tipos durões. A mesa de sinuca estava sendo usada e havia dois sujeitos de grandes barrigas, braços grossos e cabelos brancos disputando queda de braço.

— California tem uma ideia — anunciou Vivika.

— California sempre tem uma ideia — ele sorriu.

Sentou-se e observou a garota. Ela piscou para ele.

— Sozinhos, não podemos com a DataDyne — ela disse. — Nossa sentença de morte está assinada. Ouvi essa frase em muitos filmes e sempre quis usar. Nossa sentença de morte está assinada. Acho que deveria haver uma trilha sonora heroica quando digo isso.

A trilha sonora era rock do século 20. Música de nostalgia por uma época que ninguém ali conhecia.

— Desembuche — disse Vivika.

— Precisamos que outras pessoas lutem ao nosso lado — California adquiriu o ar intenso que a tomava quando estava invadindo sistemas ou tecendo planos. Sua inteligência era quase palpável. — Precisamos de resistência verdadeira. Precisamos que Johnny Molotov seja conhecido o bastante para que ninguém possa ignorá-lo. Precisamos que as pessoas escutem a música dele e queiram mudar de vida.

— Sabemos disso — disse Ozob. — Mas não podemos...

— Quem é capaz de fazer isso? — ela interrompeu.

— As corporações — respondeu Vivika.

— Mais precisamente, a DataDyne — California sorriu.

O plano era louco. Era mais do que ousado. Mas era a esperança que eles tinham de vencer o inimigo imortal. Ninguém derrotava uma inteligência artificial ou desbaratava uma corporação com sedes em todo o planeta e em um punhado de colônias extramundo. Mas os War Roadies podiam usar as armas do inimigo.

— Streaming — ela falou.

Se conseguissem tomar o controle das ferramentas de transmissão ao vivo da DataDyne, poderiam usá-las para espalhar a música de Johnny. Se pudessem assumir os perfis fantasmas que geravam as primeiras centenas de compartilhamentos de um hit viral, poderiam usá-los para gerar uma reação em cadeia que não poderia ser detida pelo Departamento de Agenciamento Artístico, pela polícia corporativa ou pelos exércitos particulares. Eles iriam transmitir Johnny Molotov tocando em tempo real pelos canais corporativos da DataDyne. TV, destaque nos principais sites, compartilhamento em massa nas redes sociais, domínio das palavras-chave em motores de pesquisa. Criariam um fenômeno. De uma hora para outra, Johnny seria um nome tão conhecido quanto os cantores aprovados e moldados pelas grandes companhias.

— Vai ser o maior show de guerrilha de todos — disse California. — Vamos pichar nossos nomes no inconsciente coletivo e entrar de penetra na festa das corporações. Nós somos os War Roadies e vamos começar uma guerra cultural mundial.

— Eu topo — disse Johnny, sem grande emoção.

Talvez fosse a vontade de agradar California, mas Ozob se sentiu entusiasmado. Era loucura, mas era uma loucura genuína.

— Isto é punk — a garota concluiu. — No fim do século 20, o lema do punk era "faça você mesmo". Nós queremos uma cultura diferente, então vamos fazê-la nós mesmos.

Ozob deu uma risada. Não de deboche, mas de felicidade. Era bom estar ali. Era bom lutar por algo bom.

Vivika não argumentou sobre o quanto aquilo era difícil. California era sua líder, e ela só precisava conhecer os detalhes.

— Onde está o equipamento que vamos utilizar? — perguntou a guerreira. — Onde estão o centro de transmissão e os servidores principais da DataDyne?

— Esta é a parte complicada. Tudo está num satélite. Em órbita. Não sei como vamos chegar lá.

Ozob se debruçou na mesa. Olhou bem para California.

— Eu sei.

12
PEGADAS NO TETO

NO *GULAG*, O BAR RUSSO QUE OZOB HAVIA QUASE DESTRUÍDO NUMA BRIGA com o mafioso Oleg Korolenko, California tentava explicar a revolução a quem já era apaixonada por outra revolução.

— Vocês não vão mudar o mundo com um músico drogado e uma guitarra — disse a Coronel Yelena Burlikova. — Só se pode mudar o mundo com armas.

California bebeu mais um gole de Stolichnaya e gesticulou com os braços muito abertos.

— Isso é a maneira de 1917! Ou qualquer que tenha sido o ano de sua revolução...

— Foi 1917. Você pelo menos não é ignorante.

— De qualquer forma, não adianta usar só armas agora. A luta é desequilibrada demais. Ninguém tem tantas armas quanto as corporações. E ninguém tem tantos soldados.

— Por isso é preciso haver mais uma vez o levante dos trabalhadores! — disse Yelena, contagiada pela própria retórica. — Eles precisam se dar conta de que são explorados e tomar os meios de produção!

— E como você espera fazer isso?

Já estavam naquela discussão há horas. O bar estava cheio, com os mesmos tipos suspeitos e as mesmas garotas seminuas que Ozob vira da outra vez. Oleg se sentava numa mesa adjacente com o próprio Ozob e Vivika. Johnny Molotov estava conversando com o barman, que parecia muito amedrontado com a possibilidade de que sua corrente fosse mais uma vez usada como arma. O estoque de bebidas ainda não havia sido todo reposto, mas pelo menos havia uma prateleira nova.

— Certamente não com uma música composta nos Estados Unidos! — Yelena riu de desdém, soltando uma baforada de seu charuto cubano.

— Toda essa música é decadente, é fruto da cultura capitalista. Na União Soviética havia bons artistas, como Eduard Khil.

— Não interessa de onde vem a música — California afundou a cabeça nos braços e a bateu de leve na mesa.

— Claro que interessa.

A garota levantou a cabeça, as sobrancelhas franzidas. Tinha tido uma ideia.

— Em sua revolução, os trabalhadores tomaram os meios de produção, certo?

— Isso é uma simplificação...

— Certo?

— Certo — admitiu Yelena, a contragosto.

— É isso que queremos fazer. Você não pode negar que é uma boa ideia.

— Vocês querem transmitir uma música para o mundo, usando... — deixou a frase no ar.

— Usando o satélite *deles* — California sorriu, muito satisfeita consigo mesma. — Os meios de produção são outros, mas o princípio é o mesmo. Vamos tomar para nós o que é deles e vamos compartilhar a riqueza. O que importa se a riqueza é cultural e não material? O que importa se o poder deles vem também do controle da mídia e não só das armas?

A coronel ficou quieta, pensando numa resposta.

— No fundo, você quer concordar conosco — disse California. — Isso é óbvio. Porque concordar conosco é muito melhor do que ficar emburrada e se entregar para as corporações. Então pare de resistir. Podemos ficar discutindo mais quantas horas você quiser, mas vamos chegar a um só lugar.

Yelena se virou para Ozob.

— Ela é sempre assim? — perguntou.

— Sempre — respondeu o pós-humano. — E o que é pior: tem sempre razão.

Yelena ainda arrastou a discussão por boa parte da noite. Como todas as pessoas teimosas, queria provar dignidade ao não aceitar algo radical sem esforço. E poucas pessoas eram mais teimosas do que alguém vinda de um tempo diferente, apegada a uma revolução que falhara há mais de um século. California conseguiu agradá-la, continuou argumentando até que o orgulho soviético da coronel estivesse saciado.

As garotas seminuas já tinham ido dormir e os mafiosos estavam bêbados demais para qualquer crime quando a russa falou:

— Não acredito que vou fazer isso.

California tocou em seu pulso. Recebeu um olhar capaz de assustar um urso e decidiu recolher a mão.

— Vai ser bom — disse a garota. — No fundo, é tudo que você sempre quis, não? Implodir o sistema.

— O *Gagarin* é o trabalho da minha vida. Pelo menos da minha nova vida, desde que acordei neste século sem sentido.

— E vai ser bem empregado. Vai ser usado para algo muito melhor do que só voltar ao espaço.

Yelena apagou o charuto. Na verdade, a menina tinha razão. Só voltar ao espaço não era nada. A estação espacial que a coronel conhecera tinha sido desativada há bem mais de 100 anos. Se ela chegasse ao espaço, não poderia fazer nada lá. Seria uma viagem sem volta, apenas para morrer num ambiente que antes a acolhera.

Ela havia trabalhado no foguete *Gagarin* desde que começara a viver de novo. Morrer com ele seria poético, de uma forma bem russa, mas usá-lo para começar um levante popular era bem mais atraente.

— Você não se incomoda com isso? — perguntou Ozob, para Oleg. — Alguém querendo acabar com o sistema em que você vive?

— “Sem os gatos, os ratos estão livres.”

— E vocês são os ratos?

— Somos abutres. Mas não conheço nenhum ditado com abutres.

California chamou Johnny Molotov, que se despediu do barman. Os War Roadies entraram em dois carros dos mafiosos russos com Yelena e Oleg. Eles andaram por duas horas pelas ruas labirínticas da Cidade Baixa até chegar a uma zona quase abandonada, que tinha sofrido bombardeio pesado durante a 3ª Guerra Mundial e nunca fora reconstruída.

Era uma região de aproximadamente dez quarteirões, delimitada por uma barragem de colunas metálicas que sustentavam Delta City. Contudo, mesmo com o teto a trezentos metros de altura, aquela região só sustentava um nível da Cidade Alta. Em alguns arrabaldes da cidade, não havia todos os níveis — cada nível era um pouco menor que o anterior, representando com perfeição a pirâmide social sustentada pelos miseráveis. Yelena escolhera construir ali seu foguete, pois seria mais fácil lançá-lo sem ter de atravessar múltiplas camadas de plataformas.

Eles deixaram os carros estacionados numa rua repleta de crateras, fruto da guerra. Criaturas que tecnicamente eram humanas surgiram das sombras para espreitá-los. Mas eram tão magras e fracas que nem ousavam se aproximar. Yelena conduziu todos até um prédio abandonado, sem teto ou janelas, abalado pelos bombardeios. Quando eles entraram, puderam ver que o prédio era pouco mais do que uma casca feita das paredes externas. Não havia mais pisos e tudo se sustentava de forma precária.

Dentro do prédio oco, estava o foguete.

— O *Gagarin* — anunciou a coronel.

Ela fez um gesto para a obra de engenharia. Era ao mesmo tempo impressionante e patética. O foguete tinha alguns andares de altura, mas era muito menor e menos imponente do que as imagens que eles haviam visto em filmes. Estava apoiado numa estrutura de ferro improvisada. Era feito de placas de metal recolhidas do lixo e compradas de fontes diversas ao longo dos anos. Pintado de branco, mas com uma orgulhosa bandeira vermelha com a foice e o martelo em sua fuselagem. Em toda a volta, sob lonas pretas, equipamentos eletrônicos diversos e ferro-velho. Restos da construção, partes para aprimoramento futuro e dispositivos para a operação do foguete. Tanto telas negras que só exibiam números e letras em verde quanto aparelhos holográficos com tecnologia de ponta estavam misturados ali. Uma nave espacial feita de lixo e maquinário ultratecnológico. O que deveria ser produto de um conjunto de equipes trabalhando durante anos fora feito por uma única mulher, com base em conhecimentos de mais de um século atrás.

Era a chance que tinham.

— Isso vai chegar ao espaço? — perguntou Ozob. — Ou vai explodir?

— É impossível fazer testes — a engenheira respondeu. — Teoricamente, pode entrar em órbita. Mas também pode explodir antes de chegar até as plataformas.

O pós-humano foi até o foguete. Subiu na estrutura de ferro na qual ele repousava e tocou em sua carcaça, como se isso fosse dar alguma indicação sobre sua segurança.

— De quanto tempo vamos precisar para aprender a operar no espaço? — perguntou California.

Yelena deu um riso curto.

— Anos. E provavelmente seriam reprovados em alguma fase dos testes. Pelo cronograma que me deram, posso explicar em um dia o básico de que vocês vão precisar para não morrer nos primeiros cinco minutos. Vocês irão sobreviver se nada der errado, se não precisarem fazer nada diferente e se tiverem sorte.

Yelena Burlikova estivera acostumada a uma época em que missões no espaço eram privilégio e desafio de poucos eleitos. No século 22, qualquer um podia ir ao espaço, sem necessidade de treinamento. Ela construíra sua nave com equipamentos modernos, tornando-a mais acessível e dotando-a de mais recursos. Mas pensara no *Gagarin* para alguém como ela — com mente e corpo afiados o bastante para ser um cosmonauta.

— Vamos todos caber aí? — California continuou as perguntas.

— O ideal seriam dois tripulantes. Tenho três trajes espaciais e espaço teórico para três pessoas no último estágio do foguete. Mas haveria maior segurança com apenas dois.

— Eu e California vamos — disse Vivika.

Ozob olhou para a garota.

— Não — ela disse. — Eu, Vivika e Ozob vamos. Johnny, você fica na Terra.

Johnny Molotov concordou, como sempre.

— Isso não faz sentido — protestou Vivika. — Estamos tentando mantê-lo vivo e agora vamos abandoná-lo?

— Johnny não vai ficar sozinho — disse Ozob.

O pós-humano foi até Oleg e fez um meneio de cabeça. O russo respondeu com outro meneio, e esse era todo o diálogo de que eles precisavam. Bastou aquilo e selaram um pacto de que Oleg iria cuidar do músico. Ozob já se abrigara da DataDyne no *Gulag*, e havia poucos lugares na Cidade Baixa mais hostis para invasores do que um bar da máfia russa.

— Johnny precisa ficar em terra — disse California, indo até ele e abraçando-o. — Para tocar. Você vai tocar sua música e nós vamos cuidar para que seja transmitida.

O plano era simples e absurdamente pretensioso. Johnny Molotov tocaria na Terra e sua apresentação seria transmitida para o satélite. Enquanto Ozob e Vivika venciam todas as defesas físicas lá dentro, California venceria as defesas digitais, mais importantes. Então seria apenas questão de fazer o que nenhum hacker jamais havia feito e tomar o controle dos servidores de uma megacorporação. Sabotar o hit viral, espalhar a música de Johnny pelo mundo. Esperar que o público sentisse o que todos sempre sentiam e que isso começasse a mudar alguma coisa.

California reuniu os War Roadies a seu redor. Ozob já fazia parte deles. Queria segui-la. A garota era uma verdadeira líder.

— Vai dar certo — ela disse. E então, para Yelena: — Pode começar a aula.

Ozob olhou para a granada em sua mão, pensou no que estava prestes a fazer. Talvez estivesse aceitando o que Chernobyl falava — não importava que ele morresse, pois seus companheiros sempre morriam antes. Mas California não iria morrer. Não se ele pudesse evitar.

Ele estava pendurado, a 300 metros de altura, nas plataformas do Nível 0, que separavam a Cidade Baixa de Delta City. Estava instalando bombas ali, calculando onde e como seriam as explosões — era parte importante do plano. Olhou para o horizonte e viu que era horrível.

Daquela altura, naquele subúrbio semidestruído, ele tinha uma visão perfeita da cidade de lixo onde morava. Nova York era a metrópole do refugo. Viu as ruas mal iluminadas, os milhares de prédios com suas luzes acesas para fazer frente à noite perene que dominava a cidade. Em cada rua estava escondida uma cena de violência. Em cada janela, uma vida desperdiçada. Ele estava por cima da miséria e pôde vê-la em todo o seu esplendor pútrido.

Lá embaixo, as pessoas trabalhavam até morrer para sustentar os que viviam acima. A polícia corporativa perseguia quem ousava ser diferente. Todo o aparato militar, econômico e ideológico tragava as pessoas, mastigava-as e cuspia-as de volta, após tirar delas tudo que tinham de valor.

Aquela cidade era a Terra. Onde a vida acontecia.

Aquela cidade era a vida.

E aquela granada era a morte.

Eles estavam entrando num foguete experimental, quase sem instrução, para enfrentar a DataDyne. As maneiras de morrer ali eram tantas que ele perdeu a conta.

E notou que não se importava.

O momento da morte era importante. Talvez Johnny Molotov precisasse se martirizar aos 27 anos para ser ouvido e eles estivessem colocando tudo a perder. Foda-se. Ele mesmo precisava estar pronto para a morte. Não fazia sentido prolongar uma vida sem sentido. Melhor fazer algo que valesse a pena, fazer a diferença e morrer se fosse preciso.

Ozob não queria morrer. Não estava buscando acabar com tudo. Mas dois anos ou dois minutos não faziam diferença, desde que ele tivesse vivido antes. Ele tinha vivido desde que conhecera California.

A morte que se fodesse.

Ele pintou a granada com spray vermelho.

Terminou de plantar os explosivos, desceu e apareceu na frente do prédio abandonado. Usava a granada vermelha no lugar do nariz, em vez do buraco que houvera em seu rosto desde a tortura de Zatati Ratatá. A morte que se fodesse, ele agora usava uma bomba na cara.

Ozob não tinha mais medo.

California arregalou os olhos.

— O que é isso?

— Isso sou eu mostrando o dedo do meio para a morte.

— Como você conseguiu colar essa granada no rosto?

— Você não quer saber.

A garota ficou analisando-o, como se ele fosse um modelo numa passarela.

— Não vai virar kamikaze logo antes de entrar num foguete comigo, não é?

— Não vou levá-la junto, se é o que está perguntando.

— Não é isso. Eu realmente prefiro você vivo do que morto.

— Se eu me preocupar com meus dois anos, vou estar jogando o jogo do meu pai. Da DataDyne. Eu tenho uma bomba no meio da cara. Não vão ser *eles* a decidir quando eu morro. Foda-se a morte.

Ela riu.

— Ficou bem em você. Combina com seu estilo.

o—

California estava no meio dos dois, deitada com os joelhos dobrados dentro da cápsula do foguete. Era como se estivesse sentada, mas na horizontal. Ozob de um lado, Vivika do outro. A cabine era iluminada fracamente para que eles pudessem ler os instrumentos. Ozob não entendia nada, mas a garota tinha conseguido compreender boa parte das explicações de Yelena. A cabine não tinha janelas, apenas placas brancas e metálicas. Não havia nenhum espaço para que eles se mexessem lá dentro. Os assentos os seguravam firme, e eles estavam meio espremidos uns contra os outros e contra a fuselagem. Não seria possível nem estender os braços totalmente, tão apertada era a cápsula. Eles estavam fechados dentro da nave, esperando a partida a qualquer momento. Poderiam começar sua jornada rumo ao espaço ou morrer numa explosão — a única maneira de saber era testando.

Os três estavam vestindo trajes espaciais. Pelo menos com isso Ozob estava acostumado por causa de suas missões em Marte. Pareciam com os trajes volumosos e desajeitados do fim do século 20 — afinal, era essa a referência que Yelena tinha. Todos brancos, com a bandeira da União

Soviética sobre o lado esquerdo do peito. A coronel tinha incrementado o que ela conhecera da tecnologia de trajes dos anos 1980 com aparatos do século 22, o que seria vital para o que eles precisavam fazer. Os trajes tinham comunicadores, possibilitando que os três cosmonautas improvisados falassem uns com os outros. No entanto, seu único contato com o mundo exterior era comunicação com a coronel.

Lá fora, havia uma pequena equipe de apoio. Quase todo o trabalho em terra seria feito por Yelena. Meia dúzia de russos que acreditavam na causa comunista tinham se juntado para cuidar de alguns detalhes importantes, mas o lançamento em si dependia dos cálculos e da capacidade de engenharia de apenas uma mulher.

Ozob verificou o display na parte inferior de sua visão periférica. Seu nível de oxigênio estava no verde, como deveria ser. Havia um cano dentro do capacete, onde ele podia colocar a boca e realizar um comando manual para beber água. Mas esse era todo o luxo que o traje espacial lhe dava. Estava vestindo uma fralda, que esperava não ter de usar. E, se vomitasse, seria um desastre.

Ozob estava acostumado a viajar pelo espaço, mas em naves corporativas. Em transportes planejados para trabalhadores, executivos e turistas. Quando se podia investir bilhões de dólares e milhares de horas de produção em uma nave, o resultado era segurança e conforto. Ninguém que viajava como ele já havia viajado se sentia um astronauta — essa era uma sensação reservada para os primeiros exploradores de novos planetas, para os mecânicos que faziam consertos fora das estações espaciais.

E para quem, como eles, iria ao espaço em condições precárias e teria de sair da nave para invadir um satélite.

— Nervoso? — perguntou California, no comunicador.

— Eu conheço explosões — o pós-humano respondeu. — Se morrermos agora, vai ser rápido.

— Você sabe exatamente o que dizer para uma garota.

— Silêncio — disse Vivika. — Não desperdicem oxigênio.

Eles só podiam esperar no espaço claustrofóbico da cabine, ficando cada vez mais nervosos. Ozob se flagrou desejando que houvesse algum problema, que eles não pudessem partir, porque as horas de espera davam oportunidade para que a mente imaginasse todos os desastres possíveis. Uma grande explosão seria rápida, é claro, mas eles também podiam queimar lentamente. A criatividade humana para formas horríveis de morrer numa situação como aquela era impressionante.

— Atenção, cosmonautas — eles ouviram a voz de Yelena Burlikova no rádio. — Começando contagem regressiva.

A contagem regressiva já começara há muito tempo, é claro. Mas recitar números em seus ouvidos só acabaria ainda mais com seus nervos. Assim, Yelena anunciou apenas os últimos 30 segundos.

— *29*... — disse uma voz de homem, com sotaque russo quase ininteligível. — *28*...

— Boa sorte, cosmonautas — disse a coronel. — Eu gostaria de estar com vocês.

Ozob sentiu a garganta apertar. Os números deixaram muito claro que não havia mais opção de desistir.

— *17*... *16*...

Mas, na verdade, nunca houvera.

De repente, a nave inteira começou a tremer. Foi como um soco nas costas de Ozob. A tremedeira violenta se intensificou e eles não conseguiam mais ler os instrumentos. Ozob sentiu seu coração disparar, olhou no monitor cardíaco e viu os números aumentarem.

— 10! — disse Yelena. — 9! 8!

California segurou sua mão, usando as luvas do traje espacial.

— 3! 2! 1!

Zero.

E então não foi um soco nas costas: foi como se alguém batesse em sua espinha biônica com um cano de ferro. Ozob ficou surdo pelo barulho do motor e sentiu seu peso aumentar, enquanto o foguete era arremessado para cima, começando o voo no primeiro salto.

— Eles não explodiram! — comemorou Yelena, no rádio.

O *Gagarin* se elevou acima do prédio abandonado, descartando as estruturas de metal que o mantinham de pé. Em segundos chegaria às plataformas sobre a Cidade Baixa, então a equipe de terra foi ensurdecida por uma enorme explosão acima.

Ozob havia preparado bombas nas plataformas, para abrir caminho para o foguete. Elas detonaram no momento certo, e o Nível 0 da Cidade Alta foi abalado pelo que parecia um terremoto. Destroços voaram para todos os lados — mas Ozob havia planejado a explosão para jogar os fragmentos longe, evitando que caíssem em massa no foguete. Assim, as ruínas ao redor da plataforma de lançamento foram banhadas por uma chuva de destroços, alguns prédios ruíram, mas o foguete continuou em sua trajetória vertical.

Dentro da cabine, eles não podiam saber o que estava acontecendo. Ozob tinha a sensação de que um elefante sentava em seu peito, a força gravitacional o esmagava. Tudo ainda tremia e fazia barulhos preocupantes; era impossível ler os instrumentos ou mesmo o display dentro dos capacetes. O foguete foi atingido por parte dos destroços, mesmo que fosse a menor parte. O barulho aterrorizante de pedra contra metal, de novo e de novo, juntou-se à tremedeira e ao ronco furioso dos jatos.

Quando o *Gagarin* passava pelo Nível o da Cidade Alta, começou a ser atacado.

Eles sabiam que isso aconteceria. O Nível o não era tão bem guardado quanto os níveis superiores, mas algo destruindo a barreira entre cidadãos de bem e escória nunca seria tolerado. Três blindados voadores da polícia se aproximaram do foguete, atirando. De repente, um deles ficou desgovernado, quando uma bala certeira penetrou por um duto de ventilação e perfurou o peito do piloto.

Oleg Korolenko era um franco-atirador, ex-membro do Exército Vermelho. Ele recarregou seu rifle de precisão e se preparou para atirar nos outros dois blindados.

Os outros russos dispararam suas bazucas contra os blindados da polícia. Eles fizeram manobras evasivas, para que não fossem abatidos, e então já era tarde demais. O *Gagarin* ganhou altitude. Um mafioso russo ativou um gerador no chão, ligado a uma espécie de arma enorme e disparou contra um blindado. Um raio energético de alta potência, arma experimental russa, perfurou a blindagem, derretendo o metal.

O primeiro estágio do foguete se separou, caindo lá embaixo. Novos motores foram ativados, gerando ainda mais força para que a nave conseguisse sair da atmosfera.

Ozob sentiu de novo a pancada nas costas, dessa vez ainda mais forte. A sensação de esmagamento aumentou. Ele tentou olhar para o lado, ver como California estava se saindo, e notou que era muito difícil mover a cabeça.

— Eles não vão explodir! — comemorou Yelena Burlikova, pulando e gritando em terra. Eles ouviram o rádio. — O *Gagarin* vai ao espaço!

O coração de Ozob batia mais e mais forte. Era cada vez mais difícil conseguir todo o sangue de que ele precisava. A respiração se tornou laboriosa. Apesar do barulho ensurdecedor, ele tentou falar alguma coisa. Precisava saber se California estava consciente, se estava bem. A claustrofobia era ainda maior quando não conseguia se comunicar com quem estava logo ao lado. Ele se sentiu mais isolado do que nunca, apesar de estar grudado com as duas mulheres. Falar era difícil, ainda mais do que respirar. Ele enrolou algumas palavras, mas não teve resposta. Talvez a garota não tivesse ouvido, talvez não conseguisse responder. Talvez estivesse inconsciente ou morta.

Eles já tinham deixado os mais altos arranha-céus de Delta City para trás há muito. Estavam indo além do que os voos internacionais alcançavam. Estavam chegando mais e mais perto do espaço, e então ele sentiu o terceiro e último soco.

Todos os seus órgãos estavam sendo empurrados para baixo, comprimidos uns contra os outros. Mover a cabeça era impossível, e mesmo mexer os braços era dificultoso. Mais do que o rugido do motor, mais do que o chacoalhar da fuselagem, Ozob começou a ouvir seu próprio coração. Seu campo de visão ficou mais estreito, enquanto sua visão periférica era comprometida por falta de oxigênio. Logo, começou a enxergar só em preto-e-branco.

Quase sem conseguir respirar, enxergando a cabine minúscula por um mero túnel em sua visão, sentindo seu coração afundar no peito, Ozob viu uma luz colorida. Era a única coisa colorida que via, depois de perder a percepção das cores. Ele não soube o que era — talvez uma explosão, talvez algum tipo de morte esquisita na beira do espaço.

Então a luz se formou num rosto. Era um rapaz loiro e cabeludo, com cara de sujo, que ele vira durante suas alucinações com o xamã. Era um músico, mas naquele estado Ozob nunca iria lembrar seu nome.

— O momento da morte é importante — disse o rockstar morto.

— Cale a boca, você não existe.

O pós-humano soube que era outra alucinação quando percebeu que conseguia falar.

— O que é essa granada no seu nariz? Você quer morrer?

— Eu não me importo mais com morrer cedo. Vocês tinham razão. Viver muito é o destino de quem vai ser pai de família. Eu tenho uma bomba na cara.

Naquele momento, Ozob era um rockstar da destruição. Em vez de queimar uma guitarra, ele queimaria o mundo.

— Quem deveria ouvir isso era Johnny Molotov — argumentou o astro morto.

— Ele não vai entrar para seu Clube dos 27. Ninguém decide quando eu e meus amigos vamos morrer. A morte é nossa.

— O momento da morte é importante.

— E podemos todos morrer nessa armadilha em forma de espaçonave. Esse vai ser um bom momento? Se Chernobyl cortar minha garganta vai ser um bom momento? Se eu pegar alguma doença venérea alienígena e apodrecer por dentro? Se viver até meu prazo de validade e murchar como um velho aos 4 anos?

O rockstar pareceu não ter resposta. Então disse:

— Às vezes, é preciso tomar a morte nas mãos. Talvez com uma espingarda e uma bala na cabeça.

— Talvez com uma granada no nariz — respondeu Ozob.

Então ele estava vendo a cabine em preto-e-branco de novo.

Sentiu-se mais pesado do que nunca. Achou que seu corpo não iria aguentar a aceleração, que algo dentro dele seria esmagado. E estava ficando louco com a claustrofobia. Talvez estivesse literalmente ficando louco, conversando com músicos mortos sem a intervenção de nenhum xamã. O barulho era demais, a tremedeira era demais, ele não conseguia se mexer e estava em seu limite.

Até que a tremedeira parou.

O barulho cessou.

Ozob se sentiu sem peso, flutuou alguns centímetros para longe do assento. Sua visão voltou ao normal. O monitor cardíaco lentamente começou a desacelerar, registrando um coração que mais uma vez conseguia bombear o sangue de que o corpo precisava.

— Vocês estão no espaço! — disse a Coronel Yelena Burlikova, pelo rádio. Ela abriu uma garrafa de Stolichnaya e bebeu no gargalo, brindando com a equipe. — Cosmonautas, vocês estão no espaço!

O foguete chegou ao espaço, e o sonho da cosmonauta russa havia se realizado.

o—

— Todos vivos? — perguntou California.

— Vivo — disse Ozob.

— Viva — disse Vivika.

Era o melhor resultado que eles poderiam esperar.

Ainda não conseguiam enxergar nada do lado de fora, pois a cápsula era fechada e sem janelas. Mas agora sabiam que estavam flutuando no espaço, sem peso. Era hora da segunda parte da missão.

— Vocês estão em órbita — disse Yelena. — Sua parte começa agora, garota capitalista.

— Estou pronta — respondeu California.

O computador do *Gagarin* era produto do século 22, muito mais avançado do que qualquer coisa que a coronel usara em suas missões. Na verdade, um relógio moderno seria mais potente que os computadores que ela tinha usado. Seguindo as instruções de Yelena, a garota usaria o equipamento para calcular o ponto de encontro das órbitas da cápsula e do satélite. Eles ainda tinham um resquício de combustível — nada que servisse para uma real viagem, apenas para pequenos impulsos que ajustariam a trajetória.

A cápsula era toda opaca, e não havia câmeras do lado de fora. Assim, California começou a mexer no computador sem realmente ver o exterior. Tinha apenas uma representação gráfica do *Gagarin* e do satélite, como dois pontos que descreviam órbitas diferentes ao redor da Terra. Parte dos cálculos seria feita pela máquina, mas ela precisava tomar as decisões certas e ajustar os números e as ordens ao computador. Sem sua intervenção, eles ficariam à deriva para sempre, sem nunca encontrar o alvo.

— Você está indo bem — disse a coronel. — Localize o satélite.

California fez ajustes nos sensores da cápsula. Conseguiu detectar vários objetos. Achou que reconhecia a assinatura do satélite que buscavam e o selecionou. O computador projetou sua órbita, com base em seu movimento.

— Tem certeza de que é esse? — perguntou a russa.

— Tem que ser.

Enquanto os três cosmonautas estavam numa órbita quase perfeitamente circular da Terra, o satélite da DataDyne tinha uma órbita elíptica e estava mais longe do planeta. Assim, eles precisavam esperar para que as duas órbitas se cruzassem. Quando a elipse o trouxesse mais para perto da Terra, eles teriam de caçá-lo com manobras. Então sair da nave e invadi-lo. Caso não conseguissem, seria impossível persegui-lo; teriam de esperar até que o objeto fizesse mais uma volta no planeta.

— Nível de oxigênio — exigiu Yelena.

— Verde — disse California.

— Verde — disse Ozob.

— Verde — disse Vivika.

— Ótimo. Isso significa que vocês têm duas chances.

Tinham bastante ar, mas não infinito. Se não conseguissem alcançar o satélite na segunda tentativa, provavelmente não teriam oxigênio para esperar de novo e tentar uma terceira. Morreriam asfixiados no espaço, virando lixo.

Lixo espacial era abundante no monitor de California. Vários objetos surgiam como pontos na tela holográfica, descrevendo órbitas que a garota apagava, para não confundi-la ainda mais. Eles estavam fechados na cabine, sem enxergar o espaço, apenas o imaginando pelos pontos, círculos e elipses coloridos. Ozob pensou que, pela quantidade de sinais gráficos, deveria haver um verdadeiro bolsão de poluição espacial ali. Não sabia como a nave não batia em algum objeto perdido.

— Alguém tem um charuto? — ele falou, para dizer alguma coisa, porque o silêncio era enervante.

— Não desperdice oxigênio — repreendeu Vivika.

As paredes pareciam se fechar ao redor de Ozob. Deveria ficar quieto, parado, no ambiente minúsculo. Roubou um olhar para California. Ela precisava falar de vez em quando com Yelena e não podia gastar nada de oxigênio extra. Mas ele notou que ela suava e seus olhos enormes estavam ainda maiores, arregalados. As mãos tremiam enquanto manipulavam o computador com as luvas desajeitadas do traje espacial.

Eles esperaram.

Mais ou menos na hora calculada, quando eles já se aproximavam de dar uma volta completa na Terra, o satélite da DataDyne chegou perto. O computador acusou sua proximidade e o ponto em que as órbitas se cruzariam. A sensação era de que eles estavam parados e o objeto vinha a seu encontro. California mexeu no computador, usou um pouco de combustível para aproximar os dois pontos na tela.

— Calma — disse Yelena. — Calma. Não exagere.

Súbito, a tela começou a se rearranjar, calculando uma nova órbita. California havia usado potência demais, estava se afastando da Terra e iria perder o satélite.

— Volte! — gritou a coronel. — Volte, rápido! Não exagere!

Ela compensou para o lado oposto, fazendo os cálculos tão rápido quanto podia. Estava suando. O computador rearranjou a tela de novo e as órbitas coincidiram. O combustível da nave já estava em nível amarelo — apenas aquele erro já comprometera boa parte do tanque.

— Vocês estão perto! — disse Yelena. — Saiam!

Ozob e Vivika entraram em ação ao mesmo tempo, como se estivessem desligados por todas aquelas horas e de repente alguém tivesse apertado um botão. Ele girou uma roda metálica na escotilha da nave, enquanto ela destravava vários mecanismos de segurança. A escotilha se desprendeu, então os dois apoiaram os pés e empurraram.

A porta do *Gagarin* se abriu.

Eles enxergaram o vazio negro estrelado.

Ozob tomou impulso e saiu da cabine.

Estava em órbita.

A primeira confusão veio quando procurou a Terra. Yelena havia lhe explicado que era vital manter alguma noção de "em cima" e "embaixo", ainda que aqueles conceitos não fizessem sentido real no espaço. Seria a única forma com que eles conseguiriam se orientar para chegar ao satélite. Ozob não conseguiu achar o planeta e começou a entrar em pânico. Contorceu-se para olhar para os lados e isso fez com que girasse sem controle. Ao mesmo tempo, não havia muitos referenciais de posição e seu corpo não sabia como interpretar o movimento. O monitor cardíaco começou a mostrar aceleração com seu nervosismo. Não era exatamente lógico, mas não ver a Terra onde ele esperava provocou uma sensação de desorientação total.

— Calma — disse Vivika.

Ela tomou impulso e foi até Ozob. Errou a trajetória uma vez, passando por cima dele. Então acionou micropropulsores em seu traje. Eles tinham combustível muito limitado e não serviriam para fazer manobras longas, mas seu primeiro instinto foi usá-los. Com aquele impulso, o marcador de combustível chegou ao amarelo.

— Não desperdice os micropropulsores! — disse Yelena. — São apenas para emergências!

Vivika conseguiu tocar em Ozob. Segurou sua perna, pois estava de cabeça para baixo.

Então o virou e Ozob notou que a Terra estivera o tempo todo "acima" dele — ou seja, sua cabeça estivera apontada para o planeta e seus pés para o vazio. Quando Vivika o endireitou, o universo passou a fazer um pouco mais de sentido.

Ozob estava enjoado, mas controlou a náusea. Vomitar dentro do capacete seria um desastre.

O satélite vinha na direção deles. Identificá-lo foi questão de notar seu design, sua aparência e seus logotipos. Era uma espécie de charuto com grandes painéis solares nas duas pontas e um vasto anel circundando o meio. O satélite vinha "de cima", como se estivesse caindo sobre eles. Esta era a impressão, por causa da órbita elíptica. Não estava exatamente no mesmo plano, é claro — isso seria uma coincidência gigantesca no espaço. Mas passaria perto o bastante para que pusessem sua ideia em prática: Vivika e Ozob dispararam cabos líquidos e iriam se agarrar ao satélite. Então ela puxaria California.

— Onde está California? — perguntou Ozob.

O espaço era tão vasto e vazio ao redor deles que era difícil lembrar que ela deveria estar ali — ele até mesmo perdeu Vivika de vista uma ou duas vezes. Quando vira a aglomeração de lixo espacial na tela do computador, ele havia pensado que seria uma real aglomeração, como as ilhas de lixo nos oceanos da Terra. Mas, no infinito, uma aglomeração significava algo bem diferente. Tudo era vazio. A monotonia só era quebrada de vez em quando por objetos — satélites, naves abandonadas, pequenas estações, o corpo de um astronauta morto — que passavam em suas próprias órbitas de vez em quando. Ele enxergava alguns satélites em seu campo de visão, espalhados pelo vácuo como estrelas de lixo. Também enxergava lixo espacial verdadeiro, desde sondas descartadas até imensos sacos plásticos cheios de dejetos de viajantes. Quase todo o lixo espacial começava uma reentrada mais cedo ou mais tarde e era queimado no contato com a atmosfera, mas havia montes de lixo que, por alguma idiossincrasia da astrodinâmica, continuavam em órbita por muito tempo. Era tudo vazio e California não estava em parte alguma. Seu impulso foi se virar rapidamente, procurar a garota em todos os lados, mas lembrou de como girara sem controle antes e fez movimentos curtos, vagarosos.

— Na cápsula — disse Vivika.

Ele achou o *Gagarin*, ainda bem perto, mas se afastando.

California estava se afastando com a cápsula. Aberta, abandonada e em órbita, a nave na qual eles tinham vindo parecia um brinquedo. Frágil e fina, era um milagre que tivesse resistido à jornada. California não conseguia sair da cápsula. Estava agarrada nela, pois era seu melhor referencial de posição. Era um instinto errado no espaço, algo que não ajudaria em nada. Talvez funcionasse se ela estivesse se afogando em mar aberto, e estar em alto mar era a melhor analogia que a maioria dos terráqueos conseguia fazer para a sensação de gravidade zero no espaço. A cápsula começou a girar, com California dentro, e afastou-se ainda mais dos outros dois.

— Não se mexa — Vivika ordenou a Ozob. — Fique parado.

Nenhum deles estava parado, é claro. Estavam em órbita. Circundavam a Terra em uma velocidade impressionante, e dariam uma volta inteira no planeta em cerca de uma hora. Mas a sensação é que, se não se movessem, ficariam parados.

Vivika acionou seus propulsores mais uma vez, sob protestos de Yelena. Propeliu-se na direção de California, mas iria passar longe. Com ajustes delicados, conseguiu chegar perto da garota. O combustível já estava no vermelho.

— Solte-se — ordenou a guerreira.

California soltou a cápsula e aos poucos começou a se afastar dela. Vivika se deixou adernar para junto de California. Então a segurou, impedindo que girasse, e colocou seu corpo na posição "correta" em relação ao planeta — seus pés apontando para a Terra. Enxergou o rosto de California pelo visor e a garota estava apavorada.

— Não há razão para ter medo — disse Vivika, em voz contida. Ela estava economizando o oxigênio, pois sabia que eles tinham pouca margem de erro mesmo sem desperdício. Estava monossilábica e com tom monótono. — Você é nossa líder e você decidiu que faríamos isso. Seus planos sempre dão certo.

— Eu não pensei direito, Vivika — a garota se afligiu. — O que estamos fazendo aqui? E agora não podemos voltar. Onde está o satélite? Por que você me deixou fazer isso?

— Calma. Respirações regulares. Está tudo bem. O satélite está chegando perto. Você teve a melhor ideia de todas. Todos notaram isso. Você é a líder dos War Roadies. Você é minha líder e vai me levar para a vitória. Agora vamos executar o plano. Confie em mim. Eu confio em você.

California assentiu, mas o gesto foi quase perdido dentro do capacete. Ela se deixou ficar relaxada.

— Preciso que você tenha muita calma — disse Vivika. — E faça exatamente o que eu disser. Vou posicioná-la e vou me agarrar a você. Quando eu falar, dê um toque em seus micropropulsores. Só um toque. Entendeu?

California assentiu.

Vivika apontou a amiga para o satélite que se aproximava. Já estava bem perto de Ozob.

— Agora — disse a guerreira.

California acionou os micropropulsores, mas é claro que exagerou.

— Calma — disse Vivika. — Não há problema.

A garota respirava pesado e suava.

Apontou California para outra direção. Deu a ordem e ela tocou de novo no comando dos propulsores — dessa vez, com mais delicadeza. Ajustou a trajetória, mas seu combustível já estava no vermelho. Então Vivika fez um terceiro ajuste, deu uma terceira ordem e enfim elas se propeliram para junto de Ozob.

A hacker compreendera muito bem toda a parte teórica do curso-relâmpago que Yelena lhes tinha dado sobre missões no espaço. Ela sabia calcular a órbita e conhecia todos os passos do que eles precisavam fazer. Mas Vivika se mostrava a melhor aluna na prática. Não tinha sido possível treinar com o equipamento, muito menos usar um simulador. A desenvoltura que a guerreira demonstrava com o traje espacial vinha de seus reflexos afetados pelo DNA de tigre, de sua experiência com equipamentos militares e de puro talento bruto.

Os três estavam mais uma vez juntos, tomando cuidado para não fazer movimentos bruscos e começar a girar.

O satélite se aproximava.

— Como está seu oxigênio? — perguntou California, assumindo a liderança de novo.

— Amarelo — disse Ozob.

— Amarelo — disse Vivika.

— O meu também está amarelo.

Ozob olhou para a garota. Ela desviou o olhar, tomando cuidado para que o movimento não a enviasse girando pelo vácuo. Ele soube que era mentira: o oxigênio dela já estava no vermelho.

— Vivika, Ozob, preparem-se — disse a Coronel Yelena. — Tudo vai ser decidido agora.

O plano era simples e usaria um dos únicos equipamentos que eles levavam: um disparador de cabo líquido. O *Gagarin* não tinha espaço suficiente para que eles levassem mochilas com jatos, apenas os micropropulsores. E, Yelena Burlikova avisara, tentar acertar o satélite usando aquele tipo de propulsão seria impossível sem anos de treinamento. Portanto, a ideia era que Vivika e Ozob disparassem seus cabos.

O satélite da DataDyne chegou mais e mais perto, enquanto as órbitas se cruzavam. Vivika fez mira e disparou o cabo líquido.

Errou.

De novo, a falta de referenciais no espaço desorientava. O que teria sido um tiro fácil na Terra, era surpreendentemente complicado no vazio. Vivika se forçou a ficar calma. Recolheu o cabo. Disparou pela segunda vez e errou o comprimento — era difícil medir a distância –, e o cabo não chegou até o alvo. O satélite estava passando, enorme sobre suas cabeças, quando ela disparou pela terceira vez. Acertou, a ponta semilíquida se fixou à fuselagem do satélite e ela o recolheu, aproximando-se dele. Então se segurou nas reentrâncias.

Objetivo alcançado.

Era a vez de Ozob. Ele disparou seu cabo e errou. Movimentou-se com força demais, girou no lugar. Conseguiu se endireitar, e o satélite já estava quase sobre ele.

Achou que precisaria chegar mais perto e usou os micropropulsores.

Ozob foi jogado para frente em alta velocidade, usando seus propulsores com força demais. Pelo menos não teve dificuldade de pilotar o traje, pois não era tão diferente de alguns sistemas no traje que ele já usara em Marte. Viu o satélite se aproximando e achou que conseguiria interceptá-lo sozinho. O objeto crescia em seu campo de visão. De repente, notou que ele estava mais perto, muito mais perto do que ele imaginara. Com poucos pontos de referência e distâncias tão grandes, era difícil julgar quão longe a coisa realmente estava. O satélite iria passar em sua frente, entre ele e a Terra. Ozob não sabia quando tinha se desviado a ponto de mudar daquela forma sua órbita, mas tentou não pensar naquilo. Acionou os propulsores para que o jogassem para frente e "para baixo", tentando fazer com que sua trajetória fosse coincidir com a do satélite, e mais uma vez exagerou. O combustível estava no vermelho. Viu que a Terra se aproximava, e o satélite passou em suas costas. Ele controlou o instinto de se virar, pois sabia que iria girar sem controle, mas desperdiçou a primeira chance.

E continuava indo em direção à Terra.

O coração de Ozob disparou, ele viu o monitor cardíaco marcar seu pavor. Tinha que corrigir aquele curso antes que começasse uma reentrada. Posicionou-se para se afastar, como se deitasse de costas no vácuo, e acionou os propulsores. Mais uma vez forte demais, e teve a impressão de estar caindo para cima, sendo tragado pelo vazio negro do espaço.

Conseguiu dar um último impulso contrário, para deter seu movimento, e então ficou sem combustível.

— Idiota! — gritou Yelena, no comunicador. — Por que não seguiu o plano?

O monitor cardíaco ainda acusava seu pulso acelerado. A verdade era que, no desespero, Ozob nem mesmo lembrara do cabo líquido. Pusera tudo a perder com o primeiro impulso de usar os micropropulsores.

— Como está seu oxigênio? — perguntou California, no comunicador. A garota estava longe. Vivika também se afastava, agarrada no satélite.

— Vermelho — disse Ozob.

— O meu também.

Ficaram em silêncio.

O satélite já estava saindo de seu campo de visão. A primeira chance fora desperdiçada, eles precisariam esperar até que as duas órbitas se cruzassem de novo.

— Vivika, ouça bem — disse California, a voz contida para economizar ar. — Se eu e Ozob morrermos por falta de oxigênio, talvez você continue viva. Tente agarrar nossos corpos. Use os explosivos que estão no traje dele. Então use meus dispositivos para vencer as proteções digitais. Não vai ser fácil, mas os principais programas já estão carregados.

Vivika não iria desperdiçar oxigênio argumentando. Disse que sim, e então eles só podiam esperar.

O que Ozob mais queria era falar com California. Falar qualquer coisa. Mas precisava falar com a voz, usando os comunicadores do traje. Ele sabia que os implantes neurais seriam afetados pela proteção do traje, mas mesmo assim tentou acessar o EgoBliss. Não conseguiu conexão por um longo tempo. Ficou observando o rosto da amiga, longe, no visor que refletia as estrelas. Então algum satélite de retransmissão de dados se aproximou deles o bastante para permitir que ele se comunicasse. Acessou o perfil de California, viu seu rosto na mente e ouviu sua voz, teve um vislumbre de suas preferências. Logo os anúncios da Nux-Cola tomaram conta e Ozob foi atacado por uma vontade de beber o refrigerante, ficando ainda mais angustiado por aquela situação. Enfim conseguiu falar mentalmente:

— Nervosa?

— Acho que esqueci como é não estar nervosa.

— Nós vamos conseguir da próxima vez.

— Se não conseguirmos, só quero dizer que tenho muitos arrependimentos e gostaria de ter feito amizades melhores.

— Não me faça rir, garota. Desperdiça oxigênio.

— Meu oxigênio está no fim do vermelho.

Perderam a conexão e esperaram.

O satélite entrou em seu campo de visão mais uma vez.

Ozob já estava sentindo o oxigênio rarear. Mal podia imaginar como estava California. Talvez já morta. Última chance; mesmo se morressem ali, precisavam se aproximar o bastante para que Vivika usasse seus equipamentos, ou a guerreira também seria um cadáver — um cadáver patético, agarrado num satélite, tentando entrar como o lobo mau numa história infantil.

O satélite se aproximou. Eles viram a luz do sol refletida na superfície cromada, o logotipo da DataDyne proeminente na fuselagem. O objeto passaria entre os dois — Ozob estava na mesma órbita que California, mas tinha se afastado em seu nervosismo na primeira tentativa.

— Ozob — ele ouviu a voz de Vivika no comunicador.

Não respondeu. Não podia se dar ao luxo de desperdiçar nada de oxigênio.

— Eu vou jogar o cabo em California. Vocês estão em lados opostos, não posso ajudar os dois. Sei que você está sem combustível. Você precisa acertar o cabo. Está sozinho nessa.

Devagar, com cuidado para não girar pelo espaço, Ozob tocou o visor de seu capacete, na altura do nariz.

Mesmo que não conseguisse senti-la, sabia que a granada estava ali.

Trocou um último olhar distante com California, então o satélite se interpôs entre os dois. Ozob disparou o cabo e errou — atingiu apenas o canto de um painel solar, não conseguiu fixá-lo. Forçou-se a ficar calmo, recolheu o cabo. Sem referencial de distância, tentou lembrar da maneira como tinha errado da outra vez. Jogou o cabo bem no meio do satélite. Não era suficiente. Recolheu-o. Jogou de novo; era comprido demais, não conseguiu se fixar. Então Ozob fechou os olhos. Abriu-os e o satélite já terminava de passar por ele. Disparou o cabo num comprimento intermediário e ele se fixou no metal do satélite.

O pós-humano não se permitiu um segundo de comemoração silenciosa. Começou a recolher o cabo, indo em direção ao satélite rapidamente. Bateu no metal, ficando achatado com braços e pernas abertos contra a fuselagem. Engatinhou pelo satélite, procurando uma escotilha.

Chegou do outro lado e enxergou Vivika e California.

A guerreira conseguira. Trouxera a garota pelo cabo. California fez um fraco sinal de positivo com o polegar. Devia estar quase sem oxigênio.

Ozob engatinhou pelo satélite com mais pressa. Enfim achou a escotilha. Acionou um comando no traje e um compartimento em seu peito se abriu, largando a pequena tampa para flutuar no espaço. O pós-humano tirou a tampa do caminho, e os explosivos que estavam guardados ali também começaram a flutuar, mas ele os manteve por perto.

Usar uma granada no nariz não era nada para quem tinha voado ao espaço com bombas no peito.

Segurou a primeira bomba com as luvas desajeitadas do traje espacial e a colocou com cuidado num ponto estratégico na borda da escotilha. Ozob já havia plantado explosivos nos mais diversos lugares, mas aquele era o trabalho mais delicado de sua vida. Força demais e ele danificaria a entrada do satélite, possivelmente impedindo que eles entrassem em segurança. Ou poderia simplesmente matar os três num acidente estúpido. Força de menos significava explosivos desperdiçados, e não havia reservas para uma segunda tentativa.

Colocou as quatro cargas que levara ao longo da escotilha. Calculou o poder das bombas e o ângulo em que elas precisavam estar para criar a abertura.

Afastou-se, engatinhando e segurando-se no satélite.

— Fogo no buraco — em voz monótona.

O satélite estremeceu de leve e ele viu a porta da escotilha flutuando para longe, girando. A explosão sem som, sem labaredas, parecia quase um anticlímax, mas Ozob sentiu uma onda de alívio. Chamou California e Vivika e os três se arrastaram pelo satélite até a abertura.

Então Ozob se segurou na borda da escotilha aberta e se propeliu para dentro. Foi seguido pelas duas.

— Minha vez — disse California, já precisando trancar a respiração.

Ela abriu o compartimento em seu peito e um computador flutuou para fora. Digitou devagar, para não errar os movimentos, com as luvas grandes demais. Venceu a primeira defesa da DataDyne — fez a câmara de descompressão do satélite se abrir, e finalmente eles entraram.

— Bom trabalho, cosmonautas — disse a Coronel Yelena, no rádio. Era a última comunicação, pois logo eles estariam dentro do satélite, onde não teriam contato com a Terra. — Nikita Khrushchev teria orgulho de vocês.

California fechou a câmara atrás dos três e ordenou que os computadores do satélite inundassem o compartimento com ar e tornassem seguro para eles sairem dos trajes espaciais. Os três caíram no chão do satélite quando foram afetados pela gravidade. California arrancou o capacete e inspirou a mais deliciosa golfada de ar de sua vida.

A última coisa que Ozob viu em seu display, antes de tirar o capacete, foi seu monitor cardíaco disparando de novo.

Era como se ele tivesse sentido cheiro de perigo.

Um péssimo pressentimento.

o—

Uma inteligência artificial era um inimigo perigoso, principalmente porque era quase impossível surpreendê-la. 01, a IA na alta cúpula da DataDyne, fizera cálculos probabilísticos sobre onde os War Roadies poderiam estar. Era impossível prever exatamente as ações de indivíduos, mas se podia fazer apostas seguras.

A inteligência artificial colocou agentes nos locais mais prováveis, esperando os guerrilheiros para emboscadas.

E colocou aquele que era seu agente de elite naquela operação no local mais crítico, onde os War Roadies poderiam fazer mais dano.

Em outra parte do satélite, Zatati Ratatá viu os três invasores numa tela. Colocou uma faca na bainha e verificou suas pistolas.

— Alô, criançada — disse a segunda cabeça, abrindo seu sorriso sádico. — Ozob chegou.

BEM-VINDO AO PARAÍSO

DORMIR NUM BECO NÃO ERA TÃO RUIM, DEPOIS QUE ELE SE ACOSTUMOU AO fedor, aos gritos, às sirenes da polícia corporativa, aos holofotes dos dirigíveis, ao esgoto chovendo sobre sua cabeça.

Ozob dormia num beco, na Terra.

Na Terra, a vida acontecia. Infelizmente, cada um recebia uma vida ao nascer e era muito difícil trocá-la. A vida que acontecia para Ozob estava na Cidade Baixa, nas ruas do que um dia foi Nova York. Ele ouvira falar sobre as maravilhas da melhor cidade do mundo, mais agitada que Pequim, São Paulo ou Londres. A cidade onde ele fora construído por Hans Gropp. Contudo, a melhor cidade do mundo só era a melhor porque havia quem pagasse por isso. Delta City podia brilhar com seus arranha-céus, sua prosperidade, suas festas e suas corporações. Mas a Cidade Baixa ficava sob esse brilho, eternamente no escuro, sustentando a vida dos cidadãos de bem com trabalho incessante, com cobaias para experimentos, com escravos corporativos, com combustível humano para a máquina que fazia funcionar a sociedade.

Não havia minas, não havia sua família. Mas havia outros jeitos de esmagar um indivíduo, havia outros tipos de escória.

Ozob descobriu que, no espaço ou na Terra, ele era escória, e a vida da escória era o que acontecia com ele no planeta.

A noite passada tinha sido lucrativa. Como escória que era, Ozob havia batido em dois garotos de classe média que faziam turismo na Cidade Baixa, longe de seus guarda-costas e seus carros blindados, e os roubado. O dinheiro tinha sido suficiente para entrada numa boate cheia de outros criminosos, para um punhado de pílulas e para uma hora na companhia de uma imigrante que não falava uma palavra de seu idioma. No fim da noite, ele precisara escolher entre alugar por uma noite um quarto que dividiria com mais de dez outros imundos ou comprar uma garrafa e dormir num beco.

Como sempre, escolheu o álcool e o beco.

Com álcool, o sono era pesado o bastante para que ele não acordasse com o fedor, os gritos, as sirenes, os holofotes, o esgoto.

Pelo lado ruim, também não acordava com o perigo.

Ozob sentiu que havia algo estranho, mas sua mente entorpecida e sonolenta não conseguiu registrar. Algo mexia em suas roupas. Ele tentou afastar o que quer que fosse com um safanão. Insistiram; puxavam suas roupas, ele ouviu som de algo rasgando. Tentou se debater, a garrafa rolou pelo chão do beco. Ele havia adormecido abraçado nela.

Então sentiu um corte em suas costas e acordou de uma vez só.

Ozob se levantou num pulo, apoiando-se contra a parede do beco. Ainda estava bêbado, mas conseguiu empurrar para longe a mão do desgraçado. Cortou-se no meio do empurrão — o homem estava com um bisturi.

— O cara acordou! — disse o sujeito do bisturi.

— Ele vai dormir de novo! — gritou outro.

Ozob se jogou para o lado a tempo de evitar uma descarga de taser. A pistola elétrica jogou seus dois ferrões ligados por fios, mas eles bateram na parede onde ele estivera há um segundo. Outro homem veio por trás dele, com um bastão de baseball onde se lia ANESTESIA. Bateu com o taco de alumínio na cabeça de Ozob.

— Ele é forte!

— Deve ser pós-humano.

— Órgão de pós-humano vale dinheiro?

— Ouvi dizer que alguns têm vários corações.

— O cara tem uma coluna cibernética! — entusiasmou-se um deles. — Isso vale bastante.

Ozob caiu sentado contra a parede do beco e avaliou sua situação. Estava cercado por quatro homens. Um deles tinha o bisturi; o outro, a pistola taser; outro empunhava o bastão de baseball; e o último carregava um pequeno freezer alimentado por nitrogênio líquido. Mesmo com sua mente embotada pelo sono e pela bebida, ele conseguiu entender: eram urubus, caçadores de órgãos. Outro tipo de escória da Cidade Baixa, cirurgiões renegados que vagavam pelos becos e tentavam extrair partes saudáveis de quem estava bêbado ou fraco demais para resistir. Em geral, os habitantes das ruas estavam cheios de doenças, com órgãos comprometidos, não serviam bem como fonte de peças de reposição. Mas sempre era possível encontrar um ou dois órgãos saudáveis em uma noite de caçada.

Além disso, de vez em quando surgia a sorte grande: alguém como Ozob. Escória bêbada com partes cibernéticas. Pagava-se muito por qualquer membro ou órgão biônico e eles não tinham doenças.

— Não fique assustado — disse o sujeito do bisturi. — Nós somos médicos. Só queremos examiná-lo.

— Fique longe — rosnou o pós-humano.

— Quer uma bebida? — o homem do bastão de baseball tentou incitá-lo uma garrafa, como se ele fosse um bicho. — Só precisa tomar uma injeção e você ganha isto.

Ozob subiu de novo, suas pernas agindo como molas, subitamente quase sóbrio de adrenalina. Deu uma cotovelada de baixo para cima no queixo do cara do bastão, agarrou a arma e a girou contra a têmpora do homem do bisturi. O sujeito foi jogado para o lado e Ozob pulou para cima do homem da pistola taser. Ele disparou de novo, os espinhos fincaram-se no peito de Ozob e ele sentiu o choque, mas conseguiu descer o bastão na cabeça do desgraçado. Caiu no chão, convulsionando. Os quatro foram para cima dele, tocando-o com luvas de borracha, tentando segurá-lo no chão, sangrando, os olhos alucinados. O primeiro deles aproximou o bisturi de Ozob de novo. Urubus eram tão desesperados quanto suas vítimas. Eram médicos, então tinham berço de ouro e uma profissão que deveria ser respeitável. Mas tinham sido forçados à Cidade Baixa por alguma circunstância. Tinham virado inimigos de alguma corporação ou adquirido algum vício que não era aceitável em Delta City. Não tinham nada a perder e nenhum escrúpulo.

— Só vai doer um pouco — prometeu o cirurgião.

Ozob mordeu sua cara. Arrancou-lhe um pedaço da bochecha e o homem largou o bisturi, gritando. Ozob agarrou o instrumento cirúrgico no ar e cortou a garganta de outro.

Os três sobreviventes saíram correndo, desapareceram nas ruas escuras. Deixaram para trás seu freezer. Ozob ficou estirado no chão, ofegando, ao lado do cadáver ainda quente do sujeito com a garganta cortada.

Cuspiu um pedaço do homem que mordera.

— Não sou diferente de Rizzo — disse para si mesmo. — Não sou diferente de Chernobyl.

A garrafa que um deles oferecera estava no chão. Ozob cheirou a bebida, provou um gole. Não sabia o que era, mas queimava por dentro e isso era suficiente. Ele examinou o resto do beco e viu outros dois cadáveres, seus troncos abertos, alguns órgãos removidos.

Ozob pegou o freezer para si. Talvez conseguisse um comprador para aqueles órgãos.

Ele não era melhor do que ninguém.

o—

Ninguém queria chegar perto dele, nem nas ruas da Cidade Baixa. Fácil falar que a vida acontecia na Terra, quando você não era um palhaço albino de cabelo vermelho e sem nariz.

Ozob ainda não pensava em si mesmo como tendo um rosto mutilado, mas essa era a verdade. Havia um buraco bem no meio de sua cara e o ar entrava gelado, sem filtro. Ele tentava não pensar na infecção que estava se instaurando ao redor do ferimento — Ratatá não se preocupara com esterilizar sua faca ao torturar Ozob, e a Cidade Baixa era mais suja do que qualquer colônia. O pós-humano andava pelas ruas do que fora Nova York, em busca da terra prometida que ele prometera a si mesmo. Grupos de operários grandalhões e sujos, exaustos por rotinas de trabalho massacrantes, passavam ao largo dele. As prostitutas faziam seus convites de novo e de novo, para todos que passavam, numa ladainha quase zen, mas se calavam quando ele surgia. Havia pessoas ainda mais bizarras — gente que trocara o corpo pelo de um animal, outros que eram pouco mais do que emaranhados de fios e peças metálicas com cabeça humana, aqueles que tinham se submetido a procedimentos estéticos para ficar iguais a personagens de filmes e animações. Mas Ozob possuía a combinação exata de aparência estranha, ar perigoso e pobreza para se tornar alguém a ser evitado. Era como se as colônias estivessem marcadas em sua pele, além de em seu passado. Quem descobria que ele era um boneco se afastava ainda mais, com medo dos reguladores.

Ozob descobriu que os habitantes da Terra encontravam conforto em franquias. Tinham passado boa parte da vida recebendo propagandas em seus implantes neurais, em seus sonhos pelos transmissores subliminares. Suas relações, pelas redes sociais, tinham patrocínio e eram aprovadas pelas grandes marcas. Assim, elas achavam que as franquias eram um tipo de lar.

Ele sentiu fome. Entrou na fila de uma lanchonete de frango frito, conhecida pela figura de um simpático velhinho sorridente, e notou o ar beatífico que os outros consumidores exibiam. Senhoras falavam com os atendentes do caixa como se fossem seus filhos e netos. Homens trêmulos tentavam flertar com as garçonetes e se derretiam quando viam os sorrisos que tinham sido fixados cirurgicamente em seus rostos durante o treinamento. E todos ignoravam as metralhadoras pintadas com as cores da marca, apontadas para eles. Todos fingiam não saber que a comida estava saturada de produtos químicos que diminuíam a saciedade, fazendo com que seus estômagos aceitassem cada vez mais. Na Terra, havia franquias; nas franquias, não importava o lugar do mundo, a decoração era a mesma e tudo era familiar. Crescendo sob a propaganda, o povo da Terra julgava que as franquias eram sua casa e sua família.

Os funcionários do restaurante mantiveram seus sorrisos fixos quando atenderam Ozob. Apesar de si mesmo, ele se sentiu acolhido por isso. Seus implantes neurais foram bombardeados por imagens de felicidade em forma de comida.

Comendo seu frango frito geneticamente alterado, Ozob pensou que corporações e família eram uma merda, mas davam alguma noção de ordem na vida. Assim como o manicômio. Ele se sentia mais perdido do que quando fora um mendigo em Marte. Não havia o que fazer, mas todos sempre estavam fazendo algo. O ritmo da Cidade Baixa era frenético e as pessoas tinham seus papéis definidos. Mas nada fora planejado para um pós-humano como ele, e Ozob vagava, dizendo a si mesmo que aquilo era vida. Era melhor que as colônias, era melhor que as minas.

Por alguma razão.

Com esse pensamento, ele entrou num bar e se sentiu quase em casa. Na Terra, havia bares suficientes para que ele fosse banido de um por noite e ainda fosse bem-vindo em outros para se embebedar até o fim da vida. Na Terra, havia prostitutas suficientes para que ele não transasse com a mesma duas vezes e não começasse a notar o olhar de pena no rosto dela.

Na Terra, não havia Hans Gropp, Zatati Ratatá e Rizzo.

Ele se encostou no balcão e pediu um whisky. O barman era um cadáver animado por cibernética — um trabalhador que não roubava bebida, não se cansava e não puxava conversa com os fregueses. Tecnicamente, a versão mais barata e repugnante de um robô. Ele serviu o whisky, deixando seu cheiro no copo, e Ozob bebeu de uma talagada, o olfato amortecido pela intervenção de seu irmão mais velho.

Havia meia dúzia de bêbados no bar àquela hora, fosse a hora que fosse. Estava sempre escuro, as pessoas estavam sempre trabalhando, os bares estavam sempre abertos e ele não tinha relógio. A Cidade Baixa era uma grande noite decadente. A vida acontecia na Terra, mas era uma vida que parecia imaginada por algum sádico que tinha acabado de ser largado pela mulher que amava. Uma vida de ressacas, autopiedade, comida gordurosa, tipos suspeitos, sexo deprimente e drogas adulteradas.

Ozob pediu outro whisky e brindou com o vazio ao planeta Terra.

E então a DataDyne entrou no bar.

As corporações não sabiam ser sutis e foi isso que salvou Ozob. Dois detetives corporativos entraram, mostrando seus distintivos holográficos com o logotipo da companhia. Um deles tinha o mesmo logotipo tatuado no rosto. Atrás deles, um grupo de cinco soldados corporativos, com armaduras leves e fuzis de assalto. Ozob pulou para trás do balcão num segundo, de alguma forma pressentindo o perigo antes que eles terminassem de entrar.

— Estamos atrás de uma propriedade biológica da DataDyne — disse um dos detetives para o barman morto.

O cadáver apenas grunhiu. Uma tela em sua testa exibiu os preços de diferentes bebidas, uma voz gravada surgiu de um alto-falante dentro de sua cabeça, dando as boas-vindas ao detetive e oferecendo o especial do happy hour.

Ozob rastejou atrás do balcão, tentando fazer silêncio. Havia um espaço de cinco metros entre o fim do balcão e a porta do banheiro, que parecia seu melhor esconderijo. O primeiro detetive continuou tentando argumentar com o cadáver, na esperança de conseguir comunicação com algum administrador humano do bar. O segundo detetive, com a tatuagem no rosto, começou a interrogar os bêbados espalhados pelas mesas, enquanto os soldados se puseram a revirar tudo.

Era só questão de tempo até que alguém olhasse atrás do balcão ou um dos bêbados lembrasse de tê-lo visto. Um palhaço sem nariz costumava chamar atenção.

— É melhor não esconder nada! — ameaçou o primeiro detetive. — Se houver suspeita de que este lugar está abrigando um pós-humano, vocês vão receber uma visita dos reguladores. E eles são bem piores do que nós.

Detetives corporativos eram más notícias, mas não tão ruins quanto reguladores. Reguladores não hesitariam em quebrar tudo ali para obter uma pista sobre um pós-humano na Terra. Detetives corporativos estavam interessados em recuperar a propriedade de uma companhia. Reguladores queriam exterminar qualquer Frankenstein que tocasse em seu precioso planeta. Eles tinham mais poderes, mais armas e menos freio.

Ozob correu os cinco metros até a porta do banheiro e um dos detetives apontou para ele.

— Ali!

Ele entrou no banheiro e trancou a porta atrás de si. Dois segundos depois, alguém bateu com o ombro na porta, tentando arrombá-la. Outra batida e a frágil imitação de madeira ameaçou ceder. O banheiro era uma salinha minúscula, com lama de origem suspeita no chão e uma privada sem tampa que nunca fora limpa. Mofo negro por toda parte, iluminado por uma lâmpada presa por alguns fios.

Mas tinha uma pequena janela basculante e isso era a visão do paraíso para Ozob.

Ele subiu na privada e segurou a basculante. Estava emperrada, mas de qualquer forma abri-la não seria suficiente. Ele precisaria arrancá-la da parede para conseguir passar. Ozob se segurou firme na estrutura de metal enferrujado, enquanto os detetives se jogavam contra a porta trancada. Firmou os pés na parede sob a janela e começou a puxar.

Todos os seus músculos doeram, forçando-se ao máximo. As batidas aumentaram.

— Abra a porta! — ordenou um dos detetives. — Você pertence à DataDyne!

Ozob fez força e ouviu o reboco da parede começar a se descolar.

— Atirem através da porta. Melhor matar o boneco do que deixá-lo fugir.

Ele ouviu os fuzis sendo destravados e deu um puxão final. A janela inteira foi arrancada da parede e Ozob caiu no chão, batendo a cabeça. Ergueu-se num salto, escorregando no chão imundo de urina, e suspendeu-se pelo buraco que ficara na parede. Mergulhou por ali no exato instante em que os soldados dispararam seus fuzis, enchendo a porta de buracos e crivando de balas a parede. O pós-humano caiu de cara no lixo do beco atrás do bar. Cortou-se em garrafas quebradas, foi perfurado por seringas, mas ficou de pé.

Ouviu do outro lado:

— Ele foi para o beco!

Então saiu correndo pela noite da Cidade Baixa. Roubou um carro para fugir. Abrigou-se num prédio condenado com viciados, loucos, moribundos.

Achou um canto para si, de costas para uma quina, minimizando sua vulnerabilidade. Torceu para que os urubus, os detetives ou os reguladores não invadissem o local.

No meio da noite, ou tarde, ou qualquer período do dia em que ele estivesse dormindo, o prédio foi atacado por vários grupos de urubus. Por sorte, Ozob não estava bêbado, ouviu a gritaria de longe e fugiu sem ser notado.

Deixou os outros desesperados para trás.

o—

Vender partes eletrônicas roubadas dava algum dinheiro. E dinheiro comprava vida. Ele resolveu que viveria um pouco e por isso foi ao Distrito da Luz Vermelha.

Era um açougue. Nos melhores estabelecimentos, as garotas ficavam em vitrines, dançando e se exibindo para possíveis clientes. Nos piores, elas ficavam presas em quartos, sedadas, esperando o próximo numa fila interminável de clientes, sem ver nenhum dinheiro. Havia prostíbulos que eram boates, onde as meninas tiravam a roupa em palcos para incitar os fregueses a beber, pagar bebidas para as colegas e alugá-las por uma hora. Havia aqueles que eram só labirintos de salas escuras onde se pagava para entrar e se fazia sexo totalmente anônimo, com gente cujo rosto nunca era visto. Mas Ozob não tinha dinheiro para nada disso. Ele procurava as garotas mais baratas, que ficavam de pé na rua, sob as vistas de seus cafetões.

Algumas eram quase robôs, cheias de partes cibernéticas óbvias. Outras tinham modificações cirúrgicas para parecer muito jovens. Havia um punhado que tinha três, quatro, cinco ou mais seios. Havia aquelas que tinham mais de uma vagina ou órgãos sexuais no rosto.

Ozob foi até uma mulher de aparência humana, comum, que não exalava muito desespero. Perguntou quanto era.

— Dois mil — ela disse.

Ele começou a retirar notas amassadas dos bolsos do casaco. A economia da miséria ainda se fazia com dinheiro de papel. Nem nas minas o dinheiro era de papel.

— Quer dizer, três mil — corrigiu-se a prostituta ao ver que ele estava reunindo dinheiro.

Ozob notou que ela dera um passo para trás. Notou a expressão de horror que ela tentava disfarçar.

Foi para a próxima, mas a repugnância era algo contagioso, e a segunda puta também recuou.

— Ozob? — ele ouviu uma voz familiar.

Virou-se e, no meio dos cafetões, havia uma mulher. De ombros largos, braços musculosos, pernas como toras, metidas numa minissaia.

Guzzo foi até ele e o abraçou. Ozob deixou o rosto se afundar no ombro dela.

— O que fizeram com você?

— O outro cara ficou pior — ele respondeu.

o—

Guzzo alugava um apartamento em um prédio decadente. Havia três quartos onde suas duas meninas trabalhavam. Ela fora prostituta ao chegar à Terra, mas não por muito tempo. Sua vocação de médica fez com que decidisse cuidar das garotas vulneráveis. Mais do que isso, o que a motivou foi sua vocação de mãe. As duas tinham enorme carinho por ela e a chamavam de Mama.

— Mama Guzzo — disse Ozob, sorrindo.

O apartamento era o lugar mais limpo em que ele estivera desde que chegara à Terra. Guzzo mantinha o lugar livre de lixo, para que também ficasse tão livre de doenças quanto possível. Ela supervisionava as duas prostitutas na rua, garantindo que nenhum canalha batesse nelas e certificando-se de que eram pagas. Ficava com uma parte do lucro, que usava para manter o apartamento e comprar comida para as três. Eram uma família.

O apartamento também foi o primeiro lugar em que alguém cuidou do horrível ferimento no rosto de Ozob.

— Eu não acredito — disse Guzzo, enquanto limpava a ferida. — Ele...

— Isso foi só o pior — disse Ozob. — Ele se divertiu bastante.

Ozob ainda carregava as cicatrizes da tortura. Achava que nunca iria apagá-las do corpo. Muito menos da mente.

— O que aconteceu depois que eu sumi na mina? — ele perguntou.

Guzzo fechou os olhos e deu um suspiro fundo.

— A DataDyne não parou, é claro — ela respondeu. — Você deve ter visto a favela queimada. Nós tivemos que fugir. O pai e Rizzo foram capturados. Chernobyl atirou em mim e me deixou para trás.

A partir do relato da irmã, Ozob montou a trajetória de Ratatá antes de chegar à sala de cirurgia em Pandora. Enquanto ele mesmo ficara trabalhando na mina, seus irmãos lutaram. Chernobyl perdera tudo que tinha. Seu ódio só aumentara.

— Quando você disse que o outro cara tinha ficado pior, tive esperança de que você tivesse matado Ratatá.

— Foi só uma mentira para me fazer sentir melhor — disse Ozob. — Acha que ele também veio para a Terra?

— Não sei. Nós matamos muita gente em Pandora. Acho que as colônias não são seguras para nenhum de nós.

A vida acontecia na Terra e por isso era fácil se perder na multidão. A Terra era grande, muitas vezes maior que qualquer colônia. E, na Terra, ainda havia certos limites para o poder bélico das corporações. Zatati Ratatá devia estar na Terra. Ozob torceu para que estivesse em algum continente distante.

— Mais cedo ou mais tarde, ele vai vir à Cidade Baixa — disse Guzzo. — Fomos criados em Delta City. Isso é o mais próximo que conseguimos chegar do local do nosso nascimento.

Ozob ficou deitado numa cama quase macia e deixou a irmã cuidar dele.

Era só um apartamento com duas putas e uma cafetina, mas era impressionante. Guzzo viera ao planeta com um tiro na perna e tão pouco dinheiro quanto Ozob. Mas, enquanto ele carregava o buraco no rosto e dormia no lixo, ela criara para si uma vida. Até seu corpo estava diferente.

— Gostei dos peitos — ele elogiou.

Mama Guzzo sorriu.

— É mais fácil conseguir uma cirurgia fora das colônias e sem o pai me atormentando.

— Quanto mais vai mudar?

— Não sei — ela disse, a voz amigável de quem estava feliz por ter uma conversa pacífica com o irmão. — Acho que já gosto de mim como sou.

— Essas putas têm sorte de conhecer você.

Guzzo segurou firme o ombro dele.

— Precisa de um sócio? — perguntou Ozob.

Ela retirou a mão.

Eles ficaram em silêncio durante alguns segundos. Guzzo fingiu que se ocupava com os curativos.

— A proposta é tão ruim assim?

— Vamos fingir que você não falou isso, Ozob.

— É tão ruim assim?

— Vamos fingir...

— Não vamos fingir merda nenhuma. Diga por que não quer nem discutir a possibilidade de sermos sócios. Eu posso cuidar da segurança.

— Eu faço a segurança.

— Então eu posso...

— Eu não quero mais ficar perto de você, Ozob.

Ele ficou mudo. Sem falar uma palavra, se ergueu, começou a reunir suas coisas.

— Não quis dizer desse jeito — Guzzo tentou. — Você não precisa ir embora agora. Mas não quero ficar perto de você por tempo demais.

— Ótimo. Tenho permissão de empestear seu puteiro, desde que não seja por tempo demais. Não se preocupe.

— Ozob. — Guzzo insistiu. — Eu te amo, mas você traz a morte consigo.

Ele parou de se arrumar. Respirou fundo pelo buraco que fora seu nariz. Pensou em Hans Gropp, em Ratatá, em Rizzo. Em toda a morte que acontecera ao redor dele por causa daquela família. Em tudo aquilo havia uma constante.

Ele mesmo.

Talvez Guzzo tivesse razão.

— Nós temos menos de 3 anos, Ozob. Menos de 3 anos. Eu quero viver.

— Eu também!

— É diferente. Para você, vida é caos. Não para mim. Eu me sinto mais viva agora do que jamais me senti antes. Eu faço a diferença na vida das garotas.

— Eu nunca iria botar vocês em risco. — Então hesitou. — Não de propósito.

— Eu sei. Você não é má pessoa. Mas se eu tenho tão pouco tempo, preciso guardá-lo com cuidado. Não posso cometer nenhum erro. Você deveria fazer o mesmo.

Guzzo não tinha histórias de bebedeiras, de brigas, de festas secretas ou drogas experimentais.

Ela tinha uma vida.

Guzzo descobrira a vida na Terra.

— Você é bem-vindo aqui, Ozob. Você é meu irmão. Mas não vamos estar juntos o tempo todo. Esta família só trouxe desgraças para todos nós. Perdemos mais de um quarto das nossas vidas com gente horrível e atividades degradantes. Chega. Eu quero ser eu mesma.

Ozob foi até ela. Abraçou-a forte.

— Precisa de dinheiro? — perguntou Guzzo.

— Preciso, mas não do seu. De você, só precisava de um bom chute no traseiro. E você não me decepcionou.

— Me procure se precisar.

— Me procure se cansar de ser feliz e quiser ser louca de novo.

Ela riu e eles se desgrudaram. Ozob já ia saindo pela porta quando ela chamou sua atenção. Ele se virou.

— Deixe eu reformular o que disse, Ozob. Você traz a morte consigo. Mas eu te amo.

o—

Ele não vagou à procura de bebida, drogas ou mesmo alguém desesperada o bastante para querer trepar com ele. Ozob usou lábia, intimidação e violência para descobrir informações. Então foi até um bar onde pessoas com habilidades específicas se reuniam. Era uma boate na antiga Times Square.

Ele se encostou no balcão e falou com o barman, um sujeito grandão com tapa-olho e nariz deformado.

— Ouvi dizer que se pode conseguir trabalho aqui.

O caolho ergueu uma sobrancelha.

— Os alvos são difíceis — disse. — Mas o pagamento compensa.

Ozob pegou ali o contrato de seu primeiro alvo, que matou com as mãos nuas. Usou o dinheiro para comprar explosivos e conseguiu um segundo contrato. Não demorou até que sua reputação lhe valesse entrada em grupos de assaltantes, terroristas, sabotadores.

Ele investiu em explosivos, em buscar a tal vida que ele jurava estar no fundo de uma garrafa ou na área mais escura de um bar.

A morte o enchia de terror e ele recebia cada dia com mais medo do futuro iminente. Mas não tinha mais medo da vida. A vida era feita de bombas, de comemorações por serviços bem feitos, de companheiros esporádicos e de sangue na sarjeta.

Porque, na Terra, a vida acontecia.

Mas também acontecia a morte.

13
A BOMBA

O SILÊNCIO BRANCO E CROMADO DO INTERIOR DO SATÉLITE FOI INVADIDO pelos passos dos três em seu caminho para a sala dos servidores. California tinha os mapas do lugar, retirados dos bancos de dados da DataDyne, na fábrica do xamã, com a ajuda dos nanorrobôs. O que era uma sorte, porque ali dentro não havia conexão sem fio. Ozob, California e Vivika sentiram seus implantes neurais serem silenciados, bloqueados de qualquer contato externo. Era uma sensação estranha, seus pensamentos sem o eco de propagandas e notificações de redes sociais. Ele experimentara aquilo na sede da corporação, mas as duas há muito não sabiam o que era estar sozinhas consigo mesmas.

— Achei que algo assim poderia acontecer — disse a garota. — Vou precisar me conectar fisicamente com os computadores. Com cabos, como se fôssemos homens das cavernas.

— Preocupe-se em ficar viva até lá — respondeu Ozob.

Vivika ia na frente. Usava sua roupa de batalha — era quase ritualístico para ela, significava que estava pronta para matar e morrer. Roupas sumárias vermelhas, deixando ver suas listras de tigre. Não usava quase armadura, pois lutava como uma artista marcial. Seu moicano estava afiado, suas garras estavam pontiagudas. Ela levava duas pistolas presas nas coxas.

Ozob tinha embrulhado seu colete cheio de explosivos dentro do traje espacial e agora estava com suas roupas gastas e malcheirosas, mas armado. Ele ia atrás, deixando California no meio.

Eles seguiam abaixados, pois o corredor do satélite era apertado. Tão estreito que não poderiam ficar lado a lado. Aquilo não era uma estação espacial, não era algo planejado para receber pessoas por muito tempo e deixá-las confortáveis. Apenas máquinas habitavam o satélite, quando não estava em manutenção. Logo chegaram a uma porta fechada, um beco sem saída. California conectou um computador no painel ao lado e começou a rodar softwares para derrubar as defesas e abri-la. Os outros dois montaram guarda, mas tudo era silêncio, exceto por um zumbido baixo, vindo do maquinário que funcionava nas profundezas do satélite. Ozob sentia um nervosismo crescente. A quietude extrema o deixava apreensivo, como se algo estivesse prestes a acontecer. Vivika rosnava baixinho, o barulho se misturando com o som ambiente.

— Merda — disse California.

Ela era boa, mas as defesas da DataDyne eram algumas das melhores do mundo. Antes que a hacker conseguisse vencer todos os protocolos de segurança e apenas autorizar a passagem dos três, uma grande tela holográfica se projetou do painel ao lado da porta. Os invasores começaram a ser escaneados — suas retinas, seu tipo físico, seu padrão de voz.

— Ele vai notar que não temos autorização — disse a garota, digitando furiosamente.

California entrou nos bancos de dados do satélite e começou a buscar os padrões de reconhecimento dos técnicos que eram autorizados a entrar lá. O truque era conseguir isso e substituir as informações que o sistema estava captando naquele momento pelos dados que abririam a porta, antes que o computador chegasse a uma conclusão definitiva.

— Merda — ela repetiu.

Apenas duas pessoas estavam autorizadas a entrar no satélite. Seus sistemas eram totalmente fechados ao mundo exterior, exceto pelas transmissões que fazia. Não era possível acessar remotamente nenhuma parte da segurança — o satélite deveria ser alvo de constantes ataques de hackers freelancers e corporações rivais; a melhor defesa era garantir que qualquer um que realmente quisesse hackeá-lo precisasse cometer a loucura de entrar em órbita e invadi-lo fisicamente. Toda a manutenção era feita por dois técnicos altamente especializados, que viajavam ao espaço com regularidade. Assim, três presenças eram irregulares.

— *Intruso detectado* — disse uma voz de mulher, polida e enunciando muito bem cada sílaba.

O corredor começou a se encher de gás. Tinha cor amarelada e opaca, cheiro sufocante que lembrava enxofre. Ozob sentiu o gás queimando suas vias aéreas. Na mesma hora, um entorpecimento se arrastou por seus braços e suas pernas. Era uma armadilha simples e eficaz.

— O que é isso? — perguntou Ozob.

— Gás — California respondeu.

— Eu sei, porra! O que...

— É alguma toxina, você quer saber mais do que isso?

A mente de Ozob dançou, relaxando-o. Dormir começou a parecer uma boa opção.

— Mais rápido! — exigiu Vivika.

O objetivo mudara. Não importava mais vencer a segurança ou abrir a porta, porque eles estavam num ambiente fechado que iria se encher de gás de qualquer forma. Parecia ser algum gás dos nervos, um sonífero ou coisa assim — não importava, no momento em que desmaiassem, tudo estaria perdido. California entrou mais fundo nos sistemas do corredor, procurando os dutos de ventilação. Precisava haver alguma forma de fazer o gás escapar, para que não ficasse no ar permanentemente. Precisava convencer o sistema de que era hora de fazer isso.

California digitava em seu computador, tentando achar linhas de código que fizessem alguma coisa, mas a maior parte do trabalho era feito com força bruta, por seus programas. Nos velhos seriados, digitar mais rápido sempre resolvia problemas desse tipo.

A pele de Vivika estava ficando roxa. Ela se esforçava para não respirar, mas não tinha conseguido encher os pulmões bem antes que o gás invadisse o corredor. Não teria sido difícil conseguir máscaras de gás, mas o espaço dentro dos trajes espaciais era limitado. Assim, eles precisavam prender a respiração e torcer para a garota ser rápida o suficiente.

Ozob se segurou na parede branca.

A sensação de sufocamento era agonizante. Tudo que ele queria era inspirar mais uma golfada de ar e todos os seus instintos lhe diziam para fazer isso. Parecia impossível que o ar fosse realmente venenoso, seu próprio cérebro tentava enganá-lo, fazendo com que respirasse. Seus joelhos fraquejaram. Ele teve de colocar as duas mãos no rosto, sobre a granada vermelha, para ter a força de vontade e não inspirar mais.

A cabeça de California despencou, o pescoço mole.

— Não! — Vivika a sacudiu. — Fique acordada!

California arregalou os olhos e seguiu digitando. Inconsciente por um segundo, tinha inalado o gás, precisava se manter acordada à força. Um de seus programas travou, ela começou a mexer no código-fonte para adaptá-lo ao desafio. O computador estava quente, funcionando no limite do processamento.

Seus olhos começaram a se fechar de novo.

— Acordada! — Vivika lhe deu um tapa no rosto.

Já estavam assim há mais de três minutos. Ozob conseguia prender a respiração por bastante tempo, por causa de seu físico de pós-humano, mas a garota já precisara respirar algumas vezes. Contudo, mesmo os pulmões de Ozob já estavam ardendo. Ele olhou impotente enquanto o gás amarelo tomava tudo, tornando o ar denso. Seus olhos lacrimejavam com o contato.

Ele não se controlou e respirou. No mesmo instante, seus pulmões se aliviaram e seu corpo todo foi tomado por uma sensação de bem-estar e torpor. Em outra situação, teria sido uma boa droga. Sua mente voou para o pensamento de que ele deveria conseguir a fórmula do gás. Era divertido.

Ozob não percebeu que estava encostado na parede, a cabeça quase pendendo, escorregando para baixo. Seria bom sentar. Seria bom fechar os olhos só um pouco.

— Vivika, em minha mochila — disse California entre dentes.

As duas também estavam quase dormindo.

— O quê? — balbuciou a guerreira. — Um aparelho?

— Drogas. Eu nunca viria fazer algo tão louco sem drogas.

Vivika revirou a pequena mochila que a outra tinha conseguido trazer no traje e achou algumas seringas. Coisa forte.

— Ache a veia — disse California.

Vivika injetou todo o conteúdo da seringa na amiga que, no mesmo instante, sentiu seu coração acelerar. As pupilas dos olhos de California se dilataram e um surto de adrenalina a acordou por completo. Vivika injetou em si mesma e em Ozob. O pós-humano começou a ranger os dentes na mesma hora.

Não seria nem um pouco saudável, mas salvaria as vidas deles.

— Consegui! — California anunciou.

Dutos se abriram nas paredes. O gás foi sugado para dentro de alguma tubulação oculta, de onde provavelmente seria liberado no espaço para se dispersar no infinito.

Eles puderam respirar.

Era só a primeira defesa.

California não perdeu tempo, continuou digitando e operando seus programas. A porta se abriu, retraindo-se para dentro da parede.

Eles se seguraram nas paredes, tentando se recuperar.

— Todo esse lugar vai ter armadilhas assim? — perguntou Ozob.

— Acho que não — California respondeu. — Não é prático. Acho que eles têm poucas armadilhas em pontos estratégicos.

— Isso significa que investiram em agentes de segurança — ele disse, em tom funesto.

Desde o início, Ozob sentira alguma coisa. Uma intuição, um pressentimento. Nomes bonitos para uma conclusão lógica. Ele achava que seu irmão deveria estar ali.

Ozob estava quase ansioso para rever Chernobyl. Era o ponto culminante do plano com os War Roadies. Poderia ser também o fim de sua rixa. Ele prometera a Guzzo que um dos dois morreria em breve. Não aguentava mais aquilo. Era hora de um fim.

— Está falando do seu irmão? — perguntou California.

Ele ficou em silêncio.

— Mesmo que seu irmão esteja aqui, ele não deve ser o único — disse Vivika. — A DataDyne não se importa com vingança ou fazer as coisas da forma poética. Deve haver vários soldados corporativos no satélite. Agentes de elite.

Os três observaram o corredor à frente. Era branco e apertado como o anterior. Bem iluminado e asséptico. De certa forma, lembrava um hospital, mas tinha um cheiro esquisito. Nem mesmo Vivika conseguia detectar o que era, pois seu olfato ainda estava afetado pelo gás. O corredor seguia por alguns metros e acabava em uma bifurcação.

— *Venha para mim, Ozob* — disse uma voz nos alto-falantes.

Mas não era a voz feminina educada e robótica.

Era a voz de Zatati Ratatá.

Ozob gelou por dentro.

— *Nosso último encontro precisava acontecer no espaço* — disse o palhaço de duas cabeças. — *Você é um pós-humano, não foi feito para ficar na Terra. Você é escória. Viveu no espaço e vai morrer no espaço.*

— Esse é... — California começou.

— Meu irmão mais velho — disse Ozob.

A gargalhada enervante de Ratatá tomou o corredor, distorcida pelos alto-falantes.

— *Em frente, Ozob!* — incentivou Ratatá. — *Em frente e jogue fora sua vida de merda! Ou mande uma das suas putas para fazer o serviço.*

— Melhor ser puta de Ozob do que ser puta de um cientista sádico e fracassado — disse California, de repente.

Ozob olhou para ela. As substâncias em suas veias, a tensão e as palavras da garota fizeram com que ele gostasse dela mais do que nunca e o encheram de pavor.

— California, não...

— Eu não tenho medo de Ratatá, Ozob. Ele é só mais um lacaio das corporações. Também não é a primeira pessoa a chamar de puta uma mulher que vai derrotá-lo. — Então virou a cabeça para cima, presumindo que microfones estariam naquela direção. — Você não é nada original, Tati Tatá! É igual a todos os outros! Estamos fazendo coisa mais importante do que lutar com um psicopata. Você é só uma distração!

Nenhuma resposta veio dos alto-falantes por alguns segundos. Então Ratatá começou:

— *Meu nome é...*

E foi a vez de Ozob cair na gargalhada.

— Os outros devem estar logo à frente — murmurou Vivika. — O irmão de Ozob está tentando nos distrair deles.

— *Você vai morrer, Ozob!* — esbravejou Chernobyl.

— Eu não ligo mais para a morte.

California e Vivika notaram que os olhos do pós-humano eram os de um maníaco. As drogas e o ódio faziam seu efeito, mas ele sorria. O entusiasmo pela bravura da garota fez com que ele acreditasse que tudo ficaria bem, que eles eram invencíveis.

Vivika segurou seu braço.

— *Foco,* Ozob. Não fique cego de ódio. É o que ele quer. Os soldados devem estar por perto.

Ele ficou quieto, tremendo de raiva.

Zatati Ratatá também estava calado. Então, no meio do silêncio, Vivika pôde ouvir o som de algo pingando.

Ela tomou a frente, seguindo agachada. California atrás, Ozob por último. Os três procuraram os alto-falantes, por instinto. Como se aquilo desse alguma pista sobre a localização do inimigo. Mas estavam ocultos nas paredes. Tudo era silêncio.

Com exceção do barulho de algo pingando.

O cheiro estranho ficou mais forte à medida que avançavam. Os sentidos da guerreira ainda não tinham conseguido localizar o que era, mas era conhecido. Era algo familiar. Então até mesmo California sentiu, e por último Ozob. E todos os três ouviram o barulho molhado de algo pingando no meio da quietude.

Vivika chegou ao fim do corredor e dobrou a esquina para a direita.

— É sangue.

O corredor estava lavado de sangue dos dois lados. No chão, no teto e nas paredes. Sangue e pedaços de corpos. A luz era forte, o ambiente ainda preservava algo de seu ar asséptico, mas pintado de vermelho. Nos espaços estreitos, talvez dez pessoas tinham sido transformadas em carne retalhada. Seus órgãos estavam grudados nas paredes ou espalhados pelo chão. Suas cabeças decepadas ainda traziam expressões de horror. Os três invasores puderam ver que eles haviam trajado armaduras da DataDyne — o logotipo era visível em algumas placas peitorais, por baixo do vermelho coagulado.

Eles ficaram atônitos por um segundo.

Então California deu um berro.

Uma mão agarrou seu tornozelo. O soldado parecia um zumbi, mas era só alguém que não estava bem morto. Não tinha um dos braços e suas tripas estavam esparramadas, mas com a outra mão segurou o pé da garota, num misto de súplica e ataque. Ela só berrou, mas Vivika enfiou a mão no pescoço do infeliz e acabou com sua miséria.

California quis se apoiar em uma parede, mas não havia nenhuma que não estivesse coberta de sangue. Ela estremeceu no lugar.

— Sou uma inútil aqui — disse a garota. — Merda, desde que entramos no foguete eu sou um estorvo.

— Você é nossa líder — disse Vivika.

— Não estou tendo uma crise de confiança, estou assustada. Merda, eu vou morrer aqui.

— Você é a mais útil de nós — Ozob falou sob a respiração forte. — Você não teve medo de Ratatá.

Eles trocaram um olhar.

Então a risada de Chernobyl tomou o ambiente de novo.

— *Eles mandaram outros agentes!* — disse a voz da segunda cabeça. — *Acredita nisso, Ozob? Eles mandaram soldados comigo! Como se eu fosse dividir sua morte com eles!*

Ozob engoliu em seco.

— *Você é todo meu, irmão* — disse a primeira cabeça. — *Ninguém vai puxar o gatilho além de mim. Ninguém terá esse prazer.*

— Isso é idiota — disse Vivika. — Ele se prejudicou de propósito.

— Ele é louco — disse Ozob. — Se Chernobyl estivesse acompanhado, seria menos perigoso. Ele vai fazer *qualquer coisa* para nos matar com as próprias mãos.

— *Não se preocupe, Ozob* — disse Ratatá. — *Todos morrem antes de você. Vou garantir que você assista às mortes das duas antes de morrer.*

Então silêncio.

Mas eles se sentiam observados.

Continuaram seguindo os mapas de California até chegarem a uma sala enorme, repleta de maquinário pesado. Pela primeira vez desde que entraram no satélite, puderam ficar de pé sem se curvar — o pé-direito era bem mais alto que uma pessoa. Aquela era uma verdadeira sala de máquinas, parte do que fazia o satélite funcionar. Assim como tudo ali, era limpa, asséptica, toda branca e cromada. Iluminada e decorada com o logotipo da DataDyne. Dentre eles, apenas a hacker entendia alguma coisa sobre as máquinas que funcionavam ali. Mesmo assim, não sabia o quanto elas eram frágeis ou resistentes. Ozob ficou muito ciente de que estavam no espaço, que mesmo seu suprimento de ar era controlado por algum sistema dentro do satélite.

California sabia para onde ir depois daquela sala, mas ali estavam em um labirinto. As máquinas tinham a forma de blocos verticais largos, que quase chegavam ao teto, formavam uma espécie de ruelas e caminhos tortuosos.

Ozob ouviu um clangor acima e soube que era uma placa do teto se desprendendo.

— Cuidado... — começou, mas foi interrompido por um soco na nuca, seguido de um choque elétrico.

Zatati Ratatá caiu sobre ele, colocando todo o seu peso num golpe, com uma soqueira. Atingiu a nuca de Ozob em cheio e o eletrocutou. O pós-humano caiu no chão, tremendo, e Ratatá se virou para Vivika. Tinha duas pistolas nas mãos e atirou contra a guerreira.

Vivika saltou para trás, dando uma cambalhota no ar e prendendo-se com as pernas sobre uma das máquinas. Fez força com o abdome e puxou o tronco para a frente, mergulhando atrás do enorme bloco de metal e ficando protegida.

Ao mesmo tempo, California correu por um dos caminhos estreitos formados pelas máquinas, sem ver se os tiros eram dirigidos a ela ou não.

Ratatá voltou as pistolas para Ozob, ainda no chão. O pós-humano viu a ameaça no último segundo e levantou de um salto — jogou-se sobre Chernobyl, com o antebraço em sua garganta direita. Os dois bateram numa máquina, Ratatá de costas para o metal. Ozob movimentou o braço para apanhá-lo numa chave de pescoço, mas o irmão mais velho segurou as pistolas com força e deu duas coronhadas nas têmporas dele. A terceira mão largou a soqueira, e Ozob sabia o que viria. Empurrou-se para longe, largando o inimigo, enquanto Ratatá tentou cortá-lo com uma faca. Ele avançou para cima de Ozob, a faca trocando de mão num malabarismo letal. Ozob tentou manter os olhos na lâmina, mas se distraiu para uma das pistolas. Deitado, Ratatá apontou a arma para o rosto do irmão e disparou.

Ozob teve tempo apenas de cair para baixo. O tiro pegou de raspão em sua cabeça, inundando-o de dor e derramando sangue sobre seus olhos.

— Teve sorte, Ozob! — rugiu a primeira cabeça.

— Você não merece morrer tão rápido! — cantarolou a segunda.

A faca já estava pronta de novo quando Vivika se jogou de cima, num bote contra o palhaço de duas cabeças.

A guerreira estava com as garras arreganhadas, prontas para dilacerá-lo. Ratatá se virou num relâmpago, arremessou a faca contra o rosto dela. No ar, Vivika deu uma cabeçada na lâmina com seu moicano — o fio do metal líquido cortou a arma em duas e ela caiu sobre Zatati.

— Não tenho ódio por você. Mas vai ser um prazer matá-lo.

Vivika enfiou uma garra no flanco do pós-humano — sentiu algo duro, resistente. Era algum tipo de proteção anti-impacto. Ergueu a segunda garra para golpear o rosto do inimigo e Zatati atirou.

A bala acertou em cheio os dedos cobertos de metal líquido. Vivika urrou de dor e o branco da sala de máquinas foi banhado por um misto de sangue e gotas metálicas parecidas com mercúrio. Aproveitando a distração, Ratatá usou a terceira mão para golpear a garganta de Vivika com os dedos em riste. A guerreira tossiu, abaixou a cabeça com força para um corte com o moicano numa das testas do inimigo. Ratatá desviou as duas cabeças e a lâmina líquida cortou o chão. Uma faca surgiu do nada na mão dele, indo se cravar na têmpora da guerreira, mas ela conseguiu bloquear o golpe com o antebraço. A lâmina se cravou em sua carne e ela grunhiu. Perdeu a força por um segundo, Ratatá puxou a lâmina de volta, fazendo-a sangrar ainda mais, e a jogou para longe com um coice. Ficou de pé e se voltou para Ozob.

Ele arremessou uma granada de gel adesivo no irmão, mas Ratatá a apanhou com a mão e a jogou para longe. Uma explosão surda ressoou e parte das máquinas foi coberta de uma substância gosmenta que formava teias pegajosas. Ratatá atacou Ozob com a faca, numa estocada, e conseguiu perfurar o peito do irmão. Ozob sentiu uma dor funda, que latejou em seu peito, e Ratatá puxou a faca, rasgando o colete. A segunda mão puxou a vestimenta cheia de explosivos, arrancando-a de Ozob, enquanto a terceira mão lhe acertou um cruzado com toda a força na mandíbula. Ozob sentiu o cérebro chacoalhar, o mundo ficou embaralhado por um segundo, então seu irmão pulou para cima de uma das máquinas.

— Luzes! — gritou Zatati.

Então as luzes se apagaram.

Ozob ficou cego, os olhos ainda não acostumados com a escuridão. Ele não sabia como o irmão estava conseguindo enxergar daquele jeito — alguma modificação biológica ou cibernética, interface com seus implantes neurais ou algum outro modo. Tateou a própria roupa e descobriu que ainda tinha seis granadas presas no cinto, que Chernobyl não tirara.

— *Onde está a garotinha?*— zombou a segunda cabeça.

Ozob sentiu uma onda de terror.

— Seu nome é California, não? Imagino o gosto que sua carne tem.

— Ozob, onde ele está? — gritou Vivika.

— Quieta! — exclamou o pós-humano.

Ozob tentou seguir o barulho de Chernobyl pulando de máquina em máquina. Seus olhos, aos poucos, estavam se acostumando com as trevas. A única iluminação no lugar eram poucos LEDs que piscavam em cada aparato. Teria de ser suficiente até ele encontrar o inimigo. California era inteligente e não estava fazendo som nenhum. De qualquer forma que o palhaço de duas cabeças estivesse enxergando ou se orientando, não precisava de mais ajuda para achá-la.

— *Onde está a garotinha?*

A voz vinha de algum ponto à frente e à esquerda. Ozob se meteu entre as máquinas, tentando achar um caminho no labirinto que levasse até Chernobyl.

Escutou o som de algo batendo num bloco. Só podia ser o inimigo. Só podia ser Ratatá pulando de máquina em máquina.

Mas o barulho estava atrás de Ozob, à direita.

— *Onde está a garotinha?*

Então Ozob percebeu, com horror: a voz de Ratatá tinha uma leve distorção por um microfone. Ele não estava à frente. À frente só estava o alto-falante que projetava sua voz.

— *Onde está a garotinha?*

Idiota! Ozob xingou a si mesmo. Por isso o irmão falava: estava querendo distraí-lo. Levá-lo para longe. Ozob refez seus passos, os olhos ainda não acostumados à escuridão. Ouviu o som de Chernobyl pulando sobre outra máquina. Estava desorientado. Escalou um dos blocos, mas não era tão ágil quanto o irmão ou quanto Vivika. Era um modelo de trabalho pesado. Teve dificuldade de subir. A cabeça latejava pelo tiro de raspão, o peito perfurado pela faca não tinha mais tanta força.

— *Onde está a garotinha?*

Chegou ao topo e viu Zatati no meio de um salto.

Seus olhos conseguiram discernir California, esgueirando-se por entre duas máquinas, a poucos metros de Chernobyl.

— California, cuidado!

Ozob jogou uma das seis granadas que carregava no cinto contra o irmão mais velho. A esfera bateu num dos caixotes e estourou — um clarão de luz e um estampido muito alto. Flashbang. Protegeu os olhos, mas num relance de claridade viu Ratatá se desequilibrando e pulou sobre o irmão. Bateu com o corpo nas máquinas, ignorou a dor, conseguiu cair pesado sobre Chernobyl. Ficou por cima dele, os dois desabaram no chão. Ozob segurou os dois pulsos do irmão. Ratatá usou a terceira mão para lhe dar um soco no rosto, às cegas. O instinto traiu o palhaço de duas cabeças e ele bateu na granada, encontrando metal duro em vez do nariz ou mesmo do buraco dolorido que Ozob tinha antes. Zatati tentou recolher a mão, mas Ozob a mordeu com força, segurando-a nos dentes. Então torceu os braços de Ratatá, tentando quebrá-los enquanto mantinha a terceira mão presa.

— Você não é o único que sabe fazer isso — disse a primeira cabeça.

Zatati mordeu o pescoço de Ozob. Não seria um golpe eficiente, se não tivesse tanta fúria acumulada por trás. Ozob achou que o irmão arrancaria sua jugular, como um vampiro distorcido, mas não importava, pois estava perto de feri-lo de verdade, de quebrar seus braços e deixar que Vivika completasse o serviço.

Chernobyl Ratatá bateu com o pé no chão e uma lâmina saiu de sua bota. Ele se retorceu e chutou a coxa de Ozob, rasgando-a. A dor foi demais, Ozob o largou por um momento. Zatati se desvencilhou, saltou de pé e chutou de novo. Rasgou o ombro de Ozob. Puxou duas pistolas e atirou. Ozob rolou para trás, escondendo-se atrás de uma das máquinas.

Vivika veio correndo, mas Ozob ouviu o barulho de mais um salto. Então uma placa do teto caindo e corrida acima de suas cabeças.

Chernobyl tinha sumido pelos dutos do satélite por onde viera.

Ozob estava ofegante. Tinha cortes no peito, no ombro e na coxa, além do tiro de raspão na cabeça. Vivika, de pé perto dele, tinha uma mão meio destroçada — três dedos haviam sido arrancados pelo tiro de Zatati e o metal líquido tentava em vão formar as garras sem sustentação. Seu outro braço também estava machucado; a faca de Zatati se cravara fundo antes de ser arrancada.

California surgiu de trás de um dos blocos.

Os LEDs piscavam, fazendo a única iluminação do lugar.

— Precisamos seguir em frente — grunhiu Ozob.

— Primeiro vamos cuidar de você! — disse California.

— Não, garota. Temos que seguir. O mais rápido possível.

Ozob afastou a camiseta e mostrou o corte no ombro, onde Zatati tinha lhe rasgado com a lâmina da bota. Não era possível enxergar direito, mas as bordas do corte pareciam escuras. Ozob também sentia uma ardência diferente. Ele estava acostumado a apanhar. Aquilo era outra coisa.

— Algum tipo de toxina — sentenciou Vivika.

Em seus tempos de operativa militar, ela usara toxinas, assim como quase todas as formas de matar que a humanidade conhecia. Ferir um inimigo com uma lâmina envenenada era eficaz, pois a substância se espalhava rapidamente pelo sangue e debilitava o alvo. Uma boa tática era fazer isso e se afastar para lutar mais tarde.

— O que acha que isso vai fazer comigo? — perguntou Ozob.

— Provavelmente enfraquecê-lo, para começar. Talvez você perca o uso do braço e da perna. Com certeza vai doer muito. Na pior das hipóteses, você morre. Mas acho que, se ele tivesse acesso a uma toxina que matasse com tanta rapidez, teria usado de outra forma.

Chernobyl não queria matá-lo de forma rápida. Também não queria que ele morresse antes de ver a morte das duas. O veneno, fosse o que fosse, iria debilitá-lo.

— Precisamos chegar ao objetivo antes que essa merda comece a fazer efeito de verdade — disse Ozob.

— Vamos atrás de seu irmão — disse Vivika.

— Meus mapas não mostram esses dutos — falou California. — E de alguma forma ele conhece muito bem todas as passagens.

Uma gargalhada.

Em algum lugar, Chernobyl Ratatá estava observando. Escutando. Esperando.

— Temos duas injeções de nanorrobôs — disse California. — Eles podem contra-atacar o veneno, se o detectarem como ameaça principal a seu sistema.

— Vivika está mais fodida.

— Isso não é nada. Já estive bem pior.

— Já esteve pior do que sem dedos? — California aproximou a pistola de nanorrobôs da amiga.

— Eu não usava estes para muita coisa.

— Está decidido. Uma injeção para você, uma para Ozob. E então vamos até os servidores.

California tomou a mão mutilada de Vivika com cuidado, pronta para injetar os nanorrobôs em seu pulso, mas a guerreira a deteve.

— Não. Injete em meu antebraço ferido.

— Vivika, sua mão...

— Esta mão não vai servir para nada. Quando tudo isso acabar, vou trocá-la por uma mão biônica melhorada. Aqueles dedos já eram. Não adianta fechar o ferimento e deixar meu outro braço inútil. O outro ainda pode ser consertado e vou poder usá-lo para lutar.

California assentiu e injetou o líquido metálico perto do ferimento de faca no antebraço da outra. Imediatamente os nanorrobôs começaram a trabalhar para reparar os tecidos perfurados.

Ela se voltou para Ozob.

— Vamos torcer — disse.

— Um pouco de sorte viria bem.

California injetou metade do líquido no ombro do pós-humano e a outra metade em sua coxa. Não havia nada a fazer exceto torcer para que os nanorrobôs atacassem as toxinas em seu sangue, isolassem-nas e impedissem que contaminassem todo o organismo.

Ela fechou os olhos.

Estava muito hesitante. Muito temerosa.

— Foda-se — disse California, para si mesma. — Estamos aqui para fazer um show e é isso que vamos fazer. Johnny está contando conosco.

Ajudou Ozob a se levantar e ordenou:

— Chega de esperar. Não foi nada. Vamos cumprir a missão.

E os liderou para fora daquela sala.

o—

Ozob não achou o colete com os explosivos. Ratatá o tinha levado consigo. Restavam as granadas que Ozob carregava no cinto. Já usara uma, então sobravam mais cinco.

Eles desceram um túnel até as tripas do satélite. As luzes não se acenderam mais. Diferente do resto do interior do objeto, aquele lugar era quente. Não era pintado de branco, mas todas as paredes tinham um tom metálico opaco, como chumbo. Havia uma luz de emergência alaranjada e indireta que formava sombras compridas. Os motores que faziam o satélite funcionar deviam estar muito perto, pois clangores intermitentes se misturavam numa cacofonia enlouquecedora.

De novo, Ozob precisava andar abaixado, mas o túnel onde estavam era alto o bastante para California se manter ereta. Eles precisavam desviar os pés de um emaranhado de fios, de um verdadeiro labirinto em miniatura de canos. O túnel era cortado de tempos em tempos por barras metálicas e grades que precisavam ser removidas. O pós-humano estava suando e sentia o veneno se espalhar a partir dos cortes.

— É claro que eu não podia ter sorte — disse Ozob.

— O veneno não foi afetado? — California perguntou.

— Os ferimentos estão melhores, mas a ardência está aumentando. Está difícil mexer o ombro. Seus nanorrobôs são burros.

— Vamos mais rápido então. Johnny está na Terra, esperando.

Ozob ainda não aceitava a facilidade com que Chernobyl se movia dentro do satélite, nem como ele enxergava no escuro.

— Estão ouvindo isso? — Vivika precisou quase gritar para ser ouvida.

O clangor metálico só aumentava. Ou estavam chegando realmente perto dos motores, ou alguma outra coisa estava acontecendo. As batidas a que eles já estavam acostumados se misturaram com outro clangor rítmico, então outro. Outro e outro, e logo pareciam dezenas.

— Algum tipo de máquina está se aproximando! — gritou California.

— Por onde?

— Por todos os lados!

A hacker mostrou sua tela holográfica: um bando de pontos vermelhos chegavam pelos dois lados do túnel. Vinham rápido.

O barulho estava cada vez mais alto. O calor estava cada vez mais forte. Era como se vários motores funcionando com intensidade máxima se aproximassem deles.

— Vamos ser atacados! — gritou California.

Então, dos dois lados, a luz alaranjada reluziu em dezenas de presas metálicas. Bocas de metal abriam e fechavam, batendo os dentes e criando a barulheira que não permitia que eles conversassem. Eram criaturas-robôs semelhantes a cães. Do tamanho de pit bulls, seus corpos eram arqueados, suas patas tinham garras. Mas estava claro que suas principais armas eram as bocas, com dentes enormes. Não tinham olhos, pareciam todos cobertos de placas resistentes. Sem nada de orgânico, apenas robôs.

A gargalhada de Chernobyl tomou o túnel.

Então os cães-robôs atacaram.

Eles correram. Ozob e Vivika se posicionaram dos dois lados de California. Os robôs se jogaram num bote sobre a guerreira, as bocas abertas para destroçar. Vivika deu uma cabeçada no primeiro, dividindo sua mandíbula com o moicano. Outro veio pelo lado, correu para a parede, saltou e tomou impulso para se jogar nela. Vivika enfiou a mão mutilada na boca da criatura, rasgando-a por dentro com os dois dedos que lhe restavam. Atingiu algo que controlava o funcionamento interno do cão, e ele pendeu inerte, puxando o braço dela para baixo. Vivika fez força e usou o cão desativado para bater em outro que saltava sobre ela. O robô foi arremessado contra uma parede, estatelando-se com mais barulho metálico.

— *Por quanto tempo acha que vão conseguir aguentar, Ozob?* — perguntou a segunda cabeça, nos alto-falantes. — *Quanto tempo até que você desista? Até que fique difícil demais e você vá embora, assim como fez com nosso pai?*

Ozob viu a barragem de cães-robôs correndo para ele e jogou uma granada magnética. A bomba explodiu no meio dos robôs, criando uma espécie de onda de choque. Então toda a primeira leva foi atraída para o centro da explosão, voando e formando um bolo de metal que se retorcia de forma inútil. Restavam quatro granadas.

— *Quanto tempo até que você faça alguma bobagem e as duas morram, Ozob? Quanto tempo até que você comece a inventar uma desculpa para a morte delas?*

Era diferente, ele pensou. Daquela vez era diferente. Ele tinha ido até o espaço por causa delas. Por causa do sonho e da guerra cultural. Não era só um assalto ou um trabalho mercenário. Ele acreditava nisso.

— *Quanto tempo até que elas não sejam mais convenientes, Ozob?*

California digitava alguma coisa em seu dispositivo holográfico. A garota devia ter enlouquecido, porque ela mesma falara que nada no satélite era conectado sem fio — e, para se ligar fisicamente com algum sistema, precisava do computador físico. Ela estava louca, ou tinha algum plano.

Mais provável que fosse a segunda opção.

Ozob sabia que não podia interferir com os dispositivos da hacker nem provocar a morte de todos eles. Então sacou do cinto uma bomba e começou a alterar configurações, enquanto a segunda leva de cães-robôs se aproximava, desviando-se da massa metálica. As criaturas se aproximavam, e Ozob se deu por satisfeito. Jogou a segunda bomba bem longe. Ela apitou sob o clangor e as provocações de Chernobyl, anunciando que iria detonar, então uma nuvem de relâmpagos finos tomou parte do túnel. EMP — pulso eletromagnético. Metade dos cães-robôs que chegava por seu lado caiu, inativa.

— O que você fez? — berrou California.

— EMP — ele disse, surpreso com a reação. — Alterei as configurações para o efeito ser restrito.

— Nunca mais faça isso! Não use um maldito EMP num satélite, ou vamos todos morrer!

Vivika cortou mais um robô com a garra, espalhando suas tripas feitas de fios. Outro tentou morder seu calcanhar e ela o chutou, arremessando-o longe. O pé foi tomado por uma dor horrenda e ela torceu para que não estivesse quebrado. Conseguiu apoiar o peso do corpo sobre o pé — ou não estava quebrado, ou ela estava muito cheia de drogas, nanorrobôs e adrenalina para notar que estava. O robô que foi chutado para longe continuava mordendo o ar — então caiu sobre um cano e o mordeu. A força de suas mandíbulas era tamanha que rasgou o metal sem dificuldade.

Ozob subiu por algumas reentrâncias do túnel e instalou um explosivo no teto, em pontos onde as placas se conectavam. Os cães passaram por cima dos corpos dos outros, que tinham sido desativados, e a bomba acima explodiu. A placa foi arremessada para a frente, girando na direção das criaturas. Encontrou-as e dividiu-as no meio.

— *Você sabe que vai traí-las, Ozob. Você sabe que vai abandoná-las ou provocar sua morte.*

Por alguma razão, ele lembrou dos rockstars, repetindo para ele que o momento da morte era importante.

— Chega! — gritou California.

Ela pressionou ENTER em seu dispositivo holográfico e, de repente, os cães-robôs pararam, todos ao mesmo tempo.

Então se voltaram uns contra os outros, destroçando-se com suas mandíbulas de aço.

Os três tiveram de tapar os ouvidos porque o barulho era alto demais. Metal raspando contra metal, metal rasgando metal, os cães pulando uns sobre os outros, fervilhando como vermes no túnel.

Até que cessou.

Só restava um, abrindo a fechando as mandíbulas.

Vivika o rasgou e ele caiu inerte.

— Como você fez isso? — perguntou Ozob.

California estava encharcada de suor e ofegante.

— Eles não estavam atacando cegamente. Tinham alguma coordenação. Havia duas opções. Ou cada um tinha uma inteligência artificial própria... Ou eram comandados remotamente. Demos sorte.

Ela sorriu.

Nada no satélite funcionava sem fio. Mas os sistemas de segurança dependiam de armas sem tiros, sem explosões, que não arriscassem perfurar a fuselagem. Então aquele sistema, especificamente, tinha uma conexão remota.

— Sorte — disse Ozob.

— Você tem sorte desde que me conhece. Não reclame.

— Não estou reclamando.

Avançaram pelo mar de robôs destroçados. Desceram ainda mais. O calor aumentou. A luz ainda era indireta e quente.

— Não faz sentido — disse California. — Os servidores não deveriam estar perto de tanto calor. Os transmissores não deveriam estar atrás de um ambiente tão hostil.

Eles ficaram calados. Ozob queria opinar, mas estava sentindo dor demais no ombro e na coxa.

— Isso tudo é proposital — California concluiu. — Não era assim antes. Alguém está controlando o satélite e usando-o contra nós.

Isso não era assustador, era o esperado.

Assustador era pensar quem estava no controle.

— Uma inteligência artificial? — perguntou Vivika.

— Ou Chernobyl — disse Ozob.

A gargalhada ecoou pelo corredor.

o—

Antes, nas entranhas do satélite.

Chernobyl Ratatá ficou de frente para uma parede forrada de computadores, telas e máquinas. Apanhou dois conjuntos de fios, que acabavam em agulhas muito finas. O lado direito estava tremendo, enquanto a cabeça da esquerda exibia um sorriso enorme.

— Isso vai doer tanto em mim quanto em você — zombou a segunda cabeça.

Usando a mão esquerda, enfiou as agulhas nos olhos da primeira cabeça, sentindo agonia e ansiedade. Então, com os olhos conectados aos fios, as agulhas expeliram tentáculos microscópicos, que se ligaram a seus nervos óticos e fizeram interface com seu cérebro. As telas começaram a piscar com milhões de imagens por segundo. A mente de Ratatá foi invadida por conhecimento sobre o satélite — cada reentrância, cada corredor e cada túnel, cada duto e a maneira como cada sistema funcionava. Também a forma de programá-lo. Ele ajustou os sistemas para que aceitassem seus comandos de voz. Conhecia tão bem o lugar que decorou a posição de cada pequeno objeto, o ângulo de cada esquina. Mesmo sem olhar, tinha o satélite como uma imagem tridimensional completa.

Aquilo era poder. O mundo onde eles estavam era o satélite e, naquele mundo, Chernobyl era onipotente.

Onipotente para matar seu irmão.

o—

Eles correram para um hangar de teto alto, onde havia uma pequena nave de transporte. O calor era maior do que nunca, e eles estavam suando, sentindo sede, ficando fracos. A luz era laranja, fraca, agourenta. Ozob sentia o ombro e a coxa fervendo. Ouviu a gargalhada de Ratatá.

— Ele vai atacar de novo!

— Como você sabe? — perguntou California.

— A gargalhada. Ele está nos observando.

A garota o segurou.

— Não estamos ouvindo nada, Ozob.

Ele se deu conta de que estava alucinando. Ouvindo Chernobyl onde ele não estava.

Ozob se sentiu fraco, apoiou-se na nave.

— Isto é um hangar — disse California, de repente.

Ozob e Vivika olharam para ela.

— Isto é um hangar! — California gritou. — Tem ligação direta com o espaço! Ele pode abrir uma comporta e nos matar agora mesmo!

Ela localizou um painel de controle e correu até lá. Enfiou um cabo em uma porta e começou a executar seus programas. Alguns segundos depois, houve uma tentativa de abrir a porta do hangar, mas ela conseguiu detê-la.

Então Ozob perdeu toda a noção do que era real.

Viu o teto vindo em sua direção, para sua cabeça, e achou que ainda estava no espaço, que tudo desde a entrada no satélite fora sonho. Peças, ferramentas e tudo que não estava preso ao chão também voou com ele — California e Vivika, e a nave. Num segundo de queda, Ozob percebeu: a gravidade havia sido revertida.

Ele caiu com violência sobre o próprio pescoço, sentido as vértebras biônicas reclamarem. O hangar foi tomado pelo barulho da nave caindo de cabeça para baixo, o vidro que recobria a cabine se estilhaçando.

California gritou, largando seu computador, que ficou pendurado pelo fio. A nave deslizou contra a parede onde ela estava e a prensou.

Vivika foi a primeira a se orientar na nova gravidade. Pulou por cima da nave e foi até California.

— Algo quebrado?

— Estou bem! — gritou a garota. — Mas preciso subir até o computador.

Vivika se colocou atrás da nave e fez força com os pés, as costas apoiadas na parede. Ficou toda vermelha, emitiu um rugido e o transporte se moveu um centímetro. California desabou, sem conseguir se apoiar nas pernas.

— Não se preocupe, não estão quebradas — ela ofegou. — Preciso chegar até o computador!

Uma mancha de sangue se espalhava pelas roupas de California. Ela usou a jaqueta preta para esconder o ferimento. Vivika não discutiu e lhe entregou um lançador de cabo líquido. California prendeu o lançador na cintura, fazendo uma careta de dor e lançou o cabo no teto que antes era o chão. Subiu pelo cabo, recolhendo-o para o lançador, e chegou até o computador. Os motores das comportas do hangar faziam barulho, tentando se abrir. California começou a digitar furiosamente com uma mão, segurando o aparelho com a outra.

— Por que você está aqui, Chernobyl? — urrou Ozob. — Seu alvo está na Terra!

Vivika se virou para ele, numa fúria súbita. Estava sangrando na testa e na boca, machucada pela queda. A sugestão de que o palhaço de duas cabeças deveria estar caçando Johnny pareceu uma blasfêmia para ela.

— Pergunte a si mesmo, Ozob. Por que estou aqui?

Ozob já não sabia mais se tinha mesmo ouvido aquilo ou se era uma alucinação. O ombro e a coxa ardiam.

— Eu preciso de drogas.

— O quê? — California gritou, pendurada lá em cima.

— O veneno está fodendo minha cabeça. Eu sei lidar com as drogas. Não sei lidar com o veneno.

— Ozob...

— Não vou ter uma overdose aqui! Preciso de todos os estimulantes que você tiver!

Ela jogou a mochila para ele, de onde estava, pendurada no cabo líquido. Ozob derramou todo o conteúdo — alguns aparelhos, uma pistola, uma lata de spray e um monte de pílulas. As pílulas se espalharam no chão, formando um mosaico de todas as cores. Ozob as recolheu em duas mãos cheias e as enfiou na boca. Mastigou, sentindo o gosto horrendo.

Seu corpo começou a formigar.

— Você é obcecado por mim, Chernobyl! Prefere me perseguir a cumprir sua missão! E é por isso que vai tomar uma surra! Você me odeia demais!

— Eu o odiava quando você era ameaça, Ozob — a voz não veio de alto-falantes, mas do teto. — Agora você é divertido.

Vivika ouviu o barulho de um alçapão no teto se abrir e seus reflexos entraram em ação sem desperdiçar um segundo. Correu e saltou sobre a nave, tomou impulso e pulou de novo.

Zatati Ratatá surgiu do alçapão aberto no teto que havia sido o chão. Despencou de ponta-cabeça, pendurado num cabo, três pistolas nas mãos, atirando. Ozob ainda estava com a massa de pílulas mastigadas na boca, sentindo os efeitos, babando a espuma química, e viu aterrorizado o palhaço atirando na direção da garota.

Vivika rugiu como um tigre no meio do salto. Girou no ar, ficando de costas para Zatati e fazendo um escudo humano para California. Recebeu três tiros. Assim, protegeu California. Urrou, completou o giro e, com as garras da mão mutilada, cortou o cabo que prendia o inimigo.

Caiu no chão, numa poça de sangue.

Chernobyl endireitou o corpo, caindo de pé. Apontou duas pistolas para Ozob e uma para Vivika, olhou para frente e para trás ao mesmo tempo e atirou.

A guerreira estava viva, o que era a maior prova do triunfo da fúria e da manipulação genética. Ela correu em ziguezague para Chernobyl, evitando as balas. Sacou uma pistola de sua coxa e a descarregou contra o pós-humano.

Ozob, sentindo o organismo mais acelerado do que nunca, não tentou se desviar dos tiros. Gritou, jogou uma bomba de fumaça na cara do irmão mais velho. Zatati foi engolfado pela nuvem. Sabia que ele não dependia dos olhos para se orientar, mas apostou que a fumaça fosse pelo menos confundi-lo um pouco.

Teve sorte pela primeira vez naquele dia. Correu para o inimigo, que atirava às cegas por um instante. Tomou um tiro no braço, mas não sentiu dor — apenas o impacto de ser jogado para trás, e então continuou. Agarrou o braço de Ratatá, segurou-o numa chave e caiu no chão com ele. Ouviu o som delicioso do braço quebrando.

Vivika acertou uma saraivada de tiros em Zatati, em seu colete anti-impacto, antes que ele fosse engolfado na nuvem de fumaça. Viu Ozob entrando ali, os dois corpos se confundindo. Sacou a outra pistola, mas não quis arriscar o aliado pós-humano. Correu para dentro da nuvem de fumaça.

Então foi atingida por uma rajada brutal de tiros.

O braço direito de Vivika foi destruído e ela se feriu no flanco. A dor era tamanha que a guerreira não conseguiu gritar, foi jogada para trás como uma boneca de pano.

— Vivika! — gritou California.

Ratatá tinha uma submetralhadora presa na coxa e usara uma das mãos para apontá-la e disparar contra Vivika.

Dentro da nuvem de fumaça, Ozob tentou segurar o outro braço do irmão.

— Você está aqui jogando sua vida fora, como o Frankenstein de merda que é! — gritou a primeira cabeça. — Acha que os humanos são seus amigos! Acha que é um deles! Você é patético!

— Uma das putas já foi — cantarolou a segunda cabeça. — Seu corpo ainda está inteiro. Imagino que gosto tem.

Zatati bateu em sua cabeça com a coronha da submetralhadora, arrancando sangue. Ozob foi para trás, largou seu braço, então Chernobyl apontou a submetralhadora para ele. Ozob pulou para trás e o piso a seu redor foi varado por tiros. Mergulhou para um espaço sob o transporte, a tempo de evitar as rajadas.

— Não estou morta ainda! — rugiu Vivika.

Ela saltou para Chernobyl e era uma visão aterrorizante. Sem um braço, de onde pendiam fiapos de carne e metal líquido, com uma mão mutilada e três tiros nas costas, ela não poderia estar viva. Não deveria. Mas naquele momento era mais feroz do que um tigre, mas furiosa do que um animal agonizante. Seu moicano estava maior e mais afiado do que nunca. Ela saltou, deixando um arco de sangue em seu caminho, e deu uma cabeçada em Chernobyl.

Até mesmo o palhaço de duas cabeças se surpreendeu com a tenacidade. Só teve tempo de se virar e bloquear o golpe com o braço que já estava quebrado.

Vivika decepou uma das mãos direitas de Chernobyl Ratatá com seu moicano. A mão voou, o choque e a dor provocaram uma reação de fúria no palhaço de duas cabeças. Ele sacou uma faca, girando-a na palma da mão e deixando a lâmina para cima. Então, enquanto Vivika caía,

Chernobyl deu seu bote. Estocou entre o pescoço e o ombro da guerreira, puxando a faca em seguida e deixando o sangue esguichar. Girou a lâmina de novo num movimento estudado e dilacerou o pescoço de Vivika.

Ela pareceu dar um meio sorriso, por ter conseguido feri-lo, mas isso era impossível.

Então ela caiu.

— Vivika, não! — gritou California.

Ratatá apontou a submetralhadora para a garota.

Ozob estava se arrastando para sair de baixo da nave, porém devagar demais. Gelou quando viu seu irmão apontar a arma para California. Moveu-se com mais velocidade, passando por cima de vidro quebrado, estilhaços de metal, até que conseguiu ficar de pé com um salto. Estava todo esfolado, cheio de cortes. Vários ossos quebrados, exausto e mais ferido do que nunca.

Mas não sentia nada disso. Só sentia o cérebro pegando fogo, como se estivesse mergulhado em combustível de alta octanagem. Como se cada nervo estivesse ligado na eletricidade, como se houvesse um reator nuclear na barriga.

Correu, gritando, e derrubou Zatati, no exato instante em que ele disparava. A rajada se desviou, pegando ao lado de California.

Ozob montou sobre seu irmão e bateu. Deu-lhe um soco numa cara, mais um na outra. Bateu e bateu, viu que os nós de seus dedos estavam sangrando, mas não se importou.

Notou que Chernobyl estava rindo.

— Você acha que ela é sua amiga, seu covarde?

Chernobyl lhe enfiou uma faca nas costelas e a deixou cravada. Ozob parou por um segundo. Zatati estava mutilado, sangrando muito pelo coto do braço, mas continuava com força inumana. Jogou o corpo de Ozob para cima, arremessando-o. Ozob rolou no chão. Zatati correu para ele, fintou com um soco direto. Ozob caiu no blefe e tomou um uppercut no queixo. Então um cruzado na têmpora. Não estava sentindo dor, mas estava ficando fraco. Chernobyl fingiu um gancho nas costelas, mas usou a outra mão para puxar a faca que estava cravada no outro flanco do irmão. Jogou a lâmina para a outra mão e desferiu um golpe lateral, que deveria perfurar o pescoço de Ozob. Ele se abaixou, usou as pernas para derrubar Zatati de novo, mas estava lento por causa dos ferimentos.

Chernobyl se ergueu de um salto e correu para longe. Ozob foi atrás dele, mas Chernobyl gritou:

— Luzes!

Então até mesmo a luz alaranjada de emergência se apagou. Ozob tentou achar o irmão nas trevas, mas ele sumiu de novo.

Os motores das comportas do hangar pararam de se mover. California desceu pelo cabo.

Ela cambaleou até Ozob.

A única luz no hangar vinha da tela holográfica de seu dispositivo.

Ele estava coberto de sangue. Olhos injetados, dentes rangendo. Tremendo por causa das drogas e da perda de sangue.

California o abraçou. Ela também estava sangrando e sua modificação biológica não lhe dava nenhuma resistência adicional. California não era um pós-humano de trabalho pesado ou um soldado com DNA de tigre. Era só uma garota muito boa com computadores. Suas pernas e seu abdome estavam bem feridos.

Ela puxou Ozob pela mão até o corpo destroçado de Vivika.

— California, Chernobyl pode estar...

— Se ele atacar, você vai nos proteger. Porque agora eu vou chorar a morte da minha amiga.

Ela se ajoelhou e se debruçou sobre Vivika. Abraçou o cadáver, segurou-o contra o rosto com carinho. Sujou-se do sangue dela.

— Você foi minha amiga. Você me ensinou a ser sua comandante.

Então, sob a luz da tela holográfica, California depositou o corpo de volta no chão. Tinha trazido apenas uma coisa supérflua em sua mochila: a lata de spray. Foi até onde todo o conteúdo estava espalhado, pegou-a e pichou no chão, ao lado do corpo de Vivika:

WAR ROADIES

O orgulho que California tinha daquele grupo pareceu emanar da marca pichada. Era um desafio à morte. Vivika era uma War Roadie e, mesmo que estivesse morta, aquelas duas palavras gritavam o sentido de sua vida.

— Você foi minha amiga — repetiu California.

Ozob a abraçou.

Mas não tinham tempo para um velório. A garota fungou duas vezes, então disse:

— Vamos em frente.

o—

Ozob estava além de sentir calor ou frio. Estava além de sentir dor.

Só sentia uma raiva profunda do irmão e uma lealdade furiosa por California. Seguiram pelos corredores cada vez mais quentes, mas em certo momento Chernobyl desistiu da tática. O interior do satélite ainda estava escuro, de novo com a luz alaranjada de emergência, mas começou a ficar cada vez mais frio.

— Estamos perto dos servidores — ela disse.

Os corredores eram muito estreitos para que os dois andassem lado a lado. Ozob ia na frente, segurando sua mão. Em sua mente afetada pela névoa das pílulas, o tempo não existia. Era como se todas as atrocidades de Chernobyl Ratatá estivessem acontecendo naquele momento. Era como se todos os gestos de California fossem simultâneos.

— Será que vão fazer um filme sobre nós? — ela perguntou.

— O quê?

— Um filme. Não importa o que acontecer, vamos ser as pessoas que pisaram na cara da DataDyne. Acho que podiam fazer um filme sobre nós. Mesmo que fosse produzido por uma corporação rival. Acha que vão fazer um filme?

— Não sei.

— Quem será a atriz que vai representar Vivika?

Ele sentiu o peso daquela conversa estranha.

— California, eu avisei...

— Vivika não morreu por sua causa. Não morreu porque seus parceiros morrem. Vivika morreu porque as corporações preferem matar gente do que perder uns trocados. E porque seu irmão é um sádico desgraçado. Então nós vamos à forra contra a DataDyne e você vai matar seu irmão.

Ele segurou forte a mão da amiga.

— As corporações não têm medo de armas, Ozob. Banksy nos disse algo assim, não foi? Esse era o erro da Coronel Yelena. Elas não têm medo nenhum da violência e é por isso que gente como Vivika nunca conseguiu fazer a revolução sozinha. Precisamos de gente como Johnny.

— Precisamos de você.

— Precisamos de gente como Johnny — California insistiu. — Porque eles têm medo da música. Têm medo da cultura. Têm medo que a gente pense, ria, transe, leia e crie. Eles controlam tudo porque têm medo do que o mundo seria se não fosse controlado.

— Eles deviam ter medo de você. Eu nunca pensei e ri tanto quanto desde que a conheci.

Ela sorriu para ele.

— Quem você acha que vai me representar no filme? — perguntou California.

— Desiree Fox.

— Quem é essa?

— Atriz pornô.

E ela riu. Ela riu, porque se não risse, a DataDyne e Zatati venceriam. Ela riu, porque Vivika tinha seguido a líder que ria, não uma infeliz que não tinha prazer em viver. Ela riu, porque ser estoico e amargurado era coisa de heróis idiotas.

E ela era uma heroína muito inteligente.

Então Ozob percebeu algo. Mesmo que ele tivesse dito a si mesmo que aceitava a morte antes de entrar no foguete, mesmo que tivesse colocado uma granada vermelha no lugar do nariz, agora ele entendia o que era aceitar a morte. Aceitar a morte era agir como California. Não importava se tivesse mais dois anos ou mais vinte. As melhores músicas acabavam rápido, e medo era a arma do inimigo. A arma de California era rir daquela merda toda, mostrar o dedo do meio para as corporações e os assassinos, fazer guerrilha para espalhar música. Ozob tocou na granada em seu rosto e, pela primeira vez, realmente aceitou a morte.

Talvez fosse só efeito das drogas.

Eles na verdade caminhavam no teto. A gravidade continuava revertida. Chegaram a um corredor com duas escotilhas. Em cada escotilha, um módulo de fuga. Eram uma espécie de charutos grandes o bastante apenas para um ser humano. Para os dois técnicos que deveriam ser as únicas pessoas a pisar no satélite.

A gargalhada de Chernobyl ressoou nos alto-falantes.

— *O que é isso na sua cara?* — perguntou a segunda cabeça. — *Uma granada no lugar do nariz, Ozob?*

— É meu foda-se para a morte.

— *Não, seu idiota. Você nunca entende nada. Você está ainda mais parecido com o palhaço que foi sua inspiração. Você diz que odeia nosso pai, mas fica cada vez mais próximo dele, de propósito. Você só queria ser amado, Ozob. Seu merda.*

— Você fugiu em vez de continuar lutando no hangar. Também não quer morrer.

— *Eu nunca quis morrer* — disse a primeira cabeça. — *Minha vida era ótima. Você a estragou. Se você tivesse morrido logo no começo, tudo ficaria bem. Meu único arrependimento é não ter matado você quando ataquei os guardas que queriam nos levar para sermos destruídos, antes de você causar problemas.*

— Não importa. Você perdeu. Na Terra, Johnny Molotov e Guzzo...

A gargalhada o interrompeu.

— *Você não sabe o que está falando, Ozob. Não tem ideia de como isso é engraçado! E Guzzo... Guzzo é só um viado que cuida de putas.*

— É o que você teme, não é? Você e seus chefes. Gente trepando, cuidando uns dos outros.

— *Guzzo nunca teria sido um problema, não fosse por você.*

— Errado, Chernobyl. Guzzo era a mais forte de nós. E você sempre foi o mais fraco.

— *Meu nome é...*

Então eles viraram uma esquina e estavam num corredor branco, iluminado, que acabava em uma porta. A entrada da sala de servidores e de transmissões.

Na frente da porta, estava o palhaço de duas cabeças.

— ... Zatati Ratatá — as duas cabeças falaram ao mesmo tempo.

Ozob colocou California atrás de si. Chernobyl estava com uma faca na mão esquerda e outra amarrada no coto de uma das mãos direitas. Havia um torniquete impedindo o sangramento e, pela desenvoltura como ele estava mexendo o braço, devia ter se injetado nanorrobôs e anestésicos. A outra mão direita estava à frente do corpo, em guarda.

— Qual é seu próximo truque, Chernobyl?

— Não há mais truques — disse a primeira cabeça. — Aqui não há mais armas ou mecanismos de defesa. É uma região muito sensível. Aqui somos eu e você, Ozob.

Ele empurrou California mais para trás, dobrando levemente os joelhos e assumindo uma posição de luta.

— Certo, eu menti — disse a segunda cabeça. — Só mais um truque. *Gravidade!*

A gravidade foi revertida de novo. Ozob caiu pesado, despreparado, mas Zatati saltou com agilidade e caiu de pé sobre ele. California conseguiu fazer um rolamento, evitando o pior do dano, mas deixando um rastro de sangue pelo chão.

Zatati golpeou com uma faca, segurando-a como um furador de gelo. Ozob bloqueou o ataque, antebraço com antebraço, e acertou um gancho na boca do estômago do irmão. O inimigo foi para trás e atacou com a faca presa no coto do braço em um arco longo, mirando os olhos de Ozob. O pós-humano conseguiu evitar o golpe, mas a faca cortou seu supercílio. De novo, sua visão foi inundada por sangue.

Ozob ficou de pé e não se importou em ver onde batia. Chutou, aproveitando o espaço exíguo e fazendo Chernobyl recuar. Correu, tentando agarrá-lo, mas Ratatá desviou para o lado, esfaqueando de novo o braço de Ozob. Ele pintava de vermelho qualquer lugar onde se encostava, perdia muito mais sangue do que um humano normal aguentaria. Zatati se abaixou e encaixou um gancho no rosto de Ozob. Ele voou para trás. O palhaço de duas cabeças saltou de novo, pisou em seu pescoço, então em sua cabeça.

Ozob sentiu algo em seu crânio ceder e por um segundo sua visão ficou toda negra. Chernobyl o chutou na cara, de novo e de novo, e Ozob cuspiu dois dentes.

— Usa uma granada no nariz? — gritou a primeira cabeça. — Isso é um insulto a Hans Gropp!

Ozob segurou a perna de Zatati no meio de um chute. Puxou-a e ele foi ao chão. Torceu a perna numa chave impiedosa. Chernobyl enfiou uma faca na mão de Ozob — ele ignorou a dor, mas os músculos simplesmente pararam de funcionar e ele foi obrigado a soltar o irmão. Tentou ficar de pé, mas Chernobyl foi mais rápido. Puxou-o com as duas mãos que ainda tinha e o prensou contra a parede. Segurou Ozob pelo cabelo e bateu com sua cabeça na parede. De novo, de novo. Ozob se sentiu tonto. Mais uma batida com força, e Chernobyl lhe deu um murro com ferocidade, a mão fechada batendo na têmpora e a cabeça batendo na parede. A faca que estava presa no coto foi em direção à cabeça de Ozob, então ele virou o rosto e mordeu a lâmina, prendendo-a.

Ozob não tinha mais movimento em uma das mãos, mas usou o cotovelo para golpear a lateral da segunda cabeça de Chernobyl. As duas cabeças se bateram. Ozob prendeu o braço decepado e puxou a faca com os dentes, arrancando-a. Então pegou a arma e a enfiou na barriga de Zatati.

O palhaço de duas cabeças segurou a mão ferida de Ozob e meteu os dedos no corte aberto. A dor foi tamanha que ele sentiu mesmo em seu estado alterado e gritou. Zatati deu uma cabeçada em Ozob, então outra, com a outra cabeça. Mais um soco direto no rosto, e Ozob foi para trás.

O inimigo arrancou a faca do próprio bucho e avançou contra Ozob.

— É assim que você vai morrer, Ozob! — urrou a primeira cabeça. — No escuro, comigo!

— Deixando sua amiga na minha mão — disse a segunda.

Ozob se desviou da facada direta, tomando um corte superficial no abdome. Ficou atrás de Zatati e lhe aplicou um estrangulamento na segunda cabeça. Conseguia fazer o golpe mesmo com uma mão mole e ferida. Fez força, enquanto o inimigo tentava acertá-lo com a lâmina.

— Meu segredo é que eu sempre me diverti, Ozob! Matar os mineradores foi ótimo! Massacrar o público do XFC foi uma delícia! E ver você se contorcendo, indefeso, enquanto era torturado, foi a maior diversão de todas!

A segunda cabeça gargalhava.

— Você morre agora!

Zatati tentou esfaqueá-lo de novo e de novo, com a lâmina para trás, mas Ozob não deu importância.

— Mas nada se comparou a matar sua amiga e ver vocês dois choramingando.

A segunda cabeça gargalhava.

— *Chega!* — urrou Ozob. — *Chega, seu merda!*

Então impulsionou o corpo todo para cima, numa tesoura voadora a curta distância. Aterrissou derrubando Chernobyl, com o pescoço da segunda cabeça entre as pernas. Ratatá enfiou a faca fundo no flanco de Ozob e isso deveria ser suficiente para deter qualquer um, mesmo um pós-humano, mesmo um soldado treinado.

Mas Ozob só conseguia sentir fúria.

Fez mais força com as pernas e ouviu um som de quebra.

A gargalhada cessou.

Ozob se ergueu, urrando, sangrando, um animal enfurecido.

Zatati se levantou também, gritando de horror. Mas só com a primeira cabeça. A segunda cabeça estava mole, pendente.

Morta.

— *O que você fez?*

— Pode me matar, Chernobyl! Eu não tenho mais medo da morte! Mas você morre agora!

— *O que você fez, desgraçado?* — balançando a cabeça morta inutilmente com as duas mãos.

— Está com medo, Tati Tatá? Ou agora é só Tatá?

Ozob esmurrou a primeira cabeça. Zatati devolveu os socos. Cortou-o de novo com a faca, mas era como cortar um pedaço de carne no açougue. Ozob sangrava, mas os golpes não tinham efeito.

— Você vai morrer agora!

— Vamos todos morrer, então! — gritou Zatati. — Autodestruição!

Uma voz de mulher, límpida e educada, disse:

— *Sequência de autodestruição ativada.*

O escuro do corredor foi substituído por uma luz vermelha intermitente. Um alarme irritante soava com a luz.

Ratatá puxou uma pistola. Mas, em vez de apontá-la para Ozob, apontou para California, atrás.

— Mas ela morre antes! — gritou o palhaço de duas cabeças. — Eu avisei, Ozob! Você vai ver as duas morrerem!

Ozob puxou uma granada de seu cinto, a penúltima. Viu Ratatá começar a apertar o gatilho, como se fosse um filme em câmera lenta. Arremessou a granada no irmão — a explosão no corredor exíguo iria matar todos eles.

Mas, quando a granada atingiu a pistola de Zatati, não explodiu, porque Ozob não puxara o pino.

O impacto desviou a arma, fez o tiro errar, acertando a parede.

Ozob urrou e correu, abaixado. Segurou o irmão pela cintura e o empurrou com violência para trás. Ratatá bateu com a coronha da arma nas costas e na cabeça de Ozob, mas ele parecia possuído. Os dois se chocaram brutalmente contra a escotilha de um dos módulos de fuga. A batida fez a escotilha se abrir. Zatati encostou o cano da pistola sob o queixo de Ozob, mas o pós-humano segurou seu pulso, torcendo-o e impedindo-o de atirar. Girou o braço do irmão e o empurrou para o módulo de fuga. Zatati caiu para trás, dentro da escotilha, mas a mão que segurava a pistola ficou para fora. Ozob forçou o pulso, usando a borda da escotilha como alavanca, enquanto Chernobyl esmurrava seu rosto.

— Você está sofrendo, mas eu me diverti, Ozob! Eu me diverti todo esse tempo, desde que nascemos. Você sofreu, mas eu aproveitei. No fim, eu venci. Você é um bosta, procurando o que nunca vai achar, mas eu dancei sobre sua miséria!

Ozob deu um urro sem palavras e o pulso de Zatati Ratatá se quebrou. Ele agarrou a pistola e a jogou longe, batendo nas paredes do corredor e deslizando no chão ensanguentado. A escuridão só era quebrada pelo vermelho intermitente do alarme.

— *Sequência de autodestruição ativada. Por favor, dirijam-se aos módulos de fuga.*

Com a única mão que lhe restava, Zatati bateu no rosto do irmão. Acertou seus olhos, seu queixo, até mesmo a granada em seu nariz. Uma das mãos de Ozob também não funcionava mais, amolecida pelos golpes de faca, então ele usou a outra para segurar a única cabeça ainda viva do irmão pela nuca. Puxou-a e bateu com sua testa no nariz dele. Bateu de novo com a granada. O rosto de Zatati estava ensanguentado. Seus olhos estavam arregalados.

Mas ele ria.

Ria como um louco.

Ratatá fez força com o pescoço para trás, enquanto Ozob tentava puxar sua cabeça para perto de si novamente.

— O que é isso, Ozob? Quer me beijar?

Ozob bufava, sangrando e espumando pela boca.

— Você queria uma família como as dos humanos, não é? Você queria ser amado por seu pai e seus irmãos. Você agora vai me beijar, seu fraco? É isso?

Então Chernobyl esticou a língua.

Ozob venceu sua resistência e encostou a granada vermelha com força no rosto de Zatati. Usou sua mão ferida e enganchou um dedo no pino da granada. Puxou-o.

Então forçou ainda mais seu rosto contra o rosto do irmão, empurrando a alavanca da granada. Se ela fosse solta, a granada seria ativada.

Chernobyl tocou o queixo de Ozob com a língua. Ozob sentiu nojo.

— *Sequência de autodestruição ativada. Por favor, dirijam-se aos módulos de fuga.*

— Você vai chorar, Ozob? Vai chorar por sua amiga? Vai chorar por seu irmão? Vai chorar porque vai morrer?

Ozob apenas bufava.

— Ou vai me beijar?

— Beija meu nariz, desgraçado!

Ozob puxou sua cabeça para trás, destravando a alavanca. A granada vermelha pulou para dentro do módulo de fuga. Ele ainda viu os olhos de Zatati se arregalarem de pavor quando fechou a escotilha.

O módulo de fuga foi ativado e disparou para o espaço.

Ozob gritou, um grito de fúria acumulada desde seu nascimento. Olhou pelo plástico transparente da escotilha fechada e viu o módulo de fuga que continha Chernobyl Ratatá explodir, em silêncio, no espaço.

O corpo mutilado do palhaço de duas cabeças flutuou para fora do cilindro arrombado. Girou no vácuo, sem as pernas, sem os dois braços direitos. Os dois irmãos cruzaram o olhar, e Ozob pôde ver que ele ainda estava vivo.

E apavorado.

O sangue de Chernobyl Ratatá foi todo sugado para o infinito negro, enquanto ele agonizava e sufocava no frio do espaço. Então ficou paralisado, numa eterna expressão de dor e medo.

Ozob o viu morrer.

o—

— *Sequência de autodestruição ativada* — lembrou a voz feminina. — *Por favor, dirijam-se aos módulos de fuga.*

— Ozob, aqui! — gritou California. — Ainda podemos cumprir a missão!

Ele cambaleou até a porta da sala dos servidores. Estava aberta. Enquanto ele e Chernobyl lutavam, ela tinha conseguido entrar.

Ozob começando a sentir dor. Muita dor. Estava começando a notar que ninguém escapava vivo do que ele havia feito.

— Sente-se — disse California.

A sala dos servidores era muito fria e o ambiente mais amplo do satélite. O único realmente planejado para o conforto de seres humanos. Tinha cadeiras acolchoadas e estações de trabalho bem distribuídas. Ozob não entendeu, mas obedeceu à sugestão de California e se deixou desabar numa cadeira. Então ela o espetou com uma pistola-seringa cheia de líquido prateado. Nanorrobôs.

— O que...

— Guardei esse para você — ela piscou.

— Como? Por quê?

— Porque, se eu dissesse que ainda tinha uma dessas, vocês iam fazer eu usar em mim mesma. Mas estou bem. Prefiro usar em meu melhor amigo.

— California, você está ferida.

— Mas agora não adianta mais argumentar, então foda-se. Vamos cumprir a missão.

O alarme continuava, assim como a luz vermelha intermitente. California logo descobriu que não conseguia desativar aquele protocolo, nem mesmo acender as luzes. Era preciso agir rápido. O satélite já estava condenado.

— *Contagem regressiva começando* — disse a voz feminina. — *Autodestruição em dez minutos.*

Ela sentou numa cadeira confortável, perto de um dos servidores, e começou a digitar e rodar seus programas. Seu dispositivo holográfico funcionava em paralelo com o computador físico. Também havia outros aparelhos cuja função Ozob não fazia ideia. Ele ficou olhando aquilo, aflito, ouvindo os lembretes da voz feminina.

— Consegui! — anunciou California, jogando-se para trás na cadeira e erguendo os braços.

— O quê...?

— O que você acha, seu tonto? Eu consegui!

Ela esqueceu que estava ferida. Pulou e deu um abraço nele.

— *Autodestruição em cinco minutos.*

Ozob não acreditava. O sucesso parecia tão longe que ele nunca tinha realmente considerado a possibilidade a sério. O foguete, o passeio pelo espaço, as defesas do satélite, Chernobyl, as próprias defesas do sistema... Eram obstáculos demais.

Mas California mostrou a ele as várias telas moleculares dos servidores, exibindo o que ela queria que fosse exibido. Ela *era* um gênio. Naquele momento, os transmissores da DataDyne estavam prontos para tomar o controle de vários meios de comunicação. Os perfis fantasmas no EgoBliss estavam invadidos. Tudo estava pronto para o show de Johnny Molotov.

California apertou um botão.

A tela a sua frente mostrou um palco vazio.

— Onde ele está? — perguntou Ozob.

— Deve estar fumando antes de começar a tocar. Ou bebendo alguma coisa.

Eles esperaram. O palco continuou vazio.

— *Autodestruição em quatro minutos.*

— Está chegando a hora — disse California, apreensiva.

— *Formas de vida detectadas dentro da área de explosão. Por favor, usem os módulos de fuga.*

— O que está acontecendo? — perguntou Ozob.

— Fale com os russos!

Não era fácil conseguir comunicação com a Terra dali. California tentou usar os equipamentos da sala para contatar Oleg Korolenko, mas era inútil. O satélite devia transmitir o conteúdo da DataDyne, mas era feito para ser inacessível de outras formas. Não havia como entrar em contato com a Terra.

— Onde está Johnny Molotov? — perguntou Ozob.

— *Autodestruição em três minutos. Por favor, usem os módulos de fuga.*

Nas telas moleculares, um palco vazio.

— California...

— Algo aconteceu com ele!

— California, ouça.

— Algo aconteceu com meu irmão, Ozob! A DataDyne...

— California, Chernobyl estava muito confiante. Ele sabia que não precisava se preocupar com Johnny...

— Foda-se seu irmão e o ódio entre vocês! Acha que ele está morto?

— Os russos nunca deixariam que o bar fosse invadido pela DataDyne — tentou Ozob.

— Então ele vai aparecer. Johnny vai tocar.

California sentou na cadeira de espaldar alto. Recolheu as pernas e abraçou os joelhos, como uma criança.

— Onde está Johnny?

— *Autodestruição em dois minutos.*

— California, vamos embora.

A garota olhou para ele com um misto de ódio e incredulidade.

— O que você está falando?

— Não vai dar certo, menina. Vamos embora antes que tudo isto exploda.

Como contra-argumento, ela apontou a tela, que mostrava o palco vazio.

— Não vai acontecer! Vamos embora!

— Você mesmo disse que era impossível que a DataDyne tivesse levado ele!

— Mas ele pode ter desistido!

O lábio inferior de California tremeu.

— Não.

— Garota...

— Não!

Os dois ficaram se olhando. O alarme tocava a cada dois segundos, acompanhado da luz vermelha.

— *Autodestruição em um minuto.*

— Podemos ambos entrar no módulo de fuga — disse Ozob. — Você é pequena.

— Eu vou ficar. Johnny precisa de mim.

— Você já fez o que precisava.

— Preciso ficar aqui para garantir que o show vai começar! Quando tudo começar a ser compartilhado, vai ser tarde demais para eles. Mas não antes! Johnny precisa de mim!

— *Eu* preciso de você!

Ozob estendeu a mão para ela.

California levantou da cadeira e a pegou.

O pós-humano então correu para fora da sala, arrastando sua amiga. Atravessou a porta.

California se desvencilhou, ficando do lado de dentro. Ozob se virou, mas ela apertou uma tecla no painel de controle interno e a porta se fechou, dividindo os dois.

Ozob a olhou, horrorizado, através da janela na porta da sala de servidores.

— California! O que você está fazendo?

— Eu confio nele. Vai dar certo. O show vai começar.

Ozob gritava, mas ela mal conseguia ouvir do outro lado. E ele só via os lábios da amiga se mexendo.

— *Não!* — berrou o pós-humano. — *Não vou deixar!*

Ele tinha mais uma bomba no cinto. A última. Plantou-a na porta. Afastou-se e tapou os ouvidos. A bomba explodiu, o corredor tremeu, mas a porta ficou intacta.

— Se bombas abrissem esta porta, eu não precisaria ter usado o computador — California sorriu.

— Não faça isso! Você não pode!

Ozob se jogou contra a porta. Bateu nela com seus punhos fechados, deixando marcas de sangue. Então bateu mais e mais, até abrir novos cortes nas mãos. Bateu com a cabeça, com os joelhos. Tentou, inutilmente, enfiar as pontas dos dedos no minúsculo vão entre a porta e a parede.

— *Autodestruição em 30 segundos.*

— Você não pode fazer isso comigo, California! Você tem que viver!

— A música dele é mais importante, Ozob.

Nas telas, um palco vazio.

Os programas de segurança da DataDyne começaran a contra-atacar, tentar tomar o controle de novo. California manejou seus dispositivos, defendendo-se.

E o palco continuava vazio.

— *Autodestruição em 15 segundos. Por favor, utilizem os módulos de fuga.*

— California! Eu preciso de você!

— O mundo precisa da música.

— Não jogue sua vida fora!

— Eles não têm medo de nada. Mas têm medo da nossa música. Têm medo de nós.

— *Dez. Nove.*

Ozob urrou o nome da amiga. Jogou-se mais uma vez contra a porta inflexível. Mas California continuava concentrada, batalhando por uma cena estática, onde ninguém cantava, ninguém tocava, ninguém inspirava. Nada acontecia.

— *Seis. Cinco.*

— California!

— Foi ótimo conhecer você — ela sorriu. — E não se preocupe. Eu confio em Johnny.

Ozob correu para longe da porta, tendo de arrancar a si mesmo fisicamente. Olhou uma última vez para a janela e viu o sorriso matreiro de California. Ela piscou para ele.

Ozob entrou no módulo de fuga e o acionou.

— *Um. Zero.*

Enquanto Ozob era arremessado no espaço, o satélite da DataDyne explodiu, levando sua melhor amiga.

California morreu mostrando à Terra um palco vazio.

14
EU NÃO QUERO CRESCER

TODA GRANDE COMPANHIA PRECISAVA SE ADAPTAR ÀS CRISES QUE inevitavelmente surgiam no mercado. A estratégia que parecia mais econômica e eficiente na teoria podia, na prática, se revelar inviável, ou apenas mal ajustada a uma nova realidade. Nenhuma companhia era maior que as megacorporações e poucas contavam com mentes tão criativas — tanto humanas quanto artificiais — como a DataDyne.

A DataDyne tinha um problema: músicos que, apesar dos incentivos do Departamento de Agenciamento Artístico e dos esforços para moldar sucessivas gerações, continuavam a produzir com alguma originalidade. Desajustados sociais que não acompanhavam a cultura criada em comitês de executivos, que todos concordavam ser mais saudável e adequada ao mundo moderno. Músicos que não cantavam sorrindo, que não dançavam, que não celebravam o amor idealizado, o consumo ou as festas. A maneira como a DataDyne tinha resolvido lidar com o problema era simples.

Matá-los.

Vários foram mortos. Não foram nem mesmo estatísticas, pois esse tipo de gente não era computado nos cálculos sociais. Eram apenas manchas de sangue, choradas por poucos ou por ninguém.

Contudo, um músico especificamente perigoso se provou difícil de matar. Conhecido como Johnny Molotov, ou código de propriedade biológica 7935092BTXOP249. No orfanato corporativo, ele havia descoberto uma frequência sonora que estimulava a desobediência. Que fazia pessoas inocentes pensarem demais. Nas ruas, 7935092BTXOP249 encontrara comparsas e, anos depois, um pequeno grupo de guerrilheiros tinha se criado ao redor dele. A DataDyne manteve os olhos sobre 7935092BTXOP249, vigiando-o de tempos em tempos, mas eliminá-lo se tornou prioridade apenas quando suas apresentações aumentaram de frequência, ao mesmo tempo em que se aproximava a data de estouro de um novo hit viral.

Os sistemas de vigilância da DataDyne se mostraram valiosos mais uma vez, quando Johnny Molotov cruzou o caminho de um pós-humano chamado Ozob, um refugo da produção de pós-humanos da corporação. Uma coincidência fortuita, que deu origem a um plano perfeito: Ozob deveria conquistar a confiança de 7935092BTXOP249 e então traí-lo, assassinando-o. Infelizmente, assim como o encontro de Ozob com Johnny Molotov foi inesperado, também foi inesperado o que ocorreu a seguir: o pós-humano desenvolveu uma amizade ferrenha por California, código de propriedade biológica 9213400BTCKG111. Como consequência, vários agentes e recursos foram perdidos na tentativa de eliminar Johnny Molotov. As planilhas do trimestre mostrariam perdas. Caso outra música fosse transmitida pelo satélite principal da corporação na data de lançamento do hit viral, toda a estratégia seria prejudicada e uma queda nas ações era quase certa. O público não teria uma distração adequada e poderia prestar atenção à guerra que estava para começar. A destruição do satélite seria um empecilho, embora um empecilho menor: a companhia precisaria contar com transmissores secundários e o alcance do novo sucesso seria reduzido.

Mas tudo isso era apenas uma crise no mercado.

Toda grande companhia precisava se adaptar às crises que inevitavelmente surgiam no mercado.

Matar Johnny Molotov se mostrou muito caro. Assim, a DataDyne atualizou suas planilhas de custos e recalculou, com base numa nova estratégia. Fez uma proposta para o músico.

Foi recusada.

Fez outra.

Então Johnny escapou de um bar, na Cidade Baixa, onde estava escondido. Encontrou um executivo da corporação num beco e apertou sua mão. Uma transação foi efetuada e ele viu em seus implantes neurais os números aumentando em sua conta bancária.

Era uma mera questão de números.

Na nova conjuntura, manter 7935092BTXOP249 vivo e se aproveitar de sua técnica musical era mais lucrativo do que matá-lo.

Johnny Molotov entrou num carro voador blindado e foi levado para cima. Deixou a Cidade Baixa para trás e passou pelo Nível 0, pelo Nível 1, pelo Nível 2, e assim sucessivamente, até chegar ao Nível Superior.

Na sede da DataDyne, no jardim suspenso, recebeu um contrato em seus implantes. Leu por alto e assinou digital e geneticamente — seu padrão de retina, suas digitais e seus padrões de ondas cerebrais foram anexados nos arquivos do contrato, como prova de que ele concordava com tudo que estava escrito ali.

O salário seria bom. Os royalties seriam ainda melhores.

Mas a DataDyne ganharia muito mais.

Seu nome agora era Johnny Mellow. Não fazia sentido incentivar ações violentas por um nome artístico tão agressivo quanto fora seu antigo. Seu hit já estava sendo projetado por uma equipe de neurocientistas e seria lançado em seis meses. Eles aguardavam ansiosamente que Johnny contribuísse com sua maneira de tocar e cantar, com a frequência sonora que era capaz de mudar o pensamento.

Afinal, se aquilo podia ser usado para prejudicar a sociedade, também podia ser usado para beneficiá-la.

A primeira música de Johnny Mellow seria contagiante e rápida, com vocais doces. Falaria sobre a perfeição e a beleza da mulher por quem o cantor estaria apaixonado. Os objetivos primários eram incentivar as vendas de cosméticos e criar demanda suficiente para que o público ignorasse os alienígenas que eram torturados para testar os produtos. Além disso, deveria incentivar a anorexia e a bulimia em toda uma geração de garotas que estavam atualmente com 12 anos, tornando-as mais facilmente manipuláveis e aumentando o mercado de implantes estéticos e modificações genéticas emagrecedoras.

Em outras palavras, Johnny, código de propriedade biológica 7935092BTXOP249, seria um membro produtivo da sociedade.

Johnny pensava nisso enquanto o elevador privativo subia pelo prédio. As paredes eram de cristal ultraduro e ele enxergava uma vista linda de Delta City. À medida que os andares aumentavam, ele se sentia mais e mais perto de sua vida nova. A cobertura era melhor que os porões sujos, os quartos no fundo de bares e os carros abandonados. Ter um contrato era melhor do que fazer shows de guerrilha e enfrentar a polícia corporativa.

Ter dentes brancos e regulares era melhor do que o desastre que fora sua boca antes. Seu rosto também estava melhor: ele tinha se submetido às modificações estéticas mais em voga atualmente, adquirindo traços mais delicados. Injeções de hormônios haviam criado músculos em poucos dias, seus olhos tinham mudado de cor.

Ele agora era perfeito.

Johnny sempre estivera um pouco alheio àquilo tudo. As garotas eram legais, as drogas eram ótimas e ele realmente gostava de tocar.

Mas estava ficando um pouco velho para causas adolescentes. Mudar o mundo era coisa de garotos. Ele já estava com quase 30.

Na verdade, 27. Mas se sentia com vontade de relaxar.

Johnny sentiu saudade de California. Era uma pena que ela fosse tão obcecada pela causa. Mas California sempre se saía bem. Ela sairia daquela. E, quando crescesse um pouco mais, veria que esbravejar contra o mundo era bobagem.

Um dia, era preciso crescer. Arranjar um lugar na sociedade. Ter um emprego. Casar. Ter filhos.

O elevador chegou ao último andar e a porta se abriu. Ele entrou na cobertura e todas as luzes se acenderam para recebê-lo. Toda uma parede se tornou transparente, revelando uma vista ainda mais deslumbrante de Delta City.

Ser adulto era bom.

— James, prepare a hidromassagem — disse Johnny, para o mordomo robô.

Nada.

Estranho: o robô que ele apelidara de James sempre vinha recebê-lo, como se fosse um servo em velhos seriados sobre a nobreza.

— James, hidromassagem — ele repetiu.

Devia estar com defeito. Ele iria entrar em contato com seu empresário, um executivo da DataDyne cujo trabalho era mantê-lo no maior conforto possível. Tudo seria consertado, mas por enquanto ele precisaria preparar seu próprio banho. Para desestressar, talvez chamasse umas prostitutas.

Johnny atravessou a sala e então estacou.

Algo estava diferente. Ele devia ter imaginado.

Voltou e olhou para uma das paredes.

Estava pichada.

Primeiro viu seu antigo nome e um número:

JOHNNY MOLOTOV

27

Depois, uma frase:

CALIFORNIA ACREDITOU EM VOCÊ

E uma condenação:

TRAIDOR DO MOVIMENTO

Por último, em letras enormes, a pichação que ele já vira várias vezes, quando ainda era um desajustado:

WAR ROADIES

Johnny Mellow sentiu uma bola de gelo no estômago. Olhou em volta, viu o mordomo robô destruído num canto. Correu em direção ao elevador, mas então começou a ouvir um bipe ritmado.

O apito ficou mais intenso, mais rápido.

Uma luz vermelha se acendeu num canto da sala.

A última coisa que ele viu foi a bola de fogo crescendo em uma fração de segundo. O cristal, os móveis, os eletrônicos todos se estilhaçando em fragmentos afiados, voando em direção a seu corpo. As paredes e o teto desabando sobre ele.

Ele foi adulto por pouco tempo.

Johnny morreu aos 27 anos.

o—

Ozob assistiu à cobertura explodir. No último nível da Cidade Alta, aquela foi sua obra-prima, mas também um risco enorme. Em segundos, blindados voadores da polícia corporativa já estavam circundando a área. Agentes armados tomaram as ruas, drones militares fizeram um perímetro.

Mas já era tarde demais. O topo do prédio foi destruído, e ele sabia que ninguém sobreviveria a um trabalho tão bem feito.

Não havia mais War Roadies. Não havia mais Vivika nem Johnny Molotov. Não havia mais California.

Ele percebeu que não tinha nenhuma foto com a garota. Só um perfil no EgoBliss. Agora um perfil zumbi, que permanecia na internet parado no tempo, mostrando a faceta que ela tinha escolhido compartilhar com o mundo, inundada de posts lamentando sua morte e por trás de anúncios da Nux-Cola.

A Nux-Cola também fora a patrocinadora da morte de California, quando seu status na rede social mudou para “falecida”. Ozob lamentou a morte da amiga e teve vontade de tomar refrigerante.

Desfez a amizade com a morta no EgoBliss.

Chernobyl Ratatá tinha razão: a morte não importava, porque os outros morriam antes dele. California morrera menos de um mês após conhecê-lo. Não era sua culpa. Nunca era. Mas era inevitável.

Johnny durara um pouco mais, mas não escapara. Dessa vez a culpa era sua e ele tinha orgulho. Os rockstars do passado tinham razão: era melhor morrer jovem, sendo verdadeiro, do que envelhecer para se transformar em algo fraco e obediente.

— Babaca — disse Ozob, baixinho, para o músico que já estava morto.

Ozob se fechou em seu sobretudo, andou apressado para escapar da Cidade Alta. Acendeu um charuto e ajustou a granada que usava no lugar do nariz.

AGRADECIMENTOS

ESTE LIVRO FOI PRODUTO DE SEIS SEMANAS DE TRABALHO MUITO INTENSO, durante as quais eu vivi no século 22 e respirei punk rock. Foi um projeto curto e cheio de energia, como uma música dos Ramones. Nunca escrevi tão rápido, poucas vezes me vi tão imerso em um universo novo, tão entusiasmado com um grupo de personagens. Mas, é claro, não fiz isso sozinho. Sozinho, não conseguiria.

Obrigado em primeiro lugar à minha esposa, companheira e melhor amiga, Emília Giuliani, que me acompanhou nesse período, me deu todo incentivo de que eu precisava e, logo após o nosso casamento, me apoiou e ajudou enquanto eu passava os dias inteiros escrevendo. Sempre que eu olho para ti, na minha cabeça começo a ouvir The Donnas.

Obrigado também ao meu parceiro neste livro, Deive Pazos, e a Alexandre Ottoni e todo o pessoal do Jovem Nerd. Um trabalho como este só pode ser bem-sucedido com uma equipe dedicada ao lado.

Obrigado a Rafael e Guilherme Dei Svaldi, que me proporcionaram uma carreira ao longo dos anos e criaram personagens e conceitos de RPG que eu roubei e que apareceram neste livro. Obrigado a Marcelo Cassaro, Rogerio Saladino e J.M. Trevisan, por terem aberto Arton para mim no início de tudo. No futuro, a Tormenta vai virar religião!

Obrigado a Eduardo Spohr, Raphael Draccon e Carolina Munhóz, por ajudarem a redefinir o que é literatura no Brasil. Os Ramones diziam que viram o que existia na música, não gostaram e por isso fizeram sua própria música — é isso que fazemos na literatura. Escrever fantasia é uma atitude punk.

Obrigado ao professor Assis Brasil por, mesmo mais de dez anos depois da oficina, ainda estar me ensinando. O fim deste livro foi decidido após eu assistir a uma entrevista do prof. Assis.

Obrigado a Atena Beauvoir, pela consultoria valiosíssima sobre questões de gênero e transgênero. Qualquer erro que eu tenha cometido ao escrever sobre uma personagem transgênero é falha exclusivamente minha, nunca da minha consultora.

Obrigado a PH Santos e a todos os podcasters, YouTubers e blogueiros que falam de literatura. Hoje em dia, são estas pessoas que incorporam o espírito punk de "faça você mesmo". São estas pessoas que não aceitam tudo que vem pronto da mídia e criam seu próprio conteúdo. Isso transforma o mundo, e nós não estaríamos aqui sem vocês.

Obrigado especial aos leitores. Se eu posso deixar uma mensagem para vocês, é que não se contentem em consumir o que já existe. Escrevam, desenhem, toquem, empreendam, inventem, criem. Tenham a atitude punk.

Façam vocês mesmos.

Um abraço e até a próxima!

Leonel Caldela

LEONEL CALDELA

LEONEL CALDELA SEMPRE QUIS ESCREVER. É UM DOS CRIADORES DE *TORMENTA*, o maior e mais jogado RPG do Brasil. Dentro desse universo, escreveu *A Trilogia da Tormenta*, composta por *O Inimigo do Mundo*, *O Crânio e o Corvo* e *O Terceiro Deus*, além de *A Flecha de Fogo*. Também é autor dos livros *O Caçador de Apóstolos*, *Deus Máquina* e *O Código Élfico*.

Em parceria com o portal Jovem Nerd, escreveu a série *A Lenda de Ruff Ghanor*, *Ozob — Protocolo Molotov* e a duologia *O Evangelho do Exorcista*, formada pelos romances *A Roda de Deus* e *O Criador da Morte*.

Fanático por RPG há décadas, é mestre do *Nerdcast RPG* e da campanha online *Fim dos Tempos*. Pode ser encontrado no Twitter @leonelcaldela ou em algum canto, ouvindo punk rock ou rolando um d20.

DEIVE PAZOS

DEIVE PAZOS, TAMBÉM CONHECIDO COMO AZAGHAL, É CO-FUNDADOR DO SITE Jovem Nerd. Filho de imigrantes espanhóis, casado, tem dois filhos e muitos cães. Já foi administrador de motéis, mas virou blogueiro, depois podcaster, youtuber e por fim creator. Era empresário, mas após a aquisição do Jovem Nerd pelo Magazine Luiza passou a ser diretor do próprio Jovem Nerd, do Magalu e da Nonsense Creations.

Deive gosta de criar e, por incrível que pareça, se comunicar. Também gosta de viajar e de boa comida.

Você pode acompanhá-lo em diversos conteúdos do site Jovem Nerd, nos projetos da Nonsense Creations e também no Instagram @azaghal. O Twitter ele usa muito pouco e o Facebook ele abandonou de vez.

EAT THE RICH
CLUBE DE
EXECUTIVOS
E SAUNA DE
Mama Guzzo
CAOS
NUNCA
MORRE